D1829445

Nino Filastò
Das Eden-Alphabet

Nino Filastò

Das Eden-Alphabet

Roman

Aus dem Italienischen
von Esther Hansen

Aufbau-Verlag

Titel der Originalausgabe
L'alfabeto di Eden

ISBN-10: 3-351-03065-7
ISBN-13: 978-3-351-03065-0

1. Auflage 2006
© Aufbau-Verlag GmbH, Berlin 2006
L'alfabeto di Eden © Nino Filastò, 2003
Einbandgestaltung Tanja Selzer, Berlin
Druck und Binden GGP Media GmbH, Pößneck
Printed in Germany

www.aufbau-verlag.de

Ich widme dieses Buch dem Gedenken an die Schriftstellerin Luce D'Eramo, der ich freundschaftlich verbunden war. Ihrem Roman »Partiranno« (»Sie werden aufbrechen«) liegt dieselbe Idee zugrunde wie dem »Eden-Alphabet«.

Außerdem widme ich es dem Schriftsteller und Drehbuchautor Piero Tellini, dessen Werke die italienische Filmgeschichte geprägt haben. Stellvertretend sei hier nur an »Die Lüge einer Sommernacht« unter der Regie von Alessandro Blasetti erinnert, mit dem er die fruchtbare Zeit des italienischen Neorealismus einleitete. Tellini war der erste Forscher und Deuter jener Steine, von denen in dem vorliegenden Roman die Rede sein wird. Er schied unter bis heute ungeklärten Umständen aus dem Leben. Die Fernsehnachrichten meldeten sein Ableben bereits einen Tag vor dem jähen Tod des Drehbuchautors. Gleichzeitig verschwanden zwei Koffer, gefüllt mit Steinen, die Tellini auf der ganzen Welt gesammelt hatte.

N. F.

»Und auch den Mann, mit dem er, Gott wußte, wie, unversehens in ein Ringen auf Leben und Tod geraten war, sah er in dem plötzlich grell aus Wolken tretenden Monde von damals wieder so nahe, wie Brust an Brust: seine weit auseinanderstehenden Rindsaugen, die nicht nickten, sein Gesicht, das, wie auch die Schultern, poliertem Steine glich; und etwas von der grausamen Lust trat wieder in sein Herz, die er damals verspürt, als er ihm mit ächzendem Flüstern den Namen abgefordert ... Wie stark er gewesen war! Verzweifelt traumstark und ausdauernd aus unvermuteten Kraftvorräten der Seele. Die ganze Nacht hatte er ausgehalten, bis ins Morgenrot, bis er sah, daß es dem Manne zu spät wurde, bis der verlegen gebeten hatte: ›Laß mich gehen!‹«

Thomas Mann, »Joseph und seine Brüder«

Erster Teil

Chefa

1
Insel
März 2001

Ich erwache durch das Geräusch der Brandung, das mit steigender Flut anschwillt.

An dem fehlenden Duft nach frischen Croissants merke ich, daß ich nicht zu Hause bin. Um diese Uhrzeit holt der Bäcker dort, der seinen Laden ganz in der Nähe meiner kleinen Wohnung hat, normalerweise seine Brötchen aus dem Ofen.

Diese Villa hingegen erfüllt einzig der kalte Salzhauch des Meeres.

Ich gehe hinunter in die Küche, öffne die Terrassentür und schaue hinaus. Obwohl schon März ist, kommt es mir vor, als entwickle sich das Wetter wieder in Richtung Winter. Es ist kalt, die Luft ist klar und blau wie frisch geputztes Glas. An dem Baum rascheln die jungen Triebe, als folge jedes Blatt seinem eigenen Rhythmus.

Ich bereite mir einen Kaffee und trinke ihn mit Blick nach draußen. Um die Lorbeerhecke hüpft eine junge Amsel. Sie muß im Herbst geschlüpft sein, ihr gelber Schnabel glänzt frisch in der Sonne. Mit geschwellter Brust stolziert sie umher wie ein Gernegroß aus der Vorstadt. Dann sieht sie mich aus ihrem kreisrunden Auge an, läßt ein Zwitschern erklingen und verschwindet wieder im Dickicht der Hecke.

Von der See weht ein intensiver Jodgeruch herüber. Die Wellen stürmen gegen die Felsen an und überziehen sie mit weißen Streifen. Ich mag die ungebrochene Herrschaft von Wind und Meer an diesem äußersten Punkt der Insel, dennoch fehlt mir der murmelnde Widerhall der Stimmen in den engen Gäßchen von Bourg, der Duft nach frischen

Croissants. Von denen übrigens keines mehr übrig ist, ich habe es gestern versäumt, neue zu besorgen. Zu Hause genügten wenige Schritte über die Straße, und schon wäre die Vorratskammer wieder gefüllt. Hier hingegen müßte ich zehn Kilometer durch die Hügel radeln, immer bergauf und bergab. Ich frage mich, was in aller Welt mich hierher verschlagen hat, in diese abgelegene, alte Villa, düster wie aus einem Horrorfilm.

Ich bin erst seit wenigen Jahren hier. Mein Name ist Jorge Greck. Aus einem merkwürdigen Zufall heraus klingt mein Nachname wie eine hiesige Wortschöpfung. Bis Anfang des letzten Jahrhunderts benutzten die Frauen der Insel zum Kaffeekochen riesige, in Griechenland gefertigte Kaffeemaschinen; und da die Einwohner hier einem übermäßigen Kaffeekonsum frönten, nannte man sie *grecs*, die Griechen. Die Insel liegt vor der bretonischen Küste; ihren Namen möchte ich lieber nicht nennen, da die Leute in letzter Zeit selbst gegenüber Romanen überempfindlich geworden sind und ich verhindern möchte, daß sich jemand wiederzuerkennen glaubt, allein weil er hier lebt.

Auch meine Herkunft und Nationalität möchte ich verschweigen. Je weniger ich von meiner Heimat rede, desto besser. Man stelle sich einfach ein Land Lateinamerikas oder des Balkans oder des südlichen Mittelmeerraums vor. Eines dieser politisch und gesellschaftlich instabilen Länder, wo Typen wie ich, deren größte Schwäche die Geltungssucht ist, in jungen Jahren einige Zeit verbringen und unter dem Vorwand, Blinde sehend machen zu wollen, allerlei Gesetzeswidrigkeiten begehen.

Als mir schließlich wegen meiner ständigen Mißachtung der Regeln und der Anmaßung, einem höheren Ziel dienen zu wollen, der Boden unter den Füßen zu heiß wurde, ging ich nach Frankreich, wo Menschen meines Schlags halbwegs freundlich aufgenommen werden, solange sie sich in der neuen Heimat ruhig verhalten. Was ich dann auch tat.

Im übrigen war ich der Abenteuer, die mich zu dem Ortswechsel zwangen, sowieso überdrüssig, sie widerten mich geradezu an. Endlich war mir klargeworden, wenn auch mit einiger Verspätung, daß der Staat sich – glücklicherweise – nicht um alles kümmern kann. Jeder muß auf sich selbst aufpassen. Ich hatte begriffen, daß nicht alles, was zählt, auch »politisch« ist, wie man damals sagte. Daß das, was wirklich zählt, gar nichts mit Politik zu tun hat. Diese Einsicht befreit von jeglicher Paranoia und schenkt einem ein besseres Leben. Und was die vielbeschworenen Ideale betrifft, ist es einfach verrückt, sein Leben dafür zu opfern. Ideale, die kommen, drei kleine Sprünge machen, ein paar Pirouetten drehen und wieder verschwinden.

Nachdem ich mir das alles hinter die Ohren geschrieben hatte, lebte ich recht zufrieden im schönen Frankreich. Hier auf der Insel fühle ich mich noch wohler. Ich habe genug Geld, um nicht arbeiten zu müssen. An einem Ort wie diesem braucht man nicht viel. Zu essen gibt es Fisch und Kartoffeln, die Makrelen schmecken vorzüglich und sind spottbillig. Alle zwei Monate begebe ich mich für einen größeren Einkauf aufs Festland in die Stadt, die der Insel direkt gegenüberliegt. Meine Ersparnisse muß ich dafür nicht antasten. Ich genieße die Sonne und das Meer. Das Mikroklima beschert der Insel ebenso viele Sonnentage wie der Côte d'Azur, obwohl sie ein ganzes Stück weiter nördlich liegt.

Nun allerdings verfolgt mich ein Gefühl, als hätte ich meinen inneren Frieden verloren. Ich hege den Verdacht, einen Fehler begangen zu haben, indem ich meiner Neugier nachgab. Es hat mir noch nie Glück gebracht, mich in fremder Leute Angelegenheiten zu mischen. Und ich fürchte, daß Davide Chefas Angelegenheiten, mit denen ich mich befassen soll, während ich in diesem Haus wohne, keine Ausnahme bilden.

Davide Chefa ist zur Jahrtausendwende von der Insel verschwunden, allem Anschein nach genau in der Silvesternacht 1999/2000.

Viele Menschen erhofften sich große Dinge von diesem besonderen Jahreswechsel. Doch nach dem zu urteilen, was ich im Fernsehen verfolgen konnte (wenn auch nur am Rande, da ich ungern und selten fernsehe), kam es weder zu prachtvollen Darbietungen im Stile des die Moderne und den Fortschritt bejubelnden Excelsior-Balletts von 1881, noch herrschte eine der damaligen Zeit vergleichbare erwartungsvolle Atmosphäre, als die Welt sich von dem neuen Jahrhundert umwälzende Veränderungen versprach, wie sie ja tatsächlich eintraten, wenn auch leider zum Schlechteren.

Die Stimmung gegen Ende des 20. Jahrhunderts indes war gedämpft, so gar nicht zu großen Feierlichkeiten aufgelegt. Die Menschen wirkten resigniert, als hätten sie sich mit den allerorts aufflammenden Kriegen abgefunden, mit dem Terrorismus, dem Ozonloch, dem Treibhauseffekt und den schmelzenden Polkappen, mit Heuschrecken- und Grillenplagen, Orkanen, Erdbeben, AIDS und allen anderen Übeln, die seit vielen Jahren wie Glut unter der Asche zu schwelen schienen, bereit, jeden Moment stärker denn je wieder aufzulodern.

Hier auf der bretonischen Insel gingen um Mitternacht die üblichen Böller in die Luft, auf den Fischkuttern im Hafen heulten die Sirenen. Die meisten Menschen verließen nicht einmal ihre Häuser, es war eisig kalt, und der Wind fegte mit hundert Stundenkilometern über die Insel.

Um nicht allein zu sein, flüchtete ich mich in das Bistro am Hafen, wo ich mir mit dunklem Bier einen kleinen Rausch antrank.

Hier hatte ich einen Wortwechsel mit einem Trunkenbold, der ohne Anlaß mit jedem zu zetern pflegt, der ihm in die Quere kommt. Ein komischer Vogel mit grauem Vollbart und dem Gebaren eines alten bretonischen Fischers.

Den Blick wutentbrannt auf mich gerichtet, verkündete er, daß, selbst wenn die ortsansässigen Ausländer mit ihrem Geld die gesamte Insel kauften, sie doch niemals deren Kultur erwerben könnten, irgendeinen Unfug dieser Art. Ich erwiderte, so viel Geld wolle ich erst einmal haben, um die Insel zu kaufen, und er solle lieber zu Bett gehen. Er gab noch eine dumme Bemerkung zurück, dann trat ein anderer Gast dazwischen, und die Sache war erledigt.

Auf der Straße am Hafen riefen ein paar aufgedrehte Jugendliche: *»Bonne année!«*

Chefa war nicht im Bistro. Nicht, daß mich sein Fehlen besonders überrascht hätte. Chefa wäre niemals zum Feiern in ein Lokal gegangen, in dem sich Zechbrüder, Tagediebe und Sangesvolk ein Stelldichein gaben. Ich weiß nicht genau, aus welchem Grund so viele Leute davon überzeugt waren, er sei ausgerechnet in der letzten Nacht des alten Jahrhunderts verschwunden. Niemand kannte ihn besonders gut, er hatte alle auf Distanz gehalten und auch mit denen, die ihm ein wenig näherstanden, nur sehr sporadisch Kontakt gepflegt. Niemals ließ er sich zu mehr als einem flüchtigen Gruß hinreißen, wenn er in den Straßen von Bourg einem Bekannten begegnete. Möglicherweise spielte im kollektiven Inselgedächtnis auch die zeitliche Überschneidung des epochalen Datums mit der Tatsache, daß Chefa seitdem nicht mehr gesehen ward, eine Rolle. Fest steht jedenfalls, daß Monsieur Chefa in den Tagen und Monaten nach Silvester nicht mehr angetroffen wurde, weder beim Bäcker noch im Fischladen, noch auf dem Postamt, wo er ein Postfach besaß und beinah jeden Vormittag nach Briefen gefragt hatte, die ihm nie jemand schickte. Ich selbst war ihm häufig am Schalter begegnet und hatte gehört, wie er seine Frage stellte und sich dann enttäuscht zum Gehen wandte. Es war allerdings nicht auszuschließen, daß er bereits ein paar Tage zuvor verschwunden war. Jedenfalls sind seit der Jahrtausendwende ein Jahr und zwei Monate vergangen, und heute zweifelt niemand mehr daran, daß Professor Chefa verschwunden ist.

Wäre er abgereist, hätte sich das herumgesprochen, weil die Besatzung ihn an Bord der Fähre gesehen hätte. Ausgeschlossen war auch, daß er sich eine private Überfahrt zum Kontinent gesucht hatte. Im Winter 1999/2000 folgte ein Sturm dem nächsten, der Atlantik war ständig aufgewühlt. Oft konnte selbst die Fähre nicht auslaufen. Erst recht kein kleines Sportboot mit einem einzelnen Passagier an Bord. Auf jeden Fall wäre dies so außergewöhnlich gewesen, daß jeder auf der Insel davon erfahren hätte.

In den Wochen vor dem Jahreswechsel war Chefa noch von einigen Nachbarn gesehen worden. Auch ihnen gegenüber hatte er nicht erwähnt, verreisen zu wollen. Dabei ist es in solchen Fällen ratsam, den Nachbarn Bescheid zu geben, damit sie in der Zeit der Abwesenheit ein Auge auf das leerstehende Haus haben, und sei es nur, weil die Unwetter manchmal einen Ziegel vom Dach reißen und der Mieter riskiert, das Haus bei seiner Rückkehr überschwemmt vorzufinden.

Berechtigte Zweifel bestehen auch daran, daß Chefa eines natürlichen Todes gestorben ist, da er zwar bereits fortgeschrittenen Alters, aber noch lange nicht alt war und sich bester Gesundheit erfreute. Außerdem hätte man ihn dann im Haus oder anderswo finden müssen, doch von einer Leiche gab es keine Spur.

Möglich war hingegen ein Unfall auf See. Es kommt immer wieder vor, daß ein Angler sich im Zweikampf mit einem Fisch überschätzt und schließlich bis zu den Knien im Wasser steht, am nordöstlich gelegenen Felsufer der Insel, wo die Brandung selbst bei ruhigem Wetter machtvoll ans Ufer schlägt. So kann es passieren, daß jemand von der Flut oder einer Welle überrascht wird. Manch eine Leiche wird erst Monate später an Land gespült, bisweilen Hunderte Kilometer von der Stelle entfernt, häufiger jedoch verschluckt sie einfach das Meer.

Nur daß Chefa ganz besonders vorsichtig war, nicht angeln ging und niemals so nahe am Wasser gesehen worden war, daß er davon hätte überrascht werden können.

Ein Verbrechen mit unbekanntem Hintergrund, begangen von einem Mörder, der eine Leiche spurlos verschwinden lassen konnte, war nicht auszuschließen, aber unwahrscheinlich. Die Insel ist klein, ihre eintausendzweihundert ständigen Bewohner kennen einander, und es wäre sehr ungewöhnlich, wenn sie an ihrer Brust einen Mörder genährt hätten. Natürlich sieht man einem Mörder seine Pläne selten an der Nasenspitze an, doch da die Menschen hier sowieso dazu neigen, sich gegenseitig zu beobachten, und vor allem in den Wintermonaten viel Zeit darauf verwenden, ihre Mitmenschen bis ins Detail zu analysieren, hätte ein Mitbürger mit kriminellen Absichten, gleich, ob alteingesessen oder zugezogen, auf jeden Fall Verdacht erregt.

Dazu muß man sagen, daß Chefa ein Mann voller Geheimnisse war, über den außer seinem hohen Ansehen in Fachkreisen wenig bekannt war. Er ist - oder war - ein verschlossener Mensch, hochmütig, schroff, wodurch er sich schnell Feinde macht - beziehungsweise machte. In den Wintermonaten, wenn der Insel jegliche Zerstreuungen oder Beschäftigungen fehlen, welche die Feriengäste im Sommer mit sich bringen, und größte Langeweile herrscht, rangierte somit die abenteuerliche Theorie von Mord und Verstecken der Leiche auf der Beliebtheitsskala ganz oben und sorgte bei den Billardpartien im Hôtel du Pêcheur für endlosen Gesprächsstoff.

Ich hatte Chefa seinerzeit selten zu Gesicht bekommen, niemals hatten wir gemeinsam zu Mittag gegessen oder uns über irgend etwas unterhalten, obwohl uns manches verband. Wie ich gehörte auch Chefa der kleinen Gruppe von

Drückebergern an, die freiwillig im Exil lebten. Der Umstand, daß wir dabei denselben Ort gewählt hatten, konnte auf ähnliche Charakterzüge schließen lassen.

In Frankreich war ich als Journalist tätig gewesen. Als ich in Pension ging, zog ich mich auf diese bretonische Insel zurück mit der Absicht, mich ganz der Literatur zu widmen, doch in Wirklichkeit verbringe ich hier meinen Lebensabend in Form eines langen Urlaubs. Die Insulaner halten mich fälschlicherweise für einen Detektiv im Ruhestand. Bei meiner Zeitung war ich auf den Gesellschaftklatsch der *faits divers* spezialisiert und hatte mir einen bescheidenen Ruf bei der Aufklärung von Verbrechen erworben, indem ich parallel zu den polizeilichen Untersuchungen eigene Nachforschungen anstellte. In mehr als einem mysteriösen Fall war ich zu anderen Ergebnissen gekommen als die offiziellen Ermittler, und manchmal hatte ich mit meiner Rekonstruktion richtig gelegen. (Wie in dem vergleichsweise bekannten Fall der Tochter eines zu Beginn des Jahrhunderts verstorbenen Malers, die mit Argusaugen über das väterliche Erbe gewacht hatte und allem Anschein nach bei einem banalen Autounfall ums Leben kam. Hier hatte ich aufdecken können, daß sie von einem Berufskiller ermordet worden war, den eine Bande von Kunstfälschern auf sie angesetzt hatte.)

Von den Zugezogenen, die aus der Stadt auf die Insel geflüchtet sind und die ich mit einem etwas aus der Mode gekommenen Begriff als »Intellektuelle« bezeichnen möchte, betrachten einige den kleinen Friedhof auf dem Gipfel des Hügels mit einem zwiespältigen Gefühl, beinahe so etwas wie Sehnsucht. Auch ich gehöre dieser Fin-de-Siècle-Spezies an: Ich bin überzeugt, daß allein die Aussicht, seinen Tod in einem Grab mit Blick auf das Meer zu verbringen, den Sensenmann zwar nicht besiegen, ihm aber doch seinen Schrecken nehmen kann. Ich lebe in der Erwartung, meine Knochen eines Tages, selbstverständlich so spät wie möglich, im luftigsten Teil des Friedhofs niederlegen zu können, wenn nicht direkt neben, so doch in nächster Nähe zu der Frauenstatue in Haube und Kleid der Bretoninnen, die gemeinsam mit dem kleinen Jungen auf Knien um die auf See verschollenen Fischer trauert.

Lediglich im Sommer bevölkert sich die Insel mit Feriengästen aus Paris. Die Ortsansässigen tolerieren sie mit herablassender Höflichkeit wie ein Übel, das auch seine guten Seiten hat. In den Liedern, die sie auf ihren Festen singen und die in Rhythmus und Stil keltischen Weisen ähneln, überschütten sie sie mit Spott. In den Texten verhöhnen sie die Städter und ihre Manie, sich mit gestreiften Hemden und marineblauen Seemannskitteln auszustaffieren. Die bösartigeren Lieder ergehen sich in Andeutungen über homophile Neigungen. Die Zugezogenen hingegen, die bei der Gemeinde auf einer Warteliste stehen, um irgendwann einmal das Recht auf ein Grab mit Seeblick zu erwerben, werden von den Insulanern als Blume im Knopfloch ihrer Gemeinschaft angesehen, vorausgesetzt, sie sind, wie in meinem Fall, nicht gänzlich unbekannt oder, besser noch, geradezu berühmt, wie es auf Chefa zutrifft – beziehungsweise zutraf –, einen auch in nichtakademischen Kreisen renommierten Archäologen, Universitätsprofessor und Verfasser zahlreicher Publikationen.

Der Bürgermeister ist ein echter Bretone alten Schlags. Hartnäckig betont er, nicht Franzose, sondern Bretone zu sein. Ein stattlicher Mann mittleren Alters mit konservativen Ansichten, der bei vielerlei Unternehmungen seine Hände im Spiel hat, sei es beim Fahrradverleih, bei der Immobilienvermittlung oder beim Handel mit besagter Matrosenbekleidung: quergestreiften Hemden, Kitteln, blauen oder gelben Friesennerzen und Gummistiefeln, welche der Städter sich als erstes zulegt, um sich dem Inselvolk anzugleichen.

Vor allem aber teilt der Bürgermeister das auf dieser Insel aufgrund ihrer geographischen und kulturellen Eigenständigkeit besonders ausgeprägte Mißtrauen gegenüber der Zentralgewalt und all ihren Institutionen. So ist er der erklärten Überzeugung, daß Davide Chefa ermordet wurde. Gern würde er die Gendarmerie eines Besseren belehren, die den Vermißten für verschollen erklärt und den Fall zu den Akten gelegt hat. Nach der offiziellen Version wurde Chefa von einer Welle mitgerissen, als er, ganz der romantische Einzelgänger, das Schauspiel der stürmischen See genoß.

Im Februar des Jahres 2001 bekam ich Besuch vom ersten Bürger der Insel. Er hatte gehört, daß ich eine neue Unterkunft suchte, da jene, die ich damals bewohnte, im Zentrum von Bourg liegt und vor allem in den Sommermonaten sehr laut ist; außerdem sieht man von dort nicht das Meer.

Es mag merkwürdig klingen, daß man auf einer so kleinen Insel, die zudem hoch emporragt wie ein aus den Fluten aufgetauchter Vulkan, nicht von jedem Haus aus den Ozean sehen kann. Und doch trifft das auf die meisten alten Häuser in Bourg zu, die sich eines hinter dem anderen dicht an die Dorfstraße drängen und sich gegenseitig die Sicht auf die See verstellen. Die plausibelste Erklärung dafür ist, daß die alten Fischer, die sie erbauten, die Nase gestrichen voll hatten vom Meer nach all den Wochen und Monaten auf See. Verständlich, daß sie während der knapp bemessenen Zeit zu Hause nichts vom Wasser wissen wollten und sich lieber ganz den Freuden der Familie oder häufiger noch denen des Bistros hingaben. Wie es auch keinem Fabrikarbeiter einfallen würde, in Sichtweite der Schlote seines Arbeitsplatzes zu wohnen.

Der Bürgermeister schlug mir vor, Chefas Haus zu beziehen. Es liegt weitab von Bourg auf den Klippen am Rande der Heide, hoch auf einem einsamen Felsen, der steil zum

Meer abfällt. Ich kenne es und habe den Glückspilz immer beneidet, der dort wohnte.

Aus der Ferne betrachtet, fällt nicht auf, daß die Szenerie unecht ist wie eine Bühnenkulisse. Das Haus ähnelt einer alten Kirche, seine Strenge wird einzig von den Mansardenfenstern gemildert. Die Architektur im Stile der Neugotik weckt in mir immer das merkwürdige Gefühl eines Déjà-vu, als hätte ich jedes Gebäude dieser Art, auf das ich stoße, schon einmal im Traum gesehen. Die gesamte gotische Kunst schlägt diese Saite in mir an. Ich liebe die präraffaelitischen Maler, und ich entdecke einen geheimnisvollen Zusammenklang zwischen der romantischen Rhetorik jener Architektur und den rothaarigen, hellhäutigen Frauen der Gemälde. Ebenjener Typus Frau, der mich selbst am meisten reizt. Wirklich, ich vergöttere solche Frauen.

An Davide Chefas Haus fasziniert mich außerdem seine geheimnisumwitterte Geschichte. Einer der unzähligen Insellegenden zufolge wurde es auf Wunsch einer wunderschönen Frau erbaut, einer Ausländerin, die sich aus Liebeskummer dort einschloß, um ihr Leben ganz dem Traum und der Meditation zu widmen. Ganz wie ein Jahrhundert später die göttliche Sarah Bernhardt, die sich in eine grandiose Villa auf der nahe gelegenen Belle-Île ins Exil zurückzog. Die großartige Sarah, die schwer erkrankt zum Sterben auf die Insel floh. Jene andere geheimnisvolle Dame hingegen soll lange in dem Haus gelebt haben, bei bester Gesundheit und in vollkommener Isolation bis ins hohe Alter.

Zu Beginn des 19. Jahrhunderts war die Insel alleiniges Territorium hart arbeitender Fischer und Bauern. Die Steinhäuser wurden um die pyramidenförmigen Stümpfe der Kamine hochgezogen und drängten sich zu Ortschaften zusammen wie alte Männer auf dem Dorfplatz. Nur die Manufakturen für die Thunfisch- und Sardellenkonservierung lagen außerhalb und sind heute fast sämtlich verlassen. Im weitläufigen Innern im Südosten der Insel, wo der Wind nicht ganz so steif bläst, findet man noch einige Höfe, die sich schützend wie ein Fort um staubige Tennen schließen, auf denen früher das Korn gedroschen wurde. Doch schon damals gab es wenig Getreide in der Gegend, die Landwirtschaft war ausschließlich Frauensache. Heute sieht man nur noch selten das helle Rechteck eines Kornfeldes, gerade so, als habe man es nur dem ästhetischen Empfinden der Sommergäste zuliebe stehenlassen, damit seine Ähren einen gelben Farbtupfer in das vorherrschende Grün und Braun der Landschaft setzen.

Noch bis vor einem halben Jahrhundert war die Insel kein Ort, an dem man bequem Urlaub machen konnte. Schon die Anreise war strapaziös, da die kleine Einbuchtung des Hafens nur unzureichend Schutz vor dem stürmischen Meer bot. Die Insel ragt wie ein Pilz aus den Meerestiefen hervor, und zu Zeiten der Segelschiffe genossen ihre Klippen einen unheilvollen Ruf.

Die Villa, die Chefa bewohnte, ist so angelegt, daß alle Fenster auf das Meer hinausgehen und der Wind unablässig an ihr rüttelt. Zur Zeit ihrer Erbauung, 1814, wie eine Inschrift am Türsturz über dem Haupteingang bezeugt, muß sie in ihrer Umgebung wie ein weißer Rabe gewirkt haben. An Platz wurde nicht gespart, dennoch ist sie ungemütlich, zugig und einsam wie der Leuchtturm, der etwa einen Kilometer entfernt aufragt, zudem erfüllt vom lärmenden Tosen der Wellen, die an den Klippen zerschellen, und ohne die inselüblichen Hortensien im Garten, die der salzigen Gischt auf dem nordwestlichen Kap nicht standhalten. Genausowenig wie andere Pflanzen, außer einer kümmerlichen, fahlgelben Erika. Kaum knöchelhoch, umgeben ihre zerzausten Büsche das Haus auf der Klippe, indem sie sich mit ihren Wurzeln durch die hauchdünne Erdschicht an den Felsen klammern. Vor dem Wildwuchs der Heide grenzen sie eine Art Garten ab, in dem ein einsamer Baum und ein großer

Lorbeerbusch auf unerklärliche Weise den Blitzen und Stürmen widerstehen.

Im Februar also besuchte mich der Bürgermeister in meinem Häuschen in Bourg und unterbreitete mir seinen Vorschlag. Spätestens bei dem Angebot, mir mit der Miete für die Villa entgegenzukommen, wurde mir klar, daß es sich um einen Vorwand handelte, hinter dem etwas anderes steckte. Der Bürgermeister, der meine Fähigkeiten als Privatdetektiv fraglos voraussetzt, möchte, daß ich mit aller gebotenen Diskretion eigene Nachforschungen über den Verbleib Davide Chefas anstelle. Da der Abwesende – seiner Überzeugung nach das Mordopfer – vor seinem Verschwinden alles stehen- und liegengelassen hat, würde mein geübtes Agentenauge in seinen Sachen eventuell eine Spur oder zumindest ein Motiv für das mutmaßliche Verbrechen entdecken.

Anfangs erwiderte ich, der Vorschlag gefiele mir nicht. Ich sah mich nicht in der Rolle des Hobby-Schnüfflers, verspürte auch gar keine Lust, wieder zu arbeiten, und sei es nur zum Vergnügen. Zum Vergnügen des Bürgermeisters, wohlgemerkt. Vor einiger Zeit habe ich mich entschlossen, meiner Natur nicht länger im Wege zu stehen, nachdem ich begriffen hatte, daß mein eigentliches Lebensideal der Müßiggang ist, das reine Nichtstun bis auf die wenigen überlebensnotwendigen Dinge wie einkaufen, Essen kochen und hin und wieder das Bett machen.

Doch irgendwie reizte mich die Vorstellung, in diesem Haus zu wohnen. Zumal der lächerliche Mietbetrag, der im Gespräch war, es mir erlauben würde, meine alte Wohnung zu halten, so daß ich jederzeit nach Bourg zurückkehren konnte, wenn Chefa wieder auftauchen sollte.

So sagte ich schließlich zu, vor allem, weil mich das Haus faszinierte, aber auch, das muß ich zugeben, weil ich neugierig war zu erfahren, was mit Chefa geschehen war. Ohne jede Verpflichtung, versteht sich, was das Ergebnis der Nachforschungen angeht.

Der Bürgermeister vermittelte mich also an den Eigentümer, einen Landschaftsmaler, der sich ebenfalls auf die Insel zurückgezogen hatte.

Ihm habe ich angeboten, die Miete für ein Jahr im voraus zu bezahlen. Der Maler erwiderte, er könne mir keinen Vertrag geben, da Chefa möglicherweise noch am Leben sei. Genau dieser Tage hat der Untersuchungsrichter von Vannes im »Journal de l'Ouest« eine Anzeige geschaltet mit der Aufforderung, Hinweise über den Verbleib Davide Chefas an die Polizei weiterzugeben. Sollte nach Ablauf einer Frist von sechs Monaten niemand vorstellig geworden sein, wird der Vermißte für tot erklärt. Bis dahin läßt mich der Maler erst einmal in der Villa wohnen und deklariert die Mietzahlungen als Instandhaltungsaufwendung für das Haus. Wenn Chefa hingegen, was kaum wahrscheinlich ist, wieder auftaucht, könnte man meine Anwesenheit damit erklären, daß jemand die Villa bewohnbar halten muß. Ich würde also als eine Art Wärter fungieren und nach der offiziellen Todeserklärung Chefas einen regulären Mietvertrag bekommen.

Gestern habe ich mich ein wenig umgeschaut. Im Haus sieht es ordentlich aus, abgesehen von der Staubschicht, die sich im Laufe des letzten Jahres angesammelt hat. Man hat den Eindruck, der Bewohner sei nur für ein paar Tage verreist. Im Erdgeschoß befinden sich die Küche, ein sehr geräumiges Wohnzimmer und ein Bad. Der erste Stock hat vier Zimmer und zwei Bäder. Unter dem Dach gibt es ein weiteres Zimmer und einen Arbeitsraum.

Ich habe das Gefühl, als wohnte ich nicht erst seit einer Woche, sondern seit Jahren in der Villa. Gestern, nach Sonnenuntergang, habe ich mich auf dem Sofa ausgestreckt und durch die Öffnung der Balkontür den Baum im Garten betrachtet. Das Sofa, alt wie alle Möbel im Haus, schien sich mit seinen Unebenheiten bequem meinen Körperformen anzupassen. Ich habe mir vorgestellt, daß es mein Gewicht wiedererkennt, als sei es das von Chefa. Gestern war es windiger, und am Baum tanzten die Blätter, als winkten sie mir zur Begrüßung zu.

Der Eigentümer des Hauses hat seine Bilder abgehängt, so daß die Wände aus porösem Stein, die bei nassem Wetter die Feuchtigkeit aufsaugen und den Geruch des Regens verströmen, fast kahl sind. Auch die wertvolleren Möbelstücke hat der Maler mitgenommen. Die Standuhr hat er zurückgelassen. Mit ihren vom Holzkasten gedämpften Schlägen leistet sie mir Gesellschaft und läßt ihr messingfarbenes Zifferblatt hypnotisch schillern. Außerdem steht im Salon ein verzinkter Bistrotresen, der unverrückbar im Boden verankert ist.

Nach meinem Kaffee ohne Croissants stöbere ich lustlos im Haus herum. Dabei fühle ich mich wie ein Dieb. Mein Ziel ist es, Briefe oder Fotos zu finden. Aber keine Spur davon. Das ist wirklich merkwürdig: im ganzen Haus kein einziger Brief, kein einziges Foto. Ich habe bei der Gendarmerie nachgefragt, ob Chefas persönliche Unterlagen beschlagnahmt wurden. Der Beamte, mit dem ich sprach, verneinte dies mit einem Blick, als hätte ich ihm eine völlig abwegige Frage gestellt. Aus seiner gleichgültigen und gelangweilten Art schloß ich, daß die offiziellen Ermittlungen mit wenig Ehrgeiz durchgeführt worden waren und sich auf ein paar seltene Besuche in der Villa beschränkt hatten. Allmählich glaube ich, der Bürgermeister könnte recht haben. Vielleicht wurde Chefa ermordet, und der Mörder hat, warum auch immer, alle persönlichen Unterlagen entwendet. Allerdings paßt die auffällige Ordnung in der Villa nicht zu dieser Theorie. Oder sollte Chefa das Haus verlassen und alle vertrauten Dinge mitgenommen haben?

Im Arbeitszimmer bleibe ich erstaunt vor einer Zeichnung stehen. Sie stammt nicht von dem Vermieter, obwohl der auch kein schlechter Maler ist. Von seinen Werken hängt nur noch eine recht anschauliche Landschaftsmalerei: neu interpretierter Impressionismus eines tüchtigen Kunsthandwerkers. Diese Zeichnung hingegen ist ganz und gar außergewöhnlich. Die Art, wie sie die Bewegung des Baumes einfängt, den ich heute morgen vom Sofa aus betrachtet habe, ist schlicht überwältigend. Als stellte das Bild keine Pflanze, sondern einen Menschen dar. Dem Künstler gelingt es, in der Zeichnung die Gedanken des Baum-Menschen auszudrücken. Ruhige, ernste Gedanken: Der Baum ist ein alter weiser Mann, der dem Betrachter einen gutgemeinten Rat erteilt.

Die Zeichnung hängt an der Wand hinter dem Schreibtisch, auf dem ein Computer thront.

Der Computer ist ein alter Mac. Auf der Tastatur liegt unberührt und fingerdick der Staub, ein weiteres Indiz dafür, daß die Beamten der Gendarmerie bei ihren Nachforschungen äußerst oberflächlich vorgegangen sind. Seit dem Verschwinden des Eigentümers hat niemand den Computer hochgefahren. Ich schalte ihn ein. Auf dem Desktop öffnet sich ein Fenster und fragt mich nach dem Paßwort. Keine leichte Aufgabe, das entsprechende Wort oder die richtige Zahlenkombination zu finden, dafür bräuchte ich Chefas Gehirn. Oder müßte ihn zumindest besser kennen.

Aber ich kann es versuchen. Ich beginne mit dem Geburtsdatum, das ich in den Unterlagen der Gendarmerie finde: 19. 1. 1936. Natürlich ohne Erfolg, zu banal. Aber es muß etwas sein, das mit ihm zu tun hat. Direkt, nicht zu kompliziert, damit er sein Sesam-öffne-dich nicht wieder vergißt. Ich versuche es mit dem Namen seiner Geburtsstadt, Florenz, die ich ebenfalls den Angaben der Gendarmerie entnehme. Auch zu banal. Der Name des italienischen Vaters: Giuseppe. Nichts. So hangele ich mich auf gut Glück von einer Assoziation, die mir sein Lebenslauf eingibt, zur nächsten: Alter ... Datum des Studienabschlusses ... Todestag des Vaters ... Doch ich glaube, daß die Zahlen nichts hergeben. Ich weiß nicht, wie ich daraufkomme, daß er es nicht mit Zahlen hatte. Meine Intuition sagt mir, daß er mehr ein Mann der Worte als der Zahlen war, unser Chefa. Ein Experte für Wörter, für uralte Sprachen, deren Klang in Vergessenheit geraten ist, die allein als graphische Zeichen überdauern. Tote Wörter, Leichen, von denen nur kalte Spuren zurückbleiben. In der Antike meißelten die Menschen in Stein, um der Zeit zu trotzen. Versuchen wir es also mit seinem Beruf: Arche. Nichts zu machen. Auf dem Bildschirm erscheint immer wieder die Meldung: »Ungültiges Paßwort, versuchen Sie es noch einmal«. Ich kann Computer nicht ausstehen, solche Fehlermeldungen wirken auf mich immer wie ein Vorwurf. Als sei es meine Schuld. Als läge der Fehler in meiner Fahrlässigkeit oder meinem Unvermögen.

Dennoch könnte sein Beruf die richtige Fährte sein. Mal sehen. Was tun die Archäologen, wenn sie gerade nicht Steine ausgraben und deuten? Die Zeit verwandelt alles in Stein. Wie Fossilien: versteinertes, unsterblich gewordenes Leben. Archäologen sind die Priester der Zeit. Ich versuche es mit Kronos: »Ungültiges Paßwort«. Die Zeit ist also die falsche Fährte. Ihr Abgrund, tief und dunkel, ist der schreckenerregende Gegner dessen, der die Nebel der Vergangenheit zu durchdringen sucht. Die Zeit ist zu unpersönlich, ein stummer und ferner Feind.

Plötzlich begreife ich, daß es sich um ein ganz einfaches Wortspiel handelt: nicht banal, sondern einfach. Es gibt einen Zusammenhang zwischen dem Nachnamen unseres Mannes und seinem Beruf, wie ein Wink des Schicksals. Ist Chefa nicht das hebräische Wort für Petrus? Aber ja, Simon Chefa. Etwas anders geschrieben und ausgesprochen natürlich, Kaiphas. »Du bist Petrus, auf dich will ich meine Kirche bauen.« Ich versuche es mit Simon: »Ungültiges Paßwort«. Simone. Idem. Pietro, dann Petrus. Nichts. Aber ich spüre, daß ich ganz nah dran bin. Ich probiere Lithos. Volltreffer! Das Fenster eines Textdokuments geht auf.

Unter der Überschrift »Steine« erscheinen eine Erzählung in leicht emphatischem Duktus, außerdem Ausschnitte aus einem in Alltagsprosa verfaßten Tagebuch.

In einer Vorbemerkung schreibt Chefa, das erste Dokument des Ordners sei aus dem Sanskrit übersetzt und einem tibetanischen Buch entnommen, welches so alt sei, daß es jede Datierung unmöglich mache. Laut Chefa wurde das Buch von Carmalingpa transkribiert, was soviel heißt wie »Mann aus Carmaling«, mythischer Entdecker und Übersetzer heiliger buddhistischer Texte aus dem Sanskrit ins Hindi. Chefa berichtet, er sei durch eine glückliche Fügung in den Besitz dieses Dokumentes gelangt und habe sich lediglich darauf beschränkt, es zu übersetzen.

Die Geschichte erinnert flüchtig an einen Science-fiction-Roman, Untergattung »Außerirdische Archäologie«. Der Hinweis auf den antiken tibetischen Text ist zu naiv, um glaubhaft zu wirken. Die Sprache ist weitgehend modern, obgleich der Stil streckenweise einer mäßig ambitionierten Bibelimitation gleicht. Ich vermute, daß das vorgebliche Originaldokument – laut Chefa sechstausend Jahre alt – Frucht einer versierten Erfindungsgabe ist: der bewährte Trick des Autors, der sich auf die Autorität eines antiken Manuskriptes beruft. Aufschlußreich ist auch die Überschrift des ersten Dokuments, von der zeitlichen Übereinstimmung einmal ganz abgesehen: »2001, Bedrohung aus dem Weltraum« in fetten Großbuchstaben, 24 Punkt. Zweifelsohne stammt die Überschrift von Chefa. Sie erlaubt tiefe Einblicke in die Vorstellungswelt des Autors, eines Hobbyschreibers, der sich mal der Genreliteratur und mal seinem ernstzunehmenden Beruf als Archäologe widmete.

Als Science-fiction-Autor ist Monsieur Chefa nicht besonders originell. Die Geschichte scheint sich an der Anfangssequenz von Arthur C. Clarkes und Stanley Kubricks »2001: Odyssee im Weltraum« zu inspirieren. Dabei wirkt sie weniger eindimensional und weniger optimistisch als die zwischen Kino und Literatur geborene Filmstory. Die Geschichte, die ich am Computer lese, entwickelt sich im Gegensatz zu Film und Buch dialektischer insofern, als sie von einem Widerspruch ausgeht, einen ständigen inneren Konflikt unterstellt.

Dies ist kurzgefaßt der Eindruck, den ich mir nach der Lektüre des ersten Kapitels und einem raschen Überfliegen der anderen Dokumente desselben Ordners auf Chefas Computer gemacht habe. Im folgenden gebe ich nun wortwörtlich den Text des ersten Dokumentes wieder, mit all seinen Abstrusitäten.

2

Dokument Nr. 1

Auszug aus dem »Buch der Dämonen«

»... Als sich die Menschen über die Erde hin zu vermehren begannen und ihnen Töchter geboren wurden, sahen die Gottessöhne, wie schön die Menschentöchter waren, und sie nahmen sich von ihnen Frauen, wie es ihnen gefiel ... In jenen Tagen gab es auf der Erde die Riesen, und auch später noch, nachdem sich die Gottessöhne mit den Menschentöchtern eingelassen und diese ihnen Kinder geboren hatten ...«

Genesis 6,1-4

»... Und dann kippt das Gleichgewicht zwischen dem Druck des Erdinneren und dem Gewicht des Wassers, an einem beliebigen Punkt des Meeresbodens. Es entsteht eine endlose Folge von Unterwasserbeben, die Meerbeben auslösen. Doch riesige Wassermassen fließen augenblicklich in den Spalt am Meeresboden und füllen die Bresche auf. ... Die ständige Berührung mit dem Erdinnern bringt die Ozeane zum Sieden; die freigesetzten Kräfte der Unterwasserbeben bewirken Beben der aufgetauchten Erdoberfläche. In den Stürmen vermischt sich der von den Beben aufgeworfene Staub mit den Dämpfen, die den Ozeanen infolge der Meerbeben entsteigen. Die dicken Wolken, die aufsteigen, sind undurchsichtig und angefüllt mit Staub. Es gibt nicht mehr Tag noch Nacht, nichts als ewiges Dämmerlicht ...«

Jean Sendy, »Ces dieux qui firent le ciel et la terre«

Vortrefflich haben die Brüder einen Teil der Arbeit getan. Das Eis geht zurück. Die Bären wurden getötet.

Höchste Ehre sei den Brüdern: El, der Erwählte, im Blick seiner neun Augen der schreckliche Haß. Ishtar, die Schöne, ihr flammender Leib eine Fülle aus Licht. Heruka, der Unerschaffene, die Lider flink wie Blitze, gebleckt die funkelnden Zähne, das abstehende Haar rot wie ein Flammenkranz. Und ewiges Lob sei Ihm, dem Unnennbaren, dem Höchsten.

Dann mußten die Brüder abreisen. Sie hatten die Zeichen gesehen, die Widersacher waren da, die Wächter: auf der Jagd, gerüstet wie nie zuvor, entschlossen, uns auf frischer Tat zu fassen.

Das einzige, was diesen Planeten am Rande der Galaxie von dem übrigen System abhebt, ist seine intensive blaue Farbe, die aufleuchtet, wann immer sich ein Spalt in der ihn umhüllenden dicken Wolkendecke auftut. Das ganze System, kreisend um ein Gestirn mittlerer Größe, ist beherrscht vom Fatum des Todes: die inneren Planeten zu heiß, die äußeren zu kalt. Außer diesem und einem weiteren, etwas kleineren Himmelskörper, der offenkundig vor Urzeiten von allem Leben verlassen wurde.

Dennoch hatte der Rezeptorkristall an Bord während des Anflugs auf den blauen Planeten sehr schwach »Hier kohlenstoffbasiertes Leben« signalisiert. So schwach war das violette Flimmern, daß man es für einen technischen Defekt halten konnte: Das hiesige, erstaunlich weit entwickelte Leben war durch eine weitere der ungezählten Eiszeiten erneut vom Aussterben bedroht. Vor der letzten großen Kälte hatte die biologische Vielfalt ihren im gesamten Kosmos beispiellosen Höhepunkt erreicht. Die Zahl der Tier- und Pflanzenarten im Prozeß unaufhaltsamer Evolution war schier unendlich. Die ideale Umgebung, um den Versuch zu wagen. Eine hochinteressante Aufgabe.

Wir, die ewig Fliehenden, die der Heimat Verwiesenen, die Verfolgten, die Verstoßenen, konnten die Wende herbeiführen und anstelle der Stille und des unaufhaltsamen Niedergangs zum Tode eine neue Vielfalt explodieren lassen. Nur wenige Jahrtausende noch, nach dem Sieg über die Eiszeit, und der blaue Planet würde seine monotone Farbe ändern. Auf der dunklen, von seiner Sonne abgewandten Seite würde der Reisende Städte erstrahlen sehen, würde er das Beben einer hochentwickelten Intelligenz spüren, würde er wissen, daß es am Rand der Unendlichkeit einen Ort gab, wo man Zuflucht fand.

Doch dann kamen sie. Die Brüder mußten fliehen. Ich kehrte allein zurück. Ich habe gelernt, mich zu verbergen. Es bereitet mir keine Schande, mich wie die Schlange unter einem Stein zu verkriechen. Ich bin Enki, der Fähige. Auch deshalb nennt man mich den Fähigen: weil ich mich in einen Stein verwandeln kann oder in einen Busch, in einen Baum oder in eine Wolke. Ich kann verschwinden.

Ich habe die Stelle erreicht, welche die Brüder für ihr erstes Experiment auswählten. Ein grauenhafter Ort. Die Höhle gräbt sich tief ins Erdinnere. Man erreicht sie durch einen großen Canyon, dem Lauf eines Flusses folgend, der einst mächtig und voll reißender Stromschnellen gewesen sein muß. Heute ist nur noch ein schlammiges Rinnsal übrig, das sich hie und da in kleinen Pfützen sammelt. Bald jedoch werden die Eismassen der umliegenden Berge zu schmelzen beginnen und den Fluß mit neuen Fluten füllen.

Die Brüder haben den Höhleneingang auf der Seite zum Canyon hin mit einem schlanken Monolithen in Form eines Sternenschiffes gekennzeichnet. Der Eingang befindet sich in einer rund hundert Meter hohen Steilwand, verborgen hinter Felsblöcken, die über den Abgrund ragen und deren Schatten den Eindruck weiterer Öffnungen vermitteln. Dort oben sind meine Primaten in Sicherheit, wenn sie des Nachts vom Sammeln zurückkehren, meine plumpen, dabei recht intelligenten Schützlinge, die einzigen, die ich auf diesem einst so außergewöhnlich artenreichen Planeten auftreiben konnte, wo der gnadenlose Zufall sie auslöschen wollte.

Die ersten Meter des Ganges bohren sich tief in den Berg. An der Stelle, wo die Höhle scheinbar endet, weitet sich der schmale Durchgang zu einem riesigen Saal, von dem strahlenförmig zahlreiche Tunnel abgehen. In diesem

Saal schimmern im schwachen Licht undeutlich die bleichen Schädel der Bären und lassen in ihrer Anordnung Rückschlüsse auf die Schlacht und den Sieg zu. Auf einem der größeren unter ihnen wächst ein Tropfstein, die Schädeldecke ist bereits mit einer Kalkschicht überzogen. An deren Stärke, zart noch und erst an wenigen Stellen verfestigt, messe ich die Zeit. Der Bär wurde vor weniger als vierhundert Jahren getötet, kurz vor der Abreise der Brüder.

Jahrtausende lang hatte zuvor das lästerliche Miteinander gewährt. Die Bärenspuren in den hinteren Teilen der Höhle befinden sich im Stadium fortgeschrittener Fossilisation. Die Abdrücke liegen in unmittelbarer Nähe zu den humanoiden Fußspuren, als hätten die affenartigen Primaten und die Bären friedlich Seite an Seite gelebt.

Ein unterirdischer Fluß, der in das Tal des heutigen Rinnsals mündete, hatte die Höhle in Millionen von Jahren gegraben. Die Wassermassen bahnten sich ihren Weg durch die Felswände und schufen die Durchbrüche, die heute den Zutritt ermöglichen.

Als der Himmel sich auf ewig verdunkelte und nur ein düsterer Schimmer am Horizont den Tag von der Nacht schied, zogen die quasi-intelligenten Primaten und die Bären sich langsam in die Höhle zurück. Die Höhle schützte sie vor der Kälte und der mit Blitz und Donner erfüllten Schwärze, schwer und massiv wie ein Felsblock, der jeden Moment auf ihre Köpfe herabzustürzen drohte.

Bevor die Brüder kamen, hatte alles Fleisch auf dem Planeten seinen Wandel verderbt. Die geschundene Erde gebar nur noch Unkraut. Die Bären schleppten ihre magere Beute in die Höhle. Den befellten Tieren folgten die unbehaarten, jämmerlich nackten Affen. Gegen Ende der Eiszeit ernährten sie sich von dem, was die Bären an verfaulten Resten zurückließen. Man kann sich denken, wohin sie die Ruhe der Wächter, das Höchste Gebot des Nichteingreifens, geführt hätte. Die Wächter der Ruhe beaufsichtigten sie, behielten sie im Auge, wie sie alles im Kosmos überwachen. Sie hatten sie zu einem kläglichen und unrühmlichen Ende verurteilt. Schon gab es auf dem ganzen Planeten nur noch wenige tausend Exemplare, und viele tausend andere Spezies waren ihnen zahlenmäßig überlegen. Sie, die hochmütigen Wächter, die Unvergänglichen, wollten sie unter dem machtvollen Absatz des Schicksals zertreten, obwohl das Gehirn dieser Geschöpfe bereits so weit entwickelt war, daß sie Werkzeuge herstellen und verwenden konnten. Welch unglaubliche Verschwendung!

Eine dünne Schicht aus Erde und Geröll bedeckt den Höhlenboden und die Knochen, in die die Zahnabdrücke zweier verschiedener Tierspezies gegraben sind: deutliche und breitflächige Spuren großer Schneidezähne in jenen Teilen, die einst von Fleisch umgeben waren, in den übrigen feinere Abdrücke wie Nagespuren großer Mäuse. Einige lange Knochen sind geborsten. Die intelligenten Primaten brachen sie mit Hilfe von Faustkeilen, die sie aus in Stücke geschlagenen Felsbrocken herstellten, um das Mark herauszusaugen, und sie zerschlugen die Schädel der Pflanzenfresser, um ihr Gehirn zu verzehren. Die Werkzeuge finde ich zwischen mit Kalk überzogenen Tiergerippen.

Das Zusammenleben der beiden Spezies - die Bären dreimal so groß wie die Affen, zudem behende und wild, so daß selbst der kleinste von ihnen den stärksten der Hominiden mit der bloßen Faust hätte zermalmen können - gestaltete sich lange Zeit als friedliches Miteinander. Die Bären brachten ihre Beute in die Höhle. Von meinen quasi-intelligenten Primaten jagten nur die Männchen kleinere Nagetiere (so man es jagen nennen will). Die Weibchen gaben sich auch mit Insekten zufrieden und sammelten ein paar verkümmerte Pflanzen: Beeren, Blätter, Wurzeln.

Primaten und Bären waren in bezug auf ihre Nahrung wenig wählerisch. Auf der einen Seite rohe Gewalt, auf der anderen der bewußte Einsatz der Hände, die Fähigkeit, Werkzeuge zu bauen und anzuwenden. Dabei ignorierten sie einander: die Bären zurückgezogen in den tieferen Höhlen, jeder für sich allein; die Affenartigen im Rudel, organisiert in einer rudimentären Gesellschaft.

Ihr Gemeinschaftssinn ist einer der Gründe, warum die Brüder eben diese Primatenspezies auswählten.

An den Höhlenwänden entdecke ich ein paar Gravuren, die an ihre bemerkenswerteste Eigenart erinnern. Die Bilder sind nur angedeutet, grobe Ritzungen, fast könnte man sie mit der natürlichen Felsstruktur verwechseln, doch ich bin Enki, der Fähige, und ich dechiffriere auch die wirrsten Zeichen. So stelle ich widerwillig fest, daß die Primaten, furchtsam und vom Hunger eingeschüchtert, als Dank für die kärglichen Überreste, die sie bekamen, pflanzliche Opfergaben vor den Schlupfwinkeln der Bären ablegten, als seien die Bestien göttliche Wesen.

Kurz nach Ankunft der Brüder entfesselten die humanoiden Wesen auf ihre Anweisung einen Krieg und töteten die ehemaligen Gefährten. Sie waren gelehrige Schüler. Auf der größten Wand in der zentralen Höhle - obgleich sehr rudimentär gezeichnet, läßt sie sich doch deutlich erkennen - ist in ihrer ganzen Erhabenheit und Machtfülle die Große Mutter Ishtar abgebildet, die in der Rechten einen Knüppel schwingt und in der Linken den Schädel eines Bären hält, als blutgefüllten Kelch. Es ist nicht schwer, die Lust am frischen Blut zu lehren.

Die schwierigste Aufgabe liegt nun bei mir, und ich werde sie in aller Einsamkeit und Stille durchführen müssen. Die Brüder sind fern, es wäre nicht klug, miteinander zu kommunizieren.

In einem Raum ohne Ausgang im entlegensten Teil der Höhle finden sich noch die Spuren der letzten Schlacht. Die Abdrücke von Primatenpfoten führen in frenetischer Bewegung hierhin und dorthin, darunter mischen sich die

Spuren der Sohlengänger. Während des hitzigen Kampfes schlugen die Bären ihre Krallen in die Wände im Versuch, hinaufzuklettern und so dem Angriff zu entgehen. Die Brüder hatten die zukünftigen Menschen den Gebrauch des Feuers gelehrt. Die Kohlespuren sprechen Bände. Sie stammen von den herabfallenden Resten der brennenden Fakkeln, mit denen die Menschenwesen die Bären aus ihren Schlupfwinkeln aufscheuchten, um sie durch die langen Gänge tief in die Höhle hinein- und schließlich an der hintersten Höhlenwand zusammenzutreiben. Mit Keulen und Faustkeilen bewaffnet, griffen sie dann aus sicherer Entfernung an. In dieser Halle ruht der Schädel eines riesenhaften Bären auf dem Sockel eines Felsvorsprungs, geisterhaft mit einer feuchten Kalkschicht überzogen.

Das Massaker an den Bären war nur der Beginn. Nun ist es an mir, Enki, dem Fähigen, das Werk der Brüder fortzusetzen.

Hinter einem Felsen verborgen, beobachte ich sie seit einigen Stunden. Der kleine Platz vor dem Höhleneingang und der Hang davor sind mit ihren Abfällen übersät, den schmutzigen Spuren ihres trostlosen Lebens.

Die vielen hundert Jahre Eiszeit haben die Bäume unter Moos und Flechten erstickt. Beeren und Früchte sind rar, die Vegetation erholt sich nur langsam. Seit meine quasiintelligenten Affen die Bären getötet haben, haben sie Mühe, an wertvolle Proteine heranzukommen. Sie sind langsam, sie sind geschwächt, zudem werden sie immer unbeweglicher und haben niemals schwimmen gelernt, die Fische flüchten vor ihren plumpen Bewegungen, ihre Steine treffen nur selten einen Vogel. Sie entwickeln sich langsam, aber unaufhaltsam zurück. Schon haben die Grunzlaute der Jüngsten jegliche Bedeutung verloren, sie kommunizieren nicht mehr miteinander, sondern schreien nur ihre Wut, ihren Hunger, ihren Schmerz heraus.

Ein feiner grauer Regen fällt herab, wie flüssiger Nebel. Ein Weibchen wiegt ihr abgemagertes Junges in den Armen. Sie versucht ihm ein wenig von ihrer Körperwärme zu spenden, hält es umschlungen, um ihm Leben einzuhauchen. Doch das Kleine wird sterben, nicht mehr lange, dann wird es mit ihm zu Ende sein.

Ich könnte meine Macht beweisen und es mit einer Handbewegung heilen. Doch das wäre verfrüht, die Brüder würden es nicht gutheißen, ich muß die Zeit abwarten, die es braucht.

Die Männchen machen in der Umgebung Jagd auf Nagetiere. Die Weibchen sammeln rund um die Höhle alles, was irgendwie eßbar erscheint. Zu Beginn werde ich mir ihren Hunger zunutze machen müssen, um sie anzuspornen.

Der Auslöser wird der Hunger sein, dann werden sie lernen müssen, ihre Feinde zu erkennen und zu hassen, und sie werden lernen, aus reiner Mordlust zu töten.

Im Falle der Bären muß es sehr schwer gewesen sein, den Überlebensinstinkt zu überwinden, der die beiden Arten aneinanderkettete. Der wechselseitige Nutzen während der harten Jahrhunderte der Eiszeit hatte sie solidarisch verbunden. Doch die Brüder konnten ihnen das Verlangen nach Macht einpflanzen und den Haß, der ihnen die nötige Kraft gab. Gelobt seien die Brüder: El, der Höchste, Ishtar, die Schöne, Heruka, der Unerschaffene. Und gelobt in alle Ewigkeit sei Er, der Erste, der Unerreichbare.

Doch die härteste Aufgabe liegt nun bei mir: Darum nennen sie mich den Fähigen, ich habe Erfolg, wo andere versagen.

Auf der Wasseroberfläche spiegelt sich ein feiner, lichterfüllter Riß in der Wolkendecke. Die zwei Rudel kommen näher, um diese Zeit versammeln sie sich zu beiden Seiten der Wasserstelle. Seit undenkbaren Zeiten suchen sie gemeinsam die Quelle auf, schöpfen gleichzeitig Wasser, löschen ihren

Durst und füllen ihre Gefäße, um dann unter Spritzen und Prusten ihre Leiber zu erfrischen. All dies tun sie gemeinsam. Kämen sie nacheinander, wäre das Wasser für die später eintreffende Herde schlammig und ungenießbar.

Die Verrichtungen zu beiden Seiten der großen Lache erinnern an ein Ritual. Die beiden Rudel ignorieren einander, würdigen sich keines Blickes. Die zweite Gruppe kommt von weiter her, sie bewohnt eine Höhle jenseits des Hügels; diese Tiere ernähren sich auf dieselbe Art, und auch sie verstehen es, Werkzeuge herzustellen und einzusetzen. Und doch sind sie anders, etwas größer, die Stirn niedriger, der Schädel länglich, ihre Zähne breiter, aber nicht so scharf. In ihrem Blick liegt der ruhige Gleichmut der Pflanzenfresser: Sie haben nicht die Bären bezwungen, sie wissen nicht, wie Blut schmeckt.

Ich habe den Stein an den Tümpel gelegt, auf die Seite der Bärenbezwinger. Ich habe ihn auf einer kleinen Erhebung so ausgerichtet, daß er im ersten Tageslicht erstrahlt, das an das Ufer fällt. Ich habe ihn so modifiziert, daß er dem Bärenschädel in der Höhle gleicht. Zumindest ist dies das erste Bild, das erscheint. Doch ich habe lange an ihm gearbeitet. Sobald mehr Licht darauf fällt und ihn von allen Seiten beleuchtet, bevölkert sich seine rauhe Oberfläche mit weiteren Bildern, darunter die eindringliche Mahnung, sich an das Massaker zu erinnern. Der Aufruf zum Haß. Das Gebot, zu herrschen. Die Vorstellung von Mein, das nicht Dein ist, und Dein, das noch nicht Mein ist, der Wille, etwas in den eigenen Besitz zu bringen, der Wille zur Macht. Die Gewalt. Nicht umsonst bin ich Enki, der Fähige.

Die ersten sechs Tage tun die Bärenbezwinger so, als beachteten sie den Stein nicht. Diese Verstellung entspricht ihrem Charakter. Während die Hominiden des auserwählten Stammes auf ihrer Seite des Tümpels trinken und Wasser schöpfen, erhebt sich der Stein einsam an dem breiten Ufer.

Die Herde bildet einen Kreis um ihn, alle senken die Köpfe wie Unterjochte. Die Lichtspiele auf dem gekräuselten Wasser bringen Bewegung in die Bilder der facettierten Oberfläche des Steins und verändern sie kaum wahrnehmbar.

Am Morgen des siebten Tages tragen die Männchen, als sie an den Rand des Tümpels treten, Knüppel und Faustkeile. Für die Langhäupter von der anderen Seite des Wassers ist es ein Tag wie jeder andere, der Stein lediglich ein Felsbrocken, den der Widerschein des Lichts auf dem Wasser fast unsichtbar macht.

Der Überfall kommt so unerwartet und stellt einen so außergewöhnlichen Bruch des seit Jahrhunderten währenden Friedens dar, daß die Glupschaugen der Langhäupter reglos in den Himmel stieren, als der erste scharfe Faustkeil über den Tümpel geflogen kommt, einem Alten des Clans die niedrige Stirn zerschmettert und ihn zu Boden wirft. Die Langhäupter scharen sich um den Gefallenen und wenden den Blick nach oben, als erwarteten sie ungläubig einen Steinregen vom Himmel.

Der Hagel kommt. Die erwachsenen Männchen der Rundhäupter folgen dem Beispiel ihres Anführers und schleudern ihre Faustkeile, die Geschosse treiben das Rudel am anderen Ufer auseinander, mindestens zehn von ihnen stürzen blutend zu Boden.

Die Bärenbezwinger, auch ihre Weibchen, werfen sich in den Tümpel, stürmen hindurch und fallen über die Langhäupter her, die Knüppel fest in den Händen haltend. Mit Wucht lassen sie sie niedergehen, ich höre die Knochen der Widersacher splittern.

Sie reagieren ihren in schier endlosen Friedenszeiten angestauten Zorn ab, das flache Wasser des Tümpels färbt sich rot.

Einigen Langhäuptern gelingt die Flucht. Als sie weit genug weg sind, um keine Verfolger mehr fürchten zu müssen, dreht sich ein Langhauptweibchen um, hebt die Arme zum Himmel und schreit: »Tohu-Bohu!« – Verzweiflung, Tod, Chaos.

In der folgenden Nacht kehren die Rundköpfe scheu und verstohlen wie Mäuse auf das Schlachtfeld zurück. Sie reißen den Leichen die Gliedmaßen aus und zerstückeln die Leiber. Sie beugen sich über das Blut. Sie sind so gierig, daß sie noch vor Ort ihr Mahl einnehmen, am Rande des Tümpels. Als sie satt sind, überlassen sie die Leichenreste den Vögeln. Sie haben schnell gelernt, sie sind brave Schüler.

»Tohu-Bohu!« Es irritiert mich, wenn sie diese Laute ausstoßen. Von mir haben sie das nicht gelernt, sie müssen es sich bei den Langhäuptern abgeschaut haben, die die Gegend mittlerweile verlassen haben. So bleibt von den Unterlegenen nur der Schrei zurück, mit dem mich ihre Bezwinger begrüßen, wenn ich mich dazu herablasse, ihnen in all meinem Glanz zu erscheinen. Denn ich habe beschlossen, mich hin und wieder zu zeigen, um ihre Folgsamkeit zu belohnen. Sie begrüßen mich, indem sie gemeinsam die Klage der Besiegten anstimmen.

Sie lernen schnell. Schon bearbeiten sie ihre Faustkeile von beiden Seiten, um ihre Schlagkraft noch zu erhöhen. Den Stein, den ich an den Tümpel gelegt hatte, haben sie in die Höhle getragen.

Ich habe ein junges Weibchen von den anderen isoliert und in eine Grotte in der Steilwand des Canyons gesperrt, auf dessen Grund der mit jedem Tag stärker anschwellende Fluß verläuft. Um sie dorthin zu bringen, habe ich sie in einen todesähnlichen Schlaf versetzt. Sie kann nicht fliehen, die Höhle liegt in schwindelerregender Höhe, die Wände fallen steil ab. Am Anfang versteckte sie sich vor mir, wenn ich ihr erschien, zog sich in die Tiefe der Grotte zurück, das Gesicht in den Händen verborgen und ihre übliche Klage winselnd. Wenn sie mich jedoch heute sieht, tritt sofort ein Glanz in ihre Augen.

Von den Steinen, die ich neben ihr zurücklasse, wenn sie schläft, lernt sie nach dem Aufwachen die Namen der Dinge. Jeden Tag lernt sie eifrig und schnell neue Wörter. Die vielfältigen Bilder, die jeder der Steine in sich trägt, lehren sie die Sprache: An dem konkreten Namens einer Sache oder eines Tieres kann sie im Geiste schon eine abstrakte Idee ableiten, jede Metapher gebiert eine neue. In mir hat sie einen guten Lehrer, denn ich bin Enki, der Fähige.

Ich werde mich mit ihr paaren, nachdem ich ihren Leib modifiziert habe, um sie mir ähnlicher zu machen. Sie ist die kräftigste und gesündeste des Stammes, sie wird den Eingriff gut überstehen. Ich werde sie mit all den Künsten besitzen, die mir zur Verfügung stehen, auch darum nennt man mich den Fähigen.

Ich habe das Opfer gefordert. Sie hielten sich in Verteidigungsstellung, die erwachsenen Männchen scharten sich schützend um die Gruppe der Weibchen und Jungen.

Ich habe meine Aura schillern lassen. Der Sonnenstrahl, der seit einiger Zeit immer häufiger das Schwarzblau der Wolkendecke durchbricht, hat sich in einen Blitz von solcher Intensität verwandelt, daß sie geblendet waren.

Der Alte, ihr Anführer, hat das schönste und gesündeste junge Männchen ergriffen und die geblendeten Augen in meine Richtung gewandt in Erwartung der Befehle.

Ich habe das Zeichen gegeben. Der Alte hat den Jungen in die Höhle geschleppt. Die anderen sind ihm gefolgt. Ich habe sie lange singen hören. Vor dem Ritual singen sie mein Lob. Dann vernahm ich den Schrei. Es war tiefe Nacht, als der Alte wieder vor die Höhle trat. Er reckte mir den hohlen Astknoten einer Korkeiche entgegen, und der Schein meiner Aura ließ das Blut und das Herz darin funkeln wie einen kleinen roten Mond.

Ich bin Enki, der Fähige; und sie sind meine gelehrigen Schüler, sie lernen gut und schnell.

3

Davide Chefas Haus auf der Insel
März 2001

Ich war todmüde, als ich gestern zu Bett ging. Die Versuche, an die Daten im Computer zu gelangen, hatten mich völlig ausgelaugt. Diese Technologie überfordert mich immer noch, obwohl ich längst geübt darin sein müßte. Chefas Erzählung - das Massaker an den Bären, die Hominiden, die sich gegenseitig bekämpfen, das geheimnisvolle, blutrünstige Wesen, das den Primaten seinen Willen aufzwingt, und all das - hinterläßt in mir einen unangenehmen Nachgeschmack, wie eine melodramatische Musik, die einem nicht mehr aus dem Kopf will.

Im Arbeitszimmer - meinem liebsten Aufenthaltsort, da das Fenster auf das Meer hinausgeht und mir das Gefühl gibt, ich sähe von der Brücke eines Bootes direkt auf das Wasser - stieß ich auf eine Luke in der Decke. Als ich sie öffnete, kam mir eine Leiter entgegen. Ich kletterte hinauf und fand mich auf einem aus Brettern gezimmerten Dachboden wieder, von dem mir der Geruch nach Staub und abgestandener Luft entgegenschlug. Da ich keinen Lichtschalter für die Glühbirne finden konnte, die, staubbedeckt und mit Spinnweben umgarnt, einsam von der Decke herabhängt, beschloß ich, die Erforschung des Raumes bei Tageslicht fortzusetzen. Ich klappte die Falltür wieder zu und ging schlafen.

Ich erwache in aller Frühe, auch heute ist es das Tosen der heranbrandenden Flut, das mich weckt.

Der Vormittag verstreicht in der trägen Erwartung, daß mich die Lust überkommt, weiter in den Dokumenten auf dem Computer zu lesen. Die Zeit vergeht rasch, und ohne es zu bemerken, habe ich den ganzen Tag vergeudet, gefangen in wirren Gedanken. Mit der Abenddämmerung legt sich der Wind, und die Luft wird milder, die untergegangene Sonne überzieht das Meer noch kurz mit einem rötlichen Schein, bevor auch er vom dunklen Blau der Wolken verschluckt wird.

Ich gehe in den Garten. In einem Winkel am Rand des fahlgelben Gestrüpps liegt neben einem großen Stein eine Katze mit ihren Jungen. Die Katze hat ein langes weißes Fell mit rötlichen Flecken. Die Jungen scheinen das Ergebnis einer wilden Kreuzung zu sein, eines ist weiß und schwarz, ein anderes rötlich, ein drittes ähnelt, weißrot gescheckt, der Mutter. Alle drei saugen gierig wie Verdurstende am Bauch der Mutter. Doch irgend etwas ist nicht in Ordnung mit dem Tier. Steif streckt es seine Hinterläufe von sich und wird von einem Zittern geschüttelt. Auch der Kopf zuckt manchmal krampfartig hoch. Ich trete näher, um in der einsetzenden Dämmerung mehr zu erkennen. Die trüben Augen der Katze nehmen mich nicht wahr. Sie ist sehr mager, aber auf eine merkwürdige Art. Eher noch als mager wirkt sie schlaff, sie erinnert mich an das abgezogene Fell eines Kaninchens, an jene Hautlappen, die die Bauern meiner Heimat zum Trocknen über die Mauern ihrer Höfe in die Sonne hängen. Ich wage nicht, sie zu berühren, doch sie sieht ganz leicht aus. Die Kätzchen lösen sich von der Mutter, das schwarzweiß gescheckte miaut schwach, das rote tapst schwankend umher, bis es einknickt und mit dem Bauch nach oben auf dem Boden liegenbleibt und dabei weiter mit den Pfötchen rudert, als liefe es im Traum. Ich gehe ins Haus und fülle eine Schüssel mit Milch. Die stelle ich neben den großen Stein. Ich vermute, daß sie alle vier hungrig sind, daß das Säugen die Katze erschöpft und dehydriert hat. Diesen Eindruck macht sie mir zumindest, sie ist wie eine leere Hülle, aus der ein verzweifelter Blick fiebrig glänzend hervorsticht.

Keine der vier Katzen beachtet mich, als ich mich niederknie und die Schüssel mit der Milch näher an sie heranschiebe. Ich packe das kleine Rote im Genick und bin überrascht, wie leicht es ist, es fühlt sich an, als würde man ein Blatt Papier aufheben. Ich schiebe sein Mäulchen an die Schüssel heran, um es zum Schlecken zu bewegen. Das Kätzchen beißt überraschend in den Rand, mehr aus Zorn als aus Gier, dann fällt es hintenüber und streckt den Bauch in die Luft. Es atmet schwer. Nach Luft ringend, reißt es sein Mäulchen auf, dann wird es steif. Die zwei anderen Jungen streifen um es herum, schwankend wie Betrunkene. Das rote scheint nicht mehr zu atmen. Und auch die Mutter bewegt sich nicht mehr, ihr dunkler Leib verschwindet im Gras, das sich im verlöschenden Licht grünblau färbt.

Ich betrachte das mittlerweile dunkle, fast schwarze Haus. Von ferne mag sein Anblick faszinierend sein, doch darin zu wohnen ist eine ganz andere Sache. Ich finde es unheimlich. Die sterbenden Katzen kommen mir vor wie eine Warnung.

Ich kehre ins Haus zurück, ziellos streife ich durch die Küche, vielleicht auf der Suche nach etwas, womit ich das Leiden der Katzen mindern kann. Eine Unruhe hat mich gepackt, ohne daß ich einen konkreten Grund nennen könnte. Ich trete wieder hinaus in den Garten. Jetzt ist es dunkel, die Katzen sind tot. Alle vier.

Ich bilde mir ein, einen hellen Fleck zu sehen, der sich eilig von der Stelle entfernt, wo der große Stein und die steifen Tierkadaver liegen. Die Luft frischt auf. Der helle Fleck verschwindet in der Lorbeerhecke unter dem Baum. Wahrscheinlich nur der Widerschein des Küchenlichtes an der im Wind auf- und zuschlagenden Fenstertür.

Und doch stimmt etwas nicht mit diesem Ort. Je früher ich von hier verschwinde, desto besser. Es war ein Fehler herzukommen. Und es ist nicht richtig, Chefas abstruse Geschichten zu lesen. Ich bin versucht, sofort den Maler aufzusuchen und ihm die Schlüssel zurückzugeben. Ich wandere durch das Haus und finde mich schließlich im Arbeitszimmer wieder. Der Computerbildschirm, still und trüb wie eine Pfütze, zieht mich magisch an. Ich verbringe die Nacht damit, vier weitere Dokumente zu lesen.

Bei dem zweiten Dokument handelt es sich um Tagebucheintragungen neueren Datums, genaue Zeitangaben fehlen allerdings. Geschrieben wurde es in Montpellier, wo Chefa gemeldet war, bevor er hierherzog. Die Dokumente drei und fünf sind zu einem früheren Zeitpunkt in Nordafrika verfaßt worden. Dazwischen gibt es ein viertes Dokument, ebenfalls undatiert, das in der Zeit nach dem afrikanischen Tagebuch entstanden sein muß. Vor allem die Sprache ist im Vergleich zum ersten Dokument weniger pathetisch. Die Erlebnisse, die dort beschrieben werden, wirken, abgesehen von den subjektiven Exaltiertheiten des Autors, weitgehend authentisch und nicht erfunden.

Hin und wieder nicke ich ein, falle in einen Halbschlaf, der von krausen Bildern durchzogen ist.

Als der Morgen graut, habe ich einen schrecklichen Traum. Ich erinnere mich noch genau an ihn, weil ich vor Angst aus dem Schlaf hochschrak und mir wegen der unbequemen Haltung – den Kopf auf die Arme gestützt, vor mir das milchige Flimmern des angeschalteten Computers – alle Knochen weh taten.

Ich weiß, daß ich geträumt habe, doch dieser Traum war anders als sonst, normalerweise sind meine Träume banal und nicht von solcher Klarheit.

Im Traum bin ich auf dem Dachboden, ich höre ein wildes Flattern und schaue nach oben. Der Dachboden ist schwarz von Flügeln und bebt unter ihren Schlägen. Fledermäuse lösen sich von der Decke und entfleuchen mit dem Geräusch von raschelndem Herbstlaub.

Eine von ihnen streift mein Gesicht, stürzt neben mir zu Boden und bleibt unbeweglich liegen. Ich packe sie an einem Flügel, sie scheint tot zu sein. Plötzlich höre ich ein Atmen. Ich sehe ein braunhaariges, zierliches Mädchen, eher mager, wie Zehnjährige es manchmal sind, deren weibliche Rundungen sich gerade erst andeuten. Sie liegt ausgestreckt auf dem Fußboden und schläft mit offenem Mund. Ich habe die Fledermaus vergessen, die ich immer noch am Flügel zwischen den Fingern halte. Das Tier zappelt wild, befreit sich, in meiner Hand bleibt nur ein Fetzen schwarzer Haut zurück. Die Fledermaus fällt. Sie stürzt auf den Hals des Kindes und arbeitet sich mit rudernden Bewegungen der Finger zu ihrem Mund vor. Mit Hilfe der Krallen an den Flügelrändern zieht sie sich hinein. Es sieht aus, als wolle sie sich eingraben. Das Kind hebt den Kopf, gurgelt, schreit, versucht die Fledermaus zu packen, die schon fast im Mund verschwunden ist. Das Mädchen hustet, ringt nach Luft.

Plötzlich ist sie wie die Katzenmutter aus dem Garten: ausgehöhlt und schlaff. Sie atmet nicht mehr, ist eine leere Hülle. Ich erwache schweißgebadet, obwohl das Fenster weit geöffnet ist.

Im folgenden nun die vier Dokumente aus Davide Chefas Tagebuch. Keines bringt mich der Lösung des Rätsels um den Verbleib ihres Autors auch nur einen Schritt näher. Nachdem ich sie gelesen und darüber nachgedacht habe, glaube ich jedoch, daß es eine Verbindung zwischen dem Verschwinden des Archäologen und den erzählten Geschehnissen gibt, vorausgesetzt, sie sind wahr. Als zeichneten diese Ereignisse sein eigenes Schicksal vor, eine radikale Veränderung des ganzen Lebens.

4

Dokument Nr. 2

Chefas Tagebuch. Montpellier. Ohne Datum

»Ich gieng an jenem Tag am See von Silvaplana durch die Wälder; bei einem mächtigen pyramidal aufgethürmten Block unweit Surlei machte ich Halt. Da kam mir dieser Gedanke ...«

Friedrich W. Nietzsche, »Ecce Homo«

Seit zwei Tagen bin ich wieder in Montpellier. Gerade einmal vier Monate war ich auf der Insel, und doch kommt es mir vor, als seien Jahre vergangen. Die Zeit dort schien stillzustehen. Jeder Zweifel, jede Unzufriedenheit waren wie weggeblasen. Endlich wußte ich, wer ich war und wozu ich auf der Welt war. Ohne es zu ahnen, hatte ich schon immer auf sie gewartet, auf Habiela. Ich gehöre zu den wenigen Menschen, die das Privileg hatten, sie kennenzulernen. Auch wenn ich nicht glaube, daß ich dadurch glücklicher sein werde. Seit sie weg ist, begleitet mich Tag und Nacht ein unerträgliches Gefühl des Verlustes. Mein einziger Trost ist ihr Versprechen, noch einmal zurückzukehren, um mir eine Aufgabe zu übertragen. Auf der Insel werden wir uns wiedersehen, das hat sie mir versprochen, als sie von mir Abschied nahm.

Ich bin nach Montpellier gekommen, um meine Sachen abzuholen und dann auf der Insel das Haus zu beziehen, in dem sie wohnte und in das sie zurückkehren will, ich weiß nicht, wann. Unter anderem nehme ich diesen Computer mit und natürlich die Steine. Alles Materielle, Greifbare, das mich auf meinem Weg zu ihr begleitet hat, Schritt für Schritt. Der Rest bleibt hier, ich möchte alles aus meinem Herzen löschen, das nichts mit Habiela zu tun hat, von nun an möchte ich nur noch an die Dinge denken, die mich zu ihr geführt haben.

Mein Blick fällt auf den Stein, der halb hinter dem Bildschirm verborgen steht.

Die Steine haben kein Alter, sie überdauern die Zeit. Ohne Spuren kohlenstoffbasierten Lebens ist es schwierig, die Jahre eines vom Mutterfels abgebrochenen Splitters, eines vom Fluß angespülten oder aus einem Vulkan emporgeschleuderten Steines zu bestimmen. Jeder von ihnen könnte so alt sein wie die Erde.

Der Stein ist nackt, keine Spur organischen Lebens: nur Flint und Kalkstein. Er birgt eine außergewöhnliche Geschichte. Ich betrachte ihn unauffällig. Wenn ich wollte, könnte ich ihn zum Sprechen bringen, wie er zu den Menschen in grauen Vorzeiten gesprochen hat.

Seit zehn Jahren schon bewahre ich ihn auf, den ersten »Stein des Anstoßes«, den ich gefunden habe. Obwohl vielleicht eher der Stein mich gefunden hat.

Der Silexgeode, der fast überall mit einer schmutzigweißen Schicht aus Kalkstein überzogen ist, besteht aus zwei übereinandersitzenden Blöcken, deren oberer etwas übersteht. Der untere ruht auf vier plumpen Auswüchsen; das Ganze erinnert an einen Vierbeiner, ein Eindruck, der durch eine Unterbrechung in der Kalkschicht noch verstärkt wird. Am oberen Teil, dem Kopf, fehlt die Patina. Der nackte schwarze Feuerstein wirkt wie der Umriß eines massigen Schädels. Bei normalem Licht erinnert das Gebilde an einen Bären.

Ich fand ihn vor vielen Jahren in der Nähe einer Oase an den südlichen Hängen des Atlasgebirges, fünfzig Kilometer von Laghouat entfernt.

Nach meiner Rückkehr von jener unglückseligen Arbeitsreise, die mich in die Sahara geführt hatte, stellte ich den Stein auf den Schreibtisch in meinem Büro, das meinem

Schlafzimmer genau gegenüberliegt. So konnte ich ihn bei geöffneten Türen vom Bett aus sehen. Eines Tages erwachte ich mit dem Gefühl, beobachtet zu werden. Durch die halbgeschlossenen Rolläden drang ein fahles Licht, die blasse Sonne war verhangen vom Dunst, der über den Hügeln lag. Ein matter Sonnenstrahl fiel schräg durch das Zimmer auf den Stein. Das Gesicht eines alten Mannes war mir zugewandt. Unter der Kapuze verfing sich das staubige Dämmerlicht in den tiefen Höhlen der Augen und verlieh ihnen einen warnenden Ausdruck. Als wolle der Alte mir etwas mitteilen und warte schon seit Stunden mit starrem Blick darauf, daß ich endlich erwachte.

Zu jener Zeit war ich leicht depressiv, schlief zuviel und trank reichlich. Ich setzte mich im Bett auf und rieb mir die Augen, weil ich glaubte, noch unter dem Einfluß des Alkohols zu stehen. Gleichzeitig hoffte ich, nicht schon unter Wahnvorstellungen zu leiden, und wartete ungeduldig, daß das Bild sich in Luft auflöste. Doch der hinterhältige Alte blieb, mit verändertem Lichteinfall schien sich sein Blick sogar noch zu intensivieren.

Ich stand auf und ging langsam in das Arbeitszimmer hinüber, die Augen fest auf den Gesteinsbrocken gerichtet. Je näher ich kam, desto verschwommener wurde das Bild, und als ich den Stein berühren konnte, hatte er wieder seine gewohnte rauhe Oberfläche zurückgewonnen. Ich blieb lange neben ihm stehen und wandte immer mal wieder den Blick ab. Wenn ich ihn aus den Augenwinkeln heraus betrachtete, ohne ihn direkt anzuschauen, war der Alte plötzlich wieder da mit seinem boshaften Gesichtsausdruck, wie in einem alten, blinden Spiegel.

Langsam verschwand das Licht hinter den Hügeln – im Whiskeyrausch hatte ich den ganzen Tag verschlafen –, bis es fast dunkel war. Mit der Dämmerung verwandelte sich die schwarze Oberfläche des Geoden in die tiefe und dunkle Öffnung eines Schachtes, und schattenartige Umrisse tauchten auf, die obszöne Bewegungen vollführten. Ich empfand ein schreckliches Gefühl der Leere, des Fallens, von Dunkelheit und Chaos. Ich kannte dieses Gefühl, ich hatte es schon einmal verspürt.

Am liebsten hätte ich den Stein weggeworfen; ich habe versucht, mich seiner zu entledigen. Doch dann fehlte mir der Mut. Und auch diese merkwürdige Unentschlossenheit, fast eine Art religiöser Scheu, ist mir nicht neu.

Ich habe den Stein mehrmals weggeräumt, von einer Abstellkammer in die nächste, an immer entlegenere Orte. Doch kaum daß ich nach etwas suchte, stand er wieder vor mir. Fast gegen seinen Willen wurde der Blick immer wieder von ihm angezogen, wie von etwas Widerwärtigem. Jedesmal sah er anders aus: einmal starr und kompakt, dann zusammengekauert und wie zum Sprung bereit, manchmal breit grinsend, dann wieder düster und bedrohlich.

Schließlich gab ich auf und plazierte ihn gut sichtbar neben dem Computer.

Dieser Stein und die Geschichte, die sich um ihn rankt, sind die Anfangsglieder einer Kette, die mich heute in Erwartung Habielas an dieses Haus fesselt.

Schon früher war ich bei meinen Forschungen auf ähnliche Steine gestoßen, hatte ihnen aber wie alle meine Kollegen keine besondere Aufmerksamkeit geschenkt. Die Vorsicht, zu der uns der wissenschaftliche Anspruch unserer Disziplin nötigt, ließ uns annehmen, daß es sich um Abfallprodukte handelte. Die Handwerker des Paläolithikums hatten wohl die Silexklumpen, aus denen sie ihre Werkzeuge schlugen, weggeworfen, wenn sie durch einen feinen Riß oder eine Kalksteinkonkretion unbrauchbar geworden waren.

Dennoch hatte ich mich gewundert, wie ähnlich sich die mutmaßlichen Abfälle waren, manchmal geradezu identisch, obwohl sie von weit auseinander liegenden Orten stammten und einer vorsichtigen Datierung nach aus völlig verschiedenen, einander nicht minder fernen Epochen der Vorgeschichte. Deshalb hatte ich ein paar dieser Steine aufbewahrt, um sie zu einem späteren Zeitpunkt mit größerer Sorgfalt zu untersuchen und dann eine Erklärung für ihre verblüffende Ähnlichkeit zu finden, die über eine Laune des Zufalls eindeutig hinausging.

Seit dem Tag, an dem mir auf dem Stein von Laghouat zum erstenmal das Bild des alten Mannes erschien, habe ich weitere Fundstücke unter einer speziellen Beleuchtung betrachtet, um auf diese Art den schrägen Lichteinfall nachzuahmen, der den Code darstellt, um die Botschaft zu entschlüsseln. Ich glaube, es ist mir gelungen, viele Botschaften zu lesen, von denen längst nicht alle so unheilvoll sind wie das Abbild des Alten.

Doch probierte ich dies nur mit den Steinen, die ich bereits vor meinem Abenteuer im Atlasgebirge gefunden hatte. Den Stein von Laghouat ließ ich stets in Frieden, wenn man bei ihm überhaupt von Frieden reden kann. Er steht neben mir, während ich schreibe, im Schatten des Bildschirms, unbeweglich, unergründlich. Ich werde die Angst nicht los, es könnte Klick machen und ich wäre plötzlich ein anderer, sollte ich an ihm dasselbe Experiment wagen wie an den anderen.

Ich sitze am Computer. Bevor ich ihn einschalte, schaue ich aus dem Fenster. Draußen ist es noch dunkel, in der Scheibe spiegelt sich undeutlich meine Silhouette.

Auf der anderen Straßenseite fällt das Licht der Laterne auf die Glyzinie, die sich um die Toreinfahrt des Nachbarhauses rankt, wo mein Auto parkt. Die Zweige der Pflanze ähneln einer riesenhaften Schlange. Die Glyzinie hat eine unglaubliche Kraft, sie kann ein ganzes Haus in ihre Gewalt bringen, sie frißt sich in Mauern, stranguliert Dachrinnen, begräbt Terrassen unter sich. Wenn ich zu meinem Auto gehe, um irgendwohin zu fahren – was immer seltener vorkommt –, streckt die Glyzinie ihre pelzigen Ranken wie Tentakel nach mir aus und streift mich an der Schulter. Ich glaube, das einzige, worin die Glyzinie dem Menschen unterlegen ist, ist ihre Langsamkeit; gäbe man ihr einen gewissen Vorsprung, hätte sie den vor dem Zaun parkenden Wagen bald verschlungen.

Solch müßige Gedanken bevölkern am Morgen mein Gehirn und gerieren sich als geniale Eingebung. Ich vermute, daß es sich um einen Selbstbetrug meines Geistes handelt, mit dem er sich über die Angst hinwegtäuscht, die mich den ganzen Tag begleitet: Das Warten auf Habiela jagt mir Angst ein.

Mit ihr habe ich eine Zeit verbracht, die mir manchmal unendlich lang vorkommt, dann wieder ganz kurz. Auf jeden Fall war sie intensiv, die intensivste Zeit meines Lebens.

Habiela hat mich verlassen mit dem Versprechen, bald zurückzukehren. Ich habe den Verdacht, daß »bald« für sie ein sehr dehnbarer Begriff ist. Habiela hat ein schwer durchschaubares Zeitverständnis. Während unserer gemeinsamen Tage habe ich mich bemüht, die Komplexität zu erfassen, die sie mir zu vermitteln suchte, doch erhaschte ich höchstens einen schwachen Schimmer davon. Habielas Vorstellungen von Zeit basieren auf einem höchst fortschrittlichen Wissensstand, der für ihr Empfinden so elementar ist, daß sie sich anstrengen mußte, meine von der Uhr determinierte Sichtweise zu begreifen. Eines Tages sagte sie zu mir: »Von allen Dingen, die ihr ersonnen habt, um euch selbst in Ketten zu legen, ist die Unart, die Zeit in ein sich stetig wiederholendes System zu pressen, das lächerlichste. Wenn es etwas gibt, das sich niemals wiederholt, so ist es die Zeit.« Ich hoffe, sie erinnert sich daran, wie schwer es mir fällt, mich nicht an einer lächerlichen Uhr festzuhalten oder die Stunden zu zählen, auch wenn ich mich noch so sehr bemühe, das Verrinnen der Zeit mit der Geduld jener Figur Kafkas zu ertragen, die auf die kaiserliche Botschaft wartet.

Ich habe an der alten und ruhmreichen Universität dieser Stadt gelehrt, als Professor für Archäologie an der Naturwissenschaftlichen Fakultät. Vor nicht allzu langer Zeit traf ich eine Entscheidung, die in akademischen Kreisen wilde Spekulationen auslöste – eine schwere Erkrankung, Depressionen, eine unerwiderte Liebe –: Ich verzichtete auf meine Universitätslaufbahn und ging vorzeitig in den Ruhestand. Ich reiste kreuz und quer durch die Welt, bis es mich auf die Insel verschlug. Zufällig, dachte ich damals, doch mittlerweile weiß ich, daß der Zufall dabei keine Rolle spielte.

Nach der Begegnung mit Habiela werde ich auch das Reisen aufgeben. Ich werde wieder auf die Insel gehen und die Zeit bis zu ihrer Rückkehr damit verbringen, mir noch einmal alle Stationen in Erinnerung zu rufen, die dazu geführt haben, daß nun in Erwartung ihrer meine Zeit stillsteht. Ich möchte mich vergewissern, daß mein Warten nicht umsonst ist.

Dabei kann der Computer mir helfen. In ihm habe ich Dokumente und Bilder gespeichert, er ist wie der mit Muscheln beklebte Pappkarton einer alten, in Erinnerungen schwelgenden Dame.

Mein Tisch quillt über von Büchern, Zeitungsausschnitten und Fotos. Hinter mir stehen in einer Vitrine Statuetten aus Terrakotta, Bronze, Knochen oder Jade, außerdem Steine, die jenem von Laghouat ähneln. Dinge ohne besondere Schönheit, die allein für mich von Wert sind. Auch sie werde ich mit auf die Insel nehmen.

Wer mein Arbeitszimmer beträte – ich empfange fast nie Besuch –, gewänne den Eindruck eines Mannes, der entweder keine Kindheit hatte oder sie niemals hinter sich gelassen hat. Die meisten Wissenschaftler – nicht alle – lehnen die Überzeugungen, zu denen ich auf meinen Reisen um die Welt gelangt bin und die sich mir in der Begegnung mit Habiela bestätigten, als absolut unglaubwürdig ab, einzig dazu gut, schlichte Gemüter zu narren. Nichts als Ammenmärchen, kurz gesagt. Bevor ich Habiela traf, fand ich, daß diese angeblichen Märchen immerhin die einzigen seien, die die spärliche Phantasie der heutigen Zeit zustande gebracht hat, und allein deshalb der Beachtung wert.

Heute ist das anders. Es geht nun nicht mehr um die Wissenschaftlichkeit von Meinungen, sondern um mein Leben, um mein Schicksal, nun gehöre ich dazu, bin selbst Teil des großen Spiels.

Ich bin versucht, Habiela via Internet eine Nachricht zukommen zu lassen, vergleichbar mit einer Flaschenpost: »Vergiß nicht, daß ich hier bin und auf dich warte.« Doch dann finde ich die Idee kindisch. Ich glaube, die Wahrscheinlichkeit, daß sie die Nachricht erhält, ist ebenso gering wie die Hoffnung des Schiffbrüchigen, der seinen Hilferuf den Wellen des Meeres anvertraut hat.

Über den Stein von Laghouat habe ich ein Foto an die Wand gehängt, eine Art kleines Gedächtnistheater. Denn die Ereignisse vom Sahara-Atlas betreffen auch dieses Bild der jungen algerischen Prostituierten, die nicht lächelt, sondern herausfordernd in die Kamera schaut, als wüßte sie, welch wildes Verlangen sie weckt. Sie hat die Augen einer Wildkatze, sanft und grausam zugleich, eine dreifach verschlungene Kette aus Goldmünzen rahmt ihr Gesicht und hängt auf ihre Brüste herab. Das Mädchen trägt ihre Aussteuer bei sich. Jede Münze ist der Lohn für einen Liebesdienst. Wenn sie genügend davon beisammen hat, wird sie heiraten und ihrem Mann die gesammelte Erfahrung in Liebesdingen und ein nicht zu verachtendes Häuflein Gold darreichen. Vor nicht allzu langer Zeit war dies noch gebräuchlich, heute ändern sich die Dinge auch in diesem Land.

Mitte der siebziger Jahre war Algerien eine moderne Nation, voller Stolz auf die Revolution, die ihm die Unabhängigkeit gebracht hatte. Fanatismus war damals ein Fremdwort; Ausländer wurden mit Würde empfangen. Heute ist es ein riskantes Unterfangen, Algerien jenseits der Touristenrouten besuchen zu wollen. Die Geschichte entwickelt sich in Sprüngen, und manchmal macht sie auch wundersame Rückschritte in die Vergangenheit.

Im Sommer 1975, als ich noch an der Universität von Montpellier lehrte, erreichte mich ein Brief von einem sehr jungen Archäologen, Robert Lorentz, der mir auf einem Kongreß positiv aufgefallen war aufgrund seiner etwas überspannten, aber originellen Ideen, die er vor allem unter dem Einfluß von Alkohol darzulegen pflegte. Er schrieb mir aus Algerien und bat mich um Unterstützung durch einen Assistenten. Lorentz benötigte jemanden, der ihm dort unten Fotos und Filmaufnahmen machte. Er stand kurz vor einer außergewöhnlichen Entdeckung in einer Höhle im südlichen Atlasgebirge und wollte die einzelnen Arbeitsschritte auf eine Weise dokumentieren, die seine rudimentären Kenntnisse von Fotoapparat und Filmkamera übertraf. Bis heute könnte ich nicht sagen, was der wahre Grund dafür war, daß ich meinem spontanen Impuls nachgab und mich Lorentz selbst anschloß, dort unten in der algerischen Wüste, trotz brütender Juli- und Augusthitze und all den vorhersehbaren Unannehmlichkeiten, die eine solche Expedition unter freiem Himmel mit sich bringt. Ich erklärte es mir damit, auf diese Art meine Leidenschaft als Amateurfilmer ausleben zu können. Andere rational nachvollziehbare Gründe gab es nicht. Meine Forschungen zum Tal der Dordogne und den Megalithen der Bretagne hatten mir schon einigen Ruhm eingebracht, und mein wissenschaftliches Interesse hatte bis dahin noch nie den neolithischen Kulturen in der Sahara gegolten. Ich hatte es nicht nötig, unverhältnismäßig große Strapazen auf mich zu nehmen, um marginale Verdienste zu erwerben. Außerdem würde ich mit dieser Entscheidung, und das machte mein Verhalten vollends inakzeptabel, einem jungen Wissenschaftler die Chance rauben, bei der Unternehmung wertvolle Erfahrungen zu sammeln und sich eine Reputation zu verschaffen. Und doch wurde der Wunsch nach dieser Reise, die ich mir als ein einziges farbenprächtiges, exotisches Abenteuer vorstellte, immer drängender. So beantwortete ich den Brief, indem ich mich selbst anbot. Unverzüglich erhielt ich Lorentz' begeisterte, wenngleich erstaunte Zustimmung.

Ich verließ Montpellier und reiste wenig komfortabel mit dem Zug nach Trapani, um dort das Schiff nach Tunis zu besteigen. Ich verwarf bewußt das Flugzeug, weil ich die Anreise verlängern und so die allmähliche Annäherung an mein Ziel genießen wollte. Die Überfahrt erlaubte mir, mit Hilfe entsprechender Lektüre mein Wissen über die neolithischen Kulturen der Sahara in der Bubaluszeit aufzufrischen (so genannt aufgrund der zahlreichen Büffeldarstellungen in Höhlenmalereien und gravierten Felsbildern). Mit meiner Ankunft im Hafen von Tunis begann ich ein Tagebuch.

5
Dokument Nr. 3
Tagebuch von Davide Chefa. Juli–August 1975

»... Und getrieben von gierigem Verlangen ... kam ich zu dem Eingang einer großen Höhle, und erstaunt und ahnungslos blieb ich stehen, den Rücken gebeugt, die müde Hand still auf dem Knie, während meine Rechte mir die gesenkten Lider beschattete, so wandte ich mich hierhin und dorthin, um zu sehen, ob ich etwas erkennen möchte, doch die große Finsternis verbot es mir, die dort drinnen ward. Und wie ich so tat, stiegen in mir zwei Dinge auf: Furcht und Verlangen, Furcht vor der drohenden Dunkelheit der Höhle, Verlangen aber, mit eigenen Augen zu sehen, was darin an Wunderbarem sein möchte.«

Leonardo da Vinci, »Codex Arundel«

25. Juli 1975

Im Hafen von Tunis gehe ich an Land. Ziellos schlendere ich über den Kai, im Schlepptau einen zerlumpten Gepäckträger mit seinem Karren. Auf der Mole steht in der prallen Sonne ein VW-Bus älteren Modells mit zweigeteilter Windschutzscheibe. Unter dem Scheibenwischer klemmt ein Stück Pappe, auf dem mein Name steht. Hinter dem Lenkrad kauert wie in Trance ein Junge, der kaum über zwanzig sein kann. Halbnackte Kinder umsummen den Bus zusammen mit dicken Fliegenschwärmen. Ich öffne den Wagenschlag, ein Schwall glühend heißer Luft wie aus einer Ofenklappe schlägt mir entgegen. Der Junge auf dem Sitz fährt hoch und stößt einen Schrei aus. Vielleicht glaubt er, ich sei einer der Bengel, die bereits den Seitenspiegel abmontiert haben.

Als ich ihm sage, wer ich bin, steigt er aus. Er hilft mir, mein Gepäck in den Wagen zu laden: die Filmkamera, ein paar Scheinwerfer, die Kühltasche mit den Filmen, einige Taschen mit persönlichen Dingen. Dann steigen wir ein, und er läßt den Motor an. Während er sich in den chaotischen Hafenverkehr einfädelt, teilt er mir auf französisch mit, daß wir bei Tebessa die Grenze nach Algerien passieren werden. Dann geht es weiter in Richtung Biskra bis Bou Saada, wo mich ein anderer Fahrer abholen soll. Er reicht mir einen speckigen, zusammengefalteten Brief: Lorentz heißt mich willkommen und erklärt mir, daß ich am Tag nach meiner Ankunft in Bou Saada »vor dem Hotel« (dick unterstrichen, es gebe nur eins, ich könne es nicht verpassen) zwischen sechs und zehn Uhr vormittags einen Fahrer treffen werde, der mich nach Laghouat bringt, von wo aus wir das Atlasgebirge und die fragliche Höhle erreichen. Der neue Führer werde sich mit einer Ausgabe von »Le Monde« zu erkennen geben. Keinesfalls solle ich mir jemand anderen suchen und unbedingt jeden Kontakt mit Fremden vermeiden. Ich träfe besagten Mann »vor dem Hotel«, nicht drinnen, betont Lorentz noch einmal und rät mir dann, die Nacht im Bus zu verbringen, da das Hotel nicht vertrauenswürdig sei. Ich argwöhne, daß er die Spesen möglichst klein halten möchte und hinter den umständlichen Instruktionen nichts als Geiz steckt.

Mein optimistisches und etwas kindisches Wesen hatte mich zu der Vorstellung verleitet, die Mühen der abenteuerlichen Expedition würden letztlich von all jenen Annehmlichkeiten gemildert, die man aus alten Kolonialfilmen kennt: eilfertige Diener, landestypische Folklore, europäische Bequemlichkeiten. Der klapprige VW-Bus ohne eine Spur von Klimaanlage, dazu der schlaftrunkene Fahrer, die Aussicht auf eine Nacht unter freiem Himmel wie ein junger Globetrotter, der mit leeren Taschen um die Welt reist, lassen mich nun etwas anderes erahnen. Ich widerstehe der Versuchung, umzukehren und das nächste Schiff zu besteigen.

Im Schneckentempo kriechen wir an der Mole entlang, eingekeilt im dichten Verkehr. Vom Meer steigt der Gestank nach altem Schmieröl und Müll auf, über allem liegt der Geruch von faulem Fisch. Die Luft steht still, die Arbeiter am Kran, der Container von einem Handelsdampfer lädt, glänzen von Schweiß. In der glühenden Sonne zum Hafenbüro gehen, eine Passage für die Rückfahrt buchen, einen Ort finden, um die Stunden bis zur Abfahrt totzuschlagen, all das scheint mir ein unmögliches Unterfangen.

Der Motor gibt das typische Rasseln eines Käfers von sich, als schleife eine Kette hinter dem Wagen her. Die Ausstattung des Laderaums entspricht in etwa der eines Campers. Vor den Fenstern sind Vorhänge angebracht, rotweiß kariert wie die Tischdecken einer drittklassigen Trattoria. In einem Holzschränkchen stapeln sich Wasserflaschen, die beim kleinsten Bremsen klirrend aneinanderstoßen. Bei jedem heftigeren Ruckeln schaukelt unter lautem Quietschen die Schlafkoje hin und her, die an einer Vorrichtung aus Metallstangen von der Decke hängt. Es riecht muffig, nach Schweiß und Urin. Ich kann mir schon lebhaft vorstellen, wie ich nachts in diesem wackeligen Klappergestell liege, keinen Schlaf finde und bitter bereue, den Job jemals angenommen zu haben, der mir bis vor kurzem noch wie ein exotischer Urlaub vorkam; ganz abgesehen davon, daß mir das Schlimmste wahrscheinlich erst bevorsteht, denke ich mit Blick auf den Jungen, der uns kaum wacher als zuvor über eine schmale, holprige Straße kutschiert, an deren Rand die staubigen Eukalyptusbäume kaum Schatten spenden.

Ein paar Kilometer vor Bou Saada hat der Fahrer plötzlich die asphaltierte Straße verlassen. Wie es dazu kam, weiß ich nicht, da ich immer wieder eingenickt bin und die Fahrt wie im Traum an mir vorüberzieht.

Die Schläge der abgenutzten Federung lassen mich hochschrecken, während der Wagen über eine Piste rumpelt, die an einem fast ausgetrockneten Flußbett entlang-, streckenweise auch hindurchführt. Wir erreichen einen Ort, der von turmhohen Felsen umgeben ist. Eine Nomadenfamilie baut dort gerade ihr Zelt ab. Außer einem kleinen Mädchen, das etwas abseits hockt und mitleiderregend hustet, sind alle damit zugange, Taue zu lösen und die Plane aus grauem Wollstoff zusammenzufalten, um die Sachen dann auf einem alten Lieferwagen zu verstauen. Der Fahrer redet mit dem Familienoberhaupt, das mit fuchtelnden Gesten auf die Berge weist. Dann löschen sie gemeinsam die Glut eines Lagerfeuers. Als der Fahrer wieder in den Bus steigt, wirkt er aufgeregt.

Der Nomade hat ihm erzählt, daß im Gebirge ein Unwetter tobt, der Strom ist angeschwollen, und das Wasser rast nun mit einer Geschwindigkeit von hundert Stundenkilometern heran, so daß sich die Stelle, an der wir uns gerade befinden, von einer Sekunde auf die andere in einen reißenden Fluß verwandeln kann. Die Sache scheint realistisch, denn seit ein paar Minuten ist das Rauschen von Wasser zu vernehmen. Wir überqueren das schlammige Rinnsal, das schon bis an die Radnaben heranreicht.

Plötzlich ist das Unwetter über uns. Anfangs meint man, der VW-Bus werde mit Sand beworfen, dann bewegen wir uns auf eine Wand zu. Die Wand öffnet sich, und wir fahren hinein. Ein Wirbel, weiß wie Schnee, hüllt uns ein, so dicht, als hätte man hundert Bettlaken um uns gewickelt. Der Fahrer sollte besser anhalten. Irgendwo habe ich gelesen, daß Wüstensand fein wie Puder ist und sich in den Zylindern festsetzt, sich ins Benzin stiehlt und es in eine zähflüssige, unbrennbare Masse verwandelt. Doch er fährt aufs Geratewohl weiter. Plötzlich habe ich ganz deutlich ein Gefühl von Gefahr.

»Stopp!« schreie ich.

Zum Glück bremst er, denn durch einen Spalt, den der Wind in den weißen Vorhang um uns gerissen hat, sehe ich, daß die Vorderräder nur einen halben Schritt vor dem Abgrund zum Stehen kommen.

Als wir die Oase von Bou Saada erreichen, hat sich das Schnurren der kleinen Kette schon seit Kilometern in ein Rasseln schwerer Eisenketten verwandelt. Mit einem letzten Keuchen kommt der Wagen wenige Meter vor dem Hotel zum Stehen.

In dem Dorf hat das Unwetter die Stromversorgung lahmgelegt. Immer noch pfeift der Wind, der Sand weht durch die Ritzen der Autofenster und -türen. Der Fahrer sieht mich schmollend an und brummelt in seinem arabisch gefärbten Französisch, daß wir bis morgen warten müssen, um den Motor zu reparieren, dann klettert er nach hinten und rollt sich auf dem Boden zum Schlafen zusammen.

Ich steige aus dem Wagen. Ich bin von Kopf bis Fuß mit Staub bedeckt. Der Sturm fegt mir feine, wie Nadelstiche brennende Sandkörner über Gesicht und Arme. Der Hoteleingang ist durch ein Gitter aus Palmzweigen vor dem Wind geschützt, kein Lichtschein weit und breit. Ich will unbedingt duschen, ungeachtet der mahnenden Ratschläge meines Kollegen. Zum Teufel mit Lorentz. Auch wenn das Hotel dunkel ist und eher einer Schutzhütte im Gebirge gleicht, wird es dort immerhin ein Bad und ein bezogenes Bett geben.

Der Portier kommt aus der Tür, um mich zu empfangen, und leuchtet mir mit einer Petroleumlampe den Weg. Unter der Dusche strömen in hellen Bächen Sand und Dreck von meinem Körper und aus meinen Haaren in den Abfluß.

In der Hotelbar herrscht eine angenehm entspannte Atmosphäre. Im Licht einiger auf dem Tresen verteilter Kerzen tanzt der Schatten des Portiers, der gleichzeitig als Barkeeper fungiert, an der Decke. Der flackernde Schein, das im Wind klappernde Palmengitter scheinen den etwas annehmlicheren Teil des Abenteuers einzuleiten. Ich gebe Wasser in meinen Pastis. Das Etikett der kleinen, flachen Flasche erinnert mich an Paris. Ich schenke mehrmals Wasser nach, damit ich länger etwas von dem Getränk habe. Wie gern würde ich mit jemandem reden, der Französisch spricht, und ihm von der Gefahr erzählen, der ich heute ausgesetzt war, als der Wagen beinahe über dem Abgrund schwebte. Doch in der Bar sitzt außer dem dösenden Portier nur ein schweigsamer, düster dreinblickender Araber, der sich systematisch betrinkt. Als ich in mein Zimmer komme, bin ich so müde, daß ich nicht einmal merke, wie das Wachs zischend auf den Fuß des Kerzenständers tropft.

26. Juli 1975

Am nächsten Morgen hat das Unwetter sich wieder gelegt, unbarmherzig brennt die Sonne vom Himmel herab. Vor dem Hotel sitzt der Fahrer auf dem Boden, den Rücken gegen eine zerzauste Palme gelehnt. Ein anderer junger Mann mit ölverschmiertem Gesicht und ebensolchen Armen und Händen breitet auf einer abgewetzten Matte die Einzelteile des Motors aus.

Ich sehe ihm zu. Der Mechaniker hantiert im Motorraum, löst Muttern mit Schraubenschlüssel und Zange, nimmt ein Teil nach dem anderen heraus und reiht sie nebeneinander auf, alles aufreizend langsam. Hin und wieder hält er inne und betrachtet nachdenklich die Matte, als mache er Inventur. Er sieht aus wie die Karikatur eines Chirurgen. Ich hätte nicht gedacht, daß der Motor eines Volkswagens aus so vielen Schrauben, Bolzen, Riemen und Ketten besteht.

Zwischendurch kriegen sich der Mechaniker und der Fahrer in die Haare. Der eine sagt etwas auf arabisch – ich vermute, es handelt sich um einen Ratschlag –, und der andere gerät bei der Antwort so in Rage, daß er am Ende wutentbrannt brüllt. Der Fahrer reagiert im gleichen Tonfall, ein paarmal scheinen sie kurz davor, aufeinander loszugehen.

Ich finde mich mit dem Verlust des Fahrzeugs und dem Abbruch meines Abenteuers ab und beginne meine Rückreise zu planen. Es scheint mir unmöglich, daß der Mechaniker diese Ansammlung von Metall jemals wieder in eine sinnvolle Ordnung zu bringen vermag und der Motor am Ende läuft. Ich gehe ins Hotel zurück und frage nach einem Bus, der mich nach Tunis bringt. Der Portier sagt, wenn der Sandsturm die asphaltierte Straße nicht unpassierbar gemacht habe, komme vielleicht morgen im Laufe des Vormittags einer vorbei.

Draußen hat sich das Bild verändert, nun sitzt der Mechaniker zwischen seinen Motorteilen auf der Matte. Er hält einen mit Benzin gefüllten Behälter zwischen den Beinen. Der Fahrer hat den Schatten der Palme verlassen und hockt in seiner Nähe. Beide polieren mit Lappen die Einzelteile, der Mechaniker taucht die kleineren in sein Gefäß. Trotz der Benzindämpfe, die sich in der stehenden Luft ausbreiten, rauchen die beiden, dem Mechaniker hängt die glühende Zigarette aus dem Mundwinkel.

Ich lasse mich an einem Tisch des Restaurants am Rand des Pools nieder. Auf dem schmutzigen Wasser treiben Blätter, die der Wind vergangene Nacht von den Bäumen gefegt hat. Der arabisch gekleidete Kellner - tadelloser Aufzug, allerdings etwas theatralisch: Turban, bestickte Stiefel, Galabhia und Schärpe - scheint einem amerikanischen Musical entsprungen zu sein. Ein bißchen lächerlich, wenn man bedenkt, daß ich der einzige Gast bin. Er serviert mir Kuskus mit Huhn. Das Bier ist lauwarm, weil es immer noch keinen Strom gibt, wie der Kellner sich entschuldigt, und der Kühlschrank folglich nicht funktioniert. Ich esse noch, als sich Fahrer und Mechaniker an den Nebentisch setzen. Sie scheinen ihre Meinungsverschiedenheiten überwunden zu haben und unterhalten sich angeregt, mit den Fingern fischen sie die Hühnchenteile von einem großen Matze-Fladen. Ihre Hände sind schwarz von Öl.

Draußen sticht die Sonne so arg, daß ich keinen Schritt aus dem Hotel wage. Ich beobachte durch die Fensterfront, wie sie sich nebeneinander über den Motor beugen. Sie arbeiten Hand in Hand, der Fahrer reicht dem anderen die

Teile und Werkzeug. Ich strecke mich auf einem Sofa in der Halle aus und hoffe, daß die Blätter des Ventilators über mir früher oder später zu rotieren beginnen.

Ich schlafe nicht, sondern liege reglos da, jede minimale Bewegung bringt mir die Hitze ins Bewußtsein. Hin und wieder trete ich an die Tür. Am frühen Nachmittag, die Kehle brennt mit jedem Atemzug, haben die beiden ihre Arbeit unterbrochen und schlafen nebeneinander im gesprenkelten Schatten der Palme.

Ich lege mich wieder hin, die Luft steht, der Ventilator gibt immer noch keinen Anlaß zur Hoffnung, das Hotel schweigt bis auf das Summen der Insekten, das ebensogut aus dem Innern meiner hitzegeplagten Ohren kommen könnte. Ich weiß nicht, wie viele Stunden so vergehen. Das Licht färbt sich golden.

Ein Rasseln von über den Boden gezogenen Ketten weckt mich aus meiner Betäubung. Ich sehe hinaus. Der Fahrer sitzt am Lenkrad und tritt auf das Gaspedal. Sein Kompagnon beugt sich zufrieden mit auf dem Rücken verschränkten Armen über den Motor, der läuft wie geschmiert. »Bei meinem Gott, ich dürfte dies nicht glauben«, stößt Horatio aus, nachdem er den Geist des Königs gesehen hat.

Plötzlich ist die Dunkelheit hereingebrochen. Durch die Fensterscheibe beleuchtet der flackernde Kerzenschein, immer noch die einzige Lichtquelle im Hotel, einige Meter grauen Sand. Dahinter liegt wie ein massiver Felsblock die Finsternis. Der Himmel ist eine schwere Platte aus Lapislazuli voll riesiger, pulsierender Funken. Kein Mond: Da kommt man schnell von der asphaltierten Straße ab und bleibt im Sand stecken. Ich muß wohl noch warten. Von dem Führer, den ich laut Lorentz im Laufe des Vormittags treffen sollte, weit und breit keine Spur, ebensowenig von einer Ausgabe von »Le Monde«. Zum Abendessen gibt es den üblichen Kuskus, dessen Körnchen mit der Zeit ausgetrocknet sind und fast wie roh schmecken, als wieder die zwei Busenfreunde auftauchen, entspannt lachend. Sie haben geduscht, der Mechaniker sieht richtig gut aus mit seinen rabenschwarzen, tropfnassen Locken, er wird um die achtzehn sein. Der Fahrer sagt, ich solle ihm bezahlen, was ich für richtig halte: »Ce que vous voulez, Monsieur.« Ich reiche ihm einen Zwanzigdollarschein, den mir jeder Mechaniker eines anderen Kontinents vor die Füße geworfen hätte. Der Junge mit den Locken hingegen scheint hoch zufrieden.

27. Juli 1975

Am nächsten Morgen steht der VW-Bus vor dem Hoteleingang im Schatten der Palme. Der Portier händigt mir die Schlüssel aus. Der Fahrer ist in eigener Mission unterwegs. Wohin? Kommt er zurück? Der Portier hat keine Ahnung, er habe ihm die Schlüssel ausgehändigt und sei gegangen. Von dem anderen Fahrer, den Lorentz in seinem Brief angekündigt hat, immer noch keine Spur. Ich will nicht länger warten. Mein erster Gedanke ist, mich in ein beliebiges Fortbewegungsmittel zu setzen, das nach Tunis oder sonstwohin fährt. Dann werde ich wütend. Ich würde doch zu gerne hören, was der werte Herr Lorentz zu seiner Entschuldigung vorzubringen hat, und ihm kräftig die Meinung sagen, diesem Flegel. So behandelt man doch keinen Kollegen, für wen hält der sich eigentlich? Ich entscheide spontan, mich selbst ans Steuer zu setzen und nach Laghouat zu fahren.

Am Abend bin ich da und mache bei einem Hotel halt, das von außen ganz ordentlich aussieht. Ich nehme ein Zimmer. Ich bin so erschöpft, daß ich nichts mehr essen kann, schütte einen halben Liter eiskaltes Bier in mich hinein und gehe zu Bett. Beim Einschlafen versuche ich den riesigen Gecko zu ignorieren, der hinter dem Duschvorhang sitzt, ebenso wie die bernsteinfarbenen Kakerlaken, die auf der Tapete ihre Wettrennen veranstalten.

28. Juli 1975

Um drei Uhr früh stehe ich auf. Am Abend zuvor hat mir ein französischer Hotelgast auf einer Karte gezeigt, in welcher Richtung sich Lorentz' Lager befindet: »Sie müssen etwa fünfzig Kilometer weit fahren. Aber wenn Sie die Stelle nicht auf Anhieb finden«, riet er mir, »versuchen Sie es nicht weiter. Es ist gefährlich, in solchen Gegenden herumzuirren.« Ich mache mich auf den Weg zu den Hängen des Berges El Bayad.

Als ich die Abzweigung erreiche, die der Franzose mir genannt hat, verlasse ich die asphaltierte Straße und wage mich, mit einem Auge auf dem Kilometerzähler, auf die Sandpiste. Ich habe nicht vor, weiter als fünfzig Kilometer zu fahren. Den Berichten zufolge, die bisweilen in Magazinen erscheinen, sehen manche Wüstenstraßen nur wie solche aus, während sie in Wirklichkeit Spuren eines anderen, vom Weg abgekommenen Fahrzeugs sind und ins Nichts führen. Die wahren Pisten werden vom Sand verweht, bis sie völlig unkenntlich sind, und häufig fährt man auf eine Sandbank und kommt nicht mehr los. So kann es passieren, daß man tagelang mit einer Panne liegenbleibt, bevor ein anderer Wagen Hilfe bringt. Ich habe von Abenteurern gelesen, die keine ausreichenden Wasservorräte dabeihatten und zu lange warten mußten, von Skeletten, die neben halb im Sand vergrabenen Autos gefunden wurden. Vielleicht fallen die Berichte dieser Art absichtlich so drastisch aus, um als Teil der örtlichen Folklore den Tourismus anzukurbeln. Aber am eigenen Leib möchte man das lieber nicht ausprobieren. Wenn ich nicht nach höchstens fünfzig Kilometern auf das Lager stoße, trete ich den Rückzug an, lasse den Kleinbus in Laghouat stehen und kehre nach Hause zurück, mit besten Grüßen an Lorentz.

Die Piste schlängelt sich nun einen Bergkamm entlang. Sie ist nicht zu verfehlen, steinig, uneben, manchmal von riesigen herabgestürzten Felsbrocken versperrt. Hinter einer schmalen Klamm erreiche ich ein Tal. Der Boden ist sandig, die Piste ist mit leeren Benzinkanistern gekennzeichnet, die im Abstand von jeweils einem Kilometer aufeinanderfolgen. Ich beschließe, so lange weiterzufahren, wie ich Kanister sehe, stets mit aufmerksamem Blick auf den Kilometerzähler. Wenn ich nach einem Kilometer keine Markierung mehr sehe, drehe ich sofort um.

Ich erkenne die Gegend wieder. Irrtum ausgeschlossen. Obwohl ich weit und breit keine Zelte sehe, muß dies der Ort sein, den mir der Franzose beschrieben hat als ideale Landschaftskulisse für einen Film von Ford.

Die durch Erosion entstandenen Felsformationen sehen aus wie eine von Festungstürmen gekrönte Stadt. Ich folge dem Canyon, vorbei an den märchenhaften Naturgebilden, bis sich eine Ebene vor mir auftut, die in der Ferne von einer Wand aus rotem Granit begrenzt wird. Neben einer jahrhundertealten Zypresse gähnt ein Höhleneingang, so groß wie das Portal einer gotischen Kathedrale.

Ich stelle den Motor ab und steige aus. Von Laghouat habe ich gerade einmal drei Stunden gebraucht, die Sonne ist noch nicht aufgegangen. Die Luft ist klar, von einem intensiven Blau. Die tiefen Schatten zwischen den Zweigen der Zypresse und in den Schründen der Felswand spielen ins Violette.

Eingeschüchtert von der Stille, bleibe ich stehen. Nicht einmal meine Schritte sind in dem weichen Sand zu hören. Dann läßt ein Vogel den zarten Triller des ersten Erwachens erklingen. Ein anderer antwortet ihm mit einem höheren Zwitschern. Ich nehme weitere kurze Laute wahr: Zirpen, Klappern, Flügelschlagen, Rascheln. In den dürren Büschen, die in der Ebene mühsam ihr Leben fristen, entsteht eine harmonische Betriebsamkeit, wie ein tibetanisches Gebetsrad, das langsam den Berg hinabrollt.

Einen Augenblick bilde ich mir ein, daß jemand nach mir ruft. Das gedämpfte Orchester hat sich zu einer einzigen

Stimme vereint. Ich vermag nicht in Worte zu fassen, was diese Musik ausdrückt, nur daß sie sich auf die Vergangenheit bezieht. Nicht die nähere Vergangenheit, sondern eine weit zurückliegende, unwiederbringlich verlorene Vergangenheit. Sie weckt in mir eine Sehnsucht, ein Bedauern, sie erzeugt ein trostloses Echo: als schlösse ich mich schweigend dem Chor an, um selbst einen Verlust zu betrauern.

Mit dem ersten Sonnenstrahl, der über die Ausläufer des Gebirges fällt, sehe ich das Lager.

Lorentz tritt aus seinem Zelt, das inmitten eines kleinen Tamariskenwäldchens auf der Nordseite des Canyons aufgeschlagen ist. Geradezu lächerlich verlegen kommt er auf mich zu, seine Kleider wirken in ihrer Klischeehaftigkeit wie aus einem Tarzanfilm: er in der Rolle des Tolpatsches, der sich immer in Schwierigkeiten bringt. Zigeunerhut mit breiter Lederkrempe, ein spärlicher, ungepflegter Bart, Schottenhemd, zerknitterte Khakihosen, die knapp bis an die Knie reichen und seine mageren Schienbeine und die Stiefel unbedeckt lassen. Mit dem kindlichen und betroffenen Blick seiner blauen Augen sieht er aus wie ein Pfadfinder. Er ist so zerknirscht, daß ich nicht mehr den Mut aufbringe, ihm zu sagen, was er verdient. Er wirkt erstaunt, scheinbar hat er nicht damit gerechnet, daß ich es trotz aller Widrigkeiten bis hierher schaffen würde. In einer Mischung aus Unglauben und Bewunderung beglückwünscht er mich zu meiner Tatkraft. Wie ich bloß alleine den Weg gefunden habe! Und das Unwetter vor zwei Tagen? Hat es mich tatsächlich unterwegs überrascht? Und dann auch noch auf einer Sandpiste! Ob ich gehört habe, daß in Laghouat ein Reisebus mit Touristen ohne Sicht gegen die Mauer eines Hauses geprallt ist und sie zum Einsturz gebracht hat? In dem Haus schliefen Araber, alle stinksauer, wie ich mir vorstellen könne.

Auch ich bin ziemlich wütend, aber mein Zorn verpufft, als er sich für alles entschuldigt: den klapprigen VW-Bus, den zweiten Fahrer, der nicht aufgetaucht ist ... Das liege alles an den knappen Mitteln der Expedition, die nicht einmal für das Nötigste reichten.

Tatsächlich entpuppt sich der Begriff Expedition bei näherem Hinsehen als reiner Euphemismus. Lorentz muß sich um fast alles selbst kümmern. Die körperlich schweren Tätigkeiten überläßt er einem Trupp sudanesischer Bergarbeiter. Eigentlich sollten die Ausgrabungen von einem algerischen Staatsfunktionär koordiniert werden, der jedoch laut Lorentz für seine Vorgesetzten aus dem Kultusministerium spioniert und nichts Besseres zu tun hat, als ihm auf höhere Weisung Knüppel zwischen die Beine zu werfen. Wenn er überhaupt vor Ort ist: Denn Herr Tarek hält sich bevorzugt in seinem Zelt auf, von Husten geschüttelt – er raucht pausenlos selbstgedrehte Zigaretten mit einem Minimum an Tabak –, und verschwindet zwischendurch immer wieder ganze Tage.

Lorentz finanziert das Unternehmen über Mittel aus einer UNESCO-Stiftung, deren Ziel das Auffinden von Orten ist, die zum »Welterbe der Menschheit« zählen.

Ein bescheidener Teil der Stiftungsgelder fließt in die Ausgrabungsstätten der Sahara; doch das sei, so Lorentz, als bekomme man einen Eimer und solle damit den Ozean ausschöpfen.

Im Quartär war die Sahara ein riesiger blühender Garten. Auf dem Atlas und im Niltal gab es vom Beginn der Altsteinzeit bis zur mittleren Jungsteinzeit Höhlenkulturen von solcher Reife, daß einem gewisse Zweifel an der Korrektheit der Datierungen kommen, die mit Hilfe der Fluoreszenz- und der Radiokarbonmethode vorgenommen wurden. Die Höhlen mit ihren gemalten, geritzten oder gemeißelten Bildern finden sich über die ganze Sahara verteilt und in einer Menge, die nur mit der Zahl der Flüsse und Bäche zu vergleichen ist, die durch Erosion und die spezielle geologische Beschaffenheit der Sahara ins Erdreich verschwunden sind.

»Auch in diesem Canyon gibt es reichliche Wasservorräte«, erzählt mir Lorentz. »Unter dem Sand und den Felsen – siehst du diese etwas dunklere Spur, die dort in den Tümpel mündet? Leider sind die Adern fast überall im Stein eingeschlossen, so daß man nicht an sie herankommt. Genauso wie die Geschichte der Sahara zu Stein geworden ist und an den unmöglichsten Stellen verborgen liegt. Als hätte ein Komplott übermenschliche Kräfte in Bewegung gesetzt, um ein Geheimnis zu bewahren.«

Mir gefällt der ironische Unterton, mit dem er seine Begeisterung bricht. Das gibt seiner Rede eine Leichtigkeit, als kämen die Wort ihm spontan und unreflektiert über die grinsenden Lippen, allein um mir ein Lächeln zu entlocken.

»Das macht mich noch ganz verrückt, es will einfach nicht in meinen Kopf hinein«, ruft er, »andauernd stoße ich auf Dinge, die nicht in die Epoche passen. Die Fundstücke dieser Oase schicke ich dem Labor und stehe immer wieder vor einem zeitlichen Paradoxon. Fehlt nur noch, daß ich eine Coca-Cola-Flasche finde, sie analysieren lasse und zur Antwort bekomme, daß sie ein paar Millionen Jahre alt ist.«

29. Juli bis 5. August 1975

Vergeudete Tage. Es herrscht brütende Hitze, selbst in der Nacht. Heißt es nicht, nachts wird die Wüste klirrend kalt? Jedenfalls nicht in dieser Gegend.

Lorentz zeigt mir die Ausgrabungsstätten. Hinter dem mächtigen Höhleneingang liegt eine geräumige Halle. An den Wänden und auf dem Boden dieses Atriums ist die Erde terrassenförmig abgetragen, jede Ebene wird von einer Schnur begrenzt, an der Pappschilder mit Buchstaben hängen. Weitere Buchstaben kennzeichnen die Holzkisten, die im Raum verteilt sind. Die Buchstaben auf den Kisten korrespondieren mit denen der verschiedenen Ebenen.

Doch dieser Teil der Höhle interessiert Lorentz nicht

mehr. Bis vor zwei Monaten hat er hier die Erde durchsiebt und Pfeil- und Speerspitzen, Wurfkeile, Beile, Sicheln und Schaber ausgegraben. Auch wertvollere Objekte, die mit erstaunlich ausgereifter Technik bearbeitet sind und deren ursprünglicher Nutzen manchmal gar nicht zu erkennen ist. Vor dem Höhleneingang hat er Tische aufgebaut und die Fundstücke darauf verteilt, die schwieriger zu interpretierenden getrennt von den anderen.

Amüsiert zeigt Lorentz mir ein rötliches Steingebilde aus aneinander haftenden Kügelchen. Ich soll raten, worum es sich dabei handelt. Trotz ihrer regelmäßigen und anmutigen Form scheinen mir die Kugeln nicht von Menschenhand geschaffen. Einige erinnern an versteinerte Weintrauben.

»Koprolithen«, sagt Lorentz, »viele Millionen Jahre älter als die Werkzeuge. Dabei habe ich sie exakt neben den Werkzeugen gefunden, hübsch zu Gruppen geordnet, als seien sie Teil einer Privatsammlung. Kannst du dir den Homo habilis vorstellen, der den fossilen Kot kleiner Saurier sammelt?«

»Schön«, sage ich, während ich eines der Stücke in den Händen drehe.

»Klar. Was die Zeit nicht selbst aus Exkrementen macht! Die Kunsthandwerker der Berber fassen sie in Silber und verkaufen sie als Schmuck. Ohrgehänge und Broschen zur Zier des weiblichen Busens: Saurierkacke!«

Seit einigen Monaten jedoch ruhen die Grabungen in den beiden äußeren Hallen der Höhle, seitdem nämlich Lorentz überzeugt ist, eine ganz außergewöhnliche Entdeckung machen zu können, eine jener Entdeckungen, die einen Forscher in den Olymp der Archäologie heben, auf gleiche Stufe mit jenen, die das Geschichtswissen der Menschheit geprägt haben. Seit Lorentz im Innern einer unterirdischen, unzugänglichen Höhle Wandmalereien mehr erahnt als gesehen hat, treten Deutung und Katalogisierung der Gebrauchsgegenstände, die Rekonstruktion des Lebens eines kleinen Stammes des Homo habilis, der schon außergewöhnlich verfeinerte Dinge herzustellen vermochte, vor diesem Traum zurück. Die Entdeckung von Höhlenmalereien, über eine Million Jahre älter als alle bisher in Europa und Afrika gefundenen, würde das Wissen um die Vorgeschichte revolutionieren. Bisher gab es in Nordafrika, hier in Algerien vor allem in Ain Hanech, einzelne Funde, die auf die Werkzeugherstellung von Hominiden hinwiesen, welche jedoch nicht genauer identifiziert werden konnten – gehörten sie nun zur Gruppe des Australopithecus oder schon zum Stamm des Homo habilis? –, da ihnen keine biologischen Reste beilagen.

Doch hier hätte Lorentz nun Skelettsplitter gefunden, die mit Sicherheit auf den Homo habilis zurückzuführen seien. Das ist aber noch nicht alles. Viel spektakulärer ist, daß er in der Lage wäre, dieser Spezies, die mindestens eine Million siebenhunderttausend Jahre älter ist als der Homo sapiens, nicht nur den einseitig behauenen Faustkeil zuzuordnen, sondern auch Objekte aus rundherum bearbeitetem Stein. Wenn Lorentz dann noch nachweisen könnte, daß es in der Gegend Höhlenmalereien gibt, würde er damit nicht nur ein neues Kapitel, sondern ein ganz neues Buch zur Vorgeschichte der Menschheit aufschlagen. Ein Perspektivwechsel solchen Ausmaßes, daß ganze Bibliotheken schlagartig Makulatur wären.

Verständlicherweise hege ich große Zweifel, vor allem was die Datierung der bisher ans Tageslicht gebrachten Fundstücke anbelangt, auch wenn Lorentz die unbedingte Verläßlichkeit des Kölner Labors rühmt, in dem sie analysiert wurden. Bevor ich mich dazu äußere, muß ich die Analyseprotokolle sehen, die knappen Zusammenfassungen per Telex können mich jedenfalls nicht überzeugen. Ich werde also auf meiner Rückreise einen Abstecher nach Köln machen, um Daten, Methoden, Instrumente und all das zu begutachten. Abgesehen von den Begeisterungsstürmen des jungen Lorentz fühle ich mich daher wie ein Hobby-Filmer im Urlaub und tue nichts anderes, als die Dinge aus der Ferne zu beobachten und mich, so gut es geht, zu amüsieren.

Die Arbeiter versuchen einen Durchgang zu der zweiten unterirdischen Höhle zu schaffen, in der sich die Malereien befinden sollen. Seit zwei Monaten sind sie mit nichts anderem beschäftigt, als riesige Erdmassen abzutragen. Weil darin Werkzeuge und Knochen gefunden wurden, glaubt Lorentz, daß das Material mit dem Ziel aufgeschüttet wurde, die zweite Grotte unzugänglich zu machen.

»Hier hat jemand ein Hindernis errichtet«, sagt er, »dieser Erdhaufen ist nicht von der Höhlendecke herabgebrochen. Aber warum sollte jemand den Zugang verschließen wollen?«

Der abgetragenen Erde entströmt der Gestank nach Fäulnis und Verwesung. Die Arbeiter lagern die einzelnen Schichten in separaten Haufen in der äußeren Halle.

Solange an dem Durchbruch gearbeitet wird, lohnt es nicht, den Schatten des Wäldchens, wo die Zelte stehen, zu verlassen und den Weg durch die sengende Sonne zur Höhle zurückzulegen. Im übrigen ist es Tareks Aufgabe, die Arbeiten zu beaufsichtigen. Doch da er nie zu sehen ist, lassen die Männer sich Zeit. Man kann es ihnen nicht verübeln bei der Hitze, ganz abgesehen von der allgegenwärtigen Gefahr eines Einsturzes.

Lorentz und ich nehmen unser Abendessen etwas abseits von den anderen ein: Dosennahrung (unser Speiseplan für die nächsten Wochen, fürchte ich). Tarek hat sich wie üblich in seinem Zelt verkrochen; die Arbeiter verzehren Sardellen, die sie über dem Lagerfeuer aus Palmzweigen grillen, ein Windhauch weht immer wieder den Rauch und den Gestank des Fischs herüber, dessen zweifelhafte Frische man sich an unserer Entfernung zum Meer ausrechnen kann.

Lorentz erklärt mir, worin meine Arbeit bestehen wird,

wenn es soweit ist. Ich soll die gravierten Felsbilder und Malereien in der Höhle fotografieren und filmen, vorausgesetzt, seine Vorhersagen treffen ein. Er hofft sie in der hinteren Höhle zu finden, die durch den Erdhügel vor dem Gang, der sie einst mit der vorderen Höhle verband, von jeglicher Luftzufuhr abgeschnitten war. Als er bemerkte, daß es sich um absichtlich aufgeschüttetes Material handelte, hat er eine Sonde mit einer Kamera eingeführt und eine Andeutung von Farbe und Spuren von Ornamentik gesehen beziehungsweise zu sehen geglaubt. Er zeigt mir die Bilder.

Ich kann nichts erkennen, nur den einen oder anderen Fleck auf einer gleichförmig blauen Fläche. Doch Lorentz ist so gut wie sicher, daß er sich nicht irrt, da seine Theorie von der Erfahrung untermauert wird. Oft seien tief im Berg verborgene Höhlen, er nennt sie Sanktuarien, mit Wandmalereien hinter künstlich aufgeschütteten Sperren aus riesigen Geröllmassen verborgen. Sanktuarium ist kein Fachbegriff unserer Disziplin, doch Lorentz weicht meiner Frage, warum er ihn benutzt und was er bedeutet, geflissentlich aus.

Lorentz befürchtet, daß, sobald die Grabungen beendet sind und der Verbindungsgang freigelegt ist, eventuelle Malereien bei der Berührung mit der Luft angegriffen oder gar ganz vernichtet werden könnten. Er weiß noch nichts über die chemische Zusammensetzung der Pigmente und ob sie rasch oxidieren. Wenn ja, werde ich die Bilder so schnell wie möglich fotografieren und filmen müssen, damit sie dokumentiert sind, falls der Sauerstoff sie auslöschen oder unkenntlich machen sollte.

12. August 1975

Heute sollte ich endlich mit meiner Arbeit beginnen; nur noch eine dünne Schicht Schutt versperrt den Eingang zu der Grotte mit den mutmaßlichen Wandmalereien, wenige Schläge mit der Spitzhacke werden genügen, um sie einzureißen. Doch die Ausrüstung, die mir zur Verfügung steht, ist ungeeignet. Der Gang zur zweiten Höhle fällt nämlich mehrere Meter ab. Dort unten wird es dunkel sein wie in einem Brunnenschacht.

Unser Stromgenerator ist ein tuckerndes, asthmatisches Gerät, ein Überbleibsel aus Kriegszeiten französischer Herkunft, vielleicht ein Beutestück der Revolution. Den Scheinwerfern konnte ich daher nicht mehr als ein schwaches Flackern entlocken, das gerade für eine Totenwache gereicht hätte. Nun hoffen wir auf Tarek. Lorentz hat ihn gebeten, ihm einen Generator mit höherer Amperezahl zu besorgen, damit wir eine ordentliche Beleuchtung haben.

Tarek ist ein hochgewachsener, kräftiger Ägypter mit unverhältnismäßig großen, bernsteinfarbenen Augen, in denen ein süßlicher Ausdruck liegt. Im Profil erinnert sein Gesicht an die Tänzerinnen der Grabfresken im Tal der Könige. Er verläßt sein Zelt nur sehr selten und streift dann scheinbar ziellos durch das Camp, um hin und wieder mit zornigen Kehllauten seine Arbeiter anzufahren. Bis zur Ausgrabungszone kommt er jedoch fast nie. Ununterbrochen raucht er riesenhafte Joints, sein Schritt ist schwankend, der Honigblick verhangen, und eine dichte Haschischwolke folgt ihm überallhin wie ein treues Hündchen.

Tarek hat per Funk die zuständigen Stellen kontaktiert. Wenn man ihm glauben darf, wurden ihm die Genehmigung und das nötige Geld zugesagt, um die Sachen zu besorgen. Uns tischte er allerdings allerlei Ausreden auf, warum er noch nicht nach Algier fahren kann, der einzigen Stadt, in der es einen geeigneten Generator gibt.

13. August 1975

Heute morgen hat sich der warme Südwind plötzlich gelegt; kein wirklicher Wind, vielmehr Glutstöße wie aus einem Maschinenraum, die auf die Felswand prallten. Die heiße Luft gab einem das Gefühl, am Kraterrand eines ausbrechenden Vulkans zu stehen, und erschöpfte mich dermaßen, daß mir selbst die kleinste Bewegung zuviel war. Gestern lag ich den ganzen Tag auf der Liege in meinem Zelt und fand nicht die Kraft, einen Finger zu rühren.

Heute in aller Frühe habe ich mit der aufgehenden Sonne – dem günstigsten Licht – einige Aufnahmen als Füllmaterial für den Film gemacht: vom Canyon, von der dunklen Spur des unterirdischen Flusses im Sand, vom Lager, eine Großaufnahme von Lorentz, der eine Harpunenspitze aus durchscheinendem Quarzit hochhält.

Diese Hominiden, die Lorentz zufolge der Gruppe des Homo habilis angehörten, betrieben Fischfang. Aber die Harpunenspitze läßt meiner Meinung nach eher auf einen Homo sapiens schließen, und zudem in einem ziemlich fortschrittlichen Entwicklungsstadium. Lorentz irrt sich bestimmt, wenn er das Werkzeug zeitlich mit den ausgegrabenen Knochen und dem Schädelstück in Verbindung bringt. Die Teile, die ich eigenhändig untersuchen durfte, stammen mit größter Wahrscheinlichkeit von der verbreitetsten Unterart des Homo habilis, dem Homo rudolfensis.

Die Harpunenspitze hat die Form eines Lorbeerblatts und ist an beiden Seiten so gezahnt, daß sich der aufgespießte Fisch beim Herausziehen aus dem Wasser nicht wieder befreien konnte. Der Quarzitsplitter, der kaum größer ist als ein Fingerglied, wurde so bearbeitet, daß der winzige Baum noch durchscheint, der durch eine natürliche dendritische Kristallisation dem Stein eingeprägt ist. Dieser Splitter, mehr Schmuckstück als Werkzeug, ist laut Lorentz nur ein Vorgeschmack auf die Wunder an den Wänden der innersten Höhle, seinem »Sanktuarium«.

Nach dem Abendessen aus Matzen und Dosenfleisch spielt Lorentz im Licht der Petroleumlampe auf dem Akkordeon und läßt es nur hin und wieder sinken, um sich die Whiskeyflasche an den Mund zu setzen. Insektenschwärme umschwirren uns wie nächtliche Staubwolken und vergehen zischend in den Flammen. Es ist ziemlich merkwürdig anzusehen, wie er unter dem Wüstenhimmel, der hoch ist und kompakt wie das Gewölbe einer Kathedrale, mit ein paar überdimensionierten Sternen darin auf dem Akkordeon eine Bach-Kantate herunterstümpert, als spiele er auf einem Dorffest zum Tanz. Irgendwann ist er so betrunken, daß er die Tasten nicht mehr trifft.

Dann beginnt er mit schwärmerischer Stimme von den Geheimnissen dieses Ortes zu erzählen. Es kümmert ihn nicht, ob jemand zuhört, und hin und wieder nicke ich ein. Für einen ernstzunehmenden Wissenschaftler wirkt Lorentz zu verrückt, obwohl ich natürlich nachvollziehen kann, daß der romantische Schein der Ölfunzel und die enthemmende Wirkung des Alkohols ihn leicht die Zurückhaltung des Gelehrten vergessen lassen.

Er erzählt eine Geschichte, die über eine Million Jahre zurückliegt, immer laut Datierung jenes seinen Worten nach absolut zuverlässigen Kölner Labors. Vor der Höhle hat Lorentz das Grab eines Halbwüchsigen gefunden. Der Junge wurde mit besonderer Sorgfalt bestattet, so daß der Gedanke an eine spezielle Zuneigung, an einen intensiven Schmerz seines Stammes naheliegt: Um das Grab sind akkurat behauene Monolithen gruppiert, im umgebenden Erdreich finden sich unnatürlich große Mengen an Blütenstaub. Um den Leichnam herum war der Boden gesättigt mit Hyazinthen und Kreuzkraut, diese gelb, jene blau, der Leib des Jungen war über und über mit gelben und blauen Blütenblättern bedeckt. Ein Szenarium, das irgendwie an die fragile, kostbare Harpunenspitze erinnert, die ich mit der Kamera aufgenommen habe. Diese Hominiden verehrten ihre Toten, obwohl es schwerfällt zu glauben, daß sie überhaupt eine abstrakte Vorstellung vom Tod hatten. Und doch lassen die Funde laut Lorentz keine andere Erklärung zu: die Glorifizierung des Todes durch das Ritual und die Schönheit des Todes, sei es der des Fischs oder der des Jungen.

Lorentz dehnte daraufhin seine Forschungen auf eine neue Ausgrabungsstätte einige Meter neben dem Grab des Jungen aus: »In jener Grube taucht der Gesichtsschädel eines zweiten Homo habilis auf. Auch er noch ein halbes Kind, wie ich an den fehlenden Weisheitszähnen und den noch nicht fest miteinander verwachsenen Schädelplatten ersehen kann. Ich schätze ihn auf circa dreizehn Jahre. Datierung mit der C-14-Methode: Er wurde etwa zur gleichen Zeit beerdigt wie der erste Jugendliche, rund eine Million Jahre vor unserer Zeit plus minus zweihundert Jahre. Ich lasse jeden Quadratzentimeter Erde im Umkreis von zehn Metern um den zweiten Fundort herum absuchen, und wir finden ein rechtes Scheitelbein. Die beiden Teile passen perfekt zueinander. Ein paar Zentimeter weiter liegt ein zerbrochener Oberschenkelknochen, an dem noch Spuren des Werkzeugs zu erkennen sind, mit dem das Fleisch abgekratzt wurde. Dieser zweite Junge wurde also verspeist. Der zweigeteilte Schädel wurde ausgelöffelt und die Knochen zerschlagen, um das Mark auszusaugen, nachdem das Fleisch abgeschabt war. Im Laufe weniger Generationen haben dieselben Menschen, die zwei Jahrhunderte zuvor – oder danach, das wüßte ich wirklich zu gern – einen jungen Mann in einem Meer aus gelben und blauen Blüten bestatteten, mit einem anderen ein Festmahl veranstaltet, ich meine, sie haben ihn aufgefressen, verstehst du, Chefa? Mit Gehirn und allem.«

Er sieht mich mit diesen unnatürlich leuchtenden Augen eines Betrunkenen an und schließt mit einem Satz, der wohl kaum von ihm selbst stammt und den ich schon einmal irgendwo gelesen zu haben glaube: »Mit unseren Seelen müssen wir die Landschaften entziffern, die die Archäologen mit dem Spaten freilegen. Doch es ist gefährlich für die Seele, sehr gefährlich.«

14. August 1975

Die Arbeiter haben die letzte Geröllschicht durchbrochen. Um sechs Uhr früh tauchte Lorentz in meinem Zelt auf, um es mir mitzuteilen. Er möchte, daß ich gemeinsam mit ihm in die Höhle hinabsteige. Ich habe den Eindruck, daß er im entscheidenden Moment nicht allein sein will, wenn er die Früchte seiner monatelangen Mühen sieht. Er möchte, daß ich die mögliche Enttäuschung mit ihm teile. Kurz gesagt: Er hat Angst vor einem Reinfall, davor, eine Menge Geld und Zeit in den Wind geschossen zu haben.

»Vielleicht finden wir da unten rein gar nichts«, sagt er. »Die Sudanesen, die schon drinnen waren, haben jedenfalls nichts gesehen, glaube ich. Sie hatten nachher denselben undurchdringlichen Gesichtsausdruck wie vorher. Ich kann sie ja nicht fragen. Die versteht ja keiner ... Niemand von denen spricht ein Wort Französisch. Tarek müßte dolmetschen, aber der ist wie üblich unauffindbar. Vielleicht besorgt er uns ja endlich den Generator, aber wer weiß schon, wo sich dieser Halunken herumtreibt.«

Wir haben die Höhle also bisher noch nicht betreten. Bevor wir uns hinunterwagen, müssen die Arbeiter die Stützbalken anbringen, die das Gewölbe stabilisieren sollen. Sonst ist ein Einsturz nicht auszuschließen, und wir säßen wie die Mäuse in der Falle.

Beim Abendessen wirkt Lorentz noch mutloser.

»Wie peinlich, wenn wir dort drinnen wieder nur die ewig gleichen Werkzeuge finden!« wiederholt er ein ums andere Mal. »Damit kann ich mittlerweile drei Museen füllen. Vielleicht finden wir dieses Mal ja die Cola-Flasche aus der Zeit der berühmten Lucy ... Aber das würde uns sowieso keiner glauben ...«

16. August 1975

Heute habe ich mein Leben riskiert, wegen Lorentz' Ungeduld.

Gestern bin ich gegen zwei Uhr morgens aufgewacht. Die Kälte hatte mich geweckt. Mittlerweile hat sich nämlich bewahrheitet, was ich beinah schon für ein Märchen hielt.

Wenn der Südwind nicht weht, sinken die Temperaturen in der Nacht tatsächlich auf um die null Grad.

Ich stehe von meiner Liege auf, um in Lorentz' Zelt nach einer Decke zu suchen. Als ich mit der Taschenlampe in den kleinen Innenraum leuchte, sehe ich, daß sein Bett leer ist.

Das Camp gruppiert sich um die spärliche Wasserstelle der winzigen Oase, inmitten eines lichten Wäldchens aus Palmen und Tamarisken. Es liegt einige hundert Meter nördlich der Höhle und besteht aus einer Handvoll Zelten; meines, das von Lorentz und die Vorratszelte mit der Ausrüstung und den Lebensmitteln sind militärischer Machart, die der Arbeiter und das von Tarek aus Stoffbahnen von grauer Kamelhaarwolle.

Vom Lager aus hat man freie Sicht auf die Höhle. Ich bemerke einen Lichtschein, der mehrmals in der Grubenöffnung aufflackert und erlischt. Ich gehe hinüber und betrete die äußere Höhle. Das Licht kommt aus der Zone der neuen Grabungsstellen. Ich schicke einen Ruf in die Finsternis, der prompt von Lorentz beantwortet wird.

Mit dem Abtragen des Gerölls entstand eine Art Brunnenschacht, der beinah senkrecht in die Tiefe führt. Ich leuchte in die runde Öffnung hinein, die von einem Architrav aus Metallrohren gestützt wird; ich entdecke rudimentäre Treppenstufen, einfache Bretter, die in die Wände des Schachts getrieben wurden.

»Bist du das, Chefa?« hallt Lorentz' schrille Stimme herauf. »Es ist phantastisch! Ich hatte recht! Es ist wunderschön! Aber bleib bloß oben! Komm nicht auf die Idee, herunterzusteigen!«

Der Strahl seiner Taschenlampe irrt über die Wände des Stollens, als wolle er damit seiner Begeisterung Nachdruck verleihen, dann verschwindet er. Ich höre das Geräusch lockeren Gesteins in dem Gewölbe widerhallen und recke den Hals, um etwas zu erkennen, doch es ist stockdunkel.

Aus dem Schacht steigt Fäulnisgeruch auf. Ich denke, nur ein Verrückter kann sich da hinunterwagen, nachts, wenn alle schlafen und das Lager so weit entfernt ist, daß ihn bei Gefahr niemand hören würde; und gefährlich ist es allemal, noch gestern sprach Lorentz von möglichen Erdrutschen.

Dann fällt mir ein, daß er doch wenigstens so klug gewesen sein wird, ein Walkie-Talkie mitzunehmen. Ich kann meine Neugier kaum zügeln, zudem möchte ich nicht als Feigling dastehen. Ich beginne, langsam hinabzusteigen, taste mich vorsichtig Stufe um Stufe voran. Ich habe das Gefühl, in einem Grab zu versinken. Immer tiefer geht es hinab, mit jedem Schritt hoffe ich anzukommen, endlich Boden unter den Füßen zu spüren. Doch es geht immer weiter, ich befinde mich mittlerweile bestimmt schon ein Dutzend Meter unter dem Boden der äußeren Höhle, und der Schacht nimmt einfach kein Ende; er verläuft nicht geradlinig, sondern in s-förmigen Kurven. Dann hören die rudimentären Treppenstufen plötzlich auf. Ich strecke das Bein aus, so weit es geht, und taste mit dem Fuß ins Leere, kein Halt weit und breit. Ich drehe mich um – beim Abstieg habe ich mich mit den Händen an den wackeligen Leitersprossen festgehalten – und knipse meine Taschenlampe an. Eine mit rundlichen Kieseln verkleidete Wand schließt sich an, weniger steil als der hinter mir liegende Abschnitt. Es gäbe wohl ein paar Stellen zum Festhalten, doch die Steine scheinen absichtlich abgerundet zu sein, damit sie keinen sicheren Halt bieten – das kann kein Produkt der Natur sein, dafür sind sie zu regelmäßig angeordnet und zu gleichförmig. Plötzlich gibt die Stufe nach, vielleicht ist sie kaputt, oder die seitlichen Verankerungen haben sich gelöst, unter mir gähnt der Abgrund. Schon purzele ich hinab, schlage mit dem Rücken schmerzhaft gegen die Kieselsteine. Die Lampe entgleitet meiner Hand, ich höre, wie sie unter mir aufprallt, dann erlischt sie. Im Dunkeln falle ich immer weiter und reiße eine Lawine aus Steinen und Erde in die Tiefe.

Als ich allmählich glaube, in die Hölle hinabzufahren, pralle ich endlich auf den Boden und werde fast unter einem Berg herabstürzenden Gerölls begraben. Mühsam versuche ich mich aufzurappeln, als ich Lorentz' Stimme höre: »He! Was ist da los?«

Mit bleibt keine Zeit zum Antworten. Im Dunkeln spüre ich den Aufschlag eines Felsbrockens, dann ein Beben an den Füßen und im Rücken. Es kommt mir vor, als stürze die Welt über mir zusammen. Ich höre ein lautes Krachen, als ob etwas zerbricht, dann den heftigen Schlag und den dumpfen Aufprall einer plötzlich herabstürzenden Masse. Einige Augenblicke lang liege ich in Finsternis und Stille gebettet in einem feuchten Uterus, Mutter Erde hat mich in ihren Schoß aufgenommen, ich bin ruhig und ergeben.

Dann blinkt ein schwacher Lichtstrahl auf. Ich erkenne die massive Oberfläche eines riesigen Monolithen, an dessen Seiten etwas Helligkeit durch die Ritzen dringt. Von der anderen Seite ertönt Lorentz' Stimme: »Chefa! Bist du in Ordnung?«

Ich bin halb unter Steinen begraben, in meinem Rücken tobt der Schmerz, aber offensichtlich bin ich unverletzt.

»Ja«, erwidere ich, »ich glaube schon. Und du?«

»Mir geht's bestens. Kannst du mich sehen?«

»Nein«, antworte ich, »ich habe einen riesenhaften Stein vor Augen.«

»Der ist von der Decke gefallen«, sagt er. »Ich hatte dich gewarnt: Bleib oben. Jetzt halte still, du rührst keinen Finger! Verstanden?«

»Ja«, sage ich, »aber was machen wir nun?«

»Nichts, wir bleiben hier und warten auf die Arbeiter.«

»Rufst du sie mit dem Walkie-Talkie?«

»Ich habe kein Walkie-Talkie, das habe ich im Zelt vergessen. In weniger als fünf Stunden kommen die Sudanesen und setzen ihre Arbeit fort.«

Fünf Stunden, in denen mein Körper allmählich taub

wurde und ich mir selbst mit jedem Moment fremder. Meine Sinne waren aufs höchste gespannt, und mir stockte der Atem, sobald ich ein Rumoren zu vernehmen glaubte, das stärker war als die normale Vibration der Höhle. Wir sprachen kein Wort, Lorentz hatte mir Schweigen auferlegt, da jeder Laut einen weiteren Einsturz auslösen konnte. In langen Abständen schaltete er die Taschenlampe an, jedoch nur für einen kurzen Moment, um Batterie zu sparen. Durch einen Spalt neben dem Felsbrocken konnte ich ihn dann sehen, wie er mit gesenkten Lidern geduldig und merkwürdig entspannt dasaß, völlig reglos, auf den Lippen ein stilles und irgendwie zufriedenes Lächeln.

Um sieben Uhr morgens kamen die Arbeiter und befreiten uns, indem sie den Monolithen wegschoben und den Schutt abräumten, unter dem ich begraben lag.

6

Dokument Nr. 4

Anmerkung von Davide Chefa. Ohne Datum

(Diese Notiz wurde offensichtlich Jahre später eingefügt.)

In letzter Zeit habe ich häufig an die merkwürdige Intimität jener Nacht zurückgedacht. Vielleicht erahnte ich schon damals Lorentz' späteres Schicksal, erriet es an dem ruhigen Fatalismus, den er bei jener Gelegenheit an den Tag legte. Es war weniger Todesverachtung oder stille Ergebenheit in die mißliche Lage. Vielmehr schien es, als habe er seit jeher mit der Isolation gerechnet, als habe er auch jene andere, dauerhaftere und vielleicht endgültige Gefangenschaft vorausgesehen, in der er sich heute befindet.

Vor zwei Wochen bekam ich Besuch von Lorentz' jüngerer Schwester Thelma. Thelma ist über unser Afrika-Abenteuer informiert, natürlich nur in groben Zügen und ohne die erschütternden Details. Ich glaube, sie ahnt etwas von der Verbindung, die trotz der räumlichen Entfernung zwischen uns besteht, wie es häufig der Fall ist, wenn Menschen eine traumatische und lebensbedrohliche Situation miteinander durchlebt haben. Sie bat mich inständig, ihren Bruder in der Nervenheilanstalt bei Locarno zu besuchen, in der er sich seit zwei Jahren in Behandlung befindet. Sie wollte mir sogar die Reisekosten erstatten, was ich natürlich ablehnte. Ich konnte mich ihrem Wunsch nicht entziehen, obwohl ich die Angelegenheit als äußerst lästig empfand und von der vollkommenen Sinnlosigkeit des Unternehmens überzeugt war.

Ich weiß nicht genau, welchen Segen die Schwester sich von dem Besuch versprach, doch ich verstand, daß sie dieselbe absurde Hoffnung in mich setzte, welche Angehörige eines Todkranken in die Arme eines Kurpfuschers mit dem Ruf eines Wunderheilers treibt. Mit weiblicher Intuition, vielleicht aber auch durch Andeutungen ihres Bruders hatte Thelma unsere mißglückte Expedition in Nordafrika mit Lorentz' Erkrankung in Verbindung gebracht, der nach seiner Rückkehr die Forschungen sowie seine Lehrtätigkeit an der Universität zu Köln aufgegeben und in jüngster Zeit dann mehrere Selbstmordversuche unternommen hatte.

Der letzte Versuch war verhängnisvoll gewesen und hatte eine irreversible Schädigung des Gehirns bewirkt. Seitdem lebt er ihn einem autistischen Zustand, der an Katatonie grenzt, ohne zu sprechen, ohne überhaupt mit jemandem kommunizieren zu können – oder zu wollen. Hin und wieder bekommt er Wutanfälle und geht mit dem Messer auf Angehörige los, den Nachbarssohn der Familie hat er blutig geschlagen. Er legte so gefährliche Verhaltensweisen an den Tag, daß er in eine geschlossene Anstalt eingewiesen worden wäre, hätte die Familie nicht Einfluß und Vermögen geltend gemacht, um ihn in eine Schweizer Klinik zu verlegen.

Thelma nährte nun die Hoffnung, daß die Konfrontation mit einem früheren Gefährten bei ihrem Bruder einen heilsamen Schock auslösen würde, der zu einer wenigstens partiellen Wiederherstellung des Bewußtseins führen könnte.

Vom Flughafen Locarno aus erreiche ich nach fast einstündiger Taxifahrt das Chalet in den Bergen, in dem das »Sanatorium« untergebracht ist. Die notwendigen Sicherheitsvorkehrungen der Nervenheilanstalt werden mit zweifelhaftem Erfolg vom Operettenstil eines luxuriösen Ferienhotels des beginnenden 20. Jahrhunderts kaschiert: Hinter den Affodillen auf den Fensterbänken verbergen sich die Gitterstäbe, und die Krankenschwestern verhüllen mit den Kitteln liebenswürdiger Kindermädchen ihre Professionalität.

Obwohl Thelma in einem ausführlichen Brief meinen Besuch angekündigt hatte, mußte ich ein langes Gespräch mit dem Direktor über mich ergehen lassen, der mir unzählige Fragen nach den Beweggründen und Zielen meines Treffens mit »seinem werten Gast« stellte, wie er den Patienten nannte.

Zwei ewig lächelnde und auffallend kräftige Pflegerinnen brachten Lorentz in das Besuchszimmer – auch hier vergitterte Fenster – und sorgten dafür, daß wir keinen Moment unbeobachtet blieben.

Dabei war diese scharfe Überwachung gar nicht notwendig, da Lorentz mich keines Blickes würdigte. Kaum hatte er den Raum betreten, ging er sofort zum Fenster. Er setzte sich mit dem Rücken zu mir auf das Fensterbrett und betrachtete die schneebedeckten Berge in der matten vormittäglichen Frühlingssonne. Ich versuchte zu ihm vorzudringen, indem ich von seiner Schwester erzählte und mich nach seiner Gesundheit erkundigte, aber ich brachte nicht mehr zustande als einen peinlichen Monolog.

Lorentz sah in seiner riesigen eisblauen Daunenjacke, die ihn gleich einem Taucheranzug vom Rest der Welt isolierte, aus wie eine Mischung aus Marsmensch und Penner, sich selbst ebenso fremd wie den anderen. Er trug eine bis über die Augenbrauen gezogene, zwergenartige Wollmütze, die so gar nicht zu dem warmen Frühlingswetter passen wollte. Seine vom Mützenrand überschatteten Augen waren das einzig Menschliche an ihm. Die wenigen Male, die ich ihm ins Gesicht sah, entdeckte ich darin genau dasselbe Lächeln wie in jener Nacht, als er friedlich auf der anderen Seite des Monolithen saß und ich im sporadischen Aufblinken der Taschenlampe ein undeutliches Bild von ihm erhaschen konnte. In der psychiatrischen Klinik schien er innerlich zu triumphieren wie ein Künstler, der kurz vor Abschluß seines Werkes steht, dem er viel Zeit und Mühe geopfert hat.

Deshalb glaube ich, daß dort unten alles seinen Anfang nahm, in den Tiefen der Höhle: die sinnlose Gewalt, der mißglückte Selbstmord, der Identitätsverlust. Ich glaube, daß er mit dem endlosen Exil gerechnet hat, und ich bin mir sicher, daß er es mit dem Gefühl tiefer Befriedigung annimmt.

7
Dokument Nr. 5
Tagebuch von Davide Chefa. August 1975

»Daraus ergab sich, daß eine Beschreibung der Verbreitung dieser Sitte ihr gleichzeitiges Vorkommen an den verschiedensten Stellen der Erde ... als seltsamen Zufall ... auffassen mußte.«

Ewald Volhard, »Kannibalismus«

»Eine Legende erzählt, wie dieser Waldgeist einmal ein Menschenweib ehelichte, das sich daran gewöhnen mußte, Menschenfleisch zu essen.«

Frobenius, »Diaphne« nach Volhard, »Kannibalismus«

18. August 1975

Ich war verletzt, wenn auch nicht schwer. Mein Rücken schmerzte vom Hals bis ins Kreuz. Die Beine wiesen an mehreren Stellen Schürfwunden auf, mein großer Zeh war höchstwahrscheinlich verstaucht.

Man brachte mich ins Krankenhaus von Laghouat, ein halb verlassenes Gebäude im Kolonialstil mit abblätterndem Putz und verwitterten Fensterläden, dessen penetranter Geruch nach Desinfektionsmittel die Hitze in den ungelüfteten Räumen noch unerträglicher machte. Eine halbe Stunde mußte ich im dunklen Flur warten, bis ich vorgelassen wurde, neben mir eine verschleierte Frau, die von einer Giftschlange gebissen worden war. Der Arzt, ein großer, sehr hagerer Schwarzer, machte einen aufmerksamen und kompetenten Eindruck. Vorausgesetzt, die Untersuchungen, die er an mir vornahm, waren echt und nicht nur Show, um einem Ausländer zu imponieren. Ich mußte eine Urinprobe abgeben, die er gleich vor Ort analysierte, indem er einen Streifen Lackmuspapier hineinhielt und sie auf Blutspuren überprüfte. Negativ, meine Nieren seien in Ordnung. Dann hat er mich eine Viertelstunde lang Verrenkungen vor einem Röntgengerät ausführen lassen, um innere Verletzungen oder Brüche auszuschließen. Blieb nur die Verstauchung des großen Zehs, mit bloßem Auge zu erkennen, da das Glied geschwollen und schwarz angelaufen ist. Schließlich hat er mir Rücken und Beine mit einem Desinfektionsmittel bestrichen, bis ich rot war wie ein Indianer. In dem Krankensaal lagen lauter alte Menschen, mein Bettnachbar hustete ununterbrochen schrecklichen Schleim ab.

All das wäre Grund genug gewesen, meine Siebensachen zu packen – Kamera, Filme, Strahler und persönliche Habseligkeiten – und nach Montpellier zurückzukehren. Wahrscheinlich war es die letzte Gelegenheit, und ich habe sie verpaßt. Statt dessen habe ich Lorentz wissen lassen, daß es mir bestens ginge, woraufhin er mich heute mit dem Jeep abholen kam, hoch zufrieden, daß ich ins Camp zurückkehrte.

Die Arbeiter sind damit beschäftigt, die zweite Höhle zu sichern. Sie setzen Stützpfeiler, ziehen Deckenbalken ein, schaffen Geröll hinaus und werden damit noch heute und morgen zugange sein.

»Ich habe ihnen Feuer unterm Hintern gemacht«, sagt Lorentz, »und so getan, als sei ich stinksauer. In Wahrheit lag die Schuld gar nicht bei ihnen, schließlich waren die Stützarbeiten noch nicht abgeschlossen, ich war einfach leichtsinnig. Tarek ist immer noch nicht aufgetaucht, aber ich habe mich der Universalsprache aus Geschrei und Beschimpfungen bedient. Sieht so aus, als hätten sie es kapiert, immerhin packen sie jetzt kräftig zu. Unter diesem Hügel befindet sich das schönste Quartär-Sanktuarium, das ich jemals gesehen habe, vergleichbar mit den Funden von Lascaux. Du wirst es mit eigenen Augen bewundern können.«

19. August 1975

Die Sudanesen haben ganze Arbeit geleistet. Die Stufen sind ausgebessert, die zweite Höhle ist sorgfältig abgestützt und sieht aus wie der Stollen eines Bergwerks.

Ich bin mit Lorentz hinabgestiegen. Der Monolith ist eindeutig von Menschenhand gemacht, er gleicht einem Menhir. Die Arbeiter haben ihn umgelegt, so daß er nicht mehr den Zugang versperrt.

Lorentz zeigt mir die Stelle an der Decke, aus der er herausgebrochen ist.

»Da hatten wir verdammtes Glück«, sagt er, »ich bin sicher, daß er sich aufgrund der Schallwellen gelöst hat, die Schritte in diesem Raum hervorrufen.«

Er stampft mit dem Fuß auf einen Punkt am Boden nahe der Stelle, wo ich halb verschüttet wurde, und löst ein dumpfes Vibrieren aus.

»Hier herrscht eine ganz besondere Akustik, hörst du das? Du hattest Glück, daß schon Geröll herabgefallen war, bevor du den Punkt erreicht hast, an dem die Vibration entsteht. Und ich hatte Glück, daß ich so klein und leicht bin und vorsichtig auftrat, sonst wäre einer von uns unter dem Felsen begraben worden, der bestimmt ein Dutzend Tonnen wiegt. Ich verstehe das immer noch nicht. Mal ganz abgesehen davon, daß die Hominiden niemals über die dafür notwendigen Kenntnisse der Akustik und Mechanik verfügt haben dürften, scheint dieser Ort doch absichtlich so angelegt, daß bis ans Ende der Welt kein Mensch seinen Fuß hier hereinsetzt. Warum? Außer den Malereien, was gibt es sonst hier drinnen? Sieh dich um.«

Er läßt den Strahl seiner Taschenlampe über die Wände gleiten.

Er hat recht, der Anblick ist wirklich bemerkenswert. Der Vergleich mit Lascaux ist nicht übertrieben. Dieselbe geheimnisvolle Atmosphäre.

Die unterirdische Höhle ist in zwei Räume geteilt, die

durch einen Engpaß miteinander verbunden sind. Der zweite Raum liegt etwas tiefer als der erste, beide zusammen bilden etwa die Form einer Sanduhr. Im ersten, sehr weitläufigen Raum finden sich fossile Spuren. Menschliche Fußabdrücke und andere, die zu großen Sohlengängern gehören dürften, ich würde auf Bären tippen. Die Wand auf der linken Seite ist mit einfachen Ritzungen bedeckt. Man erahnt eine wilde Kampfszene zwischen Menschen und einer Schar Bären. Die Menschen schleudern Faustkeile, die Bären unterliegen.

An der rechten Wand beginnen die Höhlenmalereien. Hier ist die Technik schon wesentlich ausgereifter, ich schätze, die Bärenjagdgravuren und die Zeichnungen liegen zeitlich mindestens tausend Jahre auseinander. Etwas tiefer im ersten Raum wird neben der Jagd auf Nashörner, Nilpferde, Giraffen und Elefanten auch eine Schlacht zwischen Menschen dargestellt. Die Unterlegenen mit ihrer etwas länglicheren Schädelform scheinen einer anderen Rasse anzugehören.

»Wenn man der Phantasie freien Lauf läßt, könnten diese Gemälde eine Schlacht des Homo sapiens gegen den Neandertaler darstellen«, wage ich eine Vermutung.

»Phantasie? Von wegen!« erwidert Lorentz. »Schau dir doch mal die Schädel von denen an, die eins aufs Dach kriegen, die sehen exakt aus wie Neandertaler. Ich hatte schon immer den Verdacht, daß ein Krieg der Grund für das jähe Aussterben des Neandertalers gewesen sein muß. Das hier ist der Beweis. Wir haben die spektakulärste archäologische Entdeckung unseres Jahrhunderts gemacht. Hier drinnen befindet sich Material für jahrelange Forschungsarbeiten.«

Der lebensgroße Urwisent nimmt ein Viertel des Raumes ein.

»Sein Bild sehe ich zum erstenmal in einer afrikanischen Höhle. Er ist ausgestorben, aber bisher ging man davon aus, daß er nur in Europa gelebt hat«, sagt Lorentz. Dann macht er mich darauf aufmerksam, daß der Künstler den Bauch des Tieres auf eine Ausbuchtung des Felsens gezeichnet hat, um so eine räumliche Wirkung zu erzielen.

Die Bilder auf der rechten Wand sind von Symbolen umringt, vor einem Hintergrund, so schwarz wie der tiefste Weltenraum. Die Symbole verdichten sich um einen tanzenden Medizinmann, auch er pechschwarz. Der Dämon hält eine vierfingrige Hand an den spitzen Schnabel, als schneide er eine Grimasse oder stoße einen Schrei aus. Er hat geschwungene Hörner, den Schweif eines Löwen, sein erigierter Penis ist lang und dünn wie der eines Pferdes, und die ebenfalls langen und dünnen Zehen erinnern an Krallen. Das ganze Bild gemahnt an die Teufelsdarstellungen in gotischen Kathedralen.

Lorentz ist beinah gerührt, als er mir die Symbole erläutert, instinktiv senkt er die Stimme wie in einer Kirche:

»Das vorherrschende Zeichen ist die Swastika, siehst du? Nach gängiger Lesart unserer Kollegen stellt sie eine Stilisierung des Sonnensymbols dar, also die Vereinfachung eines anderen Zeichens, siehst du dort oben? Des von einem Kreis eingeschlossenen Sterns. Aber diese Erklärung finde ich nicht sehr überzeugend. Der Swastika begegnet man in der ganzen Welt, sogar in Amerika. Woher diese weite Verbreitung schon zu Zeiten, als es noch keine Völkerwanderungen zwischen den Kontinenten gab? Und schau einmal hier: Dort oben ist die Swastika mit einer Spirale verbunden, wie als Ausdruck dafür, daß das eine Zeichen aus dem anderen hervorgeht. Was hat die Sonne mit der Spirale zu tun? Die Kollegen reden immer nur von der Sonne, vom Mond und von Mutter Erde, der Ernährerin, von der Befruchtung der Erde durch das Wasser des Himmels, vom Himmelsgott, also der Sonne, während der Mond die Zeit diktiert, und so weiter. Jedes Bild wird mit dem Ablauf der Jahreszeiten erklärt, den Ernten, der Jagd, den Wachstumsphasen. Mir scheint es da gehörig an Phantasie zu mangeln.

Weißt du, wer den Satz geprägt hat, man müsse seine Phantasie einsetzen und mit den Gedanken spielen, um zu finden, was man sucht? Der Vater der modernen Wissenschaft, Galileo Galilei. Diese Höhle steckt voller Geheimnisse, man fühlt sich geradezu eingeschüchtert, erdrückt von dieser unterirdischen Absis, von den auf Stein gemalten Rätseln. Wäre das auch so, wenn die Künstler lediglich ein Lehrbuch für Bauern und Jäger illustriert hätten?«

Dann verstummt er. Wir sind in den zweiten, tiefer gelegenen Raum hinabgestiegen. Hier hüllt Lorentz sich in Schweigen, er scheint zu schaudern und beobachtet mich aus den Augenwinkeln, während er den Lichtstrahl über die Wände gleiten läßt.

Direkt neben dem Engpaß ragt ein Koloß mindestens sechs Meter in die Höhe, eine ockerfarbene Statue mit riesigem, rundem Kopf. Auf den übrigen Wänden tummeln sich ähnliche, kleinere Figuren. In einer Szene begleitet dasselbe Wesen, das die menschlichen Gestalten um ein vielfaches überragt, den Tanz einer Gruppe wohlgeformter Mädchen mit hohen Brüsten und langen, schlanken Beinen. Lorentz beleuchtet mit der Lampe ein Bild, auf dem der Riese mit dem runden Kopf sich eng an eine am Boden liegende Frau schmiegt.

»Was macht der da?« frage ich, um die Spannung zu lösen, die den Ort mit eisiger Hand umklammert.

»Er paart sich mit einer Menschentochter«, erwidert Lorentz in merkwürdig dumpfem Tonfall, »genau wie es in der Bibel steht.«

Während unseres abendlichen Lagers macht Lorentz seinem Ärger Luft.

»Ich ertrage sie einfach nicht, diese Pedanten! Unseren Kollegen zufolge lebten in Tassili N'Ajjer Menschen eines Stammes mit außergewöhnlich rundem Kopf, die sich selbst auf ein paar Felsen verewigt haben sollen, welche man dort unten fand. Das kam mir schon damals vollkommen lächerlich vor: Auch dort haben die Wesen mit dem Ballonschädel riesenhafte Ausmaße, und zum Teufel mit diesem runden Kopf! Hast du gesehen, wie unverhältnismäßig er im Vergleich zu ihren Leibern ist? Waren die antiken Einwohner Tassilis denn solche Riesendickköpfe? Jene Gegend der Sahara liegt über zweitausend Meilen von hier entfernt. Ganz abgesehen von der enormen zeitlichen Distanz, vorausgesetzt, die bisherigen Analysen meines Labors stimmen. Ich bin gespannt, wie sie das erklären werden, die illustren *confrères*. Völkerwanderung? Und warum sehen wir dann im ersten Raum Menschen von normaler Größe? Völkerwanderung, klar ... aber aus ganz anderen Gegenden als Tassili ...«

Nach dieser sibyllinischen Bemerkung starrt er mich nur noch schweigend an.

20. August 1975

Heute morgen ist Tarek mit dem neuen Generator zurückgekehrt. Neu nur insofern, als er besser läuft als der alte, ansonsten stammt auch er aus dem Restbestand eines Altwarenlagers. Ich möchte wetten, daß er sich von seinem Ministerium den Preis für einen brandneuen Generator erstatten läßt. Immerhin funktioniert er.

Wir sind wieder in B und C hinabgestiegen – so heißen im offiziellen Ausgrabungstagebuch die beiden zuletzt entdeckten Höhlen, die Lorentz hartnäckig Sanktuarien nennt. Er zeigt mir die Bildausschnitte, die ihn interessieren, und ich bereite das Licht für die Aufnahmen vor.

Einen Scheinwerfer soll ich so installieren, daß sein Licht in die Einbuchtung fällt, die sich an der Decke über dem Eingang von Raum C befindet, also genau über dem Riesen mit dem runden Kopf. Lorentz möchte, daß ich sie ausleuchte. Er glaubt, daß diese Nische nicht natürlichen Ursprungs ist, sondern ausgehöhlt wurde. Das Unterfangen entpuppt sich als schwierig, da die Wände sehr glatt sind, wie von einer Art geschliffenem Putz überzogen, und ich einfach keine Möglichkeit finde, den Scheinwerfer zu befestigen.

So entschließe ich mich, ein kleines Podest bauen zu lassen. Die Vorrichtung muß aus Holz sein, da die wenigen Metallstangen, die wir zur Verfügung haben, seit meinem Sturz den Eingang abstützen. Lorentz ruft über das Walkie-Talkie ein paar Arbeiter mit zwei Dutzend kleineren Balken herbei. Aus ihnen errichten wir eine abgeflachte Pyramide, die wir in am Boden ausgehobenen Löchern verankern. Auf den Pyramidenstumpf basteln wir aus Brettern eine Plattform. Das Ganze ist ein wenig schief, dürfte aber seinen Zweck erfüllen. Eine Sprossenleiter wird herbeigeschafft, und mit einem schweren 1000-Watt-Scheinwerfer steige ich hinauf. Als ich auf der Plattform stehe, in vier, fünf Meter Höhe, beginnt der Turm zu schwanken. Ich kauere mich nieder und klammere mich an die Stützbalken. Lorentz kichert:

»Du siehst aus wie eine in einen Dom verirrte elektrische Taube.«

»Kletter doch selbst hinauf«, sage ich, »du bist schließlich der Jüngere!«

»Du hast ganz recht«, stimmt er mir verlegen zu, »komm herunter, ich werde hochsteigen.«

»Nein«, gebe ich pikiert zurück, »das ist meine Aufgabe.«

Mit vorsichtigen Bewegungen richte ich den Scheinwerfer aus. Auf ein Zeichen von mir fließt Strom aus dem Generator. Blendend hell flammt der Scheinwerfer auf, das Licht trifft auf die Wand, flutet durch die ganze Höhle. Von der Mulde ist weniger denn je zu sehen. Es wäre besser gewesen, denke ich, einen kleinen Spot für Spezialeffekte einzusetzen.

Bevor ich mir die ganze Arbeit noch einmal mache, den 1000-Watt-Scheinwerfer herunterlasse und den anderen heraufziehe, versuche ich ersteren so zu postieren, daß das Licht die Wand indirekt beleuchtet. Als ich ihn zurechtrücke, geschieht etwas. Lorentz am Fuß des Turms erstarrt;

er reckt den Hals und versucht einen Blick auf die Einbuchtung zu erhaschen, er reißt die Augen auf, und ein Schweißfilm bildet sich auf seiner Stirn.

Unvermittelt wird mir übel. Ich habe das Gefühl, daß unter mir das Balkengerüst ins Wanken gerät. Aber nein, es steht fest auf dem Boden, mir ist einfach nur schwindelig. In meinem Magen tut sich ein Loch auf, als würde ich mit wahnwitziger Geschwindigkeit durch die dunkle Höhle gesogen. Magisch fühle ich mich von der Vertiefung angezogen, die ich ausleuchten soll und an deren Rändern das Licht leckt, um dann von der kompakten, unergründlichen Finsternis des Lochs, das mir nun unendlich tief vorkommt, restlos verschluckt zu werden. Dort drinnen ist etwas, und etwas Schreckliches wird gleich daraus auftauchen. Plötzlich habe ich das Gefühl zu erblinden, angesteckt von der Schwärze des Hohlraums. Doch es ist nicht nur die schreckliche Finsternis, es ist auch eine Leere, eine Abwesenheit. Das Gefühl der Leere überkommt mich, der totalen Dunkelheit, des grenzenlosen Raums, wo nichts mehr ist. Oder besser, wo einzig und allein diese beängstigende Abwesenheit herrscht.

Ohne daß ich es merke, geben meine Beine nach. Ich sinke auf die Knie, der Scheinwerfer entgleitet mir. Der Lärm des hinabstürzenden Geräts, das an den Balken abprallt, läßt mich hochfahren. Einen Augenblick lang zuckt das Licht noch über die Höhlendecke, dann explodiert mit einem lauten Knall die Leuchtröhre. In dem endlosen Augenblick, bis Lorentz seine Taschenlampe anknipst, packt mich erneut die Angst vor der Dunkelheit, vor der Stille, vor der unwiderstehlichen Anziehung, die mich in den Hohlraum saugen und vernichten wird.

Der Schein der Taschenlampe sucht nach mir. Der Lichtkegel huscht über die Wand und legt sich auf mich, während ich auf dem Podest knie und von einem heftigen Brechreiz geschüttelt werde.

»Komm runter«, sagt Lorentz, »komm sofort runter!«

Sein Tonfall ist drängend, er scheint meine Angst zu teilen. Mühsam rappele ich mich auf, taste mich bis zur Leiter und steige hinab.

»Genug für heute«, sagt Lorentz.

Ich halte dagegen, daß wir noch nichts getan haben, daß ich keinen einzigen Scheinwerfer installieren konnte. Doch Lorentz ist schon auf dem Weg nach draußen: »Du hast hier unten nichts mehr verloren.«

Vor der Höhle blendet mich die grelle Sonne, doch das wiedergefundene Licht setzt dem Alptraum ein Ende. Ich atme tief durch und spüre, wie mir die Luft in der Kehle brennt.

Zum erstenmal essen wir in tiefem Schweigen zu Abend. Lorentz weicht meinen Blicken aus, ich habe den Eindruck, meine Anwesenheit bringt ihn in Verlegenheit, als hege er mir gegenüber Schuldgefühle. Manchmal ertappe ich ihn dabei, wie er mit ruheloser Miene zur Höhle schaut.

21. August 1975

Tarek hat sich des VW-Busses bemächtigt, mit dem ich ins Camp gekommen bin. Mit ihm war er nach Algier gefahren, um den Generator zu besorgen. Nach seiner Rückkehr hat er den Wagen in einem schmalen Durchlaß zwischen zwei Felsen, etwa einen Kilometer vom Lager entfernt, abgestellt und als Sonnenschutz eine große, silbrig glänzende Plane darübergespannt. Daneben hat er sein Zelt aufgebaut, so daß dessen Öffnung mit der Schiebetür des Wagens korrespondiert. Auf diese Weise ist außer Sichtweite des Lagers eine Art exklusive Residenz entstanden. Er hat sich sogar eine große Tonne mit Wasser gefüllt und neben sein Zelt gestellt.

Die Wagenschlüssel hat er nicht zurückgegeben, erfahre ich von Lorentz, als ich nachsehen will, ob vielleicht eine Tasche mit Kleidern, die ich vermisse, im Volkswagen liegengeblieben ist. Lorentz meinte, ich müsse Tarek nach den Schlüsseln fragen, solle es aber lieber nicht tun, da der Ägypter eifersüchtig über seine neu gewonnene Privatsphäre wache: Als er einmal einen Arbeiter entdeckte, der neugierig herumschlich, habe er ein großes Theater veranstaltet.

Eine merkwürdige Autonomie, deren sich der unsägliche Tarek erfreut. Vielleicht liegt es an dem allzu nachgiebigen Lorentz, der mir erklärte, der Transporter sei nun mal Eigentum der algerischen Regierung, welcher der Ägypter unterstehe. Wie im übrigen die gesamte Ausrüstung bis auf wenige Geräte, die der Stiftung gehören oder Lorentz' Privateigentum sind.

Da ich die Tasche noch immer nicht gefunden habe, beschließe ich am Morgen, noch vor Sonnenaufgang, wenn Lorentz schläft, einen Blick durch die Fenster des Wagens zu riskieren. Ich muß allerdings zugeben, daß die Tasche bloß ein Vorwand ist – tatsächlich entdecke sich sie später in einer Ecke des Zeltes – und ich in Wahrheit einfach neugierig bin.

Tarek schläft in seinem Zelt, von draußen höre ich ihn schnarchen. Die rotweißen Vorhänge sind zugezogen, so daß ich nicht ins Wageninnere sehen kann. Ich will schon wieder gehen, als ich durch den Stoff eine Hand zu erkennen glaube, die träge von unten nach oben geführt wird, dann höre ich ein unterdrücktes Seufzen.

Als wir uns beim Morgenkaffee begegnen, erzähle ich Lorentz, daß Tarek meiner Meinung nach nicht allein aus Algier zurückgekehrt ist und jemand in dem VW-Bus schläft, was auch die Abgeschiedenheit des Lagers erklären würde. Lorentz zuckt die Achseln:

»Das ist seine Sache. Je weniger ich mit Herrn Tarek zu tun habe, desto besser.«

Heute morgen habe ich begonnen, die Zeichnungen und Malereien zu filmen und zu fotografieren. Und das gegen den Willen von Lorentz. Ihm zufolge ist die Höhle noch nicht sicher genug. Ich halte das für eine Ausrede. Ich habe fast den Eindruck, Lorentz sieht mich nach meinem Malheur auf dem Gerüst als Eindringling. Er ist ganz verändert. Bisher so enthusiastisch und gesprächig, gibt er sich nun verschlossen und düster. Er redet kaum noch mit mir.

In den Höhlen B und C wurde die Balkenpyramide wieder abgebaut, und die Arbeiter haben die Mulde mit einem Stück Teerpappe verdeckt. Was mich freute, da ich es als Rücksichtnahme mir gegenüber empfand. Ein Verhalten seitens der Arbeiter, das sich sehr von dem des Expeditionsleiters unterscheidet, dem es offensichtlich am liebsten wäre, wenn ich mich dort unten gar nicht mehr sehen ließe.

»Wir können das doch nicht ewig vor uns her schieben«, habe ich ihm gesagt, als er mir unter dem Vorwand von Sicherheitsmängeln den Zutritt zu der Höhle verweigern wollte, »früher oder später möchte ich ja auch wieder nach Hause fahren.«

»Das stimmt«, hat er gesagt, »ich kann es auch kaum erwarten, daß du von hier fortgehst. Je eher du uns verläßt, desto besser.«

Ich war beleidigt, ich argwöhnte, er wolle den Ruhm der Entdeckung nicht mit mir teilen.

»Was soll das?« fragte ich ihn daher. »Wofür bin ich dann überhaupt hergekommen?«

Darauf hat er bloß den Kopf eingezogen und nicht mehr geantwortet. Er sah ziemlich mitgenommen aus.

Während der Filmarbeiten ließ Lorentz mich keinen Augenblick allein. Manchmal schlug er mir kurz angebunden einen Bildausschnitt vor, als ginge es weniger darum, mir Hinweise zu geben, als mich zu einem schnellen Ende anzutreiben. Ziemlich ärgerlich. Immerhin bin ich ein angesehener Gelehrter und er blutiger Anfänger.

Beim Abendessen spreche ich das Thema an:

»Mir gefällt nicht, wie die Dinge sich entwickeln, Lorentz.«

»Was meinst du?«

»Ich habe das Gefühl, hier nicht mehr erwünscht zu sein. Ich bin kein dilettantischer Hobby-Filmer. Nicht zuletzt wolltest du auch meinen wissenschaftlichen Rat, oder etwa nicht?«

»Du darfst das nicht persönlich nehmen«, erwidert er ernst. »Wenn ich möchte, daß du so schnell wie möglich fertig wirst, ist das nur in deinem eigenen Interesse.«

»Wie soll ich das verstehen?« frage ich.

»Es liegt was in der Luft«, sagt er.

Am Nachmittag hat Lorentz mit einem Skalpell eine Pigmentprobe von der Wand gekratzt und ist in seinem Zelt verschwunden. Den übrigen Tag hat er mit der Analyse der Farbe verbracht.

Er untersucht den Splitter unter dem portablen Mikroskop, einer Art Fernrohr, das er in den Händen hält. Er reicht es mir, damit ich mir den Objektträger anschaue. Ich sehe eine Mondlandschaft, die mit bunten Kügelchen übersät ist, gelb, rot und ein sehr intensives Blau.

»Siehst du die blauen Kügelchen?« Lorentz' Tonfall klingt gelangweilt, als spule er eine altbekannte Litanei ab. Ich nicke, ohne das Auge von dem Mikroskop abzuwenden.

»Und«, sagt er, »hatte ich recht? Schon wieder so ein Rätsel der zeitlichen Einordnung. Diese Farbprobe habe ich dem blauen Anhänger entnommen, den der ockerfarbene Riese um den Hals trägt. Das Gemälde ist hier um ein realistisches Detail bereichert, der Anhänger ist nicht gezeichnet, sondern hängt wirklich um den Hals des Riesen, ein echtes Schmuckstück, wenn auch in Kalkstein eingeschlossen. Die Beschaffenheit des Materials stimmt mit Ägyptisch Blau überein, du kennst diese Glasur der ägyptischen Kunst aus der Zeit der Dynastien? Und willst du noch etwas wissen? Ägyptisch Blau – denn darum scheint es sich hier wirklich und wahrhaftig zu handeln, die Moleküle sind quasi identisch – ist kein

Naturprodukt. Die Farbe ist absolut synthetisch. Sie besteht nicht aus gemahlenem Lapislazuli oder Azurit, die antiken Künstler stellten sie mit Hilfe einer chemischen Reaktion her, keiner weiß, wie und mit welchen Substanzen. Und jetzt kommt es: Um heute etwas Ähnliches zu schaffen, muß man den Schmelztiegel auf mindesten 1000 Grad erhitzen. Wie aber erreichten die Ägypter drei- oder viertausend Jahren vor Christus diese Temperatur? Und erst diese Wesen hier, aus unserer Höhle, die wer weiß wie viele Jahrtausende älter sind als die alten Ägypter ... Mir ist bewußt, daß du meinen Datierungen skeptisch gegenüberstehst, deshalb lasse ich das mal offen, wir werden später in aller Ruhe klären, ob meine vermuteten eine Million Jahre der Wahrheit entsprechen. Doch wie sollen diese primitiven Hominiden, die kaum das Feuer kannten, ein so hochentwickeltes chemisches Produkt hergestellt haben? Woher nahmen sie die notwendige Hitze? Was verbrannten sie dafür? Vielleicht verstehst du jetzt, was ich meinte, als ich von zeitlichen Paradoxa sprach. Kennst du das ›Buch von Dzyan‹, den alten tibetanischen Text, den Madame Blavatsky entdeckte?«

»Ich weiß nur, daß diese Dame endlose Wälzer verfaßt hat und sich darüber hinaus mit einer Menge Tricks präsentierte«, antworte ich gelangweilt, »und daß manch einer behauptet, ihre Hirngespinste hätten nicht unbeträchtlich zur ideologischen Untermauerung des Nationalsozialismus beigetragen. Und das genügt, daß ich mir ihre Ergüsse lieber erspare. Ich kann gut auf die außerirdischen Baumeister einer Madame Blavatsky verzichten.«

»Alles Scharlatanerie, wie?« meint er und wiegt den Kopf. »Und auch die Entdeckung des Buches Dzyan wäre dann wohl die Erfindung eines Scharlatans ... Aber wie erklärst du dir, daß in dem Text, wenn auch poetisch verfremdet, die kalte Verschmelzung beschrieben wird, über ein halbes Jahrhundert vor den ersten Experimenten mit Kernenergie? Madame Blavatsky starb 1891.«

Die Nacht senkt sich über den teils wolkenverhangenen Himmel, Blitze zucken durch das Dunkel, begleitet von fernem Grummeln; doch das Gewitter bleibt in der Höhe, nur ein Wetterleuchten, von Regen keine Spur. Lorentz läßt sich mit Whiskey vollaufen und leiert seine Bachthemen auf dem Akkordeon herunter.

Ich bin ratlos. Allmählich drängt mir mein Respekt vor der Wissenschaft die Frage auf, ob ich hier durch meine bloße Anwesenheit die mutmaßlichen Entdeckungen eines Spinners beglaubige, dessen Bildung auf amerikanischen Science-fiction-Romanen der Fünfziger fußt.

Aber dann muß ich wieder daran denken, was ich im Angesicht des schwarzen Lochs auf dem Podest empfunden habe. Und ich komme zu dem Ergebnis, daß es an diesem Ort etwas gibt, das sich nicht mit dem üblichen Handwerkszeug der historischen und wissenschaftlichen Analyse erklären läßt.

Noch höchstens eine Woche, dann bin ich mit den Aufnahmen fertig. Ich kann es kaum erwarten, von hier wegzukommen und alles zu vergessen wie einen bösen Traum.

22. August 1975

Wenn Tarek gehofft hatte, sein kleines Geheimnis für sich behalten zu können, dann hat er sich getäuscht. Heute morgen trat das Mädchen seelenruhig aus dem Wagen, mit Schmollmund und unglaublich hellen Augen, die niemanden ansehen, mit ihren Ketten aus Goldmünzen, die klimpern wie das Zwitschern eines Rotkehlchens, das lange Gewand bis auf die nackten Füße herabreichend, an deren schmalen Fesseln ebenfalls Silberreife klingeln, die Arme nackt mit blau kolorierten Tätowierungen. Sie ging zum Tümpel, kniete nieder und tauchte die Arme ins Wasser, dann streifte sie mit einer flinken Bewegung Kleid und Ketten ab und ließ sich hineingleiten, während nur zwei Schritte entfernt Lorentz und ich sowie einige Arbeiter mit großen Augen zuschauten, geblendet von dem nur für Sekundenbruchteile erhaschten Anblick ihres herben und vollkommenen Körpers.

Eine Viertelstunde blieb sie auf dem schlammigen Boden des Tümpels liegen, fast reglos bis auf eine leichte Bewegung der Arme unter der Wasseroberfläche hin und wieder. Dann erhob sie sich tropfend, zog sich wieder an – nun konnten wir sie ein wenig länger betrachten, sie ist wunderschön – und ging zu dem VW-Bus zurück, ebenso gelassen, wie sie gekommen war. Ich höre, wie Lorentz schluckt.

»Hast du das gesehen? Ich hatte also recht«, sage ich.

Und Lorentz: »Das bedeutet Ärger, großen Ärger. Dieses Mal treibt es dieser dreckige ägyptische Handlanger wirklich zu weit.«

Der Ärger folgte auf dem Fuße, noch am selben Tag. Ich wickele gerade eine abgedrehte Filmrolle in Silberpapier ein, um sie vor der Hitze zu schützen, Lorentz beobachtet eine chemische Reaktion in der Retorte, als von der Stelle zwischen den Felsen, wo der VW-Bus parkt, Schreie herüberschallen. Schnell laufen wir hinüber; Tarek prügelt auf einen Arbeiter ein. Der Sudanese liegt auf der Erde und versucht, sich mit den Händen zu schützen. Tarek versetzt ihm heftige Fußtritte und keucht vor Anstrengung, trotz der Verrenkungen des anderen tritt er ihm immer wieder ins Gemächt, es sieht aus, als wolle er ein Reptil zermalmen.

Das Mädchen beobachtet die Szene mit einem kleinen Lächeln vom Dach des Wagens, wo sie unter der silbernen Plane wie unter einem Baldachin sitzt, ganz Herrin, die der Bestrafung eines Sklaven beiwohnt.

Wir fallen Tarek in die Arme und versuchen ihn von dem am Boden liegenden Arbeiter wegzuziehen. Das ist nicht einfach, weil der Ägypter schwer und kräftig ist, seine Muskeln sind hart wie Drahtseile, und er ist völlig außer sich. Der Arbeiter schafft es, sich ein paar Meter weit durch den Staub zu schleppen, er rappelt sich auf und flieht, wir sehen, daß er blutet. Aus sicherer Entfernung dreht er sich noch einmal um und stößt eine Verwünschung aus.

Tarek packt das Mädchen am Arm und zwingt es, vom Dach des Wagens herabzusteigen. Sie entwindet sich seinem Griff und verschwindet türenschlagend im Wagen. Tarek löst die Plane aus den Verankerungen im Felsen, baut in Windeseile das Zelt ab, wirft alles in den Kofferraum, steigt in die Fahrerkabine und fährt mit durchdrehenden Reifen davon.

Den geprügelten Arbeiter haben wir nicht mehr gesehen, er hat noch am selben Tag das Camp verlassen, zusammen mit einem Freund. Mir ist aufgefallen, daß die Sudanesen immer zu zweit unterwegs sind, jeder hat einen brüderlichen Freund, mit dem er das Essen teilt sowie die Aufgaben bei der Arbeit. Auf diese Weise haben wir mit einem Schlag zwei Helfer verloren; Lorentz sagt, das sei nicht so schlimm, da die körperlich schweren Tätigkeiten sowieso beendet seien.

Beim Abendessen glaube ich das Rasseln kleiner Ketten zu hören, das von dem Hügel oberhalb der Höhle herabklingt.

23. August 1975

Lorentz sagt, ich könne mit dem Filmen aufhören, er hat die Pigmente analysiert, und sie sind stabil, sauerstoffresistent, lichtunempfindlich, es bestehe daher keine Notwendigkeit, die Entdeckung zu dokumentieren.

Diesmal werde ich ernsthaft böse. Ich erinnere ihn daran, daß er in unserer Zunft ein absoluter Niemand ist, daß er meine Mitarbeit dringend für den Erfolg der Expedition benötigt. Ob ihm denn nicht bewußt sei, wie wichtig meine Unterstützung für ihn ist, wenn er in Wissenschaftskreisen ernst genommen werden möchte? Ich habe eine beschwerliche Reise auf mich genommen, habe sogar mein Leben riskiert, und das alles für ein paar Meter Film? Ich brauche die Dokumentation selbst, sage ich ihm, für meine eigenen

Zwecke, ich will sehen, wie er mich daran hindert, mit aller gebotenen Sorgfalt die Arbeiten zu Ende zu führen, für die ich hergekommen bin. Hat er denn schon vergessen, daß die Darstellung der Hominidenschlacht der Paläontologie ganz neue Impulse geben könnte, was den Grund für das Aussterben des Neandertalers anbelangt? Will er mich wirklich von einer Entdeckung dieses Ausmaßes ausschließen?

Er erwidert, daß wissenschaftliche Glaubwürdigkeit und »akademische Besitzstandswahrer« die geringsten seiner Sorgen seien.

»Merkst du denn nicht, daß hier bald etwas passieren wird?« fragt er mich schließlich.

»Was denn?«

»Warte noch ein wenig, dann wirst du es sehen. Während einer Expedition vor einigen Jahren befand ich mich in einer ähnlichen Situation. Damals gelang es mir, das Schlimmste zu verhindern. Dieses Mal jedoch gibt es zu viele negative Faktoren, die alle gleichzeitig zum Tragen kommen. Dich eingeschlossen.«

Ich bitte ihn, sich deutlicher auszudrücken, da ich keinen Wert darauf lege, als »negativer Faktor« zu gelten. Er murmelt in sich hinein, er habe mich gewarnt, und trollt sich mit finsterer Miene.

Während ich die Höhlenzeichnungen filme und fotografiere, beginnen die Arbeiter, die oberste Erdschicht aus Raum C zu durchsieben. Gemäß den Anweisungen von Lorentz geschieht dies im Freien, nachdem sie das Material hinausgeschafft haben. Ich mache Lorentz darauf aufmerksam, daß diese Vorgehensweise nicht nur unpraktisch, sondern aus wissenschaftlicher Sicht sogar ein Fehler ist, da bei solchen Grabungen in der Regel nichts von seinem ursprünglichen Fundort entfernt werden darf.

Er erwidert mit unverhohlener Arroganz:

»Verflucht noch mal, ich weiß schon, was ich tue! Wenn du hierbleiben willst, mach es dir nur bequem, lieber Professor. Aber hindere mich nicht daran, dafür zu sorgen, daß diese armen Kerle sich sowenig wie möglich hier unten aufhalten müssen!«

Dann befiehlt er, den Raum in Planquadrate aufzuteilen, läßt das Material in die schon bekannten Holzkisten packen und bezeichnet jede mit dem Buchstaben des jeweiligen Quadrats. Auch er selbst hält sich sowenig wie möglich in dem Sanktuarium auf. Die Arbeiter hingegen scheinen von der Höhle magisch angezogen zu werden, oft setzen sie sich um mich herum auf den Boden und starren mit großen Augen an die Wände. Bis Lorentz dann kommt und sie verjagt, manchmal sogar mit Gewalt. Einmal sah ich, wie er einen widerspenstigen Gesellen mit Fußtritten hinaustrieb.

Nach ein paar Stunden will ich gerade ans Tageslicht zurückkehren, da die Atmosphäre im Innern mich bedrückt und ich das Gefühl habe zu ersticken, als Lorentz mit Resul herabsteigt, dem Anführer der Arbeiter, einem hünenhaften, pechschwarzen und schweigsamen Sudanesen mit unglaublichen Kräften und einem bemerkenswerten Einfluß auf die anderen. Er hat die Rolle des Bauleiters übernommen und tut letztlich das, was eigentlich Tareks Aufgabe wäre.

Lorentz zeigt Resul eine bestimmte Stelle, gemeinsam beginnen sie zu graben, nachdem sie mir meine Scheinwerfer weggenommen haben, um eines der Planquadrate auszuleuchten, das mit einer Schnur abgegrenzt ist. Dies alles in Raum C, dem tieferen der beiden. Ich lasse meine Kamera auf dem Stativ stehen – ich bin gerade in Raum B beschäftigt – und sehe ihnen bei der Arbeit zu. Lorentz erträgt nur schwer meine Anwesenheit. Sie graben mit größter Umsicht, kratzen immer nur wenige Zentimeter dicke Erdschichten von der Oberfläche.

Nach einer Weile, in der sie so beschäftigt sind, daß ich nicht stören will, ringe ich mich doch zu einer Frage durch.

Lorentz wühlt in der Tasche seines Kittels und wirft mir einen weißlichen Gegenstand vor die Füße:

»Sieh dir an, was wir hier gefunden haben: den Stirnknochen eines menschlichen Schädels.«

Sie graben weiter. Stunden vergehen. Ich kann nicht weiterfilmen, solange sie meine Lichtquellen benutzen. Ich gehe ins Zelt. Als es dunkel geworden ist und die Abendessenszeit längst vorüber, steige ich wieder in die Höhle hinab. Lorentz und Resul liegen beide bäuchlings am Rand des Planquadrats und fegen mit feinen Pinseln ein helles Relief frei.

In der Höhle gibt es kaum noch Luft zum Atmen. Der Generator, der nun mehrere Stunden ununterbrochen lief, verpestet alles mit seinen Abgasen, der Gestank ist unerträglich. Das Gesicht von Lorentz ist bis zu den Augenbrauen mit Erde verschmiert. Er wirft mir einen genervten Blick zu, als sei ich ein Schaulustiger. Ich begreife die Botschaft und ziehe mich wieder zurück. Ich esse zu Abend und lege mich schlafen. Das Licht der Taschenlampe weckt mich. Lorentz steht im Eingang meines Zeltes und sieht mich schief an, er scheint sich nur mühsam auf den Beinen halten zu können und stinkt nach Benzin.

»Eine Hekatombe«, sagt er mit rauher Stimme, »eine Hekatombe. Ein Massengrab.« Er zieht sich zurück und verschwindet.

24. August 1975

Kurz nach vier wache ich auf. Lorentz' kryptische Worte haben mich bis in den Schlaf verfolgt. Der Drang, ihre Bedeutung zu ergründen, hat mich immer wieder hochfahren lassen, aufgeschreckt aus unruhigen Träumen. Ich luge vorsichtig in sein Zelt. Immerhin hat er heute nacht dasselbe getan und ist einfach in mein Zelt gekommen, um mich zu wecken, ich sehe also keinen Grund, es nicht ebenso zu tun. Aber die Liege ist zerwühlt und leer.

Ich begebe mich zur Höhle. Schon aus einiger Entfernung

höre ich, daß der Generator auf Hochtouren läuft. Ich lasse mich in Raum B hinab. Es muß hier einen absteigenden Luftstrom geben, denn die Ausdünstungen sammeln sich unten, der Gestank ist schlimmer als direkt neben dem Generator. Im tieferen Raum, in dem sich kein Luftzug regt, treibt der Benzingeruch einem die Tränen in die Augen und kratzt in der Kehle. Ich halte mir eine Hand vor den Mund, das Licht der Scheinwerfer blendet mich. Lorentz liegt rücklings auf dem Boden, die Arme ausgebreitet, die Augen geschlossen, das Taschentuch, das er sich schützend vor Mund und Nase gehalten hatte, ist verrutscht und ruht auf seiner Brust. Ich gehe zu ihm und schüttele ihn, er atmet flach. Ich lade ihn mir auf die Schultern. Glücklicherweise ist er klein und leicht. Ihn bis nach draußen zu schleppen ist dennoch kein leichtes Unterfangen. Dann den Schacht hinauf bis zur äußeren Höhle, wo ich seinerzeit den eindrucksvollen Rutsch getan habe, mehrmals sind wir kurz davor abzustürzen. Ich hätte ihn liegenlassen und Hilfe holen können, doch die Minuten, um die Arbeiter zu wecken und mit ihnen an Ort und Stelle zurückzukehren, hätten seinen Tod bedeuten können. In der frischen Luft reißt Lorentz die Augen auf, als erwache er aus einem Alptraum, er öffnet den Mund, atmet tief ein, hustet lange.

»Lorentz«, sage ich, als er wieder halbwegs zu sich gekommen ist, »du bist ein klassischer Wiederholungstäter. Wer weiß, ob wir noch ein weiteres Mal heil da herauskommen.«

»Du hast etwas gut bei mir«, murmelt er.

Er hat eine Sammlung menschlicher Knochen auf dem Grund von Raum C gefunden, aus einer Epoche, die Lorentz nicht genau zu benennen weiß, ehe er die Fundstücke analysiert hat, die aber allem Anschein nach nicht lange gewährt haben kann, höchstens zwei Jahrhunderte. Seiner These zufolge ist es keine Müllhalde, da nichts an die Anhäufungen von Nahrungsresten erinnert, die häufig in der

Nähe von Dörfern der Jungsteinzeit zu finden sind. Dieses Lager scheint mit großer Sorgfalt angelegt worden zu sein. Und es ist tief, die Zahl der Fundstücke bemerkenswert, dort unten befinden sich die Knochen von mindestens hundert Menschen, Frauen wie Männer, alle offenbar noch sehr jung. Aber es ist kein Massengrab. Die Lagerstätte war Teil eines anderen Rituals als der Konservierung von Leichen.

»An diesen Knochen«, erklärt er mir, »finden sich dieselben Spuren wie an jenen, die ich vor einigen Monaten bei dem Skelett des zweiten Jungen gefunden habe. Zahnabdrücke, das Fleisch wurde verzehrt. Wie der Junge, von dem ich dir erzählt habe: Sie haben die Schädel gespalten, um an das Hirn heranzukommen – ich habe keinen einzigen intakten Schädel gefunden –, und die langen Knochen zerbrochen, um das Mark herauszusaugen.«

Am Abend zeigt er mir einen Stein. Auf den ersten Blick scheint es sich um einen Silexklumpen zu handeln, den Rest eines Brockens, von dem einige Splitter abgeschlagen wurden, um sie zu Werkzeug zu verarbeiten, der Eingriff des vorsintflutlichen Handwerkers ist unübersehbar.

Er stellt den Stein auf den Tisch, an dem wir beim Schein der Petroleumlampe zu Abend gegessen haben. Er schiebt das Licht an den mächtigen Geoden heran und wieder weg. Ein bißchen ähnelt er einem großen Bärenkopf. Dann glaube ich plötzlich, ein menschliches Profil zu erkennen. Je nach Lichteinfall erscheint ein Fisch an der Oberfläche eines dunklen Tümpels, dann ein Vogel, eine Schlange, die ihn mit ihrem Leib umschlingt.

»Faszinierend!« sage ich.

»Gefällt er dir? Du kannst ihn haben«, sagt Lorentz. »Im Sanktuarium gibt es noch mehr davon. Sie sind der Grund, warum ich überzeugt bin, daß die Konservierung der Knochen Teil eines Rituals ist. Steine dieser Art sind ringförmig um die Knochen angeordnet, in gleichmäßigen Abständen.

Ich wollte gerade eine Skizze davon anfertigen, als ich ohnmächtig wurde.«

Er zeigt mir ein Blatt Papier, auf dem eine Reihe von Kreuzchen eine Ellipse bilden.

»Was für ein Ritual?« frage ich.

Lorentz verzieht angewidert den Mund:

»Ein unheilvolles Ritual.«

Ich nehme den Stein mit in mein Zelt. In dieser Nacht taucht in meinen Träumen wieder dieses Gefühl der Leere und der Abwesenheit auf, das mich erfaßte, als ich die Nische in der Höhle auszuleuchten versuchte.

25. August 1975

Heute morgen habe ich gleich zu dem Stein gegriffen. Ich wollte ihn wegwerfen, mich von ihm befreien. Doch dann ertappte ich mich dabei, wie ich ihn in ein schmutziges Wäschestück wickelte und ganz unten in die Tasche packte, wo die Sachen liegen, die ich bis zu meiner Heimreise nicht mehr brauchen werde. Das alles geschah ganz automatisch, unwillkürlich.

Lorentz ist noch abweisender und schweigsamer geworden; den Eingang zur Höhle hat er mit Stacheldraht versperren lassen. Ich habe ihn gefragt, wie ich die Absperrung verstehen soll. Er antwortete, daß von nun an absolut niemand mehr einen Fuß in die zwei unteren Höhlen setzen dürfe. Er wolle nicht abgelenkt werden und müsse sich konzentrieren, um das »Dokument als Ganzes« zu studieren. Er habe die Absicht, die Wandmalereien, die Knochen, die Steine und alles andere, was noch auftauchen könnte, zusammenzufügen, und dazu brauchte er vollkommene Ruhe.

Erneut sind wir aneinandergeraten. Ich habe ihm gesagt, daß er mich nicht wie einen Hilfsarbeiter behandeln könne. Was das heißen solle, er wolle nicht abgelenkt werden? Stellte etwa die Anwesenheit eines Wissenschaftlers mit zehn Jahren mehr Berufserfahrung als er eine Ablenkung dar? Er beliebe wohl zu scherzen, der Herr Lorentz! Oder habe er etwa vergessen, mit wem er es hier zu tun hat? Ich habe ihm mit einem Artikel gedroht, der ihn in sämtlichen europäischen Wissenschaftskreisen ein für allemal unmöglich machen würde. Manche Grobheit falle auf einen selbst zurück, habe ich ihm gesagt, seine Überheblichkeit, sein mangelnder Respekt, die Mißachtung jeglicher Grundregeln unseres Fachs.

Wie üblich sieht er angegriffen aus, fast schon krank, um die geröteten Augen hat er tiefe Ringe:

»Wenn ich dir sagen würde, warum ich nicht will ... Verstehst du? Ich werde jeden mit allen Mitteln daran hindern!« Wie im Fiebertraum wiederholt er immer wieder: »Ich will nicht, daß irgend jemand den Fuß dort unten hineinsetzt! ... Wenn ich dir sagen würde, warum, würdest du mich für verrückt halten, wissenschaftlich ist es nicht zu erklären. Schreib, was du willst. Was interessieren mich deine Artikel. Willst du denn nicht verstehen, daß das, was bald an diesem Ort geschehen könnte, nichts mit Archäologie zu tun hat? Das hier ist die Gegenwart, und sie könnte ziemlich blutig werden, fernab jeder Archäologie!«

Ich überlege, ob er einen Hitzschlag hat, trotz seines Zigeunerhutes. Auf jeden Fall widerspricht er sich. Seinen Worten zufolge geht es hier nicht um Archäologie, sondern um irgendeine dräuende Gefahr, die er nicht näher benennen möchte. Dennoch will er die Böden der zwei unteren Höhlen gründlich durchsieben. Dies wiederum allein, ohne jegliche Unterstützung, nicht einmal durch die Sudanesen. Mir verbietet er noch einmal, mich dort unten auch nur blicken zu lassen, ich hätte dort nichts mehr zu suchen. Für mich eine Kränkung. Die Sudanesen, die doch eigentlich zufrieden sein müßten, daß sie frei haben, reagieren verstimmt. Ich kann sehen, wie sie in der Nähe der Höhle mit finsteren Mienen miteinander tuscheln.

Lorentz ist von dem »unheilvollen« Ritual besessen, das er mir gegenüber erwähnt hat, als er noch mit mir redete. Er hat Resul nach Algier geschickt, um einen Schädel, den er mit Engelsgeduld zusammengesetzt hat, an das Kölner Labor zu senden. Er möchte so schnell wie möglich eine Datierung davon. Er gönnt sich keine Ruhe, vergräbt sich Tag und Nacht in den Höhlen. Er hat noch für gut zwei Wochen zu tun, erzählt mir Jamed, mit dem Lorentz ab und zu ein paar Worte wechselt. Jamed, ein Berber, der ein wenig Französisch spricht, ist mittlerweile meine einzige Verbindung zu ihm.

Ich bitte Jamed, Lorentz zu mir zu rufen, ich müsse dringend mit ihm reden. Als Lorentz schließlich auftaucht, völlig verdreckt, Gesicht und Hände mit einem staubverkrusteten Schweißfilm überzogen, sage ich ihm, daß ich unverzüglich abreisen möchte und daß er mir ein Gefährt zum Flughafen von Algier organisieren soll. Tarek, sage ich, sei wie üblich samt VW-Bus nicht auffindbar. Und was den Jeep betrifft, habe ich bereits erfolglos versucht, ihn zum Laufen zu bringen.

Er sieht mich nur wortlos an, als überrasche ihn meine Entscheidung abzureisen; vielleicht hat er auch nicht begriffen, was ich gesagt habe. Jedenfalls antwortet er nicht, zuckt mit den Schultern, macht auf dem Absatz kehrt und steigt in seine Höhle hinab.

26. August 1975

Wieder haben uns zwei Arbeiter verlassen. Ursprünglich waren sie zu zehnt, jetzt sind es nur noch sechs. Auch Jamed ist verschwunden, unser Mädchen für alles. Um ihn tut es mir leid, denn er war immer höflich und zuvorkommend. Fast schon zu sehr, in gewisser Hinsicht. Der einzige Weiße unter den Arbeitern, noch bartlos, mit weichen Zügen, der Moses der Crew. Ich glaube, er ist ein bißchen wie diese Schiffsjungen auf den Seglern des 19. Jahrhunderts, die im englischen Sprachraum Peggy genannt wurden und während der monatelangen Überfahrten für alles herhalten mußten, selbst für die Rolle der Frau. Jedenfalls hatte ich Jamed irgendwie ins Herz geschlossen, nicht in dem oben erwähnten Sinne, versteht sich. Er rührte mich, da klar war, daß er bettelarm sein mußte und bei uns wenigstens in den Genuß regelmäßiger Mahlzeiten kam; dafür ließ er jeden seine Dankbarkeit spüren. Doch nicht auf unterwürfige Art, sondern mit jener vornehmen Höflichkeit, die den Berbern eigen ist. Der Gedanke an das, wozu ihn die Bestialität des einen oder anderen Arbeiters zwang, schmerzte mich. Konkret hatte ich Resul in Verdacht, den ich manchmal dabei beobachtet hatte, wie er Jamed auf diese ganz spezielle Art ansah.

Abends, wenn die Sonne untergegangen ist, klingen von dem Berg über der Höhle Geräusche herüber. Der Wind trägt den Rhythmus von Trommeln heran, hin und wieder unterbrochen von einer undeutlichen Akkordeonmelodie. Wenn der Wind günstig steht und man mehr hört, erinnert mich diese Musik an den Klang - welcher allerdings der Natur entstammte -, der mich am Morgen meiner Ankunft hier empfing.

27. August 1975

Den ganzen Tag habe ich mich vergeblich bemüht, den Jeep zu starten, und meine völlige Unkenntnis auf dem Gebiet der Mechanik verflucht. Nachdem dann auch der Versuch scheiterte, den Ort ausfindig zu machen, an dem sich Tarek mit seiner kleinen Hure verkrochen hat, habe ich heute abend, als die Trommelei wieder losging, die Taschenlampe genommen und mich auf den Weg zum Hügel gemacht. Lorentz schlief in seinem Zelt wie ein Stein, völlig erledigt von zwölf Stunden in der Höhle. Nach ein paar Metern, vielleicht hundert, begriff ich, daß mein Plan nicht so leicht durchzuführen und gar nicht ungefährlich war. Der Weg ist nur schwer begehbar, immer wieder verschwindet er unter dornigem Gestrüpp, in dem sich die Füße verfangen. Wäre ich weitergegangen, hätte ich riskiert, mich zu verirren. Nach dem Zwielicht des Sonnenuntergangs bricht ohne Übergang eine mondlose, beängstigend dunkle Nacht herein. Ich konnte die Klänge nun aus der Nähe hören. Es ist die Musik Schwarzafrikas, düster und hypnotisch, und sie ertönt vom Gipfel des Hügels herab, wo die Felsen spitz wie Messerklingen in den Sternenhimmel ragen.

28. August 1975

Morgens. Die sechs sudanesischen Arbeiter, die uns noch geblieben waren, haben das Camp verlassen. Sie haben ihre Zelte abgebaut und sind gegangen. Nur Lorentz und ich sind noch übrig, von Tarek einmal abgesehen.

Der Ägypter ist heute morgen wieder aufgetaucht. Wütend stürmte er in das Ausrüstungszelt. Dort schaltete er das Funkgerät ein, um mit seinen Vorgesetzten zu kommunizieren.

Ich nutze die Gelegenheit, während er über dem Mikrophon sitzt, und sage ihm, daß ich den Jeep brauche, aber er hört mir nicht zu. Als er fertig ist, öffnet er die Kiste mit den Vorräten und greift sich einen Arm voll Konserven, alles, ohne mich eines Blickes zu würdigen. Dann verläßt er das Zelt und verschwindet in der Staubwolke, die der heute morgen aufgekommene Wind aufwirbelt. Ich brülle ihm hinterher, gehe ihm nach. Ich sehe, wie er beinah im Laufschritt den Pfad erklimmt, der den Berg hinaufführt. Ich folge ihm, aber er ist so flink, daß ich ihn bald aus den Augen verliere. Als ich den Gipfel erreiche, bin ich naßgeschwitzt und ringe nach Luft. Der Gipfel ist von Felsbrocken gekrönt, denen der Wind wilde Phantasieformen aufgeprägt hat, doch ihre gleichmäßige Anordnung läßt an einen megalithischen Steinkreis denken. In der Mitte des Runds bemerke ich die noch rauchende Asche eines großen Feuers.

Ich überquere den Gipfel und steige auf seiner Nordseite wieder hinab, wo die Vegetation weniger dornig und karg ist, hier und dort wächst sogar ein Zwergbaum. Aus der Höhe erkenne ich inmitten des Gestrüpps das Dach des

VW-Busses. Als ich herangehe, sehe ich das Mädchen. Die Goldmünzen glitzern in der Sonne, reglos sitzt sie im Schatten eines Felsens, ihre Zähne glitzern weiß, und ich bilde mir ein, daß sie mich anlächelt, während ich auf sie zugehe. Ich habe meinen Fotoapparat dabei, der mir um den Hals hängt wie einem Touristen, ein grotesker Anblick unter den gegebenen Umständen. Doch das unerwartete Leuchten im Gesicht des Mädchens ist das Angenehmste, das mir hier seit langem begegnet ist. Schnell hebe ich den Fotoapparat vor mein Auge und mache ein Bild. Bei dem metallischen Klicken meiner Nikon verwandelt sich der Gesichtsausdruck des Mädchens, wird aggressiv, wütend starrt sie mich an. Dann höre ich einen unterdrückten Laut, wie von einem kleinen Bach, der durch ein Bett aus Kieseln strömt. Wenige Meter von mir entfernt knurrt leise ein großer schwarzer Hund mit gelben Pfoten und angelegten Ohren, der Geifer tropft ihm aus dem Maul, er ist sprungbereit, sollte ich noch einen Schritt näher kommen. Vorsichtig mache ich kehrt und gehe auf demselben Weg zurück, den ich gekommen bin. Als ich den Steinkreis hinter mir lasse, spüre ich eine Bewegung. Ich drehe mich um und kann gerade noch Resul erkennen, den hünenhaften Sudanesen, der sich schnell hinter einem Felsen verbirgt.

Als Lorentz ins Camp kommt, um sich den Staub und Dreck abzuwaschen, sage ich, daß ich unseren Bauleiter auf dem Hügel gesehen habe, es kann also niemand nach Algier gefahren sein, um den Ausgrabungsfund aufzugeben, da Resul die Gegend nicht verlassen hat.

»Ich weiß«, sagt Lorentz, »die anderen sind auch noch da. Das ist mir schon aufgefallen. Wenn ich weggehe, steigen sie ins Sanktuarium hinab. Sie waren eben zu lange sichtbar.«

»Sichtbar? Was meinst du?« frage ich.

»Das verstehst du nicht. Bald habe ich meine Erhebungen abgeschlossen, dann muß ich einen Weg finden, wie ich die unterirdische Höhle ein für allemal verschließen kann. Ein für allemal, mit einem Hindernis vor dem Eingang wie zuvor.«

29. August 1975

Heute bei Morgengrauen steht Lorentz plötzlich in meinem Zelt. Er hat sich gewaschen und sieht halbwegs zivil aus. Er entschuldigt sich. Er sagt, er wolle mir später alles erklären, mit mehr Ruhe und weit weg von hier. Dann würde ich auch einsehen, daß er nicht anders handeln konnte. Er bittet mich um Hilfe. Er muß ein paar Kisten in die äußere Höhle schaffen, die für einen allein zu schwer sind. Gemeinsam holen wir zwei Holzkisten aus dem Ausrüstungszelt. Als wir die zweite wegtragen, rutscht sie mir aus der Hand und schlägt mit der Unterkante auf den Boden. Ich sehe, wie alle Farbe aus seinem Gesicht weicht, er fährt mich an, vorsichtiger zu sein. Normalerweise sei ein Stoß nicht so schlimm. Aber, fügt er hinzu, man wisse ja nie bei der Hitze ...

»Wieso?« frage ich, »was ist denn da drin?«

»TNT«, erwidert er.

Ich helfe ihm, den Sprengstoff in der äußeren Höhle um den schmalen Durchgang zu Raum B und C zu verteilen, an einer Stelle, wo Felszapfen von der Decke hängen, die so aussehen, als müßten sie beim kleinsten Stoß herabstürzen. Dann sehe ich, wie er sorgfältig eine Zündschnur verlegt. Sonnenstich und alle »negativen Faktoren« hin oder her, das ist einfach zuviel für einen Archäologen.

»Hör mal, Lorentz,« sage ich, »du hast doch nicht etwa vor, diese Sprengladung hier zu zünden?«

Er sieht mich an, als hätte ich ihm eine idiotische Frage gestellt.

»Lorentz«, dränge ich, »vielleicht hast du dir etwas zuviel zugemutet. Die UNESCO bezahlt dich dafür, Höhlenzeichnungen zu finden, nicht, sie zu zerstören oder für immer vor neugierigen Blicken zu verstecken. Ich habe diese Malereien gefilmt. Wie könnten wir jemals erklären, warum wir den Zugang zu ihnen in die Luft gesprengt haben? Du hast mich wegen des Sprengstoffs um Hilfe gebeten und mich so mit hineingezogen: Hast du denn komplett den Verstand verloren? Was du hier vorhast, bedeutet das Ende deiner Archäologenlaufbahn. Und meiner auch, wenn ich es zulasse. Wie könnte ich das jemals rechtfertigen, mich zum Komplizen einer solchen Wahnsinnstat gemacht zu haben?«

Er packt mich am Arm, seine Augen glänzen im Fieberwahn:

»Glaubst du etwa, mir macht das Spaß? Glaubst du etwa, ich freue mich, die Arbeit von Monaten zu zerstören? Aber ich habe schon viel zu lange gewartet. Die Verantwortung liegt ganz allein bei mir. Geh weg! Seit Tagen sage ich dir nichts anderes. Was willst du noch hier?«

»Ja, bravo, geh weg«, erwidere ich, »soll ich etwa zu Fuß nach Laghouat gehen, fünfzig Kilometer durch die Wüste?«

Dann schreie ich ihm ins Gesicht, falls er es immer noch nicht kapiert haben sollte, der Jeep sei kaputt, ich habe versucht, ihn zu reparieren, doch ohne Erfolg, den VW-Bus halte Tarek mit seiner kleinen Nutte besetzt. Endlich scheint er zu verstehen. Er sagt, er werde sich darum kümmern, den Jeep wieder in Gang zu bringen. Das dürfte kein Problem sein, meint er, sicher handele es sich nur um einen losen Kontakt oder so. Er wird den Schaden beheben, und dann fahren wir weg, alle beide. Aber ich könne ihn nicht daran hindern zu tun, was er tun müsse. Er sagt, wir würden ein Protokoll aufsetzen, aus dem meine Position klar hervorgehe. Das mit dem Protokoll sei kindisch und lächerlich, erwidere ich, wir seien ja schließlich nicht auf einer Eigentümerversammlung.

So geht es eine Weile hin und her, wir machen uns gegenseitig Vorwürfe. Wenn wir tatsächlich in Gefahr schwebten, sage ich, von der ich mir allerdings nicht vorstellen könne, worin sie bestehe, müßten wir eben weggehen, unsere Entdeckung dokumentieren und es anderen überlassen, dafür zu sorgen, daß niemand zu Schaden kommt. Außerdem haben wir Grund genug, den Ort zu verlassen, nachdem die Arbeiter verschwunden sind. Schließlich gelingt es mir, ihn zu überzeugen. Zumindest scheint er bereit wegzugehen, ohne den Zugang zu den Höhlenmalereien in die Luft zu sprengen.

Ganz plötzlich verändert sich die Kulisse auf offener Bühne, wie man im Theater sagen würde: Der Hintergrund aus Felsen und Bäumen verblaßt, der Himmel löst sich auf, selbst Lorentz' Gesicht verschwindet. Der Südwind bläst jetzt mit aller Kraft und peitscht den Wüstensand auf. Von einem Moment auf den anderen ist die gesamte Szenerie mit einer ockerfarbenen Schicht überzogen, der Himmel verschwindet hinter einem gelb gestreiften Schleier, Sand knirscht uns zwischen den Zähnen. Mir kommt es vor, als sei die ganze Welt gelb geworden, als habe eine kosmische Katastrophe den Planeten in eine andere Dimension katapultiert.

Wir rennen ins Lager. Es wird immer dunkler. Die Zelte, die noch übrig sind, also mein eigenes, das von Lorentz und das Ausrüstungszelt, scheinen wie riesige Vögel mit den Flügeln zu schlagen, als wollten sie sich in die Lüfte erheben. Zu dem Heulen des Windes gesellen sich die monotonen Trommeln der Stammesmusik, die einem immer drängenderen Rhythmus folgen.

Auf dem Hügel geht etwas vor sich. Schreie ertönen, ich glaube die Stimme von Jamed zu erkennen, der um Hilfe ruft, doch vielleicht ist es nur der Wind. Ich bilde mir ein, das Rasseln des Volkswagens zu hören, der sich dem Camp nähert. Sand brennt mir in den Augen. Einen Augenblick lang sehe ich eine dichtere Staubwolke, die sich über den Pfad wälzt, dann ertönt vor der Höhle das Kreischen von Metall.

Lorentz ist verschwunden. Bis eben konnte ich noch seine Gestalt erahnen, jetzt ist dort nur noch der Sandsturm, der mich zu ersticken droht. Ich kämpfe gegen den Wind an, versuche Luft zu holen, doch es ist schwierig, Sand weht mir in den Hals. Ich werfe einen Blick in Lorentz' Zelt. Er liegt mit weit geöffnetem Mund und völlig reglos auf der Liege. Aber er lebt noch, denn ich sehe, wie sich seine Brust beim Atmen hebt und senkt. Der Sturm scheint die Zelte mit sich fortreißen zu wollen, doch sie halten stand und bieten uns ein wenig Schutz.

Ich kämpfe mich zu meinem Zelt. Meine Kehle ist wie ausgedörrt, mir ist schwindelig vor Atemnot. Die Trommeln schlagen einen frenetischen Rhythmus. Ich fühle mich schlapp, nehme einen Schluck aus der Ghirba, das Wasser schmeckt nach Schlamm und strohigem Gras. Ich strecke mich auf der Liege aus, schließe die Augen und sinke in einen Dämmerzustand. Als ich wieder zu mir komme, ist es fast dunkel, der immer noch zunehmende Wind ist heiß wie der Odem eines Drachens, der Staub bleibt an dem Schweißfilm kleben, der meinen Körper überzieht. Die Trommeln schlagen nun schneller und näher. Hinter dem Moskitonetz im Zelteingang wird die Luft immer dunkler. Ein gellender Schrei wird sofort von einem lauten Trommelwirbel überrollt: Er kam aus der Höhle.

Sobald sich der Wind etwas gelegt hat, nehme ich die Taschenlampe und trete hinaus. Der Lichtkegel durchdringt kaum den schwärzlichen Nebel. Der Strahl einer zweiten Taschenlampe kommt aus dem Nebenzelt. Lorentz hatte dieselbe Idee, und Seite an Seite gehen wir zu der Höhle, schweigend, damit uns kein Sand in den Mund weht. An einem Felsen vor dem Höhleneingang entdecke ich die Umrisse des VW-Busses. Er liegt umgestürzt auf der Seite. Wenige Meter vor der äußeren Höhle stolpere ich. Mit der Taschenlampe beleuchte ich das Hindernis. Der Hund, der mir auf dem Hügel den Weg versperrt hat, liegt mit aufgerissenem Maul da, seine steifen Gliedmaßen sind schon halb vom Sand verweht. Ein Stück weiter, in der äußeren Höhle, liegt

Tarek rücklings auf dem Boden, das Gesicht blutüberströmt, doch allem Anschein nach am Leben, ich knie neben ihm nieder, um ihm zu helfen.

Lorentz verschwindet im Durchgang zu den unteren Höhlen. Kurz darauf höre ich seine Schreie aus dem Stollen. Der Strahl einer Taschenlampe flackert im Eingang des Heiligtums auf. Ich lasse mich in den Schacht hinab. Er ist voll Rauch.

Die gelbe Flamme eines offenen Feuers scheint vor mir auf, gespeist aus einem entzündeten Ölkanister. Ein schrecklicher Gestank nach verbranntem Fleisch liegt in der Luft. Ein blutüberströmter Körper scheint verstümmelt worden zu sein, ich sehe weder Arme noch Beine. Dennoch erkenne ich ihn wieder, es ist Jamed, der Moses. Zwei schwarze Sudanesen beugen sich über ihn. Mit ihren Messern reißen sie Fleischfetzen aus ihm heraus. Zwei andere schlagen einen frenetischen Rhythmus, indem sie mit den Händen auf die Kanister trommeln. Ich sehe, wie Lorentz eine Pistole aus der Tasche zieht und abdrückt. Die Sudanesen fliehen den Stollengang hinauf und lassen Jameds leblosen Rumpf auf der Erde liegen.

Lorentz verschwindet in der zweiten Höhle. Ich folge ihm. Hier ist es heller und weniger verraucht. Auf dem Feuer brutzelt etwas Ekelhaftes. Auch hier stinkt es nach verbranntem Fett, wie schon in dem vorderen Raum. Die Gestalten mit den runden Köpfen an den Wänden scheinen sich zu bewegen. Der Widerschein der Flammen läßt die Schatten der Sudanesen tanzen, die um das Beinhaus herumhocken. Sie lassen die Trommeln rollen. Die höchste Flamme leckt am unteren Rand der Einbuchtung, vor der mir schwindelig wurde. Von der Stelle in der Wand, die nun nicht mehr durch die Plane verdeckt ist, geht ein heller Schein aus. In der Vertiefung bewegen sich dunkle Schatten.

Sie haben das Holzgerüst mit der Plattform wieder errichtet, obenauf das Mädchen, in Höhe der Mulde. Das

Mädchen ist nackt. Sie scheint besessen, zuckt wild mit den Gliedern. Resul erklimmt die Plattform. In der Rechten hält er ein Messer. Im Innern der schwarzen Mulde erkenne ich einen Stein, ähnlich demjenigen, den ich in die Tasche gepackt habe, nur viel größer.

Resul läßt die Klinge über den Hals des Mädchens schnellen, Blut spritzt heraus. Lorentz leert in schneller Abfolge das Magazin seiner Pistole. Plötzlich lodert das Feuer hell auf, greift nach den Balken, nach der Plattform, nach der Wand. Die Plattform bricht unter einem Funkenregen zusammen. Das Feuer ist überall, greift auf den Stromgenerator über, der Tank explodiert. Wir stolpern den Stollengang hinaus, hinter uns zischt das Feuer, wir erreichen die äußere Grotte.

Aufgewirbelter Sand und Rauch nehmen uns die Sicht. Ich glaube eine langsam vorwärts kriechende Gestalt zu erkennen. Es ist Tarek, der sich blutend durch die äußere Höhle schleppt. Er schafft es nach draußen und verschwindet im Sandnebel. Lorentz findet eine Kiste mit Sprengstoff. Er packt eine TNT-Stange, steckt einen Zünder hinein und entflammt die Zündschnur. Ich renne ins Freie, dicht gefolgt von dem keuchenden Lorentz. Draußen wirbeln immer noch dunkle Sandmassen durch die Luft. Die Wucht der Explosion schleudert mich nach vorne.

Tarek holt über Funk Hilfe. Am Nachmittag erreichen algerische Miliärs mit zwei Lastwagen das Lager. Die tiefer gelegenen Gewölbe sind verschüttet, im hinteren Teil der Haupthöhle steigt ein kleiner Rauchfaden aus dem Geröllhaufen auf. Die Militärs nehmen Lorentz und Tarek mit. Ich besteige einen anderen Jeep mit einem Offizier und seinem Fahrer.

30. August 1975

Diese Notizen mache ich in dem Flugzeug, das mich von Algier nach Paris zurückbringt. Eine ganz eigenartige Atmosphäre des Geheimen, fast der Scham, umgibt die Ereignisse von Laghouat. Ich habe gehört, daß Lorentz lange vernommen wurde, ich glaube, die Verhöre dauern immer noch an. Die UNESCO vermittelt zu seinen Gunsten, er wird ohne Schaden davonkommen, obwohl die Höhlendecke eingestürzt ist und der Zugang zum Sanktuarium mit vielen tausend Tonnen Geröll verschlossen ist. Zwei sehr energisch auftretende, ganz in Schwarz gekleidete Beamte, der eine Vertreter der algerischen Regierung, der andere von der UNESCO, haben die Filmnegative beschlagnahmt, bevor ich einen Abzug und Kopien davon anfertigen konnte. Außerdem wurde ich zu größter Geheimhaltung verpflichtet.

Die Zeitungen in Algier berichten von einer fundamentalistischen islamischen Sekte, der die sudanesischen Arbeiter angehört haben sollen. Mindestens drei von ihnen wurden bei der Explosion getötet. Unklar ist, was ihren religiösen Fanatismus angefacht haben soll. Tarek wurde festgenommen. Bei alldem nicht der geringste Hinweis auf die Entdeckung eines zweiten Lascaux in der Gegend von Laghouat.

Und kein Wort über die kleine Prostituierte. Ich weiß nicht einmal, wie sie hieß.

8

Insel
April 2001

Ich habe ein Entsorgungsproblem mit den toten Katzen im Gärtchen hinter der Villa. Ich fühle mich verpflichtet, die Gendarmerie zu verständigen.

»Sie wohnen im Haus des verstorbenen Davide Chefa?« fragt der diensthabende Beamte mit besonderer Betonung auf »verstorben«.

»Das Haus gehörte ihm nicht, er wohnte nur zur Miete dort«, korrigiere ich ihn.

»Das weiß ich«, erwidert der Gendarm und sieht mich belustigt an, »Sie wohnen also jetzt in dem Haus auf dem Kap?«

»Übergangsweise, mit dem Einverständnis des Besitzers. Das ist nicht verboten, soweit ich weiß.«

»Natürlich nicht. Monsieur Chefa ist höchstwahrscheinlich ertrunken. Was die Katzen betrifft, begraben Sie sie, was wollen Sie sonst mit ihnen machen? Und vergewissern Sie sich, daß sie wirklich tot sind. Katzen haben ja bekanntlich neun Leben. Aber merkwürdig ist das schon. Vier tote Katzen. Und alle auf einmal verendet, sagen Sie? Wie konnte das passieren, wurden sie vergiftet?«

»Keine Ahnung. Als ich sie entdeckte, ging es ihnen schlecht. Kurz darauf waren sie schon tot.«

»Haben Sie Rattengift ausgestreut?«

Ich verneine, der Unteroffizier schüttelt den Kopf und fügt dann hinzu:

»Es geschehen die merkwürdigsten Dinge in diesem Haus ...«

Als ich zu den Katzen zurückkehre, sehen sie sogar noch toter aus. Ihre schlaffen Körper heben sich kaum mehr vom Boden ab, als hätten sie versucht, sich selbst ein Grab zu schaufeln. Ich bette sie in eine Obstkiste.

Während ich neben dem Stein, wo ich sie gefunden habe, ein Loch aushebe, wird mir plötzlich kalt. Obwohl ich mich bei dem felsigen und harten Untergrund erheblich anstrengen muß, fröstele ich, anstatt zu schwitzen. Meine Hände am Griff der Schaufel werden ganz steif. Merkwürdig bei dem klaren Vormittag, die Sonne steht schon hoch und müßte mich eigentlich wärmen. Statt dessen weht in eisigen Schüben die Kälte heran; obwohl sich kein Lüftchen regt, spüre ich immer wieder, wie mir ein kalter Gletscheratem in die Glieder fährt. Dann bemerke ich die Stille. Das Meer ist ganz nah; nur wenige Schritte jenseits der Felsenkuppe, schon läge es zu meinen Füßen. Normalerweise begleitet mich tagaus, tagein das Geräusch der Brandung, auch wenn ich im Haus bin und die Fenster geschlossen habe. Und dennoch höre ich hier, wo ich grabe, nicht den geringsten Laut, selbst das Kratzen des Spatens dringt wie durch Watte an meine Ohren, als käme es mehr aus meinem Kopf als aus der Realität. Ich mache eine plötzliche Druckveränderung dafür verantwortlich. Zudem fühle ich mich irgendwie benommen, mir selbst und der Welt entfremdet.

Ich lege die Kiste mit der kleinen Katzenfamilie in das Loch und schaufele Erde darüber.

Dann gehe ich ins Haus. Hier umfängt mich die vertraute Geräuschkulisse, deutlich höre ich nun wieder das Tosen des Meeres. Nachdem ich mir die Hände gewaschen habe, strecke ich mich auf dem Sofa aus und betrachte den Baum.

Ich lasse mich von der bittersüßen Lust der Einsamkeit anstecken, in der auch Davide Chefa geschwelgt haben muß, als er noch hier wohnte. Zumindest deuten ein paar Kleinigkeiten in dem Haus darauf hin, daß der Misanthrop ganz gerne allein wohnte und eine Lebensart daraus machte: der Stapel mit Zeitschriften neben dem Sofa am Fenster, darunter einige Jahrgänge der »Monde Diplomatique« und der »Science et vie«, die etwas dunklere Stelle auf dem Bezug, wo er immer seinen Kopf anlehnte; die gebundenen Ausgaben von Dante, Verlaine und Horaz in Reichweite, die große, mit blauen Möwen bemalte Tasse, aus der er seinen Milchkaffee trank, die geschliffenen Gläser, die leere Flasche Chateau d'Yquem: ein 76er Jahrgang, nicht übel; das Holzkistchen mit den Toscano-Zigarren ...

Seit ich hier wohne, werde ich genauso menschenscheu wie Chefa, ich treffe niemanden mehr, bin kaum in Bourg, abgesehen von einer eiligen Runde mit dem Fahrrad, um Zeitung, Milch, Zigaretten und die notwendigsten Lebensmittel zu besorgen. Diese Tour mache ich zu so früher Stunde, daß ich nie jemandem begegne. Keine abendlichen Billardpartien mehr im Hôtel du Pêcheur, kein Gläschen mit den Bekannten im Hafenbistro.

Die Lektüre der letzten Dokumente hat mich sehr ermüdet. Nicht zuletzt wegen der Schrift, acht Punkt Courier, die sehr anstrengend für die Augen ist. Hätte Chefa denn keinen größeren Grad wählen können? Andererseits schrecke ich vor jeglicher Manipulation an den Dokumenten zurück. Es kommt mir vor, als stellte schon die kleinste Variation der graphischen Einstellungen einen Eingriff in das Original dar. Außerdem ist mir Herr Chefa entschieden zu kryptisch.

Die Sahara-Erzählung ist sehr gut lesbar. Ein Liebhaber des Genres hätte sicher seine Freude daran. Die Geschichte ist geschickt aufgebaut, spannend, flüssig geschrieben und von großer atmosphärischer Dichte. Der Tonfall allerdings ist der eines Menschen, der eine wahre Geschichte erzählen möchte. Das wirft ein etwas anderes Licht auf die Sache. Herr Chefa ist – oder war – ja nicht irgendein dahergelaufener Märchenonkel, sondern ein Wissenschaftler ersten Ranges. Ich habe im Archiv meiner Zeitung angerufen und mich erkundigt. Er war eine echte Koryphäe, unser Professor Chefa. Würde man all seine Veröffentlichungen aufeinanderstapeln, entstände ein Turm, so hoch wie ein sechsjähriger Junge, der groß ist für sein Alter. Es fällt schwer, ihn sich in der Rolle des Hobby-Autors vorzustellen, der aus purem Vergnügen erfundene Geschichten niederschreibt. Sollten sie also wahr sein?

Es scheint so. Bei einigen Zeitungsausschnitten, die ich in einer Schreibtischschublade gefunden habe, lag auch ein Artikel aus dem »Écho d'Alger«, einer Zeitung, die im Jahre 1975 noch für die wenigen nach der Revolution in der Stadt verbliebenen Schwarzfüße publizierte. Der kurze Artikel, eine Viertelspalte lang, berichtet über eine Explosion in einer archäologischen Ausgrabungsstätte bei Laghouat. Namen werden nicht genannt, nur daß einige Arbeiter ihr Leben verloren. Großer Sachschaden sei nicht entstanden, so der Artikel, da noch keine herausragenden Funde getätigt worden seien. Kurz gesagt, ein x-beliebiger Unfall. Die Ausgabe der Zeitung datiert vom 10. September 1975.

Aber wenn die Geschichte wahr ist, welchen Sinn ergibt sie? Die epidemieartige Ausbreitung eines Sonnenstichs, der der gesamten Mannschaft den Verstand benebelt, allen voran Expeditionsleiter Lorentz, welcher ihn zu guter Letzt ganz verliert? Obwohl er meiner Meinung nach schon vorher nicht ganz klar im Kopf gewesen sein kann: ein Archäologe, der auf so etwas wie die Sixtinische Kapelle der Vorgeschichte stößt und die gesamte Chose fröhlich in die Luft sprengt!

Den Ereignissen, von denen Chefa erzählt, haftet ein Geruch an, der mir mißfällt, sie strotzen vor diesen typischen Anspielungen, wie Menschen sie lieben, die sich für eingeweiht halten. Mehr noch als Anspielungen, zumindest der Bezug auf die berühmte Madame Blavatsky – alias Helena Petrowna Han – ist eindeutig. Nach meinem Dafürhalten grenzte die seherische Gabe dieser Dame an Wahnsinn, man braucht sich nur das Foto auf dem Umschlag ihres bekanntesten Buches, »Isis entschleiert«, anzusehen, auf dem sie den Betrachter mit dem stechenden, magnetisierenden Blick der Schizophrenen fixiert. Harmlos vielleicht, wie alle vom Schreiben Besessenen, die immerhin nichts Schlimmeres anstellen, als Bücher zu verfassen. Wenn man jedoch bedenkt, daß etwa ein Vierteljahrhundert nach ihrem Tod in Deutschland und anderswo ganz und gar nicht harmlose Irre auftauchten, die sich, angefüllt mit Texten genau dieser Couleur, in Sekten und Geheimbünden organisierten und den Nationalsozialismus begründeten, wirkt die geheimnisumwobene Dame gleich weniger folkloristisch. Ebensowenig wie die anderen Reisenden der Nacht, mehr oder wenig diabolisch angehauchte Autoren, wenn nicht der Teufel in Person, wie manch einer argwöhnt – mich ausgenommen, denn ich glaube nicht an den Teufel.

Anfang April ist das Wetter zu schön, als daß ich mich weiter in meinem Bau verkriechen könnte. Es ist einer dieser Vormittage, die ein alter Maler aus meiner Heimat als mistralisch bezeichnete. Dann zog er mit seiner zusammenklappbaren Staffelei, Leinwand und Pinseln los und malte das Meer, die Wolken, die geschlossenen Sonnenschirme.

Ich habe keine Ausrede mehr, mich in diesem düsteren Haus zu vergraben und Chefas Misanthropie nachzueifern.

Als ich das Billardzimmer im Hôtel du Pêcheur betrete, heben Spieler und Umstehende die Köpfe und sehen mich erstaunt und, wie mir scheint, ein bißchen erleichtert an. Vielleicht fürchteten sie, ich hätte es Chefa gleichgetan und wäre verschwunden.

Monsieur Jules Chabot, der pensionierte Untersuchungsrichter von Figéac, unterbricht die Partie und stützt sich auf sein Queue:

»Ich sehe, daß Sie noch unter uns weilen, Monsieur Greck. Wir dachten schon, Sie hätten uns verlassen. Mir ist zu Ohren gekommen, daß Sie Chefas Haus übernommen haben.«

»Ich habe ja angeboten, Miete zu bezahlen. Aber der Besitzer sagte mir, es sei zu früh für einen Vertrag. Er hat nichts dagegen, daß ich dort wohne.«

Der Richter sieht mich ironisch an:

»Sie suchen nach den Spuren eines Verbrechens, sagt man.«

Er spricht mit der Herablassung des Profis, der sich an einen Amateur wendet, als sei es meine spinnerte Idee gewesen, in Chefas Vergangenheit zu wühlen. Ich weiß, daß der Bürgermeister, bevor er zu mir kam, den ehemaligen Richter gebeten hatte, in dem Fall zu ermitteln. Doch der hatte sich geweigert, da seiner Meinung nach die Nachforschungen und Ergebnisse der Gendarmerie völlig ausreichten.

»Was haben Sie gefunden? Wenn es erlaubt ist, zu fragen, ohne das Untersuchungsgeheimnis zu verletzen, versteht sich«, spottet Monsieur Chabot.

»Nichts, bisher«, erwidere ich.

»Sind Sie sicher, daß Sie berechtigt sind zu dem, was sie da tun?«

Er spricht nun als Mann des Gesetzes mit jener argwöhnischen Überheblichkeit, die Richter gegenüber Journalisten gern an den Tag legen:

»Sind Sie sicher, daß Monsieur Chefa, würde er noch leben, damit einverstanden wäre? Sie könnten sonst große Schwierigkeiten bekommen, sollte er wieder auftauchen.«

Monsieur Chabot ist mir unsympathisch. Zusammen mit seiner Frau, einer noch bissigeren Dame, führt er in Bourg die Inselapotheke. Man braucht nur eine einfache Packung Aspirin bei ihnen zu kaufen, schon muß man lange Vorträge über Gefahren und Risiken chemischer Produkte und die unvergleichlich höhere Wirksamkeit natürlicher Heilmittel über sich ergehen lassen.

»Ich glaube, eine ernsthafte Ermittlung sieht anders aus«, setzt der ehemalige Richter hinzu, »als sich in anderer Leute Häuser einzunisten und persönliche Dokumente zu lesen.«

»Und wie, zum Beispiel?« frage ich pikiert.

Er setzt das Lächeln des gewieften Juristen auf:

»Immerhin war das mein Beruf. Ihre Nachforschungen sind nur dann legal, wenn es tatsächlich ein Verbrechen gibt. Wer aber sagt, daß dies hier der Fall ist? Was ich meine, ist folgendes: Zuerst brauchen wir die Spur eines Verbrechens, wenn schon keine Leiche, dann wenigstens Blut, den Widerhall eines Schusses, ein Motiv, vielleicht Augenzeugen. Um diese zu finden, bleibt ein Ermittler, der etwas auf sich hält, jedoch nicht im stillen Kämmerlein, sondern geht herum und sammelt Informationen ...«

»Die Gendarmerie hat doch bereits die Matrosen von der Fähre und die Nachbarn befragt«, erwidere ich. »Was sollten die mir noch groß erzählen?«

»Trotzdem, wenn es Mord war, muß irgend jemand etwas gesehen haben, meinen Sie nicht? Es ist höchst unwahrscheinlich, daß ein Verbrechen keine Spuren hinterläßt. Und ein Mensch kann schließlich nicht von der Insel davonfliegen wie ein Vogel.«

»Der Mensch ist nun mal kein Vogel«, verkündet der Säufer mit dem Vollbart. Er scheint zufrieden, daß ich nichts erreicht habe, er konnte mich noch nie leiden, der alte Schluckspecht, keine Ahnung, warum, aber die Auseinandersetzung am Silvesterabend 1999 hat die gegenseitige instinktive Abneigung nur noch verstärkt.

Auch der Bürgermeister stimmt mit herablassendem Lächeln zu. Als ob er nicht selbst diese zweite Ermittlung angeregt und den Kontakt zu dem Hausbesitzer hergestellt hätte. Aus seinem Verhalten spricht das typische Duckmäusertum des Verwaltungsangestellten gegenüber dem Repräsentanten einer höheren Dienststelle, obwohl der Richter als Pensionär meines Wissens nach überhaupt nichts mehr zu sagen hat.

Allmählich werde ich sauer. Ich bereue es, das Haus auf den Felsen verlassen zu haben, anstatt meiner Lust auf Gesellschaft nach all den Tagen der Einsamkeit zu widerstehen. Nun bin ich plötzlich in eine Debatte verwickelt, zu der ich herzlich wenig beitragen kann, da ich dem Richter und den anderen Tagedieben nicht erzählen möchte, was ich in Chefas Dateien gelesen habe, ich hätte das Gefühl, einen Freund zu verraten. Aber auch das ist bizarr. Ich habe diesen Chefa kaum gekannt, unsere Beziehungen beschränkten sich auf einen kurzen Gruß die wenigen Male, die wir uns im Dorf begegnet sind. Und dennoch denke ich jetzt an ihn wie an einen Freund.

»Dann glauben Sie also, daß Chefa sich noch irgendwo in der Nähe aufhält«, sage ich. »Dabei erscheint es mir noch viel unwahrscheinlicher, daß er sich seit einem Jahr und vier Monaten irgendwo auf der Insel versteckt hält, ohne daß ihn jemand bemerkt.«

»Man kann auf vielerlei Arten verschwinden und aus vielerlei Gründen.« Der Richter grinst vielsagend. Unterschwellig gibt er zu verstehen, daß er nicht nur der einzige hier ist, der sich mit so etwas auskennt, sondern auch noch entschieden besser informiert ist als alle anderen, vielleicht sogar eine Überraschung für uns bereithält.

»Und wie, zum Beispiel?«

»Indem man zum Beispiel von einer Welle mitgerissen wird oder von der Flut, wie es die Spezialisten der Gendarmerie schon vorzeiten festgestellt haben.« Der Richter legt besonderen Nachdruck auf »Spezialisten«. »Aber Sie sind ja der Detektiv. In den vergangenen zwei Wochen werden Sie sich sicher ein Bild gemacht haben.«

Wortlos zucke ich mit den Schultern. Insgeheim denke ich jedoch, daß Chabot recht haben könnte, vielleicht habe ich tatsächlich zu eigenmächtig gehandelt. Ohne die Unterstützung des Bürgermeisters, der sich der Verantwortung immer weiter entwindet, gibt es keine Rechtfertigung für das, was ich tue. Denn letztlich habe ich ein Privatgrundstück betreten, ohne daß ein Verfügungsberechtigter mir die Erlaubnis erteilt hätte, um dann im Privatleben eines anderen zu wühlen. Chefas Tagebücher sind, wenn es sich nicht um Stichpunkte für einen Fantasy-Roman handelt, intime persönliche Dokumente. Ich sollte also lieber auf Abstand gehen.

»Ich habe übergangsweise ein verlassenes Haus übernommen. Mit Zustimmung des Eigentümers. Was ist daran illegal? Wer sagt denn, daß ich in persönlichen Dingen herumschnüffle?«

Der Richter sieht den Bürgermeister an, der sofort den Blick senkt.

»Man hat mir gesagt, daß Sie am Computer Aufzeichnungen von Monsieur Chefa durchgehen. Auf der Suche nach einem Motiv für den eventuellen Mord, heißt es.«

Ich tue völlig überrascht.

»Auf der Suche nach einem Motiv?«

»Kurz gesagt, um herauszufinden, ob Chefa einen Feind hatte.«

»Und, haben Sie diesen Feind gefunden?« fragt Ronan.

Ronan ist ein junger Mann, der Sportboote verkauft. Ich hoffe, daß wenigstens ihm als Freund und Geschäftspartner des Bürgermeisters bekannt ist, daß es keineswegs mein Einfall war, in den Geheimnissen des Verschollenen zu kramen, und daß ich weder dem Bürgermeister noch sonstwem etwas schuldig bin und von niemandem bezahlt werde.

»Er hatte keine Feinde, soweit ich weiß«, erwidere ich knapp.

»Chefa war ein komischer Kauz«, bemerkt der Vollbart.

»Manche Menschen empfinden gewisse Widersprüche, auch solche eschatologischer Art ... ich meine auf abstrakter Ebene, ohne Bedeutung für das eigene Leben ... empfinden diese viel intensiver, als angemessen wäre, und sie verteidigen ihren abweichenden Standpunkt mit unverhältnismäßiger Vehemenz«, lächelt der Richter. »Monsieur

Chefa muß so ein paranoider Charakter gewesen sein, zumindest nach dem, was ich über ihn gehört habe. Paranoia gipfelt manchmal in Selbstzerstörung. Wenn es nicht die geringste Spur eines Verbrechens gibt, bleibt noch eine andere Möglichkeit: Haben Sie Selbstmord in Betracht gezogen?«

»Nein. Daran habe ich nicht gedacht«, erwidere ich.

Chabot sieht mich tadelnd an, wie ein Professor seinen Schüler, wenn er eine falsche Antwort gibt. Ich fand schon immer, daß manche Lehrer Ähnlichkeit mit Richtern haben.

»Schauen Sie, Monsieur Greck, wenn sie seinen Hausarzt befragt hätten, anstatt den eschatologischen Spitzfindigkeiten des Monsieur Chefa nachzugehen, wären Sie schon längst zu einem zwar hypothetischen, aber doch fundierten Schluß gelangt.«

Schon wieder diese Eschatologie. Das Wort macht mich mißtrauisch. Woher weiß der gute Monsieur Chabot, daß es sich bei Chefas erstem Dokument um die Imitation einer biblischen Erzählung handelt?

»Doktor Dupont«, fügt der Richter mit Inquisitorenstimme hinzu, »erzählen Sie Monsieur Greck, was Sie mir berichtet haben.«

Doktor Dupont führt die örtliche Arztpraxis, doch hat er, außer in den Sommermonaten, wenig zu tun, da die Menschen auf der Insel selten erkranken.

»Monsieur Chefa hat sich ein paarmal von mir untersuchen lassen«, meint nun der Arzt, »und dabei ein wenig von sich erzählt. Er beschäftigte sich mit sehr eigenwilligen Dingen. Ich verstand nicht viel davon. Er war Halbitaliener, väterlicherseits. Die Italiener haben ja eine blühende Phantasie.«

»Die Mutter hingegen stammte aus der Provinz Morbihan«, ergänzt der Bürgermeister. »Das habe ich in den Archiven der Gemeinde gelesen. Die Mutter wurde auf der

Belle-Île geboren, wo die Großmutter die Gesellschaftsdame von Sarah Bernhardt war, der großen Schauspielerin, die ihre letzten Lebensjahre auf der Belle-Île verbracht hat. Wußten Sie das, Monsieur Greck?«

»Nein.«

Eine glatte Lüge, ich weiß es sehr wohl. Aber dies ist wirklich nicht der richtige Moment zuzugeben, daß ich in einem Geheimfach des Sekretärs ein paar sehr persönliche Papiere Chefas gefunden habe, einen Briefwechsel der Mutter mit dem italienischen Vater. Und daß ich es mir natürlich nicht verkneifen konnte, sie zu lesen. Sollte das der Richter erfahren, hätte er allen Grund, mich aufs Korn zu nehmen.

(Bei diesen Papieren fand ich übrigens auch eine Postkarte, datiert von August 1928, die niemals abgeschickt wurde. Dort heißt es: »LES POULAINS: Die letzten Tage der Madame Sarah Bernhardt auf der Belle-Île.« Auf dem Bild liegt an einem kleinen, von einer prächtigen Villa überragten Strand die altersschwache Schauspielerin, hingebettet auf einer Chaiselongue, einen Hermelin schützend über ihre Beine gelegt – oder, besser gesagt, über das, was von ihnen übrig war, da man sie ihr ja amputiert hatte –, und nimmt die Ehrungen einer Gruppe distinguierter Herren entgegen, die sie mit den Hüten in den Händen aus respektvoller Entfernung betrachten. Hinter der Diva stehen vier Damen, drei davon in Pflegerinnenkitteln, die vierte ganz in Schwarz. Auf diese letzte weist ein Pfeil mit den Worten: »C'est moi.« Auf der Fläche, die der Korrespondenz vorbehalten ist – die Postkarte ist an eine Freundin in Paris adressiert –, steht unter »bons baisers« auch die Unterschrift, Cécile, der Vorname von Chefas Großmutter.)

»Chefa hatte mich zu sich gerufen, weil er unter immer wiederkehrenden Ohnmachten litt«, berichtet Doktor Dupont. »Ich vermutete, daß es sich um epileptische Anfälle handelte, konnte es aber nicht überprüfen. Er weigerte sich, ein EEG machen zu lassen.«

»Ich wußte gar nicht, daß er Epileptiker war.« Das ist mir tatsächlich neu.

»Sehen Sie?« sagt der Richter. »Ihre Nachforschungen sind vollkommen sinnlos. Erstens könnte er ohne weiteres einen Anfall erlitten haben, als er gerade einen Küstenpfad hoch über dem Meer entlangwanderte. Er könnte in die Tiefe gestürzt und vom Meer fortgespült worden sein.«

»Niemand hat ihn je über einen Küstenpfad wandern sehen«, wendet Ronan ein.

»Stellen wir die Schlußfolgerungen noch einmal zurück«, sagt Chabot, »bis der Doktor mit seinen Ausführungen am Ende ist.«

»Jedenfalls hatte er epilepsieähnliche Anfälle«, wiederholt der Arzt, »soviel ist sicher, das zeigen die Ausfälle und das, was er seine ›Erleuchtungen‹ nannte. Einmal hat er mir gegenüber diese ›Erleuchtungen‹ erwähnt, die er während seiner Bewußtlosigkeit hatte. Damit lassen sich auch seine abstrusen Vorstellungen erklären.«

»Welche abstrusen Vorstellungen?« frage ich.

»Epileptiker sind meist etwas merkwürdig«, lächelt der Arzt. »In der Antike sprach man von der ›heiligen Krankheit‹. Unsere Vorfahren glaubten, daß derjenige, der darunter litt, seherische Fähigkeiten besitze. Chefa erwähnte mir gegenüber einige Dinge, die er durch seine ›Erleuchtungen‹ erfahren haben wollte. Wirre Geschichten, wenn ich ehrlich sein soll. Als er merkte, daß ich dem skeptisch gegenüberstand, brach er das Gespräch ab.«

»Wir müssen auch den Grund bedenken, weshalb der Doktor bisher mit niemandem darüber gesprochen hat«, verkündet der Richter gewichtig. »Die ärztliche Schweigepflicht. Aber ich habe ihm erklärt, daß nun der Moment gekommen sei, sich nicht mehr daran gebunden zu fühlen.«

»Ich hielt es einfach nicht für besonders wichtig«, meint der Arzt, etwas peinlich berührt, »die ärztliche Schweigepflicht spielt da keine Rolle, ich habe nicht darüber geredet, weil es sich meiner Meinung nach um Hirngespinste handelte. Als ich ihn zum Beispiel einmal untersuchte, vor einigen Jahren, war gerade der Krieg in Jugoslawien ausgebrochen. Chefa behauptete, dieser Bürgerkrieg sei der Anfang unseres Endes. Die gesamte Menschheit bewege sich auf den Abgrund zu. Er hielt mir einen düsteren Vortrag, wonach seit 1914 ein einziger, transzendentaler Krieg im Gange sei. Kurz, Hirngespinste eines Kranken. Er sagte auch, das weiß ich noch genau, er hoffe, beim letzten Akt nicht mehr dabeizusein, er wolle vorher verschwinden. ›Ich hoffe, ich bin nicht hier, wenn es soweit ist. Ich hoffe, ich bin dann schon woanders‹, so ungefähr drückte er sich aus ...«

»Das wäre es dann wohl«, meint der Richter, »wenn Doktor Dupont diese Symptome schon früher erwähnt hätte, wäre Monsieur Greck viel Mühe erspart geblieben. Wäre Chefas Absicht zu verschwinden bekannt gewesen, hätte er keine Zweifel gehabt. Dieser Mann hat sich umgebracht.«

»Aber wie?«

»Er hat sich in das stürmische Meer geworfen. Deshalb wurde auch keine Leiche gefunden. Von seinem Haus aus muß es ein leichtes gewesen sein. Da genügen ein paar Schritte bis zum Abgrund.«

Die Billardpartie wird wiederaufgenommen. Dann mischt sich Ronans Stimme in das Klackern der Kugeln:

»Aber was Patrick erzählt, paßt nicht ins Bild.«

»Patrick trinkt zuviel. Durch den Flaschenboden sieht man die Welt verzerrt«, mischt sich der Bürgermeister ein.

»Er sagt aber, er sei in jener Nacht nicht betrunken gewesen«, beharrt Ronan.

»In welcher Nacht?« frage ich.

»In der Silvesternacht 1999. Als Chefa verschwunden sein muß. Patrick hatte von einem Thunfischzug gehört und war trotz des hohen Seegangs hinausgefahren, um die Netze auszuwerfen. Bei seiner Rückkehr in den Hafen, als er gerade das Kap umschiffte, sah er, daß das Chefas Haus hell erleuchtet war. Taghell erleuchtet, behauptet er, von bläulichweiß schimmerndem Licht. Ein unnatürliches Licht, meint er. Und er sagt, als er im Hafen einlief, bellten alle Hunde auf der Insel, so als seien sie verrückt geworden, meint er.«

Der Bürgermeister kreidet seine Queuespitze ein und setzt eine Miene auf, die normalerweise den Oppositionsvertretern in den Gemeinderatssitzungen vorbehalten ist:

»Wenn ich all dem Unfug Glauben schenken würde, den Leute wie Patrick zu sehen glauben ...« Er streckt das Queue aus und tippt damit dem Bärtigen auf den Bauch. »Du siehst doch bestimmt auch hin und wieder ein bläulichweißes Schimmern, nicht wahr, Jacques?«

»Das ist mir noch nie passiert«, protestiert der Trunkenbold.

»Außerdem ist Patrick nicht der einzige«, setzt Ronan hinzu. »Es gibt noch mehr Leute auf der Insel, die an dem Abend etwas Besonderes gesehen haben wollen. Und das nicht zum erstenmal ...«

»Ich wußte es«, grinst der Richter, »darauf habe ich gewartet, daß nun wieder unsere Insellegenden hervorgeholt werden: die weiße Dame, die ausgesaugten Tiere und all das Zeug. Und dann auch noch in der Silvesternacht, man stelle sich vor! Da waren gut neunzig Prozent der Herumtreiber sternhagelvoll. Was wollen deine Seher denn bemerkt haben, Ronan?«

»Ein glänzendes Objekt in schillernden Farben, das aus dem Meer auftauchte, das haben sie gesehen, mindestens fünf oder sechs Personen, deren Namen ich Ihnen nennen kann, wenn Sie wollen.«

»Sehen Sie, Monsieur Greck? Ich werde nie verstehen, warum die Menschen stets so bereitwillig an das Übernatürliche glauben. Wenn es doch eine einfache Erklärung für alles gibt. Abgesehen von dem Bier, das in Strömen floß, brauchen wir uns nur an die Feuerwerkskörper jenes Abends zu erinnern. Einer davon wird eben ins Meer gefallen sein, nicht wahr, Ronan?«

Während ich zu dem Haus auf der Klippe zurückradele, überlege ich, daß der Richter möglicherweise recht hat. Der Bericht des Arztes über Chefas Krankheit wirft tatsächlich ein neues Licht auf die Dinge, die ich im Computer gelesen habe, eine Epilepsie würde so einiges erklären. Für die Selbstmordthese spräche dann auch, daß Epileptiker häufig zu Depressionen neigen.

Eine Bemerkung des Richters geht mir allerdings nicht aus dem Kopf. Was ist das für eine Geschichte mit den ausgesaugten Tieren? Davon höre ich heute zum erstenmal. Wenn ich die Sache mit den toten Katzen in meinem Stück Garten herumerzählte, würde ich der Legende neuen Stoff geben. Aber das scheint mir nicht ratsam. Auf dieser Insel sind genügend Ammenmärchen in Umlauf.

Ich habe beschlossen, das Haus auf dem Felsen zu verlassen, in meine Wohnung zurückzukehren und mein gewohntes Dämmerleben wiederaufzunehmen.

Irgendwie ziehen Ronans Worte die Gewißheit des Richters in Zweifel. Ich habe keine Gewißheiten, will mich aber auch nicht wegen irgendwelcher Rätsel aufreiben, die vielleicht gar keine sind. Oder weiter nachbohren, um schließlich doch nur einen völlig substanzlosen Dorfzwist anzuheizen.

Dennoch bedaure ich, das Haus zu verlassen, wo ich in Davide Chefas Haut zu schlüpfen meine. So schiebe ich den Auszug immer wieder auf, indem ich mir selbst einrede, alles aufräumen zu müssen, was ich auf den Kopf gestellt habe.

Es ist einer dieser Tage, an denen mich ein böser Geist zu verfolgen und sein Unwesen mit mir zu treiben scheint.

Sachen verschwinden, die ich noch einen Moment zuvor gesehen habe: ein Päckchen Zigaretten, das Feuerzeug und so weiter. Wenn ich Dinge aufnehme und versuche, mich an ihren ursprünglichen Standort zu erinnern, fallen sie mir aus der Hand und rutschen geradewegs unter ein Möbel. Da ich nicht an überirdische Mächte glaube, ärgere ich mich über mich selbst und meine Unentschlossenheit, mit der ich meine längst gefällte Entscheidung immer wieder hinauszögere: Selbstbestrafung des Unterbewußtseins. Ich zwinge mich, mir ein Ultimatum zu stellen: Eine letzte Nacht verbringe ich in dem Haus, dann ziehe ich aus.

Nach dem Abendessen fahre ich, ohne lang nachzudenken, im Arbeitszimmer den Computer hoch, wie um mich von Herrn Chefa zu verabschieden. Ich habe nicht die Absicht weiterzulesen.

Das sechste Dokument geht auf, ich erhasche einen Blick auf den Titel, auf einen Namen, der eine Erinnerung in mir wachruft. Zuerst nur vage, dann immer deutlicher, nachdem ich einige Seiten gelesen habe.

Ich hatte beruflich mit Monsieur Jacques Flècher zu tun. Es gab eine Zeit Ende der siebziger Jahre, da machte er als schreibender Clochard von sich reden. Auch sein Roman erlangte eine gewisse Popularität, obgleich er bereits 1964 zum erstenmal publiziert worden war. Erst nachdem ein renommierter Verleger ihn wiederentdeckt und neu aufgelegt hatte, kursierte er in den literarischen Zirkeln Frankreichs. Manche Kritiker behandelten ihn eher oberflächlich und steckten ihn in die Science-fiction-Schublade, obwohl der Autor erklärte, er habe noch nie ein Buch dieses Genres in der Hand gehabt und sei eifriger Leser von Kant, Bergson, Valéry und Pirandello. Andere bezeichneten ihn als einen Vertreter des Phantastischen Realismus. In den späten Siebzigern war Phantasie noch sehr in Mode, 1968 war eine frische Erinnerung, und manch einer hoffte weiter, die Parole »Phantasie an die Macht!« durchsetzen zu können. Nur um sich bald wieder in den geregelten Lauf der Dinge einzugliedern, der eine mehr, der andere weniger diszipliniert. Letztere mußten häufig am eigenen Leib erfahren, daß die Phantasie niemals die Macht erlangen, sondern in die Arme der Dichter zurückkehren würde, deren Macht schon immer begrenzt war.

Ich hatte Flèchers Roman »Der Blick des Fegefeuers« gelesen, eine Art makabre Halluzination zum Thema Zeitumkehr. Der Protagonist, der in der Zukunft lebt, seinen Mitmenschen also eine gewisse Zeit voraus ist, erlebt die Pariser Bevölkerung als Skelette, er sieht Skelette über die Plätze laufen, in der Métro stehen, sich in den Boulevards drängen. Stilistisch könnte man den eher surrealistischen als phantastischen Roman als europäische Version eines Philip Dick bezeichnen: keineswegs schlecht geschrieben. Doch wie üblich war es mehr die persönliche Geschichte des Autors als das Buch selbst, welche die Aufmerksamkeit des Publikums auf sich zog, ein obdachloser Alkoholiker, der an seiner Flasche »Vieille Treille« hing wie die Muschel am Felsen und sich am Seineufer herumtrieb oder auf den Treppen der Métrostationen – die Bohème kommt eben nie aus der Mode. Dabei war seine Idee der kosmischen Verschwörung nicht besonders originell, wie ich anläßlich eines Treffens mit ihm im Jahr 1978 feststellen konnte, als ich ihn für meine Zeitung interviewen sollte.

Um ehrlich zu sein, traf ich gar nicht den Clochard. Der gehörte längst der Vergangenheit an. Ich stand vor einem Schriftsteller, der sich in seinem nicht gerade üppigen Erfolg sonnte, einen ganz annehmbaren Bordeaux trank, einen Anzug frisch von der Stange des Kaufhauses Printemps trug und eine kleine, fast leere Wohnung am Boulevard Saint-Michel bewohnte, die von einer Zugehfrau halbwegs sauber gehalten wurde, welche jedesmal schnaubte, wenn sie sich nach einer seiner Kippen bücken mußte. Es wurde kein besonders gelungenes Interview. Ich weiß noch, daß die Begegnung mir wenig brachte, da sie von einer dritten Person gestört wurde, die sich immerzu einmischte und dem aufstrebenden Autor die Show stahl, der sich im übrigen mit Wein abfüllte. Am Ende verfaßte ich einen Artikel für die Klatschseite, eben das, was die Zeitungsleute erwarteten.

Daß ich nun den Namen des Schriftstellers auf Chefas Computerbildschirm wiederfinde, scheint mir doch ein ziemlich bemerkenswerter Zufall zu sein. Letztlich passe ich genausowenig wie Chefa in die Schablone des Durchschnittsbürgers. Wie er bin ich ein Flüchtling, der auf der Insel ins Exil gegangen ist. Ich muß dazu sagen, daß ich mich bei der Lektüre seiner Aufzeichnungen in den letzten Tagen derart in ihn hineinversetzt habe, daß ich mich fast schon mit ihm identifiziere. Und dann stiehlt sich plötzlich dieser Flècher auf den Bildschirm, ein Mensch, der alles daransetzte, sich als Exzentriker zu gebärden, und stellt quasi das Bindeglied zwischen uns beiden dar. Als wären sich zwei Vagabunden – Chefa und ich – zufällig begegnet, um im Gespräch festzustellen, daß sie einen gemeinsamen Bekannten haben.

Am Ende gehe ich eine Stunde später ins Bett, weil ich noch die Geschichte der beiden Autoren, Chefa und Flècher, lesen muß.

9

Dokument Nr. 6

Tagebuch von Davide Chefa
Montreuil, 12. Dezember 1979

Erzählung ohne Titel von Jacques Flècher

»Es ist an den Göttern, zu uns zu kommen, nicht an uns, die Götter aufzusuchen ...«

Plotin zu Amelio Porfirio, »La vita di Plotino«

»Als es Nacht war. Als der Tag noch nicht gekommen war. Als die Sonne noch nicht aufgegangen war. Kamen sie zusammen. Versammelten sich die Götter. Dort in Teotihuacán.«

»Codex Matritensis«

Ich habe lange versucht, die Abenteuer von Laghouat zu vergessen, nicht mehr daran zu denken und mich in meiner Arbeit an der Universität von Montpellier zu vergraben.

Doch dann war da plötzlich wieder diese Atmosphäre, und ein weiteres Glied fügte sich in die Kette, die mich heute in Erwartung Habielas an diesen Ort fesselt.

12. Dezember 1979

Im Dezember '79 fahre ich nach Rom, um einen Kollegen zu besuchen. Auf der Rückreise, kurz vor Paris, begegne ich zum zweitenmal in meinem Leben Jacques Flècher.

Das erstemal hatten wir uns in Montpellier getroffen, ich weiß nicht mehr genau, wann, nur daß ich noch sehr jung war, aber doch schon ein anerkannter Wissenschaftler mit diversen Publikationen. Wir kamen nach einem Vortrag ins Gespräch, den wir beide gehört hatten.

Bei einem offiziellen Mittagessen hatte ich Gelegenheit gehabt, den Redner kennenzulernen, Physikdozent eines amerikanischen Colleges mit Gastprofessur in Montpellier. Der ausländische Kollege hatte mich zu seinem Vortrag eingeladen, und um der Pflege meiner akademischen Kontakte willen hatte ich beschlossen, die Einladung anzunehmen. Thema des Vortrags, der durch die holprige Konsekutivübersetzung noch langweiliger wurde, war die Illustration der Formel Frank Drakes.

Manchmal kennt die Überheblichkeit der Mathematiker ja keine Grenzen. So soll die Gleichung des amerikanischen Astronomen Frank Drake (N = R* fs ne fl fi fc L) die wahrscheinliche Anzahl (N) der in der Milchstraße existierenden Zivilisationen berechnen.

Am Ausgang des Hörsaals kam ein Mann auf mich zu. Er hatte während der Vorlesung neben mir gesessen und mehrmals den Mund verzogen und ablehnende Gesten gemacht. Nun zupfte er mich am Ärmel und begann ohne Einleitung auf mich einzureden.

Er wollte mich davon überzeugen, daß die Formel aus mathematischer Sicht verkehrt war, daß es sie eigentlich gar nicht geben durfte. Zuverlässige Aussagen, meinte er, könne man nur zu den Sternen unserer Galaxie treffen und zu der Anzahl der Sterne, die ein Planetensystem haben, alle anderen von Drake herangezogenen Werte seien völlig aus der Luft gegriffen. Nach heutigem Kenntnisstand sei es einfach unmöglich, die Anzahl der Planeten zu bestimmen, auf denen es Leben gab oder geben könnte, wie Drake es tat; ebenso beliebig sei es, über Planeten zu spekulieren, auf denen intelligentes Leben den Entwicklungsstand einer kommunikationsfähigen Zivilisation erreicht haben könnte, oder Aussagen über die Dauer machen zu wollen, die eine solch hochtechnologisierte Zivilisation bestehen könnte, bevor sie sich selbst zerstörte. Das waren in etwa Flèchers Gedankengänge, der dermaßen aufgebracht war, als hätten Drake und der Vortragende ihn persönlich angegriffen.

Ich stimmte ihm vorbehaltlos zu, um ihn abzuschütteln. Außerdem hatte die Vorlesung mich so sehr gelangweilt, daß ich wahrlich nicht scharf auf eine Zugabe war. Doch er redete sich immer mehr in Rage, so daß ich mich allmählich fragte, ob ich es mit einem Verrückten zu tun hatte. Anfangs verstand ich nicht, warum er unter den rund dreißig Anwesenden ausgerechnet mich als Opfer für seine ermüdende Schimpftirade auserkoren hatte.

Schließlich bemerkte er meine Verwunderung. Er kenne mich, erklärte er, die spekulative Kategorie der Zeit fasziniere ihn, mehr aus philosophischer als aus physikalischer Sicht. Deshalb sei er auch so ein begeisterter Hobby-Archäologe. Er habe all meine Publikationen gelesen und schätze mich sehr, er wolle mich gerne kennenlernen. Er sagte noch eine Menge freundlicher Dinge über mich, die meiner Eitelkeit sehr schmeichelten. So gab ich nach, als er – schon damals ein guter Trinker – mich auf ein Glas Wein in ein nahegelegenes Café einlud.

Nachdem wir uns an einem Bistrotischchen niedergelassen hatten, erzählte er mir von seinem Roman, der gerade unter dem Titel »Der Blick des Fegefeuers« erschienen war. Er beklagte, daß der Verleger ihn in die Science-fiction-Reihe gesteckt hatte, wo er doch mit dieser Art Büchern nicht das geringste anfangen könne. Er lese Kant, Bergson, Valéry und Pirandello, sagte er. Sein Roman sei keine Trivialliteratur, sondern behandele auf ganz seriös Weise die Möglichkeit – »die sehr konkrete Möglichkeit!« – der Zeitumkehr.

Es war ihm kein Erfolg beschieden, nur wenige Exemplare gingen über den Ladentisch, und der Roman geriet beinahe sofort in Vergessenheit. Der Verleger hatte sich geweigert, sein nächstes Werk zu publizieren. Flècher behauptete, Autoren wie er litten eben stets unter den Folgen des machtvollen Kulturterrorismus, der schon zu Zeiten eines Cyrano de Bergerac die Literatur bestimmt habe. Seine Stimme weiche einfach zu sehr von der der Masse ab, um nicht abgekanzelt zu werden.

Es sei nicht schwer, so sagte mir der damals verkannte Schriftsteller, im täglichen Leben die Zeitumkehr festzustellen. Aber die Menschen hätten sich voll und ganz dem Kausalitätsprinzip verschrieben, mit dem die wahre Welt herzlich wenig zu schaffen habe.

»Was kümmert es den Schnee, ob er aus gefrorenem Wasser besteht, und der Dampf wäre überrascht, wenn er vom Wasser hörte. Diese Welt könnte sehr gut unter ganz anderen Aspekten betrachtet werden als dem kausalen. Hast du jemals versucht«, fragte er mich, »eine Fliege zu fangen? In den meisten Fällen entwischt dir das Insekt in dem Sekundenbruchteil, bevor du die Hand schließt. Das liegt nicht an ihrem vielgerühmten tierischen Instinkt, sondern daran, daß die Fliege die Hand, die sie packen will, schon vorher sieht, sie ist demjenigen, der sie fangen will, zeitlich ein Stück voraus. Bei Experimenten der Gedankenübertragung kommt die Antwort des Empfängers der aktuellen Nachricht des Übermittlers stets zuvor. Die korrekte Antwort bezieht sich fast immer auf die ihr folgende Frage. Das bedeutet, daß die Übermittlungen sich nicht nur schneller bewegen als das Licht, sondern auch unabhängig von jedwedem Kausalitätsprinzip.«

Mittlerweile war ich überzeugt, es mit einem jener Spinner zu tun zu haben, denen man in pseudo-intellektuellen Kreisen begegnen kann, Typ »durchgeknallter Entdecker«. Dennoch war ich neugierig geworden, und in den folgenden Tagen besorgte ich mir nicht ohne Mühe eine Ausgabe seines Romans. Und war zugegebenermaßen angenehm überrascht. Das Buch war gut und spannend geschrieben und vermittelte ein aufrichtiges Interesse des Autors am Menschen, wenn auch gut verborgen hinter beißendem Sarkasmus.

Bei seinem ersten Erscheinen war der Roman für Liebhaber seichter Unterhaltung zu ernst gewesen, andererseits jedoch zu bildhaft – ganz zu schweigen von der schier überschießenden Phantasie – für diejenigen, die sogenannte gute Literatur schätzen. Damals genügte bereits das Etikett Science-fiction, damit Kulturinteressierte die Nase rümpften. So hatte das Buch keinen Erfolg gehabt und war bald schon eingestampft worden.

Einige Jahre nach den beiden Treffen mit Flècher habe ich erfahren, daß sein Roman noch einmal neu aufgelegt wurde, von einem sehr bedeutenden Verleger, und daß er einen beträchtlichen Erfolg beim Publikum feierte.

Und nun begegne ich ihm also unversehens wieder, dem Monsieur Flècher, auf dem Flohmarkt an der Porte de Montreuil.

Ich habe mir am Flughafen Charles de Gaulle ein Taxi genommen, doch der Fahrer läßt mich bei der Porte de Montreuil aussteigen, weil eine LKW-Fahrer-Gewerkschaft mit Lastzügen die Einfallstraßen nach Paris blockiert; dann kann ich genausogut die Métro nehmen, die ist schneller und billiger.

Ich laufe über den Markt, der sich weithin erstreckt wie die Zeltstadt einer Paris belagernden Barbarenhorde. Zwischen den afrikanischen Einwanderern, die ihre Ware auf dem Bürgersteig feilbieten – gebrauchte Kleidung, Sonnenbrillen, Fotoapparate, Autoradios, wahrscheinlich von A bis Z geklaut –, versucht ein betrunkener Clochard, umgeben von einer traurigen Heerschar bereits geleerter Flaschen, ein Paar alter Schuhe zu verkaufen, um seinen Vorrat an Vieille Treille (dem billigsten Rotwein, den es in Frankreich gibt) aufstocken zu können, der auf einen halben Liter zusammengeschrumpft ist.

Obwohl seine große, geschwungene Nase aus zehn Schritt Entfernung nicht zu übersehen ist, erkenne ich ihn zunächst nicht, mit seinem gelblichen, ungepflegten Bart und dem zerrissenen, viel zu weiten Mantel, unter dem das Grau eines vor Dreck starrenden Pullovers hervorschaut. Er hingegen weiß auf Anhieb, wer ich bin, glaube ich, denn er wendet schnell den Blick ab und versucht sein Gesicht im Mantelkragen zu verbergen. Diese Geste erregt meinen Verdacht, und ich sehe genauer hin. Nun erkenne auch ich ihn wieder, trotz seines verwahrlosten Zustands. Bei unserem Treffen vor Jahren in Montpellier machte er den Eindruck eines armen, aber stolzen Intellektuellen ohne Anzeichen dieses unaufhaltsamen Verfalls, den der Alkohol mit sich bringt. Ich merke, daß es ihm peinlich ist, und wende den Blick ab. Kaum habe ich ihm den Rücken zugekehrt, höre ich meinen Namen. Ich drehe mich wieder um, und er winkt mir mit der halbvollen Flasche in der Hand zu:

»Auf einen Schluck, verehrter Professor?«

Schließlich spendiere ich ihm eine Flasche Bordeaux, nachdem er mich überredet hat, ihn nach Hause zu begleiten, da er nicht weit entfernt wohnt. Ich fürchte, eine Ablehnung könnte er als Verachtung interpretieren und sich gekränkt fühlen. Dabei verachte ich ihn keineswegs, im Gegenteil, ich würde gern verstehen, wie er so tief sinken konnte.

Wir steigen eine Treppe hinauf, der Gestank im Treppenhaus raubt mir den Atem. Die Wände des Zimmers sind grau von Staub, hier wurde seit Jahrzehnten nicht mehr geputzt, der Raum selbst ist komplett zugestellt mit ramponierten Sachen aller Art aus den Müllcontainern der Stadt: ein alter Fernseher, eine Puppe mit kaputten Beinen, ein verrostetes Fahrrad, schmutzige Geschirrstücke, die nicht zueinander passen, zerbrochene Tassen, ein Campingkocher auf der alten, ins Mauerwerk eingelassenen Küchenzeile. Aus dem Zimmer nebenan ertönt der dumpfe Monolog einer Frau, die eine unverständliche Sprache voller Kehllaute spricht.

Nachdem er den Geschirrberg lange nach einem Korkenzieher durchsucht hat, öffnet Flècher die Flasche Bordeaux; immerhin ist er so respektvoll, mir nicht eines der schmierigen Gläser anzubieten, die auf einer klapprigen Anrichte stehen; statt dessen hält er mir die Flasche hin und zieht sie zufrieden zurück, als ich abwinke. Dann läßt er sich in einen Sessel aus zerrissenem Kunstleder fallen, breitet eine ehemals bunte, jetzt staubgraue Berberdecke über seine Knie. Er stürzt den Wein direkt aus der Flasche hinunter und nickt mir mit einem listigen Lächeln zu.

Er weiß so einiges über mich, immer noch verfolgt er meine akademischen Erfolge, liest meine Veröffentlichungen und freut sich, daß ich obenauf bin. Ich schaue durch die mit Klebeband geflickten Fensterscheiben auf die bunten Zeltplanen der Marktstände und fühle mich unwohl in meiner Haut, ich bereue schon, daß ich mich in diese Absteige habe schleppen lassen, und suche nach einer Ausrede, um mich schnell zu verabschieden.

Als ihm die Augen zufallen und er wegzudämmern scheint – die Flasche hat er bis auf den Grund geleert –, will ich mich gerade auf Zehenspitzen davonstehlen, da wackelt er, wohl wieder bei Bewußtsein, mit den großen Zehen in seinen durchlöcherten Pantoffeln und beginnt zu sprechen, im Gesicht die aufgesetzte Fröhlichkeit von Betrunkenen, in den Augen ein Glimmen der Verzweiflung.

»Ich kann nichts mehr lieben, ich ertrage niemanden, mich selbst am allerwenigsten. Nichts verbindet mich mehr mit dieser Welt. Wenn es darum ginge, hätte ich mich schon längst zu den Sternen verabschiedet. Ich bleibe nur aus Neugier, ich will sehen, wie es zu Ende geht.«

Er sieht mich ironisch an:

»Sie hingegen, Professor, machen den Eindruck, als ginge es Ihnen gut in dieser Welt. Ein Mann, der es geschafft hat, wie man so schön sagt. Aber was hat er geschafft? Ich weiß alles über Sie, Professor. Ich weiß, daß Sie viel reisen. Auf der Suche nach den vorsintflutlichen Menschen. Aber Sie brauchen nicht zu reisen. Ob Sie hier in Montreuil sind oder auf dem Sirius, macht letztlich keinen Unterschied.

Würden Sie gerne durch die Zeit reisen? Ich habe einmal geträumt, ich hätte es geschafft, wahrscheinlich mit Hilfe bestimmter Mittel, die Sie wohl ablehnen würden ... Ich glaube, einmal habe ich es sogar getan, mindestens einmal. Haben Sie mein Buch gelesen?«

»Ja, das habe ich. Damals. Und es hat mir sogar gefallen. Das wollte ich Ihnen gerne sagen.«

»Erinnern Sie sich an die Fliege, die sich nicht fangen läßt? Ich habe noch mehr solcher Entdeckungen gemacht. Eine Reise in die Vergangenheit der Menschheit ... Was für eine Energieverschwendung! Sie sind doch alle noch hier, Ihre Australopitheken, Ihre Neandertaler!«

Er setzt zu einem Monolog an, in dem ich ganze Absätze aus seinem Buch wiedererkenne, ergänzt durch seine neusten sogenannten Entdeckungen, die mir eher die Hirngespinste eines Alkoholikers zu sein scheinen:

»Wir müßten lernen, das Gewebe der Welt auf links zu drehen, uns von dem gewohnten Anblick der Vorderseite mit ihren eingewebten Knoten aus Begierde und Kausalität zu lösen. Um wirklich zu reisen, um wirklich aufzubrechen, müssen wir der unheilvollen Faszination des betrügerischen Webfadens entrinnen, müssen wir dem widerwärtigen Gleichgewicht des kausalen Universums entfliehen. Die Mikroben, die sich im Blut des Kranken fortpflanzen, übertragen ihm einen so großen Vorsprung auf seine Zeit, daß der Kranke stirbt. Die Mikroben zerren ihn in ihre eigene Zeit, die Zukunft. Zukunft aber bedeutet Tod, denn was sonst gibt es in der Zukunft, wenn nicht den Tod? Doch die Mikroben tun dies auf ganz natürliche Art, ohne böse Absicht, sie sind unschuldig. In vielen Fällen – in sehr vielen, mehr als man sich vorstellen mag – sind es gar nicht die Mikroben, die die Zeit stehlen. Haben Sie schon einmal jemanden sagen hören, ihm fehle Lebenszeit? Ich spreche von Menschen, die Ausfälle von Stunden haben, manchmal Tagen, Monaten, sogar Jahren, ganz normalen Menschen, keinen Schizophrenen. Ich rede nicht von Kranken oder Koma-Patienten. Die Unglücklichen, die ich meine, sind einem Betrug aufgesessen, sie wurden in eine andere Zeit versetzt. Sie sind wirklich gereist. Und wie! Mit einer Geschwindigkeit, die die Reise selbst ausgelöscht hat. Und sie haben nicht die geringste Ahnung von dem Betrug.«

Mir rutscht eine Frage heraus, ich will wissen, von wem sie betrogen worden seien, diese Menschen. Hätte ich mir die Frage doch verkniffen! Er springt auf, wankt mit unsicheren Schritten zu dem Tisch, auf dem sich Bücher und Papiere stapeln. Dann beginnt er darin zu wühlen, indem er die Arme von unten nach oben führt, als durchpflüge er mit der Mistgabel einen Dunghaufen. Mit einem dünnen Heftchen in der Hand, dessen Deckblatt von Kaffeeflecken übersät ist, kehrt er zu mir zurück. Er fragt mich, ob er mir seine Erzählung vorlesen dürfe, sie sei auch nicht lang, versichert er.

Ich sollte ablehnen, er darf keineswegs. Es gibt kaum etwas Peinlicheres als die Lesung eines mißachteten Autors; mein einziger Wunsch ist, möglichst schnell diesem Zimmer und dem schrecklichen Gestank zu entkommen.

Doch der Nachmittag ist bereits fortgeschritten, und auch mein Plan, eine Pariser Buchhandlung aufzusuchen, hat sich durch den verflixten Verkehrsstau zerschlagen, der Zug nach Montpellier ist längst abgefahren, draußen hat es angefangen zu regnen ... Ich nicke, überwältigt von der Trägheit und einem schleimigen Gefühl des Mitleids, ziehe mir einen klapprigen Stuhl heran und lasse mich nieder.

»Ich habe diese Erzählung nach dem Besuch einer Höhle über dem Wasserfall von Atlihuetzia geschrieben, in Amaxac de Guerrero in Mexiko«, beginnt er. »Als junger Mann bin ich viel gereist. Wie man als Jugendlicher ohne Geld eben so reist: Rucksack, Schlafsack, Charterflüge, Trampen und Gelegenheitsarbeiten. Das waren schöne Zeiten. In der mexikanischen Höhle sind geheimnisvolle Wandzeichnungen zu sehen. Konzentrische Ellipsen, manche strahlenförmig, andere mit einem Doppelschweif. Von dem Hauptkörper des eiförmigen Objekts gehen zwei Kommata ab wie die Fühler eines Insekts, die Linien sind mit einer merkwürdigen blauen Farbe auf den Fels gemalt, die über Jahrtausende Wind und Wetter getrotzt hat. Unter dem eiförmigen Ding schweben eigenartige Gestalten. Sie haben eine gezackte Aureole um den Kopf und sind durch eine Schlange mit der Ellipse verbunden wie durch eine Nabelschnur.«

Er nimmt die Flasche, läßt sich einen letzten Tropfen in den Mund laufen und schüttelt sie dann, um sicherzugehen, daß sie leer ist. Er legt das Heft auf die Knie, sieht mich an und bringt in einem weinseligen Anflug der Verzweiflung mit gebrochener, jammernder Stimme hervor:

»Wir befinden uns zwischen Hammer und Amboß. Sie kontrollieren uns, sie folgen uns auf Schritt und Tritt, sie stoßen uns voran, dann zerren sie uns zurück, sie spielen Tennis, und wir sind der Ball. Warum, glauben Sie, bin ich so tief gesunken? Um mich zu tarnen, verstehen Sie? Ich versuche ihnen zu entkommen, mich aufzulösen. Aber sie kennen mich, behalten mich im Auge, früher oder später packen sie mich, ich habe zuviel verstanden, ich bin das auserwählte Opfer.«

Er räuspert sich und fügt etwas kleinlaut hinzu:

»Die Erzählung hat keinen Titel, es ist gar keine richtige Erzählung ... Es ist eine Art Zusammenfassung eines Traumes. Sie müssen wissen, daß ich diese Dinge alle im Traum gesehen ... besser gesagt, erlebt habe. Im übrigen ist das Leben ja ein Traum, nicht wahr?«

»Also, je schneller wir anfangen«, sage ich, »desto schneller sind wir fertig.«

Er läßt sich wieder in seinen Sessel sinken:

»Es ist aber wichtig, daß Sie wissen, wie die Erzählung entstanden ist. Mit das erste, was ich geschrieben habe. Ich war auf dem Rückweg nach Mexiko-Stadt, nachdem ich die

Höhle besichtigt hatte, und innerlich irgendwie aufgewühlt. Ich könnte nicht sagen, warum ... Es war ein ganz normaler Ausflug gewesen. Ich weiß nicht mehr, wo ich jene Nacht unterkam. Wahrscheinlich bei einem Journalisten in Mexiko-Stadt. In der Nacht hatte ich diesen Traum. Ganz deutlich, bis ins kleinste Detail, besonders die Stimmen kamen mir ganz lebendig vor ... Nach dem Aufwachen schrieb ich die Erzählung wie in Trance in einem Zug nieder. Na ja, hier ist sie jedenfalls.«

Endlich beginnt er zu lesen. Da Flècher mir am Ende das Manuskript zur Veröffentlichung überlassen hat, kann ich an dieser Stelle unsere Unterhaltung im Wechsel mit den Textstücken der Erzählung – oder der Halluzination, was auch immer es war – wiedergeben:

Astàr bewegte sich mit leichten Schritten, bemüht, kein Geräusch zu machen.

Das Zwielicht nahm immer mehr ab; von Flechten überwuchert, sahen die Baumstämme aus wie Schwämme. Die Höhle war kaum zu erkennen, um diese Zeit hatten sich alle in ihr Inneres zurückgezogen.

»Handelt es sich bei dieser Höhle«, rutscht es mir unversehens heraus, »um die in Mexiko?«

»Kann sein«, erwidert er, »sicherlich hat mich die Höhle von Amaxac zu der Erzählung inspiriert, obwohl die Höhle aus dem Traum viel weiter weg war, nicht räumlich, sondern zeitlich gesehen. Soll ich fortfahren?«

»Entschuldigen Sie die Unterbrechung«, sage ich.

Er räuspert sich:

Ein Weibchen zeigte sich am Eingang der Höhle. Die Weibchen, bucklig, behaart und mit düsteren Mienen, unterschieden sich nur wenig von den Männchen; man erkannte sie am längeren Haupthaar, in dem Zweige hingen und das mit Asche beschmiert war. Lange zuvor hatte Astàr sie einmal in einiger Entfernung von der Höhle überrascht, und das Rudel war sofort in Verteidigungsstellung gegangen. Rein zufällig hatte sie den Canyon betreten, der sich wie eine klaffende Wunde durch die Landschaft zog. Am Rand des rötlichen Abgrunds hingen Reste kläglich dahinvegetierender Pflanzen. Hier und da standen Flecken vertrockneter Tamarisken.

»Was ist das für ein Canyon ...«, schnaufe ich. Die Beschreibung der Landschaft erinnert mich an eine andere, und es ist keine angenehme Erinnerung.

»Ein tiefer Canyon mit zwei hoch aufragenden Steilwänden«, sagt er etwas verärgert, »den habe ich selbst gesehen. Sollte ich ihn genauer beschreiben? Die reale Höhle, also die in Mexiko, befindet sich übrigens hoch über einer von einem Fluß gegrabenen Schlucht, der später zu einem Wasserfall wird. Oder finden Sie die Landschaftschilderung überflüssig?«

»Nein, nein. Fahren Sie fort.«

Er mustert mich kurz mit neugierigem Blick und fährt dann fort:

Auf der trüben Wasseroberfläche des schlammfarbenen Sees, der kaum größer war als ein Tümpel, lag der weiße Widerschein des Himmels.

»Das verstehe ich nicht«, falle ich ihm ins Wort, »das Wasser ist trüb? Ein Tümpel? Eben war es doch noch ein Fluß.«

Er schlägt mit dem Heft auf die Sessellehne.

»Die Orte sind dieselben, der, den ich in Wirklichkeit gesehen, und der, von dem ich geträumt habe. Im Traum hatte ich das Gefühl, es sei derselbe Abgrund wie bei Amaxac ... Aber zu einer anderen Zeit, viel, viel früher ... Wenn es Ihnen nicht gefällt, wenn Sie sich langweilen, sagen Sie es nur, dann höre ich auf.«

Obwohl ich mich mehr als langweile, außerdem genervt bin und bitter bereue, in diese Falle getappt zu sein, entschuldige ich mich zum drittenmal. In gereiztem Tonfall liest er weiter:

Astàr, die ahnungslos um eine Biegung des Canyons gekommen war, hatte sie zuerst gar nicht bemerkt, die dort mit gebeugten Rücken über dem Wasserloch hockten und tranken, das schlammfarbene Fell kaum von der Umgebung zu unterscheiden. Sie hingegen hatten sie sofort bemerkt und sich in einer fließenden, synchronen Bewegung flink umgruppiert: Die Weibchen nahmen die Jungen in ihre Mitte, die Männchen bildeten einen schützenden Kreis um sie herum. Das älteste Männchen mit weißem Haupthaar erklomm einen Felsen und blieb dort hoch aufgerichtet stehen. Einen Moment lang hatte Astàr in den Augen der Tiere ein alarmiertes Funkeln wahrgenommen. Gleich darauf stellte das Rudel nach außen völlige Gleichgültigkeit zur Schau, behielt aber die Abwehrstellung bei. Die Weibchen kauerten sich schützend um die Kleinen, die Männchen wandten ihr den Rücken zu, bis auf den Ältesten, der seine Position auf dem Felsen nicht verließ.

Bis zu diesem Tag hatte Astàr alles getan, um unentdeckt zu bleiben. Die Regel durfte nicht verletzt werden.

»Welche Regel?« frage ich vorsichtig.

»Die Regel! Das Gesetz!« bellt er. »Das wird später erklärt! So unterbrechen Sie mich doch nicht immerzu!«

»Regen Sie sich nicht so auf«, meine ich, »wenn ich nichts dazu sagen darf, warum dann die Lesung? Geben Sie mir die Seiten, dann sehe ich sie mir in Ruhe an.«

»Schon gut«, lenkt Flècher ein, »fragen Sie ruhig, was Sie wollen. Kann ich fortfahren?«

»Bitte.«

Doch sie sah keine Überraschung, sondern reinen Verteidigungsinstinkt und hinter der scheinbaren Gleichgültigkeit Angst. Die

Weibchen hatten gezittert, soweit Astàr erkennen konnte, ihre Nackenhaare sträubten sich. Während sie sich eilig aus dem Blickfeld der Gruppe entfernte, jaulten die Jungen, ein klägliches, fast flehendes Wimmern.

Kurz zuvor hatte Astàr auf dem Berg jenseits des Canyons zwei Männchen beobachtet, die hintereinander keuchend den Hang erklommen. Das zweite war schneller und holte das andere ein, das bereits verletzt und durch den Blutverlust geschwächt war. Ein kurzer Kampf, der Faustkeil des ersten sauste auf das Haupt des zweiten nieder, der Schädel platzte auf wie ein reifer Kürbis; dann verwandelte sich der Faustkeil in ein Messer, ein Schnitt vom Schambein bis zur Kehle, der Sieger beugte sich über die Wunde, kniete so lange über dem Feind, daß Astàr schließlich den Blick abwandte.

Als der Mörder sich endlich mit blutüberströmtem Gesicht erhob, stieß er einen dumpfen Laut aus, kein Triumphgeschrei, sondern eher eine Klage, die aus dem Toten zu kommen schien, als beweinte der Sieger anstelle des Unterlegenen die Niederlage. Es klang etwa wie »Tohu-Bohu«.

»Etwa wie?« fahre ich hoch.

Es verhält sich nämlich so, daß ich die tibetanische Handschrift, die ich vor Jahren entdeckt habe, nie publiziert und auch in keiner meiner Schriften erwähnt habe. Noch habe ich je in der Öffentlichkeit bei meinen Vorlesungen eine Andeutung darüber verloren, obwohl ich von ihrer Echtheit überzeugt bin. Niemand außer mir und dem Antiquar, der sie mir verkauft hat, kennt die Handschrift. Ich habe sie in einem kleinen Laden in Kairo erstanden, sie sah aus wie ein Gebetbuch, die Buchstaben – in einer Art Vorwort sagt Camarlingpa, er habe den Text aus dem Sanskrit übersetzt – waren verblichen, fast unleserlich. Der Antiquar hatte mir versichert, daß es sich um das einzige Exemplar handelt, weshalb er es mich auch teuer bezahlen ließ.

»Hm?« Flècher sieht von der Seite auf.

»Dieser Ruf, Tohu-Bohu, woher haben Sie das? Haben Sie das irgendwo gelesen? Oder stammt das etwa aus Ihrem Victor Hugo?«

»Nein.«

»Woher haben Sie das also?«

»Nirgendwoher. Verstehen Sie denn nicht, es war, als hätte ich es mit eigenen Ohren gehört! Mehr noch, ich habe es gehört, klar?«

»Das glaube ich Ihnen nicht. Fahren Sie fort.«

Er sieht mich verblüfft an und liest dann weiter:

Wenig später griff das Rudel, das unter Astàrs Kontrolle stand, unter ihrem aufmerksamen Blick ein anderes Rudel an, das an demselben Wasserloch seinen Durst stillte. Stundenlang schlugen sie aufeinander ein. Schließlich setzten sich diejenigen durch, die ihre Höhle näher am Tümpel hatten. Im trüben Zwielicht blieben die Kadaver der Unterlegenen zunächst unbeachtet auf dem Boden liegen. Doch in der schwärzesten Dunkelheit glaubte Astàr über das Schlachtfeld huschende Schatten zu sehen. Sie war nicht nahe genug, um zu erkennen, was genau dort vor sich ging.

Einige Stunden später dämmerte der Morgen, und im trüben Licht der hinter Wolken verborgenen Sonne war kaum mehr etwas zu sehen von den Leichen. Beim Näherkommen merkte sie, daß sie grausam zerstückelt waren, nur wenige Reste zurückgelassen, die längeren Knochen, Rippen, die eine oder andere Extremität, gespaltene Schädel ohne Gehirn. Die Sieger hatten die Unterlegenen auf dem Schlachtfeld verspeist, sie hatten die Nacht abgewartet, um ihren Hunger zu stillen.

Auf einer unweit zwischen den Felsen verborgenen Lichtung fand Astàr in der Asche eines Nachtlagers einen Haufen verkohlter und zerschlagener Knochen.

»Wessen Knochen?«

»Die Knochen der Besiegten. Muß ich das dazusagen?«

»Nicht so wichtig«, seufze ich, »man versteht es auch so. Fahren Sie fort.«

»Ich überspringe hier eine nebensächliche Landschaftsbeschreibung, das nun Folgende ereignet sich ein paar Tage später. Astàr möchte das Verhalten des Stammes studieren und hat sich so vor der Höhle postiert, daß sie nicht zu sehen ist.«

Sie wartete eine Weile, während der Himmel etwas aufklarte. Einer nach dem anderen traten sie aus der Höhle, zuerst die Weibchen und die Jungen, mit gesenkten Köpfen und ihrem traurigen, etwas schwankenden Gang. Schließlich waren alle draußen: acht Männchen, vierzehn Weibchen und etwa zwanzig Junge. Unter dem Bart des ältesten Männchens blühte ein Herpes, der sich zu weißen Bläschen aufwarf. Es saß reglos neben dem Höhleneingang.

»Bei den Zahlen sind Sie sich sicher?« frage ich ironisch.

»Ja, ganz sicher!« erwidert er empört.

»Und bei dem Herpes auch?«

»Ich konnte die Szene mit eigenen Augen verfolgen, genauso wie die nächsten, ich habe sie ihm Traum gesehen. Ich tue nichts anderes, als sie detailgetreu zu beschreiben. Ganz nach Flauberts Rat an den Autor, zu beschreiben und sich ansonsten herauszuhalten.«

Er liest weiter:

Die Gruppe zerstreute sich, die Kleinen balgten, stoben plötzlich auseinander, spielten Nachlaufen und rangen miteinander, ohne sich dabei von der Höhle zu entfernen. Die erwachsenen Männchen durchstreiften träge die nähere Umgebung. Die Weibchen zeigten sich aktiver, sammelten Unterholz, Wurzeln, Insekten, schöpften Wasser aus dem Tümpel mit Hilfe von Tongefäßen, die viele Risse und Sprünge hatten, aber reich verziert waren. Die Rückentwicklung, die diese Wesen durchlaufen hatten, war schnell und verheerend gewesen.

Astàr mußte herausfinden, wie sie sich angesichts einer offenen und vorsätzlichen Begegnung verhielten: Hier bin ich, seht mich an!

Sie mußte wissen, ob ihnen neben den neuerlichen Vulkanausbrüchen, die den Himmel mit Staub verhüllten, neben der Vereisung und dem Hunger noch Schlimmeres widerfahren war. Schlimmer als das unwirkliche und täglich schwächer werdende Licht, schlimmer als die Insekten und die bitteren Wurzeln, von denen sie sich ernährten.

Sie mußte herausfinden, ob sie sie wiedererkannten, mußte wissen, ob ihre Vermutung stimmte.

Sie wußte, daß sie sich hätte beratschlagen und die Erlaubnis hätte einholen müssen. Aber die Bürokraten von Eden, ihrem Heimatplaneten, waren weit weg, unerreichbar, während diese verdreckten, traurigen Wesen hier vor ihr waren, in diesem Moment, die Blicke gesenkt, verseucht. Astàrs Entschluß fiel ganz spontan. Sie verließ ihr Versteck, stieg auf einen Felsen und intensivierte ihre Aura.

Sie stellte sich vor, was die anderen sahen: den Blitz, eine blendende Helligkeit, die noch zunahm, eine strahlende Sonne, wie sie sie nur aus der Erinnerung kannten. Inmitten des Leuchtens sie selbst, Astàr, riesenhaft im Vergleich zu ihnen, eine Königin von unermeßlicher Schönheit.

»Wer ist denn nun diese Astàr?« rutscht es mir heraus, obwohl ich mir geschworen habe, ihn nicht mehr zu unterbrechen.

»Sie hat viele Namen, glücklich, wer sie kennenlernen durfte«, erwidert Flècher beseelt. »Was würde ich nicht darum geben, sie kennenzulernen. Es muß wunderbar sein. Und erst sie zu erkennen, im biblischen Sinne, verstehen Sie? Sie lassen sich dazu herab, an unserer Seite zu leben, und manchmal erlauben sie einem, sich in sie zu verlieben. Aber sie sind fürchterlich, wissen Sie? Wie sagt der große Rilke: ›Und gesetzt selbst, es nähme ein Engel mich plötzlich ans Herz: ich verginge von seinem stärkeren Dasein. Denn das Schöne ist nichts als des Schrecklichen Anfang, den wir noch grade ertragen, und wir bewundern es so, weil es gelassen verschmäht, uns zu zerstören. Ein jeder Engel ist schrecklich.‹ Schrecklich wie die Dämmerung, wenn die ersten Schatten der Finsternis heraufziehen. Lassen Sie mich fortfahren.«

Behende nahmen sie ihre Verteidigungsstellung ein, wie zuvor, als Astàr sie in der Nähe des Tümpels beobachtet hatte. Doch dieses Mal gaukelten sie ihr nicht vor, sie nicht zu bemerken.

Reglos blieb Astàr stehen, kaum zwanzig Schritt von ihnen entfernt. Die Hände schützend vor die Augen gelegt, blinzelten sie zu ihr empor, die Rücken gebeugt wie unter einer unerträglichen Last. Dann machte der Alte eine befehlende Geste. Ein junges Männchen ging in die Höhle, kam zurück und ließ einen schwarzverkohlten Knochen vor die Füße des Alten fallen. Dieser nahm ihn auf, holte mit dem ganzen Arm aus und warf ihn in Astàrs Richtung.

Der halbverkohlte Knochen barst in zwei Teile. Der Alte schrie aus voller Kehle: »Tohu-Bohu!« In dem Schrei lag, wie in dem des siegreichen Männchens auf dem Hügel, Wut und Groll. Dann wichen sie allesamt zurück, die Kleinen auf den Rücken der Mütter, und verschwanden im Dunkel der Höhle.

Astàr wartete, sie ahnte, daß etwas geschehen würde. Aus dem Innern der Höhle drang nun der flackernde Schein eines Feuers. Plötzlich erklangen die fürchterlichen Schreie eines einzelnen Wesens, die schnell von dem einstimmigen Geheul der übrigen übertönt wurden. Dann kam vorsichtig der Alte heraus. Astàr sah, wie er sich ihr zuwandte, tief Luft holte und die Hände in die Höhe reckte, in denen er sorgsam einen Gegenstand barg. Er beugte sich zu Boden, setzte ihn ab und hob die Arme wieder in ihre Richtung.

Das letzte Licht, das vom Horizont auf den Boden der Schlucht fiel, entlockte dem rundlichen Ding einen schwachen, dunkelroten Schimmer. Der Alte verschwand wieder in der Höhle.

Im Canyon herrschte nun tiefe Stille, alles war dunkel und starr, als Astàr das hohle Stück Baumrinde aufhob, das sich über einem wulstigen Astknoten gebildet haben mußte. Der so entstandene Kelch war bis zum Rand gefüllt, in dem klebrigen Blut schwamm ein dicker, dunkelroter Klumpen, mit den helleren Flecken der sauber durchtrennten Kanäle.

»Ich habe einmal eine ganz ähnliche Geschichte gelesen«, sage ich, »sogar fast identisch. Sie müssen sie kennen, da bin ich ganz sicher, keine Ahnung, woher. Ich wüßte zu gern, wie Sie in den Besitz eines so alten und raren Dokuments gekommen sind, immerhin glaubte ich der einzige zu sein, der davon weiß. Sagen Sie mir die Wahrheit, Ihre Spielchen ziehen bei mir nicht.«

Flècher sieht mich entgeistert an.

»Niemals habe ich etwas Derartiges gelesen. Ich schreibe doch nicht ab. Ich kann nur sagen, daß dies die Realität war. Die Traumrealität, wenn Sie so wollen. Soll ich fortfahren?«

»Es geht noch weiter?«

»Ja, es geht noch weiter.«

»Sie sagten doch, die Geschichte sei kurz.«

»Nur noch drei, vier Seiten, aber die sind wesentlich für das Verständnis.«

Astàr kehrte zur Basis zurück und dachte über die Dinge nach, die sie gesehen hatte; sie fragte sich, ob sie das Richtige getan hatte. Wie würden die Brüder auf ihre Initiative reagieren? Vielleicht würde man ihr den Prozeß machen und sie zum Exil verurteilen.

Der riesige Leib des länglichen Mutterschiffes war ganz unter Sand und Vegetation begraben. Von weitem sah man nur einen flachen, runden Hügel. Helle Feuerkugeln schwebten über der Anhöhe. Plötzlich wechselte das Licht seine Farbe – von weiß nach rot nach grün – und erlosch. Das Tor des Mutterschiffs stand offen, ein blendendes Licht ging von ihm aus. Der große Versammlungssaal im Innern war taghell erleuchtet.

›Als es Nacht war, als der Tag noch nicht gekommen war, kamen sie zusammen, versammelten sich die Götter ...‹

Er hält inne.

»Um ehrlich zu sein, hier habe ich ein Zitat eingeflochten.«

»Allerdings«, nicke ich, »aus dem Codex Matritensis.«

Er sieht mich voller Bewunderung an.

»Die Idee kam mir ganz spontan ...«

»Nicht schlecht, paßt perfekt.«

Die Versammlung begann ohne Umschweife. Jaav erteilte Astàr das Wort. Es hatte sich bereits herumgesprochen, was sie getan hatte. Nun waren alle gespannt zu erfahren, wie sie ihren Gesetzesbruch rechtfertigen würde.

»Ich mußte es tun«, sagte Astàr.

»Warum?« fragte Jaav.

»Ja, warum?« wiederholte Baal.

Astàr hantierte mit der Fernbedienung des Projektors. Nun flimmerten der Canyon und der Höhleneingang über den großen Bildschirm im Saal, der vorher die Landschaft um das Schiff herum gezeigt hatte – den tief über der Wüste hängenden Himmel, den Nebel eines Sandsturmes, der am Horizont aufkam.

»Ich mußte ihre Reaktion testen. Aus einem sehr wichtigen Grund.«

»Es ist zwecklos«, sagte Mardouk, »was auch immer du uns zeigen willst, deine Erklärungen bringen uns nicht weiter. Du hast die Regel gebrochen, wir sind nicht deine Richter.«

»Doch genau das müssen wir sein.«

Jaavs Stimme klang selten gebieterisch. Es gab nicht viele Gelegenheiten, bei denen er die Rolle des Anführers übernehmen mußte, doch dieses war eine.

Auf dem Bildschirm erschien der Alte, der den Kelch niederlegte.

»Das war ihre Reaktion«, Astàr wies auf die Bilder. »Hier, seht euch das an: Sie haben mir ein Opfer gebracht. Das Blut und das Herz eines Knaben. Die Analyse hat ergeben, daß der Junge nicht älter als fünfzehn Jahre gewesen sein kann. Sie haben ihn mir geopfert. Der Anführer hat mir sein Herz dargebracht. Seht selbst: Das ist eine unmißverständliche Geste.«

»Ja, und?« fragte Mardouk streng, der Prozeß hatte begonnen. »Was bedeutet das? Es ist eine aussterbende Tierart, wenig höher entwickelt als die Affen. Was ist daran so außergewöhnlich?«

»Außergewöhnlich und grauenhaft ist, daß sie es nicht zum erstenmal taten! Dieses Verhalten hat nichts mit dem Verteidigungsinstinkt zu tun!« ereiferte sich Astàr, nun ihrerseits mit strenger Stimme: »Es sind Affen, aber weit entfernt von allen anderen Spezies: Sie sind zu Mörderaffen geworden, Opfer einer schlimmen Krankheit. Und wir müssen herausfinden, wer sie infiziert hat. Es ist unsere Pflicht, sie zu heilen.«

»Zeige uns ähnliche Episoden, die du aufgenommen hast«, befahl Jaav.

Auf dem Bildschirm erschienen Ausschnitte aus der Auseinandersetzung der zwei rivalisierenden Männchen, die Schlacht zwischen den beiden Rudeln, die Beseitigung der Kadaver, die zerstückelten Leichen, die Reste des nächtlichen Gelages.

»Der Hunger zwingt sie dazu«, meinte Mardouk halbherzig.

»Nein. Den Hunger kennen sie seit zehntausend Jahren.« Astàr schüttelte den Kopf. »Diese Verhaltensweisen sind neu, sie empfinden noch Schmerz und Scham dabei. Das siegreiche Männchen hat das Blut des Rivalen abseits von allen getrunken, im verborgenen. Das Rudel hat sich heimlich an den Besiegten gelabt, im Schutz der Dunkelheit. Aber noch eindeutiger ist das Opfer, das man mir dargebracht hat. Kaum hatten sie mich gesehen, haben sie sich dem gefügt, was sie für einen Befehl hielten. Der Anführer tat so, als nehme er einen Exorzismus vor, und ich war der Dämon, der ausgetrieben werden sollte. Rituale sind nicht Teil des Überlebensinstinktes.«

Mardouk wandte angeekelt den Blick vom Bildschirm:

»Es ist nicht an uns, das herauszufinden. Ich mag solche makabren Geschichten nicht und ebensowenig übertriebenen Eifer.«

»Es ist nicht übertrieben. Astàr hat getan, was sie tun mußte.« Jaav klang entschlossen. »Sie hat meine Befehle nur vorweggenommen. Ich war bereits über alles in Kenntnis. Enlil hat andere Erhebungen gemacht. Nun ist der Moment gekommen, die Ergebnisse zu vergleichen, zu diesem Zweck habe ich die Versammlung einberufen.«

Enlil betätigte nun die Fernbedienung, auf dem Bildschirm erschien eine Höhle an einem Steilhang, darin zwei fast unbehaarte Wesen.

»Ich habe diese beiden Exemplare unterschiedlichen Geschlechts unter die Lupe genommen«, erläuterte Enlil. »Sie leben seit Jahren zusammen, streng monogam, aber unfruchtbar, kinderlos. In der Gegend gibt es noch mehr solcher Paare. Sie leben nicht im Rudel. Sie pflegen keinerlei Verbindung untereinander, jedes Paar hält sich von den anderen fern. Das Rudel, das Astàr untersucht hat, haßt sie, weil sie anders sind. Seht her, sie haben fast kein Fell; ihr Kopf ist größer. Sie ähneln uns mehr als die anderen, sind eine grobe Imitation. Schaut euch die folgenden Funde an.«

Auf dem Bildschirm waren nun zwei über zwei Meter große Skelette zu sehen, die nebeneinander unter einem behauenen, von weiteren Felsbrocken gestützten Monolithen lagen.

»Diese Grabstätte habe ich in der Nähe der Höhle gefunden, wo unsere zwei haarlosen Wesen leben«, erklärte Enlil. »Für das Grab mußte der größte Stein angehoben werden, dessen Gewicht die Körperkräfte der beiden isolierten Wesen eindeutig übersteigt. Wer hat ihnen beigebracht, die psychische Energie in sich heraufzubeschwören, mit deren Hilfe sie die Schwerkraft besiegen können? Die beiden Skelette sind die Stammeltern der isoliert und vereinsamt lebenden Paare. Ich habe sie untersucht, hier seht ihr den Schädel des Weibchens.«

Enlil wies auf die vergrößerte Abbildung einer Schädeldecke. Ein kreisrundes Loch wies alle Anzeichen einer Trepanation auf.

»Die Vorfahren der nackten Paare«, sagte Enlil, »wurden Opfer eines chirurgischen Eingriffs. Daher sind sie auf so abnorme Weise gewachsen. Sie haben lange gelebt, bevor sie starben. Aber ihre Nachfahren haben die Langlebigkeit nicht geerbt, auch nicht ihre Größe und die Fähigkeit zur Fortpflanzung. Ihre Nachfahren sterben aus. Auf dem ganzen Planeten gibt es meiner Schätzung nach gerade noch zwanzigtausend. Die Mutation wurde ihnen aufgezwungen, eine kriminelle Modifizierung, die unheilvollste Beschleunigung, die mir jemals untergekommen ist. Und natürlich ein Mißerfolg, da sie nicht stabil ist.«

Jaav schwieg lange und dachte nach, bevor er Bilanz zog:

»Astàrs und Enlils Beobachtungen können nur eines bedeuten: Die Störer waren vor uns hier. Wir kommen ein paar Jahrhunderte zu spät.«

»Wir haben versagt! Der ganze weite Weg umsonst!« Im grellen Licht des Bildschirms verbarg Baal sein Gesicht, indem er seine Aureole verdunkelte.

»Sie haben schnell gehandelt und ihre kriminellen Ziele erreicht«, sagte Astàr.

Mardouk machte seinem Ärger mit einem blendenden Schimmer Luft, in dem das Licht des Bildschirms verblaßte.

»Gehen wir doch fort«, sagte er, »Lassen wir alles, wie es ist, und gehen fort. Wir haben uns schon viel zu lange hier aufgehalten. Wir können die Sache nicht mehr retten, im Gegenteil. Allein unsere Anwesenheit ist bereits ein Eingriff. Astàr hat sich ihnen gezeigt, sie ist in direkten Kontakt mit ihnen getreten, auch sie hat ein Verbrechen begangen. Damit machen wir uns zu Komplizen.«

»Wir können nicht fortgehen«, sagte Jaav. »Wir müssen versuchen, es wiedergutzumachen.«

»Wie soll das gehen?« Wieder begleitete das ärgerliche Aufleuchten Mardouks erhobene Stimme.

»Das Schlimmste steht noch bevor.« Jaav betätigte nun die Fernbedienung des Projektors und übermittelte die von ihm gespeicherten Bilder. »Das sind meine Befunde.«

Auf dem Bildschirm erschien das Packeis einer Polkappe. Eine riesige Spalte, von oben aufgenommen, zog sich durch das Eis und teilte es in zwei Hälften.

»Die Störer haben gemerkt, daß ihr Experiment gescheitert ist. Sie haben den Planeten der unvermeidlichen Katastrophe anheimgegeben und sind abgereist. So sind sie nun mal, das gehört zu ihrer verbrecherischen Natur. Sie konnten die Vereisung zum Stillstand bringen, indem sie die Achse des Planeten verändert haben, aber dabei unterschätzten sie den plötzlichen Erwärmungseffekt. Das Eis schmilzt, der Meeresspiegel steigt, in nicht allzulanger Zeit wird eine riesige Welle die Kontinente überfluten. Ihr Verbrechen beschränkt sich nicht auf die Beschleunigung, der sie diese Kreaturen unterzogen haben. Mit ihren überstürzten Methoden haben sie viel umfassender in den Planeten eingegriffen und dabei das Risiko in Kauf genommen, daß jegliches Leben auf ihm ausgelöscht wird. Sie wollten sich die Primaten zu Sklaven machen, wollten sie beherrschen, indem sie sie gegeneinander aufhetzten. Sie haben sie zum Kannibalismus verführt. Sie haben ihnen ihre grausamen Opferrituale eingeimpft. Doch das Verspeisen der eigenen Spezies hat das Erbgut der Wesen verändert. Sie waren schon im Aussterben begriffen. Als ihnen die bevorstehende Katastrophe bewußt wurde, versuchten die Störer, dem ganzen eine radikale Wende zu geben, indem sie wie beim Glücksspiel die Würfel neu warfen. Mit der absurden Idee, noch einmal von vorn beginnen zu können. Doch die beschleunigte Modifizierung des Klimas hatte bereits das definitive und allgemeine Aussterben in Gang gesetzt. Die Störer haben die Kontrolle über das Experiment verloren. Deshalb sind sie fortgegangen.«

Jaav wies auf die Spalte in der Polkappe:

»Wenn dieses Eisstück ins Meer rutscht, wird sich eine Flutwelle erheben. Der Planet wird überschwemmt werden, alle irdischen Geschöpfe ertrinken. Das dürfen wir nicht zulassen.«

»Für die Mörderaffen wäre es das beste«, sagte Mardouk. »Sie haben die Pest am Leib. Sie sind mit dem Keim der Störer infiziert. Nicht wir vernichten sie, sondern das Gesetz der Ruhe: Wer den Frieden stört, muß hinweggefegt werden.«

»Wir dürfen nicht zulassen, daß sie aussterben.« Wieder sprach Jaav im Befehlston. »Das ist gegen das Gesetz. Sie sind uns zu ähnlich, damit haben sie sich Rechte erworben. Wir müssen sie retten. Wir sollten versuchen, die Spezies zu erhalten. Unser Eingreifen, egal, mit welchem Ergebnis, kann den bereits entstandenen Schaden nicht mehr vergrößern. Wir werden die Mutation forcieren müssen. Wir müssen uns in die bereits begonnene Beschleunigung einschalten.«

»Die Beschleunigung ist in jedem Fall ein Vergehen«, wandte Mardouk ein, »ganz gleich, zu welchem Zweck.«

»Das Vergehen steht am Anfang von allem«, sagte Jaav, »doch sind nicht wir seine Urheber. Und es hat auch keine Bedeutung mehr, wer den anfänglichen Gesetzesbruch begangen hat. Wir machen uns eines noch größeren Vergehens schuldig, wenn wir nicht eingreifen. Die Mutanten, die Enlil beobachtet hat, sind uns zu ähnlich, als daß wir sie aussterben lassen dürften. Wir müssen sie retten. Sie haben bereits die Sprache erlernt, die Störer lehrten sie die Namen der Dinge. Wir müssen ihnen nun beibringen, ohne die sie beherrschenden Stimmen auszukommen. Sie müssen lernen, selbst zu entscheiden. Wir werden sie zum Bewußtsein ihrer selbst und der Welt führen, die sie umgibt.

Außerdem haben wir die Aufgabe, das Versteck der Störer ausfindig zu machen, wo sie sich verkrochen haben, um die Katastrophe abzuwarten. Sie sind in der Nähe, haben ihre Basis auf irgendeinem Planeten dieses Systems. Sie werden hierher zurückkehren, wenn sie merken, daß das Leben auf dem Planeten nicht erloschen ist. Wir werden sie finden und sie zusammen mit ihren Opfern zum Exil verurteilen. Das wird ihre Strafe sein. Wenn unser Projekt erfolgreich ist, werden wir diesen Raum isolieren müssen. Der Planet wird zum Gefängnis werden. Wir müssen eine weitere Ansteckung verhindern.«

»Das wird nicht leicht werden«, wandte Enlil ein, »einmal begonnen, ist die Beschleunigung nicht rückgängig zu machen, ihre Auswirkungen sind unvorhersehbar, sie können sich unkontrollierbar ausweiten.«

»Aber man kann sie verzögern«, sagte Jaav, »wir werden dafür sorgen, daß die Wesen des Planeten so spät wie möglich diese Raum-Zeit verlassen können.«

Wieder brach Mardouks Zorn über sie herein:

»Das bedeutet, daß wir hierbleiben und sie bewachen müssen. Dieser verdammte Planet wird unser eigenes Gefängnis werden.«

Jaavs Schweigen bedeutete sowohl Zustimmung als auch die Bekräftigung des Urteils.

Flècher klappt das Heft zu und lehnt sich entspannt zurück. Er sieht mich an:

»Wie finden Sie es?«

Verlegen hole ich Luft. Der beseelte Ton, in dem er die letzten Seiten gelesen hat, hat mir jegliche Lust genommen, mich dazu zu äußern.

»Hm«, meine ich, »apokalyptisch, beängstigend. Sie haben den Stil gewechselt, wie ich sehe. Man ist neugierig, wie es weitergeht.«

»Ich möchte die Erzählung fortsetzen. Ich hatte noch mehr Träume. Aber in letzter Zeit werden sie immer wirrer«, sagt Flècher. »Kommt vom Trinken. Eine Weile hilft der Alkohol beim Träumen. Aber auf Dauer werden die Träume immer unerträglicher. Mittlerweile träume ich schreckliche Dinge. Ich würde gern weniger düstere Dinge schreiben, die noch Raum zur Hoffnung lassen, aber ich fürchte, daß Mardouk recht behält.«

Ich glaube nicht, daß Flècher anderes geschrieben hat, und wenn, wurde es nicht veröffentlicht. Was mich betrifft, habe ich mich wohlweislich gehütet, mich um die Publikation seiner Erzählung zu bemühen. Ich habe selbst genug schlechte Träume. Seit jenem Tag habe ich Jacques Flècher nicht mehr wiedergesehen.

10
Haus von Davide Chefa
April 2001

Das also ist die Logik, denke ich. Wenn von Logik überhaupt die Rede sein kann.

Apokalyptische Erzählungen dieser Art – und damit meine ich nicht nur Science-fiction-Romane, sondern mehr noch antike, religiös motivierte Texte – stellen den Menschen gerne als ein von bösen Mächten beherrschtes Wesen dar; bedroht, verführt oder in die Verdammnis gestürzt, dabei aber stets mit einem Gegenspieler konfrontiert, der je nach Glaubenslehre verschiedene Namen trägt. »Böser Geist« ist seine gängigste Bezeichnung im Neuen Testament. Mit Dämon, von dem griechischen Wort *daimon*, wird der Gegensatz zur Wohltätigkeit der Engel hervorgehoben. Satan, wie er im Alten Testament heißt, kommt aus dem Hebräischen und bedeutet Gegner, Verfolger. Teufel wiederum geht auf das griechische Wort *diabolos* zurück: Verwirrer, Verleumder. Denn der Teufel versucht, uns von Gott zu scheiden, und ist daher unser Feind.

Im Science-fiction-Genre wird so gut wie nichts erfunden, viel häufiger bedienen sich seine Autoren ungeniert bei religiösen Schriften.

Nach dem Tode Philip Dicks gründete sich in Amerika eine religiöse Sekte, die ihn zu ihrem Propheten machte.

Die letzten Aufzeichnungen stammen nur zum geringeren Teil von Chefa, das meiste floß aus Flèchers Feder. Dennoch ergänzen sie Chefas erstes Dokument ideal. Beide entspringen demselben Kontext, den Richter Chabot, besser informiert, als er zugeben möchte, nicht zufällig »eschatologisch« genannt hat. Denn sowohl Flèchers Erzählung als auch Chefas angeblich von Camarlingpa übersetzter Text lassen die zeitgenössische Science-fiction-Literatur mit ihren meist flachen, strikt eindimensionalen oder gar auf ödeste Technologisierung beschränkten Inhalten weit zurück, indem sie – unter Rückgriff auf die älteste Literaturtradition – dem Menschen widerstreitende Mächte an die Seite stellen, »höhere« Mächte, die seit unnennbaren Zeiten miteinander ringen. Ein Ringen, dessen Natur jedoch im Hinblick auf die Trennung von Gut und Böse nicht ganz eindeutig ist, so daß Flècher das Gefühl hat, wie er sagt, zwischen Hammer und Amboß zu stecken.

Ziemlich starker Tobak, finde ich. Um nicht zu sagen krankhaft, sowohl Chefas Notizen als mehr noch Flèchers Text mit seinem ins Phantastische gewendeten Thema der Dualität.

Welch absurde Dimensionen eine paranoide Störung annehmen kann, denke ich. Paranoia im fortgeschrittenen Stadium, würde ich sagen. Wenn es dem Betroffenen nicht mehr reicht, seinen Nachbarn zu verdächtigen, daß er ihn mit tödlichen Dämpfen und ähnlichem vergiften wolle. Wenn er weiter gehen muß. Einen ganzen Planeten braucht, die Sterne, den Kosmos, wenn er seinen Verdacht auf die gesamte Welt ausdehnen muß. Die Schuld kommt aus unnennbaren Tiefen der Zeit, sie betrifft nicht nur die Gegenwart, sondern überschattet mit ihren unheilvollen Schwingen die ganze Vergangenheit, bis in früheste Vorzeit. Es gibt keinen Ausweg, eine »kosmische Verschwörung« ist im Gange. Das Wort »kosmisch« scheint es Menschen mit solchen Störungen besonders angetan zu haben, überlege ich. Ein rundes, volles Wort. Wenn etwas kosmisch ist, braucht man sich nicht darüber zu ärgern. Es ist aussichtslos, gegen die Kosmogonie ankämpfen zu wollen. Deshalb lebte Herr Chefa wohl auch allein in seinem düsteren Haus. Vielleicht argwöhnte er in jedem Menschen einen Verschwörer, Feinde und Besessene allüberall, jeder verbarg eine von fremden Mächten beherrschte Präsenz. Der Postbote, der Wasser- und der Gasableser, der Bäcker, der Metzger ... Ganz zu schweigen von seinem Hausarzt. Allein die Vorstellung, daß Doktor Dupont an Chefas Kopf die Kabel eines EEGs anschließen wollte! Chefa wird geglaubt haben, der hinterlistige Doktor beabsichtige, ihn mit seinem teuflischen Gerät zu modifizieren.

Wie lautete der Ausdruck noch, den Flècher in seiner Erzählung verwendet? Der, nebenbei bemerkt, nicht minder verrückt wirkt, mal ganz abgesehen von seinem Dauerrausch. Ach ja: »beschleunigen«, »Beschleunigung«. Wahrscheinlich fürchtete er, selbst beschleunigt zu werden. Er lebte in dem Film »Die Dämonischen«, der arme Chefa. Die letzten Szenen, wenn die bösen Schoten in jedes Haus getragen werden. Das war garantiert nicht angenehm, auch nicht auf der Insel, auch nicht in dem Haus des Malers.

Wobei ein solches Haus einem Menschen wie Chefa grundsätzlich nicht guttut. Dieses Haus tut niemandem gut, auch mir nicht. Jeden Moment scheinen die Schatten über dich herfallen zu wollen. Das Flüstern der Brandung bekommt eine Stimme, die zu dir spricht, dich ermahnt. Ebenso die Möwen, die miteinander schwatzen wie alte Jungfern. Ich weiß, wovon ich rede: Ich dachte ja selbst schon, in der Lorbeerhecke versteckten sich geheimnisvolle Mächte. Die Angst vor außerirdischen Kräften, die letztlich nichts anderes ist als die Angst vor dem Fremden, verdammt uns zwangsläufig zur Einsamkeit.

Doch das Alleinsein führt zu nichts. Vielleicht hilft es unserem Nächsten, dem einige unserer Verrücktheiten erspart bleiben. Ganz abgesehen davon, daß ein Psychopath wie Chefa sowieso niemals alleine ist. Ich kann mir schon denken, daß ihn »die Stimmen« verfolgten, wo er ging und stand. Die Legion des Teufels ließ ihm keine Ruhe. Zuviel Forschung, zuviel Arbeit. Wenn man sich zu früh dem Studium und der Arbeit verschrieben hat, sollte man ab einem gewissen Alter zurückstecken. Ab fünfzig sollte man sich angewöhnen, die Dinge gelassener anzugehen. Nicht mehr alles so wichtig zu nehmen. Sich vielleicht zur Ruhe zu setzen, wie ich es getan habe.

Dennoch bezweifle ich stark, daß der Archäologe sich tatsächlich von einem Felsen gestürzt hat, wie der Richter annimmt. Das Kosmische gibt dem Leben Sinn. Man will wissen, wie es zu Ende geht. Man fühlt sich verantwortlich. Man nährt die Idee, die Menschheit zu retten. Paranoiker, die dieses Niveau erreicht haben, bringen sich meiner Meinung nach nicht mehr um, viel eher sterben ihre nahen Freunde oder Verwandten, nämlich durch Erschöpfung, Depression, Ansteckung.

Auch ich laufe Gefahr, mich anzustecken, bei Professor Chefa und seinen Phantasiegebilden. Ich muß aufpassen. Es ist besser, wenn ich schnell hier wegkomme, nach Bourg zurückkehre, zu dem morgendlichen Lärm, der beim Aufwachen aus der engen Gasse zu mir heraufhallt, zu dem Duft nach frischen Croissants.

Doch wenn ich ehrlich bin, muß ich mir eingestehen, daß ich den Abschied immer noch vor mir her schiebe. Flèchers Erzählung läßt mich meinen Entschluß, der so fest wohl nicht gewesen sein kann, wieder in Zweifel ziehen.

Schon oft habe ich nachdenklich die Falltür in der Zimmerdecke betrachtet. Ich weiß genau, irgendwann werde ich der Versuchung nicht länger widerstehen können und auf den Dachboden steigen, um ihn zu untersuchen.

Und natürlich steige ich hinauf. Es ist später Vormittag. Der Speicher hat kein richtiges Fenster. Durch zwei vor Schmutz starrende Luken und die Ritzen in den Bretterwänden fallen vereinzelte Sonnenstrahlen, die den Staub fast greifbar erscheinen lassen. Der Geruch ist nicht unangenehm. Es herrscht eine Atmosphäre, als müßte ich gleich auf einen Koffer mit rostigen Eisenbeschlägen stoßen, auf alten, verstaubten Krimskrams, auf einen Korb mit abgelegten Spielsachen oder ähnliches.

Und dann sehe ich sie, die berühmten Steine. Eine ganze Kollektion gibt es hier oben. Manche stehen ordentlich aufgereiht auf dem Regalbrett, das unter der die Schieferziegel haltenden Balkenlage einmal rund um den Raum verläuft, andere liegen in Holzkisten auf dem Fußboden. Auf den Regalen sind es mindestens hundert, jeder mit einem kleinen Schildchen versehen, das über Fundort und -jahr Auskunft gibt.

Ein paar der Kärtchen sehe ich mir genauer an: »1961. Paris, Jardin des Plantes«; »1961. Paris, Montmartre«; »1962. Kairo, Gizeh«; »1962. Luxor, Karnak«; »1963. Travemünde, Elbmündung«; »1963. Italien, Sovana«; »1963. Italien, Populonia«; »1964. Mexiko, Chichen Itza«; »1964. Mexiko, Palenque« usw. Ab 1967 werden die Steine immer zahlreicher, ihre Fundorte sind über die ganze Welt verstreut: Zypern, Malta, Sardinien, die Balearen, einer wurde sogar beim Ausbau des New Yorker Kennedy-Flughafens ausgegraben, andere stammen aus Peking, aus Catal Hüyük in der Türkei, wieder andere aus Afrika - Kongo, Kenia, Madagaskar - oder aus Australien und Neuseeland. Chefa ist um die ganze Welt gereist, immer auf der Suche nach Steinen wie Bocaccios Calandrino. Der Großteil jedoch stammt von französischen, englischen und irischen Ausgrabungsstätten: Pariser Becken, Cuiry-Lès-Chaudardes, Le Grand-Pressigny, Cerny, Chalain, Sion, Spiennes, Fontbrégoua, Montignac, Carnac, Gavrinis, Locmariaquer, Morbihan, Korsika. Außerdem Avebury, Stonehenge, Sweet Track, Pentre Ifan, Newgrange, Tara ...

Und sie ähneln sich tatsächlich. Auf den ersten Blick sehen sie wie ganz normale Steine aus, die einen größer, die anderen kleiner, die meisten aus Feuerstein, manche aus Obsidian, andere aus einem mir unbekannten rötlichen Gestein, das an Jaspis erinnert. Mir fällt auf, daß Chefa sie nach ihrem Aussehen sortiert hat. Etwa ein Dutzend Steine sind handgroß und ähneln einer Faust mit ausgestrecktem Zeigefinger, ihren Schildern zufolge stammen sie aus weit voneinander entfernten Orten: Palenque in Mexiko, Sovana und Populonia in Italien, aus Kairo ... Weitere zehn sehen aus wie das Maul eines Pferdes, laut Kärtchen kommen sie aus Paris, Avebury und dem Kongo. Der Stein aus New York ist fast identisch mit zweien aus Carnac und Pont Aven, sie weisen die Form eines Tierkopfes auf. Und was ist das?! Alle drei haben seitlich zwei kleine Dellen, die man mit etwas gutem Willen als Tieraugen interpretieren könnte, an genau denselben Stellen, leicht gegeneinander verschoben ...

Ich nehme den Stein aus Carnac in die Hand und betaste ihn. Obwohl er auf den ersten Blick wie ein ganz normaler Stein aussieht, bin ich beeindruckt. Leicht gleitet die Hand über seine glatte Oberfläche. Ich stelle fest, daß mein Zeigefinger automatisch in die eine Vertiefung gerutscht ist, mein Daumen in die zweite runde Einbuchtung auf der anderen Seite. Irgendwie ist es angenehm, ihn in der Hand zu halten. Als würde man eine Frau streicheln, schießt es mir durch den Kopf, und als weise sie der Hand sanft den Weg zu ihren erogenen Zonen.

Der von der Falltür entfernteste Winkel des Dachbodens liegt komplett im Dunkeln, das Kippfenster ist mit einem Tuch verhängt. Der Zugang zu der Ecke wird durch einen schwarzen, halb zurückgeschobenen Vorhang abgetrennt, der an den Dachbalken befestigt ist. Ich vermute dahinter ein improvisiertes Fotolabor. Ein Elektrokabel verschwindet unter dem Vorhang. Ich fahre mit meiner Hand daran entlang, bis ich den Schalter finde. Auf einem kleinen Tischchen geht eine Lampe an. Dieser Bereich des geteilten Raumes wird von einem Diaprojektor beherrscht.

Ich denke an eine Stelle in Chefas Tagebuch und glaube zu wissen, wie der Apparat funktioniert. Die eine Wand in dem Winkel ist mit einer weißen Leinwand verhängt. Auf

Teleskoparmen stecken kleinere Scheinwerfer, ein größerer ist auf den Bildschirm gerichtet. Die Stromzufuhr und damit die Helligkeit der Lichtquellen läßt sich über einen altertümlichen Regler variieren. In der Mitte des Raums steht ein Gestell mit drehbarer Holzscheibe.

Ich lege den Stein, den ich in der Hand halte, auf das Gestell. Ich knipse die Tischlampe aus und ziehe den Vorhang zu. Dann schalte ich den großen Scheinwerfer an. Das Licht wirft den Schatten des Steins an die Wand.

Auf der Leinwand erscheint ein Pavian, der mich ansieht. Ich nehme den Stein wieder in die Hand und untersuche ihn genauer. Er ist durchbohrt, das hatte ich bisher nicht gesehen. Ich lege den Stein wieder auf das Podest. Das beinah unsichtbare Loch wirkt auf der Leinwand größer, bildet das Auge des Wesens. Langsam beginne ich die Vorrichtung zu drehen. Vom Fuß des Podests ertönt ein kreischendes Quietschen wie der Schrei eines Affen. Der Pavian schürzt die Lippen, legt den Kopf auf die Seite und blickt schräg zu mir herüber, das Tier treibt sein Spiel mit mir. Das Bild ist so deutlich und real, daß meine Hand zu zittern beginnt. Ich taste nach dem Schalter und mache die Scheinwerfer aus. Totale Dunkelheit, Schwindel überfällt mich. Ich knipse die Tischlampe an. Dann stelle ich erneut den Projektor an. Der Pavian taucht wieder auf. Ich lasse die hölzerne Scheibe kreisen. Nun setzt sich der Pavian auf sein Hinterteil und wendet mir den Kopf zu, er scheint die Zähne zu fletschen, sieht mich niederträchtig an.

Was ist das bloß für ein fieser Trick! Kalter Schweiß bildet sich in meinen Handflächen. Ich schalte den Hauptscheinwerfer aus und die kleineren an. Ich nehme den Stein. Wie von selbst gleiten Zeigefinger und Daumen in die beiden Vertiefungen. Das Licht der Scheinwerfer ist grell, es blendet mich. Ich bediene den Rheostat und schwäche es etwas ab. Das Ergebnis ist ein rötlich schimmernder Lichtstrahl. Ich halte den Stein in das Licht. Ich führe den Stein von den Augen weg, achte aber darauf, daß er immer im Licht bleibt. Da ist er wieder, der Pavian; nicht mehr ein Schatten auf der Leinwand, sondern als sähe ich ihn aus vier bis fünf Metern Entfernung ganz real vor mir, aus Fleisch und Blut. Es ist wirklich beeindruckend. Eine kleine Handbewegung, und das Tier dreht den Kopf zu mir. Eine andere Bewegung, und es nimmt eine obszöne Haltung ein. Ich sehe seinen erigierten Phallus. Die Muskeln unter dem spärlichen Fell ziehen sich zusammen, als setze der Affe zum Sprung an, wolle sich auf mich stürzen. Ich spüre einen kurzen Schlag, wie von einem schlecht isolierten Stromkabel. Der Stein fällt mir aus der Hand, ich höre, wie er über den Dielenboden rollt. Ich lasse ihn liegen, wo er ist, bin zu Tode erschrocken.

Ich laufe weg, fliehe, verlasse den Dachboden, finde mich schließlich in dem Sessel in Chefas Büro wieder. Ich versuche mir einen Reim auf den Vorfall zu machen.

Ein über die Maßen geschickter Bildhauer, viel geschickter noch als der Künstler, der die Figur des Verhüllten Christus in der Kapelle von San Severo in Neapel geschaffen hat. Ich erinnere mich noch gut daran, wie der Touristenführer mir damals erklärte: »Sehen Sie, Signore: Der Künstler hat zuerst das Gesicht Christi gemeißelt, und dann hat er den Schleier vor sein Gesicht gemeißelt. Wie war das nur möglich, Signore?« Er glaubte tatsächlich, mein braver Cicerone, daß zunächst das Gesicht entstanden war und danach der Schleier hinzugefügt wurde.

In der Urgeschichte kann es keinen Künstler mit solch außergewöhnlichen bildhauerischen Fähigkeiten gegeben haben, wie Chefa annimmt. Da ist der Archäologe einem Irrtum aufgesessen, hat ihm das viele Forschen die Kritikfähigkeit geraubt.

Doch es ist weniger die Kunstfertigkeit des Bildhauers, die mich so erschüttert hat, als der Umstand, daß bei den wechselnden Posen des Pavians Wörter in meinem Kopf entstanden. Wörter, die ich natürlich kenne, und die ich doch zum erstenmal zu hören schien, deren wahre Bedeutung ich erst in diesem Moment zu begreifen meinte. Sex, Schlüpfrigkeit, Begierde, Geschick, Gemeinheit, Grausamkeit und so weiter. Aus dem Bild des Tieres entstand der abstrakte Begriff. Das Wort in meinem Kopf bezeichnete den Begriff, und zwar weder in meiner Muttersprache noch auf französisch, noch in irgendeiner anderen Sprache. Ich hörte nicht etwa den Klang eines Wortes in mir drin, vielmehr konkretisierte sich das Wort direkt auf dem Stein, wie eine unerhörte Neuigkeit. Ich las eine Hieroglyphe, ein chinesisches Ideogramm. Der steinerne Pavian wurde zur Metapher und lehrte mich die Vielfalt der Nomen.

Ich will den berühmten Stein von Laghouat finden, den Chefa als Souvenir aus Afrika mitgebracht hat. Ich möchte beweisen, daß der Archäologe sich umsonst von seinem Fund hat einschüchtern lassen. Ich möchte mich diesem gewissen »Klick« aussetzen, das ihn zu »einem anderen« gemacht hätte, wie er es formuliert. Wenn ich den Stein finde, werde ich ihn in das Licht der Scheinwerfer halten, ihn drehen, wie ich es mit dem Pavian getan habe, und seinen Schatten auf die Leinwand projizieren.

Doch wenn er diese Befürchtung hatte, könnte der *lapis sulphureus* nicht auch mich verändern? Aber inwiefern? Indem er mich in einen modernen Mr. Hyde verwandelt? Von Kopf bis Fuß behaart, mit Vampirzähnen und unendlich gemein? Werde ich anfangen, alten Leuten auf der Straße ein Bein zu stellen und kleine Mädchen zu belästigen?

Ich versuche mich darüber lustig zu machen, dabei bin ich alles andere als amüsiert. Der Stein, der den Affen in sich trägt, der elektrische Schlag, dessen Nachwirkungen ich noch spüre, dieser Zwang zur Nachahmung, der mich am liebsten auch springen, beißen, kopulieren lassen wollte, diese Art fossilisierte Filmrolle, der verfluchte Stein ... Wer immer sich die Mühe gemacht hat, ihn in diese Form zu bringen, hat es geschafft, mir gewisse Ideen in den Kopf zu setzen. Mir bleibt nur der Verdacht, der fast schon eine Hoffnung ist, daß es sich dabei um Suggestion handelt, hervorgerufen durch Chefas Erzählungen und die Einsamkeit des Hauses.

Ich steige wieder auf den Dachboden und suche jeden Quadratzentimeter nach dem Stein von Laghouat ab. Nichts, zumindest nichts, was auf Chefas vage Beschreibung passen würde. Dafür jede Menge andere Steine aller Größen und Formen, in sich verschlungen und gestaltet wie von dem Feuer eines Vulkans. Erst jetzt, wo ich sie mir näher und mit mehr Muße anschaue, bemerke ich, wie schön sie sind unter ihrer ungeschliffenen, stumpfen Oberfläche, die sie zunächst wie ganz normale Kiesel aussehen läßt, wie man sie an jedem Feld- und Wegesrand findet. Sie sind von einer Schönheit, die der französische Philosoph Roger Caillois auf den Zufall zurückführt. Der Philosoph geht davon aus, daß es im Kosmos, ebenso wie es einen magnetischen Pol gibt, auch einen höheren Plan von Schönheit gibt, der manchmal in der Gestalt eines Glückstreffers zutage tritt. Zum Beispiel in den Meereslandschaften des Achats oder in den eisenhaltigen Konkretionen jener Gesteinsbrocken, die in der Toskana *paesine* genannt werden und deren Inneres, wenn man sie aufbricht, turmbewehrte Städte, Lagunen, Mondlandschaften und Burgen zum Vorschein bringt.

In diesem Fall jedoch merke ich, daß der Zufall nur eine untergeordnete Rolle spielt. Hier hat sich die Hand eines Meisters des Zufalls angenommen und mit starkem Willen und klarem Ziel einen Effekt herausgearbeitet, der ohne Chefas Beleuchtungsapparaturen im dunkelsten Winkel des Dachbodens unmöglich zu dechiffrieren wäre. Daß ein künstlicher Eingriff stattgefunden hat, sieht man allerdings mit bloßem Auge. So entdeckt der aufmerksame Betrachter Absplitterungen, Löcher, Mulden, Aushöhlungen, die weder auf den heftigen Aufprall von Stürzen zurückzuführen sind, noch mit dem Einwirken von Wind und Regen oder den Abschürfungen in einem Flußbett erklärt werden können.

Doch keine Spur des von Chefa beschriebenen Steins. Es ist fast dunkel, als ich meine Suche beende, der Tag ist vorüber, die Sonne muß schon vor einer Weile untergegangen sein, die Dämmerung legt sich über das Land, ganz langsam, wie es an diesen Küstenstrichen des äußersten Westens üblich ist. Ich habe vergessen, etwas zu mir zu nehmen, seit mindestens zehn Stunden bin ich auf dem Dachboden oder in Chefas Arbeitszimmer.

Um die Müdigkeit und die Niedergeschlagenheit zu vertreiben, die Besitz von mir ergriffen haben, spaziere ich ein wenig durch den »Garten«, der bis an die Felskuppe vor dem Steilhang heranreicht. Hinter mir ragt das Haus auf, dunkel zeichnet sich sein Umriß vor dem hellen Grund des mondlosen Abends ab. Der Himmel ist wolkenlos, der Abendstern geht auf. *Vesper adest.* Rechts vom Haus zittern die Blätter am Baum. Kein Wind regt sich. Hoch in der Luft sehe ich ein Schimmern.

Eine Möwe nutzt den vertikalen Luftstrom, um ihre Flugkünste zu erproben. Gebannt sehe ich ihr zu. Immer wieder gibt es einzelne Vögel, die das Fliegen um seiner selbst willen zu lieben scheinen. Sie genießen das ziellose Sich-treiben-Lassen, hier auf dem Felsplateau gibt es keine Fische, die sie aus der Höhe erspähen könnten. Es ist das reine Vergnügen, ein Aufflammen von Virtuosität, wie die Möwe sich mit ausgebreiteten Flügeln in die Böe wirft, sich von der warmen Luft nach oben tragen läßt, um im Sturzflug wieder hinabzufallen, wie sie Kreise beschreibt, mit winzigen Schwanzbewegungen und Flügelschlägen die Richtung korrigiert. Ein wahrer Flugkünstler, dieser Vogel, ein Virtuose. Seine Schleifen in der Luft sind wie die Phrasen einer Violine.

Doch dann scheint die Möwe zu ermüden. Sie schlägt mit den Flügeln, zieht den Kreis immer enger, verliert an Höhe, taumelt in einer Schraube nach unten. Plötzlich ist sie ein schwerer, fallender Körper, keine Eleganz, keine Leichtigkeit mehr, der Pilot ist abgelenkt. Nun versucht sie ein Notmanöver, ein paar kräftige Flügelschläge, um wieder aufzusteigen, einmal, zweimal, dreimal. Nichts zu machen, wie ein weißer Lappen fällt sie senkrecht herab und verschwindet im Gebüsch.

Sie ist gelandet. Vielleicht war es einfach das Ende einer kleinen Zerstreuung, und sie hat etwas zum Fressen entdeckt. Vorsichtig nähere ich mich der Stelle, wo sie heruntergekommen ist. Das Gebüsch steht dort besonders hoch und dicht. Doch da sehe ich sie: Sie ist tatsächlich abgestürzt, kein Zweifel, sie muß sich das Genick gebrochen haben. Reglos und mit überkreuzten Flügeln liegt sie am Boden, allein durch die Beine scheint noch ein leichtes Zittern zu laufen.

Ich schaue hoch, vielleicht ist es nur eine Verwechslung, und die Möwe zu meinen Füßen ist eine andere, die schon wer weiß wie lange hier liegt, während die Königin des Kunstflugs längst wieder in den Lüften schwebt.

Ich hätte zwischendurch etwas essen sollen. Ich bin geschwächt, ich sehe Sternchen. Vor dem grauen, plötzlich weich und dunkel gewordenen Himmelszelt steigen Bündel leuchtender Pünktchen aus dem Gebüsch auf und streben senkrecht in die Höhe. Ziemlich merkwürdig, diese Sternchen, wenn sie tatsächlich auf meine Schwäche zurückzuführen sind. Ich sehe sie wie aus der Ferne, und sie überziehen nicht mein gesamtes Blickfeld, sondern entstehen an einem bestimmten Punkt und steigen dann hoch, ganz hoch: Da oben sind sie, so weit das Auge reicht, erst an der dunkelsten Stelle des Himmels lösen sie sich auf.

In der Mitte des Stückchens Heideland, aus dem die leuchtenden Punkte aufsteigen, liegt der Stein, an dessen Fuß die Katzen verendet sind. Es ist derselbe Stein, etwas seitlich davon habe ich sie begraben. Zögernd trete ich näher. Ich hatte die toten Katzen schon vergessen, die unheilvolle Atmosphäre des Hauses hatte die Episode gänzlich verdrängt. Nun, da ich vor dem toten Vogel stehe, fallen sie mir wieder ein. Noch etwas anderes, ein hell schimmerndes Ding liegt neben der steifen Möwe, deren Beine nun nicht mehr zittern. Es ist das vertrocknete Skelett einer weiteren toten Möwe. Ich hebe sie am Schnabel auf. Sie ist ganz leicht, im Schädel sehe ich zwei leere Augenhöhlen, an den Knochen eines Flügels kleben noch ein paar graue Federn, viel mehr ist nicht von ihr übrig. Was hat der pensionierte Richter noch einmal gesagt? Die Insellegende von den ausgesaugten Tieren ...

Ich sehe mich genauer um und entdecke noch viel mehr Knochen und Federn von Möwen und anderen Vögeln. Beinah stolpere ich über den kleinen Leichnam eines Rotkehlchens, das noch nicht lange tot sein kann, die Farben seines Brustflaums leuchten noch, und seine Füßchen stehen in die Luft. Ansonsten ist aber auch von dem Rotkehlchen nur das Gefieder übrig.

Es ist merkwürdig, so viele tote Vögel auf einmal! Milliarden Vögel bevölkern unsere Welt, doch ihre Kadaver sehen wir nur selten. Seitdem ich mich zur Ruhe gesetzt habe, verliere ich mich häufig in so müßigen Gedanken, und auch die Vögel sind Teil meiner Betrachtungen: Ganze Viertelstunden kann ich damit verbringen, sie zu beobachten, allerdings solche, die am Leben sind und umherfliegen. Von meinem kleinen Fleckchen Rasen hinter dem Haus in Bourg aus sehe ich, wie sie herabgeschossen kommen, vor allem die Spatzen, und die Krümel unter dem Küchenfenster aufpicken, die ich mit der Tischdecke ausschüttele. Die Insel ist voll von Vögeln, darunter auch einige sehr seltene Spezies. Ich glaube, die Vögel sind die wahren Herren der Erde, wie ihre Vorfahren, die Dinosaurier. Vielleicht verstecken sie sich ja, wenn sie sterben müssen, wie Elefanten, überlege ich. Ganz sicher aber sterben sie in aller Stille.

Fast ohne zu merken, was mein Ziel war, habe ich den Standort gewechselt und stehe nun neben dem Stein, in dessen Nähe ich die Katzen begraben habe. Wenn ich die Hand ausstrecken und mich ein wenig nach vorn beugen würde, könnte ich ihn berühren. Ich sehe auf. Die Lichtpünktchen sind verschwunden, in dem malvenfarbenen Himmel glaube ich das leichte Zittern kleiner, konzentrischer Wellen zu erkennen, wie wenn eine leichte Brise ganz sanft die glatte Oberfläche des Meeres kräuselt.

Das könnte der Stein von Laghouat sein. Der Wind hat ihn mit Erdreich zugedeckt, das nun als salzig-feuchte Schicht an ihm klebt. Obwohl er halb im Gebüsch verborgen ist, erkenne ich die vier stumpfen Auswüchse an seiner Unterseite, die Chefa beschrieben hat und die ihm das Aussehen eines Vierbeiners geben. Der schwarze, vorstehende Teil ähnelt dem Kopf eines Bären. Mein erster Impuls ist, ihn aufzuheben und ins Haus zu tragen, doch er sieht ziemlich schwer aus. Und ich muß zugeben: Mir fehlt der Mut.

Plötzlich ist die Dunkelheit hereingebrochen.

Ich gehe an der Lorbeerhecke entlang zurück zur Villa. In dem Gebüsch, das wie die Miniatur eines Fabelwaldes aussieht, sehe ich einen hellen Fleck. Vielleicht eine Katze. Sie hält still, doch noch einen Moment zuvor haben ihre flinken Bewegungen meine Aufmerksamkeit erregt. Ich bleibe nicht stehen, um genauer hinzusehen. Im Gegenteil, ich entferne mich von der Hecke und nehme sogar einen kleinen Umweg in Kauf, den ich mit eiligeren Schritten zurücklege, als ich mir eingestehen möchte.

Im Haus mache ich überall Licht. Ich esse etwas. Dann gehe ich in Chefas Büro. Der Computer zieht mich magisch an. Den größten Teil der Nacht verbringe ich mit der Lektüre des siebten Dokuments.

Einen Schritt zurück, die Geschichte setzt 1976 an, also ein Jahr nach dem Afrika-Abenteuer. Vielleicht weist die Abfolge in Chefas Tagebuch ja eine innere Logik auf, die mir verborgen bleibt, wahrscheinlich aber ist sie nur ein Zeichen für die Gedankenlosigkeit des Autors, der es nicht für nötig hielt, seine Erinnerungen in eine den tatsächlichen Ereignissen entsprechende, chronologische Reihenfolge zu bringen.

11

Dokument Nr. 7

Tagebuch von Davide Chefa. »Der Amseljunge«

»Danach legte er die Hand an seine Brust, zog den kleinen Stein hervor, der etwa die Größe einer Walnuß hatte, und ihn sorgfältig enthüllend, fuhr er fort, wie es schien, auf ihn zu hauchen. In wenigen Augenblicken wurden seine Glieder und sein Körper steif, und er fiel, kalt und bewegungslos wie ein Leichnam, auf die Erde ... Sobald er den Stein an seinen Mund hob, erschien sein Vater, zog ihn aus seiner Haut hervor und trug ihn dorthin, wohin es notwendig war.«

H. P. Blavatsky, »Isis entschleiert«

Montpellier, 5. August 1976

Die Tramontana pfeift über Montpellier hinweg, der eisige Winterwind, der sich im Sommer elektrisch auflädt.

In der Nacht kann ich nicht schlafen, mir schwirrt der Kopf vor Kindheitserinnerungen. Normalerweise gelingt es mir, diese – unangenehmen – Erinnerungen zu verdrängen, die mir wie ein schmerzhafter Klumpen im Magen liegen. Zunächst lasse ich sie ein wenig in ihren süßlichen Gerüchen gären: Der Krieg riecht nach Kondensmilch, die Schulzeit nach Tinte, die Ferien am Meer nach salziger Seeluft. Am Ende aber gelingt es mir fast immer, sie zu vertreiben. Nicht so heute nacht.

Ich hatte eine schwierige, von Krieg und Armut gezeichnete Kindheit in einem Land, das meiner Mutter und damit auch mir fremd war.

Nachdem mein Vater während des Angriffs auf Griechenland ums Leben gekommen war, kehrte meine Mutter nach Kriegsende in ihre Heimat zurück. Sie und meine Großmutter setzten alles daran, mich die Entbehrungen jener Jahre vergessen zu lassen, und so verbrachte ich eine beinah glückliche Jugend.

Erst das Abenteuer von Laghouat hat jene bedrohliche Zeit wieder aus den Tiefen der Vergangenheit hervorgeholt. In Algerien stieß ich auf den Süden, auf seine Gerüche nach Exkrementen, auf das Gefühl der Unsicherheit, und Stimmungen stiegen in mir hoch, von denen ich geglaubt hatte, das geordnete Leben in Montpellier hätte sie für immer verdrängt.

Die Höhle von Laghouat war für mich der Einstieg in den dunklen Schacht verloren geglaubter Erinnerungen.

Ich erwache mit dem Gedanken, wieder auf Reisen zu gehen. Mehr als ein Gedanke ist es eine Gier, ein unbändiges Verlangen. Ich möchte diese Gerüche noch einmal riechen, noch einmal in diese ganz bestimmte Atmosphäre eintauchen.

In den letzten Monaten hatte ich Mühe, meine tägliche Routine wiederaufzunehmen. Das Lehren fällt mir schwer. Was kann ich meinen Studenten schon beibringen? Welche Prinzipien, welche Gewißheiten?

Mir gehen immer noch einige Ausdrücke von Lorentz durch den Kopf: Die beleidigendste davon waren die »akademischen Besitzstandswahrer«. Die vielbeschworene Wissenschaftlichkeit meines Fachs, die Datierungsmethoden, die ich für nicht sehr zuverlässig halte, die kalte, konkrete Ausdeutung neuerer Grabungsfunde, der Mangel an Phantasie, wenn ich meine »Kreuzsteinrätsel« interpretiere – wie eine aufgeweckte, aber undisziplinierte Studentin von mir sie nennt –, die Anmaßung, verschiedene Kulturen zeitlich exakt einordnen zu wollen; und vor allem die Flucht in das Rätselhafte, die vor den Grenzen des Verstandes hilflos erhobenen Hände, sobald der Ariadnefaden der Schriftlichkeit abreißt und Zivilisationen, Kulturen, religiöse Bräuche so alt sind, daß sie sich nicht mehr nach streng entwicklungsbiologisch definierten Kriterien einordnen lassen, sondern schlicht und einfach in der »Nacht der Zeiten« versinken, wie man so schön sagt – all dies weckt in mir eine tiefe Unzufriedenheit, als mache ich mich zum Komplizen eines Betrugs, einer allgemeinen Täuschung.

Ich möchte in das Dorf meiner Kindheit zurückkehren, in dem ich ein beinah vergessenes Erlebnis hatte. Die Unannehmlichkeiten mit Lorentz, seine düsteren Reden, die außergewöhnlichen Geschehnisse dort unten haben mich verändert, haben mich auf Ideen gebracht, die ich noch vor einem Jahr mit der tiefen Entrüstung des Gelehrten weit von mir gewiesen hätte. Ich fange an, mich für auserwählt zu halten, vom Schicksal dazu bestimmt, in meinem Kopf Gedanken zu nähren, die ich bis vor kurzem als wissenschaftliche Häresie, wenn nicht gar gänzlichen Unfug abgetan hätte. Die Bestimmung reicht bis in meine Kindheit zurück, bis in Kriegszeiten.

Ich beschließe, den Rest der Ferien auf eine Reise zu verwenden. Ich werde meinen Freund jener Kriegsjahre suchen. Es ist ein fast aussichtsloses Unterfangen, paßt aber zu der irrationalen Atmosphäre, die mich in letzter Zeit zu verfolgen scheint. Ziel der Reise ist, den »Amseljungen« wiederzufinden und noch einmal seiner außergewöhnlichen Geschichte zu lauschen.

Das Dorf befindet sich im Süden Italiens, im Gebiet des Aspromonte auf halber Höhe gegenüber der Meerenge von Messina.

Kalabrien, 6. August 1976

Die anfänglich recht angenehme Reise wurde gegen Ende immer beschwerlicher. In Rom mußte ich umsteigen, dann folgte eine Stunde Flug bis Lamezia. Von dort eine knapp halbtägige Busfahrt, die über schwindelerregende Serpentinen und durch Dörfer führte, deren Straßen völlig verlassen aussahen.

Das Hotel, unangemessen groß für diesen fernab aller

Touristenpfade gelegenen Ort, wird von einem ungewöhnlich hohen Zaun abgeschirmt, die Einfahrt ist unsichtbar, die ganze Anlage wirkt wie eine Festung im Belagerungszustand. In einiger Entfernung sieht man die letzten Ausläufer des Dorfes. Kaum tauche ich in die Stille der Natur ein, packt mich wieder die Unruhe, die sich während der Reise etwas gelegt hatte.

Nur selten öffnet sich das Tor der Einfahrt und gibt einen Spalt frei, durch den gerade ein Auto oder ein Mensch paßt. Service ist hier ein Fremdwort, die Rezeption meistens unbesetzt, nur hin und wieder taucht eine Frau mit argwöhnischem Gesichtsausdruck auf.

Kalabrien, 7. August 1976

Am Morgen des ersten Tages, die Sonne steht schon hoch, und ich warte in der mit zugezogenen Vorhängen abgedunkelten Bar darauf, daß jemand kommt und mir Frühstück bringt, fallen mir einige Personen auf – fünf oder sechs Männer und Frauen –, die, auf Sofas und Sesseln, verteilt in der Halle sitzen. Das Hotel ist das einzige vor Ort und trägt den trivialen und etwas unheilvollen Namen Sanfte Ruhe. Die Einrichtung ist neu und anspruchsvoll.

Ich bin Gegenstand einer kaum verhohlenen, angespannten Neugier.

Während eine alte Frau mich mürrisch bedient, kommt ein junger Mann herein, der auffallend elegant gekleidet ist, als ginge er zu einem Fest. Er wechselt ein paar Worte mit der Alten, die mir einen Seitenblick zuwirft und die Schultern hebt, dann wimmelt er mit einer knappen Bemerkung eine junge Frau ab, die sich auf englisch an ihn wendet, und läßt sich neben mich in einen Sessel fallen. Er blickt mich an:

»Tourist?« fragt er halblaut.

»Sprechen Sie mit mir?« frage ich zurück.

»Ja, mit Ihnen. Tourist? In diesem Ort gibt es nichts zu besichtigen.«

»Nein, kein Tourist. Ich muß jemanden treffen.«

»Wen?«

»Entschuldigen Sie, aber das geht Sie nichts an.«

»Ich kenne alle im Dorf, da kann ich Ihnen sicher behilflich sein.«

Der junge Mann lächelt, doch sein Tonfall ist hart, beinah drohend.

Ohne zu antworten, stehe ich auf und gehe hinaus. Am Zaun angelangt, muß ich sehr nachdrücklich zum Eingang zurückblicken, bis man sich an der Rezeption bequemt, per Knopfdruck das Tor zu öffnen. Ich komme mir vor wie ein Hund, den man endlich zum täglichen Gassigehen vor die Tür läßt.

Ich mache mich auf die Suche nach dem Baum. In meiner Erinnerung spielt ein Baum eine wichtige Rolle. Vielleicht eine Steineiche, denn in der Erinnerung ist er nicht kahl, obwohl Winter war.

Gegen den grauen Himmel erhob sich seine dichtbelaubte Krone, genau in einer Kurve, die im Halbkreis um das Haus herumführte. Das Haus am äußersten Rand des Dorfes war mit den Jahren ganz schwarz geworden und stank nach vermodertem Holz, da man die beim Erdbeben von 1908 zerstörten Häuser fast ausschließlich aus diesem Material wiederaufgebaut hatte, aus Angst vor weiteren Einstürzen. Dort wohnte ich zusammen mit meiner Mutter und ihrer Mutter, meiner Großmutter.

Plötzlich habe ich wieder den Geruch von morschen Balken in der Nase. Am Rand der menschenleeren Straße stehen einige verlassen aussehende Baracken. Sie kommen mir bekannt vor, doch hinter den baufälligen Hütten erheben sich vierstöckige, triste Neubauten. Der Ort hat sich verändert, er wirkt trotz der Höhe der Häuser noch kümmerlicher.

Ich laufe weiter, die Straße führt nun steil bergauf. Und dann sehe ich ihn. Ich sehe den Baum: Es gibt ihn noch, aber er sieht klein aus, kümmerlich auch er, an den Ästen kaum mehr Laub. Dahinter erkenne ich undeutlich in der diesigen Luft das leuchtende Blau des Meeres. Und ganz in der Ferne sehe ich, oder erahne vielmehr, ein intensives Weiß, das der Ätna sein könnte.

Das alte Haus aus morschen Brettern existiert nicht mehr, an seiner Stelle steht ein länglicher, aus Steinen gemauerter Schuppen, eine Art Lagerhalle. Doch die Wegbiegung und der Baum sind noch da, der Ort ist ohne Zweifel derselbe. Die Erinnerung an den Winter des Jahres 1943 belebt sich mit greifbaren Details.

Wenn die Tramontana die Luft gereinigt hatte, konnte man von der Steineiche über die Meerenge bis zum Ätna sehen, mit seiner weißen Haube wie eine mit Zuckerguß verzierte Torte.

Der Krieg war noch fern, für kurze Zeit.

Meine Mutter Eveline stammte aus der Bretagne, Provinz Morbihan. Viel zu jung hatte sie einen gleichaltrigen Italiener geheiratet, kurz vor Kriegsbeginn. Ebenfalls zu früh – sogar noch früher, denn das freudige Ereignis war der Hochzeit zwei Jahre vorausgegangen – wurde ich geboren. Ein Jahr nach der Hochzeit wurde mein Vater eingezogen und nach Griechenland geschickt.

Ich betrachte das an den Rändern zerfledderte Foto mit dem häßlichen Knick in der Mitte, das ich bei mir trage. Ich habe es unter einem Berg alter Papiere in einer Schublade gefunden und es etwas verlegen in mein Portemonnaie gesteckt. Vielleicht weil ich mich beruflich mit zurückliegenden Zeiten beschäftige, löst allein der Gedanke an meine eigene Vergangenheit in mir eine Abwehrreaktion aus, als rühre ich an ein Tabu. Das Foto zeigt meine Eltern etwa ein Jahr vor ihrer Hochzeit.

Mein Vater und meine Mutter sitzen nebeneinander an einem verschneiten Hang, er hat den Arm um ihre Schultern gelegt, beide sehen etwas erschrocken aus, wahrscheinlich weil sie verliebter sind, als die Vorsicht es ihnen gebietet. Schon an ihren Schuhen kann man so einiges ablesen: rissige, unförmige Schuhe, kaum höher als normal, alte Stadtschuhe, die sich arme Leute neu besohlen lassen, um dem Schnee zu trotzen.

Zu Beginn ihrer Beziehung hielt Eveline, die vaterlos und unter vielen Entbehrungen von meiner Großmutter aufgezogen worden war, ihren Verlobten wohl für noch ärmer als sich selbst. Auf dem Foto jedenfalls hat mein Vater den zerschlisseneren Pulli an und trägt nicht einmal Handschuhe.

Vor der Abreise nach Griechenland war der halbe Betrug dann aufgeflogen. Meine Mutter wäre gerne nach Frankreich zurückgekehrt, das inzwischen von den Deutschen besetzt war. Doch plötzlich stellte das arme Mädchen fest, daß sie die Frau eines Gutsherrn aus dem Süden war, eines reichen Großgrundbesitzers. Der Krieg und die Einberufung meines Vaters zwangen uns zur Emigration, jedoch nicht nach Frankreich. Im Herzen der Besitztümer wartete das Haus der väterlichen Familie auf uns nebst einer beflissenen Verwandtschaft aus unzähligen Onkeln und Vettern (auch mein Vater war Waise). Dienerschaft und Pächter würden sich zerreißen, um alle Hürden des Umzugs aus dem Weg zu räumen und uns den Aufenthalt so angenehm wie möglich zu gestalten.

Aus Eitelkeit hatte mein Vater wohl etwas übertrieben, weniger um seine Umwelt als im tiefsten Innern sich selbst zu belügen. Vielleicht mit den besten Absichten. Er war gerade mit dem Studium fertig und hatte kein anderes Einkommen als das spärliche Gehalt eines Infanterieleutnants. In schwärzesten Farben malte er das Risiko, dem seine französische Familie in dem von den Deutschen beherrschten Mutterland ausgesetzt wäre. Und nebenbei waren die finanziellen Vorteile eines Wohnortwechsels – das Leben in der süditalienischen Campagna wäre entschieden weniger teuer und vor allem vor Luftangriffen sicher – gute Argumente gegen den Wunsch der beiden Frauen, in ihre Heimat zurückzukehren.

Die Großmutter sollte sich in den Jahren danach noch lange grämen, daß sie und ihre Tochter von einem Mann betrogen worden waren, dem sie niemals hätten trauen dürfen, schon weil er aus einem feindlichen Land kam.

Die Großmutter erzählte immer, wie mein Vater mit seiner Infanterieleutnantsuniform, dem Schnurrbärtchen und der finsteren Miene eines Feldherrn – immerhin brach er auf, um Griechenland in die Knie zu zwingen – uns zu unserem Abteil dritter Klasse führte und meiner Mutter eine kleine, bedrohlich aussehende Beretta zusteckte.

»Was soll ich damit?« hatte meine Mutter ihn gefragt.

Und er hatte mit dem für seine Landsleute, die in wichtigen Dingen keine Widerrede dulden, typischen Ernst geantwortet:

»Tu sie in deine Handtasche. Dort unten ist es besser, eine Waffe griffbereit zu haben. Die Villa liegt ziemlich einsam.«

Einsam war gar kein Ausdruck; kaum daß man jenseits des Kräutergärtchens, aus dem die Stangen für die Tomatenpflanzen wie Stacheln in den Himmel ragten, den Kirchturm erahnte. In der Mitte der »kleinen Villa« erhob sich ein mächtiger Pfahl, der das Gebäude im Fall eines erneuten Erdbebens aufrecht halten sollte. Gleich den Ästen eines Stammbaums gruppierten sich um ihn die Zimmer, klapprig wie Obstkisten.

Die gesamte Sippschaft stand unter der Fuchtel einer gräßlichen Tante, die in einem anderen Dorf wohnte und das Vermögen der Familie mehr schlecht als recht verwaltete; für uns materialisierte es sich einmal im Monat in Form eines Maultieres und seines *bastaso*, eines bezahlten Eselsführers, der mürrisch dreinblickte und einen völlig unverständlichen Dialekt sprach. Der Eselsführer und sein Tier kamen aus dem Dorf der Tante, sie hatten die Hänge des Aspromonte überwunden und standen mit Brotlaiben, so groß und hart wie Mühlräder, vor unserer Haustür, mit Öl, Mehl, Ricotta und gesalzenem Käse, dessen Rinde mit Asche eingerieben war.

Diese Tante war die Despotin der Familie und betrachtete voller Argwohn die Ehe ihres Neffen mit einer Ausländerin, die fast nichts besaß, nicht einmal Charme. Sie vermied es tunlichst, ihr zu begegnen, und hieß auch die anderen Verwandten, ihr aus dem Weg zu gehen.

In unterschiedlichen und unvorhersehbaren Abständen kam ein alter, garstiger Halbpächter zu Besuch, saß in der Küche und trank ein Glas Wein, das er, nachdem er die Öffnung mit seiner runzligen Hand abgedeckt hatte, so lange schüttelte, bis sich ein rötlicher Schaum bildete. Der Alte klagte über all das Elend und Unglück, welche sein kleines Gut heimgesucht hätten und von denen niemand etwas ahnte außer ihm. Das Gut warf kaum Ertrag ab: eine kleine Flasche zuckrigen Weins mit hohem Alkoholgehalt, ein paar Sack Kartoffeln, rote, saure Trauben und einige Feigen, die die Frau des Pächters in Körben an der Sonne trocknete.

Der süße Wein, ihr krisensicherer Humor, das abenteuerliche Klima des Krieges und vielleicht auch die Abwesenheit des Leutnants, der schon vor seinem Abmarsch mit dem Sagapò-Heer erste Anzeichen übler Charakterzüge hatte erkennen lassen, halfen meiner Mutter, gute Miene zum bösen Spiel zu machen. Vielleicht war ihr auch alles lieber als die Unsicherheit, aus der sie gekommen war. In meiner Erinnerung jedenfalls lächelt sie wie die kleinen Studentinnen und Schneiderinnen aus den Filmen der Vorkriegsjahre. Sie rauchte aus Nazionale-Tabak selbstgedrehte Zigaretten und ließ sie nachlässig im Mundwinkel hängen wie Greta Garbo (mit der man ihr im übrigen auch sonst gewisse Ähnlichkeiten nachsagte, was auf den Typ vielleicht zutraf, abgesehen von der alles beherrschenden Nase). Ich erinnere mich nicht, sie später jemals wieder so herzlich lachen gehört zu haben wie in jener Zeit.

Wenn die Witterung es erlaubte, hielt sich Eveline meist draußen auf, da ihr in den Räumen im ersten Stockwerk des morschen Holzhauses schwindelig wurde. Seit 1908 hatten die Bodendielen sich beim Trocknen verzogen, und durch die Ritzen konnte man in die darunterliegenden Zimmer schauen.

Sie hatte sich mit zwei Frauen etwa ihres Alters angefreundet, die eine ein wenig jünger und die hübschere und lustigere der beiden; die andere etwas rundlich und pausbäckig. Sie waren Schwestern, Basen meines Vaters, und trotzten mit ihrem offenen Charakter den Gehässigkeiten der aus der Ferne herrschenden Tante. Meine Mutter steckten sie mit ihrer Fröhlichkeit an (vor allem die jüngere, die Amalia hieß), obwohl sie immer Schwarz trugen, wie alle Frauen jener Gegend, die stets um den Letztverstorbenen der Familie trauern.

In Gesellschaft der zwei Schwestern läuft Eveline durch die Wälder und sammelt Pilze, Kastanien und Nüsse, wenn sie nicht – bei Kälte und Regen – zusammen in der Nähe des Hauses spazierengehen wie an jenem Tag, den ich aus meiner Erinnerung hervorhole.

Meine Mutter trägt einen olivgrünen Militärmantel mit ausgestopften Schulterpolstern, um die Taille einen eng geschnürten Gürtel, auf dem Kopf einen Filzhut mit weicher Krempe, den sie mit der Hand am Wegfliegen hindert.

Bis eben sind die drei Mädchen schwatzend die Straße auf und ab gelaufen, und da der Regen gerade in Schnee umschlägt, erzählt Eveline von ihren Skiabenteuern. Doch nun – der Moment meiner Erinnerung – stehen sie alle drei um mich herum, um mich über einen Verlust hinwegzutrösten.

In der Zwischenzeit ist ein Junge aufgetaucht, mit dichten schwarzen Locken, strahlenden Augen und einer Andeutung von Flaum auf dem Kinn, sechzehn Jahre alt und recht frühreif. Für ihn bin ich ein willkommener Vorwand, um den ganzen Tag – bis auf die Mahlzeiten – an den Rockschößen der Frauen zu hängen. Die Großmutter hat ihn schon mehrmals in ihrem mit französischen Brocken durchsetzten Italienisch ausgeschimpft: »*Toujours dans les jupes des dames*, du unverschämter Lümmel!«

Er läßt sich stets etwas Neues einfallen, um in meiner Nähe zu sein (und folglich in der der Mädchen, vor allem Amalias): Er läßt mich mit seinem Hund spielen, mit dem Kreisel, mit einem selbstgebastelten Flugzeug, er lehrt mich seinen Dialekt, weist mich in den Gebrauch der Steinschleuder und des Schlittens ein, mit dem wir rodeln werden, sobald Schnee liegt. Dieses Mal hat er mir als Geschenk eine Amsel mitgebracht.

Normalerweise behandeln die Mädchen ihn abweisend und lachen ihn unbarmherzig aus, wenn er sie mit schmachtenden Blicken ansieht, doch heute ist es ihm gelungen, sie zu beeindrucken. Der Bursche hat der Amsel beigebracht, auf seinen Zuruf mit einem Zwitschern zu antworten und auf das Dach des Hauses zu fliegen. Dort oben sitzt sie und zwitschert fröhlich, der Junge pfeift einen Lockruf, die Amsel kommt im Sturzflug herab und landet auf seiner Schulter.

Das faszinierende Schauspiel wiederholt sich ein paarmal: Der Vogel fliegt von der Schulter auf das Dach und mit dem Lockruf wieder hinab. Dann will der Dompteur ihn plötzlich auf meine Schulter setzen. Doch die Amsel hockt sich in mein Haar, ängstlich spüre ich ihre Krallen an meiner Kopfhaut.

Das Spiel geht von der neuen Position aus weiter, ich ziehe den Kopf ein und verdrehe die Augen, das weibliche Publikum lacht. Der Junge stößt weiter die Lockrufe aus. Er zeigt mir, wie ich die Lippen spitzen muß, doch es kommt nichts heraus außer einem tonlosen Zischen, das die Mädchen abermals amüsiert.

Der Amseljunge möchte den Vogel mit seinem neuen

Herrn vertraut machen, ich soll nicht mehr bloß eine Abflugrampe für ihn sein. Er nimmt ihn in die hohle Hand und läßt ihn in meine Hände schlüpfen wie den wandernden Taler.

Doch die Amsel befreit sich und hackt mir mit dem Schnabel auf einen Fingerknöchel. Mit einem Schrei öffne ich die Hände. Die Amsel schreckt hoch und fliegt davon, diesmal nicht auf das Dach, sondern auf den Baum.

Der Wind treibt ein Stück schneeverhangenen Himmels über die Steineiche. Das Rauschen des Baumes hallt durch die Stille der Straße. Die Blätter in der Spitze der Krone rascheln stärker, dort hat die Amsel Zuflucht gesucht und springt von Ast zu Ast, immer höher und unerreichbarer.

Sie kehrt nicht mehr zurück, empört über meine Furchtsamkeit. Eine Weile zwitschert sie noch, als sei sie der Dompteur und erwarte, daß ihr alter Freund sich in die Luft erhebe und zu ihr auf die Zweige fliege, dann schießt sie wie ein schwarzer Pfeil von dannen und verschwindet.

Zeitgleich mit der Flucht der Amsel erreichte der Krieg das Dorf, der bis dahin fern und unwirklich gewesen war. Die Inschrift auf der Schulmauer, »Wir marschieren weiter, nur Gott kann uns aufhalten«, war bis zu diesem Zeitpunkt nicht mehr gewesen als die Andeutung eines geheimnisvollen Geschehens, das sich in weiter Ferne abspielte. »Dann hoffen wir mal auf Gott«, kommentierte meine Mutter fröhlich und versetzte damit meine Großmutter in Angst und Schrecken: »Um Himmels willen, Eveline, laß das bloß niemanden hören!« Nur die Inschrift und der Schlagabtausch, der sich jedesmal wiederholte, wenn wir an der Mauer vorbeigingen, und dessen tieferer Sinn mir verborgen blieb, ließen mich das Schreckgespenst künftiger Erschütterungen erahnen, die unser Leben und das der ganzen Welt verändern sollten. Wir hatten kein Radio, und die Zeitung kam nur an Festtagen ins Dorf.

Andererseits erzählten die Briefe meines Vaters von

einer kleinen griechischen Insel, wo die Soldaten angelten und unser Infanterieleutnant Poker mit den deutschen Offizieren des angrenzenden Militärstützpunktes spielte. Zusammen mit den Briefen kamen auch Pakete mit Kondensmilch, so daß ich den Krieg als unsichtbares Übel wahrnahm, das niemandem schadete, sondern im Gegenteil nur angenehme Dinge mit sich brachte: Dosen mit Kondensmilch, eine Flöte aus Schilfrohr, geschnitzt von einem griechischen Hirten, diese Geschenke meines Vaters, die mich nicht bedauern ließen, daß er seinen Krieg weit entfernt von mir und Mama austrug. Hin und wieder kam ein Flugzeug von der Größe eines Spielzeugfliegers über die Berge geflogen, glitzerte hoch oben wie ein Edelstein in der Luft, und lange nach seinem lautlosen Auftauchen folgte geheimnisvollerweise das Brummen, die Leute im Dorf zeigten mit dem Finger in die Höhe und die Erwachsenen murmelten magische Buchstabenkürzel.

Ein oder zwei Tage nach der Flucht der Amsel marschierte ein Trupp Soldaten in graugrünen Uniformen an unserem Haus vorbei, weiß gepunktet im Schneegestöber, das nach langem Zögern eingesetzt hatte. Eingemummelt in bis über die Helme herabgezogene Decken, kamen sie aus den Bergen, die Gewehre hingen nachlässig über ihren Schultern oder dienten als Wanderstöcke. Ich betrachtete traurig, wie sie den weißen Flaum auf dem Boden innerhalb kürzester Zeit in eine Schlammspur verwandelten.

Nur wenige Tage später begannen die Scheinwerfer der Luftabwehr über dem Himmel von Messina zu kreisen, und die ersten Bomben fielen.

Ein älteres Ehepaar war in das Nachbarhaus gezogen. Der Mann pendelte zwischen Messina und unserem Dorf im Aspromonte, wo seine Frau Zuflucht gefunden hatte. Die Eheleute setzten sich unter die Steineiche, um eine bessere Aussicht zu haben. Sie warteten auf die Ankunft der fliegenden Festungen, die ein fernes Grollen wie von einem Gewitter ankündigte. Ich, meine Mutter, die Großmutter, die beiden Schwestern und der Junge mit der Amsel beobachteten die Bombardierungen zusammen mit den zwei Flüchtlingen, die anhand des Leuchtens an der Küste herauszufinden versuchten, ob die Gegend um ihr Haus betroffen war oder nicht.

Eines Abends schien der Weltuntergang über die Meerenge hereinzubrechen. Eine geschlagene Stunde lang flogen Bombengeschwader über unsere Berge, verschwanden jenseits der Hügel über Messina und kehrten dann zur Küste zurück. Auf die herabschießenden Flammen folgte mit einiger Verspätung das Krachen der Bomben. Der Wind von der Insel trug das Getöse der einstürzenden Häuser zu uns herüber.

An jenem Abend begann der Amseljunge mit ungewöhnlich erregter Stimme zu sprechen.

Die Steineiche sieht heute kümmerlich aus, das Panorama verschwindet größtenteils im Dunst, der über der wirren Ansammlung von Küstenorten liegt. Ich glaube wieder die Stimme des Amseljungen zu hören. Wenn ich an seine Erzählung zurückdenke, kann ich immer noch nicht ausschließen, daß es allein mein Wille ist, der sie mich glauben läßt.

Wir sitzen im dunklen Schatten des Baumes, es ist eine mondlose Nacht, die Sterne am klaren Himmel verblassen hinter den aufschießenden orangeroten Flammenzungen, die sich im Widerschein des Meeres verdoppeln. Wäre da nicht die Sorge unserer zwei Flüchtlinge aus Messina, wir könnten glauben, einem Feuerwerk beizuwohnen.

Der Amseljunge erzählt, ihm seien einmal die Kuppeln einer Stadt erschienen, aus denen rot strahlende Lichter schossen, ähnlich jenen dort unten. Er selbst habe in einer durchsichtigen Kugel in schwindelerregender Höhe geschwebt, eingetaucht in ein blaues Lichtbündel, wie von den Scheinwerfern der Luftabwehr. Er sollte gerade in die Tiefe gesaugt werden, hinab zu den schimmernden Kuppeln und den glänzenden Straßen, die wie erstarrte Blitze in der Luft zu hängen schienen. Dies ist, was ich von der Erzählung wiedergeben kann, denn der Junge drückte sich anders aus. Ich weiß noch, wie er mit Feuereifer Worte aneinanderreihte, immer wieder in seinen Dialekt verfiel, wild gestikulierte, um den Feuerschein zu bezeugen, der wie riesige Anemonen über der Meerenge erblühte.

Er sprach von einer gigantischen Stadt, auf die er aus unermeßlichen Höhen herabgesehen hatte und die dennoch so deutlich war, als sei er selbst dort unten und liefe durch die wie Feuerbänder leuchtenden Straßen.

Immer noch explodieren über der Meerenge die Flammen, rollt der Donner. Der Junge redet weiter, erregt von dem Anblick. Jeder noch hellere Blitz, jeder noch apokalyptischere Donnerschlag scheint ihn anzuspornen.

Wie es dazu kam, daß er diese außergewöhnliche Stadt sah, erzählt er nur mir, als die Frauen und Flüchtlinge gegangen sind, vertrieben von seinen Phantasien, die ihnen angesichts der Tragödie dort unten geschmacklos erscheinen.

Ich weiß noch genau, daß der Junge weitersprach, auch nachdem die anderen weg waren, im Gegensatz zu sonst, wenn er die Mädchen mit erfundenen Geschichten zu beeindrucken versuchte. Er setzt dort an, wo er unterbrochen wurde, und scheint in der Erinnerung alles noch einmal physisch zu durchleben. Er sagt, er sei noch ein Kind gewesen und habe im Kiesbett der Fiumare hinter dem Haus gespielt, als sie ihn »holten«.

Wahrscheinlich fragte ich: »Wer?« Doch vielleicht sind meine Frage und seine Antwort nur Ergänzungen meiner von dem Wunsch, ihm zu glauben, getriebenen Erinnerung. Auch weil ich mich heute weniger an seine Worte als an seine Gesten erinnere. Da es aber dunkel war, kann ich kaum gesehen haben, was ich heute zu erinnern glaube: wie der Amseljunge mit den Fingerkuppen seine Lider auseinanderzieht, um riesige Augen anzudeuten.

In jener Zeit muß der Bursche sechzehn Jahre alt gewesen sein, ich zehn Jahre jünger. So liegt es nahe, alles als Spinnerei eines Halbwüchsigen abzutun, der einen Knaben mit seinen Geschichten beeindrucken möchte. Und dennoch habe ich diese lange und beschwerliche Reise angetreten einzig in der Hoffnung, den Amseljungen zu finden und seine ungewöhnliche Geschichte noch einmal zu hören.

Am Abend bin ich allein in dem spärlich beleuchteten Hotelrestaurant. Als die Tür zum Servicebereich aufgeht, strömt ein Schwall abgestandener Luft herein, der mir beinah den Appetit raubt, der Geruch nach billiger, geschmackloser Küche und dem dickflüssigen Olivenöl und Essig der Gegend. Als ich das fast ungenießbare Abendessen gerade beende, kommt der junge Mann von heute vormittag herein, setzt sich an einen Tisch und zündet sich eine Zigarette an:

»Und, haben Sie die Person gefunden?«

»Nein«, erwidere ich, »aber ehrlich gesagt, habe ich sie auch gar nicht gesucht.«

»Aha! Aber deswegen sind Sie doch hergekommen, nicht wahr, um jemanden zu suchen?«

»Entschuldigen Sie, wer sind Sie eigentlich?« Ich rücke meinen Stuhl zurück und lasse den Blick demonstrativ durch den leeren Speisesaal schweifen.

»Das braucht Sie nicht zu interessieren«, lächelt der junge Mann.

»Ach, aber Sie interessiert, was ich mache?«

Der Mann grinst, blickt sich um, als suche er jemanden, fixiert dann mit zusammengekniffenen Augen einen dunklen Winkel am anderen Ende des Saals:

»Sie sind kein Italiener, nicht wahr?«

»Ich lebe im Ausland, das stimmt.«

»Franzose, oder?« In seiner Stimme schwingt ein leichter Tadel mit, als sei es ein Makel, Ausländer zu sein. »Ich beglückwünsche Sie zu Ihrem guten Italienisch. Sie waren noch nie hier?«

»Doch, vor vielen Jahren.«

»Wann?«

»Während des Krieges.«

Er lacht, fährt mit der Hand leicht über seinen Schlips und rückt sich die Manschetten zurecht:

»Krieg? Welcher Krieg?«

»Na, der Krieg«, schnaufe ich, »der Zweite Weltkrieg, vor Jahrzehnten!«

Er lacht erneut:

»Nein, davon weiß ich nichts. Da war ich noch nicht auf der Welt. Und Sie lebten damals hier?«

»Ja.«

»Ist ja 'n Ding! Und wie finden Sie das Dorf? Hat es sich verändert?«

»Sehr sogar, soweit ich mich erinnere.«

»Zum Besseren oder zum Schlechteren?«

»Das kann ich nicht sagen.«

»Mich gab's damals noch nicht, aber ich glaube, es hat sich zum Schlechteren verändert. Mit der Zeit wird alles schlechter. Glauben Sie nicht?«

Ich zucke mit den Achseln.

»Die guten Dinge gehen mit der Zeit verloren«, sagt der Mann. »Dieses Dorf war früher berühmt für seine *satizzi*. Sie wissen, was das ist? Eine Wurstsorte, sehr würzig, mit wildem Fenchel. Heute weiß niemand mehr im Dorf, wie *satizzi* gemacht werden. Sie haben sie sicherlich noch gegessen im Krieg, oder? Übrigens, hat Ihnen das Essen geschmeckt?«

Ich rufe zur Küche hinüber, daß ich zahlen möchte, schlage mit dem Messer an mein Glas, aber niemand erscheint. Als einzige Antwort geht das Deckenlicht im Saal aus, nun brennt nur noch die Lampe auf der Anrichte.

»Also, wie hat es Ihnen geschmeckt?« fragt der Mann noch einmal.

Ich antworte nicht.

»Ich kann Ihnen ein Restaurant empfehlen, wo es sehr guten Fisch gibt«, sagt der junge Mann, »aber es ist weit zu Fuß. Wenn Sie wollen, fahre ich Sie morgen mit dem Wagen hin.«

Ich will mich erheben, doch mit einem leichten Druck auf meinen Arm bedeutet er mir, sitzen zu bleiben. Hinter dem jungen Mann tritt nun ein kleiner Dicker mit unverhältnismäßig hoher Stirn aus dem Halbschatten.

»Bleibt doch noch ein Weilchen, Signor Chefa. Nur auf ein Wort.« Der Dicke stellt sich neben den Stuhl des Jüngeren. *»Vatìnne*, geh jetzt. Ich bin da, *ci sugno io, ahora: vatìnne.«*

Der junge Mann springt auf, hebt die Hand zum Gruß und geht zur Rückwand des Saales. Der Dicke setzt sich auf seinen Stuhl. Mit einer leichten Kopfbewegung sieht er dem anderen nach:

»Diese jungen Menschen bringen einfach nichts zuwege. Er sollte Euch nur eine kurze Frage stellen, Dottor Chefa. Und dann redet er und redet ... der Krieg ... die *satizzi* ...«

»Kennen Sie mich?« frage ich.

»Wir kennen Euch nicht, aber wir wissen ein paar Dinge über Euch. Mittlerweile seid Ihr zwar Franzose geworden, aber väterlicherseits gehört Ihr einer hoch achtbaren, aus unserem Dorf stammenden Familie an, achtbar und ehrenwert. Ihr habt ein paar Jahre hier gelebt, als Kind noch; Eure Verwandten sind alle verstorben, keiner ist mehr übrig. Ihr seid weder Polizist noch Richter. Ihr seid nichts Geringeres als Universitätsprofessor. Wir wollen nur eine einfache Frage beantwortet haben: Warum seid Ihr gekommen? Erzählt uns diese Kleinigkeit, dann kümmert Ihr Euch um Eure eigenen Angelegenheiten, und wir bleiben Freunde.«

»Wer sind Sie?«

»Das ist wahr: Ich weiß, wer Ihr seid, dann sollt Ihr auch wissen, wer ich bin. Ich heiße Rocco Pescatore, sagt Euch der Name etwas?«

»Nein.«

»Dann hört Euch um. Ihr könnt jeden fragen, dem Ihr begegnet. Also?«

»Was, also?«

»Was sucht Ihr hier, Dottor Chefa? Wollt Ihr Käufe tätigen? Vielleicht ein Lagerhaus erstehen, hm? Aber es steht nicht zum Verkauf.«

»Was? Welches Lagerhaus?«

»Das Lager, das Ihr Euch heute nachmittag angesehen habt, steht nicht zum Verkauf.«

»Ich habe mir kein Lager angeschaut.«

»Ach nein? Ihr habt Euch aber über eine Stunde in seiner Nähe herumgetrieben.«

»Das Lager interessierte mich nicht dabei.«

»Ach, nein? Was interessierte Euch denn?«

»Das Panorama.«

Der Mann knöpft sich die Jacke auf, sein Bauch wölbt sich mächtig unter dem Hemd, plötzlich streckt er unter dem Tisch seinen Fuß aus und tritt mir gegen das Bein. Ein kurzer, schmerzhafter Stoß, der ein Versehen sein könnte, wenn ich und er nicht genau wüßten, daß es Absicht war. Er sieht mich an. In seinen blauen Augen blitzt nun ein anderes Licht auf, die Andeutung einer tödlichen Bedrohung.

»*Faci caddu*, was für eine Hitze!« seufzt der Mann. »Wißt Ihr, was mich das kosten kann, wenn Ihr Euch in diesem Hotel aufhaltet und den Geheimnisvollen spielt? Ich nenne lieber keine Summen. Heute morgen waren gewisse Leute hier, Ihr habt sie vielleicht gesehen. Vornehme Leute, Ausländer ... Sie sind wieder gegangen. Ob sie zurückkehren? Sie müssen zurückkehren. Doch vorher wollen sie wissen, was los ist, und das will ich auch.«

»Ich habe es doch heute morgen schon Ihrem Freund gesagt. Ich suche jemanden.«

»Und wen?«

»An seinen Nachnamen kann ich mich nicht erinnern. Vielleicht wußte ich ihn nie. Jemand, den ich kannte, als ich noch hier lebte, vor über dreißig Jahren, er war damals ein Junge und ich ein Kind. Ich weiß nicht einmal, ob er noch im Dorf wohnt, er kann ja umgezogen sein oder tot. Er wurde Lippu genannt oder Lippo, wahrscheinlich hieß er Filippo, mehr weiß ich auch nicht. Zufrieden?«

»Und Ihr reist einfach so aus einer Stadt in Frankreich an, zweitausend Kilometer weit in dieses Ziegendorf, um einen gewissen Lippu oder Lippo zu suchen? Habt Ihr denn nichts Besseres zu tun, dort in Frankreich, oder macht es Euch Spaß, Dottore, Eure Zeit zu verschwenden?«

»Das ist meine Sache.«

»Das bestreitet ja niemand. Aber was kostet es Euch, mir den Grund zu verraten, aus dem Ihr diesen Lippu oder Lippo treffen wollt?«

»Es würde mich nichts kosten, aber es ist eine komplizierte Geschichte, die Sie nicht verstehen würden. Jedenfalls hat Sie nichts mit Ihnen zu tun.«

Der Mann wiegt zögernd den Kopf:

»Und dieser Lippu oder Lippo, wie alt soll der jetzt sein?«

»1943 war er etwa sechzehn, dann müßte er heute um die fünfzig sein.«

Der Mann steht auf, streckt sich und lächelt mich an:

»Mal sehen, was wir da tun können. Ihr erlaubt doch, daß wir Euch bei der Suche nach diesem Lippu oder Lippo behilflich sind? Allein kämt Ihr sowieso nicht weit.«

»Danke«, sage ich schroff, ich will das Gespräch beenden.

»Dann also auf Wiedersehen.«

Der Dicke dreht sich um und verschwindet im Halbdunkel. Ich höre, wie er an der Küchentür mit jemandem spricht. Dann kommt die alte Frau mit einem Tablett herbei, auf dem eine Tasse Kaffee, ein Glas und eine Whiskeyflasche stehen. Ich bitte sie um die Rechnung und sage, sie solle auch die Übernachtungskosten dazuschreiben.

»Ist alles schon bezahlt«, erwidert die Frau, »auch das Zimmer, bis Mittwoch.«

Die Botschaft ist deutlich, denke ich, heute ist Samstag, und in vier Tagen bin ich besser verschwunden.

Kalabrien, 8. August 1976

Am nächsten Morgen sitzen die fünf oder sechs Gäste vom Vortag in der Bar und frühstücken. Der Duft nach Taralli und Kaffee erfüllt die Luft. Durch die halbgeöffneten Fensterläden fällt Sonnenlicht herein. Die Leute sehen fröhlich aus, sie lachen und unterhalten sich auf englisch miteinander. Ein Mädchen lacht lauter als die anderen, sie ist schön, trägt ein weit ausgeschnittenes Kleid, sitzt mit hochgezogenem Rock da und präsentiert ihre Beine, sie lächelt mir zu.

Der elegante junge Mann kommt heran, küßt das Mädchen, dreht sich zu mir um und zeigt mit dem Finger auf mich.

»Lippu oder Lippo, wie?« Er bricht in Gelächter aus. »Wissen Sie, wie er im Dorf genannt wird? Er wird ›*Lippuzzu u' sceccu*‹ genannt, Lippo der Esel. Sie suchen also tatsächlich den Dorftrottel, Dottor Chefa?«

Er dreht sich zu dem Mädchen um und sagt etwas auf englisch. Das Mädchen sieht mich an und lacht. Der Mann tritt näher:

»Vorausgesetzt natürlich, daß er derjenige ist, den Sie suchen. Er ist vor einem Jahr aus Mexiko zurückgekehrt, doch leider hat der Auslandsaufenthalt ihm gar nicht gut getan, er ist durchgeknallt wie eine kaputte Glühbirne. Aber bitte, hier ist seine Adresse.«

Er faßt in seine Jackentasche, zieht einen Zettel hervor und legt ihn vor mir auf den Tisch.

Auf dem Zettel ist eine kleine Karte eingezeichnet mit einem Weg, der bei einem Ortsteil beginnt (»Lisciandro«), den äußeren Straßen des Dorfes bis zu einem Wäldchen folgt (»Kastanienwäldchen«), einen Wasserlauf überquert

(»Brücke über Fiumare«), ein doppeltes S beschreibt und bei einem Kästchen anlangt, das mit einem Pfeil gekennzeichnet ist (»Steinhaus«).

Unter der Karte steht: »Filippo Sinicropi, am besten nachmittags anzutreffen. Vormittags streift er durch die Wälder.«

»Danke«, sage ich.

»Kein Problem, war uns eine Ehre«, erwidert der junge Mann, der sich nun zu dem Mädchen an den Tisch setzt, einen Tarallo in ihren Milchkaffee tunkt und mit der anderen Hand ihre Schenkel streichelt.

Die Frau aus dem Tabakladen tritt an die Tür und weist mir die Richtung. Verwundert bleibt sie vor ihrem Laden stehen und sieht mir nach.

Auf dieser Seite ist das Dorf völlig verlassen. Türen und Fenster sind mit Brettern vernagelt. Der Name des Ortsteils lautet wie auf dem Zettel angegeben: Lisciandro.

In dem Gewirr der Gäßchen, die sich den Berghang hinaufschlängeln, begegne ich keiner Menschenseele. Lediglich eines der letzten Häuser vor dem Wald scheint bewohnt zu sein. In der offenstehenden Tür, die in einen Flur führt, sitzt breitbeinig ein alter Mann. Er sieht krank aus, stiert mit abwesendem Blick ins Freie. Unter seinem Bauch wölbt sich ein schmuddeliger gelber Pyjama unnatürlich zwischen den Beinen.

Hinter einem Schrottplatz mit kaputten Reifen, ausrangierten Haushaltsgeräten und einem rostigen Auto ohne Räder beginnt der Wald. Die Wurzeln der alten, vom Blitz gespaltenen Kastanien geben den sonnengebleichten Steilhängen Halt, der Weg ist mit trockenen Blättern und einem Teppich aus Kastanienschalen bedeckt. Ich beuge mich hinunter und hebe eine kleine, verschrumpelte Kastanie auf, in meiner Kindheit fielen sie als dicke braune, mehlig schmeckende Früchte herab, man mußte nur mit einem Stecken an die Äste schlagen. Der Geruch des Waldes ist noch derselbe, es duftet nach getrockneten Kräutern, Bergminze und dem morschen Holz der Baumstümpfe.

Ich streife quer durch den Wald, will mich am Geräusch des Wassers orientieren. Als ich dann auf die aus Baumstämmen und Brettern gezimmerte Brücke treffe, sehe ich das steinige Flußbett darunter, die Fiumare ist ausgetrocknet bis auf ein paar Lachen, in denen sich das Grün der Blätter spiegelt.

Das Haus steht halb hinter wucherndem Gestrüpp verborgen, umgrenzt von einer lockeren Steinmauer, die Brombeersträucher und ein paar Zwergeichen an einigen Stellen zum Einsturz gebracht haben. Das Steinhaus ist unverputzt, Flechten bedecken das Stück Dach, das zu sehen ist und das notdürftig mit Wellblechteilen repariert wurde.

Genauso sah das Haus der Versengten Teresa aus, vielleicht ist es dasselbe. Mit der Erinnerung sind die alten Schuldgefühle wieder da. Teresa war eine einsame alte Bäuerin, deren gesamte Familie von der Spanischen Grippe dahingerafft worden war. Sie wurde »die Versengte« genannt, seitdem jemand aus Mißgunst versucht hatte, ihr Haus anzustecken. Sie lebte von dem, was sie im Wald fand. Sie bettelte nicht, sondern sie trug ihren Korb mit Pilzen durch das Dorf und tauschte sie gegen das, was die Dorfbewohner ihr gaben: Kartoffeln, Reis, abgelegte Kleider. Ich weiß noch, daß meine Großmutter Teresa sehr bewunderte, da sie in ihr den Stolz der armen Bretonen wiedererkannte. Teresa trug nach kalabresischer Sitte unzählige Röcke übereinander.

Es war der Amseljunge, der hin und wieder eine Bande junger Burschen zu ihrem Haus führte, um der Versengten Teresa heimlich beim Ausziehen zuzusehen, und manchmal nahm er auch mich mit. Die Alte ging sehr früh zu Bett, wenn es noch hell war. Durch die grob gezimmerte Brettertür konnten wir den kahlen Raum mit der rauchgeschwärzten Feuerstelle an der Rückwand sehen und in der Mitte des Zimmers das aus ein paar Latten bestehende

Bettgestell mit einem Sack aus Maisblättern darauf. »Nummer eins! Nummer zwei!« schrien die Jungs bei jedem Rock, der zu Boden fiel. Teresa unterbrach ihr Werk und langte unter das Bett, wo sie eine Lage Steine aufbewahrte, die sie nach uns warf. Die Jungen rannten davon, hielten jedoch im Schutz der Kastanien an, überschütteten sie mit Spottnamen, warfen ebenfalls mit Steinen. Als die Großmutter von dem grausamen Streich erfuhr, schimpfte sie mich aus und las dem Amseljungen die Leviten.

Ich suche die Rußspuren, die das Haus der Versengten Teresa schwärzten. Ich meine einen dunkleren Streifen über dem Querbalken der Eingangstür zu erkennen. Vielleicht ist es ja tatsächlich ihr Haus. In der neuen, grau gestrichenen Tür finden sich keine Ritzen.

Ich klopfe lange, aber niemand öffnet, die Fenster neben der Tür sind verhängt. Ich drehe mich um und will zum Dorf zurückkehren. Nach wenigen Schritten höre ich eine Stimme:

»*Que queres?*«

Auf der Türschwelle steht ein Mann mit langen weißen Haaren, einer dicken Sonnenbrille, deren Metallgestell in der Sonne glitzert, und einer weißen Kunststoffjacke. Auch seine Hose ist weiß, der locker um den Hals geschlungene cremefarbene Schal hängt auf die Brust herab, im Mundwinkel hält er eine Zigarre.

»Sind Sie Filippo Sinicropi?« frage ich und denke, daß dies nicht der Amseljunge sein kann, zu alt mit seinem weißen Haar, auch wenn das Gesicht noch erstaunlich frisch aussieht.

»Was wollt Ihr denn von ihm?« Der Mann zündet sich mit einem goldenen Feuerzeug die Zigarre an und beäugt mich über die Flamme hinweg, während er eifrig zieht.

»Ich möchte mit ihm reden.« Ich mache einen Schritt auf die Tür zu.

»Halt!« schreit der Mann und streckt abwehrend die Hand

mit der Zigarre in meine Richtung. »*Ve usted la planta?* Seht Ihr den Susinenbaum dort? Ihr müßt ihn umrunden. Geht noch einmal zurück.«

Ich verstehe nicht, was er meint, und rühre mich nicht vom Fleck.

»*No veis* das Netz?«

»Das Netz?«

»*Vete a tomar para el culo!* Das Spinnennetz. Seht Ihr das nicht? Seid Ihr blind?«

Winzige Tautropfen blinken auf den silbrigen Fäden eines großen Spinnennetzes.

»Sie hat eine ganze Woche daran gewebt. Seht Ihr es jetzt?«

»Ja, ich sehe es.«

»*Bueno!* Dann weicht ihm nun aus.«

Der Mann tritt ins Haus zurück und läßt die Tür offen.

Ich gehe um die Spinnwebe herum und stelle mich auf die Türschwelle. Nach der gleißenden Helligkeit draußen wirkt das Zimmer dunkel.

»Darf ich?« frage ich.

»*Creen que son los padrones del mundo ...*«, brummt der Mann. Immer noch geblendet, kann ich ihn nirgends erkennen.

»Sie glauben die Herren der Welt zu sein, doch sie sind es nicht, es gibt nämlich auch noch die Spinnen, nur mal als Beispiel. Die Spinnen waren vor uns da, Jahrmillionen vor uns, und sie werden auch noch dasein, wenn wir schon wer weiß wo sind.«

Jetzt sehe ich ihn, er sitzt am Kopfende eines langen Tisches, der die gesamte Breite des Raumes einnimmt, seine Brille glitzert in einem Lichtstrahl, der durch den Spalt der zugezogenen Vorhänge fällt. Auf dem Tisch türmen sich getrocknete, zu Bündeln sortierte Zweige. Ein angenehmer Duft nach Heilkräutern erfüllt den Raum.

»Sind Sie Filippo Sinicropi?«

»*Queres hablarme?* Dann sprecht!«

Überall hängen Spinnweben, auch um die Tischbeine. In die Steinwände sind dicke Nägel mit doppelspiraligem Kopf getrieben, wie die Bauern sie zum Schärfen ihrer Sicheln verwenden. Auf ihnen liegen Regalbretter mit allerhand Dingen, nur eine Wand ist frei, an der eine Himmelskarte hängt.

»Ich suche einen gewissen Lippo, den ich vor langer Zeit gekannt habe ...«

»Während des Krieges«, unterbricht er mich.

»Sind Sie Lippo?«

»Habt Ihr diese Leute geschickt, die mir gestern abend einen Besuch abgestattet haben?«

»Ich habe niemanden geschickt.«

»Was wollen diese Leute von mir? *Que queren?* Und was sucht Ihr?«

»Ich suche gar nichts, ich möchte nur wissen ...«

»Saber cosa?«

Seine überschnappende Stimme läßt mich zusammenfahren.

»Zuallererst einmal, ob Ihr derjenige seid, den ich suche. Ich glaube ja fast, ich bin hier falsch.«

»Falsch? *Porché?*«

»Zu alt.«

»Ach ja? Und für wie alt haltet Ihr mich?«

»Sechzig, würde ich schätzen.«

»Wollt Ihr wissen, wie alt ich bin? Zehn Jahre jünger: neunundvierzig. Ich sage Euch etwas, was Ihr vielleicht schon wißt. *Los paysanos me creen loco.* Seit ich aus Mexiko zurück bin, halten sie mich für verrückt, *que la cabeza me voltò, compriende usted?* Sie glauben, ich hätte nicht mehr alle Tassen im Schrank. *U' sceccu* nennen sie mich. *Yo* lasse sie in dem Glauben. Es ist mir ganz recht, daß sie mich nicht ernst nehmen. Das ist auch eine Art, in Ruhe gelassen zu werden. Sagt mir, wie Ihr heißt. Ich habe sie danach gefragt, diese Männer, aber sie wollten es mir nicht sagen.«

»Davide Chefa.«

»Ah!« lächelt Lippo. »Während des Krieges wohntet Ihr in dem Holzhaus an der Straße, in dem großen. Und Ihr seid gekommen *para hablar con migo*?«

»Wenn Sie derjenige sind, den ich damals kannte, ja.«

»Ich bin es. Und du bist also Davide, wie?«

Er lächelt, schüttelt den Kopf: »Komm, ich will dir etwas zeigen.«

Er steht vom Tisch auf und geht zu dem größeren der zwei Fenster im Raum, die beide verschlossen sind. Er reißt es auf. Es ist eine Balkontür.

»Komm näher«, sagt Lippo.

Ich trete zu ihm, der Balkon ist schmal. Ich schaue hinab und weiche taumelnd zurück. Lippo kichert und schiebt mich an den Schultern nach vorn, bis meine Knie die Eisenbrüstung berühren. Von der Vorderseite aus gesehen, wirkte das kleine Haus, als ducke es sich in das Unterholz, doch hier sieht man, daß es an einem Abgrund liegt. Der Gebirgsausläufer, auf dem das Haus steht, stürzt hier senkrecht in die Tiefe. Steilhänge und wieder Steilhänge, Kastanienwälder auf dem dunkleren Bergrücken im Hintergrund, dann eine Ebene, so weit das Auge reicht, das silbrige Grau der Olivenbäume, das leuchtende Grün der Zitruspflanzen, und wo es in der Ferne wieder heller wird, erahnt man das andere Meer, das Ionische. Der Himmel ist so weit, daß einem die Augen weh tun.

»Mañana volvé de noche«, sagt Lippe, »wenn die Sterne aufgegangen sind. Komm morgen nacht wieder, bei Nacht redet es sich besser.«

Ich schlage die Richtung ein, in der ich das Hotel vermute.

Eigentlich hat die ganze Zeit nur Lippo geredet, ohne Unterbrechung und wie ein Mensch, der seit langem mit niemandem mehr gesprochen hat. Die Mischung aus Spanisch und Italienisch, das sogenannte *cocoliche* der italienischen Seefahrer, das er nutzt, um mit seiner Weltläufigkeit zu prahlen, klingt mir noch in den Ohren wie das Thema einer Musik.

Seine Worte habe ich nur vage behalten, da ich mich zu häufig in eigenen Erinnerungen verlor. Doch in dem Kosmopoliten, der die halbe Welt bereist und hundert Berufe ausgeübt hat, schimmerte immer wieder der Amseldompteur durch. Ich war genauso fasziniert wie früher. Lippo ist mit dem Alter eine Art Zauberer geworden, mit einem orientalischen Einschlag, der ihm etwas Guruhaftes verleiht. Seit es in den Wäldern des Aspromonte keine Köhler mehr gibt, wachsen hier wieder Pflanzen, die schon als ausgestorben galten. Manche davon haben besonders heilende oder belebende Kräfte, andere hingegen sind äußerst giftig. Lippo kehrte mit ausreichenden finanziellen Mitteln in sein Geburtsland zurück, um sich ein Leben ohne Arbeit erlauben zu können. Doch er ist ein Mensch, der immer etwas tun muß: So läuft er durch die Wälder und sammelt Heilpflanzen, gewinnt daraus Extrakte, kennt die Methoden, um sie zu konservieren, und verkauft sie an ein Unternehmen, das mit Naturheilmitteln handelt.

Er erzählte dies und das von seinen Reisen, er hat die unmöglichsten Dinge gesehen und Menschen aller Kontinente kennengelernt. Seemänner, Landstreicher, Schmuggler, auch Diebe und Kriminelle, Leute, denen man besser nicht den Rücken zukehrt, Typen, denen das Messer leicht ausrutscht, glücklicherweise kann er selbst mit dem Messer umgehen und schlug sich ganz gut durch. Ein hartes, ein sehr hartes Leben, doch er kam durch und schaffte es, dabei sauber zu bleiben, das Gefängnis zu umgehen. Seine Erzählungen endeten oft mit einem Fragezeichen, als wolle er mich einladen, endlich die Frage zu stellen, die am Ziel meiner langen Reise zu diesem schwindelerregenden Haus stand.

Es schien mir, als wolle er mir mit seinen Geschichten etwas sagen. Als wolle Lippo mir zeigen, wieviel Mühe und Gefahren es ihn gekostet hatte, den Frieden zu finden, in dem er nun lebt. Frieden war ein Wort, das in seinem Quasi-Monolog immer wieder auftauchte. Ein ganz privater, persönlicher Friede.

»Man muß lernen, sich selbst zu lieben und den Frieden zu lieben, der in uns selbst liegt. Ein langer und schwieriger Weg in einer Welt, die sich im permanenten Kriegzustand befindet.«

Während ich seiner sanften, naiven und doch belehrenden Stimme lauschte, kehrte ich in die Vergangenheit zurück, wurde wieder das Kind an der Seite des älteren Jungen, der schon mit geheimnisvollen Zielen hinter Frauen her ist, der alle Spiele kennt, der eine Amsel zähmt. Ich konnte die Frage nicht stellen, ich dachte, sie werde ihn ärgern, ich fürchtete, er finde sie kindisch. Die Reise kam mir sinnlos und albern vor, reine Zeitverschwendung.

Ich wollte gerade gehen und niemals wiederkehren, als ich die Steine sah. Lippo hatte das Fenster wieder geschlossen – seine dunkle Brille trägt er auch im Haus, er kann wohl kein helles Licht vertragen, dachte ich –, da fiel ein staubiger Sonnenstrahl, der sich durch die Vorhänge stahl, auf die Steine. Sie lagen über die Regale verteilt. Lippo bemerkte, daß ich sie betrachtete, und nickte, als habe er erwartet, daß sie mir auffallen würden. Er sagte, daß wir morgen darüber sprechen würden, und wiederholte seine Einladung, in der Nacht wiederzukommen:

»*Tambien las petras*, auch die Steine sieht man bei Nacht besser.«

Nachdem die Sonne untergegangen ist und der Himmel die Farbe von reifen Susinen angenommen hat, steigt langsam der Nebel auf. Ich habe die Orientierung verloren. Lippo hat mir eine Abkürzung gezeigt, um die verlassenen Häuser von Lisciandro zu umgehen. Ich biege vom Wald auf eine Landstraße ein, doch durch den Dunst kann ich das Dorf nicht sehen, das ich schon längst hätte erreichen wollen. Ich weiß nicht, ob ich der Straße abwärts folgen oder besser bergauf gehen soll. Zwei oder drei Autos fahren an mir vorbei, sie haben bereits die Schweinwerfer eingeschaltet. Auf einer kleinen Lichtung neben der Straße bleibe ich stehen, blicke den Hang hinab und glaube die Dächer der ersten Häuser zu erkennen. In diesem Moment erfaßt mich der Scheinwerfer eines Mercedes. Das Auto parkt auf der anderen Straßenseite und blendet seine Scheinwerfer auf und ab. Durch das Seitenfenster reckt sich der asymmetrisch geformte Kopf von Rocco Pescatore:

»Dottor Chefa, Ihr geht ja in die falsche Richtung.«

Pescatore steigt aus und öffnet die Beifahrertür: »Bitte. Ich nehme Euch mit.«

Ich überlege kurz, ob ich ablehnen soll, dann denke ich, daß die Gelegenheit ideal ist, um die Sache mit der Rechnung zu klären. Ich überquere die Straße und steige ins Auto.

»Signor Pescatore«, sage ich, »wie gut, daß ich Sie sehe. Ich danke Ihnen für die Aufmerksamkeit, aber in der Regel begleiche ich meine Rechnungen immer noch selbst.«

Der Dicke riecht nach altem Schweiß und Aftershave.

»Ich wollte Euch nicht beleidigen«, sagt er, »es war reine Gastfreundschaft, eine kleine Aufmerksamkeit seitens des Hauses einem ausländischen Gast gegenüber: Das Hotel gehört mir nämlich.«

»Sie betreiben ja einen nicht unerheblichen Aufwand um mich, Sie und Ihr Freund.«

»Mein Neffe«, korrigiert mich Pescatore.

Wir fahren die Straße zum Dorf hinauf. Pescatore lenkt schweigend den Wagen, am Dorfeingang seufzt er tief auf und entspannt sich:

»Darf ich Euch zu einem Kaffee einladen?«

Die Fenster der Bar gehen auf einen unregelmäßig geformten Platz hinaus, in dessen Mitte eine kümmerliche kleine Grünfläche angelegt ist. Auf einer Bank sitzen zwei alte Männer. Die Bar ist voll. Pescatore geht voraus. Die

Männer am Tresen machen ihm sofort Platz und weichen weiter zurück, als nötig wäre. Sie begrüßen ihn, indem sie andeutungsweise den Hut ziehen. Auch zwei junge Carabinieri an einem der Tischchen tippen sich mit der Hand an die Mützen. Pescatore antwortet mit einem Gruß in die Runde. In der Auslage neben dem Tresen liegen riesige honigfarbene Kuchenteilchen, und der durchdringende Geruch nach Zimt und Kaffee liegt in der Luft.

»Habt Ihr Euren Freund gefunden?« fragt Pescatore. »War die Wegbeschreibung korrekt?«

»Äußerst korrekt, danke.«

»Einem Ausländer hilft man doch gerne ...«

Bei unserem Eintreten war die Bar von einem lebhaften Stimmengewirr erfüllt. Nun herrscht Stille. Die zwei Carabinieri grüßen mit der Hand an der Mütze und gehen hinaus.

Pescatore zieht einen kleinen Kamm aus der Tasche und führt ihn über seine Glatze bis in den Nacken, stellt sich dabei auf die Zehenspitzen, um sich im Spiegel hinter dem Tresen zu betrachten. Bei jeder Bewegung weht eine Schweißfahne zu mir herüber.

Nach dem ungewöhnlich starken und aromatischen Kaffee sieht er mich mitleidig an, als betrachte er ein Kind, das sich verirrt hat:

»Ich bringe Euch ins Hotel zurück«, sagt er.

»Nein, danke, ich gehe lieber zu Fuß.«

»Aber es ist weit, außerhalb des Dorfes, mitten auf dem Land, quasi.«

»Ich kann ein wenig Bewegung gebrauchen.«

Pescatore zuckt mit den Achseln. Als ich zur Tür gehe, sehe ich im Spiegel der Glasscheibe, wie er mir lächelnd nachsieht. Die zwei Männer auf dem kleinen Platz sind nicht mehr da, man hört das Plätschern des Brunnens, die Straßen sind leer, bis zum Hotel begegne ich keiner Menschenseele.

Am nächsten Morgen trete ich aus dem Tabakladen, der alles verkauft, auch Zeitungen. In diesem Moment geht jemand dicht an mir vorbei und berührt die Zeitung, die ich unter den Arm geklemmt habe. Der Mann läuft weiter, rennt fast, und verschwindet in einer Gasse. Er trägt ein dunkles Hemd und eine ebensolche Hose, auf dem Kopf eine schwarze Baseballkappe. Ich erkenne Lippo, er ist im Halbdunkel der Gasse stehengeblieben und winkt mich heran. Ich gehe zu ihm.

»Da hast du mir was Schönes eingebrockt«, sagt Lippo. »Folge mir.«

Er biegt um eine Ecke. Ich gehe ihm nach, er huscht an der Mauer entlang, ab und zu dreht er sich um, ob ich noch da bin, bis wir die baufälligen Häuser von Lisciandro erreichen. Dann verschwindet er plötzlich. Ich versuche dem Geräusch seiner Schritte zu folgen, dann verstummen auch sie, ich vernehme nur noch das Tröpfeln des schlammigen Rinnsals, das die Gosse hinabläuft. Von einer der verrammelten Türen baumelt ein loses Brett herab.

Der Raum, ebenso verlassen wie der Rest des Hauses, muß einmal die Küche gewesen sein, wie der Spülstein und die gekachelte Wand dahinter bezeugen. Lippo ist dort drinnen, im Halbschatten sehe ich den Schirm seiner Mütze, die er tief über die dunkle Brille gezogen hat.

»Halt«, sagte Lippo, »bleib draußen.«

Ich gehe wieder hinaus auf die schmale Straße, ein leiser Pfiff lenkt meine Aufmerksamkeit auf ein kleines Fenster. Ich trete näher, und Lippo wirft mir durch den halbgeöffneten, kaputten Fensterladen einen gehetzten Blick zu.

»Ist dir jemand gefolgt?«

»Nein.«

»Geh bis ans Ende der Straße, schau nach, ob niemand da ist, und komm zurück. Wenn du jemanden siehst, *vajas con Dios*.«

Genervt gehe ich zur Straßenecke und denke dabei, daß

die Dorfbewohner schon richtig liegen, Lippo ist wirklich nicht ganz klar im Kopf. Die Gasse ist menschenleer. Als ich zurückkehre, raucht Lippo hinter dem Fensterladen eine Zigarre.

»Niemand zu sehen?«

»Nein.«

»Ganz sicher?«

»Ja.«

»Regel *numero uno*, merke sie dir gut: Komm nie mehr zu meinem Haus. Egal, aus welchem Grund. Regel *numero dos*: Rede Klartext. Bei mir darfst du das, *yo no soy un perro*! Ich beiße nicht, *comprende*?«

»Du beißt nicht, okay.«

»Ich habe nichts, weder für dich noch für jemand anderen«, sagt Lippo, »du bist falsch informiert.«

Lippo ist nicht mehr der Junge mit der Amsel, sondern ein erwachsener Mann voller Mißtrauen.

»Ich möchte nichts von dir.«

Lippos Blick wird düster:

»Gestern, nachdem du weg warst, bekam ich Besuch von einem ihrer Männer, der sich noch daran erinnert, daß wir einmal zusammen in die Schule gegangen sind, der einzige, der mir noch halbwegs freundlich gesinnt ist. Oder der zumindest so tut. Ich habe nichts mit ihnen zu schaffen. Er wollte über dich reden. Schon zum zweitenmal, das erstemal war er in Begleitung eines jungen Mannes. *Los pejores son los jovenes.* Je jünger diese Typen, um so mieser sind sie. Stimmt es, daß du in dem Hotel wohnst?«

»Wo sollte ich denn sonst schlafen, unter den Kastanien?«

»*Sabes quien es el patron del hotel*, weißt du, wem die Sanfte Ruhe gehört?«

»Einem gewissen Rocco Pescatore.«

»Como lo sabes?«

»Das weiß ich, weil er es mir gesagt hat.«

»Du hast mit ihm gesprochen?«

»Ja.«

»*Sabes*, wer dieser Rocco Pescatore ist?«

»Das ist mir egal.«

»Aber du bist ihm nicht egal.«

»Und ich verstehe immer noch nicht, warum.«

»Wirklich nicht? Rocco Pescatore ist *el jefe*, der Schlimmste von allen, *el pejor maldido cabron*. Siehst du nun das Problem?«

»Welches Problem?«

»Die Gefahr, in der wir schweben. Ich hätte sehr gut darauf verzichten können. Das Problem ist dein Schweigen. Du hast dich in seinem Hotel eingemietet, du redest mit ihm, aber über das, was ihn interessiert, kein Sterbenswörtchen. *El jefe te lo preguntò*, das wette ich.«

»Was soll er mich gefragt haben?«

»Bist du gekommen, um deine Vorräte aufzustocken?«

»Welche Vorräte? Pescatore wollte wissen, ob ich hier sei, um Käufe zu tätigen. Was denn bloß für Käufe!«

»*No me digas que no has comprendido*, du wirst dir doch wohl denken können, wofür man in einem so gottverlassenen Nest ein Hotel mit vierzig Zimmern betreibt. Was glaubst du, was die Ausländer hier wollen?«

Ich zucke ahnungslos mit den Schultern:

»Ich bin jedenfalls nicht zum Einkaufen gekommen. Und von Pescatore habe ich noch nie zuvor gehört.«

»Du bist also kein Einkäufer?«

»Was soll ich denn kaufen? Nein!«

Lippo zieht an seiner Zigarre. Er sieht mich an und seufzt:

»Was für ein Spiel spielst du?«

»Überhaupt keines. Hör mir zu ...«

»Nein, jetzt hörst du mir mal zu! In welcher Welt lebst du eigentlich? Hast du so auch mit Pescatore geredet, den Unschuldigen gespielt? Die Sanfte Ruhe ist ein Umschlagplatz für Kokain, *la blanca señora, comprendes*? Aus ganz

Europa kommen Leute, um sich damit einzudecken, der Ort lebt davon. Du willst nichts kaufen ... Du hast also ein anderes Ziel ...«

»Genau ...«

»Dieser Typ hat mir gesagt, sie hätten sich erkundigt, du bist nicht von der Polizei.«

»So ein Quatsch, natürlich nicht.«

»Vor sechs Monaten kam ein unabhängiger Händler hierher. Sie mußten ihm nur den *coche* ansengen, und schon war er wieder weg. Was hat dich bloß getrieben, nach mir zu suchen«?

»Ich habe dich gesucht, weil ich mit dir reden wollte, mit Drogen habe ich nichts zu schaffen, da habe ich ganz andere Sorgen. Ich wollte mit dir über den Krieg reden. Du hast mir damals etwas erzählt, das du einmal erlebt hattest ...«

Der Rauch der Zigarre zieht durch den Fensterladen. Lippo schweigt eine Weile. Das Plätschern des Wassers im Rinnstein tönt laut in der Stille. Es riecht faulig. Ein Wagen rast vorüber, aber weit entfernt.

»Dann hatte ich also recht, mein erster Eindruck hat mich nicht getäuscht. Das dachte ich mir, sobald ich dich sah.« Lippos Stimme hat nun einen anderen, freundschaftlichen Ton angenommen, wie bei meinem Besuch in seinem Haus.

»Queres hablar con migo tambien de las petras?«

»Nein. Oder besser gesagt, ja: Ich möchte mit dir auch über die Steine reden, aber erst, wenn ich sie gesehen habe ...«

»Ach so, verstehe, *ahora comprendo*. Aber wir haben keine Zeit, darüber zu reden: ein andermal. Du mußt jetzt gehen. Du mußt in dein Land zurückkehren. Schnell. Auch ich werde von hier verschwinden. Pescatore und die anderen haben mich wieder ins Visier genommen und verdächtigen mich, und du bist schuld daran. *Son locos*, sie sind komplett paranoid. Dich haben sie auf dem Kieker, weil du dich nicht an sie gewendet, sondern mich gesucht hast. Sie sind überzeugt, daß du ein zahlungskräftiger potentieller Kunde bist, der sich an der Quelle eindecken will. Sie dulden keine Konkurrenz im Ort. Mich hatten sie im Verdacht, ich sei ein Verkäufer mit einer eigenen Verbindung nach Lateinamerika. In den ersten Monaten nach meiner Rückkehr hat es mich viel Mühe gekostet, sie vom Gegenteil zu überzeugen. Und jetzt kommst du und bringst mich erneut in Schwierigkeiten.«

»Dann erzähl doch diesem Freund von dir, daß ich zu einem anderen Zweck hier bin.«

»Das bringt nichts, er würde mir nicht glauben.«

Ich fühle mich schuldig: »Ich bin doch nur gekommen, weil ich mit dir über das reden wollte, was ...«

»Ich weiß, worüber du mit mir reden wolltest. Das wußte ich in dem Augenblick, als mir klar wurde, wer du bist. Wir erkennen uns wieder, du und ich. Es ist, als hätten wir einen bestimmten Geruch an uns. Wir haben dasselbe Schicksal. Das war kein Märchen, keine Erfindung eines halbgaren Jungen. Wäre ich wegen einer bloßen Spinnerei um die ganze Welt gereist? Aber wir haben keine Zeit für diese Dinge. Wir müssen hier weg, ich auch, noch heute nacht. Du solltest sofort abreisen. Ich werde dich in deiner Stadt besuchen, dann reden wir weiter. Ich war dieses Dorf sowieso schon leid. Die Heimat ... *Una mierda!*«

Ich habe Lippos Anweisung nicht befolgt, ich kann Befehle, egal, von wem sie kommen, einfach nicht ausstehen. Außerdem muß ich aufpassen, daß der Verdacht Pescatores und seiner Handlanger nicht zu den Behörden getragen wird und Ermittlungen auslöst, die mir wer weiß welche Unannehmlichkeiten bereiten könnten.

So habe ich also die örtlichen Carabinieri aufgesucht, in einem einsam gelegenen Haus auf der dem Hotel entgegengesetzten Seite des Ortes. Ich habe mit dem dortigen

Offizier gesprochen, einem freundlichen Mann mit grauem Haar, der mich äußerst geduldig und verständnisvoll anhörte. Schließlich schüttelte er den Kopf und sagte mit väterlichem Unterton in der Stimme:

»Das wissen wir alles selbst, wer wüßte es nicht im Dorf? Ich habe die Vorgänge vor geraumer Zeit an die entsprechenden Stellen weitergeleitet, was sollte ich sonst tun? Mich ihnen entgegenstellen, mit meinen zwei frischgebackenen Unteroffizieren? Sie würden mich, meine beiden Jungs und die Kaserne anzünden ... Das Gemeindehaus haben sie schon zweimal abgebrannt, wegen einer unbedeutenden Baugenehmigung, die einem der Ihren verweigert worden war. Ich stehe auf verlorenem Posten, allein in Feindesland. Auf der einen Seite sie, auf der anderen das Dorf, und mittendrin eine kleine Carabinieri-Wache. Verschiedene Welten, die sich niemals begegnen. Das fehlte uns noch! Jedenfalls danke ich Ihnen, Sie sind ein Mann mit Sinn für seine Bürgerpflicht. Aber ich kann nur hoffen, daß niemand Sie gesehen hat. Es war sehr unvorsichtig von Ihnen herzukommen, man merkt, daß Sie Ausländer sind. Beherzigen Sie den Rat Ihres Freundes. Reisen Sie so schnell wie möglich ab.«

Am nächsten Morgen ist das Hotel wie ausgestorben, die Fremden sind verschwunden. Die alte Frau an der Rezeption erwidert auf meine Frage, der Padrone sei abgereist. Und der Neffe? Welcher Neffe, sie weiß nichts von einem Neffen. Die Frau ist wortkarg, ihr scheint etwas Bitteres im Magen zu liegen, doch ihr Blick spricht Bände: »Was suchen Sie noch hier?«

Ich gehe Zigaretten und eine Zeitung kaufen. Die Verkäuferin mit ihrem hageren, verbrauchten Gesicht auf dem schwerfälligen Rumpf sieht mich aus traurigen Augen durchdringend an. Der kleine Laden grenzt an ihre Wohnung, ein würziger Duft mischt sich in die Essensgerüche aus der Küche.

Während sie mir die Zigaretten reicht, wendet sie ihren Blick nicht von mir ab. Dann raunt sie mir zu:

»Haben Sie schon von dem Feuer gehört?«

»Was für ein Feuer?«

»Haben denn die Sirenen der Feuerwehr Sie nicht geweckt heute nacht?«

»Nein.«

»Im Kastanienwäldchen oberhalb von Lisciandro ist das Haus eines Mannes abgebrannt, der aus Mexiko zurückgekommen war. Sie sagen, eine Gasflasche sei explodiert. War ein komischer Kauz, der da gewohnt hat, immer allein, sprach mit niemandem, im Dorf hieß er nur *u' sceccu*. Die Feuerwehr hat nicht einmal versucht, den Brand zu löschen, sie haben nur dafür gesorgt, daß er nicht auf den Wald übergreift, das Haus ist nur noch ein Haufen Asche. Aber drinnen wurde niemand gefunden. Zum Glück war der Verrückte wohl gerade nicht da, als die Gasflasche explodiert ist.«

Ich kehre ins Hotel zurück, wo ich darauf dringen muß, die Rechnung zu bezahlen. Ich packe meine Koffer und rufe eine Autovermietung in der Provinzhauptstadt an. Nach ein paar Stunden wird mir ein Wagen gebracht. Ich mache mich auf den Weg zum Flughafen Lamezia.

Hinter der ersten Kurve nach dem Dorf sehe ich den Rauch, ein schwarzer Faden, der in der stillen Luft über den Kastanien aufsteigt. Ich lasse das Auto am Straßenrand stehen.

Der Gestank steigt mir schon einige hundert Meter vor der Brücke über die Fiumare in die Nase. Es riecht nicht nur verbrannt, der Geruch ist schärfer. Schwarz verkohlte Steine sind in den Wald geschleudert worden. Die Dornenbüsche sind nur noch ein schwarzes Gekrakel, das Haus eine rauchende Grube am Rande des Abgrunds. Dahinter erstreckt sich das schwindelerregende Panorama.

Das Haus der Versengten Teresa, das war Schicksal.

Als ich am Flughafen von Lamezia ankomme, hat der Flieger nach Rom gerade abgehoben.

Die nächste Maschine soll einen Tag später gehen, doch steht ein Streik der Fluglotsen bevor, die Dame von der Luftfahrtgesellschaft vermutet, daß der Flug gestrichen wird.

Ich habe es eilig, nach Frankreich zurückzukehren, und will keine Nacht mehr in dieser Stadt verbringen. So entschließe ich mich, den Zug zu nehmen.

Ich steige wieder in den Wagen. Bei meiner Ankunft am Bahnhof von Paola ist der *rapido* nach Mailand gerade abgefahren. Es gibt einen langsameren Zug, der eine weite Schleife durch die Höhenzüge im Binnenland beschreibt und zum Glück eine Stunde Verspätung hat.

Ich gebe den Wagen bei der Filiale der Autovermietung ab. Dann steige ich in den Zug aus lauter alten Waggons voll mit Pendlern, deren Ziel Castrovillari jenseits der Berge ist. Das schummrige Licht der blauen, diamantförmigen Lämpchen im Schlafwagen für diejenigen Reisenden, die in den Norden wollen, verspricht eine halbwegs ruhige Nacht. Doch mein Abteil befindet sich genau über den Rädern, ich kann nicht einschlafen. Die Bremsen kreischen, der Zug kommt ruckelnd zum Stehen. Durch den Lautsprecher ertönt eine Stimme: »Castrovillari, Bahnhof Castrovillari.« Sie verhallt in der Leere. Ich sehe aus dem Fenster, die Pendler sind bereits ausgestiegen, der Bahnsteig ist menschenleer. Das blaue Ortsschild reflektiert das Licht einer Laterne, die in der leichten Brise schaukelt. Einige Waggons werden abgekoppelt. Die Luft in meiner engen Kabine ist trocken, es riecht nach Eisen und Nacht, nach endlosen Reisen vergangener Zeiten.

Ich erwache durch ein leises Klopfen, jemand versucht die Tür zu öffnen. Ich klettere aus dem Bett und schaue durch den Spion. Draußen steht Lippo mit einer Zigarre im Mund.

Ich lasse ihn in meine Kabine. Lippo reist in dem Abteil neben mir, er hat mich gesehen, als ich in Castrovillari aus dem Fenster geguckt habe.

Der Zug steht schon wieder still. Wir sitzen nebeneinander auf meiner Liege. Ich öffne das Fenster, um die rauchgeschwängerte Luft hinauszulassen. Draußen erhebt sich ein dunkler Höcker, der eine Wolke sein könnte, hätte er nicht ein Bündel mit Lichtern auf seinem Rücken.

Eine Weile schweigen wir, sehen uns nicht an, als schämten wir uns voreinander. Schließlich breche ich das Eis:

»Du hast gesagt, wir würden uns wiedererkennen, wir hätten dasselbe Schicksal, was hast du damit gemeint?«

»Wer so etwas erlebt hat, ist gezeichnet, wir gehören derselben Bruderschaft an. Erinnerst du dich nicht? *Hablasti de esto echo*, du sprachst von diesem Licht. *De una luz, no recuerdas?* Du hast mir in jener Nacht davon erzählt, als wir der Bombadierung Messinas zusahen. Ich erzählte dir meine Geschichte und du mir deine.«

Die Erinnerung glimmt auf wie eine staubige Birne in einem seit Jahren verlassenen Zimmer.

Das Dorf im Aspromonte, das morsche Holzhaus. Ich und meine Mutter schlafen in einem Raum, die Großmutter nebenan. Nachts hört man hier nichts als den Wind und beim ersten Morgengrauen das Kreischen eines Lastwagens, der in einer Kurve auf seinem Weg den Berg hinauf zu den Kohlenmeilern den Gang wechselt. Doch diese Nacht ist vollkommen windstill, nichts stört die Ruhe, der Morgen ist noch fern.

Plötzlich ist es, als breche der Tag an, ein gleißendes hellblaues Licht durchflutet das Zimmer. Meine Mutter sitzt mit aufgerissenen Augen im Bett. Schon vorher war ich manchmal aufgewacht und hatte sie, an die Kissen gelehnt, dasitzen sehen; vielleicht weinte sie, ich war mir nicht ganz sicher, da das schwache Licht der Nachttischlampe den Raum kaum erhellte. Dieses Mal jedoch ist Mamas Gesicht so hell, als leuchte es von innen; die Bettdecken, die Wasserflasche auf dem Nachtschränkchen, ihr Nachthemd erstrahlen in einem intensiven Blau. Sie starrt mit aufgerissenen Augen zum Fenster, das in so blendender Helligkeit zu erglühen scheint, daß alles andere dahinter verblaßt, das Zimmer scheint in der Luft zu hängen.

Eveline springt vom Bett und packt mich.

Hier beginnt die Leerstelle, die ich trotz aller Anstrengung nicht füllen kann. Wenn ich jetzt daran denke, zum erstenmal ernsthaft versuche, mich daran zu erinnern, habe ich nie gewußt, was danach passierte.

Ich weiß nur noch, daß das Bild sich plötzlich verändert. Wir sind draußen, es ist kalt, die Großmutter hat ihren mottenzerfressenen Pelz übergeworfen. Das Haus ist weit weg. Doch es ist gar nicht unser schäbiges Holzhaus, sondern ein von leuchtend blauen Streifen erhelltes Objekt, das wie eine riesenhafte chinesische Lampe am Himmel hängt. Kurz bevor die Dunkelheit über uns hereinbricht, glaube ich zu erkennen, wie es aufsteigt.

»Damals sah ich eine Leuchtrakete, die ein Flugzeug abgeworfen hatte«, sage ich zu Lippo, »ich habe dir von dem bengalischen Feuer erzählt, das bei unserem Haus niederging.«

»Crees al bengala para la verdad?« fragt er erstaunt. »Glaubst du tatsächlich, daß eine Leuchtrakete so lange strahlen kann? Soll sie die ganze Zeit gebrannt haben, während ihr aus dem Haus lieft und euch in Sicherheit brachtet? Du hast mir erzählt, als das Licht erlosch, wart ihr mehrere hundert Meter vom Haus entfernt. Was wolltet ihr dort, so weit weg? In jener Nacht haben noch mehr Menschen im Dorf das Licht gesehen. Der eine oder andere sah es hoch oben am Himmel.«

Ich kann wieder die Stimme meiner Mutter hören. Wir sind ins Haus zurückgegangen, zitternd, nachdem wir ein Stück durch die Nacht gelaufen sind. Ich erinnere mich nur an den Rückweg, nicht an den Hinweg. Lippo hat recht, wir waren ziemlich weit von unserem Haus entfernt. Warum? Es gab keinen Grund, so weit zu fliehen.

»Ich habe einen Blick auf die Wanduhr geworfen«, sagt meine Mutter. »Als wir hinaus sind, habe ich auf die Uhr gesehen. Ich sage dir, wir waren drei Stunden weg.«

Die Großmutter antwortet: »*Pas possible*, Eveline, unmöglich ...«

Warum klingt die Stimme meiner Mutter so unsicher, als laste noch immer der Schrecken auf ihr? Und warum fühle ich mich ganz ruhig, wenn ich an die Episode zurückdenke? Das Licht, das durch unser Zimmer flutete, war fast greifbar, hatte eine körperliche Konsistenz, die den Leib umschmeichelte wie eine Flüssigkeit, friedlich schwamm ich in diesem milchigen Meer.

»Erzähl mir von den Steinen«, sage ich zu Lippo.

Lippo nickt.

»Ich nehme an, du bist auch schon auf den einen oder anderen gestoßen. In der Bibel heißen sie ›Steine des Anstoßes‹. Deine Archäologen-Kollegen beachten sie nicht, aber unsereins wird von ihnen angezogen. Ich sammele sie seit Jahren.«

Lippo ist als Seemann auf Frachtern aller Nationaliäten gesegelt. Hat viele Länder gesehen. Er schämt sich auch nicht, zu erzählen, daß er in Hamburg auf Kosten einiger Prostituierter gelebt hat, die ihn wie einen Prinzen anhimmelten, und daß er zwischen Kolumbien und den Vereinigten Staaten mit Kokain gehandelt hat. Doch wo er auch war, hielt er seinen Blick gesenkt. Er fand seine Steine an vielen verschiedenen Orten. In Paris, auf dem Hochplateau von Gizeh am Fuß der Pyramiden, in Afrika in den Tumuli Nordghanas neben den Terrakottastatuen der Komaland-Kultur, in Mexiko im Schatten der Pyramiden von Palenque, Chichen Itza und Teotihuacan; in Guatemala, im toskanischen Sovana, an der Elbmündung, im bretonischen Carnac, in Griechenland auf dem Hügel des Parthenon. Er hat Steine in China und Australien gefunden. In einem Schaukasten des New Yorker Metropolitan Museum hat er einen entdeckt, der in der Baugrube für eine U-Bahn gefunden und mit einer anderen antiken Handarbeit ausgestellt wurde, versehen mit einem Schildchen voller Fragezeichen.

»Sie sehen überall ähnlich aus«, sagt Lippo. »Manche von ihnen sind völlig identisch, obwohl sie von Orten stammen, zwischen denen tausende Kilometer liegen. Andere wiederum, die sich auf den ersten Blick gleichen, könnten unterschiedlicher nicht sein. Manche sind gefährlich, die stellt man sich besser nicht vor die Nase.«

»Ich weiß«, sage ich, »meinen kann ich einfach nicht verlieren.«

Er kichert: »*No es possible*, sie zu verlieren.«

»Aber deine hast du verloren.«

Ich erzähle ihm von seinem niedergebrannten Haus im Aspromonte. Er erwidert, bevor er das Haus sprengte, um alle Brücken hinter sich abzubrechen, habe er die wichtigsten Steine in zwei Koffer gepackt, die nun in dem Abteil nebenan ständen.

»Um die Hütte tut es mir nicht leid. Die Steine habe ich mitgenommen. Wie immer. Sie folgen mir seit Jahren. Sie haben mehrfach mit mir die Welt umrundet. Einer, den ich in Kolumbien gefunden habe, hat sogar mein Schicksal bestimmt. Warte.«

Er geht hinaus und kommt mit einem Bündel zurück, das er so behutsam in den Händen hält, als sei es aus Glas. Er schaut sich nach einem Platz um, wo er es ablegen kann, schaltet das Deckenlicht aus, so daß wir im schwachen Schein der blauen Diamanten sitzen, knipst dann die kleine Lampe am Fenster an. Er wickelt das Ding aus dem Tuch, alles mit behutsamen, präzisen Bewegungen. Schließlich kommt ein Stein zum Vorschein, der etwa dieselbe Größe hat wie der von Laghouat.

»Hast du Angst, er könnte kaputtgehen?«

»Eine kleine Schramme genügt schon«, er sieht mich ernst an, »um ihm einen irreparablen Schaden zuzufügen.«

Er klappt das Tischchen unter dem Fenster auf und legt den Stein darauf.

Der Zug hat sich langsam wieder in Bewegung gesetzt. Am Fenster huschen die Schatten der Bäume vorüber. Von draußen klingt der Gesang einer Nachtigall herein, unterlegt vom Geratter der Räder.

»Sieh ihn dir an«, sagt Lippo.

Das Licht der Lampe wird von der Scheibe reflektiert, das Fenster ist ein stumpfer Spiegel, darauf die hellen Flecken unserer Gesichter; draußen fliegen immer schneller die windgeschüttelten Akazien vorüber; seit einigen Minuten kündigt ein grauer Schimmer den Morgen an.

»Sieh ihn dir in der Scheibe an.«

Einen Moment lang erblicke ich nur das in bläuliches Licht getauchte Abteil, das durch die Blätter rast. Nach und nach erkenne ich den Stein, der sich in der Scheibe spiegelt. Ein leichter Schwindel überkommt mich, das Bild verschwimmt, fliegt dahin, wird vom Wind verweht. Dann sehe ich das Gesicht eines weiblichen Wesens mit langen, dünnen, silbrigblonden Haaren, einem kleinen Mund, einer winzigen Nase über einer überdimensionierten Stirn und riesigen, dunklen Kulleraugen, die in dem dreieckigen Gesicht intensiv leuchten. Ich schließe die Augen, schüttele den Kopf.

»Siehst du sie?« fragt Lippo.

Ich mache die Augen wieder auf. Sie ist immer noch da: gütig, liebevoll, auf den feinen Gesichtszügen ein leichtes Lächeln. Trotz aller Ähnlichkeit könnte der Unterschied zwischen diesem Stein und meinem alten Bösewicht aus Laghouat nicht größer sein.

»Das ist ihr Bild«, sagt Lippo.

»Wessen Bild?«

»Vielleicht ist sie hier, in diesem Moment, und beobachtet uns.«

»Wer, sie?« wiederhole ich gereizt, ich habe allmählich das Gefühl, mich in einem absurden Traum zu befinden.

Lippo blickt ins Leere, seine Augen sind feucht. Er wickelt den Stein mit den gleichen behutsamen Bewegungen in das Tuch, seine Hände zittern. Dann bettet er das Bündel in seinen Schoß.

»Bevor ich den Stein fand, bin ich ihr persönlich begegnet.«

Ich sehe ihn schweigend an. Er läßt seinen Kopf an die Kabinenwand sinken, schließt die Augen, als wolle er schlafen, und als er zu reden beginnt, ist so viel Zeit vergangen, daß ich schon glaubte, er sei tatsächlich eingeschlafen.

»Ich habe schon eine Menge Dinge getan, um meinen Lebensunterhalt zu verdienen. Einmal verdingte ich mich als Kurier zwischen Kolumbien und den Vereinigten Staaten im Auftrag von ... Es tut nichts zur Sache, in wessen Auftrag ich unterwegs war, es war ein schmutziges Geschäft. Mein Kontakt saß dieses Mal in Seattle. Ich gebe also den Stoff ab, kassiere und denke, daß ich mir einen Kurzurlaub verdient habe. Ich miete ein Häuschen auf dem Puget Sound, nicht weit von der Stadt entfernt. Ich hatte ein Auto gemietet, mit dem ich auf gut Glück die Küste entlangfuhr.« Die Worte sprudeln nur so aus ihm heraus, wie damals, als wir dem Weltuntergang über der Meerenge zusahen, außerdem verzichtet er ausnahmsweise auf seinen *cocoliche*-Tick.

»Eines Abends hatte ich keine Lust, nach Hause zurückzufahren, und machte etwa hundert Meter vom Meer entfernt halt. Es war schon dunkel, um mich herum alles menschenleer. Ich klappte den Sitz zurück, während der Nebel auf mich herabsank, und muß wohl eingeschlafen sein. Plötzlich wache ich auf und stehe an einem Abgrund. Der Strand zu meiner Rechten war von hohen Felsen gesäumt. Nun befinde ich mich am äußersten Rand dieser Felsen, jedoch über dem Abhang, ich bin nicht mehr im Auto, sondern in einer Glaskugel in höchster Höhe. Ich durchlebe noch einmal dasselbe Erlebnis meiner Kindheit. Ich höre das Pfeifen des Windes, das Tosen der Brandung, die an die Felsen schlägt, eine Musik, die von einer kleinen Villa auf den Klippen mit hell erleuchteten Fenstern ausgeht. Es ist sehr warm, ich bin nackt. Ich könnte nicht sagen, wie es mir ging, jedenfalls nicht schlecht. Ein bißchen angespannt natürlich, aus Angst, hinunterzufallen ... Aber es war, als durchlebte ich eine Erinnerung, verstehst du? Es war ja nicht das erstemal, daß ich in der Luft schwebte, und ich hatte es nicht vergessen ... im Gegensatz zu dir.«

Er unterbricht sich, öffnet die Augen und sieht mich an.

»Glaube nicht, ich hätte geschlafen. Das ist kein Traum, den ich dir erzähle, nie war ich so wach wie an jenem Abend. Ich war nicht allein in der Glaskugel. Sie war bei mir, und kaum daß ich sie erblickte, glaubte ich sie wiederzuerkennen. Sie sah mich lächelnd an. Dann nahm ich meine Erregung war, ich hatte eine ganz außergewöhnliche Erektion. Sie war wunderschön, wenn auch ganz anders als andere Frauen, mit ihren dünnen und feinen Haaren, der winzigen Nase, der unendlich hohen Stirn. Sie hatte eine silbrig glänzende Tunika an ...«

Ich kann mir ein Lächeln nicht verkneifen.

»Du lachst?« meint er. »Das ist nicht die erotische Phantasie eines Pubertierenden, ich war dreißig Jahre alt und hatte an Frauen wahrlich keinen Mangel, auch wenn sie mich alle enttäuschten. Wenn du weiter so grinst, höre ich auf.«

»Nein, nein«, sage ich, »bitte, erzähl weiter.«

»Sie begann mich zu streicheln ... Ich kann ihre Zärtlichkeiten nicht beschreiben und auch nicht, was ich dabei empfand, mir fehlen einfach die Worte dafür. Wenn ich den Stein betrachte, den ich ein Jahr später in den Bergen Kolumbiens fand, überkommt mich wieder dieses Gefühl, wie gerade eben. Es ist fast unerträglich, sie fehlt mir so sehr ...«

Er schweigt, schließt die Augen, seine Hände streicheln den Stein in dem Tuch, mir ist das Ganze ein wenig peinlich.

»Tja«, meine ich, »und dann?«

»Wir liebten uns lange«, seufzt er, »mir kam es vor, als täte ich es zum erstenmal. Ich hatte einen schier endlosen Orgasmus ... Willst du mehr wissen?«

»Ihr werdet euch doch auch unterhalten haben, nehme ich an. Hat sie dir denn irgend etwas gesagt, deine orgiastische Fee?«

»Mach dich nicht lustig, sonst gehe ich. Du wolltest schließlich mit mir sprechen. Wer ist denn in den Aspromonte gekommen, um mich zu treffen?«

»Schon gut.«

»Danach redete sie. Sie erklärte, sie habe mit mir geschlafen, um mich aufnahmefähig zu machen, die Liebe solle mich wie eine Welle aufheben, damit ich die Botschaften empfangen könne, die sie mir überbringen werde.«

Wieder bemerkt Lippo meinen skeptischen Gesichtsausdruck, obwohl ich mich um Zurückhaltung bemühe und seinem Blick ausweiche, um nicht zu lächeln. Er holt tief Luft:

»In Ordnung. Du mußt mir nicht glauben. Das ist mir egal. Was ich in jener Nacht erlebt habe, kann mir niemand nehmen. Zum erstenmal in meinem Leben fühlte ich mich mit allem versöhnt. Ich verstand, was Liebe war. Und damit meine ich nicht die körperliche Liebe. Ich meine die Liebe, die den Frieden bringt. Sie erfüllt das Universum, doch wir sind nicht in der Lage, sie zu erkennen. Sie hat sie mir gezeigt, sie hat mir ihre großartige Wirkung gezeigt. Sie ließ mich der Geburt einer Galaxie beiwohnen. Ich hatte das Gefühl, in einem leeren Raum zu treiben, um mich herum ein Gitter aus linearer Materie, Materiestreifen, Faden für Faden, sich verwickelndes und umschlingendes Gewebe. Leuchtgewebe, Fäden aus purem Licht, dann, plötzlich, ohne Übergang, der dunkle Raum, schwarz, schrecklich, absolute Dunkelheit. Das war es: Licht und Dunkel, Licht und Dunkel, ein ewiges Hin und Her. Dann eine Explosion ... So etwas kann man nicht in Worte fassen. Die Steine hier können es, wenn man sie anzuschauen versteht. Auch mit Musik geht es manchmal. Der erste Satz der Neunten Symphonie von Beethoven kommt dem sehr nahe, was ich empfand. Die Frage, die in dem nicht aufgelösten Akkord der Neunten liegt. Es war, als hätte sie mich gezwungen, in ein Atom einzudringen, ich sah es, trieb durch sein Inneres. Irgendwann hörte ich, daß sie von unserem Schicksal sprach, dem Schicksal der Menschheit, meine ich. Es ist schwer, sich in diese Gedanken einzudenken, wieder aus ihnen herauszufinden ist allerdings noch schwerer. Ich kann dir eine Zusammenfassung geben. Den praktischen Aspekt davon. Sie haben uns brutal in die Irre geführt, ein plötzlicher Kurswechsel. Sie haben uns vom rechten Weg abgebracht. Aber den Kurswechsel haben nicht wir zu verantworten. Die Urschuld liegt nicht bei uns. Sondern bei den anderen. Es ist, als hätten sie uns infiziert, damit wir krank werden. Jedenfalls sind wir eine Krankheit geworden, ein permanenter Verstoß gegen ein Gesetz des Universums. Und wir hören nicht auf, uns immer tiefer in dem Irrtum zu verstricken, wir verletzen einen Organismus, immer mehr, bis wir am Ende – poff! abgeschoben werden, das ist unvermeidlich. Die Erde hat genug von unserer Dummheit. Am Ende wird sie den Virus abstoßen, der ihr ohne Unterlaß zusetzt. Sie wird die oberflächliche Infektion ausmerzen. Sie wird uns vernichten, natürlich, wir haben nicht mehr lange Zeit ...«

Lippo fährt eine Weile so fort, ich denke an das Haus der Versengten Teresa. Er hat gesagt, er hätte es selbst in die Luft gesprengt. Er hat mich dazu gebracht, das Dorf zu verlassen; jetzt will er mich mit den Ängsten anstecken, von denen er besessen ist. Er ist nicht mehr bei Trost und größenwahnsinnig obendrein. Ich strecke mich auf meiner Liege aus, schließe die Augen und gebe ihm so zu verstehen, daß ich gerne schlafen würde. Ich höre ihn seufzen, er steht auf und preßt den Stein eng an sich:

»Ich gehe«, sagt er. »Ich weiß, was du denkst. Daß ich

einer dieser Verrückten bin, die herumlaufen und Unheil und universelle Katastrophen ankündigen. Aber ich habe niemals solche Predigten gehalten. Ich sehe mich nicht als Propheten. Ich bin kein Fanatiker. Auch kein Nudist, kein Vegetarier, kein Impfgegner, kein Biosoph. Ich gehöre keiner Sekte an. Ich war immer allein. Es ist das erstemal, daß ich jemandem diese Dinge erzähle. Warum gerade dir? Du brauchst dich nur zu erinnern. Ich habe dir meinen Stein gezeigt, weil ich glaubte, daß du mich verstehen würdest. Auch du bist auserwählt. Versuche dich zu erinnern. Ich weiß, daß du eine Begegnung hattest. Und bald schon eine weitere haben wirst. Da bin ich mir ganz sicher.«

Nachdem er gegangen ist, höre ich ihn noch lange in seinem Abteil rumoren, er läßt Wasser in das Waschbecken laufen. Ich versuche einzuschlafen. Doch es gelingt mir nicht, denn seine Worte, kurz bevor er ging und mich von der Last seines unverhofften Redeschwalls befreite, haben weitere Erinnerungen geweckt, die mich nicht loslassen.

Weniger als sechs Monate nach der Episode mit der Amsel im Sommer 1943 erreichen uns die Meldungen von Bombenangriffen auf zahlreiche italienische Städte. Die Küstenstriche der Meerenge von Messina werden fast jede Nacht unter Beschuß genommen. Manchmal sucht die Familie in dem Haus Schutz, wo die beiden Flüchtlinge aus Messina wohnen, eines der wenigen Häuser im Dorf, die einen Keller haben.

Auch die Briefe meines Vaters klingen nun anders. Um sie zu verstehen, müssen wir die Lücken der Militärzensur füllen. Die Kernaussage ist folgende: Die Alliierten bereiten die Landung vor. Nach dem Fall von Pantelleria ist so gut wie sicher, daß sie in Sizilien stattfinden wird. Wenn die Alliierten nicht an der Strandlinie zurückgeschlagen werden, so mein Vater, zerfällt Italien in zwei Teile, und unsere kleine Familie wird von ihrem Oberhaupt getrennt, ohne jegliche Möglichkeit zu kommunizieren. Mein Vater befiehlt uns daher, das Dorf im Aspromonte zu verlassen und in den Norden zurückzukehren, möglichst aufs Land, da die Städte nicht länger vor Bombenangriffen sicher seien.

Der Flüchtling aus Messina hingegen meint, dies sei ein Fehler. Die Berge seien der beste Schutz vor Bomben, und jetzt das Dorf zu verlassen hieße nichts anderes, als den direkten Kontakt mit dem Krieg hinauszuschieben, mit der Aussicht jedoch, es woanders viel schlimmer zu treffen als hier. In der Umgebung des Bergdorfes gebe es weder Truppen noch Befestigungsanlagen. Was sollten die italienischen und deutschen Truppen hier verteidigen, was sollten die Alliierten hier einnehmen wollen? Die Köhlereien? Die Steinbrüche? Oder Dörfer gleich unserem, die wie Wespennester am Berghang kleben?

Doch die Einwände des Flüchtlings, die meine Mutter in ihren Briefen weiterleitet, verärgern das Familienoberhaupt. Wer ist dieser Signore überhaupt? Was erlaubt er sich, seine Nase in Angelegenheiten zu stecken, die ihn nichts angehen? Glaubt er etwa besser informiert zu sein als ein Offizier der italienischen Streitkräfte, der seit zwei Jahren an vorderster Front steht? Man darf den mächtigen Verbündeten nicht vergessen. Die Achsenmächte werden ihre Truppen in der Festung des Aspromonte aufstellen. Und wer hat denn die Deutschen kennengelernt und weiß um ihre außerordentliche Streitmacht? Hat er etwa schon einmal Tigerpanzer gesehen, der feige Signore?

Nein, die hat er noch nicht gesehen, antwortet Eveline in ihren Briefen, hier sieht man überhaupt keine Deutschen, nicht einmal zu Fuß, es gibt keine militärische Bewegungen hier bis auf den kleinen Trupp, der im Schnee über die Berge marschiert kam und der italienischer und zerlumpter nicht hätte sein können.

Doch der Krieger ist unerbittlich. Die Familie müsse »hinauf« in den Norden, und wenn Eveline der Anordnung nicht Folge leiste, müsse sie für alles die »Verantwortung« übernehmen.

Die »Verantwortung« macht meiner Mutter Sorge, mir eher das »hinauf«. Nachts träume ich von einer langen Treppe, die wir mühsam erklimmen.

Eveline packt widerwillig die Koffer. Abgesehen von ihrer Einschätzung der Lage, die sie mit dem Messina-Flüchtling teilt, hat sie mit der Zeit auch Gefallen an dem kleinen Bergdorf gefunden. Auch mir tut es leid, daß wir abreisen müssen. Ich hänge an Lippo, an unseren gemeinsamen Streifzügen durch den Wald in Begleitung einer neuen Amsel, die er mir geschenkt hat und die nicht weggeflogen ist. Mich faszinieren der blinde Ausrufer und der Dudelsackpfeifer, die gemeinsam durch das Dorf ziehen und Bekanntmachungen von öffentlichem Interesse verbreiten, daß Hinz und Kunigunde heiraten und der Metzger heute Schaf- und Kalbfleisch verkauft. In der Weihnachtszeit singen die zwei Landstreicher im Duett ein Lied, das davon handelt, daß bald jemand kommen wird, der den Teufel in die Danteschen Höllenfeuer des Mongibello jagen wird.

Auch die abenteuerliche Stimmung unseres realen Mongibello – die Bombardements und die Flucht in den Keller der Vertriebenen – gefällt mir.

Doch schließlich müssen wir das Dorf im Aspromonte verlassen. Bevor wir den Zug nach Norden nehmen, haben wir noch einen anderen Gang zu erledigen.

Der klapprige Überlandbus, der uns in das Dorf der schrecklichen Tante bringt, folgt den auf- und absteigenden Serpentinen des Berges. Unsere Mägen hängen uns zwischen den Knien. Die Großmutter kapituliert als erste, meine Mutter hält sie an den Kleidern fest, während sie sich in den Fahrtwind beugt. Ein feiner Schleier opaker Materie legt sich auf die Fensterscheibe, Wälder und Felsen des Aspromonte sehen aus wie die unscharfen Illustrationen Gustave Dorés in der alten, vergilbten Ausgabe der »Göttlichen Komödie«, in der ich manchmal geblättert habe, wenn das schlechte Wetter es nicht erlaubte, hinter Lippo herzutraben.

Der Zweck des Treffens mit der Tante ist geheim. Mama zieht sich mit ihr in ein düsteres Wohnzimmer zurück, das voller dunkler Möbel steht. Als sie wieder herauskommmen, stolziert die Tante mit finsterer Miene vorneweg. Noch spröder und abweisender als damals, als sie die zukünftige Flüchtlingsfamilie auf der Schwelle ihrer Villa empfing. Meine Mutter hat ein hochrotes Gesicht und ganz schmale Lippen, sie klammert sich krampfhaft an den Messingverschluß ihrer alten, rissigen Ledertasche. Was letztlich in dieser Tasche gelandet ist, muß sie teuer zu stehen gekommen sein.

Dann reisen wir mit einer kleinen Bimmelbahn weiter, die sich im Fahrradtempo den Berg hinaufquält. Manchmal scheint die Kohlenlokomotive sich geradezu in das Dickicht hineinzubohren, und das Gestrüpp kratzt an den Fenstern.

Aus einer Schlucht taucht ein Mann auf, der ein Piratentuch um den kleinen Marderkopf geschlungen hat, mit ungepflegtem Bart und einem Gewehr quer über der Brust. Er packt den Türgriff und läuft kurz neben dem Zug her, schwingt sich in die Luft und springt auf. Der Waggon mit den schmierigen schwarzen Bretterbänken ist bis auf uns leer, dennoch kommt er ausgerechnet in unser Abteil. Er setzt sich neben mich, meiner Mutter und meiner Großmutter gegenüber, und stellt seine Füße auf ihre Bank. Die Frauen starren mit großen Augen auf seine schlammverschmierten Stiefel und die Waffe, die er ins Gepäcknetz gelegt hat. Aus seinen Drillichkleidern steigt ein scharfer Stallgeruch auf. Eveline vergräbt die Hand in ihrer Handtasche, später erfahre ich von Großmutter, daß sie dort die Pistole von Papa aufbewahrt. Der Mann scheint zu schlafen, doch hin und wieder öffnet er die Augen und starrt sie an. Aus seinem Lächeln, das eine Reihe schwarzer Zahnstümpfe entblößt, spricht eine unterschwellige Drohung. Ich spüre, daß Verrat in der Luft liegt. Ich betrachte sein Raubvogelprofil und den schwarzen Bart, unter dem rote Eiterbläschen leuchten.

Die Großmutter zieht mich zu sich auf die Bank und macht sich dünner als notwendig, um nur nicht mit den dreckigen Stiefeln in Berührung zu kommen. Lieber würde ich neben Mama sitzen, aber die hat sich in ihre Ecke verkrochen und sieht mit starrem Blick durch das Fenster nach draußen. Sie kommt mir fremd vor, so als gäbe es zwischen ihr und dem Mann eine geheime Verbindung, an der ich nicht teilhabe.

Am Bahnhof Villa San Giovanni, die Waggons rumpeln noch über die Weichen, öffnet der Pirat die Tür, packt sein Gewehr und springt aus dem rollenden Zug; er überquert die Gleise und verschwindet hinter einem Waggon.

Als wir uns mit unserem Gepäck zu dem Gleis schleppen, auf dem der Zug Richtung Norden steht, bricht über uns der Luftangriff los.

Plötzlich bildet ein grauer Flügel die Verlängerung der Bahnhofüberdachung, elegant gleitet der Flieger dahin, wie ein Adler. In mir lodert Freude auf, noch nie habe ich ein Flugzeug aus solcher Nähe gesehen.

Dann explodiert mit einemmal das Dach, zerspringt in tausend winzige Putzstückchen, die wie Schneeflocken durch die Luft wirbeln.

Als ich wieder zu mir komme, liege ich auf dem Boden; neben mir die Großmutter mit hochgerutschtem Rock. Weitere Flugzeuge tauchen auf, niedrig wie Schwalben vor dem Regen fliegen sie riesenhaft über die Bahnsteige. In den Pausen zwischen den Hammerschlägen der Detonationen hört man das Geschrei der Menschen, ein Knattern wie aus Ratschen, nur hundertmal markerschütternder als die lärmenden Krachinstrumente in den Händen der Jungen bei den Dorffesten. Ein Zug geht in Flammen auf, durch die Fenster sieht man das Feuer auflodern.

Direkt vor meinen Augen erblicke ich die Laufmaschen

in den Strümpfen der Großmutter, darunter schimmert ihre weiße Haut durch. Die Großmutter stützt sich auf die Unterarme und schaut sich um. Auch ich verdrehe die Augen, um Mama zu suchen. Wo ist sie nur? Zusammengekauert zwischen zwei Koffern – sie hat sich nicht zu Boden geworfen –, blickt sie in die Luft und hält ihren weichen Filzhut fest. Ein Soldat eilt im Laufschritt an ihr vorbei und bedeutet ihr, ihm zu folgen. Mama springt auf, packt mich am Handgelenk und zieht mich fort. Die Großmutter rappelt sich auf die Knie und tastet nach dem Griff eines Koffers.

Dann deutet Mamas Nase keck eine Mauer hinauf, wo rittlings der Soldat sitzt. Die Mama stemmt mich unter den Achseln hoch, der Soldat beugt sich nach vorn, als sei er ein Affe, packt mich mit Schwung, wirbelt mich auf die andere Seite und läßt mich dort hinuntergleiten. Die Schuhe der Großmutter streifen die Mauerkante, der Rock bläht sich über den dürren Beinen, während sie hinabrutscht wie eine Ertrinkende ins Wasser und der Soldat sie an den Händen hält. Dann taucht über der Mauer Mamas Filzhut auf, ihre Beine schwingen herüber. Sie wehrt die Hilfe des Soldaten ab und springt mit einem Satz herunter.

Während wir über das Stoppelfeld laufen, lodert der »Mongibello« erneut auf. Zwischen den Einschlägen und dem Geknatter heulen die Sirenen. Ich rutsche im Schlamm eines Rinnsals aus, das aus einem Durchgang in der Mauer sickert. Vor dem Eingang bietet ein Stoß rasch übereinandergestapelter Steine Schutz vor Bombensplittern.

Der Soldat läuft weiter und verschwindet um eine Ecke.

Die Großmutter zieht mich hinein, ein Dunst von Kloake und feuchter Luft umfängt mich, wir bleiben direkt hinter dem Eingang stehen, weil es drinnen stockdunkel ist. Nach und nach gewöhnen sich die Augen an die Finsternis: Ich sehe den Dreck unter meinen Füßen, die schwitzenden Wände. An den Mauern lehnen schwarzgekleidete Frauen, sie sehen aus wie riesige Kakerlaken.

Der Pirat aus dem Zug hockt auf dem Boden und hat sein Gewehr quer über die Knie gelegt. Er steht auf und verzieht sein Gesicht zu einem fiesen Lächeln. Meine Mutter ist draußen geblieben, sie lehnt mit dem Rücken an dem improvisierten Wall und dreht sich eine Zigarette.

»Eveline!« schreit meine Großmutter. Mama zündet sich die Zigarette an.

Etwas greift nach mir und schleudert mich gegen die Wand. Ein heißer Wind bläst Rauch herein. Einen Moment lang kann ich nichts erkennen, höre den Schrei der Großmutter, dann verzieht sich der Rauch. Mama steht immer noch dort draußen, die Zigarette zwischen die Lippen geklemmt, und klopft sich den Staub vom Rock.

In diesem Moment taucht die Frau mit den roten Haaren auf. Sie ist riesengroß. Im Vergleich zu ihr sieht Eveline wie ein kleines Mädchen aus. In der Öffnung des Schutzraums, hell erleuchtet wie eine Kinoleinwand, sehe ich, wie die Frau Eveline die Zigarette aus der Hand nimmt und sie wegwirft. Sie scheint ihr etwas zu sagen. Dann läßt sich Mama sanft zum Eingang des Unterschlupfes führen.

Der Pirat sitzt genau auf der Schwelle, den Rücken an den Pfosten gelehnt, das Becken nach vorn geschoben. Der Durchgang ist schmal, und er blockiert den Eingang.

Mama und Großmutter werden sich in den folgenden Jahren häufig daran erinnern, wie die Rote vor ihm stehenbleibt, ihn mit ihrem eisigen Blick ansieht, wie der Pirat den Kopf senkt und Platz macht, indem er nach draußen auf die vorgesetzte Mauer zurutscht.

Die Frau mit den roten Haaren beugt sich über mich, die Aureole ihrer Haare umfängt mich, während sie mir den Rucksack zurechtrückt, der beim Laufen verrutscht ist.

Ein greller Blitz und ein Donnerschlag, dann das Weinen eines Kindes in der Finsternis. Bitterer Staub kratzt mir in der Kehle. Draußen sieht es aus, als habe sich ein weißer Vorhang herabgesenkt und vor den Eingang des Schutzraums gelegt. Der Rauch verzieht sich und gibt den Blick auf das eingestürzte Mäuerchen frei, viele Steine sind in den Schutzraum gefallen. Der Einschlag hat exakt die Stelle getroffen, wo einen Augenblick zuvor noch Eveline lehnte. Auf dem Boden liegt die Leiche des Piraten, halb unter Steinen begraben, ein Blutklumpen dort, wo einst sein Kopf war.

Hier verblassen meine Erinnerungen. Vielleicht ist mir die flammende Gestalt der Unbekannten noch einmal in der Menge am Bahnhof aufgefallen, als der Angriff vorüber war. Aber in diesem Moment bin ich zu aufgeregt, es ist das erstemal, daß ich dem Tod begegne; zuerst der Pirat, dann die notdürftig zugedeckten Bündel, aus denen blau geäderte Füße ragen. Über den Bürgersteig sickern kleine Rinnsale von Blut.

Ich weiß nicht mehr, wie ich in den Zug Richtung Norden kam. Vielleicht schlief ich schon halb. Ich erinnere mich nur noch, daß ich erwachte und der Zug auf dem offenen Land im Nirgendwo hielt.

Das Abteil ist völlig überfüllt. Mich haben sie beinah senkrecht gegen diverse Pakete gelehnt, die sich fast fensterhoch auf dem Sitz stapeln. Alle schlafen, völlig erschöpft von der ausgestandenen Angst.

Die späteren Erzählungen der Großmutter füllen meine Gedächtnislücken: Am Morgen des 9. Juli sind wir aufgebrochen, genau am Tag der Landung der Alliierten auf Sizilien. Nach dem Zwangsaufenthalt in Villa San Giovanni begleitete uns die ersten dreihundert Kilometern das ununterbrochene Brummen der Flugzeuge, der Zug wurde immer wieder zu langen Pausen gezwungen, um die Bahngleise für Militärzüge frei zu machen, an allen Bahnhöfen heulten die Sirenen.

Jetzt treibe ich durch einen Nebel, in dem sich die gegenwärtige Reise mit jener von vor zwanzig Jahren vermischt, mit dem Amselbezwinger, der rothaarigen Frau und dem Piraten, mit Lippos Stein und seiner außergewöhnlichen Dame, mit dem Bild der beiden, die sich in einer Glaskugel lieben.

Vielleicht stecken hinter den dramatischen Erlebnissen, die aus den Tiefen der Erinnerung auftauchen, andere, noch viel beunruhigendere Geschehnisse. Ich muß wieder an die Episode mit der blendenden Helligkeit denken, die plötzlich die Ruhe des Holzhauses stört. Ich habe das vage Gefühl, daß die Erinnerung, die Lippo geweckt hat, und das Erlebnis der Bombardierung am Bahnhof miteinander zu tun haben. Das zeitlich später gelegene Ereignis ist klarer, ohne die Gedächtnislücken des früheren. Was ist in dem Zeitraum geschehen, der mir fehlt, auf dem Weg von dem lichterfüllten Haus weg? Warum haben wir uns so weit vom Haus entfernt? Woher kam bloß dieses Licht? Über der Anstrengung, die Erinnerung wiederzufinden, schlafe ich ein.

Der Zug scheint schon eine Weile stillzustehen. Ich befinde mich in einem Schattenreich zwischen Schlaf und Dämmern, unbewußt hatte ich das gleichmäßige Rattern der Räder ihm Ohr, nun, da es fehlt, bin ich erwacht und höre die müden Stimmen der aussteigenden Fahrgäste.

Vielleicht hat mich aber auch das brüske Ende eines Traums geweckt, an den ich mich nicht erinnern kann. Vor mir sehe ich das Rechteck des Fensters, in dem sich langsam das Tageslicht ausbreitet, gedämpft von dem milchigen Kondenswasser auf der Scheibe.

Der wirre Traum verfolgt mich in mein Erwachen. In dem beschlagenen Fenster sehe ich das Gesicht der Frau mit den roten Haaren, das sie mir zuwendet. Sie hat dieselbe hohe Stirn, und dennoch kann es nicht die Frau von Lippos Stein sein, die ich gerade in dem Widerschein desselben Fensters sah und die eine Einbildung war, ein Hirngespinst. Ich kenne sie nicht, Lippos Dame, wer weiß, ob es sie überhaupt gegeben hat, und der Gedanke, es könne ein und dieselbe Person sein, ist mir unangenehm. Diese hier im Fenster ist meine rote Dame, ganz allein meine, Evelines Retterin. Mit einen Ruck setze ich mich auf, die Augen weit geöffnet. Mit der Bewegung verschwindet das Trugbild.

Am späten Abend erreiche ich Mailand. Lippo ist nicht unter den Fahrgästen, die im Gang stehen, um auszusteigen. Seit er mein Abteil verlassen hat, habe ich nicht mehr nach ihm gesehen und er nicht nach mir. Auch in der Menschenmenge am Bahnsteig kann ich ihn nicht entdecken. Er muß eine Station früher ausgestiegen sein.

Ich lasse mich von einem Taxi zum Flughafen Linate fahren, ich werde den ersten Flug nach Hause nehmen, so eilig habe ich es, in die Ruhe Montpelliers zurückzukehren.

In der Luft fällt mir plötzlich wieder der Traum ein, den ich im Zug hatte.

Nachdem Lippo mein Abteil verlassen hatte, fand ich schwer in den Schlaf. Der Zug kam nur langsam voran, mußte immer wieder an den Bahnsteigen warten. Ich ließ mich von dem gleichmäßigen Geratter einlullen, glitt in einen Halbschlaf. Der Traum begann mit einem blendenden Blitz, ähnlich dem im Zimmer des Holzhauses. Wie damals flößten das Licht, das Lippos Worte mir ins Gedächtnis gerufen hatten, und seine beinah greifbare Dichte mir ein Gefühl der Ruhe ein.

Der blendende Schein breitet sich aus, ohne an Helligkeit zu verlieren. Es ist, als blickte ich durch ein Objektiv, das gerade scharf gestellt wird.

Das Bild wird deutlicher, eine menschenleere Ebene taucht auf. Ich bewege mich, bin entspannt, komme ohne Mühe voran. Mit ruhig schlagendem Herzen durchmesse ich den Raum, als hätte ich Siebenmeilenstiefel an. Ich gehe nicht, sondern bewege mich in Sprüngen voran, die riesigen Sätze flößen mir keine Angst ein. Das Licht treibt mich auf eine linsenfömige Vertiefung zu, als hätte ein gigantischer Löffel eine riesige Delle in das Hochplateau gedrückt.

Ich setze mich an den Rand der Vertiefung, die erfüllt

ist von einer milchigen, sich zur Mitte verdichtenden Helligkeit. Es ist, als blickte ich auf einen See.

Die rote Frau erscheint. Sie war bereits an meiner Seite, doch ich bemerke sie erst jetzt. Endlich kann ich sie in Ruhe betrachten. Ich verstehe nun, warum mich die Sehnsucht nach ihr all die Jahre begleitet hat, seit sie sich einen Moment lang über mich beugte, um meinen Rucksack zurechtzuschieben. Immer habe ich auf sie gewartet, erst jetzt wird mir klar, daß ich gewartet habe. Endlich ist sie hier bei mir, kein Flugzeugbrummen mehr, keine Detonationen, keine schreienden Menschen; sie lächelt mich an.

Obwohl sie nun neben mir sitzt, verspüre ich ein Gefühl der Einsamkeit. Ich wünsche nichts sehnlicher, als daß sie hierbleibt, aber ich weiß, daß ihre Anwesenheit nur vorübergehend ist, und dieses Bewußtsein erschüttert mich so tief, daß mir die Tränen kommen.

Im Zentrum der Nebelschwaden befindet sich ein linsenförmiges Objekt, um das sich Schemen bewegen. Die Abfahrt wird vorbereitet, die rote Dame gehört zu den Reisenden. Doch ich kann nicht mit ihr reisen. Vielleicht ein anderes Mal.

Dann wachte ich auf, weil der Zug anhielt, mit dem bitteren Gefühl, ausgeschlossen worden zu sein.

12

Haus von Jorge Greck in Bourg
April 2001

Beinah die ganze Nacht habe ich damit verbracht, das siebte Dokument zu lesen. Ich muß gestehen: Es hat mich gepackt. Aber auf eine unangenehme Art. Es fällt mir schwer, in die Wirklichkeit zurückzukehren. Die vorgeblich reale Geschichte vermischt sich mit dem Traum. Am Ende überwiegt das Traumhafte, und das fasziniert den Leser. Der irrationale Einschlag der Erzählung läßt mich nicht los, wie ein musikalisches Motiv, das einem tagelang im Ohr bleibt. Es geht mir wie damals, als ich als kleiner Junge einen Abenteuerroman las oder einen Film sah und mich genauso heldenhaft fühlte wie der Protagonist. Seit ich erwachsen bin, ist mir diese Art von Literatur suspekt. Die aufgewühlte Phantasie kann böse Scherze mit den Menschen treiben. Mich hält sie gefangen wie ein Rausch, der nur langsam vergeht.

Irgendwann bin ich eingeschlafen und erst von der Kälte wieder aufgewacht. Der Wind hatte das Fenster des Büros aufgedrückt.

Dieses Mal bin ich fest entschlossen, auszuziehen. Die Steine auf dem Dachboden bedrücken mich, ich empfinde sie als schwere Last und habe das Gefühl, daß sie mich früher oder später unter sich begraben werden. Der Garten scheint mir ein einziger Friedhof von toten Katzen und Vögeln. Und im Hinterhalt lauert Chefas *Lapis diabolicus*. Obwohl der Stein aller Wahrscheinlichkeit nach nichts mit meiner Art kleinem Schwächeanfall von gestern zu tun hat – als ich im Garten Sternchen sah –, der sicherlich dem leeren Magen zuzuschreiben war, verdirbt seine Anwesenheit mir gehörig die Freude an der Aussicht von der Felsküste hinab auf das Meer.

Dennoch will ich wissen, wie die Geschichte weitergeht. Dafür muß ich ja nicht unbedingt hierbleiben. Bisher habe ich Chefas Aufzeichnungen bewußt nicht ausgedruckt.

Ich hätte es als eine widerrechtliche Aneignung empfunden, die Seiten auszudrucken und mitzunehmen. Wahrscheinlich ist es das auch, ein Diebstahl. Allerdings nur, wenn Chefa noch leben würde. Diesbezüglich schließe ich mich aber der These der Gendarmerie an: Der Professor liegt auf dem Meeresboden, niemand wird sich über das beschweren, was ich hier treibe. Und selbst wenn er noch lebte und hierher zurückkehrte, woher sollte er wissen, was ich getan habe? Wer sollte es ihm sagen? Ich bestimmt nicht. Und ich bin der einzige hier im Haus und in der weiteren Umgebung.

Ich schließe den Drucker an und öffne den Ordner »Steine«, in dem die zwei übrigen Dokumente gespeichert sind, das achte und das neunte.

Diese Dokumente habe ich bisher nicht einmal flüchtig überflogen. Ich lege einen Stapel Papier in den Drucker. Ich klicke auf den Befehl »Drucken«. Dann verlasse ich das Büro, um zu duschen und die paar Sachen zusammenzupacken, die ich bei meinem Einzug mitgebracht habe. Während ich durch die Räume gehen, höre ich im Hintergrund das gleichmäßige Surren des Druckers und das Tickern, wenn er eine beschriebene Seite hinausschiebt und eine neue einzieht.

Die Fenster in dem Haus über dem Meer lassen sich nicht richtig verschließen. Ihre Riegel sind vom Salz zerfressen, ein Windstoß genügt, damit sie nachgeben. Sie lassen viel von jener Feuchtigkeit in das Haus, die meinen Knochen – immerhin bin ich nicht mehr der Jüngste, annähernd so alt wie Chefa – rheumatische Beschwerden bereitet.

Vorausgesetzt, daß ich dann noch Lust dazu habe, werde ich die Fortsetzung von Chefas Prosa in aller Ruhe in meinem Haus in Bourg lesen. Aber ich schätze, ich habe genug von den persönlichen Erinnerungen und bizarren Träumen des Professors.

Und doch ist da meine verfluchte Neugier, zu erfahren, wer diese Habiela ist, auf die in den Tagebüchern immer wieder angespielt wird.

Ich habe einen Verdacht, ausgelöst durch eine Stelle in Chefas zweitem Dokument, wo er behauptet, die berühmte Habiela zum erstenmal hier auf der Insel getroffen zu haben. Ich glaube, auch ich bin ihr schon einmal begegnet, wenn auch nur im Vorübergehen.

Jedenfalls ist unser Misanthrop offenbar in diese Frau verliebt, obwohl es mir nicht ganz leichtfällt, mir den Archäologen in der Rolle des schmachtenden Liebhabers vorzustellen, der sehnsüchtig auf die Rückkehr seiner Angebeteten wartet. Doch wie in einem etwas mißglückten Roman, in dem der Erzähler eine seiner Figuren aus den Augen verloren hat, spricht Chefa von dieser Dame nur noch in vagen Andeutungen, nachdem er ihre originellen Vorstellungen zur Beschaffenheit der Zeit dargelegt hat.

Der Wind nimmt zu, das permanente Tosen der Brandung zerrt an meinen Nerven. Ich kann die Fischer verstehen, die ihre Häuser so weit weg vom Meer wie möglich bauten.

Ich schaue nicht fern. Auf der Insel, deren obere Bodenschichten reich an Mineralien sind, ist aufgrund irgendwelcher Magnetkräfte der Fernsehempfang gestört, weshalb auch in den Bars nur selten ein Apparat läuft. Außerdem erinnert mich das aufdringliche Haushaltsgerät mit seinem Aktualitätsterror nur an meinen früheren Beruf. Daher ruft es bei mir, mehr noch als Langeweile, Unbehagen hervor.

Statt dessen bin ich ein Fan alter Horrorfilme, die ich mir allerdings lieber auf einer großen Leinwand anschaue. Vielleicht weil sie billig zu haben sind, zeigt der Betreiber des einzigen Kinos auf der Insel häufig solche Filme, zweitklassige Hollywoodproduktionen in Schwarzweiß.

Auch Stephen King lese ich gerne. Und dies aus gutem Grund, denn ich halte King für einen absolut bemerkenswerten Schriftsteller, durchaus vergleichbar mit Dickens. Dieses Haus wäre der perfekte Schauplatz für eine Geschichte von King oder besser noch das Setting eines Films.

Amerikanische Thriller aus den fünfziger Jahren spielen häufig in solchen Häusern, wo jemand wohnt oder der Zufall ihn hinverschlägt. An diesen unheilschwangeren Orten passiert so allerhand: Die Mauern schwitzen Blut, aus dem Abfluß des Waschbeckens steigt eine schwärzliche Brühe auf, kein Kronleuchter, der nicht irgendwann frenetisch zu schaukeln beginnt, unheilvolle Geräusche en masse, giftige Dämpfe, Erscheinungen, Ektoplasmen und ähnliches mehr. Aber der Protagonist will das Haus partout nicht verlassen, bleibt fast den ganzen Film (das ganze Buch) über dort wohnen, ohne an einen Heizkörper gekettet zu sein. Warum geht er nicht einfach? Warum steigt er nicht schnell in seinen Wagen (häufig ein Cadillac oder Buick, der in der Auffahrt parkt) und bringt einige hundert Kilometer zwischen sich und das schauerliche Haus? »So hau doch endlich ab, du Idiot!« rufe ich ihm innerlich zu während der winterlichen Filmvorführungen, wenn das Unwetter vor der Tür die Spannung noch erhöht, der Wind an den Brandschutztüren rüttelt und der Vorhang sich vor dem Eingang bläht.

In solchen Fällen bedaure ich, daß Alter und Anstand es mir verbieten, loszuschreien wie die Jungen, die auf der Insel in einem von Ordensschwestern geführten Internat leben und meine einzigen Mitstreiter in dem halbleeren Kinosaal sind.

Seit der Episode mit der Möwe und der Entdeckung des Steins von Laghouat fühle ich mich wie der Hauptdarsteller eines solchen Films, ein hohler Genreschauspieler, den das Drehbuch zur völligen Apathie verurteilt, mit wässrigblauen Augen, undurchdringlicher Dumpfbackenmiene, der nicht fortgeht, ebensowenig wie seine Verlobte, sondern in dem Haus verharrt wie ein Vollidiot.

In dem Haus des Malers schwitzen die Mauern zwar kein Blut, auch ist mir noch nicht der bleiche Schädel einer alten Frau begegnet, von dem die Hautfetzen herabhängen. Doch ich habe entschieden genug von dieser unerklärlichen Stille im hinteren Teil des Gartens, von den plötzlichen eisigen Windstößen, von toten Katzen und Vögeln, von den Steinen auf dem Dachboden, von dem Pavian-Stein und seinen Botschaften, von dem Laghouat-Monolithen, der mich ständig belauert und mir die Sicht auf den Ozean versperrt. (Weil weder Chefa noch ich den Mut hatten, ihn ins Meer zu werfen.)

Ich komme mir albern vor, darüber zu reden, aber ich habe den Eindruck, daß die unheimlichen Begebenheiten in diesem Haus seit einigen Wochen zunehmen. Ich erwähnte ja bereits die hohen Lorbeerbüsche unter dem einsamen Baum. Die Sträucher und der Baum sind die einzigen Exemplare ihrer Art auf diesem äußersten Zipfel der Insel. Beide sind ungewöhnlich, nicht nur, weil sie sich von dem übrigen Gestrüpp unterscheiden, sondern auch wegen ihres üppigen Wuchses. Der Baum ist hoch, er sieht sehr alt aus, ein paar hundert Jahre vielleicht, er hat eine dichtbelaubte Krone, viele Äste und langstielige Blätter, die sich in der Brise bewegen, als führten sie ein Eigenleben, die sich wenden und mit einem Funkeln ihre helle Unterseite zeigen. Wie Pappeln, doch es ist keine Pappel, es könnte eine Linde sein, aber ich bin mir nicht sicher.

Das Lorbeergebüsch wiederum ist noch ungewöhnlicher als der Baum. Erstens, weil in dieser Gegend der Bretagne nicht das richtige Klima für eine mediterrane Pflanze wie Lorbeer herrscht. Außerdem kann man sich schon kaum vorstellen, wie der Baum den stürmischen Seewinden getrotzt hat, um wieviel resistenter muß da erst ein Lorbeerbusch sein. Es ist zudem offensichtlich, daß diese Hecke mit Bedacht von jemandem gepflanzt wurde, der eine Vielzahl von Pflänzchen nebeneinander in die Erde gesetzt hat. Einmal im Boden, hätte das erstbeste Unwetter über dem Hochplateau die schwachen Setzlinge sofort entwurzeln und herausreißen müssen. Statt dessen habe ich noch nie ein so dichtes Gebüsch gesehen. Mit der Zeit sind die kleinen Sträucher außergewöhnlich kräftig geworden. Sicher nur, weil auf der Seite zum Meer hin eine alte Trockensteinmauer steht, die extra dafür errichtet zu sein scheint, die Lorbeerbäumchen vor dem Wind zu schützen.

Es ist unmöglich, in das Gebüsch einzudringen. Die lanzenförmigen Blätter bilden einen dichten Kreis, der keinen Einblick erlaubt. Ich habe es versucht und nur ein undurchdringliches Gewirr aus Ästen gesehen, dunkel wie ein Brunnenschacht. In der Hecke wohnen Amseln, die durch einen schmalen Gang am Boden ein und aus fliegen. Außerdem erwähnte ich bereits, daß ich manchmal eine weiße Gestalt zu sehen glaube, die ebenfalls dort umherhuscht, klein und bucklig, wie ein Hund ohne Fell. Es schien mir, als durchdringe das helle Ding mühelos die Zweige, einen Augenblick stand es vor der Hecke, und im nächsten war es schon verschwunden. So daß ich am Anfang dachte, einer optischen Täuschung erlegen zu sein, hervorgerufen durch einen Lichtreflex des Fensters.

Doch während ich nun von demselben Küchenfenster aus ganz in Gedanken versunken auf die Büsche schaue, ohne sie zu sehen, und nachdenke, was ich vergessen haben könnte, das mich im Falle der Rückkehr des Professors verriete, glaube ich plötzlich wieder eine Ahnung dieses weißen Schattens zu erhaschen, der in der Hecke verschwindet. Dieses Mal huscht er vorbei wie im Flug, so daß ich an eine ungewöhnlich helle und übernatürlich große Amsel denken muß. Nach diesem Blitz, der durch die Blätterwand zuckt, höre ich es im Gebüsch rascheln, obwohl kein Lüftchen geht.

Das ist der Tropfen, der das Faß zum Überlaufen bringt. Ich habe endgültig genug von den geheimnisvollen Erscheinungen in diesem Haus und seinem merkwürdigen Garten. Ich packe den Koffer, der bereitsteht. Eilig werfe ich den Blätterstapel hinein, der sich im Drucker gesammelt hat, drehe die Sicherungen heraus, schließe den Hauptwasserhahn und verriegele, soweit möglich, Türen und Fenster. Dann besteige ich mein Fahrrad.

Am Ortseingang empfängt mich der alte, schmutziggelbe Hund, der bei seinem täglichen Morgenspaziergang immer unter dem Fenster meiner Wohnung vorbeikommt. Die Hunde der Inselbewohner streunen frei und ohne Leine herum, die jüngeren in schnellem und umtriebigem Lauf, die älteren eher gemächlich wie Rentner. Allen gemeinsam ist jedoch die völlige Gleichgültigkeit gegenüber Menschen und Autos, welch letztere im übrigen in den langen touristenfreien Wintermonaten sowieso rar sind.

Ich halte an und beuge mich vom Fahrrad, um den Hund zu streicheln. Der Hund läßt mich höflich gewähren, wedelt leicht mit dem Schwanz und läuft dann weiter. Er hinkt etwas, er scheint mir in den vergangenen zwei Monaten stark gealtert zu sein.

Abgesehen von dem Tier begegne ich niemandem. Ich komme am Bistro La Chaloupe vorbei, das wenige Schritte von meiner Wohnung entfernt ist. Zu gern hätte ich das hübsche braunhaarige Mädchen gesehen, das mir zur Begrüßung immer zulächelt, aber das Bistro ist geschlossen, seine Leuchtschrift erloschen. Ich fahre an meiner Haustür vorbei, drehe eine Runde um die Kirche, der kleine Platz ist menschenleer. Die Straße bis zum Hôtel du Pêcheur hinabzuradeln, nur um dort jemanden zu treffen, erscheint mir zu anstrengend, da ich anschließend wieder hinaufschieben müßte. So kehre ich um und betrete mein Haus.

Ein durchdringender Geruch nach Feuchtigkeit schlägt

mir entgegen. Das Häuschen, das viel besser zu mir paßt als die Villa auf dem Felsen, wirkt beruhigend auf mich. Gegen die große griechische Kaffeemaschine auf dem Herd nimmt sich die Küche geradezu klein aus. Vor der Terrassentür erstreckt sich ein schmales Stück Erde, gerade groß genug für ein Dutzend Geranientöpfe und einen Hortensienstrauch.

Das Gras in dem von einem Mäuerchen umschlossenen Hof ist kräftig grün und glänzt frisch nach den Regenfällen des Winters. Jenseits der Mauer sieht man die Kamine und Schieferdächer der benachbarten Fischerhäuser. Erleichtert atme ich tief durch, das erstemal seit langem.

Ich überlege, wo ich die Blätter aufbewahren kann, die ich aus dem Drucker gezogen habe. Ich würde sie gerne in eine Schublade packen, bis ich Lust habe, sie zu ordnen und zu lesen.

Die Dokumente acht und neun des »Steine«-Ordners sind umfangreicher, als ich erwartet hatte. Ich lege den Stapel Papier auf den Küchentisch, fülle die Kaffeemaschine und stelle sie auf den Herd. Ein zufälliger Blick auf eine Seite genügt, um meine Neugier zu wecken.

Ich ordne die Blätter. Am Küchentisch sitzend, schlürfe ich meinen Kaffee und beginne zu lesen.

Das achte Dokument enthält das, worauf ich besonders gespannt war.

Schon auf den ersten Seiten des Dokuments finde ich die Bestätigung, daß sich mein Leben und das Davide Chefas einen kurzen Moment lang gekreuzt haben. Ich meine, noch vor unserem gemeinsamen, wenn auch ohne Begegnung verlaufenden Rentnerdasein in diesem bretonischen Dorf.

Auch ich verbrachte die Weihnachtstage und den Jahreswechsel 82/83 auf der Insel. Damals arbeitete ich schon geraume Zeit als Journalist, zu jener Zeit allerdings freiberuflich. Auf der Insel landete ich eher zufällig mit einem Boot, das, aus Concarneau kommend, wo ich an einer Literaturtagung teilnahm, dort anlegte.

Die Insel erschien mir auf Anhieb angenehm, die Tagung langweilte mich zu Tode, und ich beschloß, mir ein paar Tage Urlaub zu gönnen. Spontan ging ich von Bord und machte mich auf die Suche nach einem Hotel.

Die Touristenbroschüre versprach lange, entspannte Strandspaziergänge ohne störenden Autolärm. Doch wegen des tobenden Windes verbrachte ich die meiste Zeit untätig an einem Tischchen in dem Bar-Hôtel du Port, vor mir die Anlegestelle der Fähre. Von diesem Tisch aus war mir die Frau aufgefallen. Wer hätte eine solche Frau auch übersehen können?

Sie verließ als letzte von den Passagieren die Fähre. Vor dem weißen Hintergrund des Schiffes schritt sie herab, getrennt von der Menschenmenge, die über die Mole wogte. Manchmal wählen schöne Frauen einen bestimmten Augenblick für einen angemessenen Auftritt. Sie hatte kein Gepäck bei sich. An der Art, wie sie von Bord ging, zielstrebig und ohne sich umzusehen, vermutete ich eine Einheimische in ihr. Doch war sie zu elegant, ihr Auftreten zu vornehm für eine Insulanerin, die vom Einkauf aus der nächstgelegenen Stadt auf dem Festland zurückkehrt.

Von nahem betrachtet, war sie vielleicht nicht die Perfektion in Person. Ihre Stirn war zu hoch, die Nase zu klein. Doch ihr Gang faszinierte mich, die Leichtigkeit, mit der sie ihren hohen, schlanken Körper bewegte, als ginge sie nicht auf ihren Beinen, sondern auf den Schwingen ihrer langen roten Haare. Jeden Moment schien sie sich mit dem Wind in die Lüfte erheben zu wollen.

Ein paar Tage später sah ich sie in der Brasserie am Hafen wieder, wo sie mit einem Mann an einem Tisch saß. Ein Mann, der mir damals völlig fremd war, ich wußte nichts über ihn, auch nicht, daß er ein angesehener Archäologieprofessor war, ich kannte ja nicht einmal seinen Namen.

Niemals wäre ich auf den Gedanken gekommen, daß auch dieser Mann, der damals noch in der Blüte seiner Jahre stand, sich einige Jahre später auf der Insel niederlassen und mein Schicksal teilen würde, wenn auch nur aus der Ferne.

Als ich Chefa später auf der Insel kennenlernte, brachte ich ihn nicht mit dem Pärchen in Verbindung, das ich bei meinem Kurzurlaub Jahre zuvor gesehen hatte. Obwohl er sich kaum verändert hatte, der Professor - abgesehen von seinem Alter natürlich -, und im Winter immer noch denselben Mantel trug, in dem ich ihn damals gesehen hatte, sich auch niemals von seinem schwarzen Hut trennte, dessen breite Krempe ihm bis über die Augen hing. Wahrscheinlich war meine Wahrnehmung so auf die Frau fixiert gewesen, daß ich lieber verdrängt hatte, sie zu zweit gesehen zu haben, und zwar in einer Haltung, die den Schluß auf ein bestehendes Liebesverhältnis nahelegte.

An jenem Tag Anfang 1983, in der Brasserie im Hafen, war es zuerst die Frau von der Fähre, die meine Aufmerksamkeit erregte. Erst danach merkte ich, daß der Mann die ganze Zeit auf sie einredete und ihr dabei fest in die Augen blickte. Beide schienen intensiv miteinander beschäftigt zu sein. Die Frau jedoch auf andere Art als er: Sie war ihm liebevoll zugetan, aber in einer nachsichtigen Art und Weise, als habe sie ein Kind vor sich.

Er trug einen Kamelhaarmantel, dessen Kragen hochgeklappt war. Das Kleidungsstück beulte sich über seinen Schultern aus und gab ihm das lässige Aussehen eines Marlon Brando in »Der letzte Tango in Paris«. Ein schwarzer, breitrandiger Hut, der ziemlich lächerlich aussah, saß ihm dicht über den Augenbrauen, das Kopfteil so steif und hoch wie eine abgeschnittene Tuba. Die Frau hielt beim Zuhören seine Hand.

Ich hatte den Mann beneidet, den ich später als Davide Chefa kennenlernen sollte.

Zweiter Teil

Habiela

13
Dokument Nr. 8

Tagebuch von Davide Chefa. Insel. Januar 1983

»Wer, wenn ich schriee, hörte mich denn aus der Engel
Ordnungen? und gesetzt selbst, es nähme
einer mich plötzlich ans Herz: ich verginge von seinem
stärkeren Dasein.«

R. M. Rilke, »Erste Duineser Elegie«

Île de ..., Januar 1983

Das Klappern eines Fensterladens reißt mich aus dem Schlaf. Mein Hotel liegt direkt am Meer, das Zimmer geht auf die Mole hinaus. Das laute Heulen des Windes mischt sich mit dem Geräusch der Brandung, die tosend an die westliche Begrenzungsmauer des kleinen Hafenbeckens klatscht.

Gestern bin ich mit dem leisen Knarren der Maste der ankernden Boote eingeschlafen, doch nun ersticken Wind und Meer jeden Laut mit ihrem ununterbrochenen Fauchen. Ich öffne die Fensterläden. Es ist kurz vor sechs, doch draußen herrscht noch völlige Dunkelheit. Diese Insel liegt vor dem westlichsten Zipfel des Festlandes, die Nacht kommt spät und so auch die Morgenröte. Obwohl ich emeritiert bin, erinnern sich hin und wieder noch ein paar Kollegen an mich. So kam ich nach einem Abstecher auf die Insel Gavrinis hierher, wohin mich eine Gruppe von Archäologen gerufen hatte, die dort neuerliche Ausgrabungen und Restaurierungen an dem berühmten Ganggrab vornehmen. Ich sollte prüfen, ob die Grabungen den aktuellen Auflagen genügen, denen zufolge die gesamte Decke sowie der Hauptdolmen selbst erhalten bleiben müssen. Nach getaner Arbeit schiffte ich mich zu dieser Insel ein, um mir eine kurze Auszeit zu gönnen.

Unter den Laternen entlang der Mole wirbelt eine Art weißer Flaum durch die Luft, der wie Schnee aussieht. Doch es kann kein Schnee sein. Obwohl ein starker Wind weht und die Wolken über den Himmel rasen, ist es nicht kalt.

Ich stehe auf und ziehe mich an. Plötzlich bin ich von der Idee besessen, von der Steilküste aus das Unwetter über dem Meer zu beobachten.

Noch ganz schlaftrunken und innerlich über mich selbst lächelnd, stelle ich mir vor, wie ich im stärksten Gegenwind fünf Kilometer bis zur Nordwestspitze der Insel über die Hügel radele. Normalerweise sind mir romantische Anwandlungen dieser Art fremd. Während ich unter den schwankenden Laternen auf die Straße trete, erkenne ich mich selbst kaum wieder, als sei dieser einsame Wanderer – die Straße ist menschenleer –, der nun auf sein gemietetes Rad steigt, jemand anderes.

Kaum sitze ich im Sattel, bläst der Wind mir den Hut vom Kopf. Noch so eine verschrobene Idee, mir einen Hut aufzusetzen, dessen breite Krempe geradezu eine Einladung an den Wind ist, hineinzufahren und ihn wie ein Segel zu blähen. Ich habe ihn in Corrèze erstanden, ein landestypisches Kleidungsstück, das die Bewohner des Französischen Zentralmassivs zu ihren Festen tragen. Als hätte ich nicht wissen müssen, daß der Wind ihn mir sofort über den nassen Asphalt in Richtung Meer fegen würde, so daß ich das Fahrrad hinwerfen und wie ein Idiot hinter ihm herrennen muß. Auf dem Filz haben sich zwei weiße Punkte niedergelassen, die sich nicht auflösen: Gischt. Der Gedanke an das Spektakel, das mich auf der Felsspitze erwartet, erfüllt mich mit einer jugendlichen Vorfreude, es ist lange her, daß ich mich so lebendig und energiegeladen gefühlt habe. Ich ziehe mir den Hut tief über die Ohren. Er liegt eng an, so muß er dem Sturm trotzen.

Ich trete dem Wind entgegen, der über die Straße fegt, kämpfe mit dem Hut, der ein Eigenleben zu führen scheint und immer wieder wegfliegen möchte (einmal gelingt es ihm und er landet in einem Dornbusch), ich ringe den aufsteigenden Wunsch nieder, den Heimweg anzutreten, dem Wind den Rücken zu kehren und mich von ihm zum Hotel schieben zu lassen, um dort einen heißen Kaffee zu trinken. Hinter mir graut der Tag und wirft sein erstes Licht auf die riesigen, dahineilenden Wolkengebirge.

Die kahle Ebene steigt an bis zur Steilküste, ich sehe, wie die Brecher gegen die schwarzen Felsen krachen. Die Bucht ist mit einem schneeweißen Tuch bedeckt, das Meer scheint unter dem zerwühlten Laken Liebe zu machen. Der Schaum kocht hoch, wirft dicke Falten auf, zerplatzt in der Luft.

Ich vergesse einen Moment, mit der einen Hand meinen Hut festzuhalten, während ich mit der anderen Hand das Fahrrad lenke. Der Hut steigt senkrecht in die Höhe, hält wie eine fliegende Untertasse auf den Leuchtturm zu, tanzt über das abfallende Plateau. Ich verfolge ihn, bis ich um ein Haar mit einer Frau zusammenstoße. Sie fängt meinen Hut aus der Luft, indem sie mit der Leichtigkeit eines Baseballspielers den Arm nach ihm ausstreckt.

Sie reicht ihn mir mit einem Lächeln, verwundert starre ich auf ihre roten Haare, das Fahrrad rutscht mir unter den Beinen weg.

»Der gehört wohl Ihnen«, sagt sie.

Doch ich bin unfähig, mich ihr zu nähern, geschüttelt vom Wind, drohe ich zu stürzen. Ewig könnte ich hier stehen und sie anschauen, ihr Gesicht so weiß wie Milch, ihre vom Meeresschaum rosigen Haare, die klaren, hellen Augen, die mich mit erschreckender Intensität ansehen. Ihr Gesicht nähert sich meinem, verblaßt im milchigen Licht, gewinnt wieder an Konturen, steht klar in die Luft gezeichnet, verschwimmt erneut.

Ich weiß nicht mehr, welche wortlose Übereinkunft uns dazu brachte, nebeneinanderher zu laufen. Es ist nicht mein

Stil, mit wildfremden Frauen anzubändeln. Normalerweise bin ich eher schüchtern in diesen Dingen.

Wir nähern uns der Straße. Auch hier bläst der Wind, aber nicht mehr so stark. Ich habe das sonderbare Gefühl, sie schon lange zu kennen.

»Es muß lustig sein, sich einfach vom Wind treiben zu lassen«, sagt sie, während ich das Fahrrad neben mir herschiebe.

»Darf ich?«

Sie ergreift den Lenker, ihre Hand streift meine. Sie trägt einen langen, hochgeschlossenen schwarzen Mantel.

Der Wind bläst so kräftig, daß die Aureole ihrer Haare ständig in Bewegung ist, aber nicht ungeordnet, sondern wie die Flamme einer Fackel über dem in diese Priesterkutte gehüllten Leib.

Als sie auf das Rad steigt, flattern ihre Mantelschöße hoch, und ich erhasche einen Blick auf das milchweiße Bein bis hinauf zum Schenkel. In einer fließenden Bewegung schwingt sie sich auf, läßt sich vom Wind anschieben und ist im nächsten Moment schon in weiter Ferne, ich sehe sie jenseits der Hochebene verschwinden.

Der Wind bläst mir in den Rücken. Sie wartet am Straßenrand auf mich. Sie lacht, als ich herankomme.

»Was gibt es da zu lachen?« frage ich.

»Es ist nur Ihr Hut, der ist komisch.«

Sie heißt Habiela und ist Amerikanerin. Sie will den Winter und das Frühjahr auf der Insel verbringen. Sie ist hier, um Gespräche zu führen, sagt sie, mit einer Hundertjährigen, die nur Bretonisch spricht, sonst nichts, sie kann kein Wort Französisch. Die alte Frau erzählt ihr keltische Insellegenden in der antiken Sprache, nicht in dem heute verbreiteten Dialekt, der mit viel Französisch durchsetzt ist. Mit einem Recorder nimmt sie die alte Mundart auf. Ein Stipendium der Columbia University in New York ermöglicht ihr, um die Welt zu reisen. Das Stipendium dient der Erforschung von Minderheitensprachen. Habiela kann Bretonisch, Ladinisch, Sardisch, Kurdisch und einige afrikanische Dialekte. Außerdem hat sie die Sprachen der australischen Ureinwohner studiert, die untereinander so unterschiedlich sind wie Französisch und Türkisch.

»Es gibt unendlich viele Sprachen auf der Erde, mindestens fünf- oder sechstausend«, erzählt sie mir. »In manchen Dörfern, die nur wenige Kilometer auseinander liegen, werden völlig verschiedene Sprachen gesprochen. Ist das nicht merkwürdig?«

Das Haus, in dem sie wohnt, steht am äußersten Rand des Kaps, auf der dem offenen Meer zugewandten Seite der Insel. Es ist ein altes, abgelegenes Haus. Düster, streng. Einsam wie eine Festung erhebt es sich dort auf der Spitze der Anhöhe, deren Sockel die schwarzen Felsen bilden. Jenseits der dicht auf die Erde geduckten Büsche der Zwergerika, die entschlossen den Stürmen trotzen, fällt die Küste senkrecht zum Meer hin ab. Habiela hat das Haus von einem Maler gemietet, der schon seit Jahren auf der Insel lebt.

In der Wohnküche bewirtet sie mich mit Tee. Ein großes Fenster geht auf den Garten hinaus, ein einzelner Baum mit einer Hecke zu seinen Füßen bestimmen das Blickfeld. Der Baum ist groß und grau, scharf zeichnet er sich vor dem weißen Himmel ab, den er fast vollständig einnimmt, die kahlen Äste bewegen sich im Wind, als seien sie lebendig. Das Bild erinnert mich an eine Bleistiftzeichnung Mondrians, die ich einmal in einem Museum gesehen habe.

Die Wände in der Küche sind unverputzt, die Einrichtung besteht aus alten bretonischen Möbeln, in die Türen einer Eichenholzanrichte sind Männer- und Frauengesichter geschnitzt. Die Arbeitsfläche mit der Zinkspüle und einem Zapfhahn hat der Maler als waschechter Hauptstadtfranzose aus einem Bistro in Montmartre hierhertransportiert. Die Bilder des Malers fangen sehr anschaulich das außergewöhnliche Licht dieses Küstenstreifens ein, ein besonders klares Licht, in dem die Farben strahlen und das schon zahlreiche Künstler inspiriert hat. Nicht umsonst entstand unweit von hier auf dem Kontinent, in Pont-Aven, die Malerschule Gauguins. Auf den Gemälden des Hausbesitzers sieht man fast immer das Meer, der Ozean bildet den Hintergrund für Dörfer und Häuser, auf deren schiefergedeckten Dächern die Sonne blitzt. Eine Pendeluhr mit Perlmuttintarsien mißt mit kaum hörbarem Ticken die Zeit.

Habiela stellt die Tassen auf den Tisch, schürt das Feuer im Kamin und setzt Teewasser auf. Die Dinge gelangen wie durch Zauber in ihre Hände, ihre fließenden Bewegungen werden von einem insektenartigen Summen begleitet, das möglicherweise vom Seidenfutter ihres Mantels herrührt, den sie auch zu Hause nicht abgelegt hat und der im Licht der Flammen bläulich schimmert. Er ist nicht aus Leder, wie ich vorhin glaubte, sondern aus einem synthetischen Stoff, der die Umrisse ihres Körpers erahnen läßt.

Als sie sich mir nähert, atme ich ihren Duft ein, er ist so dezent, daß ich mich vergewissern muß, ob er wirklich existiert, gleichzeitig aber so durchdringend, daß ich mich an ihm berauschen könnte.

Sie bietet mir ein Stück Apfelkuchen an. Obwohl es nach einem trüben Tag aussieht, bricht plötzlich ein Sonnenstrahl durch die Wolkendecke und entzündet eine Spur Mehl auf dem Marmortisch.

»Auf dieser Insel kommt und geht die Sonne den ganzen Tag. Himmel und Wolken sind immer in Bewegung, halten niemals inne«, sagt sie.

Plötzlich beginnt sie zu singen, während sie den Kuchen in Stücke schneidet. Sie hat eine schöne Altstimme:

»*Blut und Wein und Tanz, dir, Sonne! Dir, du leuchtender Stern, proste ich zu! Blut und Wein und Tanz!* Diese Hymne auf den Krieg singt die alte Bretonin in ihrer Originalsprache, meine Version ist nur eine grobe Übersetzung. *Tanze und singe, singe und kämpfe! Tanze und singe!* Dabei schleuderte der Barde wohl das Schwert in die Luft und fing es im Flug wieder auf.«

Sie wirft das Messer hoch, es beschreibt einen Kreis, sie fängt es aus der Luft auf mit derselben Leichtigkeit, mit der sie meinen Hut in der Heide ergriffen hat.

Ich finde sie ziemlich amerikanisch, mit ihren kleinen Zaubertricks. Es gibt viele Amerikaner, die an den infantilen Geschicklichkeitsspielen der Magier Spaß haben, vielleicht mögen sie auch deshalb ein so wenig spektakuläres, um nicht zu sagen langweiliges Spiel wie Baseball. Sie wirkt auf mich wie die klassische amerikanische Collegeschülerin, eine *wasp*. Wahrscheinlich aus traditionsbewußtem Hause, vielleicht aus Virginia. Modern geprägt und politisch selbstverständlich links. Demonstrationen gegen den Vietnamkrieg, sexuelle Revolution, und versteckt unter der Oberfläche ein genetisch angelegter Puritanismus. Das ist mein Eindruck von ihr, die Haarfarbe und ihre Tunika vervollständigen das Bild.

»Das Loblied wurde zu Ehren von Sonne und Krieg verfaßt. Die alten Bretonen fielen immer wieder bei den Franken ein, um sich mit Wein zu versorgen ... Das Pentagon hatte den Plan, die Sonne über Vietnam zu verdunkeln. Wußtest du das?«

Sie ist nun zum Du übergegangen. Ihr Tonfall paßt zu Kuchen und Kunststückchen und klingt, als spreche sie mit einem Kind, dabei ist sie wahrscheinlich jünger als ich. Doch es ist keineswegs demütigend, im Gegenteil, ich fühle mich stimuliert und erregt wie seit Jahren nicht mehr. Ihre Stimme erfüllt mich mit einer wohligen Wärme wie ein Glas Armagnac.

»Die amerikanischen Generäle planten den Bau eines künstlichen Satelliten, der sich zwischen die Sonne und

Nordvietnam schieben sollte. Und weißt du, wer vor den Generälen des Pentagon bereits etwas Ähnliches ersonnen hatte?«

Ich habe nicht die geringste Ahnung. Es ist merkwürdig, daß sie einem quasi Fremden gegenüber solche Themen anschlägt, deren Wahrheitsgehalt sich kaum einschätzen läßt. Diese vom US-Militär geplante Perversität zumindest klingt nach einem Ammenmärchen.

»Jonathan Swift. Gullivers dritte Reise, auf die Insel Laputa. Das Eiland wird von einer Gruppe weltfremder Mathematiker beherrscht, die nicht auf der Insel selbst, sondern auf einem künstlichen Satelliten wohnen, der über ihr schwebt und von einem die Schwerkraft aufhebenden Kristall in der Höhe gehalten wird. Wenn eine Stadt auf der Insel keine Steuern zahlt und rebelliert, schiebt sich das Luftschiff der Herrscher zwischen den Ort und die Sonne. Die Pflanzen werden welk und gehen ein, kein Korn gedeiht mehr und ebensowenig die Kinder, die alle Rachitis bekommen; die Rebellen darben unter dem Schattenkegel dahin und ergeben sich schließlich. Swift ist ein außergewöhnlicher Schriftsteller, aber auch eine sehr geheimnisvolle Persönlichkeit. Wußtest du, daß er auf die Koordinaten von Phobos anspielt – Phobos ist ein Mond des Mars –, in bezug auf Masse, Äquatorialdurchmesser und Umfang des Planeten, und das mehr als zwei Jahrhunderte vor den Berechnungen unserer heutigen Astronomen?«

Auch das wußte ich nicht, und ich halte es für ein ebensolches Märchen wie das von den Pentagon-Generälen.

In dem geräumigen Zimmer steht neben dem Fenster zum Garten hin ein Tischchen mit einer kleinen Lampe, davor ein Holzstuhl mit fester Lehne. Diese Ecke, nehme ich an, dient ihr als Arbeitsplatz. Auf dem Tisch sehe ich einen Kassettenrecorder älteren Modells, ein in Leder gebundenes Buch, einen Zettel, ein Tintenfaß aus Glas mit einem diamantförmigen Verschluß, einen Federhalter aus Holz und eine altmodische Schreibfeder, wie sie früher in den Volksschulen benutzt wurden. Ich tue so, als sähe ich aus dem Fenster, um heimlich einen Blick auf das Blatt Papier zu werfen. Das Datum von heute, vier Zeilen auf französisch in eleganter Handschrift, leicht nach rechts geneigt, klar und trotzdem fein, die Schrift wohlerzogener angelsächsischer Mädchen. Zwei Worte im letzten Vers springen mir ins Auge; sie hier per Hand auf diesen Zettel geschrieben zu sehen hat für mich etwas von einer Botschaft. Ich lese die Verse:

Dans les clapotements furieux des marées,
Moi, l'autre hiver, plus sourd que les cervaux d'enfants,
Je courus! Et les Péninsules démarrées
N'ont pas subi tohu-bohus plus triomphants. *

Das Buch, aus dem die Zeilen stammen, die so gut zu diesem stürmischen Morgen passen, liegt auf dem Tisch: eine wertvolle Ausgabe der Werke Verlaines. Er zitiert das Gedicht, »Le Bateau ivre« – Das trunkene Schiff –, in einem Essay über seinen Freund Arthur Rimbaud. Meine Mutter pflegte im Krieg Rimbaud aufzusagen, deshalb liebe ich ihn mehr als alle anderen Dichter. Ich könnte nicht sagen, warum sich mir nun das Herz furchtsam zusammenzieht.

Ich merke, daß Habiela aus den Augenwinkeln heraus meine Schnüffelei beobachtet, während sie vor dem Ofen hockt und das Feuer anfacht. Das Gedicht, der alte Federhalter und das Tintenfaß, die sorgfältige, geneigte Handschrift berühren mich. Hektisch suche ich nach einem unverfänglichen Thema, meine Stimme kippt, als ich frage, ob sie denn keinen Computer benutzt.

»Benutzt *du* einen?« fragt sie zurück.

* In der furchtbaren Wut der Gezeiten / Rannte tauber als ein Kinderhirn ich, den Winter lang, / Und losgerissener Halbinseln Weiten / Hörten nie wilderen Triumphgesang.

Ich erwidere, seit ich einmal damit begonnen habe, kann ich nicht mehr auf ihn verzichten.

»Du läufst Gefahr, irgendwann von ihm beherrscht zu werden«, meint sie daraufhin mit einer Spur von Tadel in der Stimme. »Bei der Verwendung eines solchen Schnellschreibers werden wir gezwungen, uns seinem Rhythmus anzupassen, er vermittelt irrtümlicherweise den Eindruck, man könne mit ihm Schritt halten. Der Computer ist eine unmenschliche Maschine, sozusagen anorganisch, er hat eine Seele aus Silizium. Der Fehler liegt darin, ihn sich bildlich als Gehirn vorzustellen, wo doch das genaue Gegenteil zutrifft. Es kann nicht gesund sein, ihn auf die gleiche Ebene mit einem Gesprächspartner aus Fleisch und Blut zu stellen. Zu meinen, man könne sich mit der Maschine messen, sich auf ein Wettrennen mit ihr einlassen, ist eine fatale Illusion: Niemand kann das schaffen. Viel eher wird seine Tachylogik das menschliche Denken durcheinanderbringen. Der menschliche Geist funktioniert zweidimensional. Er ist begrenzt, aber kritikfähig, jeden Tag entscheidet er sich zwischen schwarz und weiß, zwischen ja und nein, zwischen gut und böse. Der Computer gaukelt uns vor, wir könnten uns mit einem kurzen Klick entscheiden. Aber aus psychologischer Sicht ist das völlig abwegig. Das Kohlenstoffsystem des Gehirns bewegt sich mit heilsamer Langsamkeit, es mit einer rasenden siliziumgesteuerten Maschine gleichzusetzen bedeutet, sich in die frühkindliche Phase zurückzubegeben, wo es einzig darauf ankam, in möglichst kurzer Zeit möglichst viele Erfahrungen zu sammeln. Um beispielsweise nicht Gefahr zu laufen, beim Essen zu ersticken. Das Risiko dabei ist, ins pränatale Stadium zurückzufallen. Sie werden immer seltener, die ›Menschen mit wohlgesetzter Rede‹, wie Homer es ausdrückt.«

Mit einem solchen Monolog habe ich nicht gerechnet, ich bin überrumpelt und murmele etwas über die nicht umkehrbaren modernen Zeiten.

»Modern?« fragt sie. »Der Computer ist ein uraltes Gerät. Weißt du, was sein Vorläufer war?«

Natürlich weiß ich es nicht.

»Das sumerische Siegel und die Täfelchen mit Keilschrift. Die Siegel waren aus hartem Stein, die Tafeln aus Ton. Das Siegel bildete die Synthese nicht nur des Namens einer Person, sondern zahlreicher Zusatzinformationen über sie: über ihren Reichtum, ihre soziale Stellung, manchmal ihre königliche Herkunft. Die Tontäfelchen mit der Keilschrift sind nicht einmal so groß wie eine Streichholzschachtel, und doch enthält jedes von ihnen eine Unmenge an Informationen, meistens in Form von Listen: Sklaven, Herden, wertvolle Einrichtungsgegenstände, Schmuck. Die Bedeutungsvielfalt der Keilschriftzeichen ermöglicht es, auf kleinstem Raum eine enorme Datenmenge unterzubringen. Jede Tafel kann endlose Male reproduziert werden, sie muß nur in weiches Wachs gedrückt werden oder in feuchten Ton. Da ist es nicht mehr weit zum Computerchip, findest du nicht? Den Siliziumspeicher gab es schon 3000 Jahre vor unserer Zeit.«

Wir trinken Tee. Beim Kuchenessen sehe ich ihr in die Augen. Es verwirrt mich, sie anzuschauen, sie nicht berühren zu dürfen bereitet mir fast körperliche Schmerzen.

Die Holztreppe knarzt. Habiela steigt auf den Dachboden, wo ein Himmelbett steht. Dabei knöpft sie langsam ihre Priesterkutte auf. Als sie sie auf die obersten Treppenstufen gleiten läßt, sehe ich, daß sie darunter nackt ist. Ich bin von ihrem hellen Leib wie geblendet, sie kommt mir riesig vor, zu weiß und zu groß für mich, ich fühle mich dagegen wie eine kleine dunkle Ratte. Sie wendet sich ein wenig um, lehnt an der Brüstung der Mansarde und sieht mich lächelnd an:

»Kommst du?«

Sie sitzt mit unanständig gespreizten Beinen auf der Bettkante und hält mich mit einer Hand sanft auf Distanz, um mit der anderen meine Hose aufzuknöpfen. Ich möchte ihr helfen, aber sie läßt es nicht zu. Ihre Hände schieben mich mit zärtlich fließenden Bewegungen beiseite, ich stehe vor ihr und lasse mich von ihren Fingern und ihren hellen Augen umschmeicheln, die mich mustern, als wollten sie eine Bestandsaufnahme vornehmen. Ihr Zeigefinger fährt sanft unter meiner linken Brustwarze entlang.

»Was hast du hier?«

»Das weiß ich auch nicht«, erwidere ich.

Ich weiß es wirklich nicht, das helle, hufeisenförmige Mal habe ich schon seit meiner Kindheit, ich wurde nicht damit geboren, sondern es erschien erst später, meine Großmutter pflegte zu sagen, es sei ein verspätetes Muttermal.

Sie legt sanft ihre Lippen darauf, läßt sie weiter zur Brustwarze wandern, flattert mit der Zunge. Meine Beine geben nach, eine unerträglich süße Lust durchflutet mich. Von meinem Gewicht herabgezogen, sinke ich über sie.

Glorreich werde ich empfangen, ich lasse mich fallen, zum erstenmal berühre ich ihren ganzen Körper. Er ist wie aus Wasser, ich versinke in seiner blauen Klarheit wie zuvor in ihren Augen. Ich dringe nicht in sie ein, wir haben ein stillschweigendes Abkommen, noch zu warten. Als es passiert, ich weiß nicht, wann, ist es nicht der Anfang vom Ende, nicht das Ziel, ich merke erst nach einer ganzen Weile, daß ich in ihr bin, daß ich mich völlig auflöse. Nichts trennt uns mehr, wir sind nicht zwei Individuen, es gibt keine anderen Gerüche oder Geräusche, nichts als das, was wir gemeinsam darstellen und was sich herrlich erhebt, den Raum erfüllt, überfließt, ihn verläßt und hinwegfliegt über das stürmische Meer.

Mir ist kalt, ich zittere. Das Fenster der Mansarde steht offen, wir liegen im Wind, und Gischtflocken wirbeln um uns herum. Sie steht auf und schließt das Fenster, dann breitet sie eine Decke über mich. Sie kniet neben mir nieder und massiert mir Arme und Beine, das Blut fließt zurück, Wärme durchströmt mich. Doch ich möchte gar nicht in meinen Körper zurückfinden, mich selbst wieder spüren, es ging mir gut, eisig, wie ich war; gern wäre ich so geblieben, mit dem schwarzen Schleier unter den Lidern, den die Wärme nun vertreibt, das gleißende Tageslicht schmerzt die Augen, ich wäre lieber im Dunkeln geblieben, gebettet in Finsternis.

Wir lieben uns noch einmal, dieses Mal liegt sie über mir, mit hocherhobenem Kopf, ist fern, fast fremd, ganz versunken in ihre Lust. Ich bin glücklich, ihr Instrument zu sein. Ich tue alles, um ihr zu gefallen, erfülle ihr jeden Wunsch, sie ist die Dirigentin, die meinen Körper dem Höhepunkt der Musik entgegenführt, sie läßt mich nicht los, bis ich lange auf dem Gipfel der Phrase schwebe im Tutti des Orchesters.

»Sieh mich an«, sagt sie.

Ich blicke zu ihr auf, es ist, als sähe ich einen Berg in der Morgendämmerung, Wolken, rötlicher Himmel. Ich atme durch alle Poren, blähe mich auf, falle zusammen, erreiche ihre Höhe, werde riesig wie sie, fliege noch einmal. Dann überkommt mich die wilde Angst zu stürzen, ich klammere mich an sie, versuche mich zu halten, unter mir das Nichts: Ich gleite in die Finsternis, falle, falle, falle.

Ich erwache von der Bewegung ihrer Finger, die mir durch das Haar streichen.

»Du bist ohnmächtig geworden«, sagt sie.

Der Wind hat sich gelegt, die Luft ist milder. Wir haben beschlossen, in Bourg etwas essen zu gehen, Seite an Seite wandern wir über die menschenleere Straße.

Um das Ruder wieder zu übernehmen, mich vom Verführten zum Verführer zu verwandeln, wie es mir zusteht, mache ich einen Annäherungsversuch, als sei noch nichts vorgefallen: Ich bleibe mitten auf der Fahrbahn stehen und umarme sie.

Lachend flüstert sie mir ins Ohr:

»Wenn du unbedingt einen Hollywoodstreifen nachspielen willst, was hältst du davon, kurz die Straße zu verlassen?«

Mit ironisch gefärbter Fügsamkeit läßt sie sich in ein kleines Wäldchen ziehen. Wir lieben uns im Stehen an einen Baum gelehnt.

In der Brasserie am Hafen stärken wir uns. Belebt vom Calvados und inspiriert von den Bildern an den Wänden, die an den Klippen der Insel zerschellende Segelboote zeigen und von dem plötzlichen und dramatischen Ende einer Reise berichten, komme ich auf meinen Freund aus Kindheitstagen zu sprechen. Ich erwähne das Motiv, das mich vor einigen Jahren wieder nach Italien geführt hat. Etwas beschämt und um einen skeptischen Tonfall bemüht, gebe ich die ungewöhnliche Geschichte meines Freundes Lippo wieder. Vielleicht habe ich dabei auch ihre Worte über Vietnam im Hinterkopf, über die Generäle ihrer Heimat mit den Verdunkelungsabsichten, über Swift und die Insel Laputa und fühle mich ermutigt, das Irrationale zuzulassen und ihr die unwahrscheinlichen Erlebnisse des Amseljungen anzuvertrauen. Worüber ich bisher noch mit niemandem gesprochen habe. Weniger aus Verschwiegenheit, sondern vielmehr, um nicht für verrückt erklärt zu werden.

Sie hört mir zu wie einem Kind, das vom Weihnachtsmann erzählt. Ihr Ausdruck ist ein wenig ironisch, als wüßte sie alles zu dem Thema. Und sehr wahrscheinlich weiß sie tatsächlich mehr darüber als ich, in ihrem Land sind solche Geschichten sehr verbreitet, man hört sie überall, es gibt ganze Vereine, die sich damit beschäftigen. So rechne ich schon mit einer erneuten Belehrung, die nicht auf sich warten läßt:

»Vielleicht sind das nur die Phantasien eines Menschen, der seine Sexualität nicht zulassen kann. Dein Freund könnte solche Träume haben, weil er Angst davor hat, während eines Sexualaktes sich selbst zu verlieren. Oder sich aus irgendeinem anderen Grund zu verlieren; Sex ist das Intimste des Menschen, aber es gibt noch andere Situationen, in denen man Angst haben kann, sich gehenzulassen und die Kontrolle über das eigene Leben aus der Hand zu geben.«

Ich wende ein, daß mir solcherlei psychologisierende Erklärungen mißfallen.

»Zu einfach und zu modisch«, sage ich. »Vor vierhundert Jahren starben die Menschen an der Pest und führten das auf die Sterne zurück. Heute wird jede Abweichung von der Normalität mit unbewußten Ängsten erklärt. Und dennoch laufen die Dinge nach einem Jahrhundert der Psychoanalyse nicht wesentlich besser als vorher, scheint mir.«

»Vielleicht hast du recht«, sagt Habiela, »denk nur an die sogenannte Regressionstherapie. Dabei kommen falsche Erinnerungen zum Vorschein, die nichts anderes sind als Träume. Der Patient hat Angst, jemandem ausgeliefert zu sein: Satanskult, Gewalt durch den Vater. Aber manchmal ist nichts davon wahr. Erinnerst du dich an den Prozeß der Jungfrauen von Salem? Oder die Ekstase der Heiligen? Das Gefühl beim Sex ist dem des Entführten nicht unähnlich. Viele Menschen fürchten sich davor, sie haben Angst, daß eine äußere Macht sie ihrer Lebenskraft beraubt. Manche dieser angeblich ausgegrabenen Erinnerungen werden dem Patienten in Wirklichkeit nur von einem Forscher oder Therapeuten eingeredet, der dieselben Ängste hat.«

Sie streckt den Arm aus und streichelt tröstend meine Hand; ihr Gesicht hat sich verändert, sie wäre eine hervorragende Schauspielerin, denke ich, sie kann ihren Gesichtsausdruck von einem Moment auf den anderen verwandeln, genau wie das Wetter heute, das unversehens von stürmisch in mild umgeschlagen ist. Nun sieht sie mystisch verträumt aus, ihre Stimme ist frei von Ironie:

»Vielleicht hat dein Freund Lippo aber auch die Wahrheit gesagt. Wer weiß das schon? Die Wissenschaft hält sich da heraus, sie will nichts mit der Materie zu tun haben, weil sie sich vor den grauenhaften Wundern fürchtet, die ihr dann begegnen könnten. Wer weiß, vielleicht sind ein Großteil der Legenden und Mythen ja bloß die Übertreibung wahrer Begebenheiten? Die Angehörigen alter keltischer Stämme, etwa wie die hundertjährige Alte hier auf der Insel, glauben mit einer Inbrunst an diese Märchen, die sich nur schwer auf mangelnde Bildung und Naivität zurückführen läßt.«

Ich empfinde es als ein enormes Privileg, bei ihr sein zu dürfen, und ich frage mich, womit ich das verdient habe.

Sie weckt in mir eine Art Erinnerung. Wenn ich es recht bedenke, hatte ich dieses Gefühl, sie zu kennen, schon, als ich sie zum erstenmal gesehen habe, als sie mir den Hut reichte, so behutsam, als sei er ein Teil meines Körpers.

Hin und wieder überwältigt mich das Gefühl eines Déjà-vu, als hätte ich unsere Begegnung schon einmal erlebt und schon einmal mit ihr geschlafen, doch an einem anderen Ort, weit entfernt von dieser Insel. Diese jähe Gewißheit fährt mir durch Mark und Bein wie ein Aufblitzen am Ende eines Traums.

Insel. Februar 1983

Alles, was ich tat, bevor ich Habiela kennenlernte, kommt mir langweilig und leer vor, sinnlose Zeitverschwendung. Ich wußte nicht, wie fad und steril mein Leben bisher war.

Sie hat mich eingeladen, bei ihr zu wohnen. Ihr Haus ist groß genug, es gibt keinen Grund, im Hotel zu bleiben. Ich habe ihr angeboten, die Kosten zu teilen, was sie mit leichter Herablassung akzeptiert hat, ich vermute, sie ist ziemlich reich.

Abends lieben wir uns lange; dann falle ich in einen tiefen Schlaf, der fast an Bewußtlosigkeit grenzt.

Insel. März 1983

Ich erwache vom Heulen des Windes. Ich bin allein. Ich rufe nach ihr, niemand antwortet. Der Sturm hat die Stromversorgung unterbrochen, was hier häufig geschieht.

Ich stehe auf, bin nackt, und obwohl ich mich in eine Decke wickele, zittere ich vor Kälte, doch ich achte nicht darauf, gehe durch das Haus und leuchte mir mit der Taschenlampe, die ich auf dem Nachttisch gefunden habe, den Weg. Niemand da. Ich gehe ins Bad, inspiziere die Küche, die anderen Zimmer, die Abstellkammer, ich steige sogar auf den Dachboden. Sie ist nicht da, sie ist weg.

Ich ziehe mich an und gehe hinaus, auch im Garten ist niemand, ein leichter Nieselregen weht vor dem Lichtkegel der Taschenlampe herab, hin und wieder sammeln sich einzelne Tropfen am Rand der Lampe und lassen einen Lichtstrahl aufblitzen, bevor sie hinunterfallen. Es ist eiskalt.

Meine Angst und ein Gefühl des Verlustes verhindern jeden klaren Gedanken in mir. Sie ist weg, sie hat mich verlassen, ich werde sie niemals wiedersehen. Vielleicht habe ich sie durch irgend etwas beleidigt, vielleicht hat sie sich mit mir gelangweilt, oder unsere Beziehung wurde ihr einfach zu eng.

Doch es kann nicht sein, daß sie endgültig fort ist.

Ihre Sachen sind ja noch da. Bis auf die Priesterkutte, aber selbst die Schuhe, die sie gestern noch trug – Stiefel mit langen Spitzen, in einem seltsamen Blau –, liegen auf dem Läufer vor dem Bett.

Ich verlasse den Garten, überquere die nasse Heide, lege über einen Kilometer zwischen Felsen und Erikabüschen zurück. Am Rand der Straße, die ins nächste Dorf hinabführt, fällt der Lichtkegel auf eine glänzende Stelle: den Abdruck eines nassen Fußes. Wenig entfernt wieder einer. Das sind ihre nackten Füße, ich erkenne sie an der langen, schmalen Form. Läuft sie etwa barfuß?

Die niedrigen Häuser des Dorfes haben alle die gleiche Farbe. Die Türen und Fensterläden, die im Sonnenlicht kräftig blau leuchten, schimmern in der Dämmerung des stürmischen Morgens in verschiedenen Grautönen. Die

Hortensienbüsche neben den Türen sehen aus wie verklumpte Asche.

Die Straße zwischen den Häusern führt zum Meer hinab, ich höre es machtvoll heranbranden.

Am Ende der engen Gasse versperrt ein baufälliges Gebäude den Zugang zum Meer. Ich leuchte auf einen Schriftzug über der halboffenen Eingangstür, die schief in den Angeln hängt, davorgenagelte Bretter sind heruntergerissen. »École de Pecheurs« steht über der Tür. Ich habe in einem Reiseführer gelesen, daß der Hafen in den fünfziger Jahren für seinen Thunfischfang bekannt war und die Insel eine Fischereischule beherbergte. Dann wurde der Thunfischfang nach La Rochelle verlagert, nur etwa ein Dutzend Kutter blieben zurück, und die Schule wurde geschlossen.

Ich bahne mir einen Weg durch die Bretter und trete über die Schwelle. Gischtflocken stieben durch den notdürftig überdachten Raum, es gibt keinen Windschutz, und die salzige Brise weht stürmisch herein. Dies muß einst der Bootsschuppen gewesen sein, in den abschüssigen Fußboden ist eine Eisenschiene eingelassen, weiter hinten ragt ein Felssporn in die aufgewühlte See. Um die Felsen herum wirbeln die Schaumkronen, die der Wind vor sich her treibt, sie scheinen aus sich heraus zu leuchten. Ein Lichtkegel blitzt auf und erlischt. Der Strahl des Leuchtturms am äußersten Punkt der Insel streift die Oberfläche des Meeres vor dem alten Schuppen. Doch nicht der Leuchtturm entzündet die Gischt dort draußen: Die Helligkeit bleibt, obwohl sein Strahl hinter der Ecke der Baracke verschwunden ist. Es ist, als sehe ich Sternchen wie nach einer großen Anstrengung oder nach langem Fasten. Ich richte die Taschenlampe auf die Stelle.

Auf dem Felsen sitzt Habiela, ohne auf die um sie tobende Gischt zu achten, eine Welle fließt rauschend zurück ins Meer, doch sie sitzt reglos neben einem schlanken Monolithen, der einsam am äußersten Punkt der steinernen Mole aufragt.

Mich erfaßt eine noch größere Angst als zuvor. Die Gefahr, in der sie schwebt, bedroht auch mich, obwohl ich ihr nicht ausgesetzt bin. Zu der Angst gesellt sich das nicht minder heftige Gefühl der Leere und des Verlassenseins, das mich seit dem einsamen Erwachen im Bett nicht mehr losläßt. Ich schreie ihren Namen in die Brandung. Sie antwortet nicht, wendet nicht einmal den Kopf. Ich nähere mich ihr, eine Welle leckt an meinen Füßen, ich klettere über die riesigen Felsen, deren Kanten spitz wie ein Nagelteppich hervorragen, vor meinem inneren Auge sehe ich mich schon stürzen und weggespült werden, dennoch klettere ich weiter auf sie zu. Ich kämpfe mich über den Felskamm, an dessen Spitze der Monolith steht. Unter meinen Füßen strömt das Wasser in kleinen Sturzbächen.

Plötzlich bleibe ich wie angewurzelt stehen, bin geblendet. Um Habielas Gestalt schwebt eine kaum wahrnehmbar rotierende Aureole aus leuchtenden Punkten. Jeden von ihnen sehe ich einzeln, das ist nicht die Gischt, das Gefühl von vorhin, als ich glaubte Sternchen zu sehen, überkommt mich erneut, ich merke, wie mir schwindelig wird.

Wieder huscht der Lichtkegel des Leuchtturms über das Meer, doch sein regendurchsiebter Finger krümmt sich zu einem Bogen, um nicht den Sternenflor um Habiela zu berühren, er gleitet um ihn herum, als wolle er sie aus der Ferne liebkosen. Sie ist ebenso starr und unergründlich wie der Stein. Ich habe sie jetzt fast erreicht. Ich sehe sie schräg vor mir. Reglos blickt sie auf die offene See hinaus. Ich bemerke eine elektrische Schwingung, die Luft um sie herum bebt und vibiriert. Ich mache noch einen Schritt auf sie zu, obwohl ich spüre, daß sie unerreichbar ist. Ein Gefühl der Demütigung überkommt mich und zugleich der Schuld, als beginge ich ein Sakrileg, indem ich ein mit unumstößlichen Tabus belegtes Ritual störte. Sie ist fremd, weit, weit weg, abwesend, das ist nicht die Frau, die ich noch vor kurzem in den Armen hielt.

Sie wendet den Kopf, ihre Augen blicken in meine Richtung und sind doch nur zwei stechende Nadeln in einem reglosen Gesicht, flammend wie der Sternenkranz um ihre Gestalt. Ich spüre einen eisigen Wind. Einen Moment lang herrscht absolute Stille, das Rauschen der Brandung, die klatschenden Wellen, das Pfeifen des Windes schweigen. Meine Beine zittern, ich bin von Kopf bis Fuß in kalten Schweiß gebadet.

Dann sehe ich die Welle. Sie bewegt sich mit unaufhaltsamer Langsamkeit auf mich zu, reckt ihren gischtgekräuselten Arm, überragt mich um Längen. Die Hand eines Riesen hebt mich in die Höhe und reißt mich mit sich zurück, vor meinen Augen tobt graue Materie mit schneeweißen Sprenkeln. Ich höre nichts, ich habe keine Angst mehr, Stille umgibt mich, ich verliere jegliches Raumgefühl, es gibt weder oben noch unten, ich überschlage mich, gehe unter, ein dumpfer ferner Schlag tönt in meinen Ohren, doch er gehört nicht mehr zu mir.

Als ich wieder zu mir komme, kniet Habiela neben mir. Ich schmecke die Feuchtigkeit und das Salz auf ihren Lippen, sie erhebt sich, nachdem sie mir die Lunge mit Luft gefüllt hat. »Nicht bewegen«, sagt sie, »versuche tief einzuatmen.«

Ich folge ihrer Anweisung und hebe meine Brust in einem langen Atemzug. Ich spüre, wie ihre Hände meinen Hals abtasten, dann den Brustkorb, die Rippen, Arme und Beine.

Ich friere erbärmlich, mit dem langsam einsetzenden Bewußtsein spüre ich Schmerzen am ganzen Leib, überall sticht es, als piesacke mich jemand mit dicken Nadeln. Blut läuft mir über die Stirn in die Augen. Habiela wischt es mit ihrem Ärmel ab. Ich hebe den Kopf, um ihr in die Augen zu schauen, die ihren vertrauten zärtlich lächelnden Ausdruck zurückgewonnen haben. Sie ist wieder die alte. Während ihre Hand sich sanft auf meine Stirn legt, damit ich mich zurücklehne, erhasche ich nur für einen Augenblick diesen besonderen Blick, mit dem sie mir fern, fremd und furchteinflößend erschien. Ein eisiger Schauer erfaßt mein Herz. Doch ihre Stimme ist sanft:

»Nichts gebrochen«, sagt sie. »Aber du mußt ins Warme, du bist völlig unterkühlt.«

»Was ist passiert?« frage ich mit dünner, erstickter Kinderstimme, ich klappere mit den Zähnen vor Kälte.

»Eine Welle hat dich überrascht und mit ins Meer gerissen, aber ich konnte dich gerade noch herausfischen.«

Wir befinden uns an einem Strand mit Kieselsteinen, die sich mir in den Rücken bohren. Das Wasser ist wenige Meter entfernt, die Wellen zischeln und bespritzen unsere Gesichter.

»Die Flut kommt«, sagt Habiela, »meinst du, du kannst gehen?«

Es hat aufgehört zu regnen. Während wir durch die engen Gassen des Ortes gehen, erwacht auf den Schieferdächern der Schein der Morgenröte.

Ich habe einen Arm haltsuchend um ihre Schultern gelegt, Habiela umfaßt meine Taille, sie ist warm, bei jedem Schritt stechen spitze Nadeln unter meiner Haut und malträtieren Knochen und Muskeln wie mit Stromschlägen, ich fühle mich, als sei ich unter einen Lastwagen geraten.

»Es hätte schlimmer kommen können. Du warst sehr leichtsinnig«, sagt sie.

Ich erwidere, das sei ja ein guter Witz, daß gerade sie von Leichtsinn spreche. Was sie denn da auf dem Felsen inmitten der Wellen getan habe?

Sie sei das gewöhnt, sie kenne das Meer, es sei ihr Freund, schon als kleines Mädchen in New York sei sie mit ihren Schwestern im Hafenbecken herumgeschwommen, sie machten sich einen Spaß daraus, sich im Kielwasser der großen Handelsschiffe treiben zu lassen:

»Bei Sturm sehe ich mir das Meer eben gern aus der Nähe an. Was ist schon dabei?«

Ich betrachte ihre nackten Füße, denke, daß es nicht normal ist, um drei Uhr nachts aufzustehen und sich im Regen auf einen Felsen in der Brandung zu setzen. Und warum ist sie nicht naß? Ihre Haare sind trocken, in weichen Wellen flattern sie wie eine Fackel im Wind. Ich hingegen bin naß bis auf die Knochen, die regendurchweichte Jacke hängt schwer an mir herab, bei jedem Schritt schwappt das Wasser in meinen Schuhen.

Über dem Giebel des Kirchturms steht ein riesiger heller Stern.

»Schau«, sage ich und zeige auf den Stern, »es klart auf.«

Sie blickt nicht auf. Ein paar Schritte weiter ist der große Stern verschwunden. Ich weise erneut in die Höhe:

»Sieh nur, jetzt ist der Stern weg.«

»Ja. Es bewölkt sich wieder.«

Doch der Wind hat sich gelegt, die Wolken sind in weiter Ferne, über der Kirche reißt blau der Himmel auf. Warum schwingt in ihrer Stimme wieder diese ironische Spitze mit?

»Du hast recht«, sagt sie.

Ich bin bis zum Kinn in eine Decke gewickelt, trinke heiße Milch mit Cognac und Honig, ein echtes Wundermittel gegen eine heraufziehende Erkältung, erklärt Habiela. Sie hat mir aus meinen nassen Sachen geholfen und darauf bestanden, daß ich mich hinlege. Sie hat meinen Körper mit einer Wolldecke abgerubbelt und mich auch sonst behandelt wie ein kleines Kind.

»Im Meer zu ertrinken ist bestimmt ein schöner Tod«, fährt sie fort. »Wer weiß, vielleicht stirbt man nicht einmal. Es muß großartig sein, den Sinn für Raum und Zeit zu verlieren, sich im feuchten Uterus einer endlosen Gegenwart zu verlieren.«

»Ja ...«, stimme ich zerstreut zu.

Dann fahre ich verwirrt hoch. Denn ich habe den Mund nicht aufgemacht. Seit ich hier im Bett liege und sie mich wie eine Mumie in Decken gepackt hat, mir Milch gewärmt und den Elektroofen an meiner Seite aufgestellt hat – mittlerweile gibt es wieder Strom –, habe ich ununterbrochen mit den Zähnen geklappert. In der Wärme und Helligkeit des Hauses habe ich zu zittern begonnen und hätte kein Wort herausgebracht, selbst wenn ich gewollt hätte.

»Woher weiß du, daß ich gerade ...«

»Daß du gerade an die angenehmen Seiten des Ertrinkens gedacht hast?« beendet Habiela den Satz für mich. »Das war nicht schwer, es genügt ein wenig Kombinationsgabe, da ist gar nichts Übernatürliches dabei.«

»Kombinationsgabe?«

»Wenn man dich und dein Mienenspiel beobachtet. Du hast die Dekoration auf der Milchtasse betrachtet ...«

Habielas Stimme nimmt ein leicht quäkendes Falsett an:

»Durch den vielen Gebrauch und das Spülen ist der Rock des Mädchens mit dem Blumenstrauß verblaßt, so daß man nun einen Totenkopf zu sehen glaubt. Ziemlich makaber mittlerweile, diese Tasse. Ich habe gesehen, wie du zusammengezuckt bist und die Schultern eingezogen hast, wie Angst in dein Gesicht trat und du blaß wurdest. Da war es nicht schwierig zu erraten, daß du an den Tod dachtest, dem du knapp entronnen bist. Dann sah ich, wie du tief Luft geholt hast, als seist du froh, wieder frei atmen zu können. Du hast auf die Pendeluhr geblickt und warst überrascht: Wahrscheinlich ist dir aufgefallen, daß viel mehr Zeit vergangen ist, als du dachtest. Mit einem kleinen Lächeln hast du aus dem Fenster aufs Meer geschaut, dich ausgestreckt und entspannt, als wäre dir die Erfahrung der stillstehenden Zeit nicht unangenehm. Vielleicht wäre es gar nicht schlecht, so zu sterben, in den Fängen des Meeres hin und her geworfen, zeitlos, verloren in der Tiefe. War es so?«

Sie macht sich eindeutig über mich lustig. Ich muß an Auguste Dupin von Edgar Allan Poe denken, sollte ich etwa in den Genuß der Bekanntschaft eines weiblichen Dupin gekommen sein? Ich schaue sie mißtrauisch an:

»Genau das waren meine Gedanken. Beim Schachspiel bist du wahrscheinlich unschlagbar, ich würde niemals Schach mit dir spielen und Poker auch nicht.«

»Als ich noch jünger war«, erwidert sie, »habe ich mit Poker meinen Unterhalt verdient. Ich war Profi, habe eine Menge Geld an Unschuldslämmern wie dir verdient.« Sie lächelt: »Geht es dir jetzt besser?«

Von neuem beginnt das Spiel mit der Kutte, die von unten nach oben aufgeknöpft wird, langsam, ein Knopf nach dem anderen. Sie legt sich neben mich, ihr Körper ist heiß. Ich zittere wieder, doch dieses Mal ist es ein anderes Zittern. Begierde steigt in mir auf. Sie empfängt mich mit mütterlicher Zärtlichkeit. Ich glaube, sie hat meine Angst, verlassen zu werden, gespürt und möchte mich trösten.

Ein paar Tage vergehen, Tage, an die ich mich nicht zu erinnern vermag. Ich lebe in einem unwirklichen Zustand der totalen Befriedigung, es fehlt mir an nichts, ich bin so erfüllt, daß ich mich selbst vergesse. Diese Fülle gleicht einer Qual, einem Schmerz, der so stark ist, daß das Bewußtsein ihn ausblendet.

Insel. April 1983

Die Ankunft einer Yacht im Hafen, eines schlanken, auffälligen Cruisers, markiert das Ende unserer glücklichen Zeit.

Am Morgen spazieren wir die Straße zum Hafen hinab, die Sonne scheint, hinter einer Kurve liegt plötzlich das aufgewühlte Meer vor uns, jenseits des Damms tobt immer noch der Sturm. Der Cruiser liegt schaukelnd da, ein mächtiger Albatros zwischen den ärmlich wirkenden Fischerbooten. Unter der backbord weit hinausragenden Radarantenne hängt eine Lampe, die matt in den Tag leuchtet.

Ich merke, wie Habiela neben mir erstarrt und auf die Yacht blickt, zum erstenmal entdecke ich eine winzige

Querfalte auf ihrer Stirn. Wir gehen über die Mole in Richtung des kleinen Schuppens, wo Austern und Krabben verkauft werden, ihre sonst so leichten und schnellen Schritte sind zögerlich, fast muß ich sie hinter mir herziehen. Wir kommen an dem Cruiser vorbei.

Auf dem Vorderdeck sitzen ein Mann und eine Frau und frühstücken. Sie werden von einem Kellner in weißem Jackett bedient. Beide sind schwarz gekleidet wie ein deutsches Künstlerpärchen und haben schlohweißes Haar. Streng und beherrscht sitzen sie da, fast steif, weder gönnen sie den bunten, fröhlichen Häuschen im Hafen einen Blick, die frisch in der Morgensonne leuchten, noch den Fischern, die auf einem in respektvollem Abstand vor Anker liegenden Kutter ihre Ware feilbieten. Habiela bleibt kurz vor der Yacht stehen, dann schiebt sie mich sanft weiter über den Platz zwischen Kai und Häusern. Vielleicht ist ihr die Zurschaustellung von soviel Luxus zuwider, die so gar nicht zu der biederen Schlichtheit der Insulaner passen will. Auf halbem Weg dreht Habiela sich noch einmal hastig um und sieht den Mann an. Der schwarzgekleidete Herr hebt den Kopf und erwidert ihren Blick.

Ich frage, ob sie die beiden reichen Schnösel kenne. Sie antwortet nicht, weicht meinem Blick aus und wirkt angespannt.

Wir kaufen Austern und zwei große, noch lebende Krabben, die leicht ihre Scheren bewegen. Habiela schlägt vor, auf dem Rückweg den Pfad zu nehmen, der am anderen Ende des Hafens im Rücken der Häuser steil hinaufführt. Um das Meer zu sehen, sagt sie, aber ich weiß, daß sie in Wahrheit nicht noch einmal an der Yacht vorbeigehen möchte.

Träge verbringen wir den Tag, zum erstenmal ohne uns zu lieben. Ich werde das Gefühl der Distanz nicht los, als sei ich einem Verrat zum Opfer gefallen. Ich fühle mich antriebslos und leer.

Habiela stellt sich nach dem Mittagessen ans Fenster, um den Baum im Garten zu zeichnen. Sie führt den Stift mit sicherer Hand. Ich beobachte sie, und gleich nutzt sie die Gelegenheit für eine ihrer üblichen Belehrungen. Sie meint, das Geheimnis des Zeichnens bestehe darin, jeglichen verbalen Bezug zu vergessen, sich von allen Begriffen frei zu machen: Der Baum, das Haus, das Dorf, nichts davon darf mehr im Geist existieren. Man muß die Namen der Dinge vergessen, sich auf die Linien konzentrieren, auf die Zwischenräume, wie vor einer abstrakten, unverständlichen Form, so wird man frei.

Doch über ihren Augen liegt ein Schleier. Ich glaube Bedauern darin zu erkennen, als neige ein Urlaub sich dem Ende zu. Während sie zeichnet, wirkt sie fern und unnahbar, wie in der Nacht auf dem Felsen vor der Fischereischule. Ihre Hand fliegt schnell wie ein Vogel über das Papier. Am Anfang kann ich nichts erkennen, es scheint ein abstraktes Gemälde zu werden, die Linien und das Spiel aus Licht und Schatten haben keine Beziehung zum dargestellten Objekt. Dann beginnt sich der Baum vor meinen Augen herauszubilden, erwacht plötzlich zum Leben, wie bei den Malvorlagen, wo man in einem undurchschaubaren Gitternetz die mit einem Punkt gekennzeichneten Kästchen ausfüllen muß. Das Geflecht der kahlen Äste ragt wie ein geheimnisvoller Schriftzug in den Himmel, wenn ich seine Sprache spräche, würde ich die Botschaft verstehen, streng sieht der Baum aus, wie ein alter, weiser Mann, der mir etwas mitteilen möchte.

»Zeichnen beruhigt«, sagt sie.

Sie zeigt mir das fertige Bild. Es ist außergewöhnlich, eines Meisters würdig.

»Gefällt es dir?« fragt sie.

Ich nicke, ganz benommen von soviel Können.

»Ich schenke es dir.«

Ich bitte sie, es zu signieren.

»Ich signiere niemals meine Bilder, ich möchte das Streben nach Objektivität nicht mit einer so egozentrischen Geste zerstören – Zeichnen erwächst aus dem Bedürfnis, etwas anderes zu sein als man selbst«, erklärt Habiela.

Manchmal geht mir ihr belehrender Ton ein wenig auf die Nerven.

14

Dokument Nr. 9

Tagebuch von Davide Chefa. Insel. April 1983

> »Und ich sah: Das Lamm öffnete das sechste Siegel. Da entstand ein gewaltiges Beben. Die Sonne wurde schwarz wie ein Trauergewand, und der ganze Mond wurde wie Blut. Die Sterne des Himmels fielen herab auf die Erde, wie wenn ein Feigenbaum seine Früchte abwirft, wenn ein heftiger Sturm ihn schüttelt. Der Himmel schwand wie eine Buchrolle, die man zusammenrollt, und alle Berge und Inseln wurden von ihrer Stelle weggerückt. Und die Könige der Erde, die Großen und die Heerführer, die Reichen und die Mächtigen, alle Sklaven und alle Freien verbargen sich in den Höhlen und Felsen der Berge. Und sie sagten zu den Bergen und Felsen: »Fallt auf uns und verbergt uns vor dem Blick dessen, der auf dem Thron sitzt, und vor dem Zorn des Lammes; denn der große Tag ihres Zorns ist gekommen. Wer kann da bestehen?«
>
> Apokalypse des Johannes, 6,12

Insel. April 1983

Am nächsten Morgen schrecke ich in aller Frühe aus unruhigen Träumen hoch. Neben mir sehe ich noch den Abdruck von Habielas Körper auf dem Bettuch, aber ihr Platz ist leer. Sie ist nicht im Haus, das erkenne ich an der Klarheit der vertrauten Geräusche. Wenn sie nicht da ist, klingt jeder Laut anders. Ich weiß nicht, warum, aber es ist so. Die Brandung, die Schreie der Möwen tönen dann als isolierte Klänge von draußen herein wie das Klingeln eines Telefons, das durch ein leeres Haus schallt.

Wieder ergreift mich dieses Gefühl des Verlassenseins. In Windeseile ziehe ich mich an, laufe ins Dorf, betrete die Fischereischule. Das Stück Meer, das durch die Rückwand des Schuppens zu sehen ist, die schwarzen Umrisse der Klippen und der Monolith am Ende des Felsensporns jagen mir

Angstschauer über den Rücken. Am Fuße des Steins sitzt eine große Möwe, reglos wie ausgestopft, den Schnabel starr auf das offene Meer gerichtet.

Ich kehre nach Hause zurück, um mein Fahrrad zu holen, dann radele ich in Richtung Hafen. Aus der Höhe sehe ich sofort den Luxuscruiser, der auf den schmalen Durchgang zwischen Leuchtturm und Kaimauer zusteuert. Auf der Brücke steht neben dem schwarzgekleideten Mann eine Frau, auch sie in dunkler Kleidung. Sie trägt einen langen Rock, der ihr um die Beine flattert. Es könnte die Dame von gestern sein, doch die Farbe des Kleid ist eher blau, und ihre Haare schimmern rötlich. Vielleicht hat sie weiße Haare wie ihr Begleiter, und den Farbeffekt bewirkt nur die Sonne, die in diesem Moment hinter dem Leuchtturm hervorkommt und die Luft mit blendendem Staub erfüllt. Doch das Herz gefriert mir.

Der Cruiser steigt vorne in die Höhe, zerteilt mühelos die Wellen, seitlich spritzt Schaum auf. Eine Minute später ist das Boot schon weit draußen, ein heller Pfeil, der durch das Meer schießt. Aus der Ferne klingt das Brummen der Motoren zu mir herüber.

Das Fahrrad mit einer Hand neben mir her schiebend, gehe ich die Mole entlang, ich bin angespannt. Die kristallklare Luft läßt die Gesichter der wenigen Passanten, denen ich begegne, scharf hervortreten. Ich starre eine entgegenkommende Frau an, auch dann noch, als ich festgestellt habe, daß es sich nicht um Habiela handelt. Die Frau macht ein genervtes Gesicht, als wir aneinander vorbeigehen.

Ich erreiche das Bar-Hôtel du Port. Das Café hat schon geöffnet. Draußen in der Sonne sitzt an einem der Tische vor der ockerfarbenen Wand eine schwarzgekleidete Frau mit weißen Haaren. Ich gehe an ihr vorbei, dann kehre ich um, lehne das Fahrrad an die Mauer und setze mich an einen Tisch in ihrer Nähe. Im Innern des Hotels sehe ich durch die mit leichten Gardinen verhängten Scheiben der Eingangstür die Gestalten der Fischer, die von den nicht enden wollenden Stürmen zur Untätigkeit verdammt sind. Draußen sitzen nur ich und die weißhaarige Frau, trotz der Sonne weht ein scharfer Wind, und es ist kalt.

Die Tür geht auf, die Kellnerin – ein nettes bretonischen Mädchen – kommt heran und nimmt meine Bestellung auf. Die Frau mit den weißen Haaren hat eine Flasche Pastis, eine Flasche Wasser und einen Krug mit Eiswürfeln vor sich stehen. Sie bereitet sich in aller Ruhe ihr Getränk, läßt die Eisstückchen klirren, trinkt und gießt sich sofort wieder Likör und Wasser nach. Sie betrachtet mich mit einem halben Lächeln, zündet sich eine Zigarette an, bläst den Rauch aus und fragt mit rauher Stimme:

»Was starren Sie mich so an?«

»Entschuldigen Sie«, murmele ich, »Ihr Gesicht kam mir irgendwie bekannt vor ...«

»Lügner.« Ihre Lippen öffnen sich zu einem breiten Lächeln. »Nicht deshalb starren Sie mich so an. Setzen Sie sich zu mir, wir können uns ein bißchen Gesellschaft leisten.«

Sie zeigt auf einen Stuhl an ihrem Tisch. Ich bin nicht in der Stimmung, Bekanntschaften zu machen, und doch will ich wissen, ob sie die Frau ist, die gestern zusammen mit dem schwarzgekleideten Herrn auf dem Cruiser saß. So lasse ich mich ihr gegenüber nieder.

Die Kellnerin ist nicht auf den Mund gefallen, sie reagiert auf jede Provokation mit einer schlagfertigen Bemerkung. Als sie den Kaffee bringt, zwinkert sie mir unauffällig zu, blickt mit einer Grimasse auf die halbleere Pastisflasche, hebt die Augenbrauen und zwinkert mir erneut zu. Wahrscheinlich glaubt sie, ich wolle mich an die Dame heranmachen. Das Mädchen aus dem Café hält nichts davon. Ich könnte Besseres haben, findet sie. Sie hat mich häufig mit Habiela gesehen.

Die Dame in Schwarz hebt ihr volles, milchigweißes Glas,

betrachtete es gegen das Licht und nimmt dann einen Schluck.

»Sie sind allein heute«, stellt sie fest. »Aber keine Sorge, sie wird zurückkehren.«

»Wer wird zurückkehren?«

»Die Rothaarige, die gestern bei Ihnen war. Die beiden werden den Tag miteinander verbringen, vermute ich. Aber heute abend sind sie zurück. Sie müssen sich hin und wieder treffen, zusammensein.«

»Von wem reden Sie?«

»Dabei bräuchten sie sich gar nicht zu sehen, um miteinander zu sprechen. Dafür hätten sie hundert andere Möglichkeiten. Aber das Zusammensein ist für sie so etwas wie nach Hause kommen, verstehen Sie? Sie sind fremd hier. Fremder, als unsereins auf Feuerland wäre.«

»Ich kann Ihnen nicht folgen.«

»Sie werden es früher oder später verstehen, Sie haben noch viel Zeit. Jedenfalls brauchen Sie sich nicht dumm zu stellen, so zu tun, als würden Sie aus allen Wolken fallen. Wir haben Sie beide gestern morgen gesehen, Sie und die Rothaarige, als Sie über die Mole spazierten. Ihr schient ganz prächtig miteinander auszukommen, ein äußerst trautes Paar. Und die Frau habe ich mir sehr genau angeschaut, allein an den Blicken, die sie mit meinem Begleiter gewechselt hat, habe ich erkannt, wer sie ist. Und nun ist Ihre Herrin bei Morgengrauen auf dem Cruiser hinausgefahren. Ich mußte von Bord gehen. Und Sie armer Kerl haben eben die Rothaarige gesucht, ich wette, sie ist fortgegangen, ohne Ihnen ein Sterbenswörtchen zu sagen.«

»Dann waren Sie das gestern morgen auf der Yacht?«

»Genau. Ich lebe mit dem Herrn zusammen, der sich Balthusser nennt. Der Eigentümer des Bootes. Vielleicht haben Sie den Namen Balthusser ja schon einmal gehört, obwohl er nur selten in den Klatschspalten auftaucht. Der große Financier. Der Mäzen. Der Philanthrop. Aber wenn er will, setzen sich auf einen Befehl hin die Truppen seines Reichs in Bewegung und zetteln, wo immer er es wünscht, einen kleinen Krieg oder eine Revolution an. Ich weiß nicht, seit wie vielen Jahren wir zusammen sind. Ich habe schon lange aufgehört, sie zu zählen. Wie alt schätzen Sie mich?«

Ich betrachte sie. Bisher habe ich immer nur ihre weißen Haare und die schwarzen Kleider wahrgenommen, den langen Rock und die für Herren geschnittene Jacke. Sie sitzt mit ausgestreckten Beinen in dem Plastikstuhl, um den Hals einen weißen Schal, ihre Füße berühren meine. Sie hat einen schönen, vollen Körper, ich kann die Umrisse ihrer üppigen Brüste unter der Jacke erahnen, unter dem Rock die langen Beine. Ihr Gesicht wirkt frisch, gar nicht verbraucht, wenn auch ein wenig aufgeschwemmt durch den Alkohol. Doch die Augen sind schmale Schlitze, die Unterlider hängen ein wenig herab und entblößen das Weiß der Innenhaut, die Oberlider sind voller Falten, die sich halb unter den langen schwarzen Wimpern verbergen. Der dunkle Maskara betont die Helligkeit der Iris, die erloschen und tot wie Glas wirkt und an die Augen eines alten Reptils erinnern.

»Keine Ahnung«, sage ich.

»Fünfzig? Mehr oder weniger schätzen Sie mich auf fünfzig, stimmt's? Ich bin älter, viel, viel älter. Ich sage Ihnen nicht, wie alt, Sie würden es nicht glauben. Im übrigen weiß ich es selbst nicht mehr genau. Ich zähle sie schon lange nicht mehr, die Jahre. An ihrer Seite altert man nicht. Oder besser gesagt, man altert anders ... In gewisser Weise ist es wie im Gefängnis. Auch im Gefängnis scheint die Zeit stillzustehen in Erwartung der Freiheit. Waren Sie jemals im Gefängnis?«

»Nein.«

»Ich schon. Ich habe gesessen, sogar für lange Zeit. Man entwickelt einige schlechte Angewohnheiten, aber das ist nicht einmal so schlimm, wissen Sie? Manchmal glaube ich, im Gefängnis ist man freier als anderswo. Was kann man in einer Zelle schon tun außer warten? Man ist bar jeder Verantwortung. Man wartet, genau wie wir nun darauf warten, daß sie zurückkehren.«

Sie unterbricht sich, schwenkt das Glas, beugt sich vor und fixiert mit ihren toten Fischaugen mein Gesicht, auch ihre Haut ähnelt, aus der Nähe betrachtet, der eines alten Reptils. Sie flüstert:

»Hat sie Ihnen schon einen Auftrag gegeben?«

»Was für einen Auftrag?«

»Die Rothaarige ... Wie nennt sie sich?«

»Habiela«, antworte ich mit dünner Stimme und mit dem Gefühl, ihren Namen zu beschmutzen, indem ich ihn dieser Frau anvertraue.

Sie kichert:

»Ja, genau: Habiela. Sie wählen immer solche Namen ... Etwas verdrehte Namen, biblisch, antik, wie unbekannte Sterne. Ihre Habiela hat Ihnen also noch keinen Auftrag erteilt?«

»Was für einen Auftrag sollte sie mir erteilen?«

»Seit wann kennen Sie sie?«

»Wen?«

»Dumme Frage, Habiela natürlich, wann haben Sie sie kennengelernt?«

»Vor drei oder vier Monaten etwa ...«

»Unmöglich. Sie binden sich nicht an Menschen, die sie erst seit so kurzer Zeit kennen. Wenn Sie auserwählt wurden, heißt das, daß Sie sich schon wer weiß wie lange kennen. Sind Sie sicher, daß Sie sie nie zuvor gesehen haben?«

Ich antworte nicht. Je mehr diese Frau versucht, sich anzubiedern, desto stärker habe ich das Gefühl, verraten worden zu sein.

»Wissen Sie, Sie sind irgendwie merkwürdig.«

»Ich soll merkwürdig sein?«

»Aber ja, Sie! Sie sind nicht etwa einer von ihnen? Ach nein, das habe ich nur so gesagt. Man sieht genau, daß Sie keiner von ihnen sind. Vielleicht möchten Sie lieber für sich bleiben, oder Sie haben noch rein gar nichts kapiert.«

Die Fähre läuft in den Hafen ein. Einige Möwen steigen vom Kai aus in die Höhe, um über ihrem Fahrwasser zu schweben, die Luft ist erfüllt von ihrem Geschrei. Lastwagen fahren von Bord, zwei, drei Autos, ein paar Insulaner kehren vom Festland zurück. Bis Ostern ist die Insel ruhig und menschenleer.

»Aus Ihrer Sicht ist es noch zu früh für irgendwelche Verdächtigungen«, setzt die Frau ihre Überlegungen fort. »Drei Monate sind tatsächlich nicht viel. Aber warum dann diese Trauermiene? Wenn Sie sich sehen könnten. Habiela ist Balthussers Gast. Sie sind auf das offene Meer hinausgefahren. Nur sie beide, mein Herr hat nicht nur mich, sondern auch das gesamte Personal an Land geschickt. Um diese Zeit müßten sie schon auf hoher See sein. Der Cruiser erreicht Geschwindigkeiten von bis zu fünfzig Meilen pro Stunde. Sie haben doch nicht etwa Angst, daß etwas passieren könnte? Sie gehen niemals Risiken ein, seien Sie beruhigt. Eifersüchtig? Dazu gibt es wahrlich keinen Grund! Soll ich Ihnen einen Rat geben? Von jemandem, der solche Situationen schon unzählige Male durchlebt hat? Lassen Sie sie niemals Ihre Eifersucht merken, seien Sie nicht besitzergreifend. Sie mögen es nicht, wenn jemand sie besitzen will. Kennen Sie die griechische Mythologie? Wäre es Odysseus jemals in den Sinn gekommen, irgendeinen Anspruch auf Athene zu erheben? Tun Sie so, als wären Sie ein kleiner Odysseus ... Ein winzig kleiner Odysseus ... Im übrigen wirken Sie nicht gerade wie ein Held, wenn man Sie so sieht ... Auf dem Trockenen zurückgelassen, ha ha! Und verflixt, auf dem Trockenen sitzen Sie tatsächlich! Sie schnappen ja nach Luft wie ein Fisch an Land. Trinken Sie etwas Starkes! Ich spendiere Ihnen einen Calvados.«

Ich lege eine Zehn-Francs-Münze auf den Tisch und stehe auf. Ich will weg hier, ich habe das Gefühl, sie zu hassen. Sie tut so, als litten wir beide an einer widerwärtigen, beschämenden Krankheit. Sie zwingt mich in eine Solidarität wie zwischen Leprakranken, die Hirngespinste der Alkoholikerin nerven mich, ich brauche Luft, muß ihrem anisgesättigten, klebrigen Atem entkommen. Doch sie beugt sich schwankend in ihrem Stuhl vor, packt mein Handgelenk, ich muß mich wieder hinsetzen, um nicht das Gleichgewicht zu verlieren.

»Sie werden furchtbar leiden«, keucht sie. »So wie ich schwer gelitten habe. Jetzt nicht mehr, jetzt leide ich nicht mehr. Ich habe gelernt, mich selbst zu vergessen. Sehen Sie mir in die Augen: Finden Sie dort etwas Lebendiges? Soll ich Ihnen etwas sagen? Seit ich begonnen habe, ihn zu hassen, fühle ich mich fast befreit. Nicht ganz, niemand auf dieser Welt ist ganz frei, und schon gar nicht Sklaven wie wir. Ich habe eine Weile gebraucht, aber schließlich ist es mir gelungen, ihn zu hassen. Seitdem kann ich wieder freier atmen. Für Sie hingegen ist es vielleicht noch nicht zu spät. Lassen Sie sich nicht einfangen, einlullen, fliehen Sie. Gehen Sie fort! Warten Sie nicht, bis sie zurückkehrt, sie werden nie mehr aufhören zu warten, wenn Sie nicht heute noch die Insel verlassen!

Graben Sie ein tiefes Loch, verstecken Sie sich darin. Vielleicht schaffen Sie es ja, sich zu verstecken. Ich kenne niemanden, dem es gelungen ist, nachdem er einmal erwählt war. Sie könnten es schaffen, wer weiß, probieren Sie es. Ich jedenfalls würde den Versuch wagen ... Wenn ich zurück könnte. Obwohl natürlich niemand auf der Welt ganz frei ist von ihnen. Doch eine Sache ist es, nichts davon zu wissen, eine andere, Tag und Nacht unter ihren Blicken zu leben. Das heißt, ihr Sklave zu sein, verstehen Sie das nicht? Noch hat Ihre Habiela Sie um nichts gebeten, doch früher oder später wird sie es tun. Sie erwählen uns nicht einfach so. Sie verlangen eine Gegenleistung für das, was sie geben. Früher oder später servieren sie uns die Rechnung. Und die muß gezahlt werden, so oder so! Und diese Qual dauert nun schon seit Jahrhunderten und Jahrhunderten! Was haben wir ihnen bloß getan? Wir lebten in Frieden ohne sie! Sehen Sie nur die Möwen! Die Möwen sind glücklich! Wir waren nicht anders, als wir im gemächlichen Rhythmus unserer eigenen Zeit lebten. Hören Sie auf mich: fliehen Sie!«

Ich entwinde meinen Jackenärmel ihren knochigen Krallen und entferne mich. Mit so lauter Stimme, daß selbst das Mädchen aus der Bar alarmiert im Türrahmen auftaucht, schickt sie mir einen letzten Rat hinterher:

»Wenn sie Sie um etwas bittet, ziehen Sie sich sofort zurück! Lehnen Sie sofort ab, noch bevor Sie wissen, worum es sich handelt, Monsieur Wie-heißen-Sie-noch, denken Sie daran, lehnen Sie ab!«

Ich habe es satt, weiter Ausschau zu halten, die Küste des Festlandes verschwindet im Dunst, ich habe mich in das alte Hafenbistro zurückgezogen, wo sich die Säufer der Insel ein Stelldichein geben. Das Lokal ist ein dunkles Loch, von dem aus man nichts sieht als die Straße nach Bourg und die gegenüberliegende Häuserwand. Meine Augen schmerzen, so lange habe ich auf das Meer gestarrt, hunderte Male hoffend, die Schaumspur des Cruisers im Hafen auftauchen zu sehen, und hunderte Male habe ich enttäuscht den Blick gesenkt. Die Meerenge vor dem Festland liegt verlassen da, kein Segel weit und breit, kein Boot ist heute unterwegs, da die Wettervorhersage einen weiteren Sturm ankündigt. Am Ende habe ich nun hier Unterschlupf gefunden, von hier ist kein Fitzelchen Meer zu sehen, und ich gerate nicht in Versuchung, den Horizont weiter abzusuchen und nur immer wieder enttäuscht zu werden.

In der Regel trinke ich nicht so hemmungslos, doch dieses Mal lasse ich mich systematisch vollaufen. Die Flasche

Calvados auf dem Tisch ist fast leer, dennoch gelingt es mir nicht, in der totalen Stumpfheit zu versinken, das Gefühl des Verlassenseins läßt mich einfach nicht los. Der Alkohol verstärkt die Traurigkeit, wenn er ihr auch eine süßliche Note beimischt. Ich leere mein Glas und fühle eine Irritation hinter den Lidern, als treibe beißender Rauch mir Tränen in die Augen. Mir fehlt ein Freund. Gerne würde ich mit jemandem über sie reden, ihm von den vergangenen Tagen erzählen, die so weit weg sind, als hätte ich sie nur geträumt. Ich kauere an einem Tisch neben der Tür, die Inselbewohner sitzen auf Hockern an der Bar und wenden mir den Rücken zu, hin und wieder dreht sich einer um und schaut mich an. Ein Fischer mustert mich eher peinlich berührt als mitleidig, ich fahre mir mit der Hand über die Augen und merke, daß sie naß sind, auch meine Wangen sind feucht, und ich wische sie beschämt ab.

Ich höre, wie an der Bar mein Name genannt wird. Ein junger Mann erkundigt sich nach mir, ich verfolge, wie er mich im breitgezogenen Französisch der Amerikaner beschreibt:

»Nicht von hier, mittleren Alters, groß, schwarzer Hut, Kamelhaarmantel ...«

Der Barmann schaut auf und wirft einen vielsagenden Blick in meine Richtung. Der Mann dreht sich um und sieht mich an. Er ist schmal gebaut, hat hängende Schultern, sehr helle, eine Spur rötliche Haare, die hinten zu einem Pferdeschwanz zusammengebunden sind, seine Augen sind so hell, daß man den Eindruck hat, er habe keine Iris. Jeans und blaues T-Shirt mit weißer Aufschrift, sonst hat er trotz der Kälte nichts an. Aus seinen Bewegungen spricht Anmut. Als er auf mich zukommt, kneift er die Augen zusammen, um mich besser sehen zu können, er scheint ein Albino zu sein, trägt aber keine Brille. Mit zögernder, schüchterner Falsettstimme sagt er:

»Entschuldigen Sie, Monsieur, ich suche Davide Chefa. Sind Sie das?«

»Wer will das wissen?«

»Monsieur Balthusser würde Sie gerne zum Abendessen auf sein Boot einladen.«

Ich springe auf, bereue es aber sofort, weil es allzu eilfertig wirken könnte. Ich lasse mich auf den Stuhl zurückfallen.

»Und wo ist dieser Monsieur Balthusser?«

»Auf seinem Schiff, Monsieur. Er ist vor einer halben Stunde im Hafen eingelaufen.« Eine beflissene Note gesellt sich zu seinem schüchternen Tonfall: »Ach ja, auch Madame Habiela bittet Sie höflichst darum, zum Abendessen auf die ›Andromeda‹ zu kommen.«

Wieder erhebe ich mich, doch es dreht sich alles, ich bin so betrunken, daß ich nicht mehr aufrecht stehen kann.

»Die ›Andromeda‹?«

Der junge Mann lächelt und streift mit dem Blick die halbleere Flasche.

»Monsieur Balthussers Boot.«

Dann will er mich am Ellbogen fassen. Ärgerlich stoße ich seine Hand weg.

Draußen ist tiefste Nacht, dabei habe ich das Bistro bereits bei Sonnenuntergang betreten.

Der Cruiser liegt etwas abseits von den Fischerbooten vor Anker, wie eine aus der Art geschlagene Ente, die ihre Jungen verlassen hat. Auf der Brücke brennen sämtliche Lichter. Er ist noch großzügiger und luxuriöser, als er, von der Mole aus betrachtet, erscheint, das Deckshaus auf der Brücke ist so groß, daß ein Hubschrauber darauf landen könnte. Obwohl außen modern und hydrodynamisch geformt, sieht man der Motoryacht doch die Liebe ihres Besitzers zu den großen Seglern an, wie ich beim Einsteigen merke, als ich mich backbord von dem Beiboot an Bord hangele, das gefährlich unter meinen Füßen schlingert, so daß ich jeden Moment hilflos an der Leiter hängenzubleiben oder ins Wasser zu stürzen drohe: Die Planken aus rötlich schimmerndem Teak, das glänzende Messing der Reeling, die Lampen im Stil des siebzehnten Jahrhunderts, das alles könnte gut und gerne von einem Drei- oder Viermaster stammen.

Der junge Mann weist mir den Weg in einen mit Mahagoni verkleideten Saal. In der polierten Tafel spiegeln sich die flackernden Flämmchen unzähliger Kerzen.

Habiela kommt mir entgegen und umarmt mich. Dann führt sie mich zu einem älteren Herrn, der am Kopfende des Tisches sitzt. Der Mann mit den weißen Haaren, den ich gestern auf der Brücke gesehen habe, erhebt sich und reicht mir die Hand.

»Das ist Davide Chefa«, sagt Habiela, »Davide, darf ich dir Herrn Hans Hus Balthusser vorstellen.«

Der Mann ist athletisch gebaut, ungemein groß, mit scharf geschnittenen Gesichtszügen und einer Hakennase, er sieht aus wie eine Mischung aus pensioniertem Literaturdozent und Baseballstar. Kräftig schüttelt er mir die Hand. Wieder habe ich das deutliche Gefühl, ihn schon einmal gesehen zu haben, fast bin ich versucht zu sagen: Wir kennen uns doch. Dann aber fällt mir auf, daß er Habiela ähnelt, wahrscheinlich kommt er mir deshalb so bekannt vor. Man könnte sie für Geschwister halten. Ihre Augen haben dieselbe helle Farbe, und je nachdem, wie das Sonnenlicht einfällt, wirken ihre Augenhöhlen leer. Er sieht mich nicht unbedingt freundlich an, eher leicht ironisch, wie ein albernes Kind oder einen Hund oder eine Katze. Wahrscheinlich müßte ich mich durch diesen Blick gedemütigt fühlen, der sich bereits ein Urteil über sein Gegenüber gebildet, ihm jedes Geheimnis entrissen hat. Aber dafür bin ich viel zu wütend.

Beim Abendessen legt Balthusser eine so zuvorkommende Herzlichkeit an den Tag, daß die Spannung nachläßt. Zuvor war ich fest entschlossen, meine Wut offen zu zeigen. Ich wollte Erklärungen, wollte zumindest erfahren, warum Habiela nicht zugegeben hatte, ihn zu kennen. Balthusser wollte ich seine stillschweigende Komplizenschaft vorhalten. Schließlich hatte auch er am Vortag im Hafen so getan, als sei nichts. Doch statt dessen sitze ich zur Rechten des Gastgebers, Habiela gegenüber, sie lächelt mir zu, und fühle mich wie ein willkommener, lang ersehnter Gast, dem es nicht zusteht, die festliche Stimmung mit unbegründeten Vorwürfen zu trüben.

Der Albino, der im Bistro nach mir gefragt hat, sitzt mit schüchternem Gebaren links von Balthusser. Er lächelt häufig, Balthusser legt ihm hin und wieder väterlich eine Hand auf die Schulter. Ich erfahre, daß er hier der Ehrengast ist. Obwohl noch ein halbes Kind, so berichtet mir Balthusser, ist er ein genialer Wissenschaftler, eine herausragende Koryphäe auf dem Gebiet der Zellforschung. Balthusser ist sein Arbeitgeber, da er das Forschungsinstitut finanziert, an dem Francis Bertrand, so der Name des jungen Mannes, tätig ist. Unter der Führung von Bertrand betreibt das Institut – das übrigens in England bei Brighton liegt, nicht etwa in Amerika, wo die Gesetzgebung derartige Forschungen verbietet – die Perfektionierung einer ganz besonderen Methode, die Balthusser zufolge nicht nur die Medizin revolutionieren wird. Während der Albino bescheiden lächelt, flüstert Balthusser geheimnistuerisch:

»Das Klonen von Menschen ...«

Der Kellner bringt mehrere Flaschen Champagner. Balthusser schenkt mir ein Glas ein. Nach der Vorspeise auf Basis von Foie Gras wird nun ein riesiges *Plateau de fruits de mer* serviert, ein Triumph aus Austern, Langusten, Seespinnen und Krabben. Die Etagere aus übereinander gelagerten Silbertellern regt nicht gerade den Appetit an, dazu ist sie zu barock, eine übertriebene Zurschaustellung wie das gewienerte Messing, die Krawatten der Kellner, die Kerzen, die vornehme Einrichtung.

»Ich hoffe, Sie mögen Krustentiere«, sagt Balthusser, »ich selbst liebe sie, aber ich ertrage es nicht, daß sie im kochenden Wasser sterben sollen. Mein Koch durchbohrt sie daher, bevor er sie in den Topf wirft, stets an einer ganz bestimmten Stelle des Kopfes mit einer langen Nadel, was sie augenblicklich tötet. Es heißt ja, das verderbe den Geschmack, aber daran glaube ich nicht.«

Die Wellen schwappen gegen den Cruiser. Durch das Bullauge, das Habielas roten Haarschopf einrahmt, sehe ich die schaukelnden Maste der benachbarten Boote. Mein Mund ist trocken. Der Champagner belebt erneut den Rausch von vorhin, betäubt meinen Gaumen, und das Knacken der Krebszangen und Muschelschalen bereitet mir Übelkeit.

Habiela beugt sich zu mir. Der Tisch ist schmal, sie kann mich fast berühren und flüstert:

»Warum ißt du nichts? Bist du betrübt?«

Ich erinnere mich wieder an die Ödnis, den Groll und die Ungewißheit des Wartens. Durch die Zähne, doch mit ziemlich lauter Stimme, zische ich ihr zu:

»Ich habe die ganze Insel nach dir abgesucht. Du hättest mir sagen können, daß du hinausfährst ...«

»Du hast so fest geschlafen, ich wollte dich nicht wecken.«

»Warum sollte Davide denn betrübt sein?« mischt Balthusser sich ein.

»Ich habe ihm nicht Bescheid gesagt, als ich ging«, erwidert Habiela abweisend, »er wußte nicht, wo ich war.«

»Aber er hat ja bald erfahren, wo du warst ... Nicht wahr, Davide?«

»Ich habe eine Dame getroffen, die mir von Ihrem Ausflug aufs Meer berichtete.«

»Sie haben Florence getroffen, ich weiß.«

»Sie hat mir nicht gesagt, wie sie heißt. Jedenfalls die Dame, die gestern mit Ihnen auf dem Boot war.«

»Florence!« wiederholt Balthusser. »Ich weiß, daß Sie heute morgen eine bizarre Unterhaltung mit ihr geführt haben. Man darf diese Dame nicht zu ernst nehmen. Florence übertreibt es manchmal etwas mit dem Alkohol und ist nicht immer ganz klar im Kopf. Heute abend hätte sie auch hier sein sollen. Sie läßt sich entschuldigen. Die übliche Unpäßlichkeit. Aber Sie werden sie morgen früh sehen. Wir legen gleich noch einmal ab. Sie kommen doch mit, nicht wahr?«

»Wohin?«

»Wir machen eine kleine Kreuzfahrt, Davide«, sagt Habiela. Ich verstehe nicht, warum ihre Stimme dabei so bitter klingt.

Balthusser berührt mein Handgelenk:

»Die Inseln hier sind Ihnen sicherlich bekannt, schon wegen Ihrer Studien als Archäologe und ausgesprochener Experte auf dem Gebiet, wie man mir sagte. Dennoch gibt es Aspekte der Megalithkultur, die der akademischen Wissenschaft bisher verborgen blieben. Wenn das Meer uns anlegen läßt, werden Sie Dinge sehen, von denen Sie nicht einmal geträumt haben, nicht wahr, Habiela?«

Habiela nickt, aber sie ist mit den Gedanken woanders, nicht nur abwesend, sondern auch wie von einer plötzlichen Traurigkeit befallen. Sie lächelt mir nicht mehr zu, sondern weicht meinem Blick geradezu aus. Schon zum zweitenmal – nach gestern morgen, als wir das Boot im Hafen liegen sahen – kommt mir in den Sinn, daß dies das Ende der glücklichen Ferien sein könnte, für sie und auch für mich.

Ich möchte einwenden, daß ich nicht die geringste Absicht habe, mit aufs Meer hinauszufahren, und sei es noch so kurz, und daß ich lieber wieder festen Boden unter den Füßen spüren möchte. Und da das Haus auf dem Hochplateau mir ohne Habiela mehr als leer vorkäme, könnte ich wieder mein Zimmer im Hotel beziehen. Ich muß dringend etwas gegen meine Kopfschmerzen unternehmen. Schon will ich laut meine Absage kundtun, als Habiela mich bedeutungsvoll ansieht. Ich verstehe nicht, was sie damit ausdrücken will. Vielleicht eine Warnung. Etwas, das mit ihrer Beziehung zu Balthusser zu tun hat, die viel komplizierter ist, als die entspannte Atmosphäre dieses gemeinsamen Essens vermuten läßt. Vielleicht will sie mir mitteilen, daß ein Turn mit ihr und Balthusser ein großes Privileg ist. Ein Privileg, das man nicht ablehnen darf. Vielleicht warnt sie mich auch vor einer Gefahr, einem Risiko, das ich allerdings eingehen muß, dem ich mich nicht entziehen kann.

Ich schaffe es nicht, den Mund aufzumachen, alles scheint schon entschieden. Noch in derselben Nacht wird der Cruiser ablegen.

Die flache Dünung des Atlantik streicht durch den kleinen Hafen, das Boot hebt und senkt sich unmerklich. Sie wiegt uns sanft wie Habielas Liebe, die heute nacht zärtlicher ist denn je: ihre Art, sich zu entschuldigen. Und doch wirkt sie in manchen Momenten fern. Ein Gedanke scheint sie zu beschäftigen, der stärker ist als die Liebe. Als müsse ihr Trost kommende Bitterkeiten mildern, die die Zukunft für mich bereithält, als sei unsere Liebe heute nacht der Lohn, den ich mir später verdienen muß. In ihren Händen bin ich fügsam wie ein Haustier, eine Schmusekatze, die im Schoß ihres Frauchens dahinschmilzt. In ihren Duft gebettet, der mehr Ahnung ist als Realität, schlafe ich ein, deutlich spüre ich ihre langen Beine, die mich umschlingen.

Ich träume. Dieses Mal nicht von Siebenmeilenstiefeln, im Gegenteil. Mühsam kämpfe ich mich über einen schmalen Pfad zwischen zwei Reihen dichter Büsche hindurch, die ihre Zweige nach mir ausstrecken. Habiela hat mich dazu getrieben, diesen Weg zu nehmen, indem sie die Tür eines windschiefen Hauses öffnete, dessen schwarze, morsche

Bretterwände keinen Schutz boten. Es war mein Haus, ich wollte es nicht verlassen, doch Habiela sagte, es sei besser, viel besser, hinauszugehen und mich auf den dunklen, zugewucherten Pfad zu begeben. Der Weg verliert sich im Unterholz, doch kurz darauf öffnet sich das Dickicht auf eine Lichtung. Vor mir erstreckt sich die löffelförmige Vertiefung. Ich erkenne sie wieder, es ist dieselbe, von der ich auf meiner Rückreise aus Süditalien geträumt habe. Plötzlich ist der Himmel tiefschwarz, kein Stern zu sehen bis auf einen einzigen großen und leuchtenden, der senkrecht über der Mulde steht. Der Abdruck des Riesenlöffels wird meine Zuflucht sein, ich muß ihn unbedingt erreichen, ich möchte mich in die Vertiefung stürzen wie in einen schützenden Uterus. Doch ich fürchte mich vor den kleinen Tieren, die vor mir über den Erdboden huschen und ebenfalls auf meine Zufluchtsstätte zuzuhalten scheinen. Was sind das für Tiere? Es könnten ungewöhnlich große Mäuse sein, vielleicht Nutrias oder Marder. Sie sind weiß, unbehaart, haben eine kleine Schnauze, ihr Maul ist kaum mehr als eine winzige Öffnung unter der Nase, gebeugt und auf zwei Pfoten laufend, bewegen sie sich vorwärts, erklimmen die kleine Anhöhe und verschwinden über den Rand der Mulde. Mich ekelt vor ihnen, gleichzeitig beneide ich sie, denn diese Tiere sind flink, überholen mich im Nu. Ich hingegen komme kaum voran, meine Füße bleiben immer wieder in einer schlammartigen Masse stecken, einem weißen, klebrigen Schaum, der sich an die Schuhe heftet. Ich bin schrecklich müde. Ich möchte mich auf den Boden legen und alles aufgeben, möchte in diesem dichten, geradezu greifbaren Nebel versinken, der mir bis an die Knöchel reicht. Ich sehe mich um. Das Holzhaus ist nun hell erleuchtet von blauen Lichtstreifen, im Türrahmen ist die elektrisierte Helligkeit am stärksten. In dem strahlenden Rechteck steht Habiela und fordert mich mit einer Handbewegung auf, weiterzugehen. Ihr Gesicht ist so nah, als sähe ich sie durch ein Fernrohr. Sie hat dieselben erloschenen und kalten Augen wie die Frau, mit der ich in dem Café auf der Mole gesprochen habe. Plötzlich begreife ich, daß ich in tödlicher Gefahr schwebe, dennoch ist es mir unmöglich, ihr nicht zu gehorchen. Da wache ich auf, die Fäuste in den Achselhöhlen vergraben, Schweiß rinnt mir über die Stirn.

Ich taste nach dem Lichtschalter. Zuerst weiß ich nicht, wo ich bin, ich bilde mir ein, in Habielas Haus zu sein, stoße mich an der Kabinenwand.

Das Bett neben mir ist leer. Auch ihre Kleider sind verschwunden, ich kann den flaschengrünen Seidenrock nicht entdecken, den sie beim Abendessen trug, auch er aus diesem eigenartigen Synthetikstoff, der bei jeder Bewegung raschelt.

Ich knie mich auf das Bett und werfe einen Blick hinaus. Die Nacht verweilt in den schmutzigen Wolkenfetzen, die am Horizont über dem etwas helleren bleigrauen Himmel hängen. Wieder ist sie weggegangen. Ein weiterer Tag mit einer kranken Sonne kündigt sich an, mit rasenden Wolken, Regenschauern, Windböen, plötzlichen Kälteeinbrüchen. Ein weiterer Tag ohne Habiela. Ich weiß nicht, woher ich die Gewißheit nehme, daß ich sie vergebens suchen werde.

Einige hundert Meter vor dem Bullauge liegt ein niedriger, gischtumschäumter Felsen. Dieses Ufer ist mir nicht unbekannt. Es hat die Form einer Linse, gekrönt von einer ebenmäßigen Erhebung.

Auf der Brücke treffe ich einen Matrosen, der die Halteleinen am Bug festzurrt. Ich frage ihn, wo wir sind, doch er antwortet mir in einer fremden Sprache.

Ich drehe eine Runde über das Schiffsdeck. Durch die Bullaugen luge ich ins Innere: Balthussers Kabine ist leer, auch in Saal und Kombüse ist niemand zu sehen. Ich schaue in die beiden Kabinen backbord, die eine ist leer, in der anderen liegt der Kapitän schlafend in seiner Koje. Auch auf der Kommandobrücke ist niemand, einsam blinken im

Halbdunkel die Anzeigetafeln. Der Funk ist eingeschaltet, ich höre ein Murmeln, auf dem Radarschirm läuft eine feine weiße Linie senkrecht über das blaue Feld.

Achtern sehe ich eine Gestalt, die in einen weißen, feucht glänzenden Regenmantel gehüllt ist. Ich gehe näher. Als ich neben ihr stehe, suche ich nach ihrem Namen, den Balthusser am Vorabend genannt hat, schließlich fällt er mir ein: Garance.

Im schwachen Licht sieht sie aus wie die gleichnamige Figur aus »Kinder des Olymp«. Ihre kalten, gestern morgen noch ausdruckslosen Augen, die in dem flachen Gesicht weit auseinander stehen, blicken mich heute mit einem Anflug von Mitgefühl an. Garance stützt sich auf die Reling, sie würde man in einem amerikanischen Spielfilm vergeblich suchen, ihr weißes Gesicht mit der Kapuze erinnert vielmehr an Carnés Meisterwerk. Ihr glänzender Regenmantel ist mir vertrauter als Habielas Büßerhemd, die schmachtende Nachlässigkeit ihrer Haltung verkörpert perfekt die Dekadenz Europas. Sie sieht mich skeptisch an, während ich durch ein Bullauge in das Schiffsinnere spähe.

»Alte Leute wie ich können nicht mehr durchschlafen. Junge wie Sie allerdings sollten um diese Uhrzeit im Bett liegen«, sagt sie mit einer ironischen Note auf »jung«.

»Wo sind wir?« frage ich.

»Das müßten Sie doch wissen. Wenn Sie sich draußen umschauen würden, anstatt wie ein Trüffelhund in allen Winkeln dieser Luxusschüssel zu schnüffeln, wüßten Sie es.«

Ich stütze mich neben sie auf die Reling und betrachte die Küste mit der linsenförmigen Erhebung. Ich erkenne sie wieder, vor weniger als vier Monaten war ich hier, doch es kommt mir vor, als seien mindestens hundert Jahre vergangen.

»Das ist der Hügel von Gavrinis«, sage ich.

»Genau, der Cairn und der Dolmen der geheimnisvollen Insel, auf der einst die Templer lebten. Das Volk nannte sie die Roten Mönche. ›Hütet euch vor dem Mund der Templer!‹ riefen die Kinder auf der Straße. Man unterstellte ihnen die schlimmsten Verbrechen. Daß sie eine schreckliche Gottheit anbeteten, mit weißem Bart und funkensprühenden Augen, den sie ihren Retter nannten. Man behauptete, sie opferten ihrem Götzen das Fett eines Neugeborenen, Sohn eines Templers und einer Jungfrau, der im Ofen gebraten wurde. Um in den Orden einzutreten, mußte man angeblich dem Christentum abschwören und auf das Heilige Kreuz spucken. Tausend Jahre vor ihnen war Gavrinis ein Heiligtum keltischer Druiden. Und davor? Wissen Sie das, Herr Archäologe?«

»Eine Grabstätte. Ein neolithisches Grab.«

Sie verzieht beinah unmerklich die schmalen Lippen und schüttelt den Kopf:

»Eine Grabstätte also? Ganz schön verschwenderisch, unsere Steinzeit-Vorfahren. Der Tod war eine große Sache. Die ganze aufwendige Konstruktion, nur um einen Menschen darin verfaulen zu lassen! In ihrer Mitte gibt es nur eine einzige Kammer, und die ist nicht einmal besonders groß ...«

»Wie alle megalithischen Grabstätten. Hier im Morbihan, in Schottland, in Irland und sonstwo. Es waren Königsgräber.«

»Natürlich, Könige. Eure Theorien klingen wie Märchen. Es war einmal ein König ... Dann erklären Sie mir mal, warum in diesen Gräbern kaum ein komplettes Skelett erhalten ist? Nur einzelne Knochen vieler Menschen, überall verteilt, manchmal aufeinandergehäuft, von dem großen König aber weit und breit keine Spur. Dabei sind die Ausgrabungen hier auf Gavrinis bereits seit dem neunzehnten Jahrhundert im Gange. Welche Erklärung hat der Herr Archäologe hierfür parat?«

Ich zucke mit den Schultern, ich bin nicht in der Stimmung, um über ein Thema zu streiten, zu dem man – das gebe ich gern zu – geteilter Meinung sein kann.

»Denken Sie darüber nach«, sagt sie, »überlegen Sie mal. Deshalb haben wir hier angelegt. Jemand möchte Sie initiieren, haben Sie das immer noch nicht begriffen? Dafür müssen Sie aber zuerst ein paar überkommene Vorstellungen ablegen. Was glauben Sie, warum man Sie hierhergebracht hat? Wegen der Sehenswürdigkeiten? Wenn dem so ist, dann seien Sie wenigstens klug. Stellen Sie ein paar Fragen. Suchen Sie plausible Antworten.«

»Diese Fragen habe ich mir bereits gestellt. Das ist mein Beruf. Und auch die Antworten habe ich gefunden.«

»Ich glaube eher«, erwidert sie, »daß die Antworten der Wissenschaft dieselben sind, die man den Touristen erzählt. Wenn die Touristen – die, um die Wahrheit zu sagen, nicht gerade in Scharen kommen, im Gegenteil, eher spärlich und selten, die Insel ist in Privatbesitz –, wenn sie wüßten, was der *Cairn* wirklich war, würden sie Hals über Kopf fliehen. Nur deshalb, um seine Funktion zu verschleiern, ist der Ort so geheimnisumwittert. Woher stammen beispielsweise die 5000 Kubikmeter Steine, aus denen diese sogenannte Grabstätte errichtet wurde? Haben Sie, Herr Archäologe, sich jemals überlegt, daß dieses Fleckchen Erde, sollten die Steine allesamt von der Insel stammen, vorausgesetzt natürlich, man hätte jedes Stückchen Granit herauslösen können, vier- oder fünfmal so groß hätte sein müssen? Und woher kommen die Megalithen? Wie wurden sie hierhertransportiert? Der *cairn* besteht aus grobkörnigen Granitblöcken, auf der Insel jedoch findet sich keine Spur dieser Granitsorte. Die Deckplatte für die innere Kammer stammt von einem einzigen Gesteinsbrocken, der ursprünglich 14 Meter lang war und 170 Tonnen schwer. Sie müssen wissen, Herr Archäologe, daß dieser ursprüngliche Monolith in drei Blöcke zerteilt wurde, von denen einer den Dolmen von Er Grah bedeckte ...«

»... der zweite den Table des Marchands und der dritte diesen hier, den Tumulus von Gavrinis«, unterbreche ich sie. »Ich weiß das alles sehr gut, das ist mein Metier. Aber daran ist nichts geheimnisvoll, es gehörte zum Grabritus, Menhire zu zerbrechen und ihre Stücke an verschiedenen Orten zu verwenden.«

»Ach ja? Ihr weisen Eulen der Akademie habt auf alles eine Antwort. Und wenn ihr nicht mehr weiter wißt, zieht ihr den Trumpf der Riten und Kulte aus der Tasche. Alles wird mit ›Bestattungsriten‹ erklärt, ist es nicht so? Der Ritus, wie ihr ihn versteht, ist eine Art Kinderspiel. Doch ihr solltet wissen, daß es nichts Schrecklicheres gibt als gewisse Spiele der Kinder. Um eure banalen Theorien umzustoßen, genügt schon die Beobachtung, daß der nächstgelegene Ort mit solchem grobkörnigen Granit Locmariaquer ist. Der riesige Menhir neben dem Dolmen des Table des Marchands von Locmariaquer, der ursprünglich 20 Meter lang und 350 Tonnen schwer war, besteht aus ebendiesem Material. Aber Locmariaquer liegt ein paar Kilometer Luftlinie von hier entfernt. Und noch viel weiter, wenn man den realen Weg bedenkt, sei es zu Land oder zu Wasser.«

»Es wurden Flöße aus Baumstämmen gebaut und die Menhire den Fluß hinunter transportiert ...«

»Aber ja, die Flöße! Ich kann mir denken, daß ihr versucht habt, selbst ein solches Floß zu bauen. Habt ihr nicht? Zu mühsam, nicht wahr? Um nicht zu sagen, unmöglich. Man bräuchte unendlich viele Baumstämme, um dieses Gewicht zu tragen. Aber wo sind hier die Wälder?«

Ich will mir das nicht länger anhören, ich verstehe nicht, worauf sie hinauswill mit ihrem nichtigen Geschwätz, ich habe ganz andere Sorgen.

»Sämtliche Zeugnisse der Megalithkultur deuten auf eine einzige Sache hin.«

»Und die wäre?«

»Denken Sie nur an Stonehenge. Die Bluestones, und auch andere, jüngere Blöcke, von denen jeder einzelne mehrere hundert Tonnen wiegt, stammen aus einem über zweihundert Kilometer entfernten Steinbruch. Man hat Spuren in den Felswänden gefunden, aus denen sie herausgeschlagen wurden. Das Rad war den antiken Baumeistern noch unbekannt. Nicht ganz einfach, sich vorzustellen, wie primitive Menschen riesige Felsbrocken mehr als zweihundert Kilometer weit transportieren, indem sie sie über Baumstämme rollen, wie ihr Archäologen behauptet. Nicht über Straßen, wohlgemerkt, Straßen gab es damals noch nicht, sondern durch Wälder, über Wasserläufe und Gebirge ...«

»Und Ihnen zufolge«, sage ich, »sind die Steine wohl hinübergeflogen, oder wie?«

Lange blickt sie mich aus ihren erloschenen Augen an. Dann nickt sie:

»Wie sagt noch Sherlock Holmes? Wenn man verschiedene Hypothesen aufgeben muß und nur eine übrigbleibt, dann ist diese eine, so unwahrscheinlich sie auch klingen mag, die richtige. Warum bemüht ihr Pedanten nicht mal ein wenig eure Phantasie? Sie kannten eine Methode, die Schwerkraft aufzuheben, unsere Vorfahren, jemand hatte sie ihnen gezeigt ...«

»Das ist Ihre Hypothese?«

»So unwahrscheinlich sie klingen mag, es ist die einzige, die übrigbleibt.«

Ich zucke mit den Achseln.

»Haben Sie Ihre Habiela wiedergefunden?«

»Ich habe sie hier wiedergesehen, auf diesem Boot.«

»Aber nun ist sie wieder weg.«

Sie setzt ein Grinsen auf. Nun ähnelt sie der Arletty nicht mehr in der Rolle der Garance, sondern als eine Figur aus einem anderen Film Carnés, »Nacht mit dem Teufel«: die böse Teufelin an der Seite des guten Teufels in der Person von Alain Cuny. Plötzlich fällt mir ihr richtiger Name wieder ein: Florence.

Florence hat Mitleid mit mir. Zumindest tut sie so. Ich

bemühe mich um einen gleichgültigen Gesichtsausdruck. Ich will keine weiteren Kommentare über mein griesgrämiges Gesicht hören. Doch ich weiß, daß mir der Kummer ins Gesicht geschrieben steht. Vermutlich will Florence mich mit ihren originellen Theorien ein wenig ablenken. Sie weiß nur zu gut, daß Spekulationen über Megalithen mich im Moment keinen Deut interessieren. Ich habe ein ganz anderes Problem. Ich bin verwirrt und ratlos. Es gelingt mir nicht, die Beziehung zwischen dem alten Tyrannen und Habiela einzuordnen. In Habiela hatte ich immer das erwachsen gewordene Blumenkind gesehen. Seit ihrer Bemerkung über das perverse Pentagon-Programm – der Satellit, der seinen Schatten über Vietnam legen sollte – hatte ich sie mir als Studentin vorgestellt, die um die in Brand gesteckten Einberufungsbefehle tanzt: wehendes Kleid, Perlenketten um den Hals, in erster Reihe vor den Polizisten bei den Demonstrationen gegen den »schmutzigen Krieg«. Ich stellte mir vor, wie sie auf dem Motorrad durch die Wüste bretterte, wie die Protagonisten aus »Easy Rider«, eine Freidenkerin, Freundin der Enterbten, pazifistische Hippiebraut, vielleicht ein klein wenig verzogen. Was hat Habiela mit diesem feisten Oligarchen zu tun, dem mächtigen Manipulierer, der Florence zufolge über Truppen verfügt, die die Erdachse verschieben können?

»Ich habe sie durch das Bullauge meiner Kabine gesehen. Tief in der Nacht haben sie das Beiboot bestiegen«, sagt Florence. »Sie sind alle drei auf Gavrinis an Land gegangen.«

»Wer, alle drei?«

»Balthusser, Ihre Habiela und Doktor Bertrand. Das Schlauchboot hat Bertrand gelenkt. Vielleicht sollte auch unser verehrter Herr Archäologe ursprünglich mit von der Partie sein. Aber dann haben sie ihn schlafen lassen. Warum? Warum ihn ein weiteres Mal zurücklassen?«

»Wer ist dieser Doktor Bertrand?«

»Das Jüngelchen. Der große Wissenschaftler, auf der ›Andromeda‹ allerdings wird er degradiert, manchmal muß er sogar als Moses herhalten.«

Ich blicke auf die Uhr, es ist fünf, in zwei Stunden geht die Sonne auf, noch ist es dunkel, aber der Morgen beginnt schon zu grauen. Nebelschwaden hängen über dem reglosen Wasser, die Beule auf dem Hügel sieht aus, als sei dieses Stückchen Erde von einer Entzündung befallen. Die Teufelin mit den toten Augen wollte meine Meinung über die Rätsel der Megalithkultur ins Wanken bringen. Vielleicht ging es ihr gar nicht darum, denke ich, mich von den ewigen Zweifeln abzulenken, die an meiner Seele nagen. Möglicherweise wollte sie nur auf ein Thema zusteuern, das uns beide betrifft.

»Warum sind sie an Land gegangen? Was haben sie dort vor?« frage ich.

»Ja, was haben sie vor?« Sie grinst noch immer und betrachtet mich wie ein zurückgebliebenes Kind. »Kennen Sie die bretonische Legende von den entführten Jungfrauen?«

»Nein.«

»Der Legende nach raubten die Roten Mönche die Jungfrauen des Ortes Quimper, selbstverständlich nur die schönsten. Laut Überlieferung brachten sie sie in ihr Kloster bei Quimper. Aber das stimmt nicht, in Wirklichkeit brachten sie sie hierher, nach Gavrinis.«

»Heute hätten Ihre Roten Mönche es nicht mehr so leicht«, meine ich. Ich habe allmählich genug von alten bretonischen Legenden.

»Warum nicht?«

»Weil es kaum mehr Jungfrauen gibt.«

Sie verzieht das Gesicht, so billige Scherze sind nicht nach ihrem Geschmack.

»Sie blieben nicht lange jungfräulich. Die Mönche schwängerten sie, und nach der Geburt eines Sohnes brachten die Roten Mönche Mutter und Neugeborenes um und begruben beide unter dem Altar. So heißt es in der Legende.«

Plötzlich glaube ich ein Licht in der Öffnung des Cairn flackern zu sehen.

»Haben Sie das gesehen?«

»Ja.«

»Was war das?«

»Ein Licht, was sonst? Der Strahl einer Taschenlampe.«

»Da ist jemand drin.«

»Balthusser ist in dem Tumulus von Gavrinis quasi zu Hause«, sagt Florence und zieht eine Grimasse, »er geht dort ein und aus mit wem er will. Auch ich war schon einige Male mit ihm dort. Aber meine Zeit ist vorüber. Er braucht mich nicht mehr. Er behält mich nur noch aus Gewohnheit bei sich. Wie man eine alte Katze behält. Er wartet, bis ich mich entschließe zu sterben.«

Ihre Stimme bricht vor Kummer. Zum erstenmal seit ich sie kenne, entdecke ich menschliche Züge an Florence.

»Sie sagten mir gestern, daß Sie ihn hassen. Dann müßten Sie doch froh darüber sein, in Ruhe gelassen zu werden«, wende ich ein.

»Wer hat denn gesagt, daß ich nicht froh bin?«

»Ich würde sagen, daß Sie sich ausgeschlossen fühlen. Daß Sie eifersüchtig sind ...«

»Eifersüchtig? Ich? Was für eine Vorstellung! Sie hingegen sind ganz grün vor Eifersucht. Aber Balthusser und Habiela schlafen nicht miteinander, da können Sie ganz beruhigt sein. Sie treffen sich aus anderen Gründen. Hin und wieder sehen sie sich, wie gesagt, aber zu ganz anderen Zwecken. Nehmen Sie ein Boot, folgen Sie ihnen, und schauen Sie selbst, was sie tun. Die Insel ist winzig. Der Cairn, der innere Dolmen, die Ruinen des Konvents – das ist alles.«

Die Ebbe hat eingesetzt. Der Cruiser liegt nun in ruhigem Wasser, wenig entfernt beginnt das morastige Bett aus Felsen, die das zurückweichende Meer langsam freilegt. Der

Hügel und der Cairn spiegeln sich wie riesenhafte Puzzleteile in der von den Steinen zerteilten Wasserfläche. Man hört ein ununterbrochenes Rauschen, glänzende Rinnsale wie die Schleimspur einer Schnecke fließen zum Meer hin ab. Ich sehe den steil aufragenden Anker des Bootes, der an einem Felsen festgemacht wurde, wo eben noch das Meer schwappte, ein anderer wurde backbord ausgeworfen, der Cruiser liegt still und unbeweglich wie in einem Schwimmbad.

»Sehen Sie?« meint Florence. »Sie können über die Gangway laufen. Das Schlauchboot haben sie mitgenommen, aber bei Ebbe genügen die drei Meter Steg, um trockenen Fußes an Land zu gelangen. Die Flut kommt erst in sechs Stunden wieder, Sie haben also jede Menge Zeit.«

Der schmale Streifen Sand dort, wo der Untergrund in die Tiefe abfällt, wird immer heller. Das Ende des Steges erreicht nicht ganz den Boden, ich muß springen, der Sand gibt nach, ich versinke bis zu den Knöcheln. Ich sehe mich um. Florence ist verschwunden. Anfangs sah sie mir belustigt nach, wie ich über das wackelige Brett balancierte, doch nun ist sie weg und die Brücke menschenleer. Eine Windböe schiebt das Boot aufs Meer hinaus, und der Steg gleitet davon. Nun liegt er ein paar Meter von mir entfernt auf dem Wasser, die Ankerschnur ist gespannt, doch das Schiff treibt weiter hinaus, ich müßte schwimmen, um wieder an Bord zu gelangen.

Vorsichtig wate ich weiter, versinke noch im Sand, erst allmählich finden die Füße festeren Halt. Immer wieder muß ich die Schuhe aus dem schleimigen, zähen Matsch ziehen, der sich unter der augenscheinlich festen Oberfläche verbirgt, dann erreiche ich endlich den Kieselstrand.

Der Wind frischt auf, die Wolken über mir verziehen sich. Plötzlich flammt im Schatten des Cairns ein blendendes Licht auf und springt mir schmerzhaft in die Pupillen.

Die Kiesel, die langsam ansteigend an den Fuß eines steiler aufragenden Hügel führen, verwandeln sich in dem hellen Glanz in eine schwarze Fläche, ich muß mich zwingen, die Augen nicht vor dem Meer aus gleißenden Reflexen zu verschließen. Ein durchdringender Verwesungsgeruch liegt in der Luft. Von den Algen, die die Ebbe zurückgelassen hat, tropft das Wasser. Es sind riesige Exemplare, blaßgelb. Mit ihren zahlreichen Auswüchsen, die in kleinen Beulen enden, sehen sie wie merkwürdige leblose Tiere aus. In einer Senke zwischen einigen Felsen sammeln sie sich zu einem ganzen Haufen, den ich umgehen muß, wenn ich nicht ausrutschen möchte.

Ein schwarzer Krebs flieht vor meinen Füßen und verschwindet unter einem großen Stein. Je weiter ich den Hügel erklimme, desto mehr Krebse entdecke ich zwischen den Steinen. Auf einem Felsbrocken klebt wie aufgedruckt das vertrocknete Skelett einer Möwe, deren Federn an den Flügeln wie mit fädrigen Algen verwoben sind. Der Himmel ist klar, weder sehe ich Vögel in der Luft, noch höre ich das typische Zwitschern der winzigen Spatzen, die diese Strände normalerweise bevölkern.

Der Weg über den Rücken des Hügels ist mühselig. Zu spät entdecke ich den Pfad zu meiner Rechten, nun bin ich schon fast da, vor mir erhebt sich am Ende einer schmalen, kahlen Fläche der Cairn.

Ich kenne ihn wie meine Westentasche, denn ich habe ihn schon vor meinem Aufenthalt vor einigen Monaten hier viele Male besucht, und nicht als Tourist.

Von hier aus betrachtet, wirkt der Tumulus wie ein kleiner Berg, doch ist er zu gleichmäßig geformt, um eine Schöpfung der Natur zu sein. Ich weiß sehr gut, daß er die Phantasie beflügelt. Seit eine Felsspalte entdeckt wurde, die in eine dunkle Höhle hinabführt – man sagt, sie habe bei den Massenaushebungen der Napoleonischen Heere Deserteuren als Versteck gedient –, phantasieren die Menschen dieses Archipels von einem unterirdischen Labyrinth, in dem ein geheimer Schatz verborgen liegen soll.

An vielen Orte, die von dem sagenumwobenen Templerorden bewohnt wurden, überdauert die Erinnerung an unsägliche Kostbarkeiten, die dort für immer versteckt worden seien. Eine alte äthiopische Kirche, in der das Tatzenkreuz der Templer in die Steine eingeritzt ist, verbirgt der Legende nach in ihren Untergeschossen die Bundeslade. Die mächtigen Ritter brachten viele schon damals antike Zeugnisse rund um den Erdball gewaltsam in ihren Besitz und nutzten sie für ihre bizarren Riten. In jenen Tempeln und Kirchen, wo sie, wie es heißt, eine Religion zelebrierten, die den heidnischen Kulten näher stand als dem Christentum, schienen sie etwas zu suchen. Doch niemand weiß genau, was es war. Mit ihrer Auslöschung nahmen die Roten Mönche auch ihr Geheimnis mit ins Grab.

Während dunkle Gerüchte dem Rätsel immer neue Nahrung geben, entmystifizieren es die wissenschaftlichen Forschungen. Und doch bleibt es am Ende ungelöst. In gewisser Weise hat Florence recht, angefangen bei der Funktion dieses Bauwerks, das wer weiß wie viele Generationen jahrzehntelange Mühen gekostet hat. Trotz aller rationalen Erklärungen – die manchmal, das will ich nicht leugnen, mehr als bemüht klingen – bleiben die Deutungen unbefriedigend. Florence erinnert mich an Lorentz, wie er vor den Wandmalereien in der Höhle von Laghouat stand. Die Vergangenheit ist ein dunkler Brunnen, dessen Tiefe einen schwindeln läßt.

Lorentz pflegte sich über die offiziellen Erklärungen zu erheitern. Ich denke häufig, daß seine eigene Version der Dinge ihn in die Geisteskrankheit geführt hat. Die Schlußfolgerungen der Wissenschaftler mögen manchmal banal klingen, da sie sich weitgehend auf das Kriterium der Wirtschaftlichkeit stützen: Jagd, Fischfang, Ackerbau. Damit können sie den Einwänden solch unruhiger Geister wie Lorentz vor seiner Umnachtung nicht standhalten. Wer jeden Zweifel von sich fernhält, indem er sich auf unumstößliche Fakten, Erfahrungswerte und Logik beruft, gelangt auf dem sichersten Wege zu Lösungen, die den Verstand befriedigen, und schützt sich aus psychologischer Sicht gleichzeitig vor den äußerst beunruhigenden Urängsten der Mythen: Die *Mathesis universalis* bietet dem Geist eine bequeme Zufluchtsstätte vor dem Unwägbaren.

Heute jedoch habe ich anderes vor. Mir steht der Sinn nicht nach derlei Gedankenspielen, ich habe ein ganz anderes Rätsel zu lösen, das mich persönlich betrifft. Balthusser hatte versprochen, mir die unbekannten Seiten der Megalithkultur zu zeigen. Warum hat Habiela mich nicht geweckt, bevor sie mit dem alten Tyrannen hier hinabstieg?

Über der Schwelle thront horizontal einer der großen Monolithen, die die Gangdecke stützen. Darüber steigt der Steinhügel steil an. Wozu er auch gedient haben mag, der Cairn ist ein komplexes Bauwerk. Die äußere Hülle aus übereinandergeschichteten Steinquadern umschließt die innere Anlage, also den Gang und das Zentrum des Dolmens, die geheime Kammer, das Herz des Monuments. Vor wenigen Jahrzehnten noch hätten die Entdecker alles hinweggefegt und nur das Gerüst aus Monolithen stehenlassen. Sie schälten den inneren Dolmen heraus, meine früheren Kollegen, wie den Knochen aus dem Steak. Hier wurde bisher nur der Eingang freigelegt, doch es ist bereits beschlossene Sache, den gesamten Cairn lediglich von der dünnen Erdschicht zu befreien, die Wind und Regen in den letzten vier Jahrtausenden dort hinterlassen haben, und die äußere Anlage ansonsten nicht anzutasten.

Vor dem Eingang halte ich inne. Es ist zu still hier. Die Natur gibt keinen Laut von sich, keine Vögel sind zu hören, der Himmel ist leer wie die blasse Oberfläche eines alten Silberspiegels. Das reglose Wasser reflektiert das Boot, weiß wie der Flügel einer Möwe. Es ist noch weiter abgedriftet, seit ich an Land gegangen bin, ich kann den Steg nicht mehr erkennen, jemand muß ihn eingezogen haben, der Cruiser wirkt wie ausgestorben.

Ich habe keine Lampe mitgenommen. So kurz entschlossen, wie ich von Bord gegangen bin, konnte ich mir keine Gedanken um den mehrere Meter langen Gang und die Finsternis machen, die mich umfangen würde, noch bevor ich die zentrale Kammer erreichte.

Der Eingang ist dunkel, kein Licht zu sehen. Wahrscheinlich war das helle Aufblitzen, das ich vom Boot aus zu erkennen glaubte, nur ein Reflex auf einem Quarzitsplitter. Vermutlich wollte Florence mich mit meiner Eifersucht aufziehen. Die rechteckige Öffnung des Eingangs wird von zwei busenförmigen Auswölbungen flankiert. Manche Monumente der Vergangenheit erinnern an Nachbildungen von Genitalien, manchmal auch obszöner Art. Der Tote in dem Etruskergrab der Sirene von Sovana beispielsweise lag ausgestreckt auf dem liegenden Abbild einer gespreizten Vulva.

Der Eingang des geheimnisvollen Gewölbes, das in sich verschlossen ist wie ein Seeigel und dabei seiner enormen äußeren Erscheinung im Inneren so wenig entgegenzusetzen hat, läßt mich an das vertrocknete Geschlecht einer alten Frau denken. Es schaudert mich bei dem Gedanken, dort hineinzugehen. Ich stelle mir das Gewicht all dieser Steine auf meinem Körper vor. Eigentlich müßte ich ja daran gewöhnt sein, immerhin war es mein Beruf, mich in diesen Schlupfwinkeln der Vergangenheit zu vergraben, und wenn ich unter Platzangst litte, wäre ich bestimmt kein Archäologe geworden. Doch heute morgen bin ich versucht aufzugeben. Die Vorstellung, mich in das feuchte Dunkel dieses versteinerten Uterus zu begeben, behagt mir gar nicht.

Ich komme mir lächerlich vor, wie ich hier draußen stehe wie angewurzelt mit dem Gefühl, etwas Verbotenes zu tun, etwas anschauen zu wollen, das ich nicht sehen darf. Ich überlege, daß ein kurzer Blick genügen dürfte, um festzustellen, daß weder Habiela noch Balthusser, noch Doktor Bertrand hier sind. Wer weiß, wo sie stecken. Ich fahre mit der Hand in meine Tasche und finde ein Feuerzeug, mache es an und gehe ein paar Schritte in den Gang hinein.

Im Licht der kleinen Flamme taucht ein Monolith auf, der den Zugang zum mittleren Gang versperren soll. Seine Form ist einzigartig, er sieht aus wie ein langgezogener Elefant, dessen Rüssel auf den Boden hängt. Er ist über und über mit Gravuren und Kerben bedeckt, wie alle Felsbrocken des Cairns. Ich trete näher, nun sieht er nicht mehr wie ein Elefant aus, sondern wie ein Koloß, dessen Kopf zwischen den Schultern auf dem Rumpf sitzt, mit aufgerissenem Maul und düster gerunzelten Brauen über den Augen, ein Arm hängt an seiner Seite herab, den anderen stützt er in die Hüfte. Der Dämon steht fest auf der Erde und versperrt mir den Weg. Er sieht mich an, er sieht mich tatsächlich an, ohne Zweifel. Vorsichtig mache ich einen Schritt zur Seite. Die Kerben verwandeln sich nun in Augen. Der Riese starrt mich weiter an, die Augen lassen mich nicht los, ich glaube in der Mitte der Iris die dunkleren Pupillen zu erkennen.

Innerlich schimpfe ich mit mir. Wie ein leicht zu beeindruckender Tourist lasse ich mich hier von meinen Wahnvorstellungen einschüchtern.

Ich habe ein Buch verfaßt über die in Stein gemeißelten Symbole der Tumuli dieser und anderer Gegenden der Bretagne, Schottlands und Irlands. Die konzentrischen Kreise, die geschwungenen Linien, die Gravuren in Form von Äxten, Swastiken und Runen bergen für mich eigentlich keine Geheimnisse. Es waren Zeichen, um die Jagd zu begünstigen, den bösen Blick abzuwehren, ähnlich wie die

Tätowierungen, welche die Männer mancher afrikanischen Stämme sich in den Körper ritzen. In meinem Buch widerlege ich einige Seiten lang einen Phantasten, demzufolge die Zeichen auf den Steinen von Newgrange eine Skizze des Sternbildes des Zentauren darstellen. (Die Wiedergabe der Sternenkonstellation stimmt nämlich haargenau mit der Realität überein, so der phantasiebegabte Autor, vorausgesetzt, man betrachtet sie aus dem Blickwinkel des hypothetischen Bewohners eines Planeten, der sich in selbigem Sternbild befindet.)

Ich raffe mich auf und gehe um den Riesen herum.

Das Feuerzeug verbrennt mir die Finger. Ich lasse los, es fällt zu Boden und erlischt.

Im ersten Moment habe ich das Gefühl, schlagartig erblindet zu sein. Es herrscht völlige Dunkelheit, eigentlich unmöglich, da ich erst wenige Meter vom Eingang entfernt bin; als ich eintrat, kam die Sonne gerade hinter dem Hügel hervor, ihre Strahlen müßten längst hereinreichen. Und doch ist die Finsternis so undurchdringlich, daß mir schwindelig wird, ich habe das Gefühl, im luftleeren Raum zu schweben.

Plötzlich schlägt mir ein Gestank wie aus einem verstopften Abwasserkanal entgegen, als tropften die Auswürfe einer verpesteten Stadt von der Decke, der Schleim schwarzer Brunnenschächte, der üble Odem alter, in der Sonne brütenden Mülldeponien, der Gestank von kotstarrenden Gassen. Der stechende Geruch fährt mir in die Kehle, ich muß husten. Ich knie nieder, eine halbe Ewigkeit taste ich den feuchten Boden nach dem Feuerzeug ab, in der panischen Angst, jeden Augenblick auf etwas fürchterlich Ekelerregendes zu stoßen. Das Ding, das diesen schrecklichen Gestank verströmt, streift über den Boden, es ist schleimig und bewegt sich, es wird mir über die Hand kriechen, sich meinen Arm hinaufschlängeln und in meine Kleider schlüpfen. Ich steigere mich derart in diese Vorstellung hinein, daß ich zusammenzucke, als ich das glatte Plastik unter den Händen spüre. Natürlich ist es das Feuerzeug, ich hebe es auf und mache es an.

Er hat sich umgewandt, der Riese hat sich um die eigene Achse gedreht und zeigt mir erneut sein Gesicht und die grimmigen Augen. Ich weiß genau, daß ich um ihn herumgegangen bin, er müßte also nun mit dem Rücken zu mir stehen. Doch er scheint zu leben, scheint sich im flackernden Licht der Flamme zu bewegen. Zu Tode erschrocken, weiche ich zurück, stoße mit dem Rücken an einen Stein, nicht einmal der ist fest, ich fühle, wie er bebt, wie auch er sich bewegt. Die Steine entlang des Ganges vibrieren, als wollten sie sich aufblähen, es kommt mir vor, als wollten sie mich zwischen sich zerquetschen. Das Feuerzeug verbrennt mir die Finger, ich muß den Daumen von dem Plättchen nehmen, das die Gaszufuhr regelt.

Mit der Dunkelheit kehrt die Panik zurück. Ich habe Angst, daß alles über mir zusammenstürzt. Endlich glaube ich das kaum merklich hellere Rechteck der Höhlenöffnung zu erkennen. Mühsam löse ich mich von dem Monolithen, im Rücken noch das Gefühl der Erschütterung, und bewege mich schrittweise auf den Eingang zu – in dem vollen Bewußtsein zu fliehen.

Es ist, als habe sich der heraufziehende Tag wieder in tiefste Nacht verwandelt. Ein heftiger Wind hat sich erhoben, eine große, preußischblaue Wolke bedeckt den Himmel. Ein greller Blitz blendet mich. Das dumpfe Grollen des Donners scheint unter den Füßen zu entstehen, setzt sich in den Wänden fort, greift auf das Gewölbe über, das Echo kehrt aus den Eingeweiden des Cairn zurück, ein fortgesetztes Grummeln wie aus den Gedärmen einer unermeßlichen Kreatur.

Die gezackte Linie eines Blitzes ist zu sehen, sie reißt einen Spalt in die Wolkenmasse, die undurchdringlich und kompakt wie ein Felsblock vor der Türöffnung liegt. Ich fühle mich in dem Cairn eingemauert, obwohl ich es bis an die Schwelle geschafft habe.

Ohne Vorwarnung und unter wildem Rauschen bricht der Hagelsturm los. Eiskörner, so groß wie Walnüsse, prasseln auf den Türsturz, spritzen herein, bedecken den Boden mit einer weißen Schicht, hart und rutschig fühle ich sie unter den Füßen. Der jähe Druckabfall bewirkt ein Vakuum, in dem sich die Kräfte des Universums austoben. Blitze laufen an der Schraffur des Hagelschlags entlang, das Stück Himmel in meinem Blickfeld sieht aus wie eine Schultafel, die von blauen, kreischenden Kratzern überzogen wird. Einer schlägt in den Pilaster neben dem Eingang, umschlängelt die Türschwelle mit seinem bläulichen Schein. Als er verlöscht, saugt das Maul des Cairns Rauchzungen ein, Schwefelgeruch mischt sich mit dem Gestank nach Kloake. Ich weiche zurück, suche hinter dem Monolithen Schutz, der mir zuvor den Weg versperrte wie der Wächter des Hades.

Zugleich mit dem nächsten Blitz kracht der Donner, ein blaues Licht scheint den Felsblock zu durchströmen, eine blendende Kraft entlädt sich, die auf meinen Brustkorb trifft und mich zu Boden wirft.

Vielleicht verliere ich das Bewußtsein. Möglicherweise hatte ich Halluzinationen, während ich ausgestreckt zu Füßen des Wächter-Kolosses lag. Ich weiß aber noch, daß ich erst nach der Vision bewußtlos wurde, nicht vorher.

Das Leuchten hört nicht auf, daran erinnere ich mich klar und deutlich. Im Gegenteil, es greift um sich, breitet sich langsam aus, der Stein verwandelt sich in einen Bildschirm aus Saphir, durchsichtig wie ein Aquarium. Die Zeichnungen auf seiner Oberfläche sind wie schwimmende blaue Algen. Sie verbinden sich zu einer Schrift. Ich weiß noch, wie ich dachte: »Gleich sehe ich einen Film, und das ist der Vorspann.«

Ich kann Worte lesen, ich begreife ihre Bedeutung, sie verleiht dem folgenden einen Sinn, obwohl ich lediglich eine Reihe von Halbkreisen erkenne, die von Romben und gezackten Linien unterbrochen werden.

Dann beginnt der Film: ein tief hängender Himmel, am unteren Rand des Bildschirms die Silhouette einer Hügelkette. Eine kleine, helle Sonne, ähnlich der Venus, sinkt gen Horizont. Das Bild kommt näher, nun ist es nah. Von der strahlenförmigen Sonne löst sich eine hellere Zunge. Die leuchtende Elipse verformt sich zu dem Kopf einer großen Kobra, die das Maul aufreißt und die Zunge flach wie ein Band zur Erde ausstreckt. Noch näher. Die Sonnenschlange verwandelt sich in einen indischen Stupa, dessen Basis von einer leuchtenden Schraffur aus kurzen blauen Strahlen emporgehoben wird. Die Zunge der Schlange entrollt sich wie ein Teppich.

Aus dem Innern des Stupa kommt ein alter Mann den Teppich herab. Der riesige Alte tritt näher.

»Um die Brust trägt er einen Gürtel aus Gold. Sein Haupt und seine Haare sind weiß wie weiße Wolle, leuchtend weiß wie Schnee, und seine Augen wie Feuerflammen; seine Beine glänzen wie Golderz.« So heißt es in der Apokalypse des Johannes, deren Zeilen in meinem Geist entstehen. Ich lese sie mit großer Klarheit, als seien sie in die Wand gegenüber eingemeißelt.

»Aus seinem Mund kommt ein scharfes, zweischneidiges Schwert, und sein Gesicht leuchtet wie die machtvoll strahlende Sonne.«

Ich erkenne ihn, diesen Alten, er kann sich nicht unter seinem Ornat verbergen. Es ist Balthusser. Er hebt den Arm, seine Hand wirbelt umher und malt ein Zeichen in die Luft.

Plötzlich, auf seinen Befehl hin, erfüllt der Bildschirm mein ganzes Blickfeld. Das anfangs unscharfe Bild einer kleineren Menschenmenge nimmt Konturen an, schließlich ist es klar. Eine Gruppe von Personen schart sich um einen umgestürzten Monolithen von solcher Größe, daß er selbst im Liegen ihre Köpfe überragt. Die Leute halten sich an den Händen. Es sind nicht viele, gerade genug, damit sie mit ausgestreckten Armen einen Kreis um den Stein bilden können. Dann lösen sie die Hände voneinander und legen sie auf seine Oberfläche. Mit einer einzigen, fließenden Bewegung fassen sie unter den Monolithen und heben ihn scheinbar mühelos in die Höhe. Die riesige Steinmasse schwebt nun auf den Armen über ihren Köpfen, als sei sie aus Gas, wabernd wie eine Wolke. Beinahe im Laufschritt transportieren sie den Menhir auf den Gipfel des Hügels, wo sich der Cairn erhebt. Eine andere Gruppe ist gerade dabei, die äußere Anlage zu vollenden, es wirkt, als flögen ihnen die behauenen Steine aus den Händen. Die erste Gruppe läßt nun von dem Monolithen ab, doch anstatt zu Boden zu fallen, schwebt er weiter in der Luft, nur leicht geführt von ein paar Männern. Schließlich findet er seinen Platz neben dem Cairn und gräbt sich wie ein vom gespannten Bogen geschossener Pfeil in den Grund.

Die Szenerie verändert sich. Nun sehe ich, wie der Stupa langsam über den Tumulus gleitet, sich auf ihn niedersenkt wie eine riesige Napfschnecke, die sich am Felsen festsaugt. Mit seiner trüben Farbe hebt sich der Stupa kaum von dem Steinhaufen ab, auf dem er sitzt. Nach und nach erwächst unter ihm ein leuchtendes Beben und durchströmt ihn wie einen Destillierkolben, der sich mit iridisierendem Gas füllt. Von unten nach oben durchläuft den Stupa die langsam zunehmende elektrische Schwingung, läßt ihn immer heller erstrahlen.

Endlich verstehe ich die Zusammenhänge, das Rätsel der Megalithen ist gelöst. Nichts Geheimnisvolles liegt mehr in ihnen, alles ist glasklar. Im Herzen der Steine steckt die Energie, mit der die Schwerkraft aufgehoben werden kann. Die Menschen haben die Megalithmonumente errichtet, doch dienten die außergewöhnlichen Bauwerke nicht ihren eigenen Zwecken. Sie befolgten nur Befehle. Die Grabstätten, die Tempel, die religiösen Riten waren ein Vorwand. Die Bauten ermöglichten es den Herren, den Elohim aus der Bibel, Energie für ihre außergewöhnlichen Fahrwerke aufzunehmen, um den Weltraum bis zu den Sternen zu überwinden. Der von den Hindus in Stein nachgebaute Stupa, die Tumuli wie jener von Newgrange oder dieser hier von Gavrinis, die ägyptischen Pyramiden oder jene in Mexiko, sie alle sind nichts anderes als ungelenke Nachbildungen ihrer wunderbaren Flugmaschinen. Und doch hatten sie auch eine praktische Funktion. Sie dienten als Batterien, als Akkus. Es waren Tankstellen, nichts anderes. Vielleicht funktionieren sie bis heute.

Ich weiß noch, wie mir durch den Kopf ging, daß ich mit meiner Entdeckung alle widersprüchlichen Theorien über die Megalithen für immer hinwegfegen könnte. Doch ich dachte auch, daß mir niemand Glauben schenken würde, niemand mich ernst nähme. Ich war vom Blitz getroffen worden, hatte einen gehörigen Stromschlag abbekommen. Was ich gesehen hatte, war eine Halluzination, abstrus wie Halluzinationen nun einmal sind.

Wie lange dauert es? Wer könnte das sagen? ... Ich glaube, es vergehen viele Minuten, vielleicht aber auch nur ein Moment. Die Zeit steht still, seit ich den Cairn betreten habe. Die Szenen auf dem Monolithen überlagern sich in einem schwindelerregenden Synkretismus; wenn ich alle Bilder und die Ideen, die sie in meinem Kopf entstehen lassen, beschreiben sollte, bräuchte ich viele hundert Seiten dafür.

Plötzlich – und ich kann nur wiederholen, daß ich nicht ohnmächtig war, obwohl in meinem Körper noch immer das Beben des Schlages widerhallte, als läge ich unter einer Bronzeglocke, und die Netzhaut meiner Augen noch vom Blitz geblendet war – erwächst aus dem Inneren meines unförmigen Wächters ein neues Beben, der Monolith glänzt nicht mehr wie ein Saphir, sondern ist einen Moment lang stumpf und trüb. Dann wird er wieder glatt und durchsichtig und verwandelt sich erneut in einen Bildschirm.

Die Landschaft ist noch dieselbe, doch nun ist sie düster verhangen, allein die Flammen eines Feuers züngeln durch den Dunst und schicken Funkenwolken in die Finsternis. Plötzlich flammt ein helles Licht auf, wie ein Blitz fährt es durch die Rauchwolken. Dahinter erkenne ich mit Fellen behangene Männer und Frauen. Sie scharen sich um eine kleine Gruppe von Kindern. Sie scheinen sie mit ihren Körpern vor dem grellen Licht beschützen zu wollen, das über den Schauplatz flammt und den schwachen Schein des Lagerfeuers verblassen läßt. Zwei Männer packen einen Jungen, schleppen ihn zu einem flachen Stein und legen ihn darauf.

Dann ist wieder ein alter Mann da – diesmal nicht Balthusser, er ist älter, größer, seine Haare fallen ihm über die Schultern. Er beugt sich über den ausgestreckt liegenden Jungen. Ein Messer aus Feuerstein schwebt in der Luft. Es fährt auf die Kehle des Jungen herab. Blut rinnt über den Stein. Das Messer schlitzt den Brustkorb auf. Der Alte taucht seine Hand in die klaffende Wunde und reißt das tropfende Herz heraus. Ich nehme den stechenden Geruch von Adrenalin wahr, der sich mit dem durchdringenden Kloakegestank vermischt.

Dann sehe ich die Ereignisse nur noch undeutlich. Auf der Steinplatte ändert sich das Bild, ist kaum mehr zu ertragen in seiner Grausamkeit. Ich spüre Grauen in mir aufstehen, merke, wie ich ohnmächtig werde, ich will hier heraus, und zugleich will ich mich einfach gehenlassen, die Augen verschließen und den Film vergessen, der sich vor ihnen abspult.

Die Stromschnellen eines Flusses toben über den Bildschirm, sie reißen Leiber in schweren Brustpanzern in ihre Tiefen, das Wasser ist rot von all dem Blut ... An den Wällen eines endlosen Schützengrabens kleben die verkohlten Überreste von in die Luft gesprengten Körpern ... Soldaten kratzen mit Spaten die Reste ab ... Eine Schar ausgemergelter Kinder schleppt sich über den Rücken einer Hügelkette ... Über einer Stadt fällt ein großer, lichterloh brennender Stern herab ... Auf einer Ruinenlandschaft erkennt man antropomorphe Umrisse, starr wie Salzsäulen ... Ein Kind kommt ins Bild, die Augen schreckgeweitet ... Im Dunkel eines Schutzbunkers beugt sich die Frau mit den roten Haaren über das Kind, um ihm den Rucksack zurechtzurücken, sie hat Habielas Gesicht ...

Nun erst, keinen Moment früher, werde ich ohnmächtig.

Ich liege im Bett, umgeben von der Stille des Hauses auf dem Felsen. Ich weiß nicht genau, wie ich hierhergekommen bin. Angeblich haben die Matrosen des Cruisers mich aus dem Cairn gezogen. Man brachte mich für einen Tag ins Krankenhaus von Vannes. Schockzustand, hat der untersuchende Arzt konstatiert, nichts Ernstes, nach einer Routineuntersuchung ließ man mich gehen. Der Blitz hat mich nur knapp gestreift, mir die Kleider angesengt. Im Krankenhaus haben sie mich mit Medikamenten ruhiggestellt. Habiela war die ganze Zeit bei mir, sie ist keinen Moment von meiner Seite gewichen.

Und doch weiß ich, daß ich etwas getan habe. Ich habe das undeutliche Gefühl, eine schreckliche Tat begangen zu haben, die mich umgeworfen und schließlich an dieses Bett gefesselt hat, von wegen Blitz. Ich weiß es, ich habe Gewissensbisse, die Schuld nagt an mir, doch ich kann mich einfach nicht entsinnen, was ich getan habe.

Alles hat sich genauso schnell abgespielt, wie der Blitz in den Monolithen gefahren ist, in derselben verworrenen Bilderfolge, die über den steinernen Bildschirm geflimmert ist. Wenn ich in meinem Gedächtnis suche, sehe ich, wie Habielas Gesicht über mir erscheint. Doch im selben Moment verblaßt die Erinnerung an das Schreckliche und verliert sich. Habiela war anwesend, so wie jetzt, wo ich sie durch die Wimpern hindurch betrachte, während ich so tue, als schliefe ich. Wie eine treusorgende Krankenschwester sitzt sie an meinem Bett. Sie weiß alles, sie kann mir helfen, mich zu erinnern, doch ich bin nicht sicher, ob ich das will.

Habiela scheint eingenickt zu sein, sie hat die Augen geschlossen. Sie kommt mir fern vor, es ist dasselbe Gefühl der Einsamkeit wie damals, als ich nachts als kleiner Junge hochschreckte und meine Mutter in ihrem Bett schlafen sah. Ich bekam Angst, sie könnte nie mehr erwachen, mich für immer verlassen haben, auf ewig in ihrem Schlaf gefangen bleiben. Ich wollte sie wecken, traute mich aber nicht. Entschlossen schließe ich die Augen, ich bin noch so geschwächt, daß ich wieder in einen tiefen Schlaf sinke.

Als ich aufwache, steht Habiela neben meinen Bett und sieht mich mitleidig an. Doch ihr Mitgefühl gilt weder meiner derzeitigen Schwäche noch irgendeinem anderen Gebrechen. Welchem auch? Weder bin ich lahm noch einäugig. Ihr Blick bemitleidet meine menschliche Natur.

Sie beginnt zu sprechen. Ich bin benommen. Ich versuche, mich im Bett aufzusetzen, ihre Hand streicht daraufhin langsam über mein Gesicht und hinunter zur Brust, dort bleibt sie liegen und drückt mich sanft zurück in die Kissen. Als ich endlich wieder ganz klar im Kopf bin, hat sie schon eine Weile geredet, ich verstehe nicht, was sie gerade sagt, weil ich bei ihren ersten Worten noch zu benommen war, eher auf den Klang ihrer Stimme lauschte als auf den Inhalt. Verwirrt merke ich, daß sie ebenjene Ereignisse schildert, die sich meiner Erinnerung so hartnäckig entziehen. Sie ist schon am Ende ihrer Erzählung angelangt:

»... Das dürfen wir nicht, verstehst du? Wir konnten es nicht tun, uns hinderte ... nicht nur das Gesetz ... Auch der Instinkt, eine Konditionierung. Deshalb brauchten wir dich.«

So verschwommen mich ihre Worte erreichen, sind sie mir doch Stimulus genug, um mein Gedächtnis wiederzufinden. Der Film setzt an der Stelle ein, wo er abgerissen war.

Ich sitze nun vor dem Cairn, auf der kleinen, etwas erhöhten Fläche vor dem Eingang. Der Hagel hat aufgehört, es weht ein starker Wind, der das Meer aufpeitscht. Auch hier draußen ist es dunkel, eine dicke, düster-blaue Wolkendecke löscht jede Erinnerung an die Sonne aus. Ich lehne mich mit dem Rücken an einen Stein.

An meiner Seite taucht Habiela auf, bleibt neben mir stehen, ihr Rock flattert mir ins Gesicht. Sie blickt starr auf das Meer hinaus, wo die Flut über die Kiesel hereinströmt. Am Strand stehen Balthusser und Bertrand einander gegenüber. Der Alte scheint mit dem jungen Mann zu reden, ich sehe ihn gestikulieren. Dann weicht Bertrand zurück, rutscht auf den nassen Steinen aus, dreht sich plötzlich um, fängt an zu rennen, gepackt von panischer Angst. Ein Stück vor dem Ufer schaukelt das Beiboot. Bertrand läuft stolpernd darauf zu, er wirkt wie eine Marionette, deren Fäden sich verheddert haben. Er watet durch das knietiefe Wasser, stürzt, geht unter, taucht wieder auf, klammert sich an den Rand des Bootes, zieht sich mühsam hinein. Die Luft klärt sich trotz der Dunkelheit auf, fast sieht es aus, als hole ein Vergrößerungsglas das Geschehen zur besseren Sicht an mich heran. Trotz der Entfernung kann ich jeden einzelnen Kiesel am Ufer erkennen, und ich sehe, wie aus Bertrands Haaren das Wasser tropft, während er sich in das Boot fallen läßt. Balthusser dreht sich zu uns um. Er blickt Habiela an, macht ihr ein Zeichen. Habiela nickt und legt mir eine Hand auf die Schulter. Ich merke, daß sie in der anderen Hand ein kleines Gerät mit einer kurzen Antenne hat. Während Habiela mit der rechten Hand meine Schulter umfaßt hält, legt sie mir das Ding in die Hand, das wie eine kleine Plastikdose aussieht. Ich habe von einer neuen Erfindung gelesen, die erst seit kurzem auf dem

Markt ist und schon bald für jedermann erschwinglich sein wird. Es handelt sich um ein tragbares Telefon, das mit einem Satelliten verbunden ist und Gespräche in jeden Teil der Erde ermöglicht. Das Ding, das Habiela in meine Hand rutschen läßt, scheint einer jener kabellosen Apparate zu sein, von denen ich gelesen habe. Doch in diesem Moment denke ich nicht an das Telefon, ich versuche zu verstehen, was Habiela von mir will, warum ich dieses komische gepanzerte Tierchen halten soll, das an einer Seite ein winziges, grün blinkendes Auge hat.

In dem Schlauchboot zerrt Bertrand inzwischen verzweifelt an der Reißleine des Außenbordmotors, während er die angstgeweiteten Augen nicht von Balthusser abwendet, der ihm vom Strand aus unerschütterlich nachschaut. Was hat er nur vor? Will er uns etwa auf dieser Insel zurücklassen? Von dem Schiff ist keine Spur zu sehen, so weit der Blick über den Horizont schweift. Habiela beugt sich zu mir. Mit der Hand berührt sie die numerierten Tasten des winzigen Sendegeräts. Auch die Zahlen leuchten grün. Habiela zeigt mir vier Nummern: null, acht, drei, sieben. Sie zeigt sie mir immer wieder und nickt jedesmal, ohne zu lächeln, ihre Miene ist weniger ernst als vielmehr düster. Sie möchte, daß ich diese Tasten drücke, in genau der Reihenfolge, null, acht, drei, sieben. Ich höre, wie sie mir mit trauriger Stimme ins Ohr flüstert: null, acht, drei, sieben. Ich komme mir vor wie ein Schimpanse, dem sein Herrchen eine Zirkusnummer beibringt. Die Übung ist nicht schwer, ich muß nur die vier winzigen, grünlich leuchtenden Tasten drücken: null, acht, drei, sieben. Und das tue ich schließlich, ich drücke eine Taste nach der anderen, nach der Null suche ich Habielas Blick, sie nickt ernst, und so geht es weiter, ich drücke die anderen Zahlen, vor der Sieben zögere ich kurz und warte, daß sie zustimmend mit dem Kopf nickt.

Die Explosion dort unten kommt nicht überraschend, irgendwie habe ich damit gerechnet. Eine Flammenhand hebt das Boot backbord in die Luft, das Feuer ergreift die gesamte Länge des Bootes, Bertrands Gestalt wird im Widerschein plötzlich schwarz, ich sehe, wie er sich in den Flammen windet und in einem Hagel aus glühenden Trümmerteilen ins Meer stürzt. Eine Weile scheint alles zu brennen, selbst das Meer. Habiela stößt einen langen Seufzer aus, dann nimmt sie mir das Gerät aus der Hand.

Sie muß abreisen, das war mir sofort klar: Sie hat gewartet, bis ich aufwache, um sich zu verabschieden, und wird mich jetzt verlassen.

Ich versuche sie zurückzuhalten. Ich sage ihr, die vergangenen Wochen seien die glücklichsten meines Lebens gewesen. Ohne sie war ich leer. Ich kann nicht mehr der werden, der ich war, bevor ich sie kannte, ein Leben ohne sie halte ich nicht aus. Sie kann mich nicht einfach so verlassen, sage ich. Ich werde mit ihr kommen, sage ich, ich folge ihr bis ans Ende der Welt.

Sie schüttelt den Kopf, ihr Blick ist abwesend, weit, weit weg, dort, wo ich nichts gelte, wo es mich nicht gibt. Mir fällt der Vergleich von Florence ein, Athene und Odysseus, ich habe kein Recht auf sie. Es gibt keine Hoffnung für mich, besagt ihr Blick. So rede ich nur noch weiter, um die Zeit, die uns bleibt, zu verlängern.

Ich erwähne die Dinge, die ich im Cairn von Gavrinis auf dem Felsbildschirm gesehen habe. Zögernd spiele ich auf Bertrand und die Explosion an. Ich will keine Erklärung, ich will nichts wissen, ich will ihr nur zu verstehen geben, daß ich alles, was ich getan habe, sofort wieder tun würde, sie muß mich nur darum bitten, ein Befehl genügt, eine Handbewegung, ich würde alles für sie tun. Sie hört mir zu, nickt.

Dieser verfluchte Balthusser, sage ich, seine Ankunft war der Anfang vom Ende unseres Traums. Ich halte alles nur erdenkliche Schlechte von dem alten Teufel. Auch ihn habe ich gesehen, auf dem Strand unterhalb des Cairns, er hat

Bertrand, den armen Jungen, dazu gebracht, in das Schlauchboot zu steigen ...

Plötzlich kommt es mir so vor, als würde Habiela durchsichtig. Als könne ich durch ihren Körper hindurch die gegenüberliegende Zimmerwand sehen, das Fenster und den prachtvollen Glanz des Meeres in der Morgensonne. Mir kommt der schreckliche Verdacht, daß sie schon gegangen ist und nur ein Trugbild an meinem Bett zurückgelassen hat.

Ich setze mich auf, umarme sie, meine Hand greift in ihre Haare. Ich kralle mich fest, ziehe ihren Kopf heran. Es ist mir egal, ob ich ihr weh tue. Auch sie soll ein bißchen leiden. Sie ist nicht Athene, ich bin nicht Odysseus, ich spüre ihren Leib an meinem, ich glaube sie vor Begierde erschauern zu fühlen. Die Frau in meinen Armen ist aus Fleisch und Blut, sie trägt eine leichte Tunika, darunter ist sie nackt, eine heiße Freude durchströmt mich, als ich den raschelnden Stoff spüre, auch er real und zum Anfassen.

Plötzlich empfinde ich eine unerträgliche Hitze. Es fühlt sich an, als umarmte ich einen glühenden Holzscheit. Meine Hände brennen, das Gesicht glüht, die Hitze greift nach meiner Brust, ich schnappe nach Luft. Ich zucke zurück, falle auf das Bett. Ich kann sie nicht ansehen, ohne die Augen zuzukneifen, so hell erstrahlt sie.

»Ich muß gehen, Davide«, sagt sie. »Es tut mir leid.«

Sie legt mir eine Hand auf die Stirn. Ihre Hand ist kühl, sie verströmt Ruhe. Wieder höre ich ihre Stimme. Sie flüstert. Die Worte stehlen sich in meinen Kopf, ich erhasche Bedeutungsfetzen. Was sie sagt, verstehe ich nur zu Hälfte, ihre Lippen scheinen sich nicht zu bewegen.

Habiela und Balthusser sind wie Schiffbrüchige ... Fern der Heimat verfolgen sie die unbesiegte Legion der »Störer« ... Habiela und Balthusser sowie einige andere überwachen, auf der Welt verteilt, die Störer, versuchen ihren Zügen zuvorzukommen ... Sie bekämpfen sie ... Balthusser hatte schon lange entschieden, daß Bertrand sterben mußte ... Es gab keinen anderen Weg, den Forscher zu stoppen ... Er hatte versucht, ihn zu kontrollieren, indem er ihn in sein Unternehmen einband, doch konnte er nicht verhindern, daß der junge Mann seine genialen Entdeckungen vorantrieb ... In wenigen Jahren hätte er biologische Roboter erschaffen können, Quasi-Menschen, die den Erdbewohnern mühselige und gefährliche Arbeiten abgenommen hätten ... Sie vermuteten, daß die Störer der Ruhe sich mit Bertrand in Verbindung gesetzt hatten ... Wären sie erfolgreich gewesen, hätten die Störer mit Bertrands Hilfe die Menschheit einer weiteren Beschleunigung ausgesetzt, ihre Erbanlage verändert und Politik und Wirtschaft des Planeten in Unordnung gebracht, wie sie es schon so häufig getan hatten ...

Habiela und Balthusser hatten den Cairn aufgesucht, um das zu tun, was sie mit meiner Hilfe Bertrand angetan haben, aber auch, um mit ihren Herren zu kommunizieren ... Ohne Erfolg ... Ich verstehe nicht, wer diese Herren sein sollen, denen sie unterstellt sind ... Sie sprechen schon seit sehr langer Zeit nicht mehr ... Sie schweigen, die Herren ...

»Sie sagen nichts mehr, wir haben den Kontakt verloren ...«

Ich hätte ihr nicht zum Cairn folgen sollen ... Sie hatte mich ausgeschlossen ... Sie wollte mich draußen lassen ... Sie hatte auf mich verzichtet, wollte mich nicht hineinziehen ... Zuerst hatte sie geplant, sich meiner zu bedienen ... Dann aber hatte sie es sich anders überlegt, wollte mich lieber freilassen, sie wäre weggegangen, ohne mich noch einmal wiederzusehen ... Es wäre besser für mich gewesen, auf der Yacht zu bleiben, nicht an Land zu gehen, mich rauszuhalten ...

Der Film, den ich in der Grabstätte von Gavrinis gesehen habe, war sozusagen ein Werk von vier Händen. Der erste Teil stammte von Balthusser, die darauffolgenden Bilder habe ich ihr zu verdanken. Es war Habiela, die mir einen Blick auf die andere Seite der Medaille ermöglicht hat.

Habiela verabscheut die arrogante Mißachtung der Ruhe, die die Störer an den Tag legen, sie bekämpft die Gier nach Veränderung, die sie umtreibt wie eine böse Krankheit. Der Kampf gegen die Störer dauert schon seit Jahrhunderten an. Es ist ein schwerer Kampf. Dennoch gibt es eine stillschweigende Übereinkunft, an die sich beide Seiten halten und die ihnen verbietet, sich gegenseitig auszulöschen: Das ist das Gesetz. Deshalb brauchten sie mich, um Bertrand umzubringen und so eine weitere schlimme Beschleunigung aufzuschieben.

Doch nicht nur die Störer, auch sie selbst, die Wächter der Ruhe, haben gefehlt und tun es noch immer. Es gibt einfach keinen Weg, das ursprüngliche Vergehen der Gegner ungeschehen zu machen.

Jetzt vernehme ich ihre Stimme klar und deutlich:

»... auch *eurer* Gegner, nicht nur unserer. Sie sind sogar vor allem eure Feinde. Ihr seid viel zu sehr damit beschäftigt, euch untereinander zu bekriegen, um eure wahren Feinde zu erkennen.«

Ich glaube zu sehen, wie sich ihre Brust in einem tiefen Seufzer hebt:

»Ich muß gehen. Ich halte das Heimweh nicht länger aus. Du wirst niemals das Gefühl echter Fremdheit kennen, wirst niemals wissen, was es heißt, wirklich einsam zu sein.«

Mein Blick fällt auf ihr Gepäck, das fertig neben der Tür steht, ein alter Koffer und eine Reisetasche. Mir sitzt ein Kloß in der Kehle vor Trauer, als sei sie schon gegangen, mühsam presse ich hervor:

»Ich glaube, bald werde ich es wissen.«

Sie lächelt:

»Wir haben alle Fehler gemacht, nicht nur die Störer, auch wir. Sie allerdings zuerst. Sie waren es, die euch als erste die befehlenden Stimmen in den Kopf setzten, die euch die Ehrfurcht vor den Göttern lehrten. Die ersten Steine bekamt ihr von ihnen. Mit Hilfe der Steine lerntet ihr die Sprache, die Namen der Dinge. Die Steine waren euch das Alphabet der Elohim. Die Störer erschienen euch damals als Herrscher. Doch nicht einmal wir sind euch überlegen. Zu Beginn haben wir versucht, euch das klarzumachen, daß ihr von ihnen und von uns nicht das geringste lernen könnt: Wir alle sind Teil ein und desselben Geheimnisses. Dann glaubten wir uns ihren Methoden anpassen zu müssen. Wir haben euch komplexere Steine gezeigt, um euch nicht nur die Namen zu lehren, sondern auch das Bewußtsein eurer selbst. Das war ein Fehler. Ihr wurdet hochmütig. Ihr habt begonnen, euch anders zu fühlen. Untereinander verschieden, ihr habt die Unterschiede hundertfach hervorgehoben. Ihr habt Symbole hochgehalten, hinter denen die Störer steckten, doch auch wir haben den Fehler begangen, euch zu den Symbolen zu führen. Viele Erdzeitalter lang habt ihr euch im Namen unterschiedlicher Götzenbilder niedergemetzelt, mit immer perfekteren Mordwerkzeugen, trotz all unserer Versuche, euch zurückzuhalten.

Dann, in den letzten Jahrhunderten, schient ihr euch endlich von der Metaphysik befreit zu haben. Doch der Marsch in Richtung Vernunft, und sei sie auch noch so dürftig, hat euch schreckliche Traumata beschert, noch grausamere Desaster als zuvor. Dennoch schöpften wir neue Hoffnung, wir dachten, die Zeit sei nah, da wir euch die Augen öffnen könnten für den Schwindel der Symbole, die wir selbst, nicht nur die Störer, euch gegeben hatten ...«

Hier wird Habielas Monolog kompliziert, kaum mehr in Worte übersetzbar. Unübersetzbar auch ihr Zeitbegriff, mit Mühe reime ich mir etwas aus einer Andeutung zusammen über einen Pfeil, dessen Flug nicht unabwendbar in die vorgegebene Richtung führen muß, sondern manchmal unvorhersehbare Haken schlägt ... Habielas Worte stecken voll solcher Andeutungen, die für sie wie Allgemeinplätze sind, mir hingegen verschlossen bleiben. Ich verliere den Faden ...

»Seit einiger Zeit nun verfangt ihr euch in einem Gewirr erneuter Auseinandersetzungen, die sich aus der den alten Symbolen entspringenden Metaphysik speisen. Wieder einmal macht ihr euch bereit, verschiedenfarbige Fahnen auf Leichenfeldern zu hissen.«

»Dann sprecht doch mit uns«, flehe ich, »laßt uns noch einmal die Stimmen von einst hören, als noch alle euch vernehmen konnten ...«

»Nein«, erwidert Habiela, »der war im Recht, der sagte, die Beschleunigung sei ein Verbrechen, dessen Folgen nicht wieder rückgängig zu machen sind. Vielleicht sprechen unsere Herren deshalb nicht mehr mit uns. Und auch wir fangen allmählich an zu glauben, daß das Schweigen die bessere Lösung ist.«

Sie schüttelt den Kopf. Sie ist traurig. So traurig habe ich sie noch nie gesehen. Ihre finstere Miene tut mir im Herzen weh, mir wird klar, daß das Schlimmste nicht ihre Abreise ist. Das Schlimmste kommt erst noch. Nicht das Verlassensein, die Distanz, sie nicht mehr in den Armen halten zu können ist das Schlimmste, sondern das Schweigen.

»Nein«, wiederholt Habiela, »es ist nicht mehr möglich. Unsere Stimmen würden sich über die der anderen legen und nur zu dem herrschenden Babel, dieser hoffnungslosen Sprachverwirrung, beitragen. Vielleicht ist die einzige Lösung das Schweigen. Ich bin sicher, daß auch sie, die Reisenden der Nacht, die Kreaturen der Finsternis, sich irgendwann zurückziehen werden. Es ist viel Zeit vergangen, seitdem unser Kampf begann, zwischen uns und ihnen, so viel Zeit, daß wir müde sind. Ich bin todmüde. Wir sind nur noch wenige. Auch viele Störer sind schon weg. Sie brauchen euch nicht mehr sehr anzutreiben, ihr lauft von ganz alleine hechelnd auf den Abgrund zu. Wenn auch sie weg sind, wird völlige Stille eintreten. Und dann, da bin ich sicher, wenn ihr merkt, daß ihr allein seid, immer allein wart, werdet ihr beginnen, über euch selbst nachzudenken, ohne euch mehr in der Wüste der Unendlichkeit zu verirren. Die Flamme, die vor zwei Jahrhunderten entfacht wurde, die ihr jedoch unter der Asche grenzenloser Vernichtung erstickt habt, wird vielleicht wieder aufflackern und zu einem Feuer werden. Die Stille wird euch helfen, die zerstörerische Macht der Symbole zu begreifen.«

Sie setzt sich neben das Bett. Sie packt meine Handgelenke, wie ein gestrenger Arzt, der mir den Puls messen will. Sie sieht mich eindringlich an.

Diesem Blick halte ich nicht stand, ich schließe die Augen. Ich tue so, als schliefe ich ein. Ich habe das Gefühl, daß sie in meinem Inneren etwas sucht. Ich spüre eine Erschütterung, so als bekäme ich einen Stoß, als würde ich durch eine Berührung zur Seite geschoben.

»Du schläfst nicht, stimmt's?«

Ich schüttele fast unmerklich den Kopf, halte die Augen aber geschlossen. Wieder beginnt sie zu sprechen, und wieder sind es weniger Worte, die ich höre, als mit ihrem Duft getränkte Ideen, die sanft in meinen Kopf rieseln.

Sie überträgt mir einen weiteren Auftrag. Dieses Mal ganz offiziell und nicht durch Betrug erschlichen. Diese Insel ist nicht irgendein Ort. Es gibt hier ein ganz besonderes Mineral, das noch nie an einem anderen Ort gefunden wurde und das heute, seitdem die Vorräte anderer, ähnlich energiegeladener Minerale auf der Erde aufgebraucht sind, unersetzlich ist für den Antrieb der Luftschiffe der Störer. So klein und abgelegen die Insel auch sein mag, kaum mehr als ein Fleck im Ozean, ist sie doch ein wichtiger Kreuzungspunkt. Vor langer Zeit sind hier die Gegner gelandet. Habiela konnte sie damals vertreiben, wenn auch nicht für immer. Sie werden zurückkehren. Sie werden erneut versuchen, die Insel einzunehmen. In ihrer Abwesenheit soll ich der neue Wächter sein. Ich werde all meine

Aufmerksamkeit benötigen. Ich soll jeden verdächtigen Ankömmling registrieren und beobachten.

»Wie der Portier eines Hotels?«

Mit meiner armseligen Ironie versuche ich die Spannung zu lösen. Doch in Wahrheit weiß ich, daß ich der Aufgabe nicht gewachsen bin. Es ist nicht klar, was ich tun soll. Welche Möglichkeiten habe ich schon, Pläne von Dämonen zu hintertreiben, die ich mir entschieden zu machtvoll vorstelle, als daß ich etwas gegen sie ausrichten könnte?

Sie versichert mir, daß wir in Verbindung bleiben. Sie wird mir unverzüglich zu Hilfe kommen, wenn es nötig ist. Mir entgeht dabei jedoch nicht ihr unsicherer Unterton, so daß ich vermute, das Versprechen ihrer Rückkehr soll mir nur ein Trost sein.

Aber wenn dieser Vorposten so wichtig ist, wenn jemand die Stellung halten muß, warum bleibt sie dann nicht hier bei mir? Warum verläßt sie mich?

Sie muß woandershin. Sie muß das enge System verlassen, das diesen Planeten einschließt, und versuchen, den Kontakt zu den Herren wiederherzustellen. Ihre Stimmen verloren zu haben macht die Sehnsucht nach der zurückgelassenen Heimat noch bitterer:

»Es ist mittlerweile ein nutzloser Kampf, den wir ausfechten. Wir gehören nicht hierher. Uns und sie vereint die Entfernung, aus der wir kommen, und uns verbindet dasselbe Verbrechen, das auch wir begehen mußten. Es ist ein Teufelskreis. Am Anfang war der Wettkampf spannend. Doch nachdem wir nun schon so lange ringen, hat uns das Spiel erschöpft. Aber die Müdigkeit betrifft nicht nur uns Fremdlinge, fürchte ich. Ich fürchte, daß die ganze Erde am Ende ist. Manchmal begegnen wir uns, wir und sie. In solchen Fällen sehen wir uns ohne Groll an. Im Gegenteil, wir fühlen uns vertrauter, als gut ist. Die Fremdheit bringt uns einander näher. Heimweh ergreift uns. Nun, wo ihr kurz vor dem Sturz in eine neue Katastrophe steht, ist es nicht ratsam für uns, an eurer Stelle zu kämpfen, vielleicht ist es auch nicht mehr nötig. Wir werden einen letzten Versuch unternehmen, euch vom Abgrund zurückzureißen. Wenn er mißlingt, und ich fürchte, er wird mißlingen, werden wir fortgehen. Was sie tun werden, vermag ich nicht sicher vorherzusagen. Wenn wir euch verlassen, weiß ich nicht, was geschehen wird. Ich kann nur auf eine Zeitverschiebung hoffen, und auf den positiven Effekt der Stille, wenn auch sie euch verlassen ...«

Ihre Worte werden immer komplexer. Ich muß zuerst darüber nachdenken, bevor ich versuche, sie zu entziffern. Doch die übermittelten Begriffe widersetzen sich der Sprache.

Die Tunika raschelt, Schmetterlinge schlagen leicht mit den Flügeln, während sie sich über mich beugt und mich küßt, den wehenden Haaren entströmt ihr süßer Duft. Dann wendet sie sich zum Gehen.

Im verzweifelten Versuch, sie zurückzuhalten, stehe ich unter Aufbietung all meiner Kräfte aus dem Bett auf und umarme sie, klammere mich an sie. Sie weist mich nicht sofort zurück, nimmt mich auf wie ein Kind, das bis zur Erschöpfung gerannt ist. Doch als sie merkt, wie ich aus der Berührung mit ihrem Körper neue Energie schöpfe, stößt sie mich zurück. Wir beginnen zu kämpfen.

Ich weiß nicht, wie lange das Ringen dauert. An irgendeinem Punkt wird es zum Selbstzweck, als sei unser alleiniges Ziel dabei, den anderen zu überwinden und zu Fall zu bringen. Der Kampf ist anstrengend, aber nicht gewalttätig, im Gegenteil geht ein undefinierbares Vergnügen von ihm aus. Fest aneinandergeklammert stehen wir im Raum. Vielleicht verfälscht sich mein Bild durch die Nähe, doch Habielas Augen kommen mir verändert vor, groß wie die eines Ochsen, weit auseinander stehend, ohne jedes Licht in ihnen, nachtschwarz wie ein Turmalin. Irgendwann höre ich ihre

Stimme, die mir ernst wie nie zuvor, doch mit einem leichten Anflug sanfter Melancholie ins Ohr flüstert: »Laß mich gehen. Es ist schon spät für mich.«

Ich lasse die Arme sinken, gebe mich einer plötzlichen Schwäche hin. Im nächsten Moment steht sie schon auf der Schwelle. Ich wanke, ein Schwindel zwingt mich auf das Bett zurück. Mein Blick verschleiert sich, ich kann gerade noch ihre zum endgültigen Gruß erhobene Hand erkennen:

»Suche mich nicht.«

Sie ist schon draußen vor dem Haus, als ein letztes Mal ihre Stimme hereindringt:

»Ich kehre bald zurück, das verspreche ich dir.«

Dritter Teil

Greck

15

7. Juli 2001

Ich gähne so ausgiebig, daß ich mir beinah die Kiefergelenke ausrenke, doch nicht aus Müdigkeit, sondern aus Langeweile.

Die Brasserie befindet sich im Erdgeschoß, die Hotelzimmer, darunter auch meins, liegen im ersten Stock. Es ist früh am Morgen, die anderen Gäste schlafen noch.

Von dem Tisch aus, an dem ich frühstücke, sehe ich geradewegs auf das Bild an der Wand: naive Malerei, erinnert stark an ein Votivbild. Zwei Seeleute in ihrer Arbeitskleidung, kobaltblau bis zum Überdruß, im Hintergrund Häuser, wie es sie auch auf der Insel gibt. Die beiden haben jeweils einen Arm um die Schulter des anderen gelegt. Trotz der einfachen Technik gelingt es dem Maler, einen Eindruck von Bewegung zu vermitteln. Sie scheinen zu schwanken, die Männer sind betrunken. Unter dem Bild stehen ein paar Verse, die aus einem Lied stammen könnten:

On n'a retrouvé que son chapeau
Son garde-pipe et son manteau
Sa pauvre mère s'en est allée
Prier à Sainte Anne d'Auray:
»Sainte Anne, rendez-moi mon fils!«
Et Sainte Anne lui repondit:
»Tu le verra en Paradis!«
Nous étions deux, nous étions trois
Nous étions trois marins de Groix.
*Ah! Ah! Ah!**

* Sie fanden nichts als seinen Hut, / Seinen Pfeifenbeutel und seinen Mantel. / Seine arme Mutter ging / zu der heiligen Anna von Auray und bat: /

Hut, Pfeifenbeutel und Mantel sind das einzige, was der armen Mutter von ihrem Sohn bleibt. Aber ist der Matrose denn im Meer ertrunken? Und warum hat man dann seine Sachen gefunden? Die zwei Zechbrüder jedenfalls glauben nicht an die Heilige und das Paradies. Das zeigt deutlich ihr höhnisches Gelächter am Ende der Strophe.

Um sieben Uhr früh riecht es in der kleinen Bar nach Sägespänen und Reinigungsmittel, darüber liegt der angenehmere Duft nach frischen Croissants. Das Mädchen, das mir meinen Café crème serviert, gähnt ebenfalls, sie schafft es kaum, die Augen offenzuhalten.

Ich könnte jetzt sagen, ich sei in dieser schäbigen Kneipen-Pension Café-Brasserie-Chambres-De-la-Jète abgestiegen, weil mir das Hafenflair gefällt oder etwas Ähnliches. Aber das stimmt nicht. In Wirklichkeit ist das Zimmer einfach billig. Das billigste, das man in dieser Stadt bekommen kann. Es ist klein, hat kein eigenes Bad, sondern nur ein Gemeinschaftsbad auf dem Flur. Der Hafenlärm verfolgt einen bis in den Schlaf. Von meinem Zimmer aus höre ich die Sirenen der Fähren, die zwischen den Inseln verkehren, nachts hallen von den an- und ablegenden Frachtern die Lautsprecherstimmen herüber, die die langen Manöver begleiten, das metallene Kreischen der nahen Werft geht durch Mark und Bein.

Den gesamten Juni hat es auf der Insel geregnet. Ob leichte Schauer, Stürme oder Wolkenbrüche, das Geräusch des Regens auf dem Schieferdach hielt mich nächtelang wach. Es heißt ja, im Alter schlafe man weniger. Auf mich trifft das nicht zu. Je älter ich werde, desto mehr Schlaf brauche ich. Der Regen auf dem Schieferdach erzeugt ein trockenes, trommelndes Geräusch, das anfangs angenehm erscheinen mag, auf Dauer aber die Ruhe stört.

»Heilige Anna, gib mir meinen Sohn zurück!« / Und die Heilige sprach: / »Du wirst ihn im Paradies wiedersehen.« / Wir waren zwei, wir waren drei, / wir waren drei Matrosen aus Groix. / Ha! Ha! Ha!

Unter den Inselbewohnern gibt es niemanden, auch nicht unter den Ältesten, der sich an solch einen verregneten Juni erinnern könnte. Als ich an der Wand hinter meinem Bett die ersten feuchten Flecken sah, habe ich ein paar Sachen gepackt und die Insel mit der ersten Fähre am Morgen verlassen. In meinem Alter löst Feuchtigkeit ein vages Gefühl von Gefahr aus. Nicht, daß es auf dem Festland weniger regnen würde, im Gegenteil. Aber immerhin ist drum herum nicht nur Wasser.

Von einem Tag auf den anderen kam mir die Insel feucht und trist vor. Der einsiedlerische Aufenthalt in Davide Chefas Haus hat mich verändert. Ich meine, er hat mein Verhältnis zu meiner Umgebung verändert. Nach den einsamen Wochen in dem Haus auf den Klippen war ich es leid, immer dieselben Gesichter, dieselben Dinge zu sehen. Ich empfand mich als Versager, fühlte mich dem Archäologen unterlegen. Er hatte seine Reisen, seine Begegnung mit Habiela, das Warten auf ihre Rückkehr, ich hingegen war faul und ohne Ambitionen, wie der alte gelbe Hund, der mitten auf der Straße an meiner bescheidenen Hütte vorübertrottet.

Vergebens hatte ich versucht, wieder Gefallen an meinem alten Leben zu finden, an dem Lächeln der Brünetten aus der Chaloupe, an den Billardpartien, am wöchentlichen Kinobesuch. Aber mir kam alles so schal vor, das tägliche Einerlei drohte mich zu ersticken.

In diese Stadt kam ich in der Regel nur etwa alle zwei Monate für ein paar Besorgungen und die eine oder andere Begegnung mit der käuflichen Liebe.

Auf der Insel herrscht allgemein eine eher puritanische Atmosphäre. Käufliche Frauen gibt es gar nicht und erst recht keine leichten Mädchen, und ich habe weder Zeit noch Lust, mich auf die Jagd zu begeben, ganz zu schweigen davon, daß ich aus dem Alter heraus bin. Das mühsame Geschäft des Hofierens habe ich seit geraumer Zeit an den Nagel gehängt. Wen sollte ich auch hofieren? Die unverheirateten Frauen der Insel sind in der Regel ein gutes Stück jünger als ich, wie das Mädchen aus der Chaloupe. Was meine Generation anbelangt, gäbe es wohl einige Witwen, doch allein bei dem Gedanken, diese ausladenden Hüften, die schweren, hängenden Brüste zu berühren, vergeht mir die Lust.

In dem Städtchen hier sind die Schönen der Nacht – wie im übrigen auch alle anderen: Marktverkäufer, Händler oder Barleute – sehr freundlich. Wegen dieser entspannten, unaufdringlichen Höflichkeit der Einwohner habe ich beschlossen, ein paar Tage hierzubleiben, bis das Wetter sich mit fortschreitendem Sommer allmählich wieder bessert. Nicht, daß die Menschen auf der Insel unhöflich wären, aber hier sind sie eben ganz besonders freundlich, nicht so rauhbeinig wie die Insulaner.

Auf der Insel hatte ich versucht mich abzulenken, indem ich mit Ronan zum Fischfang hinausfuhr. Nachdem er das Boot aus dem kleinen Hafen hinausmanövriert hat, macht Ronan den Dieselmotor aus und beginnt, in der vom Klappern der Segel und dem Rauschen der Wellen begleiteten Stille ein Lied zu singen, immer dasselbe: »Les filles de Lorient«. (Außer natürlich beim Fischen, da muß man schweigen.)

Wir warfen das Netz aus. Hin und wieder zog man einen kleinen Thunfisch heraus, manchmal auch einen dieser plumpen, dicken Fische, die bunt wie ein Regenbogen sind, in Portugal *boca negra* heißen und hier *la vieille,* die Greisin, genannt werden. Ich weiß nicht, warum, vielleicht wegen ihrer Schnörkel auf der Haut, die trotz der vielen Farben an die Falten im Gesicht einer alten Frau erinnern. Ihr Fleisch ist weiß und sehr zart.

Meistens waren es jedoch Makrelen, die anbissen, eine nach der anderen, bis die Wassergrube des Bootes voll war.

Ohne uns weiter von der Küste zu entfernen, denn Ronan konnte seine Geschäfte oft nicht länger als einen Vormittag allein lassen. Doch landeten wir regelmäßig vor der Spitze der Felsküste. Ich versuchte dann immer, den Anblick der Maler-Villa zu meiden. Aus der Entfernung und vom Meer aus betrachtet, sieht sie noch bizarrer aus. Von weitem überschaut man besser, wie isoliert sie tatsächlich ist und wie stark den Ozeanwinden ausgesetzt, dort, auf der höchsten Erhebung, mit dem Felssturz im Westen und dem gelben, struppigen Gebüsch, das sie von den übrigen Seiten bedrängt. Vom Meer aus wirkt das Haus auch noch unheimlicher, bei klarem Wetter überdeutlich in den Himmel ragend, bei aufziehendem Regen von schweren Wolken zu Boden gedrückt, stets düster, nach Sonnenuntergang schwarz. Es gerät in Sicht, sobald man die Untiefen am Hafenausgang umschifft hat, und bleibt zu sehen, während man an der nordöstlichen Küste der Insel entlangschippert. Wenn der »Amerre blanc« umschifft ist – der Monolith aus hellem Stein, den Seeleute vor Urzeiten als eine Art Leuchtturm dort hinaufgeschafft haben –, ist es immer noch eine Weile sichtbar. Erst hinter der »Pointe des chats« verschwindet es endlich. Am Ende bin ich dann nicht mehr hinausgefahren, der Anblick des einst von Chefa bewohnten Hauses deprimierte mich, die Erinnerung an seine Geheimnisse raubte mir die Ruhe.

Um mich zu zerstreuen, dachte ich immer häufiger an den Roman. Zum erstenmal im Leben war ich wie besessen von dieser Idee. Bisher war ich meinem Beruf mit dem größten Bemühen um Bodenständigkeit nachgegangen. Fakten, nichts als Fakten, dargeboten in einer Prosa, so platt wie ein Tisch, ein Stil, der heutzutage bei Autoren von Kriminalromanen sehr beliebt ist. Die ich alles in allem ziemlich langweilig finde. Als Journalist war ich zuallererst um Klarheit bemüht, wollte mich selbst ganz zurücknehmen, es dem Leser überlassen, sich seine Meinung zu bilden.

Chefas eigenartige Geschichten sind die ideale Vorlage für einen Fantasy-Roman. Schon er selbst wirkt ja wie einem Roman entsprungen. Ganz besonders wegen seiner Affäre mit Habiela. Es ist nicht leicht, sich von den romanhaften Privatangelegenheiten des Professors zu lösen und sich allein den verstiegenen Themen seiner Schriften zuzuwenden.

Andererseits gab es immer jemanden im Hôtel du Pêcheur, der mich auf den Protagonisten ansprach. Beziehungsweise auf das Opfer, wenn man die Sache aus dem Blickwinkel des Bürgermeisters betrachtet. Immer wenn ich einen Bekannten traf, fürchtete ich mich vor der Frage: »Nun, Monsieur Greck, zu welchem Ergebnis sind Sie gekommen? Wurde der arme Chefa ermordet oder nicht?« Ich hatte den Eindruck, daß mich alle mitleidig ansahen, wie jemanden, der hoffnungslos gescheitert ist.

Aus dem Scheitern ergibt sich ein weiteres Problem. Ich könnte weder einen Krimi schreiben noch einen Noir. Denn dazu fehlte nicht nur die Enttarnung des Mörders, sondern auch die normalerweise unverzichtbare Grundlage jeder Ermittlung, nämlich das Opfer.

Auf die Fragen der Müßiggänger im Hôtel du Pêcheur nach dem »armen« Chefa antwortete ich mit einem Achselzucken.

Ich dachte bei mir, daß er alles andere als arm gewesen war, dieser Davide Chefa: Immerhin hatte das Schicksal ihm etwas geschenkt, das keiner dieser Nichtsnutze hier jemals kennenlernen würde. Wer diese Habiela letztlich auch gewesen sein mag, immer wieder spüre ich ein Gefühl des Neides in mir. Wie an dem Tag, an dem ich die beiden in der Brasserie am Hafen sitzen sah, als er ununterbrochen auf sie einredete und sie ihn anlächelte. Dieses Lächeln geht mir einfach nicht aus dem Kopf, das Lächeln einer ägyptischen Königin.

So kam mir bei dem Gedanken an Habiela die Idee, einen Liebesroman zu schreiben. Einen Kitschroman voll großer, weltumspannender Gefühle. Ein wenig schäme ich mich dessen, ich komme mir vor wie ein Teenager. Ich bin erfahren genug, um gewissen Anfällen von Leidenschaft zu mißtrauen. Und doch träume ich jede Nacht von meinem Liebesroman. Beim Aufwachen ertappe ich mich dabei, wie ich Sätze formuliere, das Handlungsgerüst mit einer Menge Komplikationen ausschmücke. Auch ich selbst komme in diesem Traum vor, und irgendwann nehme ich Chefas Platz ein.

Ich bin geprägt von meiner Vergangenheit als Journalist. Ich brauche immer einen Anhaltspunkt. Als ich meine Artikel schrieb, stand vor meinem Schreibtisch stets ungerührt und finster der Geist des Idealen Lesers. Dem Idealen Leser erzählt man keine Märchen. Und wenn, müssen sie zumindest klingen wie wahre Begebenheiten. Man braucht die Verzahnung mit der Wirklichkeit, möglichst in dokumentarischer Form.

Doch die Aufzeichnungen in Chefas »Stein-Dateien« stellen die Urteilskraft auf eine harte Probe. Ich kann nicht ein für allemal entscheiden, ob seine Geschichten auf wahren Begebenheiten beruhen oder ob sie von vorne bis hinten erfunden sind. Es fällt mir schwer zu glauben, daß diesen Erzählungen – abgesehen von dem Teil, der in Italien spielt und nach Kindheitserinnerung klingt – reale Ereignisse zugunde liegen. Genauso unwahrscheinlich scheint es mir jedoch, daß Chefa alles frei erfunden hat. Dann überlege ich, daß die Begebenheiten, die in den Computer gebannt wurden, nur in subjektiver Hinsicht wahr sein könnten. Nämlich aus der Sicht eines Menschen, dessen Geist von Wahnvorstellungen heimgesucht wird.

Habiela jedoch ist echt, sie schon. Das kann ich bezeugen, ich habe sie ja selbst gesehen. Welch ein Glück, eine solche Frau zu kennen, hatte ich an jenem weit zurückliegenden Tag in der Brasserie am Hafen gedacht, das weiß ich noch genau.

Und auch Chefas Warten ist real. Vor seinem Verschwinden, als ich mich bereits auf der Insel niedergelassen hatte, war mir dieser Einsiedler schon aufgefallen, der stets an seinem Tischchen im Bar-Hôtel du Port saß, im Winter in seinen abgetragenen Kamelhaarmantel gehüllt, den dunklen Hut über die Ohren gezogen, den Blick starr auf die aussteigenden Fährgäste geheftet. Tag für Tag, egal, bei welchem Wetter. Er wartete, bis die Reisenden an Land gegangen und an ihm vorbeimarschiert waren – wenn es nicht regnete, saß er an einem Tisch draußen an der Straße, die vom Hafen nach Bourg hinaufführt, sonst hielt er in der Nähe der Tür Wache –, vorgebeugt, mit angehaltenem Atem, konzentriert, damit ihm nicht etwa jemand entginge. Erst wenn die Straße wieder zu ihrer gewöhnlichen Ruhe zurückgefunden hatte, stand er auf, warf ein paar Münzen auf den Teller und machte sich auf den Heimweg. Das Ganze zweimal täglich im Winter, im Sommer fünfmal, sooft eben Fähren anlegten. Ich weiß noch, daß ich dachte: wie ein Hund. Ein Hund, der sein Herrchen vermißt, das zu einer langen Reise aufgebrochen oder gestorben ist.

Da jedoch meine Nachforschungen nichts ergeben haben, fehlt mir ein ordentliches Romanende. Zuerst müßte ich also aufdecken, was mit Davide Chefa geschehen ist, es wäre nicht ehrlich, das Ende einfach zu erfinden.

Ich könnte mir ja zusammenspinnen, daß sie ihm in der Silvesternacht 2000 erschienen ist. Und ihn irgendwie mitgenommen hat. Aber diese Lösung wäre in meinen Augen die am wenigsten wünschenswerte. Ich hätte ein ungutes Gefühl dabei. Der Neid bekäme nur neue Nahrung. Ich möchte nicht, daß der Roman so endet.

Aber mit einem Selbstmord kann er auch nicht enden. Zumal der freiwillige Sprung von den Felsen in das sturmgepeitschte Meer hinab nicht sehr wahrscheinlich ist. Da bin ich mir so gut wie sicher. Das habe ich auch Richter Chabot gesagt, an einem dieser Abende, als man wieder einmal beim Thema war: »Sie irren sich. Chefa hat sich nicht umgebracht. Ein Mann bringt sich nicht um, solange er auf etwas wartet.«

Aber eine Geschichte ohne Ende ist ungefähr das Schlimmste, was man dem Idealen Leser antun kann.

Nachdem ich aus dem Haus auf den Felsen wieder ausgezogen war, hatte ich während der zwei verregneten Monate (denn auch den Mai hatte es praktisch durchgeregnet) die Romanidee allmählich aufgegeben. Mich schreckte die Länge, wo ich doch schon Mühe habe, ein Buch bis zum Ende zu lesen.

Um mich von der fixen Idee zu befreien, die zur Obsession zu werden drohte, schrieb ich dann in wenigen Wochen ein dünnes Büchlein mit Erzählungen herunter, die von Chefas Tagebuch inspiriert sind. Ich habe es »Flucht von Eden« genannt. Es erschien auf meine Kosten und innerhalb kürzester Zeit bei einem kleinen Verlag.

Sicher wird niemand kommen, um mir Plagiatsvorwürfe zu machen. Zumal der Richter von Vannes Chefa nach weiteren sechs Monaten ohne ein Lebenszeichen offiziell für tot erklärt hat. Dennoch habe ich die Dokumente auf dem Computer des Archäologen nicht einfach kopiert. In meiner Bearbeitung wirken die Geschichten noch phantastischer und irrealer als im Original. Doch obwohl das Büchlein nur eine winzige Auflage erlebte und in wenigen Buchhandlungen angeboten wurde, muß es den einen oder anderen Leser gefunden haben, denn ich erhielt vier oder fünf Zuschriften von begeisterten Lesern, die um Aufklärung baten. Ich habe sie nicht beantwortet, nicht etwa mangels guter Erziehung, sondern weil ich keine Erklärungen geben kann. Die Briefe hatten alle einen paranoiden Unterton. Es ist unglaublich, daß tatsächlich jemand die Geschichten ernst genommen hat.

Und doch haben mich die fast sorgenvollen, manchmal

aufgeregten Bitten, aus dem Schutz des Vagen und Phantastischen herauszutreten, dazu veranlaßt, weiter an dem Thema zu arbeiten, es weniger summarisch und über die Novellenform hinaus zu entwickeln. In dieser der Insel gegenüberliegenden Stadt habe ich mich erneut von der Romanidee packen lassen: Ich bin nun fest entschlossen, ihn zu schreiben. Doch dazu benötige ich das passende Arbeitsgerät. Ich werde eine kleine Reise nach Paris unternehmen, ein kurzes Zwischenspiel, um den Computer zu holen, den ich in meiner alten Wohnung zurückgelassen habe.

Ich könnte auch einfach Chefas Computer benutzen, niemand hindert mich daran, ihn mir auszuleihen. Doch es käme mir vor wie Mißbrauch: Wenn ich ihn dazu benutzen würde, meine in Romanform gebrachte Version der Begebenheiten aufzuschreiben, die der Professor mit heiligem Ernst niedergeschrieben hat, empfände ich es als Profanisierung. Ich werde in die Hauptstadt zurückkehren, wenn auch widerwillig, und mein Arbeitsmittel holen, das ich einst dort zurückließ, um alle Brücken zu meinem alten Beruf hinter mir abzubrechen.

16
8.–10. Juli 2001

Ich war seit Jahren nicht in Paris. Die Stadt hat sich verändert. Als ich auf den Bahnhofsvorplatz von Montparnasse trete, spüre ich eine dumpfe Beklemmung in der Brust. Es ist heiß. Mein Hemd klebt mir am verschwitzten Leib. Um mich herum die Großstadt, Kilometer um Kilometer Zement, darüber die graue Wolkendecke, die mich zu ersticken droht, obwohl sie hin und wieder einen Spalt weit aufreißt.

Die Pariser Taxen rasen nicht mehr in dem halsbrecherischem Tempo von einst. Der Autoverkehr hat seit meinem letzten Aufenthalt schwindelerregend zugenommen. Die Terrassen der Straßencafés sind geradezu belagert.

Als ich das Taxi verlasse, steigt mir sofort der durchdringende Geruch der Platanen in die Nase. Die Blätter dieses Baumes absorbieren den Smog und sondern einen Dunst aus Staub und Benzin ab.

Auf dem Treppenabsatz im vierten Stock halte ich kurz inne und verschnaufe, bevor ich die letzten Stufen zu meiner Etage nehme. Der Palazzo auf dem Boulevard Saint-Germain hat keinen Aufzug. Ich atme den Staubgeruch ein, der dem zerschlissenen Läufer auf den Treppenstufen entsteigt.

Als der Zug unter dem Bahnhofsdach zum Stehen kam, überfiel mich für einen kurzen Moment Panik. Ich fühlte mich verloren, wollte nur noch zurück. Auf dem letzten Treppenabsatz hilft mir mein Geruchssinn, das Gefühl der Fremdheit zu überwinden. Dieser Geruch nach trockenem Schimmel der Pariser Altbauten ist mir vertraut.

Ich hatte die Stadt verlassen, weil ich neurotische Züge an mir entdeckte. Von einem Tag auf den anderen – nach Brigittes Tod – erschien mir Paris ein schmutziger Moloch, voller wie im Rausch umherhetzender Menschen und durch die Kloake huschender Ratten. Ich haßte es, mir abends durch die Haare zu fahren und danach einen Rußfilm an der Hand kleben zu haben. Ich ertrug die Menschenmassen nicht, die sich an dem Métroknotenpunkt bei Châtelet drängelten und schubsten. Damals verschwand ich nach der Arbeit unverzüglich in der U-Bahn. Ich hatte es eilig, in meine Wohnung zu kommen, durch deren Fenster ich den bewegten Himmel über den Kronen der Platanen sehen konnte.

Ich sprach wenig mit Brigitte, am Ende herrschte zwischen uns immer häufiger Schweigen. Oft warf ich ihr vor, daß sie sich eine Zigarette nach der anderen anzündete. Ich kostete den süßsauren Geschmack der Einsamkeit, wie ich es fast mein ganzes Leben lang getan hatte, abgesehen von den frühen, törichten Jugendjahren. Obwohl es, solange Brigitte noch lebte, eine geteilte Einsamkeit war.

In der letzten Zeit sprachen wir ausschließlich über materielle Dinge. Vor allem über Essen. Sie war begeisterte Naturkostanhängerin. Sie kaufte nur noch Vollwertsachen. Vollkornbrot, Vollkornreis, Vollkornnudeln. Ich habe nie verstanden, wozu all das Vollkorn gut sein sollte. Für die Verdauung, sagte sie. Ich erwiderte immer, daß sie sich lieber um ihre Lungen kümmern sollte und daß ihr ein paar Zigaretten weniger am Tag bestimmt besser täten als all die vor Ballaststoffen strotzenden Körnergeschichten. Wir redeten fast ausschließlich über solche Dinge. Nach einiger Zeit wird das ermüdend. Erst am Ende, als sie ernsthaft erkrankte – und zwar nicht am Verdauungstrakt –, begann ich zu ahnen, wie schwer mich ihr Verlust treffen würde.

Der Sitz meiner Zeitung im Viertel des Parc de la Villette lag genau gegenüber von La Géode. Schräg vor meinem Fenster sah ich die silbrig glänzenden Reflexe der Kuppel, die sich mit dem heller oder schwächer werdenden Tageslicht veränderten. Wenn die metallene Oberfläche der Kugel sich bleigrau färbte – bei Nebel verschwand sie völlig –, packte ich meine Zettel ein und begab mich zur U-Bahn; mein Alter erlaubte mir, mich nicht an feste Arbeitszeiten zu halten.

Nach Brigittes Tod hatte ich keine Eile mehr, nach Hause zu kommen. Ich wäre sogar zu Fuß gegangen, nur um die Rückkehr in die Wohnung, die mir trostlos und leer vorkam, hinauszuzögern. Ich trieb mich in den Gängen der Métro herum, blieb stehen, um den Musikern zuzuhören, verpaßte die Anschlußzüge. Bis mich schließlich die abgestandene Luft unter der Erde dem Ausgang zutrieb. Dann beschloß ich, das erste Stück mit der Bahn zu fahren, und erreichte die Station Châtelet. Hier lief ich zum Umsteigen über den Rollteppich zu meinem Bahnsteig in Richtung Vaugirard. Andauernd wurde ich von Passanten angerempelt, denen die Geschwindigkeit des Bandes nicht genügte und die mich schwungvoll überholten. Meistens jüngere Leute, die, kaum daß sie an mir vorbeigegangen waren, schon die Treppen zu den Bahnsteigen erreicht hatten. Die Berührungen mit den anderen Körpern und die Stöße hinterließen ein unangenehmes Gefühl, so als hätte ich mich verbrannt. Plötzlich wurde der Wunsch nach Raum, nach viel Platz um mich herum, zur Obsession.

Also beschloß ich zu fliehen, als ginge ich mit jedem weiteren Tag in Paris einer tödlichen Gefahr entgegen.

Die Wohnung ist in einem schlimmen Zustand, der Staub liegt zwei Finger hoch, die Tapete löst sich von den Wänden, hier und da hängen Fetzen herab, an anderen Stellen wirft sie Blasen. Der Küche entsteigt ein säuerlicher Geruch. Von der dreckverkrusteten Spüle sind ein paar Flaschen herabgefallen und zerbrochen, die Scherben knirschen unter meinen Schuhsohlen.

Die Fensterläden sind verschlossen. Ich stoße sie auf, sofort tönt die Kakophonie der Straße herauf.

Beim Anblick des 1,40 Meter breiten Bettes mit seiner

verschlissenen, grau verstaubten Decke über der nackten Matratze zieht sich mir das Herz zusammen. Nie hatte ich allein in diesem Bett geschlafen. Brigitte erkrankte trotz ihrer Vollwertdiät an Lungenkrebs und starb innerhalb weniger Monate. Auf ihrem Nachttisch steht nach all den Jahren immer noch der von Kippen überquellende Aschenbecher. Anfangs half mir der Gestank nach kaltem Rauch, das Gefühl des Verlustes zu mildern. Einen Monat nach ihrem Tod wandelte sich dann der metallische Geruch der Marlboros - nach ihr, ihrem Körper - in einen ekligen Verwesungsgestank. Doch ich schaffte es einfach nicht, den Aschenbecher auszuleeren.

Es war keine gute Idee, in die Wohnung zurückzukehren. Wer weiß, was ich dort zu finden gehofft hatte. Es ist zu lange her, daß Brigitte mich verlassen hat, ich muß mich anstrengen, um mir ihr Gesicht in Erinnerung zu rufen. Der Bilderrahmen über der Anrichte mit ihrem Foto, jung, lächelnd, hilft mir nicht, mir zu vergegenwärtigen, wie sie während der Krankheit aussah, die Gesichtshaut wie Pergament und von einem erloschenen Teint, der das Ende vorwegnahm.

Wenn in einer Wohnung eine echte Frau gelebt hat, und eine solche war Brigitte, dann bleibt sie für immer die Wohnung dieser Frau, ohne sie ist sie zum Sterben verurteilt. Und tatsächlich ist diese Wohnung tot, ein fremder Ort, unmenschlich, in Erwartung der Planierraupen, die sie niederreißen.

Ein Bauunternehmen hat mir ein gutes Angebot unterbreitet. Das Unternehmen will das ganze Haus entkernen und nur die Fassade erhalten wie die Schale einer Miesmuschel. Die Wohnungen sollen in Einzimmerappartements umgewandelt werden, einen Aufzug würde es auch geben. Die anderen Bewohner waren alle einverstanden, bislang habe ich als einziger die Sache blockiert. Die Mieter hassen mich deswegen. Das Angebot steht noch. Ich habe keinen Grund, dieses traurige Appartement weiter zu halten.

Der Telefonanschluß ist natürlich tot. Ich gehe hinunter auf die Straße und rufe von einem öffentlichen Fernsprecher aus das Unternehmen an, lasse mich mit den Maklern verbinden. Damals hatten mich die Verachtung und die Abneigung, die ich diesem Menschenschlag gegenüber hege, dessen einziger Lebensinhalt darin zu bestehen scheint, frenetisch zu verändern, zu erweitern, das alte Gesicht urtümlicher Viertel zu funktionalisieren, ihnen mit ihren schwülstigen Verzierungen auch jede Erinnerung und alles Leben zu nehmen, dazu bewogen, das Angebot abzulehnen. Doch nun habe ich es mir anders überlegt. Mittlerweile sehe ich Immobilienmakler nicht mehr als eine Spezies krimineller Vandalen an, nur weil sie die Menge an Zement auf dem Grund der Stadt ins Unermeßliche steigern.

Ein Anruf genügt, um das Geschäft neu zu beleben. Sie schicken mir unverzüglich die Verkaufsvollmacht. Aus dem besorgten Unterton des Angestellen am anderen Ende der Leitung schließe ich, daß sie mich für nicht ganz zurechnungsfähig halten, befürchten, ich könnte jeden Augenblick meine Meinung erneut ändern.

Mit dem Geld, das ich bekomme, könnte ich auf der Insel ein größeres Haus kaufen, doch ich glaube nicht, daß ich das brauche.

Ein Kurierdienst bringt mir den Vertrag, ich unterschreibe und schicke ihn an den Absender zurück. Nur eine Nacht habe ich in dem staubigen Bett mit seinen unangenehmen Gerüchen geschlafen. Ich packe meinen Computer ein, ein Notebook, und steige wieder in den Zug.

Auf der Fähre zur Insel sind nur wenige Touristen, dabei haben wir schon Juli. Schuld daran ist das schlechte Wetter, denn obwohl der Regen aufgehört hat, ist der Himmel immer noch bedeckt.

Achtern zieht die Festung aus dem siebzehnten Jahrhundert vorbei, die an Dumas erinnert. Das Schiff fährt an dem U-Boot-Hafen der deutschen Besatzer vorbei – Stahlbeton, unzerstörbar und immer noch gelbschwarz gestreift. Dann das offene Meer, und kurz darauf die Häuser der Insel, nicht ganz so bunt wie bei Sonnenschein. Das kräftige Rot des Hotels springt ins Auge, ebenso das Gelb der Brasserie.

Bevor ich mein Haus betrete, werfe ich einen Blick in den Briefkasten an dem kleinen Gartentor.

17
10. Juli 2001

Der Umschlag, den ich mit einem Packen Rechnungen und Werbung aus dem Briefkasten ziehe, befindet sich in einem beklagenswerten Zustand. Der Briefkasten ist Wind und Wetter ausgesetzt, es hat hineingeregnet. Auf dem Stapel Briefe kleben langgezogene Reste von etwas, das mir stark nach Mäusekot aussieht. Ein Exemplar der rötlichen Nager, die auf der Insel ihr Unwesen treiben, muß hier wohl sein Nest eingerichtet haben; oder sich zumindest hin und wieder hineinschmuggeln, um seine Zähne an dem Papier zu wetzen.

Seinem Gewicht nach zu urteilen, enthält der Umschlag mehrere Blätter. Ich möchte ihn nicht sofort öffnen. Er stößt mich ab, zu dick für eine Rechnung oder eine Postwurfsendung oder den Brief eines Freundes. Ich argwöhne etwas Rechtliches. Mit der maschinengeschriebenen Adresse scheint der Brief aus einer anderen Epoche zu stammen. Die Lettern ähneln denen einer Olivetti aus den vierziger Jahren. Auf dem Umschlag klebt weder eine Briefmarke, noch ist eine andere Frankierung oder ein Poststempel zu sehen. Vielleicht wurde er ja persönlich eingeworfen, direkt in den Briefkasten. Aber auch das wäre merkwürdig, denn meine Anschrift kennt nur der Briefträger, und an dem Törchen steht kein Name.

Ich lege den Briefumschlag auf den Küchentisch, neben die *Grecque*, meine griechische Kaffeekanne, die den Raum so klein erscheinen läßt. Ich krame ein wenig herum, öffne ein Fenster, stelle etwas an seinen Platz zurück, dann erst entschließe ich mich, ihn zu öffnen.

Es handelt sich um zwei Briefe, der erste datiert von Juni dieses Jahres, wenige Tage nach meiner Abreise in das Städtchen auf dem Festland gegenüber der Insel.

Als Anlage liegt ein weiteres Schreiben bei. Bei letzterem handelt es sich um die Fotokopie eines Ausdrucks mit dem typischen Schriftbild eines Nadeldruckers; der erste hingegen scheint mit einer ebenso antiquierten Schreibmaschine getippt worden zu sein wie die Adresse auf dem Umschlag. Mein Blick eilt sofort zu den Unterschriften. Der maschinengeschriebene Brief ist mit einem Namen unterschrieben, der mich zusammenfahren läßt. Unter der Anlage hingegen steht ein unleserliches, verblichenes Gekritzel. Hier der Inhalt des ersten Briefes:

Sehr geehrter Herr Greck,
vielleicht erinnern Sie sich noch an mich. Als Sie noch Journalist waren, erlangte ich kurzzeitig bescheidene Berühmtheit, die wohl selten vergänglicher war als in meinem Falle. Sie hatten damals Gelegenheit, ein Interview mit mir zu führen. Ich weiß nicht mehr viel über unser Gespräch, es war, so fürchte ich, nicht eben brillant. Über mein Buch, das damals gerade in einer neuen Ausgabe erschienen und recht erfolgreich war, sprachen wir wenig. Eher kreisten wir um die »Persönlichkeit«, die ich damals darstellte, eine recht außergewöhnliche Persönlichkeit.

Ich schreibe Ihnen, weil mir vor kurzem Ihr Erzählband in die Hände fiel. Ich habe ihn gelesen und war überrascht. Die erste Erzählung, die dem Buch auch den Titel leiht, gleicht merkwürdigerweise einer unveröffentlichten Geschichte von mir. Ich meine »Flucht von Eden«, das einzige Buch, das Sie meines Wissens publiziert haben. Ich habe nicht die geringste Absicht, Ihnen Vorwürfe zu machen, Sie hätten sich einer meiner Ideen bedient (genauer gesagt, einer »Erleuchtung«, die mir unter Umständen widerfuhr, welche hier besser ungenannt bleiben), von der ich glaubte, sie gehöre mir allein. Offensichtlich ein Irrtum. Meine erste mögliche Erklärung dafür lautet, daß nicht ich Ihre direkte Quelle bin, sondern ein gewisser Archäologieprofessor, dem ich seinerzeit meine Erzählung vorlas und der mir sagte, die Geschichte weise erstaunliche Parallelen zu einer anderen auf, einer antiken Schrift, die er entdeckt, aber nie publiziert habe. So könnte also dieser Professor Ihre Inspirationsquelle sein, wobei gewisse Ideen natürlich auch frei zirkulieren und jene Menschen erreichen, die sensibel für das Thema sind. Wahrscheinlicher jedoch scheint mir die erste Vermutung. Zumal diese mögliche »Quelle«, soweit mir bekannt ist, lange Zeit auf derselben Insel Zuflucht suchte wie Sie.

Ich weiß, daß Ihr Buch wenige Leser gefunden hat, obwohl es meiner Einschätzung nach viele verdient hätte. Wir sind also Kollegen, könnte man sagen, weshalb ich mich mit jener Herzlichkeit an Sie wende, die uns Schriftsteller verbindet.

Es ist allerdings nicht verwunderlich, daß Ihre »Flucht« nach vorne (oder, besser gesagt, in die Vergangenheit) binnen weniger Wochen aus den Buchhandlungen verschwunden war. Nicht anders erging es mir mit der ersten Ausgabe von »Blick des Fegefeuers«, bevor einige Jahre später eine zweite Ausgabe mich in ein mittelmäßiges Rampenlicht stellte. Das passiert nun mal Autoren, die über bestimmte Themen schreiben, welche mit einem Tabu belegt sind durch den Literaturterrorismus, der die Welt beherrscht, wie auch schon zu Zeiten von »L'autre monde« eines Cyrano de Bergerac.

Seit der Epoche des unsterblichen Schriftstellers und Degenfechters, dessen Roman postum veröffentlicht wurde, haben sich die Dinge ein wenig geändert. Der angelsächsische Fantasy-Roman, der das Thema mit überschäumendem Ideenreichtum angeht, erreicht ein breites Publikum, und zwar aufgrund des ein für allemal aufgestellten und allgemein akzeptierten Postulats, daß es sich um absoluten Humbug handelt. Wer hingegen behauptet, hinter der farbigen Vorstellungswelt gewisser Mythen und Märchen verberge sich in Wahrheit die Realität und viele dieser Legenden täten nichts anderes, als den Sündenfall zu verarbeiten, nämlich eine Erklärung für den tiefen Fall des Menschen zu suchen und dafür, daß er unter der Last der Trauer um die verlorene Größe immer tiefer sinkt und sich selbst im Gefühl der Gefangenschaft erniedrigt; wer immer also versucht, der Mythologie einen historischen Wert zuzuordnen und das Mißverständnis dieses jahrhundertealten begrifflichen Wespennests zu überwinden, macht sich das Leben schwer, und durchaus auch in persönlicher Hinsicht. Unzählige Essayisten mußten dies bereits erfahren – unter ihnen bedeutende Wissenschaftler – und ebenso die Autoren jener nur scheinbaren Fiktion: Denken Sie doch nur an das Unglück eines so herausragenden Schriftstellers wie Lovecraft. Essayisten, und überhaupt Autoren, setzen sich immer der Gefahr aus, verunglimpft zu werden. In der Belletristik gelten sie als minderwertige Literaten, präsentieren sie ihre These im Sachbuchbereich unter einem historischen Gesichtspunkt, gelten sie als Scharlatane ohne jede Glaubwürdigkeit.

Ihnen wünsche ich jedenfalls all den Erfolg, den Sie verdienen, und daß Sie wiederentdeckt werden. Vielleicht ergeht es Ihnen ebenso wie mir.

Im übrigen glaube ich die Identität Ihrer eigentlichen Inspirationsquelle zu kennen. Wie schon erwähnt, weiß ich, daß Sie sich kennen, daß Sie sich auf der Insel begegnet sind, wo auch ich mich seit ein paar Tagen aufhalte aus einem Anlaß, über den ich lieber persönlich mit Ihnen sprechen möchte, sollten wir uns treffen.

Ich habe stets versucht, den Kontakt mit besagtem Herrn aufrechtzuerhalten. Trotzdem habe ich ihn aus den Augen verloren, nachdem er die Universitätslaufbahn abgebrochen hatte. Ich möchte seinen Namen lieber ungenannt lassen. Zumal ich sicher bin, daß Sie ihn gut kennen.

Vor drei Jahren schrieb »unser Freund« – den ich nun so bezeichnen möchte, obwohl ich natürlich weiß, daß er keineswegs Ihr Freund war und auch ich allenfalls von einer Bekanntschaft sprechen kann – mir einen Brief, von dem ich Ihnen eine Kopie beilege. Ich bitte Sie inständig, ihn aufmerksam zu lesen und zu überdenken. Wenn wir uns treffen, was ich sehr hoffe, werde ich die Vorstellungen, die Befürchtungen unseres Freundes, die er im Brief anspricht, als bekannt voraussetzen, so daß ich bei unserem Gespräch nicht ganz von vorn anfangen muß.

Dem Brief, den ich Ihnen in Kopie beifüge, entnahm ich, daß der Herr Professor sich auf dieser Insel niedergelassen hat. Doch ließ ich selbstverschuldet geraume Zeit verstreichen, bevor ich versuchte, ihn ausfindig zu machen. Als ich hier ankam, erfuhr ich, daß er verschwunden war. Unter geheimnisvollen Umständen, wie man mir sagte. Ein Ereignis, das der Brief in gewisser Weise ankündigt, als habe der Professor mit diesem Ende gerechnet.

Ich erfuhr auch von Ihren Nachforschungen, mit denen Sie die Umstände seines Verschwindens klären wollten oder ob er gar tot sei. Wie es scheint, führten Ihre Ermittlungen jedoch zu keinem Ergebnis. Vielleicht gibt der beigefügte Brief ja einen vagen Hinweis auf das Warum seines Verschwindens. Und vielleicht kann ich selbst Ihnen auch behilflich sein. Ich hätte da noch ein paar Ideen, wir könnten uns zusammentun und so mehr erreichen.

Ich habe versucht, Sie zu kontaktieren, doch man sagte mir, Sie seien abgereist. Sind Sie nun etwa auch verschwunden wie der Professor, dessen Namen ich nicht nenne?

Jedenfalls hoffe ich sehr auf ein Treffen mit Ihnen, um einige Themen besprechen zu können, die uns beiden am Herzen liegen, wenn ich »Flucht von Eden« richtig verstehe, ganz abgesehen von den Geschehnissen, die den Verschollenen betreffen. Ich werde mich noch einige Zeit auf der Insel aufhalten, ich kann nicht sagen, wie lange. Sie finden mich im Hôtel du Port, wo ich ein für mich erschwingliches Zimmer gemietet habe. Ich bitte Sie, melden Sie sich.

Ich verbleibe mit kollegialen Grüßen und in Erinnerung an unsere weit zurückliegende Begegnung. (Ich trage Ihnen übrigens nicht nach, daß Sie mich in Ihrem Artikel als heruntergekommenen Alkoholiker dargestellt haben.)

Jacques Flècher

Anlage wie erwähnt

18
11. Juli 2001

So treffen wir uns wieder, verehrter Professor Chefa. Gerade als ich beschlossen hatte, mich nicht mehr um Sie zu kümmern. Obwohl Ihr Brief an jemand anderen adressiert ist, höre ich aus ihm doch eine Aufforderung heraus, eine Stimme, die mich wachrüttelt und daran erinnert, meine Pflicht zu tun.

Ich kann nicht behaupten, daß ich unsere Bekanntschaft auf Distanz, im bleichen Licht des Computerbildschirms, vergessen hätte. Doch hatte ich Ihr reales Dasein verdrängt und Ihrer nur noch als Produkt der Phantasie gedacht. Das war meine Art, die Erinnerung an eine Niederlage von mir fernzuhalten.

Ich kann mich auch nur bedingt über diese erneute Begegnung freuen. Der Hinweis in Flèchers Brief, das beigefügte Schreiben stamme von dem Verschollenen, hat mich in eine solche Anspannung versetzt, daß ich einen ganzen Tag habe verstreichen lassen, ehe ich ihn mir vornahm. Ich mußte der Versuchung widerstehen, beide Briefe ins Feuer zu werfen. Wenn ich es nicht tat, dann vor allem, weil mich die Vorstellung schreckt, in jemandes Schuld zu stehen. Es kommt mir vor, als könne ich eine offene Rechnung – vor allem mit mir selbst – begleichen, wenn ich mich bemühe, die Suche nach dem verschwundenen Professor Chefa zu einem befriedigenden Ende zu führen, die ich wegen meiner unguten Gefühle in dem nun leerstehenden Haus abgebrochen hatte. Nachdem ich vierundzwanzig Stunden gezögert hatte, rang ich mich dazu durch, den Brief zu lesen, der Flèchers Schreiben beilag.

Meine Befürchtung, er könne keine Hinweise erhalten, die mir mit meinem ungelösten Problem weiterhelfen würden, fand ich bestätigt. Bis auf die eine oder andere wirre Andeutung auf eine These, die selbst als These noch reichlich ungewiß ist, gab es in dieser Hinsicht tatsächlich nicht viel Neues. Dennoch empfinde ich den Brief letztlich als tröstlich. Wie ein Reisender, der sich in dem Gewirr aus Straßen und Gäßchen einer fremden Stadt verirrt hat und einen erfahrenen Wanderer trifft, der ihn führen kann.

In letzter Zeit verspüre ich dasselbe Gefühl von Verunsicherung und Angst, das in dem Brief des Archäologen anklingt und das ja auch in seinen anderen Schriften der »Stein-Dateien« mehr als präsent war.

Wir gehören beide einer Generation an, die in ihrer Kindheit einen Krieg erlebt hat, und obwohl ich damals noch jünger war als er, hat sich mir der Eindruck jener unheilvollen Jahre nicht weniger stark eingeprägt. Wie er lebte ich in der Illusion, die grausamen Kriegsjahre gehörten einer Vergangenheit an, die die Menschheit endgültig hinter sich gelassen hat. Vielleicht vertraute ich mehr noch als er auf den Mythos von Kultur und Fortschritt und auf die Hoffnung, die Menschen hätten sich von Grund auf geändert und aus den Greueln des grausamsten Jahrhunderts der Geschichte ein für allemal gelernt, hätten den blinden Egoismus abgelegt zugunsten des Überlebenswillens. Und wie er habe auch ich in den letzten Jahren Dinge gesehen, die sich an Schrecken jeweils überboten und immer weiter ausbreiteten, bis sie fast überall auf der Erde wüteten. Auch ich habe diese Dinge als das Vordringen einer Schraube interpretiert, die sich in ihre vorherbestimmte Richtung dreht, und als fehle nur noch die letzte Umdrehung bis zum finalen Knall.

Chefas Analysen kann ich natürlich nicht teilen, wenn man seine alles andere als logischen und analytischen Überlegungen zum eschatologischen Ursprung – um mit den Worten des ehemaligen Untersuchungsrichters zu reden – des Zerstörungstriebes so nennen kann.

Im folgenden also Davide Chefas Brief an Jacques Flècher.

Lieber Jacques Flècher,
der erste, der sich über diesen Brief wundert, bin ich selbst, und doch bin ich froh, endlich dem Impuls gefolgt zu sein und Ihnen zu schreiben. Seit vielen Jahren habe ich keinen Kontakt zu Menschen mehr gesucht und sah es als meine unumstößliche Entscheidung an, die wenige Zeit, die mir verbleibt, allein zu verbringen, einzig in der Hoffnung, die Rückkehr einer geliebten Person möge die Düsternis meiner Isolation durchbrechen. In den vergangenen Monaten scheint mir dieser glückliche Ausgang in immer weitere Ferne zu rücken, als sei der Ruf einer Stimme immer leiser geworden und dringe nur noch als schwaches Echo zu mir, das allein meiner Sehnsucht entspringt.

Ich bin mir bewußt, daß ich für Sie in Rätseln spreche. Doch die Dinge, die ich zu Ihrem Verständnis erzählen müßte, sind zu persönlich und intim für einen Brief an einen Fremden.

Mein Gedanke war der, daß, wenn ich morgen von der Erde verschwände – was nicht unwahrscheinlich ist, ich spreche von dem totalen Verschwinden, das nicht einmal einen Leichnam hinterläßt –, der Umstand, wortlos gegangen zu sein, allein Ausdruck eines ungebührlichen Egoismus wäre, mehr noch der Verachtung.

Ich muß gestehen, daß meine bisherige Isolation tatsächlich einer Art aristokratischer Verachtung entsprang. Allein wer schon einmal intimen Kontakt mit einer von »ihnen« hatte – und dies schreibe ich dem Autor einer gewissen Erzählung, ich weiß also, daß wir uns trotz der Vagheit des Pronomens verstehen –, kann mein Gefühl der Fremdheit nachvollziehen, besser gesagt der Entmutigung, das der Kontakt mit Menschen mittlerweile in mir hervorruft. Doch in letzter Zeit lassen die Ereignisse auf diesem unglückseligen Planeten, die auch vor dieser entlegenen Insel nicht haltmachen, mich allmählich glauben, daß ich meine Haltung ändern muß, will ich mich nicht durch meine Isolation und mein Schweigen schuldig machen.

Bis in diesen hintersten Winkel der Erde und trotz meines selbstauferlegten Gebots, weder Zeitung zu lesen noch fernzusehen und mit niemandem zu sprechen, erreicht mich ein Echo dieser Dinge und weckt in mir Erinnerungen an Kriegserlebnisse aus Kindertagen. Aus heutiger Sicht interpretiere ich vieles als Hinweis auf vordringende Verhältnisse, die in einem erneuten Knall enden werden, der dieses Mal, so fürchte ich, endgültig sein wird.

Um auf die – scheinbar phantastische – Erzählung zurückzukommen, die Sie mir im Laufe unserer Begegnung in Montreuil vorlasen und anvertrauten, muß ich gestehen, daß ich das halbe Versprechen, mich um eine Veröffentlichung zu bemühen, nicht erfüllt habe. Heute bereue ich dieses Versäumnis, und ich bitte Sie dafür um Vergebung.

Ich erinnere mich noch genau an einen Satz, den Sie damals sagten: »Wir stecken zwischen Hammer und Amboß ...«

Heute weiß ich, daß es der Wahrheit entspricht, was ich zu der Zeit für die Hirngespinste eines Alkoholikers hielt. (Sie müssen entschuldigen, doch dies war mein Eindruck von Ihnen.)

Sie werden sich fragen, warum ich unter den vielen fähigen Leuten, an die ich meine Katastrophenmeldung richten könnte – Staatsoberhäupter, Wissenschaftler, Männer und Frauen, die die Medientrommel rühren können –, ausgerechnet Sie auswähle. Einen Mann, dem ich bis vor kurzem noch wegen seines unschönen Lasters wenig Achtung entgegenbrachte. (Dabei bin ich sicher, ich weiß nicht, warum, daß Sie diese dunkle Phase Ihres Lebens überwunden haben und daß mein Brief einen gereiften und neuen Menschen erreicht, der sich aus der Abhängigkeit vom Alkohol befreit hat.)

Es ist kein Zufall, daß ich mich an Sie wende. Ich bin überzeugt, daß sich hinter dem, was wir gemeinhin als Zufall bezeichnen, eine von uns verkannte Zwangsläufigkeit verbirgt. War unsere erste Begegnung auf der Tagung der Universität zu Montpellier etwa bloßer Zufall? Ist es dem Zufall zuzuschreiben, daß der Vortrag des amerikanischen Dozenten gerade davon handelte und unsere erste Unterhaltung ähnliche Themen umkreiste? Und dann diese Verkettung kleiner, scheinbar banaler Umstände bei unserer zweiten Begegnung: der Lastwagenfahrerstreik, der anständige Taxifahrer, der mich aussteigen ließ, die Reise selbst, die mich zu dem Zwischenstopp in Paris führte – diese Reihe von Begebenheiten, kurz gesagt, an deren Ende ich Sie auf dem Bürgersteig von Montreuil traf, heute weiß ich, daß sie nicht das Werk des blinden Zufalls waren.

Wenn wir den Blick gen Himmel wenden, erkennen wir, daß die Bewegungen der Himmelskörper von einer unabänderlichen Notwendigkeit bestimmt sind. Doch wenn wir die Augen nicht von der Erde abwenden und nur die kurzen Strecken sehen, die unsere Füße täglich zurücklegen, werden wir dazu verleitet, an den Zufall zu glauben, wenn wir beispielsweise einem Menschen an einem Ort und unter Umständen begegnen, mit denen wir vorher nie gerechnet hätten. Oder wenn wir auf ein bestimmtes Buch stoßen oder einen Film sehen, die genau das Thema aufgreifen, das uns in diesem Moment beschäftigt. In den letzten Jahren habe ich gelernt, die Geschehnisse auf der Erde aus weiter Ferne zu betrachten, wie wenn ich den Blick hebe und die harmonischen und unabänderlichen Bewegungen der Sterne beobachte. (Es ist nicht mein Verdienst, wenn ich es vermocht habe, meinen Horizont über das Alltägliche hinaus zu erweitern. Wie in vielen anderen Dingen hatte ich auch hierin eine außergewöhnliche Lehrerin.)

Doch dürfen Sie nicht denken, der überzeugte Wissenschaftler habe sich in einen Mystiker verwandelt, der an die Unabwendbarkeit des Fatums glaubt, an die Existenz einer höheren Macht, die unsere Schritte lenkt. Im Gegenteil bin ich zu dem Bewußtsein gelangt, daß eine Macht uns Menschen seit jeher vom rechten Weg abbringt, die uns wohl fremd, aber keineswegs überlegen ist, erst recht nicht in ethischer Hinsicht, uns immer aufs neue dazu veranlaßt, die Gesetze der Notwendigkeit herauszufordern und die Ruhe unseres Planeten zu stören. Ebendaher rührt unser Unglück.

Trotzdem glaube ich, daß ein schwacher Schimmer des reinen Sternenlichts uns immer noch erreicht. Die höchste Unabänderlichkeit widersteht allen Übergriffen von uns (und anderen) und wird am Ende die Störung, die wir darstellen, hinwegfegen.

Bei dem Gedanken jedoch, daß ich dem Autor der Erzählung schreibe, die in diesem Augenblick vor mir liegt, wird mir wieder bewußt, wie überflüssig es ist, Ihnen das alte Lied vorzuspielen, das niemand besser kennt als Sie.

Ich sprach von den Dingen, die mich gegenwärtig zu den düstersten Vorhersagen veranlassen. Damit meine ich nicht nur die unzähligen Kriege, die die Erde seit einem halben Jahrhundert mit Blut tränken und all jene Lügen strafen, die unsere Epoche als Friedenszeit bezeichnen. Nein, ich fühle mich erdrückt von einem Wust alltäglicher Angelegenheiten von kleinen Leuten, ganz normalen Menschen, jungen und alten, sogar Kindern. Diese Ansammlung größtenteils völlig sinnloser Dramen läßt mich an ein kleines, an sich unbedeutendes Insekt denken, dessen Schicksal mir jedoch auf tragische Weise beispielhaft erscheint. Ich meine die Waldgrille, die sich freiwillig im Wasser ertränkt. (An der Universität von Montpellier, wo ich lange Jahre gelehrt habe, entdeckte kürzlich ein Forscher, daß dieses selbstmörderische Verhalten des Nemobius Sylvestris auf einen parasitären Wurm zurückzuführen ist, der sich in den Wirtsleib bohrt, ihn von innen aushöhlt und dabei nur die Organe ausspart, die sein Überleben sicherstellen, bis sich die beinah gänzlich entleerte Hülle fügsam in das nasse Element begibt, das dem Wurm die Fortpflanzung ermöglicht.)

Ein erhellendes Zeichen dessen, was uns hinter der nächsten Ecke erwartet, ist die geballte Gewalt, die sich täglich, stündlich, ja minütlich mittels der Medien über uns ergießt und die nur eine einzige Botschaft zu enthalten scheint. Selbst eine künstlerische Ausdrucksform wie Musik, abstrakt und in den seltensten Fällen dazu geschaffen, reine Aggressivität zu schüren, verkommt mittlerweile. Melodie und Harmonie werden von der stumpfen Monotonie des bloßen, sich endlos wiederholenden Rhythmus verdrängt, dem nackten Zusammentreffen brutaler Klänge. Wenn man überhaupt Musik nennen kann, was eher klingt wie ein Mischmasch aus Geräuschen und barbarischem Geschrei, das eine kollektive Hysterie auslösen und solch nachdrückliche Wirkung auf die Massen haben kann wie seinerzeit die schrille, kehlige, drohende und frenetische Stimme Hitlers.

Ich hatte immer ein glückliches Händchen darin, aus den hintersten Winkeln versteckter Krämerläden seltene und wertvolle Bücher auszugraben. Als ich neulich in den Kisten eines Trödlers hier auf der Insel wühlte, stieß ich in einem Stapel deutscher Publikationen auf ein Buch des ersten Ministers von Danzig, Hermann Rauschnings, das Reden, Selbstgespräche und Gedanken des Führers versammelte. War es ein Zufall, der mich zu diesem seltsamen Fund führte? Ich glaube nicht. Dort las ich die folgenden Absätze aus einer Rede Hitlers:

»Dann behalten wir vor allem den unbändigen Willen, die Welt zu revolutionieren, in einem Maße wie nie zuvor in der Geschichte. Dann gewährt es uns aber auch einen ganz besonderen heimlichen Genuß, zu sehen, wie die Leute um uns nicht gewahr werden, was mit ihnen wirklich geschieht. Sie starren gebannt auf ein paar vertraute Äußerlichkeiten, auf Besitz und Einkommen und Rang und überkommene Begriffe. Wenn die nur erhalten bleiben, dann hat alles seine Richtigkeit. Inzwischen sind sie selbst aber in einen neuen Zusammenhang geraten, eine gewaltige Ordnungskraft hat sie in ihren Bann geschlagen. Sie selbst haben sich gewandelt. Was besagt schon Besitz und Einkommen. Was haben wir das nötig: Sozialisierung der Banken und der Fabriken. Wir sozialisieren die Menschen.« Und: »Wie in dem Aufbruch eines neuen geologischen Zeitalters im gigantischen Schollensturz das ganze Erdgefüge zusammenbricht und sich neue Gebirge auftürmen, Brüche klaffen und Ebenen und Meere sich neu bilden, so wird in gewaltigen Eruptionen und Zusammenbrüchen die gesamte europäische Ordnung umgestürzt werden ...«

Doch zurück zur Gegenwart. Was mich am meisten abstößt, ist die Stumpfheit und Banalität, das Fehlen jeglicher Emotion und

Leidenschaft, mit der jede individuelle und kollektive Tragödie geschluckt und passiv verdaut wird.

Hat Adolf Hitler die aktuelle Realität vorhergesehen? Werden unter dem Druck der Massenmedien neue Gebirge entstehen? Ich vermute, so wird es sein. Die Welt wird nach dem schrecklichen Traum des Führers neu geformt werden. Die Gegenwart erscheint mir wie eine Mutation, die in jüngster Zeit noch intensiviert wird durch eine letzte »Beschleunigung«. Nicht zufällig und nicht im herkömmlichen Sinn verwende ich den Begriff aus Ihrer Erzählung. Im übrigen sind Sie meines Wissens einer der wenigen Menschen auf der Welt, der diesem unheilvollen Begriff die richtige Bedeutung zumessen kann. Auch deshalb schreibe ich Ihnen. Die Mutation ist bereits in vollem Gange, zum Teil ist sie sogar schon abgeschlossen. Wir müssen all unsere Kräfte aufwenden, um sie zu stoppen, ehe es zu spät ist.

Endlich komme ich nun zu dem Thema, das mir besonders am Herzen liegt und das mich persönlich betrifft.

Seinerzeit dachte ich, der Zufall habe mich auf diese Insel verschlagen. Heute weiß ich mit Gewißheit, daß ich dorthin geführt wurde. Die Insel ist nicht irgendein Ort. Ich habe erfahren und fand durch eigene Nachforschungen bestätigt, daß sich hinter den bizarren Insellegenden ebenso viele Wahrheiten verbergen. Die Insel wurde im Laufe der Jahrhunderte mehrmals besucht. Ich muß Ihnen nicht erklären, von wem. Sie war und ist immer noch eine Posthalterei für beide Seiten, die im ständigen Kampf miteinander liegen. Der Untergrund der Insel ist vulkanischen Ursprungs, in ihm verbergen sich zum Teil seltene oder gar einzigartige Mineralien – das Granat-Glaukophan zum Beispiel, dessen Strahlung als Ladeenergie für Raumfahrzeuge genutzt werden kann und von den kämpfenden Parteien benötigt wird. Ähnliche Energiequellen haben sich auf der Erde nach und nach erschöpft: Einzig die Quelle auf dieser Insel sprudelt noch.

Ich habe mittlerweile erfahren müssen – zu intim und persönlich wäre die Schilderung der genauen Umstände –, daß ich hier-

hergeführt und dann zu meinem großen Unglück zurückgelassen wurde als eine Art »Leuchtturmwärter«. Meine Aufgabe besteht, bildlich gesprochen, darin, das Licht am Leben zu halten, das ewig brennen muß, um die »Kreaturen der Finsternis« fernzuhalten. Klarer gesagt: Ich soll verhindern, daß die Störer (ich verwende bewußt einen weiteren Ausdruck aus Ihrer Erzählung) dieses Fleckchen Erde zurückerobern. Ich fürchte jedoch, die Stellung nicht länger halten zu können. Die Gegner der »Störer« sind des Kampfes müde, sie delegieren ihn an die Menschen, die auf immer mit dem Geist der Störung infiziert sind. Daher fühle ich mich allein gelassen. Mir fehlt die Präsenz der wahren »Wächter«, ihre Hilfe. Ich fürchte, meiner Aufgabe nicht gewachsen zu sein.

Mit Schrecken habe ich festgestellt, daß ich umzingelt bin. Auch die »Störer« stellen in ihren Gebieten, die sie halten möchten, »Wächter« auf. Es handelt sich um Larven – das Volk der Wälder, die Gnome und Lemuren der keltischen Legenden, Sie verstehen? –, die sie wie eine Schleimspur zurücklassen. Die Insellegenden erzählen von diesen Wesen, berichten von ihrem geheimnisvollen Treiben. Die normale Bevölkerung hält sie für Fabelwesen. Doch ich habe sie gesehen. Sie belagern meinen Garten, den ich mittlerweile wie Feindesland nicht mehr zu betreten wage. Sie bewachen mich, sie folgen mir auf Schritt und Tritt. Ich bange um mein Leben, wenn mir nicht rechtzeitig jemand zu Hilfe kommt. Das, worauf ich wartete, ist nicht eingetroffen. In tiefster Sorge und Furcht – die für mich aus persönlichen Gründen noch bitterer sind, welche ich wiederum mit Ihrer Erlaubnis für mich behalte – muß ich feststellen: Die wahren »Wächter« sind zu weit weg, ich kann nicht einmal mehr ihre Stimmen hören.

In den letzten Tagen habe ich bemerkt, daß gewisse Erscheinungen immer aufdringlicher und aggressiver werden. Ich glaube, sie bereiten die Erstürmung dieses entlegenen Winkels der Erde vor. Ich weiß nicht, wie und mit welchen Mitteln. Doch ich bin sicher, daß ich für sie ein Hindernis darstelle. Deshalb flehe ich Sie um Hilfe an. Hilfe von dem einzigen Menschen auf der Welt, der mich verstehen kann und der meine Ängste nicht als paranoide Störung abtut.

Ich kann hier nicht weg, darf meinen Posten nicht verlassen, selbst wenn ich die Kraft für eine solche Reise aufbringen würde. Ich bitte Sie, kommen Sie her, lieber Monsieur Flècher, Sie sind meine letzte Hoffnung.

Es folgen das Datum (20. September 1999) und die Unterschrift.

19

1. August 2001

Irgendwie ermutigt es mich, daß Chefa die bedrohlichen Wesen erwähnt, die den »Garten« der Villa belagern, in der auch ich gewohnt habe, wenngleich nur für kurze Zeit. Ich leide also nicht unter infantilen Angstvorstellungen. Und ich habe gut daran getan zu fliehen.

Dann wiederum denke ich, daß paranoide Störungen sich verbreiten wie Grippeviren und daß ich mich wahrscheinlich beim Lesen der Dokumente im Computer des Professors angesteckt habe.

Wie krankhaft ist diese Gewohnheit, jedes Vorkommnis auf sich und sein kleines Ego zu beziehen, wie trügerisch macht sie jede Empfindung! Chefas Brief an Flècher bereitet mir spontanes Unbehagen. Ich brauche nicht lange, um festzustellen, daß dieses unangenehme Gefühl schlichte Eifersucht ist. »Warum hat er ihm geschrieben und nicht mir?« denke ich.

Dann überlege ich, daß mein Interesse an Chefa und seinen Erlebnissen und Ängsten erst nach seinem Verschwinden erwacht ist. Er konnte kaum ahnen, daß ich mich später – und dazu noch in sehr zurückhaltender Weise – mit ihm befassen würde. Als ich seinerzeit hier auf der Insel wohnte, war ich in seinen Augen nur einer von den vielen, für die er, wie ich seinem Brief entnehme, Verachtung empfand.

Wieder kommen mir die drei Vagabunden in den Sinn, die sich an einer Wegkreuzung treffen. Doch als ich herankomme, hat einer der drei schon eine Straße eingeschlagen und sich entfernt. Aus der Ferne winkt er seinem Gefährten zu, nicht mir.

Jacques Flècher ebenso wie Habiela stellen für mich die Verankerung in der Realität dar. Ich erinnere mich noch gut an das Interview und den Dauerrausch, in dem der Befragte sich befand. Aber vielleicht hat der Professor recht: Flèchers Leber ist noch nicht am Ende. Wenn man mit dem Trinken aufhört, regenerieren sich die Zellen. Der erste der beiden Briefe, der an mich adressierte, klingt jedenfalls nicht, als sei sein Verfasser alkoholisiert.

Die beiden Erzählungen auf Chefas Computer, die in vorsintflutlichen Zeiten angesiedelt sind, scheinen derselben Vorstellungswelt zu entspringen. Diese Parallele kann mehrere Gründe haben, darunter auch ein Zusammentreffen äußerer Umstände, das kein Zufall ist. Sollte Chefa auch hier im Recht sein?

Der Hobby-Archäologe und Autor Flècher, dessen Lesung Chefa in Montreuil beiwohnte, behauptet, die Karriere des professionellen Archäologen Schritt für Schritt mitverfolgt zu haben. Er könnte mir nützliche Hinweise für meine Ermittlung liefern, die ich dummerweise abgebrochen habe und nun unverzüglich fortsetzen möchte.

Heute morgen entschließe ich mich, in aller Frühe zum Hafen hinabzugehen. Ich werde mein Frühstück im Bar-Hôtel du Port einnehmen. Vielleicht habe ich ja Glück und treffe Estella. Morgens bedient sie häufig an den Tischen.

Während ich die Straße zum Hafen hinabrolle, kommen mir in der prickelnd frischen Luft Einzelheiten aus dem Interview mit Flècher in den Sinn.

Er bewohnte ein Appartement im Boulevard Saint-Michel, nur wenige hundert Meter von meiner Wohnung entfernt. Es bestand aus einem Zimmer mit Bad im obersten Stock, sechs Treppen hoch. Eine tolle Aussicht. Vor dem taubengrauen Himmel sah man eine Kirchenkuppel, über den Häusern ließ ein Sommergewitter die Dächer in allen Schattierungen zwischen Grau und Violett erstrahlen.

Ich erinnere mich, daß eine vornehme, intellektuell wirkende Dame bei Flècher war. Eine dieser Frauen, die nicht aus freier Wahl bei einem bestimmten Schriftsteller sind, sondern weil sie keinen anderen bekommen konnten. Die teure Dame hatte die Dreißig bereits überschritten, war auffällig mager, lächelte ununterbrochen und schlug abwechselnd die Beine übereinander, wobei sie ihre spitzen Knie präsentierte. Ihr ganzer Körper war voller Ecken und Kanten. Typisch herablassende Art der Pariserinnen. Kleider passend zum Regenwetter. Schwarzes, gewachstes Hütchen im College-Stil, ausgesucht nachlässig um den Hals geknüpftes Tuch, lockeres, Chanel-artiges Kostüm unter havannafarbenem Burberry, abgenutzte 40er-Jahre-Tasche.

Sie mischte sich in das Interview ein, als gälten die Fragen ihr. Dabei erwies sie sich als gut informiert und redegewandt. Sie kannte mich und meine Arbeit und war erfreut, daß ein »berühmter Journalist«, wie sie mir schmeichelte, Flècher interviewen wollte. Endlich! Es war wirklich an der Zeit, daß sich jemand seiner annahm! Das zufriedene, komplizenhafte Lächeln wurde breiter. Sie suchte den intellektuellen Konsens. Schließlich gab ich ermüdet auf und überließ ihr das Ruder. Sie stahl dem Schriftsteller die Schau, indem sie an seiner Stelle meine Fragen beantwortete. Flècher seinerseits, der noch genervter war als ich und voll bis obenhin, bekam kaum mehr als Ja und Nein heraus. Am Ende ging ich dazu über, gleich sie zu interviewen.

Im Bar-Hôtel du Port erscheint Estella sofort auf der Türschwelle. An einem der Tische im Freien sitzen drei Leute. Es herrscht noch das Zwielicht der Morgendämmerung, die seit langem endlich einmal wieder einen schönen Tag verheißt. Es ist noch keine sieben, an Bord der Fähre brennen erst wenige Lampen, die Maschinen laufen warm, und die Bewegungen der Seemänner sind noch träge.

Auch Estella ist schlaftrunken. Sie hat zwei Jobs; wenn sie

hier gegen elf Uhr fertig ist, steigt sie auf ihr Rad und fährt auf die andere Seite der Insel in den Touristenort, wo sie die Tische für das Mittagessen eindeckt und bedient. Um sechzehn Uhr kehrt sie hierher zurück und serviert bis um acht. Sie bewegt sich wie in Zeitlupe, aber mit Leichtigkeit. Sie hat nicht das verdrießliche Gesicht wie viele andere Mädchen ihres Alters, die hart arbeiten müssen und mit ihrer angewiderten Miene jedem Gast zu verstehen geben, daß sie eigentlich zu Höherem geboren sind. Immer wenn ich ihr freundliches, müde lächelndes Gesicht sehe, im Hintergrund die Lichter des Hafenbeckens, summe ich das Lied der Seeräuber-Jenny von Bert Brecht und Kurt Weill. Estella ist schon daran gewöhnt, daß ich immer vor mich hinsinge, während sie mit einem feuchten Tuch den Tisch abwischt: »Und ein Schiff mit acht Segeln / Und mit fünfzig Kanonen / Wird liegen am Kai ...« Estella kennt das Lied nicht, sie würde es wohl kaum schätzen, wenn ich es ihr ganz vorsänge, der Song von Jenny ist heute nicht mehr angesagt, Brecht kommt aus der Mode.

Estella beugt sich herab und hält mir die Wange zur Begrüßung hin. Ihre Haut ist ein klein wenig staubig. Ich weiß nicht genau, wie alt sie ist, zwanzig, fünfundzwanzig, vielleicht auch dreißig? Aber sie ist in Ordnung: groß, kräftige Schultern, harmonische Bewegungen, ein breites Gesicht.

»Heute gibt's keine Croissants«, sagt sie, »die sind noch im Ofen. Petites brioches von gestern. Und Café crème, *ça va?*«

Ich frage sie, ob ein gewisser Jacques Flècher im Hotel wohnt.

Estella erwidert nichts, sondern bläst ein wenig die Wangen auf und blickt auf einen leeren Tisch neben der Tür.

Dann räumt sie die Tassen der drei anderen Gäste ab. Segler, vielleicht von einem Boot, das heute nacht von weither gekommen ist. Ich schätze, daß sie eine lange Reise hinter sich haben, fernab von allen Ufern, vielleicht kommen sie von den Kanaren. Vor allem die gelben Wachshosen und -jacken, in denen sie wohl auch geschlafen haben, lassen mich an eine lange Überfahrt denken. Wie auch der zufriedene Blick von Leuten, die etwas zu Ende gebracht haben. Und die leeren Augen derer, die lange nichts als die ewig gleiche Fläche des Meeres gesehen hat. Als Estella mit meinem Tablett wiederkommt, frage ich sie:

»Woher kommen die drei dort?«

»Ich weiß nicht, sie haben nicht im Hotel übernachtet. Aber ich habe gehört, daß sie von Teneriffa sprachen.«

»Und dieser Flècher«, frage ich erneut, »wohnt der im Hotel?«

»Uff«, murmelt sie. »Bei diesem Job begegnet man vielleicht komischen Leuten. Nicht er, er pinkelt nur hin und wieder ins Waschbecken. Aber sie – die ist echt unmöglich. *Tiens! Voilà.*«

In der Tür zur Bar ist eine Frau aufgetaucht. Ihre kleinen Brillengläser reflektieren das milchige Licht, während sie auf das ruhige Meer blickt und auf die Lastwagen, die sich zum Einschiffen in die Schlange einreihen. Ist sie das? Oder nicht? Die von dem Interview, meine ich. Ziemlich gealtert, würde ich sagen, aber ich erinnere mich nur schwach an die Frau von damals – abgesehen von ihrer Magerkeit und dem Gehabe einer Prinzessin auf der Erbse. Auch diese hier wirkt blasiert.

»Ich weiß nicht einmal, ob sie zusammen sind«, flüstert Estella. »Eine seltsame Menage, jedenfalls. Ansonsten ist er immer in Begleitung eines jungen Mädchens. Mit der Dame hier wechselt er nur hin und wieder ein paar Worte. Sie schlafen in getrennten Zimmern. Ja, er heißt Flècher, Jacques, glaube ich. Wenn es dich interessiert, kannst du ja sie fragen.«

Die Dame macht eine herrische Geste. Estella läßt sich Zeit, wartet, bis sie sich an den Tisch neben der Tür gesetzt hat, und geht dann erst zu ihr. Einen Augenblick später ertönt die ärgerliche Stimme der Dame:

»Was soll das heißen, es gibt keine Croissants?«

»Sie sind noch im Ofen.«

»Aber es ist doch schon sieben Uhr durch! Nein, um Himmels willen, bloß keine alten Brioches. Nur einen Kaffee.«

Ihre Stimme erinnert mich an etwas. Ein unangenehmer Ton, so spitz und scharf. Sie hat gemerkt, daß ich sie beobachte. Sie lächelt kurz. Estella beugt sich zu ihr und sagt etwas, das ich nicht verstehe. Beide sehen mich an.

Seit die Frau aufgetaucht ist, hat sich die Atmosphäre verändert.

Wenn ich es schaffe, früh aufzustehen und zum Hafen hinunterzugehen, sitze ich gern hier vor meinem Café crème, blicke aufs Meer hinaus, in den Ohren das leichte Klirren der Wanten in der Brise, Und warte auf die Sonne.

Doch heute morgen fühle ich mich unwohl. Die neu hinzugekommene Dame hat eine Art, kerzengerade und steif auf ihrem Stuhl zu thronen und die Fähre nicht aus den Augen zu lassen (abgesehen von ein paar Seitenblicken in meine Richtung), die für eine gewisse Anspannung sorgt.

Nun läßt sie die Augen einen Moment länger auf mir ruhen, als würde sie mich kennen. Immerhin ist sie mit Flècher hier, hat Estella gesagt. Ich werde mich bei ihr erkundigen müssen, sowenig Lust ich auch habe, mit dieser Dame ein Gespräch zu beginnen. Ich deute einen Gruß an, höflich zurückhaltend, nehme meine Tasse, das Tablett mit den Brioches, die tatsächlich etwas altbacken sind, und lasse mich an dem Tisch neben ihrem nieder. Sie erwidert meinen Gruß und scheint meine Annäherung gutzuheißen.

Auf der Fähre schiffen sich nun Autos und die wenigen Passagiere ein, die in die Stadt wollen. Hinter dem Hügel, der den Hafen zum Festland hin begrenzt, geht die Sonne auf. Ihr zarter Schein am frühen Morgen in der frischen, reingewaschenen Luft nach den schier endlosen Regentagen wirft ein klares Licht, das ich so nur von dieser Insel kenne.

Die Dame schenkt mir keine Beachtung mehr. Sie starrt ungeduldig auf die Fähre, als könne sie es nicht erwarten, sie endlich ablegen zu sehen.

»Wie lange das dauert«, höre ich sie murmeln, »nun haben sie schon zehn Minuten Verspätung.«

»Das holen die wieder auf«, sage ich, »das Meer ist ruhig.«

Die Dame seufzt:

»Sie suchen also Flècher«, sagt sie mit kaum vernehmbarer Stimme.

»Ich habe Sie nicht verstanden«, erwidere ich.

»Das Mädchen, Estella, hat mir gesagt, daß Sie Jacques suchen.«

»Eigentlich ist er es, der mich treffen will.«

»Sind Sie Journalist?«

»Ich war es. Ich habe mich zur Ruhe gesetzt.«

»Aber ja doch! Nun erinnere ich mich! Greck, Jorge Greck, wenn ich mich nicht irre. Sie haben Jacques einmal in Paris interviewt. Ist es nicht so?«

»Vor langer Zeit, ja.«

»Und nun wollen Sie ihn noch einmal interviewen?«

»Nein, meine Dame. Ich arbeite nicht mehr als Journalist. Schon lange nicht mehr.«

»*Semel abbas, semper abbas.* Was wollen Sie dann von ihm?«

»Ich will gar nichts von ihm, das sagte ich bereits. Er hat nach mir gefragt. Er hat mir einen Brief geschrieben.«

»Jetzt ist alles klar.« Sie reicht mir ihre knochige Hand. Ich ergreife die Fingerspitzen. Sie stellt sich vor:

»Aline Dumezille.«

»Angenehm. Was ist klar?«

»Es ist klar, daß Sie kein Journalist sind.«

»Wie ich schon sagte, ich habe vor vielen Jahren damit aufgehört.«

Sie macht ein pfiffiges Gesich.

»Sagen Sie die Wahrheit. Sie waren niemals Journalist.«

»Das stimmt nicht. Ich war es, vor langer Zeit.«

»Sie sind Polizist.«

»Polizist? Wie kommen Sie denn darauf?«

»Dann also Privatdetektiv. Sie suchen jemanden. Ein Mädchen im Auftrag der Familie. Ist es nicht so? Das Mädchen, das Flècher begleitet und das nun zur Gemeinschaft gehört ...«

»Zu welcher Gemeinschaft?«

»Aber es ist sinnlos, sie zu suchen, wissen Sie das? Und es ist sinnlos, Flècher zu suchen. Sagen Sie der Familie, wenn jemand erst einmal in die Gemeinschaft eingetreten ist, ist er für die normale Welt verloren. Für immer verloren.«

»Welche Gemeinschaft denn, wenn ich fragen darf?« wiederhole ich.

»Die Gemeinschaft der Enki natürlich.«

»Ich weiß nicht, wovon Sie reden.«

»Sagt Ihnen der Name Enki denn nichts?«

»Nein, nicht das geringste.«

»Sehen Sie, daß ich recht habe? Sie sind kein Journalist. Ein Journalist wüßte alles, was es über die Gemeinschaft der Enki zu wissen gibt.«

»Wie Sie meinen. Aber ich kann Ihnen versichern, daß ich zwanzig Jahre lang Journalist war. Und daß es das erste Mal ist, daß ich von dieser Gemeinschaft höre.«

»O mein Gott! Aber wo haben Sie bisher gelebt? Überall spricht man von Enki und seiner Gemeinschaft!«

»Hier, die letzten Jahre habe ich hier gelebt.«

»Der Ort ist zwar ein wenig abgeschieden, das will ich nicht leugnen. Aber selbst auf dieser Insel gibt es Zeitungen, würde ich meinen, und Fernsehen ...«

Ich wende ein, daß Zeitungen mich schon lange anöden, ich so gut wie nie fernsehe, ja gar kein eigenes Gerät besitze, und daß außerdem wegen des schlechten Empfangs auf der Insel auch in den Bars nur selten der Fernseher läuft. Der Name jedoch, den Madame Aline nennt, bereitet mir Unbehagen. Ich erinnere mich, daß der Protagonist von Chefas vorgeblich tibetanischem Manuskript sich Enki nannte, Enki der Fähige.

Die Fähre hat abgelegt. Als ich den Blick wieder dem Hafenrund zuwende, ist sie weg, das Wasser liegt still und unberührt da. Das Schiff verliert sich in der Ferne im frühmorgendlichen Dunst.

Wir schweigen eine Weile. Dieser Name, Enki, hat uns erstarren lassen, als verleihe allein seine Nennung unserer Begegnung schon größeren Ernst. Eine dritte Person hat sich zu uns gesetzt, die man vielleicht besser nicht erwähnt hätte.

Ich will das Eis brechen und frage sie nach Flècher und ob sie ein Treffen im Laufe des Vormittags für möglich hält. Sie sagt, sie wisse es nicht. Jacques sei nicht im Hotel.

»Er ist mit dem Mädchen unterwegs. Seit drei Tagen habe ich die beiden nicht mehr gesehen. Sie heißt Selena. Sie ist fast noch ein Kind.«

Aline setzt eine scharfsinnige Miene auf:

»Aber es ist nicht das, was Sie denken. Sie sind nicht zusammen, als Mann und Frau, meine ich.«

Ich zucke mit den Schultern: Wenn mir etwas egal ist, dann die potentielle sexuelle Beziehung zwischen Jacques und dieser Selena.

»Sie sind auf der Insel unterwegs«, sagt Aline, »weil sie die Versammlung der Enki vorbereiten.« Sie senkt die Stimme zu einem Flüstern:

»Ich dürfte das eigentlich gar nicht sagen, es ist ein Geheimnis: Selena ist besessen. Wie ein Athener *katoikos*.«

Ich unterdrücke ein Gähnen, meine klassische Bildung läßt eindeutig zu wünschen übrig.

Die Dame beugt sich zu mir herüber, um besser mit mir tuscheln zu können. Sie hat gemerkt, daß Estella, die in der Tür steht, die Ohren spitzt.

»Wenn Selena besessen ist, hat man den Eindruck, die Worte, die sie mit ihrem Kinderstimmchen wiedergibt, kämen nicht aus ihrem Mund. Und es ist nicht eine einzelne

›Stimme‹, die aus ihr spricht, es sind Dutzende. Wer sie hört, wozu auch ich einmal Gelegenheit hatte, läßt sich rasch mitreißen. Man beginnt zu glauben, wenn es einem nur gelänge, in seinem Innern völlige Ruhe einkehren zu lassen, könnte man an ihrer wunderbaren Fähigkeit teilhaben. Man könnte die Stimmen direkt hören, ohne ihre Vermittlung. Doch wie ich sehe, interessiert Sie das Thema nicht besonders.«

»Ich halte nicht viel von diesen Dingen ...«, rutscht es mir heraus, während ich aus meiner Gleichgültigkeit keinen Hehl mache. »Ich glaube, Flècher wollte mit mir über etwas anderes reden.«

»Worüber?«

»Das weiß ich nicht. Deshalb möchte ich ihn ja sehen, um zu erfahren, was er von mir will.«

»Wenn Sie sich treffen, kommen Sie früher oder später sowieso darauf zu sprechen. Jacques engagiert sich sehr bei den Enki. Deshalb bleibt er auch bei Selena. Das arme Kind war seinerzeit in einer psychiatrischen Anstalt. Die Ärzte sprachen von Schizophrenie. Aber es ist ja bekannt, wie Ärzte sind, unaufmerksam gegenüber dem Paranormalen. Selena ist ein Mädchen wie viele andere ... Gut, vielleicht ist sie ein wenig zurückgeblieben. Sie lacht pausenlos, unter normalen Umständen tut sie nichts anderes. Sie findet alles komisch. Wenn sie nicht gerade besessen ist, ist sie das sorgloseste Mädchen auf der Welt. Aber in Trance sagt sie ganz außergewöhnliche und tiefgründige Dinge.«

Die Dame steht auf, kneift die Augen zusammen und schaut konzentriert auf das Meer hinaus. Doch es ist leer bis auf ein Segel, das draußen vor der Mole kreuzt. Für die Rückkehr der Fähre ist es noch zu früh. Aline setzt sich wieder und seufzt.

»Ziemlich hübsch ist sie ja. Aber ich glaube trotzdem nicht, daß sie und Jacques Sex haben. Der Altersunterschied ist zu groß ... sechzehn Jahre war sie alt, als sie sich kennenlernten, und Jacques war über fünfundvierzig. Heute müßte sie mehr oder weniger achtzehn sein. Das hieße, daß Jacques ihre Unerfahrenheit und Naivität ausnutzen würde, aber auch ihr intellektuelles Defizit. Jacques ist nicht der Typ, der sich einer geistigen Schwäche bedienen würde. Er ist sehr ehrenhaft. Doch nichtsdestotrotz sehen sie sich sehr oft. Man weiß ja, was die Leute in solchen Fällen denken: Gelegenheit macht Diebe ... Ich bin jedenfalls fest davon überzeugt, daß ihr häufiges Beisammensein ausschließlich mit der Gemeinschaft zu tun hat.«

Ich bin in Gedanken abgeschweift. Mir ist schleierhaft, warum der Dame so viel daran liegt, mir ihre Spekulationen über Flèchers amouröse Verstrickungen darzulegen.

»Welcher Gemeinschaft?« frage ich.

»Sie hören mir nicht zu. Die Gemeinschaft der Enki natürlich! Ein bedeutsames Phänomen, wissen Sie? Viele Leute vergleichen es mit der Entstehung des Christentums. Damit Sie eine Vorstellung haben. Erinnern Sie sich, was ein großer französischer Schriftsteller gesagt hat? Das einundzwanzigste Jahrhundert werde entweder religiös sein oder überhaupt nicht sein. Prophetische Worte. Meiner Meinung nach wird die Menschheit das nächste Jahrhundert nur dank der Enki erleben. Ich bin jedenfalls ein Jünger der Gemeinschaft. Oder besser gesagt, eine einfache Adeptin. Einer Frau wie mir bekäme es nicht sonderlich gut, sich in den inneren Kreisen der Enkianer aufzuhalten.«

Mit einer Bewegung deutet sie auf ihr leichtes Gewand, als fürchte sie, es zu beschmutzen. Es ist eines dieser dünnen Kleidchen, die gerade modern sind. Eine Matrosenjacke darüber schützt sie vor der Kälte, obwohl sie sie offen trägt, damit man ihr Kleid noch sieht, wahrscheinlich ein Designerstück.

»Ich habe schon einige Male an einer Agape teilgenommen. Das ist eine ergreifende Erfahrung! Sie haben besondere Rituale. Manchmal werden sie als passiv bezeichnet.

Böse Zungen behaupten, sie führten zu einer totalen Passivität, zwängen dazu, den eigenen Willen aufzugeben, um im Kollektiv aufzugehen. Aber das ist ein Irrtum. Es wird eine bestimmte, ganz spezielle Musik gespielt, die nichts mit Musik zu tun hat, wie wir sie kennen. Gemeinsam mit den anderen schwelgt man in einer ergreifenden Atmosphäre der Brüderlichkeit. Dann plötzlich ... Als stürze man in eiskaltes Wasser. Du spürst, wie der Geist dich streift. Man fühlt sich innerlich berührt, verstehen Sie? Das passiert, wenn jemand begonnen hat, die ›Stimmen‹ zu verbreiten. Meistens sind die Besessenen weiblich. Sie reden nicht, vielmehr ist es eine Art Singsang. Manchmal ganz leise, dann wieder schreien sie. Dann öffnet sich eine neue Welt, ein Abgrund tut sich auf. Als würde man von gleißendem Licht überflutet ...«

Nun geschieht etwas mit der Dame. Den Blick erhoben, zeigt sie das Weiß des Augapfels wie eine Heilige in Ekstase, die Augenhöhlen fallen ein, als hätte ein Fieber sie gepackt, um die blaue Iris der Augen erstrahlt ein heller Kranz. Dunkle Augenringe zeichnen sich ab, ihre Haut ist so straff und dünn, daß die Wangenknochen hell durchscheinen. Ein kaltes, angstvolles Licht brennt in ihrem Blick. Die Furcht wird zur Panik. Die Augen sind nun schreckgeweitet, reglos und starr wie die einer Schlange. Sie atmet nicht mehr normal, sondern schnappt mit aufgerissenem Mund nach Luft. Wieder steht sie auf und schaut auf das Meer hinaus.

In der Ferne taucht die Fähre auf, ein unförmiges, kaum erkennbares Ding, das in der Sonne glänzt. Aline wiegt sich wie eine Gerte im Wind. Sie beugt den Kopf beinah bis zu den Knien hinab. Dann richtet sie sich auf, massiert sich die Schläfen und sieht wieder auf das Meer hinaus:

»Da sind sie endlich!«

Sie lächelt, als habe das Erscheinen des Bootes die Angst von ihr genommen. Mit nicht mehr ganz so monotoner Stimme fährt sie fort:

»Es läßt sich nicht mit Worten beschreiben, was bei einer Enki-Agape passiert. Nichts, was an traditionelle Riten erinnert. Man braucht nur einmal an einer Agape teilzunehmen, um zu merken, daß alle anderen religiösen Riten nur hohle Trugbilder sind. Dort ist der Geist fern. Die Priester der anderen Religionen mystifizieren, sie tun so, als riefen sie mit albernen und plumpen Mitteln eine höhere Macht an. Aber jeder weiß, daß dies nur eine Vorspiegelung ist. Tief in seinem Herzen ist sich jeder sogenannte Gläubige des Betrugs bewußt. Bei Enki ist das anders, auch für den, der nicht das Glück hat, besessen zu sein. Mir ist es nie passiert, mein Bewußtsein steht mir immer im Weg. Aber jeder kann den Geist spüren, wenn er ihn streift ...«

Aline macht ein paar Schritte auf den Landungssteg zu. Doch die Fähre ist noch fern, es wird noch eine gute Viertelstunde dauern, bevor sie ihr Anlegemanöver im Hafen beginnt. Aline kehrt zu mir zurück. Blicklos starrt sie mich an:

»Enki schreibt keine moralische Norm vor. Es gibt weder Verbote noch Regeln. Keine Kasteiung. Keine Gebote vom Berg herab. Der einzige Befehl lautet, zuzuhören. Bereit zu sein, das eigene Ego zu vergessen, im tiefen Schweigen zu verharren, um die ›Stimmen‹ zu vernehmen. Das ist alles. Irgendwann hörst du sie, die ›Stimmen‹. Wie in einer glücklichen Vergangenheit, in dem Goldenen Zeitalter, als alle, alle, jeder Mann und jede Frau, ohne Ausnahme fähig waren, sie aufzunehmen ...«

Sie merkt, daß ich sie anschaue, wie man eine Verrückte ansieht. Unwillkürlich muß mein Gesicht einen ironischen Ausdruck angenommen haben. Aline faßt sich. Hoch aufgerichtet steht sie vor mir, die Sonne schräg im Rücken, ich erkenne nur ihre dunkle Silhouette, hinter ihr glitzert die Wasserfläche des Hafens.

»Wie ist es nur möglich, daß Sie nie davon gehört haben?«

In einem Beruf, der mich zwang, jede neue Mode – ich schrieb auch für die Klatschspalte, wenn es gerade keine lohnenden Verbrechen gab – der Welt zu verfolgen, Abstrusitäten, die sich mit den ernst zu nehmenden Dingen häufig so vermengten, daß man sie kaum mehr auseinanderhalten konnte, hatte ich mir angewöhnt, die Ohren für alles, was nicht direkt mit meiner Arbeit zu tun hatte, auf Durchzug zu stellen. Diese Gewohnheit habe ich beibehalten, und sie hat sich in der bretonischen Zurückgezogenheit noch verstärkt. Dennoch bin ich nicht zum völligen Autisten geworden.

Wenn ich genauer darüber nachdenke, hatte ich von einer pseudoreligiösen Gemeinschaft, die von einer Art Propheten geführt wurde, einem neuen Messias, bereits im Laufe des Jahres 2000 gehört. Der Name des Propheten war mir entgangen, weshalb ich auch bei dem Gleichklang mit dem Protagonisten aus Chefas Erzählung nicht aufgemerkt hatte. Wahrscheinlicher ist noch, daß ich ihn hörte, als ich die Informationen über die Gemeinschaft innerlich schon bei den nicht erinnerungswürdigen Dingen abgelegt hatte.

Der Wortschwall der Dame scheint sich erschöpft zu haben. Sie rückt sich das Kleid zurecht, öffnet ihre Handtasche und zieht ein Fläschchen Kölnisch Wasser hervor, von dem sie sich ein wenig in die rechte Hand träufelt, um ihr Gesicht zu erfrischen. Mit einem kurzen Gruß begibt sie sich entschlossenen Schrittes zum Landungssteg. Kurz darauf steht sie aufrecht am Kai, unbeweglich wie eine Statue, der Wind bläst ihr den luftigen Rock um die Beine.

Estella kommt mit der Rechnung und räumt die Tassen ab.

»Hör mal«, sage ich zu ihr, »die tickt doch nicht ganz richtig, oder irre ich mich?«

»Puh, was für eine Schwätzerin. Sie quatscht einfach jeden mit ihrer Enki-Gemeinschaft zu. So Heilsarmeezeug, vielleicht wollte sie dich bekehren.«

»Weißt du etwas darüber?«

»Worüber?«

»Über diese Gemeinschaft ... über Enki?«

»Ich weiß, daß sie hier auf der Insel eine Versammlung abhalten wollen. Flècher und dieses leicht zurückgebliebene Mädchen suchen nach einem geeigneten Ort dafür. Das weiß ich, weil Flècher mich nach einer einsam gelegenen Stelle gefragt hat, wo sie eine Art Zeltlager aufschlagen könnten. Ich habe ihm von dem ehemaligen Militärgebiet erzählt, in der Nähe vom Haus des Malers, weißt du, wo du gewohnt hast. Dort gibt es einen alten Wehrmachtbunker. Ich hätte nichts dagegen, wenn sie sich dort unten vergraben und nicht mehr blicken lassen würden. Sie verpesten die Atmosphäre. Bringen die Touristen auf die Palme. Diese Enkianer sind so etwas wie vagabundierende Künstler. Abgedreht, mit einer merkwürdigen Musik ...«

»Nehmen sie Drogen?« frage ich.

»Nein, keine Drogen. Das ist nicht ihr Ding. Mit den Hippies der Sechziger haben sie nichts zu schaffen. Sie sind zwar fast alle jung, aber ganz anders, in gewisser Weise sind sie genau das Gegenteil der Friedensbewegung. Bierernst, mit so einem starren, vorwurfsvollen Blick. Irgend etwas nagt an ihnen, keine Ahnung, was. Sie scheinen irgendwie neben sich zu stehen, wie die geschwätzige Dame, sind dabei aber hoch konzentriert. Auf dem Festland begegnet man ihnen häufig. Immer in dichten Grüppchen, niemals allein. An ihrer Spitze ein Anführer. Wie Pfadfinder oder Hare-Krishna-Jünger. Sehr geordnet, fast militärisch.«

»Du scheinst dich ja gut auszukennen«, meine ich.

»Ich habe das eine oder andere in Zeitschriften über sie gelesen. In den Städten wohnen sie in den Sanierungsgebieten der Peripherie, zwischen Baggern und Planierraupen, und besetzen nach und nach die Häuser, die abgerissen werden sollen. Sie scheinen ganz schön zu nerven. Ein paar Unternehmen mußten schon die Abbrucharbeiten unterbrechen. Aber das ist nicht das schlimmste.«

»Was ist das schlimmste?«

»Das schlimmste ist, daß sie eine Menge übler Dinge tun, wie man sich erzählt. Also, ein Beispiel ... Sie sind Diebe. Sie klauen. Davon scheinen sie zu leben. In Paris bevölkern sie das Viertel Gros Caillou, nicht das alte, sondern das Gebiet am Stadtrand, das wegen der vielen Baracken so genannt wird, in denen die Chinesen Fisch zubereiten: Das alte Gros Caillou war berühmt für seine Fischrestaurants. Das habe ich gelesen. Die Enkianer ziehen häufig um, sie sind Nomaden. Ihr Überleben sichern sie mit einer extrem zeit- und geldsparenden Methode: Zu Dutzenden fallen sie in einen Supermarkt ein und klauen, was sie packen können. Aber das ist noch immer nicht das schlimmste. Das schlimmste ist, daß es Fanatiker sind. Ich habe sie in einem Supermarkt an der Küste bei der Arbeit beobachten können. Sie schienen wie in Trance. Selbst das Klauen tun sie ohne Leidenschaft, kein Adrenalin, sie sind kalt wie Fische. Und sehen zudem komisch aus, sie bewegen sich synchron, wie aufgezogen. Ein Schwung von ihnen ist bereits gestern angekommen, an Bord eines Lastkahns, der fast unterging, so überladen war er. Die Saison war so schon mies genug. Die haben uns gerade noch gefehlt, um sie komplett zu ruinieren.«

Die Sirene erklingt. Das Anlegemanöver beginnt. Die bretonischen Seeleute sind die besten der Welt. Auf kleinstem Raum wenden sie das Schiff rasch und geschickt. Mal sieht man das Heck, dann den Bug, beim Drehen die Seite. Ein Seemann wirft das Tau herüber, ein Matrose an Land schlingt es um den Poller, ein weiterer packt den Steg und schiebt ihn hinüber, das Tor des Garagendecks geht weit auf. Bevor Autos und Lastwagen herausfahren, strömen eine Menge Jugendliche auf die Mole.

Auf den ersten Blick scheint es sich um die üblichen Campingurlauber zu handeln. Mit Schlafsäcken und so weiter. Doch sie haben einen steifen Gang, jetzt verstehe ich, was Estella mit militärisch meinte. Sie laufen in Zweierreihen: die Jungen auf der einen Seite, die Mädchen auf der anderen. Sie sprechen nicht miteinander, lachen nicht, rufen einander nichts zu. Ihnen fehlt die Unbeschwertheit von Urlaubern, sie sehen sich nicht um, sondern marschieren schnurstracks über den Kai, als hätten sie ein genaues Ziel.

Aline steht ein wenig abseits und läßt sie an sich vorbeidefilieren, wie ein Feldwebel, der die Parade abnimmt.

20
7. August 2001

Im Waschbecken leckt der Wasserstrahl aus dem Hahn an einer Spinne, die ihre Beine einzieht, sich tot stellt und zu einem dunklen Kügelchen wird. Sie läßt sich vom Wasser auf den Abfluß zutreiben. Mit der Hand lenke ich den Strahl auf sie. Der schwarze Ball läßt es geschehen, bis er am Rand des Abflusses die Beinchen ausfährt, sich festklammert und tatsächlich dem hinabspringenden Strudel widersteht.

»Gut gemacht, Spinnchen«, sage ich laut.

Ich schließe den Wasserhahn und halte der Spinne ein Stück Toilettenpapier hin, dessen rauhe Oberfläche sie flink erklimmt. Ich lege das Stück Papier auf den Boden. Die Spinne entfernt sich schnell und verschwindet im Schatten unter dem Waschbecken.

Sie ist sich meiner gar nicht bewußt geworden, denke ich beim Zähneputzen. Sie hat nicht gemerkt, daß ich in diesem Moment ihr Gott war. Daß ich nach Gutdünken über ihr Schicksal bestimmen konnte, sie ertrinken lassen oder aber das Wasser abstellen und sie in Sicherheit bringen konnte. Ich war ihre Naturkatastrophe oder ihre Rettung, zuerst ihr Pech, dann ihr Glück. Bin auch ich etwa Teil des Zufalls? Aber war es denn Zufall, daß sie mir aufgefallen ist, daß sich unsere Schicksale gekreuzt haben? Und wenn es kein Zufall war, welchem Geist gehorchen wir beide? Und die Spinne? Was hat sich aus ihrem Blickwinkel ereignet? Wer weiß, ob sie mich bemerkt hat. Ob sie sich meiner riesenhaften Präsenz bewußt wurde. Vielleicht hat sie mich über alles gehaßt, als ich den Wasserhahn aufdrehte. Vielleicht bedauerte sie, so klein zu sein und mich nicht in ihren klebrigen Faden wickeln zu können, um mich dann in aller Ruhe auszusaugen wie ein kleines Fliegentier. Vielleicht hat die Spinne die Gefahr, die ich darstellte, genau erkannt. Ich hingegen wäre völlig unfähig, die äußere Macht wahrzunehmen, von der ich beherrscht werde. Ich bin so selbstsicher, so blind in meiner Überzeugung, die Krone der Schöpfung zu sein, daß ich die Fallen gar nicht wahrnehme, die für mich aufgestellt werden. Die pure Arroganz verführt mich dazu, mich gottgleich zu fühlen, und sei es nur gegenüber diesem winzigen Spinnchen.

Während ich mir den Mund spüle, geht mir durch den Kopf, daß der Unterschied zwischen mir und der Spinne wahrscheinlich darin besteht, daß sie ohne Zögern auf das Stück Papier geklettert ist, um dem Abgrund zu entgehen. Für sie hat die Sache damit ein glückliches Ende genommen und sich erledigt. Mir hingegen geht die unbedeutende Episode noch lange nach, denke ich, während ich Bürste und Zahnpasta zurückstelle und die Spinne längst unter dem Waschbecken verschwunden ist.

Ich habe wirklich zuviel Zeit, daß ich mir den Kopf über solchen und ähnlichen Mist zerbreche. Seit einer Woche kann ich mich nicht dazu aufraffen, zum Hafen zu gehen, um dort vielleicht Flècher zu treffen. Ich fürchte, erneut der geschwätzigen Dame zu begegnen. Noch so einen Vortrag über diese Enkianer würde ich nicht ertragen.

Ich dusche, ziehe mich ordentlich an und werfe den unförmigen Pullover und die an Knien und Hinterteil ausgebeulte Kordhose, die ich schon die ganze Woche trage, zur Schmutzwäsche. Ich glaube, ein paarmal habe ich sogar in den alten Sachen geschlafen. Auf dem Fahrradsattel liegt eine feine Staubschicht. Mit einem Lappen wische ich sie ab. Ich steige auf meinen Drahtesel und radele in Richtung Ortschaft.

Dieses Mal gibt es ofenfrische Croissants. Estella bringt mir ein volles Tablett, sie weiß, daß ich sie am liebsten heiß mag. Die Bar ist leer, Estella setzt sich an meinen Tisch und sieht mir beim Essen zu.

»Nun«, frage ich sie, »ist Monsieur Flècher mittlerweile aufgetaucht?«

»Ein paarmal war er da, zusammen mit diesem Mädchen, das er wie ein Hündchen hinter sich herschleift. Ich habe ihm gesagt, daß du nach ihm gefragt hast. Aber er hat nur mit den Schultern gezuckt. Er schien mit wichtigeren Dingen beschäftigt zu sein. Dann ist er wieder gegangen. Er hat sich diesen Enkianern angeschlossen. Einige von ihnen sind schon auf der Insel gelandet. Doch sie sind kaum zu sehen. Die Insel ist klein, aber sie verstecken sich in ihren Löchern wie die Mäuse. Ich weiß, daß sie sich abends in der Taverne Irlandaise versammeln.«

»Hat die denn nicht zugemacht, die Taverne Irlandaise?«

»Hatte sie, aber nun ist sie wieder geöffnet. Einer von denen scheint sie gekauft zu haben, einer ihrer Anführer mit mächtig Schotter. Er ist mit einer vierzig Meter langen Yacht gekommen. Siehst du sie? Der schlanke Cruiser dort, neben dem roten Fischerboot.«

»Was machst du heute abend nach der Arbeit?«

Estella lächelt mir komplizenhaft zu. Mehr noch als komplizenhaft guckt sie ironisch. Gleichzeitig wirkt sie leicht überrascht. Mit einem Blick auf meine ergrauten Haare fragt sie:

»Was soll das werden, Chef? Willst du mich anbaggern?«

»Nein. Obwohl, wenn ich es mir recht überlege ... Ich muß diesen Flècher treffen, und ich dachte, wir könnten heute abend zusammen zu der Taverne gehen, allein komme ich mir komisch vor.«

Estellas Lächeln wird breiter. Sie streicht sich den Minirock über den Schenkeln glatt, posiert ein wenig, zeigt ihren schönen Hintern. Die kräftigen Rundungen der bretonischen

Bäuerinnen erregen mich. Der Vorschlag scheint ihr zu gefallen. Ich glaube, mit etwas mehr Einsatz ... So tatterig bin ich schließlich noch nicht.

»Okay, gerne.« Estella sieht tatsächlich zufrieden aus, als hätte sie auf meine Einladung gewartet. »Dann wirf dich mal in Schale, Chef. Heute abend machen wir einen drauf in der Taverne Irlandaise. Irish Coffee und keltische Musik. Ich bring dich hin. Aber du zahlst, abgemacht?«

»Das ist doch selbstverständlich«, sage ich, »du machst mir eine große Freude, und die Spesen gehen auf mich.«

Die Taverne Irlandaise befindet sich am westlichsten Zipfel der Insel, nicht weit von dem Haus des Malers entfernt, kaum einen Kilometer Luftlinie. Führte eine Straße oder zumindest ein Trampelpfad dorthin, wäre sie leicht zu erreichen. Doch die Taverne liegt mitten im Militärgebiet, ihre Fundamente ruhen auf dem Zement des Nazibunkers, der während der deutschen Besatzung der Artillerieabteilung als Kommandozentrale diente, welche die Küste vor den Angriffen der Alliierten schützen sollte. Deshalb gibt es keine Zufahrtswege, die Kanonen mußten isoliert und vor Handstreichen sicher sein.

Estella hat sich ein Auto geliehen, einen alten Kleinwagen.

Wir fahren bis zum Fuß des Hügels, auf dem das Lokal liegt. Estella hält an, von hier aus müssen wir laufen.

Ich bin nicht gut zu Fuß. Außerdem trage ich leichte Segelschuhe, durch die Sohlen fühle ich jeden Stein und jede Unebenheit des Terrains. Estella geht voran, sie merkt, daß ich ihr nur mit Mühe folge, und verlangsamt das Tempo. Schließlich bleibt sie stehen, um auf mich zu warten.

Sie sagt, die Taverne Irlandaise auf dem Bunker ist nach dem Verschwinden der »Femme Sauvage« eröffnet worden.

Estella kennt eine Menge Geschichten über die Insel. Sie hat mir zum Beispiel erzählt, daß im siebzehnten Jahrhundert die Hälfte des Landes im Besitz des Bischofs von Vannes war. Also von Aramis, einem der berühmten Musketiere. Daß Aramis Bischof von Vannes wird, erzählt Dumas in seinem »Graf von Bragelonne«. Mir gefällt die Vorstellung, daß Aramis, der Zwielichtigste der vier, der Unsympathischste und derjenige, der sich in den hohen Sphären der Macht am geschicktesten zu bewegen weiß – Dumas zufolge wurde er sogar Jesuitengeneral –, daß er also wirklich gelebt hat und Herr über die halbe Insel war.

Ich halte den »Graf von Bragelonne« für ein Meisterwerk Dumas'. Ich habe ihn dreimal gelesen. Stevenson las ihn fünfmal, so sehr liebte er ihn. Streckenweise ist er ein wenig langweilig, wenn er das Leben des Königs und seines Hofstaates beschreibt. Doch sobald D'Artagnan oder ein anderer der guten alten Musketiere ihren Auftritt haben, wird es spannend. Einmal sah Dumas' Sohn den Vater weinen, ein Anblick, der den Junior schockiert haben muß. Der alte Dumas war eigentlich ein fröhlicher Charakter, aß mit Genuß und war gerne in Gesellschaft. »Porthos ist tot«, erwiderte der große Schriftsteller auf die besorgte Frage des Sohnes hin. Natürlich war er selbst es gewesen, der ihn hatte sterben lassen, auf den letzten Seiten des »Bragelonne«, begraben unter einem tonnenschweren Felsen. Und darüber weinte er.

Ich frage Estella, wer diese »Wilde Frau« war. Eine wunderschöne Frau, antwortet sie, so schön, daß die Leute sie die Königin nannten. Zu schön und zu hochmütig, um einen Fischer zu heiraten und ein normales Leben zu führen. Sie hätte weggehen sollen, auf das Festland, das hätte sie mal tun sollen. Statt dessen aber blieb sie hier und erstickte in der Ödnis des Eilands. Und nach und nach, einen Schritt nach dem anderen, war die Königin abgerutscht.

Estella dehnt die Erzählung aus, damit ich Luft schöpfen kann. Es ist noch hell, die gemächliche Dämmerung dieser Gegend, am westlichsten Ende der Bretagne, von der aus man in direkter Linie bis Amerika segeln kann, hat gerade erst eingesetzt.

Bevor die »Wilde Frau« starb, war sie mit einem üblen Kerl zusammen, einer Art Zuhälter, der ständig volltrunken war und sie verprügelte. Sie wohnten in dem verlassenen deutschen Bunker. Wenn man es wohnen nennen kann: ohne Türen und Fenster, der Wind, der vom Meer durch die Schießscharten hereinpfiff. An stürmischen Tagen, sagt Estella, mußten die beiden wohl fürchten, jeden Augenblick mit Bunker und allem ins Meer gefegt zu werden. Dann verschwand der Macker der »Königin« plötzlich, keiner wußte, auf welche Weise und wohin. Seitdem lebte die »Wilde Frau« von Almosen. Sie ging in eines der Dörfer, wo jedermann sie kannte, und begann ihre Klage. Es ging ihr nicht wirklich schlecht, aber ihre Rolle spielte sie sehr gut. Jeder gab ihr etwas, nur um sie loszuwerden. Dann starb sie ... Keiner weiß, wie ... Hier endet Estellas Geschichte.

Wir wandern nebeneinander durch die Stoppeln, die sich allmählich von gelb zu blau färben und an meinen Knöcheln pieksen. Die Füße tun mir weh. Ich bleibe wieder stehen. Vom Meer weht ein steifer Wind heran, der uns nur mühsam vorankommen läßt. Estellas Unterton entnehme ich, daß hinter dem Tod der »Wilden Frau« ein Geheimnis steckt.

»Was soll das heißen, keiner weiß, wie?«

»Weißt du«, meint Estella, »die Insel ist voller Legenden. Und dazu gehört eben auch der Tod der Königin. Unsere Großeltern erzählen etwas Merkwürdiges. Ihre Leiche wurde niemals gefunden. Im Bunker lag ihr Kleid, ein lumpiger Kittel, den sie das ganze Jahr über trug, im Winter ergänzt durch einen zusätzlichen Schal. In diesem Kittel fand sich ein verrunzeltes Etwas, sagen die Alten. Als sei ihr Körper ausgesaugt worden. Der Amtsarzt, so heißt es, hat ein wenig von dem Zeug aus der Schürze gekratzt und eine Art Autopsie gemacht, aber er ist nie damit herausgerückt, was das Ergebnis war. Berufsgeheimnis. Da sind wir, das ist die Taverne.«

Als wir auf die Taverne zugehen, erstaunt mich die Stille. Ich hatte mit ein bißchen Betriebsamkeit gerechnet, bei all den Enkianern, die sich laut Estella auf der Insel befinden.

Irische Volksmusik, Geigen, Akkordeon und gute Laune, so etwas hatte ich erwartet. Nichts von alledem. Über der Tür hängt eine staubige Lampe, es herrscht tiefe Stille. Kein Mensch zu sehen, der einzige Tisch im Freien ist unbesetzt. Ich spüre eine ungute Schwingung. So als gäben sich hier, verräterisch leise, gefährliche Leute ein Stelldichein. Die Abendsonne ist nun hinter dem Berg versunken, ihr letzter Schein streift im Untergehen die Mauer der Taverne, betont das unverputzte Fachwerk der Fassade.

Die Glastür öffnet sich mit einem sanften Klingeln wie von Klangstäben. Auf den ersten Blick scheint niemand dazusein, dann entdecke ich einen alten Mann, der hinter dem Tresen gegenüber der Tür ein paar Gläser ausspült. Er würdigt uns keines Blickes. Estella zieht den Kopf ein wenig ein:

»Menschenskinder, was für eine Trauerfeier ...«, höre ich sie murmeln.

An den Wänden hängen Fotos von Segelschiffen auf sturmgepeitschter See. Wir setzen uns an einen Tisch unter dem riesigen Plakat einer alten Bretonin in Haube und Holzschuhen, die mit zufriedener Miene ein Pfeifchen raucht. »Alte bretonische Frau« steht darunter. Der Mann braucht eine geraume Weile, bis er sich an unseren Tisch bequemt. Er guckt finster. Mit schlurfenden Schritten, den düsteren Blick auf den schmutzstarrenden Boden gesenkt, kommt er heran. Hinter dem Tresen unter den kopfüber hängenden Gläsern ist niemand zu sehen. Auch die unordentlich in dem großen Saal verteilten Tische sind leer. Wir sind die einzigen Gäste, obwohl es weit nach 20 Uhr ist. Als der Alte mich ansieht, kann ich seinen prüfenden, mißtrauischen Blick geradezu körperlich spüren. Die Lampe über dem Billardtisch, dessen Filz alt und fleckig ist, wirft ein trübes, zitterndes Licht, die Neonleuchte an der Decke droht bald ihren Geist aufzugeben.

»Zwei Irish Coffee, bitte«, bestelle ich.

»Was?«

Ich wiederhole die Bestellung.

»Irish Coffee ist aus«, sagt der Alte, ohne mich anzusehen, »die Sahne ist abgelaufen. Was wollt ihr statt dessen?«

»Dann eben dunkles Bier. Zwei große Gläser. Und zwei Sandwiches.«

»*Jambon* oder *fromage*?«

»*Jambon* und *fromage*.«

Der alte Mann kehrt zu seinem Tresen zurück. Er hantiert ein wenig herum. Dann kommt er mit Tellern und Guinessgläsern zu unserem Tisch zurück. In einer unwilligen Bewegung – haut bloß schnell wieder ab, besagt diese Geste – fährt er mit seinem Lappen über den Tisch, dann stellt er uns scheppernd Gläser und Teller vor die Nasen. Die Baguettes sehen ziemlich trocken aus. Der Schinken lappt an den Seiten über wie die Zunge eines hechelnden Hundes. Wir trinken das Bier. Wir essen unsere Sandwiches. Estella beobachtet mich mit ironischem Blick:

»Irgendwie habe ich das Gefühl, daß wir uns im Lokal geirrt haben. Es sei denn, du magst drittklassige Beerdigungen. Sing mir dein Liedchen vor, komm schon. Das muntert mich vielleicht etwas auf.«

»Und ein Schiff mit acht Segeln / Und mit fünfzig Kanonen ...«, summe ich. Aber so leise, daß es kaum zu hören ist.

»Du bist nicht in Form«, stellt Estella fest.

»Dieser Ort ist aber auch nicht gerade inspirierend.«

Der alte Barmann kommt wieder zu uns. Er trägt ein Hemd mit aufgekrempelten Ärmeln, über dem breite rote

Hosenträger prangen. Er sammelt die Humpen und die leeren Teller ein. Dann schiebt er den Bon unter den Aschenbecher, sieht mir gerade ins Gesicht und schneidet eine Grimasse:

»So einen schicken sie also jetzt«, höre ich ihn brummen, »einen in die Jahre gekommenen Dummbart, der keine Ahnung hat. Der nichts merkt.«

»Wie bitte?«

»Sieh sich das einer an! Kariertes Hemd, lächerliche Bügelfaltenhose! Sieht so etwa jemand aus, der an einen solchen Ort kommt? Und dann das Alter! ... Du bist doch bestimmt um die sechzig. Und das Mädchen! Man sieht ja schon von weitem, daß die sauber ist, ein anständiges Mädchen, eine mit Arbeit. Haben sie euch in der Zentrale etwa nicht gesagt, was euch erwartet?«

»In welcher Zentrale?«

»Na, bravo! Vor mir versteckst du dich? Das hat bei mir keinen Sinn, ich habe gute Augen.«

»Sie müssen mich verwechseln«, sage ich.

»Noch einmal bravo, Dummbart! Verstellt sich immer noch. Es ist nicht deine Schuld, sondern die deiner Bosse. Sie schicken einen unfähigen Feuerwehrmann in weiblicher Begleitung, wenn die Flammen bereits an den Dachbalken lecken.«

»Das Feuer?« mischt sich nun Estella ein. »Ich kann kein Feuer sehen. Im Gegenteil wirkt alles ziemlich erloschen.«

»Sag ihr, sie soll den Mund halten. Vielleicht bist du ja einer von ihnen ...«

»Nun machen Sie aber mal einen Punkt«, meint Estella, und zu mir gewandt: »Was will der bloß?«

»Sie soll den Mund halten«, wiederholt der Alte. »Wollen mal sehen, ob du einer von ihnen bist.«

Plötzlich steht er hinter mir und packt mir mit seiner kalten Hand an den Hals. Er schiebt den Hemdkragen weg. Dann zieht er die Hand zurück.

»Du scheinst keiner von ihnen zu sein. Zumindest kann ich keine Tätowierung entdecken ...«

»Hören Sie mal«, sage ich, ziemlich überrumpelt von der eisigen Hand, »was ist denn bloß in Sie gefahren?«

»Spaß beiseite«, meint auch Estella, »ist das eine Art, seine Gäste zu behandeln?«

»Sag ihr, sie soll still sein. Wenn du hierbleibst, bekommst du alle Erklärungen, die du willst. Aber ich rate dir, mach dich lieber schnellstens aus dem Staub.«

Er entfernt sich, kehrt zum Tresen zurück. Seine Hände zittern. Ein Glas fällt klirrend auf den Boden und zerspringt. Er macht mir Zeichen, daß ich zu ihm kommen soll. Ich sehe Estella an, die nur die Augenbrauen hebt. Doch sie sieht nicht enttäuscht aus, eher neugierig. Sie lächelt sogar, als belustige sie diese Geisterstundenatmosphäre.

Ich nähere mich der Bar.

Der Alte hat die Arme über der Brust verschränkt und mustert mich. Der Tresen liegt im Halbdunkel. Das rote Flammenmeer, das den Eingang umfängt, färbt sich allmählich violett. Der Mann lehnt an der Vitrine hinter dem Schanktisch. Er streckt eine Hand aus und betätigt den Lichtschalter. Hinter den Flaschenreihen scheint milchiges Licht auf. Der Alte sieht mich verschlagen an und beugt sich dann zu mir, um etwas in Richtung meines Ohres zu flüstern. Er stinkt nach Knoblauch.

»Ich bin ja nur angestellt. Mich geht das alles nichts an. Ich bin zu alt, um mir eine neue Arbeit zu suchen. Hier ist es sauber. Die Insel, meine ich. Ein schöner Ort, hier geht's einem gut. Was meinst du?«

»Was ich meine? Ich stimme Ihnen zu. Nicht umsonst lebe ich schon eine Weile hier.«

»Na also! Dann strengt euch mal ein bißchen an, verflucht!«

Ich sehe, wie er sich nach vorn beugt und den Tresen

von nahem studiert. Auf der verzinkten Oberfläche haben sich zahlreiche Rostringe von Gläsern eingefressen. Der Barmann hebt eine Hand und läßt sie mit geöffneter Handfläche auf den Tresen knallen. Mit gespreizten Fingern nimmt er eine schwarze Kakerlake auf, dick wie eine griechische Olive. Er hält sie an einem Bein fest, die Kakerlake windet sich noch schwach.

»Da, sieh dir das an«, meint der Alte, »ich beschaffe dir den Beweis für wahre Hygienemängel. Hast du ein Tütchen? Um das Beweisstück zu sichern. Hol es und pack sie ein.«

Er hält mir die Kakerlake hin. Ich ignoriere seine ausgestreckte Hand und wende den Blick ab. Ein Gefühl des Irrealen überkommt mich. Ich komme mir vor wie in einem Horrorfilm, der mit Widerwärtigkeiten nicht spart. Der Barmann nimmt das Insekt nicht weg, sondern hält es mir immer weiter vor die Nase.

»Hier unten ist alles voll damit. Man könnte ein Faß mit ihnen füllen. Wenn du willst, sammele ich dir ein paar Kilo. Das dürfte reichen, um das Lokal schließen zu lassen, oder? Schon diese eine hier wäre genug. Sieh nur, wie dick sie ist. Dabei gibt es noch größere. Sie führen hier ein fröhliches, sorgloses Leben. Sie krabbeln auf den Tresen, schlüpfen in die Pastisgläser, nach Anis sind sie geradezu verrückt. Also, willst du das Ding jetzt oder nicht? ... Teufel noch mal!«

Er läßt das Insekt fallen, das sich mittlerweile nicht mehr bewegt. Mit der Hand wischt er es in meine Richtung.

»Dann iß sie! Wohl bekomm's! In Afrika frittieren die Leute sie, sie sollen süß schmecken.«

»Iß sie doch selbst«, grunze ich. »Und scher du dich zum Teufel!«

Der Alte grinst. Ich weiche zum Tisch zurück, wo Estella schon aufgestanden ist und Zeichen macht, daß wir lieber gehen sollten.

»Dann bist du also doch kein Spitzel«, sagt der Mann.

»Nein. Ich bin kein Spitzel.«

Schon zum zweitenmal werde ich in dieser Woche für einen Polizeispitzel gehalten. Ich muß wohl etwas an meiner Kleidung ändern. Die Haare etwas länger tragen, vielleicht auch andere Schuhe anziehen. Es gefällt mir nicht besonders, wie ein Polizist auszusehen. Nicht, daß ich etwas gegen Polizisten, Privatdetektive oder ähnliches hätte. Aber ich möchte lieber als der gelten, der ich bin: ein alter Strick, der auf einer Insel am Ende der Welt die Zeit totschlägt.

Der Mann kommt an unseren Tisch, um abzukassieren. Er wirkt nun etwas ruhiger.

»Dieses Lokal soll ein Vorposten werden, verstehst du das denn nicht? Ihr müßt euch wehren. Ich wißt ja nicht, was sie aus dem Viertel Gros Caillou in Paris gemacht haben. Sogar die Chinesen, die wirklich hart im Nehmen sind, bauen ihre Imbißbuden ab und gehen weg. Sie ertragen sie nicht mehr. Wenn sie sich hier niederlassen, bedeutet das das Ende für die Insel. Sie wollen sie einnehmen, wie sie es mit Gros Caillou gemacht haben ...«

Er hält inne und spitzt die Ohren. Seit ein paar Minuten ist unter unseren Füßen ein dumpfes Geräusch erwacht, ein immer lauter werdendes Schleifen und Trippeln wie von einer Schar Mäusen.

»Das sind sie!« sagt der Alte. »Sie wachen auf. Den ganzen Tag über sind sie träge, aber wenn es Nacht wird, kommen sie aus ihren Löchern ... Schweigt! Und damit eins klar ist: Ich habe nichts gesagt.«

Der Eingang verdunkelt sich, als stände jemand davor. Dann geht die Tür auf. Es klingelt leise. Draußen an dem Tisch sitzt ein unvorstellbar fetter Mann. Seinen Bauch hat er auf den Rand des Tischs gestützt, die Tür hält er mit der ausgestreckten Hand auf. Der Barmann stopft sein Hemd in die Hose und justiert mit einem Ploppen die Hosenträger. Er packt einen Lappen und beginnt energisch den Tresen zu wischen.

Von draußen ertönt eine dünne, schrille, kurzatmige Stimme:

»Nun, Auguste, heute abend wird einiges los sein, wie?!«

Der Barmann kommt hinter dem Tresen hervor und stellt sich so neben uns, als wolle er uns verdecken:

»So heißt es.«

»Aber hier hat sich niemand blicken lassen.«

»Nein, mein Herr, niemand.«

»Sicher? Keine Nachricht für mich?«

»Nein. Keine Nachricht.«

»Aber im Lokal ist doch jemand.« Der Dicke beugt sich über die Türschwelle, der Tisch kippt ein wenig unter dem Gewicht seines Bauches.

»Du hast doch mit jemandem gesprochen.«

»Zwei Gäste.«

»Gäste? Was denn für Gäste?«

»Na, Gäste eben, irgendwelche Gäste. Immerhin ist dies ja eine Kneipe, nicht wahr? Sie kamen, haben gegessen und getrunken, jetzt haben sie gezahlt und gehen gleich wieder.«

Die Tür verdunkelt sich ein zweites Mal. Ein großer, dünner Mann kommt herein und geht mit entschlossenen Schritten auf den Tresen zu. Uns schenkt er im Vorbeigehen keinen Blick aus seinem langen, traurigen Gesicht. Er setzt sich vor dem Tresen auf einen Hocker.

»Auguste«, sagt der Dünne so laut, daß Estella und ich ihn garantiert verstehen können, »du weißt genau, daß heute abend am Strand hier unten eine Agape stattfindet. Fremdes Publikum ist da nicht zugelassen. Wissen das deine Freunde?«

Auguste dreht sich mit einer schnellen, ärgerlichen Bewegung zu ihm um:

»Das sind nicht meine Freunde. Muß ich etwa Leute wegschicken, die hier essen und trinken wollen?«

Estella und ich stehen an unserem Tisch und wissen nicht, was wir tun sollen. Ich bin entschlossen, hierzubleiben. Ich habe die Rechnung bezahlt, dies ist ein öffentliches Lokal, ich mag keine Befehle, und es ist mein gutes Recht, so lange hierzubleiben, wie es mir paßt. Ich bedeute Estella, sich wieder an den Tisch zu setzen. Sie folgt der Aufforderung mit herausfordernder Miene. Auch ich lasse mich wieder nieder.

Der Dicke draußen erhebt sich von seinem Tisch. Mit trippelnden Schritten kommt er herein. Er stellt sich neben uns. Ich höre ihn keuchen. Er ist sehr elegant gekleidet und hat so viel Parfüm aufgelegt, daß sich einem der Magen umdreht. Sein cremefarbener Anzug könnte meinem bescheidenen Modeverständnis nach von Armani sein. Dazu trägt er eine Fliege.

Er hakt Auguste unter und schiebt ihn zum Tresen. Seinem entschlossenen und unverfrorenen Auftreten zufolge ist er wohl der neue Besitzer der Taverne, überlege ich. Dem Barmann gegenüber verhält er sich zugleich beschützend und gebieterisch. Mühsam zieht er sich auf einen Hocker neben dem Dünnen:

»Gib mir etwas Erfrischendes zu trinken, Auguste«, keucht er mit hoher Kopfstimme. »Einen *jus d'orange*.«

Dann dreht er sich zu uns um und lächelt uns an.

Die Tür steht noch immer offen. Man sieht ein Fleckchen Erde mit Gestrüpp am Rand der Klippe. Die Sonne ist schon eine Weile untergegangen, die Dunkelheit bricht schnell herein. Der kleine Strand in der Felsenbucht läßt sich scheinbar nur vom Meer aus erreichen. Dennoch füllt er sich nun mit jungen Leuten. Von meiner Position aus kann ich nicht erkennen, woher sie kommen.

Der Dickwanst wendet sich nun, immer noch lächelnd, an uns:

»Hier wird gleich ... Na, Sie werden es ja sehen ... Oder besser gesagt, Sie würden es sehen, wenn es erlaubt wäre ...

Aber ich fürchte, man wird es Ihnen nicht erlauben ... Auf dem Strand, im Freien, wird es gleich ein Spektakel geben, das ich als Kunst bezeichnen würde. Vor allem Musik. Eine Darbietung zwischen Kunst und Religion. Aber nur auf Einladung hin, persönliche Einladung, sehr begrenzt. Das Schauspiel ist den geladenen Gästen vorbehalten. Was soviel heißt wie den Gläubigen, zumindest Adepten. Haben Sie eine Einladung? Nein, nicht wahr? Ich bin Bernard Kaline«, fügt er dann würdevoll hinzu.

Aber sicher: Bernard Kaline, der große Kunstkritiker und -händler, wieso habe ich ihn nicht sofort erkannt? Seinerzeit waren wir Kollegen – wir übten letztlich denselben Beruf aus –, doch der berühmte Kaline bewegte sich in entschieden höheren Sphären. Verglichen mit Kaline, war ich nichts als einer der unzähligen Chronisten der Klatschspalten, ein beliebiger Hilfsarbeiter im Heer der Schreiberlinge. Einmal, als ich meine Version des Todes der Tochter eines großen Künstlers dargelegt hatte, erschienen in den Zeitungen, in denen der Gottvater seine Feuilletons zu veröffentlichen pflegte, ein paar verächtliche Zeilen, in denen ein »gewisser Greck« aufgefordert wurde, seinen Rübenacker zu bearbeiten und die Pflege der Orchideen den Blumenzüchtern zu überlassen. Ein einziges Mal war ich ihm auch persönlich begegnet, anläßlich der Vernissage eines befreundeten Malers in einer Galerie in Faubourg Saint Honoré. Ich weiß noch, daß Kaline seinen überbordenden Wanst keinen Moment vom Buffet weg bewegte und sich nicht im geringsten um die ausgestellten Bilder scherte. An der Hand hielt er ein Fernsehsternchen. Seine Mädchen waren niemals älter als zwanzig. Sie mußten gertenschlank und sehr groß sein, um den ästhetischen Kontrast zu seinem wabbeligen Körper hervorzuheben. Viele behaupteten auch, er zeige sich immer in Begleitung dieser Elfchen, um die Berichte all jener zu dementieren, die wiederholt gesehen haben wollten, wie er im Kostüm einer Matrone des späten Römischen Reiches nächtens durch den Bois de Boulogne stiefelte und junge Drogenabhängige und Habenichtse abschleppte. Er ist noch dicker geworden, seit ich ihn auf jener Vernissage gesehen habe. Gleichzeitig kommt er mir eingefallen vor, seine Wangen hängen an den Mundwinkeln um das Kinn herab, das ein kleiner, schwarzweiß gescheckter Kinnbart ziert. Das Bärtchen gab es zu Zeiten der nächtlichen Streifzüge nicht.

»Wenn ich richtig informiert bin«, grunzt Kaline und holt so geräuschvoll Luft, als hätte er sich mit einem Hammer auf den Daumen geschlagen, »sind wir, das heißt die Mitglieder der Gemeinschaft, auf der Insel nicht gern gesehen. Die Insulaner sind verschlossene Menschen. Machen deine Freunde da eine Ausnahme, Auguste? Wenn Sie möchten, kann ich Ihnen die Darbietung in groben Zügen schildern. Dann haben Sie Ihren Marsch wenigstens nicht umsonst gemacht.«

Nun nimmt die Stimme des Dicken einen lyrischen Tonfall an:

»Stellt euch einen Bienenstock vor, der von der alten Königin und ihrem Schwarm gerade verlassen wird. Die Bienenstadt ist perfekt, aufgeräumt, alles befindet sich an seinem Platz, jede der vielen tausend Bienen kennt genau ihre Aufgabe. Alles funktioniert wie ein Uhrwerk. Dann, plötzlich, bricht das Chaos aus. Unter ohrenbetäubendem Gesumm erhebt sich der Schwarm in die Luft, in seiner Mitte die Königin. Die Bienen scheinen jede Disziplin verloren zu haben, sie fliegen wild umher. Doch es ist ein fröhliches Chaos, versteht ihr? Die Bienen geben sich einer wilden Freude hin. Sie singen die Hymne der Veränderung. Wie gleich an diesem Ort ...«

Von einem Moment auf den anderen hat sich die Kneipe mit Leuten gefüllt. So leer, wie sie war, drängen sich jetzt Unmengen junger Menschen in ihr. Doch sind sie alles andere als fröhlich. Sie sind ernst, fast düster, und still. Sie gruppieren sich um den Tresen. Kalines Gestalt verschwindet. Auguste verschwindet.

Der hämmernde Klang einer indischen Sitar durchbricht die Stille. Der Spieler scheint einen Rhythmus zu suchen. Estella und ich pressen uns an den Tisch, wir müssen uns ganz dünn machen wie in einem überfüllten Bus. Das Neonlicht über dem Billardtisch geht aus. Zurück bleibt der milchige Schein hinter den aufgehängten Gläsern. Die alte Bretonin auf dem Poster grinst verschlagen.

Der große, hagere Mann löst sich nun vom Tresen und kämpft sich zu uns durch. Er legt eine Hand auf unseren Tisch.

»So, die Herrschaften, Zeit, zu gehen. Ich bringe euch hinaus. Bitte schön.«

»Wir bewegen uns nicht weg von hier«, erwidere ich.

»Das macht die Sache komplizierter«, meint der Mann und verzieht das Gesicht. »Ihr müßt verstehen, daß ihr nicht erwünscht seid. Ihr habt keine Einladung, niemand kennt euch. Ihr zwingt mich zu weniger höflichen Methoden.«

Er streckt den Arm aus, und ich spüre, wie er mich am Kragen meiner Jacke packt. Er hat einen starken Griff.

»Ich kenne sie.«

Neben unserem Tisch ist ein anderer Mann aufgetaucht, mittelgroß, Geheimratsecken, seine Strickjacke ist ein paar Nummern zu groß und hängt ihm bis über die Kordhosen.

»Du bist doch Jorge Greck, nicht wahr?«

Ich nicke. Der Mann reicht mir die Hand.

»Ich bin Jacques Flècher. Endlich sehen wir uns wieder.«

21

7. August 2001

»Folgt mir«, sagt Flècher. »Bleibt immer dicht hinter mir. Es empfiehlt sich nicht, allein durch die Menge zu gehen.«

Im Halbdunkel mustert Flècher Estella eingehender. Dann nickt er, und ich glaube eine Geste des Einverständnisses zwischen den beiden zu bemerken.

Plötzlich ertönt eine tiefe, autoritäre Stimme. Sie gehört einem sehr großen, sehr dünnen Mann in einer Art buddhistischer Mönchskutte, die jedoch grau ist.

»Ich sah Fremde dort am Tisch. Ihr seid eine Bande von Idioten. Mit euch hat man ständig ein Rudel räudiger Hunde zwischen den Füßen, denen eine fixe Idee den Verstand benebelt.«

»Ich habe eine Einladung ...«, meldet sich mit honigsüßer Stimme der Kunstkritiker zu Wort, kriecherisch und demütig.

»Ihr habt vielleicht eine Einladung, aber ihr seid nicht vorsichtig genug. Keine Fremden, so lautet die Abmachung. Paßt besser auf, oder die Einladung wird zurückgezogen.«

»Das ist nur Flècher, Herr, der Schriftsteller, erinnert Ihr Euch?« Kalines Tonfall wird immer unterwürfiger. »Mit zwei Freunden. Leuten von der Insel. Ohne jede Bedeutung.«

»Freunde des Schriftstellers oder nicht«, tiefste Verachtung spricht aus der Stimme, »Fremde sind nicht zugelassen. Kümmert euch darum. Und zwar sofort.«

»Darf ich heute abend auf eine kleine Anerkennung meines Eifers hoffen, Herr?« Der dickleibige Prophet der zeitgenössischen Kunst scheint den Boden zu lecken.

»Wir werden sehen«, erwidert die tiefe Stimme, »aber

schafft mir die Fremden weg. Bleibt, wo ihr hingehört, ihr Schoßhündchen der großen Medienhure, stört die Agape nicht.«

»Schnell«, zischt Flècher, »laßt uns von hier verschwinden.«

Die Jugendlichen stehen nun dicht an dicht, schieben von allen Seiten. Doch Flècher scheint bei ihnen ein gewisses Ansehen zu genießen, viele weichen zurück und öffnen uns eine Schneise durch den dämmrigen Raum.

»Wo wollen die drei hin?« Wieder dieselbe herrische Stimme mit dem merkwürdig metallischen Timbre.

Ich drehe mich um, kann aber nicht mehr erkennen, woher die Stimme kommt. Flècher hat den Tresen erreicht. Er hebt eine Klappe hoch. Auguste macht ihm ein Zeichen in meine Richtung und schüttelt besorgt den Kopf.

Im Lokal steigt die Spannung. Der Rhythmus der Sitar wird immer frenetischer. Jungen und Mädchen fallen spontan in einen gemeinsamen Tanz, sie stampfen mit den Füßen auf den Boden, wiegen die Hüften, pressen sich aneinander, lösen sich, kommen wieder aufeinander zu. Dabei geben sie keinen Ton von sich, ihre Blicke sind wie blind, wirken im Halbdunkel noch leerer. Sie sehen aus wie Zombies.

Flècher zieht uns zu sich hinter den Tresen. Die Ecke rechts liegt im Dunkeln, allein ein dünner Lichtstrahl fällt auf eine glänzende Metalltür. Flècher öffnet sie. Ich sehe die obersten Stufen einer steilen Treppe.

»Steigt hinab«, sagt er, »und wartet unten auf mich. Rührt euch nicht von der Stelle. Macht kein Licht an. Wir treffen uns bald wieder. Ich muß Selena in Sicherheit bringen, ehe sie sie erwischen.«

Ein rhythmisches Wummern dröhnt durch den Raum, als schlage eine große Menschenmenge unisono mit den Fäusten gegen die Wand.

Als ich über die Schwelle trete, gibt Flècher mir einen kräftigen Stoß und schließt die Tür. Ich höre, wie das Schloß einrastet. Ich stolpere die ersten drei, vier Stufen hinab. Dann strauchele ich, rutsche ab, taste haltsuchend nach einem Geländer, finde keines, falle. Die Rutschpartie scheint kein Ende zu nehmen, scharfkantige Treppenstufen bohren sich in meinen Rücken. Ein orangefarbener Blitz unter den Lidern flammt bis in meinen Schädel. Es fühlt sich an, als flute ein Schwall kochend heißen Wassers durch meine eine Kopfhälfte. Einen Moment lang ertönen wieder das unbekannte Baßtimbre, das schwule Säuseln Kalines, Flèchers Stimme: ein reizender Chor. Der dumpfe Aufprall am Schluß scheint nichts mit mir zu tun zu haben. »Wo ist Estella?« fährt es mir durch den Kopf. Dann zerplatzen schillernde Blasen und hinterlassen einen süßlichen Geruch.

»Wach auf ... He, das ist ja Blut!«

Eine Hand berührt mein Gesicht. Die Dunkelheit ist vollkommen. Die Hand tastet nach der Stirn. Ich lecke mir mit der Zunge über die Lippen. Ein süßlicher Geschmack, aber kein Blut, sondern Anis. Die rechte Wange liegt auf einem schmierigen Untergrund. Ich berühre ihn, ein starker Geruch, mein Hand ist feucht und klebrig. Bei jeder Bewegung fahren stechende Schmerzen durch meinen ganzen Körper. Ich erahne die Umrisse von Estella, die neben mir kniet. Zumindest glaube ich den Veilchenduft ihrer Seife zu erkennen.

»Es ist nichts«, sage ich, »es geht mir gut.«

Die Dunkelheit lastet auf mir wie ein schwarzes Wachstuch, ich finde keinen Halt, um mich hochzuziehen. Ich stemme die Füße in den Boden, strecke beide Hände aus, halte aber sofort inne, da ich von pieksenden Glasscherben umgeben bin. In meinem Nacken pulsiert es, ich fahre mit der Hand darüber und spüre, daß sich dort eine tischtennisballgroße Beule gebildet hat. Schließlich packt Estella mich unter den Achseln und hilft mir auf die Beine.

»Bist du sicher? Nichts gebrochen?«

Ich schwanke ein paar Schritte nach vorn, halte mir mit der Hand das Kreuz.

»Weiß nicht, ich glaube nicht.«

»Teufel noch mal, was für ein Sturz!«

Estella kann ihre Belustigung kaum verhehlen. Ich wanke, fürchte, auf das Fakirbett zurückzufallen, das ich unter meinen Schuhen knirschen höre. Ich atme tief ins Zwerchfell hinein und strecke den Bauch heraus. Die klebrige Nässe bedeckt mir Gesicht und Hände. Ich lecke meine Finger ab. Sie schmecken ebenfalls nach Anis. Ich muß gegen eine Reihe von Pastisflaschen gefallen sein. Der Zucker weckt meine Lebensgeister. Spinnweben winden sich um meine Finger und verkleben sie noch mehr. Vorsichtig wage ich einen Schritt nach vorn, die Hand tastend ausgestreckt. Sie stößt auf eine von Estellas Brüsten. Die läßt ein kleines Lachen ertönen.

»Was soll das, Chef, probierst du dein Glück? Dann kann es dir so schlecht nicht gehen.«

Etwas Lebendiges huscht über meinen Schuh. Dann entfernt es sich unter wildem Geraschel.

»O Gott, eine Maus!« Estellas Stimme klingt jetzt furchtsam. Das Tierchen ist auf der Flucht. Vielleicht versucht es irgendwo hinaufzuklettern. Seine Klauen kratzen hektisch über eine rauhe Fläche. Dem Radau nach zu urteilen, den es dabei veranstaltet, muß es ein recht feistes Exemplar von Maus sein.

»Schsch, hau ab, du Viech!« Vor meinem geistigen Auge sehe ich Estella auf Zehenspitzen stehen, die Hände schützend zwischen die Beine geklemmt.

»Ich habe gelesen, daß man in einem New Yorker Keller eine dreißig Kilo schwere Ratte gefunden hat. Diese hier muß noch größer sein!«

Estella mit ihren Geschichten aus der Klatschpresse! Die Maus muß nun die Decke erreicht haben, ich höre, wie sie über meinem Kopf krabbelt. Ich rühre mich nicht. Ich hoffe nur, daß unsere Maus weder übergewichtig ist wie ihre New Yorker Kollegin noch uns auf den Kopf fällt. Dann hört das Trippeln auf, sie muß in irgendeinem Loch verschwunden sein.

»Verflucht noch mal, was tun wir hier unten eigentlich!«

»Das brauchst du mich nicht zu fragen«, erwidert Estella, »du hast schließlich diesen bunten Abend organisiert.«

Über unseren Köpfen und zu unseren Füßen ertönte nun eiliges Getrappel. Eine große Anzahl kleiner Pfoten scheint sich von einem Ort zum anderen zu bewegen. Die Flucht der Maus hat wohl eine Massenmigration ausgelöst. Wir schweigen. Ich nehme mein Feuerzeug und will es gerade anmachen, da fällt mir ein, daß Flècher uns empfohlen hat, kein Licht zu entzünden. Ich stecke es wieder ein.

Das Schloß über uns knirscht. Quietschend öffnet sich die Metalltür. Ein heller Punkt taucht auf. Jemand kommt die Treppe herunter.

Es ist Flècher, mit der Hand schirmt er den Strahl einer kleinen Taschenlampe ab. Hinter ihm geht ein Mädchen und hält sich an seinem Gürtel fest. Sie ist dünn und hoch aufgeschossen. Im flackernden Schein der Lampe erkenne ich ihre Gesichtszüge mit dem etwas einfältigen Lächeln.

»Folgt mir«, sagt Flècher, »hier entlang ist der Weg frei. Ich habe ihnen weisgemacht, daß ich euch befohlen habe zu gehen und ihr schon weit genug weg seid, um nichts von dem mitzubekommen, was hier gleich passieren wird. Sie halten mich für einen Anhänger, für einen der Ihren. Doch seit ein paar Tagen sind sie mißtrauisch.« Er wendet sich an Estella:

»Wie konntest du ihn nur mitbringen. Warum hast du ihm nicht gesagt, er soll im Hotel auf mich warten?«

»Er wollte selbst herkommen. Das ging alles von ihm aus«, erwidert Estella.

Zwischen den beiden besteht eine Verbindung, deren Natur ich nicht durchschaue. Ich sehe Estella in einem ganz neuen Licht.

Wir steigen eine Treppe aus Stahlbeton hinunter. Hier und dort schauen Stücke verrosteten Eisens heraus. Selbst die Wände sind aus Zement. Je tiefer wir kommen, desto durchdringender wird der muffige Gestank nach Feuchtigkeit. Die abgestandene Luft ist kaum zu atmen. In dieser Katakombe ist die Zeit stehengeblieben. Die nackten Zementmauern verbreiten eine Atmosphäre von blinder Gewalt und grausamen Zeiten. Die halbverwischten deutschsprachigen Schriftzüge an den Mauern, die hin und wieder unter dem Strahl von Flèchers Taschenlampe zu erkennen sind, sagen mir, daß wir in den Bunker hinabsteigen.

Die Treppe hört auf. Der Gang, dem wir nun folgen, wird als Schlafsaal genutzt. An seinen Rändern liegen zusammengerollte Schlafsäcke, Taschen, Packen mit Mineralwasser. Über allem lastet ein durchdringender Schweißgeruch. Dennoch wohnt jedem Gegenstand eine fast klösterliche Ordnung inne. Der Geruch nach Brackwasser und fauligen Algen belebt mich wieder. Ich atme tief ein. Wir erreichen eine rechteckige Öffnung. Die Schießscharte für ein Maschinengewehr befindet sich hoch über dem Strand.

Der Strand liegt in Sternenlicht getaucht. Der Mond ist nicht zu sehen. Auf dem Sand sitzen, Seite an Seite, dicht gedrängt die Jugendlichen. Geordnet, schweigend. Alle sehen auf das Meer hinaus, wo in der Mitte der Bucht ein Felsen in Form einer riesigen Kuh aufragt.

Hinter der Klippe kommt nun ein Motorboot hervor, an Bord Mädchen und Jungen. Viele der am Strand Wartenden helfen den Neuankömmlingen, den Kahn an Land zu ziehen. Das Boot schwankt unter seiner Last aus Brettern, Metallrohren, Scheinwerfern, Lautsprechern, Musikinstrumenten. Alles wird von den jungen Leuten ausgeladen. Als es fast leer ist, sehe ich, daß aus der Mitte des Bootes die Zahnstange eines Stromgenerators hervorragt.

Im schwachen Sternenlicht erahne ich eine vielfache, aber

synchrone Bewegung. Dann flammt ein Scheinwerfer auf. Die Jugendlichen, die gerade an Land gegangen sind, bilden zusammen mit einigen Wartenden eine Kette. Ihre Bewegungen sind routiniert und präzise, wie bei einem Trupp erfahrener Arbeiter. So wie sie die Sachen weiterreichen, wirkt es, als seien sie aus Pappmaché. Die großen Scheinwerfer fliegen über ihre Köpfe hinweg wie kleine Bälle. Die jungen Leute fangen sie mit erhobenen Händen auf, als spielten sie Basketball. So etwas habe ich noch nie gesehen. Vielleicht liegt es an dem künstlichen Licht des einzelnen Scheinwerfers, aber niemand scheint sich auch nur im geringsten anstrengen zu müssen. Nichts fällt zu Boden. Die Kette, die sich gebildet hat, ist vorbildlich geordnet.

An der schmalsten Stelle des Strandes entsteht eine Bühne, in deren Hintergrund sich etwas bläht, das wie ein Segel aussieht. Ein knatternder Kompressor füllt eine riesige flache Kammer mit Luft, die nach und nach die Form eines immensen runden Bildschirms annimmt, wie ein kleiner Mond. Der große Schirm ähnelt nun einem Rad. Sie lassen das Rad über die gesamte Länge der Bühne rollen. Im Rollen fällt der Lichtstrahl des Scheinwerfers auf den Bildschirm.

Dann machen sich die Jungen und Mädchen im Zentrum der Bühne an einem Aufbau zu schaffen. Ich kann nicht erkennen, um was es sich handelt. Ein mächtiges, abstraktes Gebilde. Eine Art abgeflachter, unregelmäßig geformter Turm, wie ein vom Meer modellierter Felsen. Zwischen den Jungen, die auf der Bühne den Aufbau errichten, wandelt ein Mann mit langen weißen Haaren umher. In der Hand hält er einen Stab, mit dem er immer wieder auf große, unförmige Gegenstände tippt, um ihren Bestimmungsort anzuzeigen. Mit jedem eingefügten Gegenstand wächst die Konstruktion zusehends.

Der Mann sieht aus wie ein elegant gekleideter Priester. Er trägt eine schwarze, bis zu den Füßen reichende Kutte und um die Hüfte einen Gürtel, dessen Spange mit bunten Steinen besetzt ist. Doch der Stoff der Kutte ist nicht komplett schwarz. Im Strahl des Scheinwerfers changiert er, nimmt das staubige Licht auf und scheint ein elektrisches Funkeln zu versprühen.

Von der Seite des Strandes, die ich nicht überblicken kann, strömen weitere Jugendliche heran, die ein langes, zylinderförmiges Bündel auf den Schultern tragen. Sie entfalten eine Plane. Wie einen Fächer breiten sie sie auf der Bühne aus. Dann fassen sie die an den Rändern befestigten Bänder, um sie über das turmförmige Ding zu ziehen. Sie verkleiden den Aufbau in der Mitte der Bühne, packen ihn ein und verschnüren ihn mit Tauen. Als sie fertig sind, erhebt sich auf der Bühne ein riesiges, dunkles Paket.

In der Zwischenzeit haben andere Jugendliche an den vier Bühnenseiten vier kleinere Türme errichtet. Darauf montieren sie Scheinwerfer. Der Generator brummt auf Hochtouren. Die Scheinwerfer beginnen über den Himmel zu kreisen und lassen die Sterne verblassen.

22
7.–8. August 2001

Die Scheinwerfer sind erloschen. Die Dunkelheit ist zurückgekehrt, und am nachtschwarzen Himmel funkeln wieder die Sterne.

Alle scheinen auf etwas zu warten, das in Kürze geschehen wird. Mit der Dunkelheit hat sich eine unnatürliche Stille auf die Szenerie herabgesenkt. Kaum jemand spricht. Die Jungen und Mädchen sitzen steif auf dem Boden und blicken zur Bühne. Sie wirken wie die Gemeinde in einem Gottesdienst, kurz vor der Liturgie.

Unter uns flüstern zwei Jugendliche, die auf einer kleinen Zementbrüstung des Bunkers kauern. Obwohl sie mit unterdrückten Stimmen reden, sind sie doch klar zu vernehmen in dem allgemeinen Schweigen, das der Errichtung der Bühne und des seltsamen Pakets in ihrem Zentrum gefolgt ist. Die Köpfe der beiden Jungen berühren fast den unteren Rand der Schießscharte, ihre Beine baumeln ins Leere über den Jugendlichen am Strand.

»Gerhun!« brummt der eine enttäuscht. Zumindest glaube ich etwas Derartiges zu hören. Er streckt sich und unterdrückt ein Gähnen:

»Terdüs, eiw ni chekir, eniek kizum.«

»Bah dulged«, flüstert der andere, »arriba kizum, ahora, tewar.«

»Chi tewar titi crillave ...«

Den ersten Sprecher kann ich besser erkennen. Er ist so gut wie nackt, kleine Silberringe, Kettchen und Plättchen durchbohren ihm Gesicht und Leib: An den Nasenflügeln, Ohren, Lippen, Brustwarzen, überall glitzern die Piercings im Sternenlicht, keine Stelle des Körpers, die man durchstechen kann, wurde ausgelassen.

Der zweite macht eine Bewegung, als feuere er eine Pistole ab. Ich sehe den Schatten seiner Hand auf der Mauer.

»Titi crillave? Nema titi crillave for you. Ud stib phytneo. Tewar for titi sib ud mansionarium Templi. Tewar dun feho.«

»Was reden die da bloß«, flüstere ich Flècher zu, der neben mir steht.

»Sie verwenden eine Kunstsprache«, flüstert er zurück. »Den Jargon der Enki-Gemeinschaft. Verlan, die Geheimsprache der Vorstadtjugend: Sie verdrehen Silben und Buchstaben. Dazu kommen antike Wörter aus der Geheimsprache der Templer. Ich glaube, derjenige, der wie ein Fakir aussieht, hat gesagt, er wolle Musik und *titi crillave* erleben. Der andere meinte, er sei nur ein Schüler, er habe noch nicht das Recht auf *crillave*. Das ist ...«

»Oh! Still! Es geht los!« sagt Selena mit ekstatisch schwingender Stimme.

Ein Beben, das bisher in dem Geräusch der Brandung unterging, tritt nun deutlicher hervor. Ein unendlich tiefer Ton, der langsam stärker und dumpfer wird, wie die Vorboten eines Gewitters. Ebenso unterschwellig nimmt allmählich ein Rap-Rhythmus an Lautstärke zu. Die Schläge scheinen nicht von gewöhnlichen Instrumenten zu stammen, sie haben nicht den vollen Klang von Trommeln oder das metallische Scheppern von Becken. Es klingt wie Steine, die aneinandergeschlagen werden, wie Regen, der in dicken Tropfen auf verdorrte Erde trommelt, wie Äste, die im stürmischen Wind aneinanderstoßen, wie riesige Steinmassen, die einen Bergrücken hinabdonnern. Alles zusammen erinnert an einen Urwald, über dem wie eine himmlische Drohung der düstere Hauch des untergründigen Bebens schwebt.

»Nicht schlecht, wenn man das Genre mag«, sage ich leise.

Mein musikalisches Erinnerungsvermögen ist nicht sehr ausgeprägt, aber die Cembalokadenz im ersten Satz des Fünften Brandenburgischen Konzerts von Bach habe ich im Ohr. Das hier klingt so ähnlich. Ich las einmal etwas über die außergewöhnliche Modernität Bachs. Ein musikvernarrter Naturwissenschaftler behauptete in dem Artikel, daß die fortlaufende Kadenz – von Anfang bis Ende – des Fünften Brandenburgischen Konzerts den Klang der schwach interagierenden Teilchen wiedergibt, die aneinanderschlagen und im tiefsten Raum vibrieren. Ich weiß nicht, ob das überzeugend ist. Ich weiß sowieso nicht viel über schwach interagierende Teilchen. Nie gehört oder gesehen. Die Vorstellung hingegen ist sehr anschaulich.

Eine musikalische Phrase aus drei Noten, gespielt von einem Instrument, das einem Cembalo ähnelt, aber melancholischer klingt; doch das untergründige, alles beherrschende Beben fegt die aufkeimende Nostalgie sofort hinweg. Der Rap wird lauter, brodelt vor Intensität. Die Wände des Bunkers erbeben, die Vibration packt mich bei den Eingeweiden und hält mich gefangen. Die Jugendlichen unter uns scheinen zu zittern wie Schilfrohr im Wind.

Wer auch immer das komponiert haben mag, ist ein echter Künstler. In das Bach-ähnliche Thema sind drei romantische Noten voll gespannter Erwartung eingearbeitet, wie Beethovens Fragezeichen, die die Geburt eines neuen Themas anzeigen. Doch dann verliert sich die Figur sofort in einem populären Lied. Die banal repetitive Form des Raps weist so über sich hinaus, wird ein musikalisches Oxymoron: banal und erhaben zugleich. Mehr als der Genuß des Zuhörens ist es die Spannung, die mich in ihren Bann schlägt, als müsse etwas ganz Außergewöhnliches die Pausen der Musik füllen.

Neben mir nehme ich eine Bewegung wahr. Flècher hat einen Kopfhörer aus seiner großen Umhängetasche gezogen. Mit einer flinken Bewegung setzt er ihn Selena auf den

Kopf, die mit gläsernem Blick hinunterstarrt. Sie macht eine schwache, abwehrende Bewegung, schüttelt ein wenig den Kopf, doch Flèchers Hände drücken ihr den Hörer fest auf die Ohren. Sie gibt auf und läßt die Arme sinken.

»So ist es gut«, höre ich Flècher wispern. »Du weißt, daß dich das krank macht.«

Plötzlich bricht die Musik ab. Einen Moment lang herrscht schreckliche Stille.

Die zwei Jungen unterhalb der Schießscharte hält es nicht länger auf ihrem Mauervorsprung, mit ausgebreitenen Armen werfen sie sich bäuchlings in die Menge, als glaubten sie fliegen zu können. Ich sehe die Körper in die Tiefe stürzen. Sie versinken in dem dunklen Teppich der Köpfe. Ein vielhundertfacher Schrei der Menge steigt auf:

»CRILLAVE!«

Mit einem lauten Knall flammen sämtliche Scheinwerfer auf. Die Strahler beginnen über den Köpfen zu rotieren, über in Ekstase verzerrten Gesichtern. Langsam wandern die Lichtkegel dann in Richtung Bühne. Schließlich wird sie von allen Seiten angestrahlt. Die Plane, die um das geheimnisvolle Ding im Zentrum gewickelt ist, zieht sich zusammen wie ein Akkordeon, dann fällt sie zu Boden.

Dem Aufschrei der Masse folgt tiefes Schweigen. Selbst die Wellen scheinen innezuhalten. Die Jugendlichen dort unten stehen wie versteinert. Kein Atemzug ist zu hören. Alle Augen starren regungslos auf das Ding in der Mitte der Bühne.

Flècher packt das Mädchen an den Schultern und dreht es gewaltsam um, damit es mit dem Rücken zum Strand steht. Sie seufzt bedauernd auf, bleibt aber mit gesenktem Kopf in der vorgeschriebenden Haltung stehen.

Ich blicke auf die Bühne und erstarre.

Als der Gegenstand aufgerichtet wurde, schien es mir eines dieser postmodernen Gebilde à la Christo zu sein, jenem Künstler, der mit Plastikplanen ganze Denkmäler, Berge oder Buchten einpackt. Nun erstrahlt im Licht der

Scheinwerfer ein Monolith, eindrucksvoll und riesenhaft wie eine windgeblähte Wolke. Er steht auf vier Säulenstümpfen. Weiter oben ist er hellgrau mit einer rundlichen Ausbuchtung, deren bodenlose Schwärze alles Licht in sich aufzusaugen scheint. Es wirkt wie das Maul eines riesigen Bären. Unten färbt sich das Grau etwas dunkler, über die Säulenstümpfe, die wie Tatzen aussehen, fallen fellartige Zotteln. Er sieht aus wie die ungeheure Vergrößerung des Steins, den Chefa in Laghouat gefunden hat und den ich im Garten des von Chefa bewohnten Hauses gesehen habe. Wieder packt mich dieses Gefühl der Leere, das ich an dem Ort verspürte, wo ich die Katzen begraben wollte. Mir wird übel.

»Das habe ich schon einmal gesehen, das Ding da«, flüstere ich Flècher zu, »kleiner zwar, aber sonst exakt gleich.«

»Wo?«

»Im Garten des Hauses, in dem Chefa wohnte.«

»Er ähnelt einer dieser Steinfiguren. ›Pierre-figures‹, so nennen sie die Leute im Périgord, in der Nähe Montignacs, aber sie halten sich von ihnen fern.«

»Auch ich habe ihn gelassen, wo er war. Ich wollte ihn nicht einmal anfassen.«

Ein kaltes Scheinwerferlicht hält das Objekt fest umfangen. Darüber flimmern wärmere Farbströme, in denen nach und nach andere Bilder entstehen. Der Monolith scheint eine Bewegung nach vorn zu machen, danach zur Seite, zuerst bedrohlich, dann in aller Ruhe.

Hier sind Künstler am Werk, vor denen man wirklich den Hut ziehen muß, schießt es mir durch den Kopf. Und dann fällt mir plötzlich Enki ein, Enki der Fähige.

Der große Bildschirm in Form eines Rades beginnt zu rotieren, holpert, dreht sich langsam um sich selbst.

Die Musik setzt wieder ein, diesmal ruhiger, ernster. Das neue Thema beschwört zwei Körper herauf, die sich vereinigen, der eine leicht, luftig, im Gleitflug. Der andere unbeweglich, schwer, zeitlos. Die reglose Präsenz empfängt das gasförmige Element, öffnet ihm passiv seinen Schoß. Der Regen wird von der Erde aufgesaugt, der Schmetterling läßt sich auf dem Felsen nieder.

Die Jugendlichen wirken nun versöhnt, sie lächeln verzückt.

Im Scheinwerferlicht erscheint der Schatten des Monolithen auf dem Schirm, riesiger als seine reale Vorlage. Der Bildschirm bewegt sich von einer Seite der Bühne auf die andere. Im Innern des Rades verändert sich das Bild, bläht sich auf. Der Schatten des Steins war zu Beginn eine leblose Silhouette, nun erlangt er im Zwiegespräch mit der Musik Tiefe. Es ist, als gehöre die Musik zu dem Flimmern, das den Schatten des sich bewegenden Monolithen umgibt. Ich habe den Eindruck, auf dem Bildschirm eine Partitur entstehen zu sehen. Das Bild pocht und bebt mit dem Rhythmus, wird zum Tanz.

Plötzlich scheint alles noch einmal von neuer Intensität zu erzittern. Die beweglichen Umrisse des Monolithen werden lebendig, entbrennen in kräftigen Farben, die anfangs blauen Flammenzungen erwärmen sich, werden rot, dann sonnengelb. Eine noch hellere Stichflamme blendet mich, so daß ich die Augen schließen muß.

Als ich sie wieder öffne, wird alles von einem vagen Bild beherrscht, das nicht mehr nur für die Augen sichtbar ist: Es dringt direkt in den Kopf ein. Ich ertrinke in der Dunkelheit, ich falle, falle. Ich treibe durch den Raum, dieser Sturz endet nie, kennt keine Grenzen. Mühsam wende ich einen Moment den Blick ab, schaue zur Seite. Flècher hält sich schützend eine Hand vor das Gesicht, während er dem Mädchen einen Arm um die Schultern gelegt hat und sie immer noch festhält. Ich spüre, daß Estella meine Hand packt und sie ganz fest drückt. Sie starrt mit aufgerissenen Augen durch die Schießscharte, doch wirkt sie nicht so mitgenommen, wie ich mich fühle. Selena dreht sich zu der Öffnung hin, schnell und für Flècher überraschend. Das Mädchen erstarrt, preßt die Arme steif an den Körper, wankt vor und zurück, lächelt, murmelt in rasendem Fluß unverständliche Worte, aus ihren Mundwinkeln sickert Speichel.

Der Bildschirm steigt nun in die Höhe wie ein Heißluftballon. Ich sehe ihn über mir schweben, das Bild überragt mich. Die Mischung aus Bild und Musik zieht mich zurück in die Leere. Erneut drohe ich im tiefen Raum zu versinken. Einen Moment lang komme ich wieder zu mir, indem ich auf meine Füße schaue, doch eine unwiderstehliche Kraft zwingt mich dazu, den Kopf erneut zu heben. Die Bildschirmkugel steht nun über dem Strand wie ein gerade aufgegangener Mond. Ich kann nichts mehr erkennen. Zumindest nicht bewußt.

Die Bilder sind in meinem Inneren, ausgelöst von dem raumbeherrschenden Gestirn. Es sind wirre, schreckliche Bilder. Die subliminale Wahrnehmung registriert sie einen Augenblick, sie sind so furchtbar, daß ich sie sofort vergessen möchte. Doch sie sind zu stark, ich bin wie besessen von ihnen.

Zuerst kommt mir das Haus des Malers entgegen, das bedrohlich auf seinem Felsen thront. Dann entsteht vor meinem inneren Auge der Steinpavian, mit seiner Wendigkeit, seiner Grausamkeit. Nun taucht die Lorbeerhecke des verwilderten Gartens auf. Ich sehe wieder den weißen Schatten, den merkwürdigen nackten Hund, der in sie hineinschlüpft.

Ein greller Blitz blendet mich. Die inneren Bilder laufen nun quasi zeitgleich ab, ohne das Nacheinander einer erkennbaren Reihenfolge. In einer Stadt sehe ich zwei Türme, die in Flammen aufgehen, eingehüllt in eine dichte Rauchwolke. Vor dem Hintergrund der senkrechten und vertikalen Konstruktionen des Gebäudes stürzt aus der Höhe des einen Turms ein Mensch. Aus schwindelerregender Höhe fällt er ins Leere, kopfüber gleitet er parallel zu den Linien hinab. Dann explodieren die Türme, zuerst der eine, dann der andere. Ich sehe immense Rauchwolken,

Trümmer fliegen durch den Himmel, alles wird weiß, alles fällt in sich zusammen.

Eine Sturzflut von Wörtern erfüllt den Geist. Unzählige Stimmen schreien durcheinander, mein Gehirn kann sie nicht alle fassen. Ich habe das Gefühl, daß mir gleich der Schädel platzt.

Als ich wieder zu mir komme, hält Flècher mich mit einem Arm um die Hüfte gefaßt, während er mit dem anderen immer noch das Mädchen festhält. Seine Stimme dringt durch das allgemeine, ohrenbetäubende Brausen zu mir durch, erreicht mich wie aus weiter Ferne.

»Erinnerst du dich an Chefas Brief? Sieh dir die Jugendlichen an, sie sind wortwörtlich in einen Bann geschlagen. Ein Phänomen der Massenhypnose! Auf diese Art bereiten sie die Eroberung der Insel vor.«

»Quatsch«, schnauft Estella, »die Insel werden sie nicht bekommen.«

Wiederum verändert sich das ganze Szenario. Die Menge läuft nun im Kreis um die Bühne herum, kein Laut entsteigt ihren Kehlen, das einzige Geräusch ist das vom Sand gedämpfte Getrappel der Schritte. Sie strömen in einer Endlosprozession, es sieht aus wie eine Welle, die einen Felsen umspült. Die fluktuierende, aber streng geordnete Bewegung erinnert mich an den Strom von Gläubigen um den schwarzen Stein von Mekka. Ab und zu stolpert jemand und verschwindet unter den Füßen der anderen.

Auf dem in der Luft schwebenden Bildschirm flattert der Menschenmenge eine riesige schwarze Fledermaus entgegen, die Flügel weit ausgebreitet. Mit ihrem ungeheuren Leib schiebt sie sich vor die Sterne. Dann zerspringt sie in eine Myriade schwarzer Vögel. Die Vögel flattern in einer wimmelnden Wolke umher, ändern ständig ihre Formation wie ein Schwarm Stare. Dunkler Rauch hängt über den Köpfen der Masse, die immer noch um die Bühne kreist. Er senkt sich herab, gleich wird er die Menschen berühren, wird sie einhüllen.

Mit einemmal kehrt das Dunkel zurück. Jedes Ding hat wieder sein normales Aussehen. Das Meer ist wieder da, die Wellen rollen gemächlich an das Ufer.

Aus der Dunkelheit wächst ein leuchtender Kreis, zuerst nur ein kleiner Stern am Horizont, dann immer größer. Das Licht breitet sich aus, erfaßt den Bunker. Ich habe das Gefühl, in einem dunklen Rohr zu stehen, dessen Öffnung von blendender Helligkeit erfüllt ist. Das Licht wird immer größer, kommt näher.

Erneut ein jäher Szenenwechsel. Der Bildschirm steht wieder auf der Bühne, er zeigt den Monolithen mit dem Äußeren eines Raubtiers. Nun befindet er sich hinter einer reglos stehenden Frau. Die Frau ist eine Schwarze, sie ist schwarz gekleidet, dick, stattlich, mit fleischigen Lippen und strahlend weißen Zähnen.

Die Menge kreist immer noch um die Bühne, nicht mehr so schnell, die Menschen halten inne und drehen ihre Köpfe der Farbigen zu.

Ein leises Winseln erhebt sich, ein allgemeines Summen, das einem Gospel ähnelt. Dann reißt die Frau den Mund auf, ihr Alt erhebt sich über dem vielstimmigen Gesang wie eine einzelne Schwalbe über dem Meer:

»O Geist, der bewegt,
fest vereint mit dem Wort,
aus ihm geschöpft,
wirst du dich lösen, um zu mir zu eilen,
der du geeint bist,
wirst du dich teilen, um zu mir zu eilen?«

»... um zu mir zu eilen ...«, wiederholt die Menge in einem dumpfen Raunen.

Die steinernen Schlagwerke nehmen ihren Rap wieder auf. Alles scheint von vorne zu beginnen. Die Jugendlichen folgen dem Rhythmus, tanzen um die Bühne herum und schlagen mit den Füßen den Takt. Und sie singen:

»O Geist,
der du atmest in dir,
atme aus und atme ein,
atme aus und atme ein!
O Braut, atme aus und ein,
die Braut atmet ein,
die Braut atmet aus!
Die Braut empfängt das Wort!«

Pause. Der Rhythmus der aneinanderschlagenden Steine und der tanzenden Füße hallt durch die Stille.

»CRILLAVE!« schreit die schwarze Frau.

Die Menge wiederholt in einem erstickten Echo: »CRILLAVE!«

Die Frau singt weiter:

»O Geist!
Leg deinen Kopf
auf den deiner Braut,
deine Augen auf ihre,
deinen Mund auf den der Braut,
die Hände und die Füße
und alle deine Glieder,
deinen Bauch
auf den Bauch der Braut!
Die Hände
nicht auf die Hände der Braut.
Die Hände in ihre Höhle
und auf den ganzen Leib der Braut,
jedes Glied ist die Substanz und Ewigkeit des Wortes!
Der Geist
trägt mich in ihre Höhle,
er gibt mir den Namen.
CRILLAVE!«

Die Frau schlüpft aus ihrem Kleid, sie ist nackt und riesig, ihr Körper scheint aus dem Bildschirm hervorzuspringen, ihr Mund durchbohrt sie wie ein schwarzes Loch:

»Quod vidi,
quod audivi,
univit me
in unione sanguinis tui!«

Der Chor der Menge wiederholt in verkrüppeltem Latein:

»Quovì! Quovì!
Univì! Univì!
Inunì! Inunì!
Sanguitù! Sanguitù!«

Die schwarze Frau beugt sich vor, sie wiegt die Hüften, als habe ein jäher Wind sie erfaßt:

»O mein schöner Bräutigam!
Oh, wie bist du sanft,
O Bräutigam!
Mild und voller Liebe.
O Wort!
O Bräutigam! O Bräutigam !
O Wort!
Da! Sehet ihr!
Da! Sehet nur!
Mein Bräutigam des Wortes!
Wie groß er ist!
Wie schön!
Wie strahlend sein Gesicht!«

Stärker setzt nun wieder die Begleitung aus aneinanderschlagenden Steinen ein. Die Stimme verändert sich, sie wird männlich, tief, scheint nicht mehr der Frau zu gehören:

»Columba mea,
formosa mea veni,
ut introducam in domum matris tuae,
et in cubiculum genitricis tuae.
Komm, o meine Taube,
ich will dich in meine Höhle führen,
auf das Bett der Gebärenden,
auf das Bett,
wo meine Göttlichkeit ruht.
Komm meine Taube,
komm meine Taube,
meine Braut,
nun will ich mich an dir ergötzen.
Ich will nicht!
Will dich nicht länger warten lassen!
Will nicht, daß du länger entbehrst
das freudige Martyrium!«

Die Jugendlichen begleiten nun mit langsamen, synchronen Bewegungen den Rhythmus, die Kunststoffsohlen ihrer Sportschuhe geben einen erstickten, dumpfen Laut von sich. Die strenge Ordnung ihres Gangs läßt mich an das rhythmische Marschieren von Soldaten denken. (Ich gehöre einer Generation an, die bestimmte Klänge mit der Muttermilch aufgesogen hat und niemals vergißt.)

Wieder ertönt die Altstimme:

»Blut eint mich mit dem Wort,
jeder Tropfen eine Zunge,
und jede Zunge schreit:
Vereinigung!
Vereinigung!
Vereinigung!
Die Blutstropfen fallen,
süße Musik:
es verliebt sich das Wort.

Das Wort verliebt sich in die Kreatur,
die Braut schenkt ihm das Blut,
sie schenkt es ihm, vergießt es!«

Der Nagel am Zeigefinger der Schwarzen, rot lackiert, scharf wie ein Messer, senkt sich auf ihre linke Armbeuge herab, die Frau macht einen Schnitt, schlitzt die Vene auf. Das Blut spritzt, tropft zu Boden. Der Scheinwerfer beleuchtet den Arm, auf dem Bildschirm kullern riesige Tropfen nieder, die Trommeln begleiten das Tröpfeln, wie der Beginn eines Sommergewitters.

»CRILLAVE!« schreit die Frau und kreist mit dem Arm, bis einige Blutstropfen auf die Zuschauer in den ersten Reihen spritzen.

»CRILLAVE!« brüllt die Meute als Antwort.

Plötzlich steht der weißhaarige Mann neben der Frau. Um die Stirn trägt er ein goldenes Band. In der rechten Hand hält er ein Messer, hebt es in die Höhe, zeigt es der Menge. Die Menge drängt nun zur Bühne, immer noch tanzend, der Rhythmus ist wieder schneller geworden, die Menschenwelle wogt gegen das Geländer, das die Bühne schützend umgibt. Der Mann verschwindet hinter der massigen Frau. Dann erscheint sein Arm, in der rechten Faust das Messer, die Hand fährt rasch über ihre Kehle, die Klinge blitzt, aus der sauber durchtrennten Halsschlagader spritzt ein Schwall Blut. In der linken Hand hält der Mann einen Kelch. Die Frau steht noch, Blut fließt aus ihrer Kehle, der Kelch fängt das Blut auf. Dann fällt die Frau wie ein schlaffer Sack zu Boden. Der Mann tritt an den Bühnenrand. Er kniet nieder. Die Jugendlichen drängen heran, öffnen ihre Lippen: Der Mann hält den Kelch an Dutzende Münder.

Wieder ein trockener Knall, noch stärkere Scheinwerfer flammen auf, der Bildschirm strahlt in einem so grellen Licht, daß jedes Bild verschwimmt. Ich wende die Augen ab. Die Stichflamme ist von leuchtendem Gelb. Die Farbe zerspringt in tausend glitzernde Funken. Ein dumpfes Beben umgibt mich, eine schmeichelnde Stimme dringt in meinen Kopf. Die Stimme sagt: »Laß dich gehen, wehre dich nicht.«

Mit aller Kraft halte ich die Augen geschlossen, bis sie schmerzen. Um jeden Preis möchte ich mit meinem Raum verbunden bleiben, nicht nach draußen gesogen werden, in die fremde und feindliche Leere, so fürchterlich anders. Ich hänge nur noch an einem Faden, wenn er reißt, kann mich nichts mehr halten.

Es droht mich fortzureißen. Ich öffne die Augen, der Stein von Laghouat erhebt sich bedrohlich aus der ihn umströmenden Menschenmasse. Die Menge schiebt und tanzt wabernd um den Monolithen, der Fluß teilt sich an ihm wie an einem Felssporn. Der Menschenstrom bewegt sich immer schneller. Am Strand hat sich der Tanz um die Bühne, in deren Mitte das Gebilde aufragt, in wilde Raserei verwandelt. Hier und da gerät der Lauf ins Stocken, Lücken reißen auf, wo jemand stolpert. Dutzende Arme greifen nach dem gefallenen Körper. Sie heben ihn in die Höhe. Ich sehe blutüberströmte Leiber, die Gruppe, die die Gestürzten aufgenommen hat, weicht zur Seite aus und verschwindet hinter der Bühne.

Ein Schwindel ergreift mich. Ich verspüre den unwiderstehlichen Wunsch, dort unten zu sein, zwischen all den glücklichen Irren, die keuchend um das wunderliche Ding hetzen. Fast schon will ich dem Drang nachgeben, die Schießscharte wäre breit genug für meinen Körper. Ich stecke meinen Kopf und die Hände hindurch und will mich hinabwerfen. Da spüre ich, wie ich an der Hüfte heftig zurückgerissen werde. Jemand sagt zu mir:

»Nicht hinsehen! Augen zu!«

Flècher hat eine schwarze Schweißerbrille auf der Nase:

»Halte durch!« wiederholt er, »nicht hinsehen! Mach die Augen zu!«

Ich schließe die Augen. Ich habe das Gefühl, von einer Welle überrollt zu werden, durch die Tiefen eines sturmgepeitschten Meeres zu wirbeln. Ich beiße die Zähne zusammen.

»So ist es gut. Nicht hinsehen!« sagt Flècher noch einmal.

Ich strecke mich, bewege die Muskeln. Ich blicke um mich in dem indirekten Licht, das durch die Öffnung hereinfällt. Estella lehnt an der Mauer des Bunkers und hält sich mit beiden Händen die Augen zu. Selena steht neben ihr, lächelt mit entrücktem Blick wie in Trance. An meiner Seite stützt sich Flècher mit einer Schulter an die Bunkerwand, ganz auf mich konzentriert und bereit, mich jeden Moment zu packen. Mit seiner Schweißerbrille sieht er irgendwie beängstigend aus. Die Musik verwandelt sich nun in ein wildes Knurren. Von einem auf den anderen Moment ist in ihr alles verstummt, was eben noch ansatzweise angenehm war. Nun ist der Klang nur noch brutal. Die Spannung ist so groß, daß auf der Höhe meines Zwerchfells etwas zerreißt. Ich stürze in eine Art Traum, befinde mich wieder in dem Keller. Die Maus huscht um meine Schuhe, dann klettert sie mir ein Bein hinauf, riesig, ekelerregend ... Doch das ist keine Maus. Es ist so fett wie die New Yorker Ratte, die Estella erwähnt hat, doch es ist zu hell für eine Ratte ...

Unter dem Bunkergewölbe glaube ich den Widerhall vieler Füße zu hören, die sich uns in raschem Lauf nähern. Flècher packt mich am Arm, mit der anderen Hand hält er Selena fest.

»Weg hier!« dringt sein Schrei an mein Ohr, »wir müssen sofort hier raus!«

Ich renne los, anfangs von ihm gezogen. Ich könnte nicht sagen, in welche Richtung. Es ist, als löste sich der Raum um mich herum auf. Wir laufen, so schnell wir können, folgen den Gängen, aber in eine andere Richtung als auf dem Hinweg. Wir rennen hintereinander. Vor uns Selena, ich sehe ihre dünnen Beine, leicht wie die einer Tänzerin, die schließlich über schwarze Felsen hinaufspringen.

Wir erreichen das Freie, ich spüre die frische Brise, die vom Meer herüberweht, unter meinen Füßen das widerspenstige Heidegestrüpp. Hinter mir höre ich Estella keuchen. Als letzter folgt Flècher, der mit seiner dunklen Brille wie ein Straßenräuber aussieht. Endlich taucht über uns der Himmel auf. Doch vor uns erhebt sich dunkel vor dem sternklaren Himmel das Haus des Malers und versperrt uns den Weg.

23
8. August 2001

Ich lief wie ein Schlafwandler. Ein paarmal wäre ich beinahe gestürzt, doch Flècher und Estella fingen mich auf.

Undeutlich und wie im Traum erinnere ich mich, daß wir schließlich ins Freie kamen und begierig die frische Nachtluft einsogen. Der Strand war nicht mehr zu sehen. Er lag hinter dem Haus des Malers verborgen, das einsam über der Klippe aufragte. Von dem Ort, den wir hinter uns ließen, schien rauchgeschwängertes Licht herauf und verwischte die Konturen des Gebäudes. Es sah aus, als wollten die Flammen eines Brandes nach uns greifen. Ein Windstoß trieb abgehackte Trommelrhythmen zu uns herüber.

Eine kleine Menschenmenge verfolgte uns. Ich konnte ihr Getrappel hören. Atemlos rannten wir am Haus des Malers vorbei. Ich weiß noch, daß ich hier etwas langsamer wurde.

Ich erinnere mich an den Anblick des Saals im Erdgeschoß, aber auch dies, als hätte ich es nur geträumt. Durch die weit geöffnete Terrassentür glaubte ich den eleganten Priester und andere, ernst dreinschauende Personen zu sehen, die um einen langen, mit Kandelabern erleuchteten Tisch saßen und aßen. Am Ende der Tafel saß Kaline, der Kunstkritiker, in der demütigen Haltung eines Bediensteten, der am Tisch seiner Herrschaft Platz nehmen durfte. Als ich am Fenster vorbeikam, erhaschte ich einen Blick auf eine helle Gestalt, die sich mit fließenden Bewegungen, wie unter Wasser, dem Tisch näherte, sie glitt leicht dahin wie ein Taucher. Das Bild war zu scharf für einen Traum. Wieder diese weißliche Kreatur, dieser kahlgeschorene Hund, den ich auch in der Lorbeerhecke in Chefas Garten hatte verschwinden sehen. Dieses Mal konnte ich aber auch die spitze Schnauze erkennen und den kleinen Mund. Einen Moment lang begegneten sich unsere Blicke, seine Augen waren riesig und tiefschwarz.

»Nicht umdrehen, nicht stehenbleiben«, ermahnte mich Flècher, der immer noch seine schützende Schweißerbrille auf der Nase trug, und legte mir einen Arm um die Schultern, um mich mitzuziehen.

Endlich erreichen wir Estellas Wagen und quetschen uns alle vier hinein. Es dämmert schon. Es verspricht ein schöner Tag zu werden, ohne den kräftigen Wind, der in der vergangenen Woche stetig geblasen hat.

Die Scheinwerfer schweifen über die Landschaft: über die Felder mit ihren Gruppen von Pinien und Linden, die niedrigen weißen, rosafarbenen und gelben Häuser mit ihren blauen Fensterläden, das Meer, das an diesem schmalsten Punkt der Insel von beiden Seiten heranbrandet. Nach kaum einer Viertelstunde können wir bereits die Lichter des Kontinents erkennen. Die Begrenztheit dieses Ortes hat für mich etwas Beruhigendes. Die Insel gefällt mir, ich habe das Gefühl, zum erstenmal wirklich den Frieden zu spüren, der von ihr ausgeht. Als ich aus dieser Art Tagtraum erwache, haben wir Bourg erreicht, ich habe fürchterliche Kopfschmerzen, und meine Augen brennen.

In den dunklen, einsamen Gassen begegnet uns niemand. Auf dem Wasser in dem kleinen Hafen schimmert schon die Morgendämmerung. Der Anblick anderer vertrauter Dinge muntert mich ein wenig auf. Die Reflexe der Schiffspositionslampen auf dem Wasser entlang der Mole, die hellen Umrisse der schlafenden Fähre und der vor Anker liegenden Boote.

Estella hat die Schlüssel zum Bar-Hôtel du Port. Wir betreten das kleine Restaurant. Es riecht nach kaltem Rauch und Bier.

Hinter dem Schanktisch zeigt das Plakat eines Reiseveranstalters die Skyline von Manhattan mit seinen Wolkenkratzern. Die Müdigkeit und der Schock lassen mich in trübe Gedanken fallen. So ertappe ich mich bei der Überlegung, daß in diesen glitzernden Glaskästen Menschen leben, die glauben, über alles erhaben zu sein, und gar nicht merken, was zu ihren Füßen geschieht. Ein stinkendes Sekret frißt an den Türmen der Metropolen, denke ich. Er riecht nach Weihrauch, dieser zersetzende Ausfluß, er überlagert den Gestank der schwitzenden Leiber, der Menschenmassen, die sich um scheinbar neue, in Wahrheit aber uralte Symbole scharen. Die in bitterster Armut lebenden Peripherien der Welt, wo neue Propheten predigen, bereiten die Belagerung vor. Kein noch so ausgeklügeltes Verteidigungssystem wird die Katastrophe aufhalten können. Die immer komplizierteren Methoden, mit denen wir uns abzugrenzen versuchen, um unsere Pfründe zu sichern, geraten aus den Fugen. Alles wird explodieren. Nicht einmal Titan könnte dagegen bestehen.

Wir haben uns hingesetzt, Estella schaltet die Kaffeemaschine ein.

Flècher nimmt mit einer müden Bewegung seine Schweißerbrille ab und legt sie auf den Tisch. Estella stellt ihm eine dampfende Tasse Café crème hin. Sie wirkt sehr besorgt um Flècher. Mich hatte sie immer glauben lassen, er sei ihr unsympathisch. Jetzt hingegen habe ich die Bestätigung, daß die beiden Verbündete sind, Komplizen. Flècher bedeutet ihr, auch mir einen Kaffee zu bringen, und nimmt dann einen Schluck aus seiner Tasse:

»Wir haben dich da herausgezogen wie ein ertrinkendes Katzenjunges aus der Seine«, stellt er fest.

Der verzierte Spiegel zeigt mein Gesicht über einem gelben Kutter in den Fängen des sturmgepeitschten Meeres. Ich sehe aus wie der alte Penner in der Anfangsszene von »Uhrwerk Orange«, der gerade von den Droogs verprügelt wurde. Ich brauche einen Moment, bis ich mich wiedererkenne. Der Sturz über die Kellertreppe hat seine Spuren hinterlassen. Die Hosen sind an einem Knie aufgerissen, an Stirn und Nase habe ich blutige Kratzer. Meine Lippen fühlen sich geschwollen an.

»Ich möchte bloß wissen, was ich da gesehen habe«, meine ich.

»Was glaubst du denn?« gibt Flècher zurück.

Ich versuche mich zu konzentrieren. Aber mein Kopf ist leer. Ich kann keinen klaren Gedanken fassen. Ich bin völlig durcheinander.

Ich betrachte Flècher aufmerksamer. Er sitzt mir gegenüber. Zum erstenmal sehe ich ihn deutlich, nicht in dem Zwielicht der Taverne Irlandaise oder im Dunkel des Bunkers mit den sich überschlagenden Ereignissen. Bisher habe ich den Schriftsteller erst einmal gesehen, vor langer Zeit, und wenn er sich heute nicht selbst vorgestellt hätte, hätte ich ihn wohl kaum wiedererkannt. Ich versuche mir den Menschen in Erinnerung zu rufen, den ich in Paris getroffen habe. Der leicht ergraute Mann hier ist ein ganz anderer als der heruntergekommene, delirierende Säufer, den ich damals interviewte. Der Mensch, der hier vor mir sitzt, sieht aus wie ein Künstler oder Lehrer. Er trinkt keinen Alkohol, sondern Milchkaffee.

»Ich habe mich verändert, nicht wahr«, sagt Flècher, »und nicht zu meinem Nachteil, denke ich. Ich bin jetzt trocken.«

»Er ist ein guter, sittsamer Onkel geworden«, sagt Selena, die neben mir sitzt. Sie beugte sich über meine Knie, um Flècher über die Wange zu streicheln, und ich erhasche einen Blick auf die Ansätze ihrer festen, kleinen Brüste.

Es fällt mir schwer, mich dem Wust von Eindrücken und Bildern zu entwinden, die mich noch gefangenhalten. Vielleicht war es der Gesang der Schwarzen, der in mir die Erinnerung an die Kirchengerüche meiner Kindheit geweckt hat, jedenfalls muß ich plötzlich an einen Absatz aus Nietzsches »Antichrist« denken. Laut rezitiere ich ihn:

»›Der reine Geist ist die reine Lüge ... jeder Priester ist ein Vergifter des Lebens von Beruf. Solange es diese Anwälte der Verneinung gibt, wird die Wahrheit sich unserem Verstand entziehen.‹«

Ich lehne Nietzsche in vielerlei Hinsicht ab, doch auf einmal teile ich seine Abneigung gegen die Religion, gegen jede Art von Religion.

»Die schwarze Sängerin hat ein böses Ende gefunden«, füge ich hinzu, »falls das nicht nur Theater war.«

»Nein, leider war es kein Theater«, bestätigt Flècher.

»Alles andere als Theater«, nickt Estella und stellt eine Tasse Kaffee vor mich auf den Tisch. »Diese Fanatiker haben ausgefeilte Methoden, um orientierungslose und naive Jugendliche mit ihrem zerstörerischen Rausch anzustecken. Uns nicht, bei uns gelingt es ihnen nicht. Wir Insulaner sind dagegen immun. Zu alt, wir wissen zuviel, um eine Ansteckung zu riskieren.«

Estella verzieht angewidert das Gesicht.

»Sie haben einen kannibalischen Ritus zelebriert, aber nicht symbolisch, wie in anderen Religionen, sondern ganz real.«

»Glaubst du, daß die Schwarze tatsächlich gestorben ist?«

»Na klar«, antwortet mir Estella, »und nicht nur sie. Auch die Jugendlichen, die bei dem Rundlauf gestürzt sind. Die anderen haben sie gepackt und genau das mit ihnen gemacht, was du dir vorstellst.«

Ein heftiges Ekelgefühl dreht mir den Magen um, beinah kommt mir der Schluck Kaffee hoch, den ich gerade getrunken habe. Mühsam finde ich die Kraft zu antworten:

»Als wir geflohen sind ... Wir sind doch geflohen irgendwann, wie die Hasen, stimmt's? Da glaubte ich etwas zu sehen, vielleicht war es nur ein Traum oder eine Halluzination ... Ich habe das Haus des Malers von innen gesehen ...

einen festlich gedeckten Tisch ... eine Tafel, an der steif und ernst Menschen saßen. Wer war das? Kaline war unter ihnen ...«

»Das hast du nicht geträumt«, meint Flècher. »Das waren ihre Anführer, die wichtigsten Köpfe der Sekte. Du wolltest doch wissen, was *crillave* bedeutet? *Crillave* ist ein Wort aus der Sprache der Templer. Es ist ein Synonym für Agape. Agape ist griechisch und heißt Konvivium, Gastmahl. Das taten diese Herren: Sie aßen gemeinsam, genau das. Wie Estella gesagt hat. Und du liegst bestimmt nicht falsch, wenn du dir das schlimmste vorstellst.«

Still und leise hat sich der Raum im Bar-Hôtel du Port mit schlaftrunkenen Menschen gefüllt. Die Fischer vom Hafen sind hereingekommen und die Maurer, die an den neuen Häusern hinter Bourg arbeiten. Ronan tritt mit leicht verlegenem Gruß ein. Zu viele Menschen für die frühe Stunde, es ist gerade mal sechs Uhr morgens. Das sieht nach einer Versammlung aus, trotz der lockeren Kneipenatmosphäre. Alle tuscheln miteinander, die Stimmen verschwörerisch gesenkt.

»Wie kamst du auf die Taverne Irlandaise?« fragt mich Flècher.

Ich erwähne die Begegnung mit Aline.

»Dieses unerträgliche Schwatzmaul«, meint Flècher, »eine notorische Schwärmerin, nur wofür, das weiß sie selbst nie so recht. Ihre größte Furcht ist, daß ihr eine Gelegenheit entgehen könnte, das Universum zu verstehen. Sie hat immer Angst, zurückzubleiben, die Erleuchtung zu verpassen. Über sie habe ich die Gemeinschaft der Enki kennengelernt. Es fehlte nicht viel, und sie hätten sich auch mich einverleibt.«

»Allerdings war es nicht Aline, die mir die Taverne gezeigt hat«, stelle ich richtig, »dorthin hat mich Estella geführt.«

Flècher wechselt einen Blick mit Estella, die ihre Ellbogen auf den Tresen stützt und mit Roland spricht, dem stämmigsten Fischer der Insel: Er ist zwei Meter groß und wiegt 150 Kilo reine Muskelmasse.

Estella erwidert seinen Blick. Ich habe allmählich den Eindruck, daß jedermann hier besser informiert ist als ich.

Selena ist halb von ihrem Stuhl gerutscht, sie wirkt müde, lehnt den Kopf an meine Schulter, als wolle sie einschlafen, dabei sind ihre Augen weit offen. In der blauen Iris glimmt ein naives Licht wie in denen Marilyn Monroes in beinah all ihren Filmen, außer dem letzten, wo sie traurig ist, und in »Niagara«, wo sie die Böse spielt. Dann befeuchtet Selena mit der Zunge und mit übertriebenem Gestus ein Taschentuch, fährt mir damit sanft über meine Kratzer und wischt das Blut ab. Ich lasse sie gewähren, es ist zwar nicht gerade hygienisch, aber alles andere als unangenehm.

»Selena«, meint Flècher, »hatte dieselbe Bestimmung wie die schwarze Sängerin. Ich konnte sie in letzter Minute retten und sie von der Pest dieser Fanatiker heilen.«

»Ich verstehe immer noch nicht, welche Rolle du bei dem Ganzen spielst«, sage ich. »Mir ist einiges noch nicht klar. Gestern noch lebte ich friedlich auf dieser Insel. Im Laufe einer Nacht habe ich mehr abstoßende und unverständliche Dinge gesehen als in meinem ganzen bisherigen Leben.«

»Das stimmt nicht«, sagt Flécher. »Ich gestehe dir ja den Zweifel zu. Aber es ist völlig undenkbar, daß du länger als einen Monat in dem Haus gewohnt hast, in dem Chefa lebte, ohne daß dir etwas Besonderes aufgefallen wäre. Ich bin mir sicher, daß du in dem Haus des Malers heute nicht nur die ›frohe Tischgemeinschaft‹ gesehen hast, sondern noch etwas anderes. Und ich wette, es war nicht das erste Mal.«

»Einverstanden«, meine ich, »als ich in dieser Villa wohnte, glaubte ich in dem Garten merkwürdige Dinge zu bemerken.«

»Das heißt?«

Plötzlich überkommt mich eine große Müdigkeit. Ich will nur noch zurück in meine kleine Wohnung in Bourg und mich ins Bett legen.

»Es reicht«, sage ich und mache Anstalten, mich zu erheben. »Für heute habe ich genug von den ganzen Abstrusitäten.«

»Welche Abstrusitäten?« gibt Flècher zurück. »Was du heute nacht am Strand gesehen hast, war real. Das spektakuläre Erscheinungsbild. Es ist eine absolute Ausnahme, diesem Ereignis beizuwohnen. Nicht umsonst wollten sie dich vorher loswerden. Selbst ich, der ich die Gemeinschaft schon über zwei Jahre kenne, hatte das nie zuvor gesehen.«

»Die Gemeinschaft«, fährt er fort, »wuchert wie eine riesige Glyzinie. Sie reist durch die Computer des gesamten Erdballs. Mit Hilfe des Internets folgt sie den Menschen bis in die Abgeschiedenheit ihrer Wohnungen. Sie ist wie ein Virus. Der Computervirus, im Sinne des Computers als Virus. Agapen finden auch hinter verschlossenen Türen am heimischen Herd statt, nicht nur hier oder auf den Straßen von Gros Caillou. Jeden Tag breitet die Gemeinschaft sich weiter aus, wie ein Ölfleck. Aber der Bewegung ist nichts vorzuwerfen, zumindest äußerlich. Sie lassen sich nichts zuschulden kommen. Nicht in der Öffentlichkeit. Nur heute nacht haben sie die Grenzen überschritten. Sie fühlen sich immer sicherer und werden immer überheblicher.«

»Ich verstehe aber immer noch nicht«, erwidere ich, »auf welcher Seite du eigentlich stehst. Aline sagte, du gehörst zu der Enki-Gemeinschaft. Sie sagt, du seist einer von ihnen.«

»Ein Hoch auf den geheimnisvollen Propheten«, sagt Flècher und hebt seine Kaffeetasse in die Höhe. »Was Aline dir gesagt hat, ist falsch. Du hast hoffentlich Chefas Brief gelesen, der meiner Nachricht beilag, und ihn nicht etwa ungelesen weggeworfen.«

»Ich habe ihn gelesen.«

»Dann wirst du auch verstanden haben, daß nun genau das eintrifft, was Chefa prophezeit hat. Die Enkianer, die hinter allen möglichen Organisationen stecken, sind überall auf dem Vormarsch. Hier im Westen tarnen sie sich mit orgiastischen und pseudokünstlerischen Riten, wie du gesehen hast. Anderswo tragen sie hundert weitere Namen, nicht zuletzt bedienen sie sich auch der traditionellen Religionsgemeinschaften. Ihr Trojanisches Pferd ist dabei stets die Verherrlichung des Mythos mit rituellen Mitteln. Wie Hitler orakelt hat: Der neue Krieg wird spirituelle Mittel anwenden. Erinnerst du dich an Chefas Zitat? Ich hatte das Glück, in einer Bibliothek dasselbe Buch zu finden. Es gibt dort dieses erleuchtende Kapitel mit der Überschrift ›Der Antichrist‹, die an Nietzsche erinnert, auch wenn der Humanismus des Philosophen verfälscht und von dem blinden Eifer des Tyrannen verdreht wurde. Hitler wollte seine religiöse Auffassung vor allem über das ›Bild‹ verbreiten, er benutzte genau diesen Ausdruck. Welches Bild? Ein Beispiel davon hast du am Strand unterhalb der Taverne gesehen.«

»Schon wieder der verrückte Adolf ...«, murmele ich genervt. »Du hast immer noch nicht gesagt, was du bei den Enkianern zu suchen hast. Von ihnen ist in Chefas Brief keine Rede.«

»Weil sie zu der Zeit, als er mir schrieb, noch nicht öffentlich in Erscheinung getreten waren. Erst danach, als Chefa bereits verschwunden war, konnte ich seinen Brief besser verstehen. Ich verstand, daß die Enki-Gemeinschaft hier im Westen das beste Mittel ist, um ein metaphysisches Alibi für die entscheidende Schlacht zu liefern. Und daß wir gemeinen Menschlein, die noch nicht von ihnen verseucht sind, die Pflicht haben, ihnen Widerstand zu leisten. Deshalb habe ich mich mit Alines Hilfe bei ihnen eingeschlichen, um sie auszuspionieren. Ich bin ein Spion. Ich kam auf die Insel, um wenigstens einmal ihren Hexenkessel ins Feuer zu kippen. Damit diese Fischerinsel in Frieden weiterleben darf. Die Insel ist für sie von zentraler Bedeutung, wie Chefa in seinem Brief darlegt. Das seltene Mineral, das sie benötigen, erinnerst du dich? Die Störer versuchen, durch die Enkianer die Insel einzunehmen. Aline, die dumme Bourgeoise, hat gehört, daß du mich suchtest, deshalb hat sie mit dir angebändelt, um zu erfahren, was du von mir wolltest. Aline hat, wie ich glaube, mein wahres Ansinnen durchschaut und beobachtet mich. Du hast ihr doch nicht etwa gesagt, warum du mich sprechen wolltest?«

»Ich habe ihr gesagt, daß *du mich* sprechen wolltest.«

»Ich weiß, daß du Davide Chefas Tagebücher gelesen hast, nicht zuletzt deshalb wollte ich dich treffen. Ich möchte sie auch lesen. Aber das hat Zeit. Estella ist auf unserer Seite. Sie hat mir geholfen, die Inselbewohner zusammenzurufen.«

Mit einer Handbewegung deutet Flècher auf den Raum, der nun voller Leute ist. Es herrscht eine angenehme Wärme. Alle trinken Kaffee und unterhalten sich angeregt. Es sieht aus wie eine Mischung aus Totenwache und konspirativem Treffen.

24
18. August 2001

Aus dem »Journal de l'Ouest« vom 16. August 2001:

»Seit über einem Monat geschehen die merkwürdigsten Dinge auf der Île de ...

Es ist noch nicht lange her, da genügte ein Hinweis auf die berühmten Filmszenen aus den ›Ferien des Monsieur Hulot‹ von Jacques Tati, um das kleine, verschlafene Inseldorf treffend zu beschreiben. Doch in letzter Zeit scheint sich der Ort in eine Brutstätte der Gewalt verwandelt zu haben. Alles begann in jener Nacht, als am Strand der Insel eine Versammlung der Enki-Gemeinschaft abgehalten wurde, jener religiösen Bewegung, die sich auf einen Propheten beruft, der ebenso berühmt wie geheimnisumwittert ist und noch niemandem ein Interview gewährt hat.

Obwohl gesicherte Aussagen so gut wie unmöglich sind, da die Inselbewohner beharrlich schweigen, sollen die jungen Anhänger der Bewegung den Bunker der deutschen Wehrmacht im äußersten Westen der Insel als Schlafsaal genutzt haben.

Vor einer Woche dann lud eine Flotte von Fischerbooten der Insel in einer Nacht-und-Nebel-Aktion die Abfälle aus den *fumaisons* in dem Bunker ab, jenen Räucherhütten, wo die Tradition der Weiterverarbeitung von Thunfisch und Sardinen seit dem 19. Jahrhundert gepflegt wird und die der ganze Stolz der Insel sind. Tonnen verfaulender Fischköpfe, -eingeweide, -schwänze und -gräten. Der Gestank zwang die jungen Enkianer, ihren Schlupfwinkel zu verlassen, der kurz darauf mit Hilfe einiger Kanister Kerosin in Flammen aufging.

Doch dies ist nicht das Ende der Geschichte. In der darauffolgenden Nacht schliefen die jungen Enkianer in der Taverne Irlandaise, einer volkstümlichen Kneipe in der Nähe des Bunkers, in welcher die Flüchtlinge mit Sack und Pack Zuflucht gefunden hatten. Plötzlich fiel in der ganzen Gegend der Strom aus. Der Himmel war wolkenverhangen, die Nacht düster. In der Finsternis, nur erhellt von der einen oder anderen Kerze, muß es in der Taverne zu einer Schlägerei gekommen zu sein: auf der einen Seite die vom Pech verfolgen Enkianer, auf der anderen eine Gruppe weniger, dafür aber kräftiger und breitschultriger Fischer und Maurer von der Insel.

Nicht bekannt ist, welcher Funke den Zwist anfachte. Allem Anschein nach zogen jedoch die jugendlichen Enkianer den kürzeren. Die erste Fähre, die am nächsten Morgen, von der Insel kommend, am Festland anlegte, ähnelte jedenfalls einem Lazarettschiff. Wie die Lokalpresse berichtet, mußte das Krankenhauspersonal im Umkreis von einigen Kilometern tagelang Prellungen, Brüche und mutmaßliche Gehirnerschütterungen behandeln. Verläßliche Quellen berichten jedoch, daß niemand ernsthaft verletzt wurde.

Aber es sollte noch schlimmer kommen. Die Gruppe der Enkianer, die auf der Insel verblieben waren, nun schon deutlich reduziert, verfügte über ein Boot, auf dem sie eine Vielzahl an musikalischen Gerätschaften und Verstärkern von beträchtlichem Wert aufbewahrten.

Vorgestern näherte sich diesem Kahn das Kranschiff, das normalerweise den Boden des Hafenbeckens reinigt. Die Greifer des Bootes waren mit großen Felsbrocken und Kies gefüllt. Scheinbar durch einen Fehler des Kranführers entluden die Greifarme ihre Fracht über dem Kahn der Enkianer. Doch kaum jemand glaubt an ein Versehen. Das Boot jedenfalls kenterte und versank in der Tiefe.

Die letzte Meldung stammt von gestern. Wie bekannt ist,

ging am 14. August ein heftiges Gewitter über der Bretagne nieder. Im Hafen der Insel schaukelte friedlich die elegante Yacht eines bekannten Kunsthändlers aus Paris. Es scheint sich dabei um dieselbe Person zu handeln, die die Taverne Irlandaise erstanden hatte, welche im übrigen erneut von der Gendarmerie geschlossen werden mußte, da sie bei der Prügelei fast gänzlich zerstört wurde.

Während des Unwetters wurde die Yacht von einem knappen Dutzend Fischerbooten eingekreist, die ihre Bordsirenen aufheulen ließen und den Luxuscruiser unter der Drohung, ihn zu rammen, zum Ablegen zwangen. So drängten sie die Yacht mitsamt ihrer Besatzung bei stürmischer See aufs offene Meer hinaus. Die Fischerboote ließen nicht locker, bis sie sich mehr als zweihundert Meilen außerhalb französischer Gewässer befand. Nicht zu Unrecht war die Rede von einem richtiggehenden Akt der Piraterie.

Man kann sich leicht ausmalen, welchen Schaden dieser Rückschritt in finstere Zeiten – der Legende nach waren die Inselbewohner in der Vergangenheit nicht nur meisterhafte Fischer, sondern ebenso fähige Piraten – dem touristischen Ansehen der Insel zufügen wird.«

Estella und Flècher haben mir die Zeitung in meine Wohnung nach Bourg gebracht. Sie haben die Lokalseite aufgeschlagen und sie mir in den Schoß gelegt, als ich gerade in meinem unkrautüberwucherten Hof die Sonne genoß.

Das Unwetter der vergangenen Tage hat sich gelegt, eine leichte Brise fegt die letzten Wolken vom Himmel. Strahlende Tage kündigen sich an. Die zweite Augusthälfte ist die schönste Zeit auf der Insel, wenn die frühe Morgensonne einen pastellfarbenen Schleier über die kräftigen Farben der Landschaft breitet und ihr das Aussehen eines flämischen Gemäldes aus dem siebzehnten Jahrhundert verleiht.

Estella und Flècher ließen sich nebeneinander auf den Stufen zur Küche nieder. Sie beobachteten mich beim Lesen. Wenn ich kurz von der Lektüre aufsah, grinsten sie zufrieden. Nachdem ich den Artikel beendet hatte, mußte auch ich lachen. So lachten wir alle gemeinsam.

Ich habe den Eindruck, daß Estella und Flècher ein gutes Paar abgeben. Flècher scheint auf der Insel bleiben zu wollen. Im Moment wohnt er noch im Hotel, doch nicht mehr mit Aline, der Schwätzerin, die Estella zufolge mit der ersten Gruppe Enkianer die Insel in Richtung Küste und Krankenhäuser verlassen hat. Emsig wie eine Rotkreuzhelferin, meint Estella.

Flècher möchte auf lange Sicht ein eigenes Haus beziehen. Zu diesem Zweck hat er einen alten Stall außerhalb von Bourg gekauft, den er als Wohnung ausbauen läßt.

Ich ertappe Flècher bei einem zärtlichen Blick in Estellas Richtung. Sie erwidert ihn lächelnd. Wenn die Sache zwischen den beiden so liegt, wie es scheint, ist mir das zwar kein Grund zur Freude, aber auch kein Anlaß, Trübsal zu blasen. Flècher ist jünger als ich und offen für die Wechselfälle des Herzens, von denen ich mich immer weiter entferne.

»Na«, sage ich nach dem allgemeinen Gelächter, »dann werden wir wohl auf der Insel so bald nichts mehr von den Enkianern hören.«

»Ich nehme an, daß wir kaum mehr als ein Scharmützel gewonnen haben, keinesfalls den Krieg«, erwidert Flècher. »Man weiß ja, wie hartnäckig Unkraut ist. Manchmal kehrt es zurück. Vor allem, wenn der Samen noch im Boden schlummert. Einige Larven nisten hier schon seit undenklichen Zeiten. Erinnerst du dich an Chefas Brief? Seit der Ankunft unseres Professors haben sich gewisse Erscheinungen noch verstärkt, fürchte ich. Ich bin überzeugt, daß sich noch einige Abfallprodukte schlimmer Experimente auf der Insel befinden.«

»Sieh nur, die Sonne«, sage ich. »Schau dir das Licht an. Findest du das den passenden Ort für so düstere Schauergeschichten?«

»Ich an deiner Stelle«, meint Flècher, »würde dem Haus an der Westspitze noch einmal einen Besuch abstatten. Nur so, um mich umzuschauen. Ich denke, du solltest deine abgebrochenen Ermittlungen irgendwie zu Ende bringen. Vielleicht solltest du dich noch einmal genauer bei der Villa umsehen, ohne dir die Augen vor dem Computer zu verderben. Oder diesen Garten durchsuchen.«

»Aber wonach denn?«

»Nach einer Antwort auf die Frage, was aus Chefa geworden ist. Bist du denn gar nicht neugierig?«

25
21. August 2001

In den letzten drei Tagen hat Flècher mir keine Ruhe gelassen. Mehrmals am Tag besuchte er mich zu Hause, manchmal mit Estella, meistens allein. Als Ausrede bringt er vor, die Räume meines Häuschens in Augenschein nehmen zu wollen, seiner Meinung nach das beste Beispiel für ein original bretonisches Bauernhaus. Als Inspiration, meint er, im Hinblick auf die Wohnung, zu der er den Stall umbauen möchte. Aber jedesmal findet er eine Gelegenheit, seine Frage loszuwerden: »Und, wann gehst du nun zur Villa?«

Flècher zufolge ist Chefa nicht einfach verschwunden, wie jener es befürchtet hatte, er glaubt, er wurde besiegt. Chefas Entschluß, um Hilfe zu bitten, kam zu spät. Was ihn selbst, Flècher, betrifft, hätte er Chefa sofort nach Erhalt des Briefes aufsuchen müssen, anstatt zwei Jahre ins Land gehen zu lassen. Deswegen fühlt er sich schuldig. Ich verstehe nun, daß er mich dazu bringen will, noch einmal das düstere Haus zu betreten, weil er selbst sich nicht dazu durchringen kann.

Also radele ich hinauf zu der Villa. Schon kann ich den dunklen Felsrand jenseits des Plateaus erkennen. Ich muß mich zwingen, nicht den Lenker herumzureißen und unverzüglich umzukehren, zurück in die vertrauten und friedlichen Gassen Bourgs.

Ein Stück von der Villa entfernt halte ich an, bleibe noch einen Moment im Sattel sitzen und schaue zu der aufragenden Fassade hinauf. Die architektonischen Spielereien, die steinernen Voluten und Friese der Fassade stören mich. Sie sollten zum Träumen anregen, die Gedanken über das

Alltägliche erheben, doch heute morgen wirken sie nur deprimierend. Von hier aus gesehen, gleicht die Villa, die sich dunkel gegen den Morgenhimmel abhebt, einer protzigen Grabkapelle voller Blendwerk, das den Tod überhöhen will und ihn statt dessen nur noch endgültiger macht.

Als der Maler, dem das Haus gehört, erfuhr, daß die Villa für eine Nacht von Enkianern heimgesucht worden war, hat er sofort einen dichten Bretterzaun um das gesamte Grundstück errichten lassen.

Dieser Zaun ist gut zwei Meter hoch, und nur die Seite zum Meer hin wurde ausgespart, da sie ja durch die Klippe unzugänglich ist. Wenn ich nicht ein paar Bretter abstemmen will, um auf das Grundstück zu gelangen, was nur unnötig Aufmerksamkeit erregen würde, muß ich den Versuch wagen, mich vom Meer aus dem Haus zu nähern.

Ich folge dem Zaun und erreiche den Rand des Felsens. Die Bretter reichen bis über den Abgrund. Dieses Hindernis zu überwinden übersteigt meine eher beschränkte Gelenkigkeit bei weitem. Besser, ich klettere ein Stück den Abhang hinunter, um dann etwas weiter drüben wieder hinaufzusteigen. Das müßte zu schaffen sein. Ehe der nackte Stein beginnt, gibt es ein paar Sträucher, an denen ich vielleicht etwas Halt finde. So könnte ich einen kleinen Vorsprung erreichen, der von oben eben genug aussieht, um den Fuß darauf abzustellen. Wenn ich mich dann ein paar Meter horizontal entlanghangele, könnte ich die Barriere umgehen. Dann klettere ich mit Hilfe des Gestrüpps wieder hinauf.

Ich blicke auf das Meer, das sich schäumend an den schwarzen Felsen bricht.

Ich bin kaum ein, zwei Meter hinabgeklettert, als ich feststelle, daß ich mich in eine heikle Lage gebracht habe. Ich reiche nicht mehr an die Büsche der Oberkante heran, eine stachelige Erika-Art. Nachdem ich mich beim Hinunterhangeln an ihnen festgehalten habe, brennen mir nun die Hände. Meine Füße finden keinen festen Halt, der Untergrund ist glitschig wie Seifenlauge. Mir wird etwas schwindelig. Ich lehne mich gegen die Wand und schließe die Augen.

Ich höre einen Schrei. Dem durch Mark und Bein gehenden Laut folgt ein mehrstimmiges Zwitschern. Töne, die wie eine Warnung klingen. Ich mache die Augen wieder auf. Merkwürdige, sehr seltene Vögel haben hier in den Felsen ihre Nistplätze. Weiß schimmern sie an der gegenüberliegenden Wand der Bucht. Eine Möwe gleitet mit ausgebreiteten Schwingen in die Tiefe. Kaum berührt sie das Wasser, beginnt sie mit den Flügeln zu schlagen, um wieder Auftrieb zu bekommen. Dieser Anblick bringt mir meine Höhe noch mehr ins Bewußtsein, und der Schwindel wird stärker. Ein weiterer Schrei provoziert neue Antworten. Das Ganze klingt nicht so sehr nach Vogelgezwitscher als vielmehr nach menschlichen Stimmen, nach Klagerufen.

Ich ergebe mich dem Fatalismus. Wenn mein dummes Schicksal mich dort unten liegen sehen will, mit verrenkten Gliedern auf den schwarzen Felsen, um mich herum die tobende Brandung, wenn mir das bestimmt ist, dann kann ich genausogut noch ein paar Schritte wagen, schließlich kann ich nicht bis in alle Ewigkeit hier oben hängenbleiben.

Zentimeter um Zentimeter beginne ich den Abstieg. Jeden Felsvorsprung prüfe ich zuerst auf seine Festigkeit. Der verfluchte Absatz, den ich als Zwischenstation eingeplant hatte und der von oben ganz nah wirkte, ist nun erschreckend weit weg, fast unerreichbar. Ein paarmal rutsche ich gefährlich aus.

Als ich endlich den winzigen Vorsprung erreiche, bin ich in kalten Schweiß gebadet. Der Aufstieg ist einfacher. Ein kümmerlicher Strauch, der tiefer herabhängt als die anderen, bietet mit Halt. Wie gerne würde ich seine feinen Dornen noch tiefer in meinem Fleisch spüren.

Ich bin wieder oben. Vom Rand des Abgrunds betrachte

ich die Strecke, die ich zurückgelegt habe, und lausche dem vielstimmigen Gesang der Vögel. Erleichtert atme ich tief durch.

In den vier Monaten, seitdem ich ausgezogen bin, ist die Villa sichtlich verfallen. Wie eine Frau, die nach schwerer Krankheit auf einen Schlag gealtert aussieht, mit bleichem Gesicht und tiefen Falten. Die Fensterläden sind geschlossen, ebenso die Terrassentür zum »Garten« hin. Regen und Wind haben ihren Lack zu einem Einheitsgrau verwaschen. Das gesamte Haus ist wie von einer blassen Schicht überzogen. Irgendwie verschwommen, die hinter ihm aufgehende Sonne scheint seine Konturen zu verwischen. Außerdem liegt ein widerwärtiger Geruch in der Luft. Obwohl das schöne Wetter nach dem Gewitter sich nun schon einige Tage hält, verströmt das Haus den modrigen Gestank einer frisch ausgehobenen Baugrube.

Das Grundstück sieht erbärmlich aus. Der stürmische Frühling hat der ohnehin spärlichen Vegetation schwer zugesetzt. Die niedrigen gelben Erikasträucher sind ausgedünnt, der Boden ist schlammig, heute könnte selbst der blauäugigste Besitzer dieses triste Fleckchen Erde nicht mehr als »Garten« bezeichnen.

Auch der Baum und die Lorbeerhecke sind in einem lamentablen Zustand. Einige der höheren Äste des Baumes hat der Seewind abgebrochen, viele Blätter sind dem Sturm zum Opfer gefallen, etliche färben sich in einer herbstlichen Vorahnung bereits gelb. Sie zittern noch in der Brise, sind aber stumpf geworden.

Neben der Lorbeerhecke ist ein Teil der schützenden Steinmauer eingefallen. Die schweren Steine haben beim Fallen ein Loch in die Hecke geschlagen. An der Stelle sind die geknickten Äste vertrocknet, die spärlichen gelben Blätter warten auf einen kräftigen Windstoß, der sie fortweht. Die Hecke ist nicht mehr so undurchdringlich wie einst.

Dann merke ich, daß etwas fehlt. Obwohl es schon ein paar Minuten her ist, daß ich das umzäunte Gebiet betreten habe, sind mir noch keine Vögel aufgefallen. Die Amseln scheinen verschwunden zu sein. Dabei pickte doch immer die eine oder andere nahe der Hecke etwas vom Boden auf oder ließ sich bei Sonnenschein mit ausgebreiteten Flügeln das nachtfeuchte Gefieder trocknen. Doch keine Amsel weit und breit, auch sonst kein Vogel.

Vor allem jedoch fehlt etwas anderes. Ich habe den Blick auf die Stelle am Rand des Felsens gerichtet, wo ich die Katzen begraben habe, und gemerkt, erst unbewußt, dann mit wachsendem, fast schon bangem Unbehagen, daß er nicht mehr da ist. Der Stein ist weg, von dem ich nach Chefas Tagebucherzählung angenommen hatte, daß es sich um das Exemplar aus Laghouat handelt. Der Schatten des Baumes leckt an der Stelle, wo er eigentlich liegen müßte. Kein Zweifel, er ist verschwunden. Zu der Angst gesellt sich nun der Ärger. Nachdem ich sein Ebenbild auf der Bühne der Enkianer gesehen habe, einmal als vielfach vergrößerte Skulptur und dann, übermäßig aufgebläht, als Schatten auf dem Bildschirm, hat mich unter anderem die vage Hoffnung hierhergeführt, die Steinfigur wiederzufinden.

Ich bin enttäuscht, als verlören sich mit dem fehlenden Stein auch meine Erinnerungen an die Erlebnisse der letzten Monate im Reich des Ungewissen, wo man nicht mehr zwischen Realität und Einbildung unterscheiden kann.

Ich suche den gesamten Garten ab, begutachte genau jeden größeren Stein, davon gibt es eine ganze Menge, doch keiner hat auch nur entfernt die von mir gesuchte Form.

Ich komme an die Stelle in der Lorbeerhecke, wo die eingestürzte Mauer einen Durchgang geöffnet hat. Der Duft des Lorbeers mischt sich mit dem Schimmelgeruch, der über dem gesamten Grundstück liegt. Das intensive Grün der Blätter glänzt im Dickicht wie schwarzer Obsidian.

Sobald sich die Augen an das Zwielicht gewöhnt haben,

fällt mein Blick auf einen kompakten Gegenstand, der eingewickelt zu sein scheint. Wenn das nicht der Stein von Laghouat ist, denke ich, dort auf dem Boden, halb verborgen unter trockenem Laub!

Mit dem Fuß schiebe ich die Blätter beiseite. Aber ja doch! Das ist er, ohne jeden Zweifel! Im gesprenkelten Schatten im Innern der Hecke changiert seine Oberfläche, als ob er sich bewege. Automatisch knie ich nieder und nehme ihn an mich.

Dann sehe ich auf. An den Ästen vor meinem Gesicht baumelt etwas. Es ist nicht dreidimensional, sondern eine Art Netz, durchlässig für die Lichtflecken, die auf den Blättern tanzen. Es könnte das Netz einer riesenhaften Spinne sein.

Ich gucke genauer hin. Doch ich fürchte mich davor, mir einzugestehen, um was es sich handelt. Ein heller Stoff, gelblichbraun. Allmählich erkenne ich das Ding deutlicher: Es ist ein alter Kamelhaarmantel, so abgewetzt und dünn wie das in den Webstuhl gespannte Fadengeflecht zwischen Brust- und Kettbaum.

Etwas höher hängt – um die Vogelscheuche komplett zu machen – Davide Chefas schwarzer Hut aus Corrèze. Ich erkenne ihn wieder: Es ist eindeutig sein Hut, Kopfbedeckungen wie diese sind selten. Unter der breiten Krempe hängen zwischen zwei vertrockneten Ästen länglich dünne Fetzen aus pergamentartigem Material herunter. Ähnliche Fransen kommen aus den Mantelärmeln, an der Mantelinnenseite klebt derselbe vertrocknete Schaum in grauen, harten Placken.

»Sie fanden nichts als Hut und Mantel …«

Die Verse des Volksliedes schießen mir durch den Kopf, die ich in der kleinen Bar auf dem Festland gegenüber der Insel gelesen habe.

Ich fühle Ekel in mir aufsteigen. Der muffelig-feuchte Geruch nach frisch ausgehobener Erde verwandelt sich plötzlich in Verwesungsgestank. Vielleicht existiert er nur in meiner Einbildung, aber er begleitet mich auf meinem überstürzten Rückzug. Er verfolgt mich bis zum Zaun. Er liegt mir immer noch in der Nase, als ich die Bretter mit Fußtritten traktiere, um die Nägel zu lockern und einen Durchgang zu schaffen. Nicht dran zu denken, den Rückweg auf dieselbe riskante Art wie den Hinweg zurückzulegen. Ich bin verwirrt. Ich habe es eilig. Ich fliehe.

Der Vers aus der Brasserie endet mit einem *»Ha! Ha! Ha!«*, das Geschrei der Möwen klingt wie Gelächter, mir selbst hingegen ist das Lachen gründlich vergangen.

Auf der anderen Seite des Lochs, das ich in den Zaun getreten habe, sitzt Flècher auf seinem Fahrradsattel und erwartet mich.

»Du bist mir also gefolgt«, stelle ich fest.

»Aber nein. Ich kam zufällig vorbei und habe dein Fahrrad gesehen.«

Erst als ich nach dem Lenker greifen will, merke ich, daß ich den Stein von Laghouat in den Händen halte. Dabei ist er ganz schön schwer und droht mir immer wieder zu entgleiten. Ich habe ihn vom Boden aufgehoben und, ohne es zu merken, festgehalten, als ich diese merkwürdigen Fetzen entdeckte, die ich, zweifellos wegen der düsteren Atmosphäre vor Ort, für die Überreste Davide Chefas hielt. Doch jetzt habe ich mich schon etwas erholt und kann wieder klarer denken.

Ich lege den Stein auf den Gepäckträger meines Fahrrads. Mit einem Gummispanner befestige ich ihn an dem Metallrahmen, ein mühsames Unterfangen, denn mir zittern die Hände.

Schließlich macht Flècher den Mund auf:

»Ich an deiner Stelle würde ihn ins Meer werfen.«

»Nein. Ich brauche ihn noch.«

»Wozu?«

Ich antworte nicht. Schweigend radeln wir nebeneinanderher. Er läßt mich nicht aus den Augen, als fürchte er, ich könnte straucheln. Wir erreichen Bourg. Vor meiner Haustür rezitiert Flècher lächelnd die Zeilen:

»Gilgamesch, wohin läufst du?
Als die Götter die Menschheit erschufen,
Teilten den Tod sie der Menschheit zu,
Nahmen das Leben für sich in die Hand.«

Dann fügt er hinzu:

»Darf ich kurz hereinkommen? Bietest du mir einen Kaffee an?«

Als wir in der Küche vor unseren dampfenden Tassen sitzen, mustert mich Flècher halb mitleidig, halb belustigt:

»Du machst ein Gesicht, als hättest du ein Gespenst gesehen.«

Eigentlich habe ich keine Lust, ihm von meiner Entdeckung in der Lorbeerhecke zu erzählen. Aber er läßt mir einfach keine Ruhe mit seinen Fragen, und als er mir schließlich alle Details entlockt hat, nickt er mit düsterer Miene:

»Siehst du nun, daß ich recht hatte? Armer Chefa.«

Schluß

Flècher besetzt ziemlich hartnäckig mein Haus. An seinem wird gebaut, doch wird es kaum vor nächstem Sommer fertig sein.

Um sich von dem Bar-Hôtel du Port fernzuhalten, in dem Estella, die dort immer ein Auge auf ihn hatte, bis zum Frühjahr nicht mehr arbeiten wird und wo er der Versuchung des Alkohols erliegen könnte, verbringt er ganze Nachmittage neben dem kleinen Kamin, der meine Küche geräumiger und gemütlicher erscheinen läßt.

Flècher macht Feuer, obwohl es bei dem ungewöhnlich milden Herbst gar nicht notwendig wäre. Dann sitzt er dort, schaut in die Flammen und lauscht dem Klappern der Computertastatur.

Ja, nun schreibe ich also meinen Roman. Ich komme zügig voran. Hin und wieder bittet Flècher mich, ihm ein Stück daraus vorzulesen. Dem komme ich gerne nach: Das laute Lesen stößt mich auf seine Unebenheiten, vor allem phonetischer Art: Assonanzen, unbeabsichtigte Reime, Wiederholungen und all das ...

Doch Flècher mischt sich zu häufig ein, er unterbricht mich und stört mich in meiner Konzentration. Er kritisiert gnadenlos, manchmal mit solch wütendem Eifer, daß ich mir die Frage stelle, ob er möglicherweise neidisch ist. Vielleicht wollte er diesen Roman selbst schreiben, glaubt, er könne es besser und sei um die Idee gebracht worden.

»Zu undeutlich!« ruft er fast schreiend aus, »viel zu vage! Findest du nicht, dein Idealer Leser hat ein Recht auf eine klare Stellungnahme des Autors?«

Ich wende ein, daß ich mir selbst nicht im klaren bin und es nicht ehrlich wäre, eine Position zu vertreten, an der ich letztlich zweifle.

Über diesen Punkt geraten wir so gut wie immer in Streit, mehr oder weniger auch mit denselben Worten, wenn es aus Flècher herausbricht:

»Wie kannst du daran zweifeln? Was soll das Ganze dann? Wenn dein Roman keine Warnung ist vor dem, was uns blüht, was stellt er dann dar, welchen Zweck erfüllt er? So kann sich dein Leser jedenfalls nicht orientieren. Welche Überzeugung vertritt der Roman? Um welches Genre handelt es sich? Du sagst selbst, es sei kein Noir. Und mit Recht: Wo ist die für den Roman Noir typische Kollektivschuld, wenn es keinen Mörder gibt, wenn der mörderische Impuls aus gesellschaftlichem Unbehagen fehlt? Science-fiction ist es auch nicht, zumindest nicht im klassischen Sinne. Dafür ist der Tenor des Buches zu ernst, trotz aller Ironie, und längst nicht phantastisch genug. Und dann mußt du bedenken, daß Science-fiction auch in seinen schlimmsten Katastrophenszenarien Position bezieht, eine These vertritt, während du im Sumpf des Zweifels watest. Ist dir klar, daß deine Geschichte so kein richtiges Ende hat? Wenn der Leser nicht den Grund für den Tod des Protagonisten erfährt, bleibt dein Finale schal, unentschieden. Und wie kannst du überhaupt noch Zweifel hegen, nach allem, was du mit eigenen Augen in der Nacht der Enkianer gesehen hast? Nach dem, was du in der Lorbeerhecke entdeckt hast?«

Ich antworte, daß es mich wundert, ihn als Verfechter des Schubladendenkens in der Literatur zu sehen, wo er sich doch seinerzeit jede Einordnung seines Romans »Der Blick des Fegefeuers« rundweg verbeten hatte. Was mich beträfe, seien mir Genres herzlich egal.

Im übrigen sei es nicht meine Schuld, wenn die Enkianer wahrscheinlich nur eine Gruppe durchgedrehter Jugendlicher seien, wenig anders als Punks oder, die üblere Variante, Skinheads, wenn auch besser organisiert als jene. Und wer sagt, daß das Ding im Gebüsch etwas anderes war als eine Vogelscheuche? Welche Beweise gibt es, daß diese Fetzen unter Hut und Mantel tatsächlich die Überreste von Davide Chefa sind?

»Wenn du in Mexiko gelebt hättest«, erwidert daraufhin Flècher, »wie ich einige Jahre, als ich jünger war, hättest du diese Zweifel nicht. Die Bauern im Süden des Landes und auch mancher Intellektuelle der weniger dogmatischen Sorte, offen dafür, den merkwürdigen Dingen auf den Grund zu gehen, die in diesem Land geschehen – wie auch überall sonst auf der Welt –, kennen diese Mißgeburten zur Genüge.«

Flècher berichtet, daß sie in Mexiko *chupacabras* genannt werden, weil sie sich dort glücklicherweise darauf beschränken, Ziegen auszusaugen.

Nach den Ziegensaugern ergeht sich Flècher in einem endlosen Vortrag über den gesammelten Schund zum Thema: die Kornkreise, den UFO-Absturz bei Roswell, den er für das wichtigste historische Ereignis des vergangenen Jahrhunderts hält, den ach so seriösen amerikanischen Psychologen, der den Wahrheitsgehalt in den Erinnerungen jener Menschen feststellte, die »entführt« wurden, und so weiter.

Doch an diesem Punkt habe ich genug. Ich stehe vom Computer auf und stelle die *Grecque* auf den Herd.

Aber Flècher gibt nicht auf. Er hat mich überredet mitzukommen, um die Lorbeerhecke in Brand zu stecken. Meine Aufgabe war es, Wache zu halten, ich sollte neben dem Bretterzaun warten und achtgeben, daß niemand kommt, während er die Hecke mit Benzin übergoß, um dann einen brennenden Lappen darauf zu werfen. Er hat sich die Hand versengt, mit der er den Lappen hielt. Als er zu mir zurückkam, fauchte er wie eine Katze. Das Feuer schlug hohe Flammen, die Rauchsäule war bis nach Bourg zu sehen. Feuerwehr und Gendarmerie mußten anrücken. Der Geruch nach verbranntem Lorbeer hing in Flèchers Kleidern, und er roch wie eine auf dem Spieß gegrillte Drossel.

Flècher glaubt, wir seien nun in das mittlerweile versprengte Heer der »Wächter« aufgenommen worden. Ihm zufolge erwarten uns schwere und harte Aufgaben. Als erstes müßten wir beispielsweise die Insel befreien.

Um ihn zu provozieren und weil ich seine Antwort genau kenne, frage ich, von wem wir sie befreien müssen. In der folgenden flammenden Rede beweist er sein ganzes schauspielerisches Talent. Wieder kommt er auf die Mißgeburten zu sprechen, die aus erfolglosen genetischen Versuchen stammen, vergleichbar mit den Menschen-Monstern der Wells'schen Insel des Dr. Moreau. Wie Schleimspuren von Schnecken hinterlassen »sie« solcherlei Scheußlichkeiten, wenn sie sich von einem Ort entfernen, an den sie zurückkehren wollen.

Noch eine Frage, deren Antwort ich schon kenne: Wer sind »sie«? Flècher wirft mit exotischen Namen um sich, als handele es sich um alte Bekannte, ungeliebte Verwandtschaft, schwarze Schafe der Familie: Nun und Naunet, Huh und Hauhet, Kuk und Kauket, Amun und Amaunet, alle selbstverständlich angeführt von Enki dem Fähigen.

Noch einiges andere in der Art gibt Flècher zu diesem Thema von sich, bei unseren Gesprächen vor dem Kamin in meinem Haus in Bourg. Dennoch gelingt es ihm nicht, meine Zweifel zu zerstreuen, trotz der Dinge, die ich während des Spektakels der Enkianer gesehen habe, und trotz meiner Entdeckung im Innern der Lorbeerhecke.

Eisern halte ich an meiner rationalen Sicht der Dinge fest.

Und doch muß ich gestehen, daß ich weniger skeptisch bin als zuvor. Ich meine: bevor ich meinen Roman zu schreiben begann.

Im tiefsten Innern hege ich keine Zweifel mehr, sondern befinde mich eher, wie vor mir Chefa, in gespannter Erwartung. Die Skepsis ist eine Haltung, hinter der man in der Regel eine Hoffnung verstecken möchte, die zu privat ist, um mit jemandem geteilt zu werden.

Die ganze Zeit, während ich an meinem Roman schrieb – ein paar Monate –, stand der Stein von Laghouat hier auf meinem Schreibtisch, halb hinter dem Bildschirm verborgen. Ehrlich gesagt, wirkt er auf mich irgendwie träge, plump. Ich habe keine Veränderung an ihm feststellen können und auch keine dieser Botschaften gesehen, von denen in den Tagebüchern des Archäologen die Rede ist.

Wenn ich ihn noch hierbehalte, dann aus einem Grund, der einem Traum mit offenen Augen gleicht. Trotz meiner Bemühungen, mich an die vernünftigen Alltäglichkeiten des Lebens zu halten, möchte ich nicht gänzlich ausschließen, daß Flècher recht haben könnte, wenn er behauptet, wir seien durch eine Reihe von scheinbaren Zufällen erwählt worden und nun die »Wächter« an Chefas Statt.

Dann aber, wenn ich wirklich dazu erwählt bin, als »Wächter der Ruhe von Eden« zu wirken, werde ich Habiela wiedersehen, denn sie hat versprochen, hierher zurückzukehren. Ich werde es sein, der sie willkommen heißt, nicht der Professor. An dem Stein wird sie mich erkennen, als sei das Zeichen aus der Hand des Professors auf mich übergegangen. Ich bin ganz aufgeregt bei dem Gedanken, sie wiederzusehen. Nachts träume ich häufig von ihr. Ich warte in stiller Hoffnung.

Île de … – Florenz, 2002–2003

Inhalt

Erster Teil Chefa

Zweiter Teil Habiela

Dritter Teil Greck

Copyright-Vermerk

Die Motti der Seiten 6, 28 und 360 sind entnommen aus:

Thomas Mann, »Joseph und seine Brüder« © S. Fischer Verlag GmbH, Frankfurt am Main 1960

Jean Sendy, »Ces dieux qui firent le ciel et la terre« © Editions Robert Laffont, Paris 1972

Hermann Rauschning, »Gespräche mit Hitler« © Europa Verlag, Zürich, Wien, New York 1940

»Man muß sich die Kunden des Aufbau-Verlages als glückliche Menschen vorstellen.«

SÜDDEUTSCHE ZEITUNG

Streifzüge mit Büchern und Autoren:
Das Kundenmagazin der Aufbau Verlagsgruppe finden Sie kostenlos in Ihrer Buchhandlung und als Download unter www.aufbau-verlag.de.

aufbau
VERLAGSGRUPPE

Carlo Levi
Die Uhr
Roman
488 Seiten. Gebunden
ISBN 3-351-03045-2

»Meilenstein italienischer Nachkriegsliteratur.«

DEUTSCHLANDRADIO

Im Spätsommer 1945 herrscht in ganz Italien Aufbruchstimmung. Der Krieg ist überwunden, GIs kurven in Jeeps durch die Straßen Roms, junge Frauen bekommen von ihren »Boyfriends« Seidenstrümpfe und träumen von Amerika. Auf dem Schwarzmarkt gibt es duftendes Weißbrot und Zigaretten. Ein lauer Abend, ein Akkordeon und die Freiheit sind Anlaß genug, um die Nacht hindurch zu tanzen. Die Angehörigen verschiedener Widerstandsgruppen glauben noch an einen gemeinsamen politischen Aufbruch. Doch schon in der ersten freien Wahl bröckelt das durch Krieg und Faschismus zusammengeschweißte Bündnis und ergibt sich dem korrupten Ränkespiel politischer Interessen. Unmittelbar nach seinem Erscheinen 1950 aus politischen Gründen aufs heftigste kritisiert und diffamiert, geriet der Roman für Jahrzehnte in Vergessenheit und wird nun als Wiederentdeckung gefeiert.

»Carlo Levi macht eine ebenso abgründige wie lebendig fabulierende Liebeserklärung ans Leben in all seiner Widersprüchlichkeit.« F.A.Z.

aufbau
VERLAG

Weitere Informationen erhalten Sie unter
www.aufbau-verlag.de oder in Ihrer Buchhandlung

Nino Filastò
Fresko in Schwarz
Ein Avvocato Scalzi Roman
277 Seiten. Gebunden
ISBN 3-351-02999-3

Ein Mord für die Kunst?

Ein Archivar wird in einer Florentiner Bibliothek ermordet aufgefunden. Was hatte er in jenem Buch aus dem 17. Jhd. entdeckt – überzeugt, daß seine Entdeckung ihn zum Millionär machen wird? Scalzi gelangt zufällig auf Spuren dieses seltsamen Mordes und stößt schließlich auf ein Geheimnis, das Jahrhunderte weit in die Geschichte der Stadt zurückreicht. Bis zu Masaccio, einem großen Maler der Renaissance: Dieser starb 27jährig eines vermutlich nicht ganz natürlichen Todes. Das ist der Stoff, der den kunstbesessenen Avvocato aktiv werden läßt. Ein Scalzi in Hochform: lebhaft, engagiert, mit ironischem Blick auf sich – und auf Florenz, das für ihn voller Schicksale, Verbrechen und Wunder ist.

»Filastò führt eine leichte, elegante Feder; ein Erzähler mit sicheren Instinkten für die Erwartungen des Lesers.« F. A. Z.

Als Taschenbuch erhältlich:
Alptraum mit Signora. Ein Avvocato Scalzi Roman. AtV 1600-X
Forza Maggiore. Ein Avvocato Scalzi Roman. AtV 1604-2
Fresko in Schwarz. Ein Avvocato Scalzi Roman. AtV 2216-6
Swifts Vorschlag. Roman. AtV 1603-4

aufbau
VERLAG

Weitere Informationen erhalten Sie unter
www.aufbau-verlag.de oder in Ihrer Buchhandlung

Yasmina Khadra
Nacht über Algier
Roman
Aus dem Französischen
von Frauke Rother
403 Seiten. Gebunden
ISBN 3-351-03064-9

»Lesen Sie diese Bücher.«

ELKE HEIDENREICH

Eindringlich schildert Yasmina Khadra die bedrückende Atmosphäre in Algier am Vorabend blutiger Zusammenstöße mit Fundamentalisten. Kommissar Llob will verhindern, daß die algerische Justiz einen gewalttätigen Psychopathen begnadigt. Gleichzeitig macht ihm sein junger Assistent Sorgen, der sich mit der Frau von Haj Thobane, einem der einflußreichsten Männer Algiers, eingelassen hat. Schon bald schiebt Haj Thobane seinem Nebenbuhler einen Mord in die Schuhe. Hinter der kriminalistischen Suche nach Drahtziehern und Strohmännern deckt der Autor die Situation seines Landes zwischen Bürgerkrieg und Korruption, Angst und Terror, Manipulation und religiösem Fanatismus auf.

»Khadras Geschichten sind bewegend und geben einen Einblick in die islamische Welt.« STERN

Mehr von Yasmina Khadra im Taschenbuch:
Die Lämmer des Herrn. Roman. AtV 1187-3
Die Schwalben von Kabul. Roman. AtV 2087-2
Wovon die Wölfe träumen. Roman. AtV 1978-5

aufbau
VERLAG

Weitere Informationen erhalten Sie unter
www.aufbau-verlag.de oder in Ihrer Buchhandlung

Goliarda Sapienza
In den Himmel stürzen
Roman
442 Seiten. Gebunden
ISBN 3-351-03022-3

»Radikal-feministischer Aufklärungsroman« Die Presse

Die respektlose Geschichte einer Frau, die zeit ihres Lebens nur einem Gott huldigt: der Freiheit. »Dieser Roman ist eine Anhäufung von Bosheit und Scheußlichkeiten. Solange ich lebe, werde ich niemals zulassen, daß ein solches Buch veröffentlicht wird«, befand 1976 ein bedeutender italienischer Kritiker. Erst 20 Jahre später wagten sich italienische Verlage an den skandalös freizügigen Text.
Sizilien um 1900. Die Waise Modesta wächst im Kloster auf. 16jährig fädelt sie den »tragischen Tod« der bigotten Oberin ein. Anschließend findet sie sich, deren Testament zufolge, auf dem Landgut einer Adelsfamilie wieder. Zwei Leidenschaften, eine Hochzeit und einen Todesfall später ist sie mit 18 Jahren Herrin des Landgutes und beginnt, ihren ganz eigenen Traum von Freiheit zu verwirklichen.

»Ein Buch, das man von der ersten bis zur letzten Zeile verschlingt.« il Giorno

aufbau
VERLAG

Weitere Informationen erhalten Sie unter
www.aufbau-verlag.de oder in Ihrer Buchhandlung

Fred Vargas
Der vierzehnte Stein
Roman
Aus dem Französischen von Julia Schoch
479 Seiten. Gebunden
ISBN 3-351-03030-4

»Ein Krimi, so atemlos wie fesselnd« ELLE

Spannend wie nie: der neue Bestseller der großen französischen Autorin und Deutschen Krimi-Preisträgerin. Kommissar Adamsberg, der Schweiger, Träumer, der kühle Beobachter mit den frappierenden Lösungen – in diesem neuen Roman ist er ein Mensch auf der Flucht. Im Wettlauf mit der Zeit muß er, scheinbar schuldig geworden, einen Mörder finden, den es für die anderen gar nicht gibt. Eine Geschichte von dramatischer Spannung, furiosem Tempo und – reiner Poesie.

»Vargas' neuer Roman ist das inspirierteste ihrer Bücher, das vollkommenste.« LE NOUVEL OBSERVATEUR

Mehr von Fred Vargas im Taschenbuch (Auswahl):
Fliehe weit und schnell. Roman. AtV 2115-1
Bei Einbruch der Nacht. Kriminalroman. AtV 1513-5
Im Schatten des Palzzo Farnese. Kriminalroman. AtV 1515-1
Die schöne Diva von Saint-Jacques. Hörspiel. DAV 3-89813-180-7

aufbau
VERLAG

Weitere Informationen über Fred Vargas erhalten Sie unter www.aufbau-verlag.de oder in Ihrer Buchhandlung

Polina Daschkowa
Keiner wird weinen
Roman
Aus dem Russischen von
Ganna-Maria Braungardt
405 Seiten. Gebunden
ISBN 3-351-03054-1

»Präzise spannende Psychogramme.« F.A.Z.

Polina Daschkowa erzählt mit psychologischer Meisterschaft die Geschichte eines Mörders aus »edlen« und eines Mörders aus »niederen« Motiven: In Prag wird ein junger Russe erschossen. Als Wolodja von der Armee zurückkommt, findet er Eltern und Großmutter ermordet vor. Die Übersetzerin Vera erhält geheimnisvolle Faxe, ein neuer Geliebter taucht auf, und ihr langjähriger Freund wird erstochen. Das Verbindungsglied zwischen all diesen schrecklichen Vorfällen ist Skwosnjak – einer der grausamsten Männer der Moskauer Unterwelt. Wolodja will nun gegen das Böse in der Welt kämpfen. Heimlich baut er Bomben, setzt sie gegen Verbrecher ein und wird vom Jäger zum Gejagten.

»Polina Daschkowa ist die Königin des Gesellschaftskrimis.«
DIE ZEIT

Mehr von Polina Daschkowa im Taschenbuch (Auswahl):
Lenas Flucht. Roman. AtV 2050-3
Russische Orchidee. Roman. AtV 2154-2

aufbau
VERLAG

Weitere Informationen erhalten Sie unter www.aufbau-verlag.de oder in Ihrer Buchhandlung

Mord in Serie: Krimis bei AtV

RUSSELL ANDREWS
Anonymus
Ein Leseerlebnis, atemberaubend wie eine Achterbahnfahrt: Carl Granville bekommt die Chance seines Lebens. Aus geheimen Briefen soll er die Geschichte eines Jungen rekonstruieren, der seinen Bruder tötete. Doch der mysteriöse Auftrag gerät zu einem nicht enden wollenden Alptraum. Nicht nur, daß seine Verlegerin und eine Nachbarin getötet werden – bald verfolgt ihn die Polizei und hält ihn für einen Mörder.
»Ein temporeicher politischer Thriller in der Art von Grishams ›Akte‹.« MICHAEL DOUGLAS
Thriller. Aus dem Amerikanischen von Uwe Anton und Michael Kubiak. 450 Seiten. AtV 1900

ELIOT PATTISON
Der fremde Tibeter
Fernab in den Bergen von Tibet wird die Leiche eines Mannes gefunden. Shan, ein ehemaliger Polizist, der aus Peking nach Tibet verbannt wurde, soll rasch einen Schuldigen finden, bevor eine amerikanische Delegation das Land besucht. In den USA wurde dieses Buch mit dem begehrten »Edgar Allan Poe Award« als bester Kriminalroman des Jahres ausgezeichnet.
»Gute Bücher entführen den Leser an Orte, die er nicht so einfach erreichen kann: ein ferner Schauplatz, eine fremde Kultur, eine andere Zeit ... Pattison leistet all das zusammen.« BOOKLIST
Roman. Aus dem Amerikanischen von Thomas Haufschild. 493 Seiten. AtV 1832

CHRISTOPHER WEST
Zuviel himmlischer Frieden
Kommissar Wang ermittelt
China 1991: Mitten in einer Vorstellung der Peking-Oper wird ein kleiner Gauner ermordet. Die Spuren führen Kommissar Wang in Kreise des organisierten Verbrechens. Wang glaubt fest an den Sieg der Gerechtigkeit, doch läßt sie sich wirklich durchsetzen im heutigen China?
»›Zuviel himmlischer Frieden‹ ist für China, was ›Gorki-Park‹ für Rußland war.«
FLORIDA SUN-SUNTINEL
Roman. Aus dem Englischen von Frank Wolf. 288 Seiten. AtV 1754

BORIS AKUNIN
Russisches Poker
Fandorin ermittelt
Hat Fandorin nun doch noch seinen Meister gefunden? In Moskau geht ein Betrüger um, der die gerissensten Gaunerstücke inszeniert und vor nichts zurückschreckt, wenn sich nur ordentlich Geld scheffeln läßt. Von Fandorin und seinem Team wird höchster Einsatz verlangt bei diesem Pokerspiel.
»Akunin erzählt in bester russischer Tradition, grotesk wie Gogol, dunkel wie Dostojewski, unterhaltsam bis zuletzt.« DIE WOCHE
Roman. Aus dem Russischen von Renate und Thomas Reschke. 192 Seiten. AtV 1764

AtV

Mordsfrauen: Krimis bei AtV

POLINA DASCHKOWA
Die leichten Schritte des Wahnsinns
Keine beschreibt das moderne Rußland so packend wie sie: Autorin Polina Daschkowa ist mit mehr als 16 Millionen verkauften Büchern in Rußland ein Star. Mit den »Leichten Schritten des Wahnsinns« gab sie ihr Deutschlanddebüt. »Unglaublich dicht und spannend.« BRIGITTE
Roman. Aus dem Russischen von Margret Fieseler. 454 Seiten. AtV 1884

VIKTORIA PLATOWA
Die Frau mit dem Engelsgesicht
Sie wollten die Welt umkrempeln: der begabte Iwan, der angehende Regisseur Nimotsi und ihre Freundin »Maus«. Aber dann stürzt sich Iwan im Suff zu Tode, die beiden anderen lassen sich auf ein gefährliches Filmprojekt ein. Nimotsi wird ermordet. Maus unterzieht sich einer Gesichtsoperation, um besser abtauchen zu können. Als rothaarige Schönheit will sie den Tod ihrer Freunde rächen. Ein schonungsloser, rasanter Krimi über das neue Rußland.
Roman. Aus dem Russischen von Olga Kouvchinnikova und Ingolf Hoppmann. 404 Seiten. AtV 1875

DANIELLE THIÉRY
Der tödliche Charme des Doktor Martin
Nach Fred Vargas, Polina Daschkowa und Liza Marklund ein neuer Star unter den Krimiautorinnen. Thiérys Kommissarin Edwige Marion ist energisch und zerbrechlich, scharfsinnig und emotional, in der Liebe vom Pech verfolgt, außerdem schwanger, von Léo oder Sam, und sie steckt in einer existentiellen Krise. Da hinterläßt ein Unbekannter ein Paar roter Kinderschuhe auf ihrem Briefkasten, Indiz ihres ersten, einige Jahre zurückliegenden Falls, der nie aufgeklärt wurde.
Roman. Aus dem Französischen von Sabine Schwenk. 422 Seiten. AtV 1878

FRED VARGAS
Bei Einbruch der Nacht
Ein Wolfsmensch, so sagen die Leute, zieht nach Einbruch der Dunkelheit mordend durch die Dörfer der provenzalischen Alpen. Der halbwüchsige Sohn eines Opfers und ein wortkarger Schäfer nehmen die aussichtslose Verfolgung auf. Ein urkomisches Roadmovie und eine zarte Liebesgeschichte um die schöne Camille und Kommissar Adamsberg aus Paris.
»Prädikat: hin und weg.« WDR
Roman. Aus dem Französischen von Tobias Scheffel. 336 Seiten. AtV 1513

Mehr Informationen erhalten Sie unter www.aufbau-verlag.de oder bei Ihrem Buchhändler

AtV